D0802714

L'Hôtel
New Hampshire

Rarement une voix avait su captiver l'imagination des lecteurs et des critiques comme celle de John Irving, dans *le Monde selon Garp*, son premier roman traduit en français. Une fois encore, avec son nouveau livre, *l'Hôtel New Hampshire,* chacun se laisse envelopper et séduire par un univers tout aussi étrange et désarmant : celui de l'excentrique famille Berry.

Car, comme l'explique John — narrateur et troisième rejeton de cette famille qui comprenait cinq enfants, un ours et un chien nommé Sorrow : « Notre histoire favorite concernait l'idylle entre mon père et ma mère : comment notre père avait fait l'acquisition de l'ours ; comment notre père et notre mère s'étaient retrouvés amoureux et, coup sur coup, avaient engendré Frank, Franny et moi-même (" Pan, Pan, Pan ! " disait Franny) — puis, après un bref intermède, Lily et Egg (" Paff et Pschitt ! " disait Franny). »

C'est ainsi que la voix de John Berry, tour à tour nostalgique et passionnée, nous relate son enfance et celle de ses frères et sœurs dans trois hôtels et sur deux continents différents. « La première des illusions de mon père était que les ours peuvent survivre à la vie que mènent les humains, et la seconde que les humains peuvent survivre à la vie que l'on mène dans les hôtels. »

Ce qu'il advint des rêves de Win Berry et comment ces rêves influèrent sur la destinée de ses enfants, tel est le sujet de ce roman grave et hilarant dû à « l'humoriste américain le plus important de ces dix dernières années », selon les termes de Kurt Vonnegut.

Né en 1942 dans le New Hampshire, John Irving est l'auteur unanimement acclamé du roman le Monde selon Garp. *Après avoir enseigné la littérature anglaise à l'université, il consacre désormais tout son temps à l'écriture. Il a longuement séjourné à Vienne, Londres et en Grèce. Il vit à présent à New York et travaille à un nouveau roman.*

Du même auteur

Le Monde selon Garp
roman, 1980
collection « Points Roman », 1981

Un mariage poids moyen
roman, 1984

John Irving

L'Hôtel
New Hampshire

roman

TRADUIT DE L'AMÉRICAIN
PAR MAURICE RAMBAUD

Éditions du Seuil

TEXTE INTÉGRAL.

EN COUVERTURE : illustration Hervé Coffinières.

Titre original : *The Hotel New Hampshire*.
ISBN original : 0-525-12800-X, Dutton Publishing, New York.
© 1981, Garp Enterprises, Ltd.

ISBN 2-02-006472-3.
(ISBN 1re publication : 2-02-006145-7.)

© Avril 1982, Éditions du Seuil pour la traduction française.

Le romancier tient à souligner sa dette à l'égard des œuvres mentionnées ci-dessous et la reconnaissance qu'il porte à leurs auteurs : *Fin-de-siècle Vienna*, de Carl E. Schorske ; *A Nervous Splendor*, de Frederic Morton ; *Vienna Inside-Out*, de Sydney Jones ; *Vienna*, de David Pryce-Jones ; *Lucia Di Lammermoor*, de Gaetano Donizetti ; *The Dover Opera guide and Libretto Series* (introduction et traduction de Ellen H. Bleiler) ; et *l'Interprétation des rêves*, de Sigmund Freud.

Très sincères remerciements à Donald Justice. Très sincères remerciements également — et l'assurance de toute notre affection — à Lesley Claire et aux responsables du Foyer d'aide aux victimes de viols du canton de Sonoma, Santa Rosa, Californie.

Le 18 juillet 1980, l'hôtel Stanhope, à l'angle de la Quatre-vingt-et-unième Rue et de la Cinquième Avenue, a changé de propriétaire et de direction, pour rouvrir sous le nom de The American Stanhope — un hôtel remarquable, en général épargné par les problèmes qui, dans ce roman, accablent le Stanhope.

1

L'ours nommé State O'Maine

L'été où mon père fit l'acquisition de l'ours, aucun de nous n'était né — nous n'étions pas même conçus : ni Frank, l'aîné ; ni Franny, la plus turbulente ; ni moi, le troisième ; ni bien sûr les deux benjamins, Lilly et Egg. Nés dans la même ville, mon père et ma mère se connaissaient depuis toujours, mais leur « union », comme disait Frank, n'avait pas encore eu lieu quand mon père fit l'acquisition de l'ours.

— Leur " union ", Frank ? le taquinait Franny.

Bien que Frank fût l'aîné, il paraissait plus jeune que Franny, à mes yeux du moins, et, à la façon dont le traitait Franny, on eût pu croire qu'il était encore un bébé.

« En fait, Frank, tu veux dire qu'ils n'avaient pas commencé à baiser, disait Franny.

— Ils n'avaient pas consommé leur union, dit un jour Lilly.

Bien que notre cadette à tous, à l'exception de Egg, Lilly se comportait comme l'aînée de la famille — une habitude que Franny trouvait exaspérante.

— " Consommé " ? dit Franny.

Je ne sais plus trop quel âge avait Franny à l'époque, mais Egg était trop jeune pour écouter ce genre de propos :

« En fait, avant que papa achète l'ours, ni lui ni maman ne savaient ce que c'était que faire l'amour, expliquait Franny. C'est l'ours qui leur a mis cette idée en tête — un animal tellement grossier, tellement lubrique, toujours à se frotter aux arbres, à se masturber et à essayer de violer les chiens.

— Il lui est arrivé de *brutaliser* des chiens, faisait Frank avec répugnance. Il ne *violait* pas les chiens.

— Il a essayé, disait Franny. Tu connais l'histoire.

— Oui, mais c'est l'histoire de *papa,* disait alors Lilly, avec une répugnance quelque peu différente.

Frank trouvait Franny répugnante, mais c'était notre père qui inspirait de la répugnance à Lilly.

Aussi est-ce à moi qu'il incombe — moi, le troisième et le moins dogmatique — de remettre les choses au point, ou, plutôt, presque au point.

Notre histoire favorite concernait l'idylle entre mon père et ma mère : comment notre père avait fait l'acquisition de l'ours, comment notre père et notre mère s'étaient retrouvés amoureux et, coup sur coup, avaient engendré Frank, Franny et moi-même (« Pan, Pan, Pan ! », disait Franny) ; puis, après un bref intermède, Lilly et Egg (« Paff et Pschitt ! », disait Franny).

L'histoire que l'on nous racontait quand nous étions enfants, et que par la suite nous nous racontâmes souvent entre nous, tend à être centrée sur ces années que, bien sûr, nous n'avions pu connaître et ne pouvons nous représenter maintenant que filtrées par les multiples versions de la légende transmise par nos parents. J'ai tendance à voir mes parents à cette époque plus clairement que je ne les revois au cours des années dont je me souviens, dans la mesure où les années que j'ai vécues sont, bien sûr, colorées par le fait qu'elles furent des périodes de bonheur mitigé — dont je garde des sentiments mitigés. A l'égard du célèbre été de l'ours et de la magie de l'idylle entre mon père et ma mère, je puis me permettre une optique plus rationnelle.

Quand il arrivait à notre père de se tromper en nous contant l'histoire — quand il contredisait une de ses versions antérieures, ou sautait les épisodes que nous aimions le plus —, nous nous mettions à piailler comme des oiseaux en furie.

— De deux choses l'une, ou tu mens, ou tu as menti la dernière fois, lui disait Franny (toujours la plus virulente).

Mais papa se contentait de secouer la tête d'un air innocent.

— Vous ne comprenez donc pas ? faisait-il. Vous imaginez l'histoire mieux que je ne me la rappelle.

— Va chercher maman, me commandait Franny, en me faisant choir du divan.

Parfois, c'était Frank qui soulevait Lilly assise sur ses genoux et lui chuchotait :

— Va chercher maman.

Et notre mère se voyait convoquée pour écouter le récit de l'histoire que nous soupçonnions notre père d'inventer.

— A moins que tu ne fasses exprès de passer sous silence les morceaux épicés, l'accusait Franny, sous prétexte que tu juges Lilly et Egg trop jeunes pour écouter vos histoires de baisage.

— Il n'était pas question de baiser, protestait maman. Les mœurs étaient bien moins libres et relâchées que de nos jours. Si une fille découchait ou disparaissait pendant un week-end, même ses camarades la prenaient pour une traînée ou pire encore ; et après, personne ne s'intéressait plus à elle. « Qui se ressemble s'assemble », disions-nous. Ou bien : « Comme on fait son lit on se couche. »

Et Franny, qu'elle eût alors huit ou dix ou quinze ou vingt-cinq ans, ne manquait jamais de lever les yeux au ciel et de me pousser du coude ou de me chatouiller, et chaque fois que je la chatouillais en retour, elle se mettait à hurler : « Le pervers ! Il pelote sa propre sœur ! » Et qu'il eût alors neuf ou onze ou vingt et un ou quarante et un ans, Frank avait horreur des conversations et des gestes équivoques de Franny ; il se hâtait de dire à papa :

— Ne fais pas attention. Si tu nous parlais plutôt de la moto ?

— Non, parle-nous encore de ces histoires de sexe, disait Lilly à maman, sans le moindre humour, tandis que Franny me fourrait sa langue dans l'oreille où lâchait un bruit de pet contre mon cou.

— Eh bien, disait maman, entre garçons et filles, on ne parlait pas très librement des choses du sexe. On se bécotait et on se pelotait, gentiment ou de façon plus poussée ; le plus souvent au fond des voitures. Il ne manquait pas de coins tranquilles pour se garer. Il y avait davantage de petites routes, bien sûr, et moins de gens et moins de voitures — en plus, ce n'était pas la mode des petits modèles.

— Ce qui fait que vous pouviez vous allonger, disait Franny.

Notre mère faisait les gros yeux et s'accrochait à sa version du bon vieux temps. C'était une narratrice fidèle mais plutôt ennuyeuse — rien à voir avec mon père —, et chaque fois que nous faisions appel à notre mère pour vérifier une des versions de l'histoire, nous le regrettions.

— Mieux vaut laisser le paternel blablater, disait Franny. Maman est trop sérieuse.

Frank se renfrognait.

« Oh, si tu allais te branloter, Frank, tu te sentirais mieux, lui envoyait Franny.

Du coup, Frank se renfrognait davantage. Puis il disait :

— Si tu commençais par demander à papa de parler de la moto, ou de trucs concrets, ses réponses seraient plus satisfaisantes que quand tu soulèves des sujets aussi vagues : les vêtements, les habitudes, les mœurs sexuelles.

— Frank, dis-nous un peu ce que c'est que faire l'amour, disait Franny.

Mais notre père venait à notre secours en disant, de sa voix rêveuse :

— Croyez-moi : tout ça aurait été impossible de nos jours. Vous pensez peut-être avoir davantage de liberté, mais vous avez aussi davantage de lois. Cet ours, il n'aurait pas pu exister de nos jours. Il n'aurait pas été *toléré*.

Et, sur-le-champ, nous demeurions cois, nos chamailleries tournaient court. Lorsque notre père parlait, même si par hasard Frank et Franny se trouvaient assis côte à côte et suffisamment près pour se toucher, ils ne se querellaient pas ; même si j'étais assis tout contre Franny au point de sentir ses cheveux me chatouiller la figure ou sa jambe frôler la mienne, quand notre père parlait, j'en oubliais Franny. Assise sur les genoux de Frank, Lilly demeurait pétrifiée (personne ne pouvait se pétrifier comme Lilly). Egg était en général trop jeune pour écouter. à plus forte raison pour comprendre, mais c'était un enfant sage. Même Franny parvenait à le garder sur ses genoux, et il restait tranquille ; et quand moi, je le prenais sur mes genoux, il s'endormait aussitôt.

« Il était noir, cet ours, disait papa, il pesait deux cents kilos et était plutôt bourru.

— *Ursus americanus,* murmurait alors Frank. En plus, il était imprévisible.

— Oui, disait papa, mais assez facile à vivre, la plupart du temps.

— Et il avait passé l'âge d'être un ours, disait Franny, d'un ton docte.

C'était ainsi que mon père commençait d'habitude — et ainsi qu'il avait commencé le jour où je me souviens d'avoir, pour la première fois, entendu le récit de cette histoire : « il avait passé l'âge d'être un ours ». J'avais écouté le récit assis sur les genoux de ma mère, et, je m'en souviens, m'étais senti figé là à jamais, en ce point du temps et de l'espace : moi sur les genoux de maman, Franny à côté de moi sur les genoux de papa, Frank assis très raide à l'écart — en tailleur sur le tapis d'Orient tout élimé en compagnie de notre premier chien, Sorrow (que nous devions un jour faire piquer tant il pétait horriblement).

— Il avait passé l'âge d'être un ours, commençait papa.

Je contemplais Sorrow, un labrador stupide et affectueux, et là, sur le plancher, il se transformait en gros ours, puis soudain vieillissait et, masse hirsute et puante, s'effondrait à côté de Frank, pour bientôt redevenir un simple chien (mais jamais Sorrow ne serait « un simple chien »).

Cette première fois, je ne me souviens ni de Lilly ni de Egg — sans doute étaient-ils si petits que leur présence était passée inaperçue.

« Il avait passé l'âge d'être un ours, dit papa. Il ne tenait plus sur ses pattes.

— Mais il n'avait pas d'autres pattes ! entonnions-nous alors, notre répons rituel — appris par cœur — Frank, Franny et moi, de concert.

Et, du jour où ils surent l'histoire, Lilly et même Egg faisaient eux aussi chorus à l'occasion.

— L'ours ne prenait plus aucun plaisir à jouer son rôle d'artiste, disait notre père. Il se bornait à faire les gestes. Il n'était plus capable d'aimer, ni les gens, ni les animaux, ni les choses, il n'aimait plus rien, sauf la moto. Voilà pourquoi j'ai été obligé d'acheter la moto en même temps que l'ours. Voilà pourquoi l'ours a trouvé relativement facile de quitter son dompteur pour me suivre ; cet ours, il était plus attaché encore à la moto qu'à son maître.

Et, un peu plus tard, Frank aiguillonnait Lilly, qui, dûment dressée, demandait :

— Comment est-ce qu'il s'appelait l'ours, déjà ?

Frank, Franny, papa et moi nous exclamions alors, à l'unisson : « State O'Maine[1] ! » Cet imbécile d'ours avait été baptisé State O'Maine, et mon père l'avait acheté au cours de l'été de 1939 — en même temps qu'une motocyclette, une Indian modèle 1937, flanquée d'un side-car de fabrication artisanale — pour deux cents dollars en espèces et une partie des vêtements de sa garde-robe d'été, les meilleurs.

Cet été-là, mon père et ma mère avaient dix-neuf ans ; tous deux étaient nés en 1920, à Dairy, dans le New Hampshire, et, tout au long des années de leur adolescence, ils s'étaient plus ou moins évités. Par l'une de ces coïncidences logiques sur lesquelles se fondent souvent les bonnes histoires, le hasard fit que tous deux — à leur mutuelle surprise — décrochèrent un emploi pour l'été à l'Arbuthnot-by-the-Sea, un hôtel de station balnéaire qui, pour eux, se trouvait au bout du monde, le Maine était fort éloigné du New Hampshire (à cette époque, et à leurs yeux).

Ma mère était femme de chambre, mais elle avait été autorisée à porter ses propres vêtements pour servir au dîner ; en outre, elle aidait à servir les cocktails sous les tentes lors des réceptions en plein air (auxquelles étaient conviés les golfeurs, les joueurs de tennis et de croquet, et les marins au retour des régates). Mon père aidait aux cuisines, portait les bagages, soignait les terrains de golf, veillait à ce que, sur les courts, les lignes blanches soient toujours droites et tracées de frais, et à ce que, sur la jetée, les marins d'eau douce, qui jamais n'auraient dû être autorisés à mettre le pied sur un bateau, embarquent et débarquent sans tomber à l'eau ni se faire trop de mal.

Ni les parents de ma mère, ni ceux de mon père n'avaient vu d'objection à ce que leurs enfants se fassent embaucher pour l'été, mais mon père et ma mère s'étaient sentis humiliés d'être condamnés à faire

---

1. Littéralement : « État du Maine ». *(N.d.E.)*

plus ample connaissance en de pareilles circonstances. C'était le premier été qu'ils passaient loin de Dairy, New Hampshire, et sans doute s'étaient-ils imaginé l'élégante station balnéaire comme un lieu où il leur serait possible — ne connaissant personne — d'éblouir leur entourage. Mon père venait de sortir dûment diplômé de Dairy School, l'institution privée pour garçons ; il avait été admis à s'inscrire à Harvard à l'automne. Mais, il le savait, il lui faudrait attendre l'automne 1941 pour y entrer, dans la mesure où il s'était assigné pour tâche de gagner l'argent nécessaire à ses études ; mais à l'Arbuthnot-by-the-Sea, en cet été de 1939, mon père n'aurait pas demandé mieux que de laisser croire aux clients et aux autres employés qu'il était à la veille de partir pour Harvard. La présence de ma mère qui, venant de la même ville, savait à quoi s'en tenir sur son compte, contraignit mon père à dire la vérité. Il ne pourrait pas partir pour Harvard avant d'avoir économisé l'argent de ses études ; bien sûr, il était déjà tout à son honneur que sa candidature eût été retenue, et à Dairy, New Hampshire, la simple nouvelle de son succès avait été accueillie avec surprise par la plupart des gens.

Fils de l'entraîneur de football de Dairy School, mon père, Winslow Berry, n'était pas tout à fait ce qu'il est convenu d'appeler un enfant de professeur. C'était le fils unique d'un professionnel du sport, et son père, que tout le monde appelait Coach Bob, n'était pas passé par Harvard — à dire vrai, personne ne le croyait capable d'avoir engendré de la graine de Harvard.

La femme de Robert Berry étant morte en couches, il avait alors quitté l'Iowa pour s'installer dans l'Est. Bob Berry avait passé l'âge de se retrouver célibataire et père pour la première fois — il avait trente-deux ans. Il s'était mis en quête d'un moyen d'assurer des études à son fils, en échange de quoi il avait proposé ses services. Il vendit ses talents de moniteur d'éducation physique à la meilleure des écoles préparatoires disposées à lui promettre d'accueillir son fils quand il serait en âge de commencer ses études. Mais Dairy School n'était pas précisément un bastion des études secondaires.

Peut-être Dairy School avait-elle jadis ambitionné d'égaler Exeter ou Andover, mais elle s'était résignée, dans les années 1900, à un avenir moins glorieux. Situé près de Boston, l'établissement accueillait quelques centaines d'élèves refusés par Exeter ou Andover, et une centaine d'autres qui jamais n'auraient dû être admis nulle part, et leur offrait un programme d'études conventionnel et raisonnable — plus rigoureux en fait que la plupart des professeurs chargés de l'enseigner ; la plupart avaient été eux aussi refusés ailleurs. Mais, malgré sa médiocrité par comparaison avec les autres écoles préparatoires de

Nouvelle-Angleterre, Dairy était de beaucoup supérieure aux écoles privées de la région et, en particulier, à l'unique école de la ville.

Dairy School était tout à fait le genre d'établissement à conclure des marchés, comme celui conclu avec Coach Bob — en échange d'un salaire de misère et de la promesse que le fils de Coach Bob, Win, quand il serait en âge, pourrait y faire ses études (gratuitement). Ni Coach Bob ni Dairy School n'auraient pu se douter que mon père, Win Berry, se révélerait brillant à ce point. Harvard le plaça dans la première liste des candidats retenus, mais son rang ne lui permit pas de prétendre à une bourse. Sorti d'une meilleure école, sans doute aurait-il décroché une bourse en latin ou en grec; il était doué pour les langues, et songea d'abord à se spécialiser en russe.

Ma mère, qui parce qu'elle était une fille n'aurait jamais pu entrer à Dairy School, avait, elle aussi, fait ses études dans la même ville, à l'institution privée pour jeunes filles. Il s'agissait là encore d'un établissement médiocre, mais, néanmoins, supérieur à l'école secondaire publique, et l'unique solution offerte aux parents qui ne voulaient pas que leurs filles fréquentent un établissement mixte. A l'inverse de Dairy School, qui était un internat — où 95 % de l'effectif se composait de pensionnaires —, le Thompson Female Seminary était un externat. Les parents de ma mère, qui bizarrement étaient plus âgés encore que Coach Bob, tenaient à ce que leur fille ne fréquente que les élèves de Dairy School, et non les garçons de la ville — mon grand-père maternel était un professeur en retraite de Dairy School (tout le monde l'appelait « Latin Emeritus ») et la mère de ma mère, la fille d'un médecin de Brooklyn, Massachusetts, qui avait épousé un ancien de Harvard ; sa fille, espérait-elle, aspirerait à un semblable destin. Bien que ma grand-mère maternelle ne s'en plaignît jamais, *son* ancien de Harvard l'avait escamotée au fin fond de la cambrousse, loin de la bonne société de Boston, et elle espérait bien que — à condition de rencontrer quelqu'un de convenable parmi les élèves de Dairy — ma mère pourrait un jour réintégrer Boston.

Ma mère, Mary Bates, savait fort bien que mon père, Win Berry, n'avait rien de l'élève idéal dont rêvait sa propre mère. Harvard ou non, c'était le fils de Coach Bob — de plus, la perspective d'intégrer un jour Harvard n'était pas la même chose que d'y entrer, ou d'avoir les moyens d'y entrer.

Quant aux projets de ma mère, en cet été 39, ils ne lui paraissaient guère séduisants. Son père, le vieux Latin Emeritus, avait été victime d'une attaque ; la bave aux lèvres et l'esprit embrouillé, il passait son temps à tituber dans leur maison de Dairy, tandis que sa femme gaspillait son énergie à se ronger les sangs quand la jeune Mary ne se trouvait pas là pour prendre soin d'eux. Mary Bates, à dix-neuf ans, avait des parents plus âgés que ne le sont la plupart des grands-parents, et par sens du devoir, sinon par désir, elle était résignée à sacrifier d'éventuelles études supérieures pour rester chez elle et s'occuper des siens. Après tout, se disait-elle, elle apprendrait à taper à la machine et trouverait du travail en ville. Cet emploi à l'Arbuthnot, le temps d'un été, représentait en réalité à ses yeux des vacances exotiques — après quoi elle se laisserait glisser dans la morne routine que lui promettait l'automne. D'année en année, songeait-elle en pensant à l'avenir, les garçons de Dairy School se feraient de plus en plus jeunes — jusqu'au jour où aucun d'eux ne songerait plus à l'enlever pour la ramener à Boston.

Mary Bates et Winslow Berry avaient grandi côte à côte ; pourtant, tout au plus s'étaient-ils gratifiés à l'occasion d'une grimace ou d'un hochement de tête.

« Quand on se regardait, on aurait dit que c'était sans se voir, je ne sais pas pourquoi », nous dit un jour papa — jusqu'au jour, peut-être, où, pour la première fois, ils se virent hors du cadre familier de leur commune enfance : la minable petite ville de Dairy et le campus à peine moins minable de Dairy School.

Lorsqu'en juin 1939, le Thompson Female Seminary accorda à ma mère son diplôme, elle constata à son grand dépit que Dairy School, ses diplômes décernés, avait déjà fermé ses portes ; les garçons les plus huppés, ceux qui n'appartenaient pas à la ville, étaient repartis, et ses deux ou trois « chevaliers servants » (comme elle disait) — qui, avait-elle peut-être espéré, lui demanderaient de l'accompagner au bal traditionnel de fin d'année — étaient partis. Parmi les garçons de l'école secondaire, elle ne connaissait personne, et quand sa mère lui proposa Win Berry, ma mère s'enfuit de la salle à manger.

— Bien sûr, pourquoi pas aussi demander à Coach Bob ! hurla-t-elle.

Son père, Latin Emeritus, qui somnolait les coudes appuyés sur la table, releva la tête.

— Coach Bob ? fit-il. Est-ce que ce crétin serait revenu emprunter le traîneau ?

Coach Bob, également surnommé Iowa Bob, n'avait rien d'un crétin, mais, pour Latin Emeritus, dont l'attaque semblait avoir brouillé le sens du temps, l'entraîneur venu du Midwest n'était pas du même monde que les autres professeurs. Et des années auparavant, alors que Mary Bates et Win Berry étaient encore enfants, Coach Bob était venu emprunter un vieux traîneau — jadis célèbre pour être resté trois ans remisé à la même place dans la cour des Bates.

— Est-ce que cet idiot a un cheval pour le remorquer ? avait demandé Latin Emeritus.

— Non, il a l'intention de le traîner lui-même ! avait dit la mère de ma mère.

Et la famille Bates s'était plantée à la fenêtre pour regarder Coach Bob qui installait le petit Win sur le siège, empoignait à deux mains le timon derrière son dos et halait de toutes ses forces pour ébranler le traîneau ; dévalant la cour enneigée, l'énorme luge s'engagea dans la rue glissante et à l'époque encore bordée d'ormes — « Un cheval ne l'aurait pas remorquée plus vite ! » disait toujours maman.

Iowa Bob avait été le plus petit de tous les avant-centres jamais recrutés par l'une des grandes équipes. Il avoua un jour s'être laissé emporter au point de mordre un arrière qu'il venait de plaquer au sol. A Dairy, outre sa charge d'entraîneur de football, il enseignait le lancement du poids et conseillait les haltérophiles. Mais pour la famille Bates, Iowa Bob était un homme trop simple pour mériter d'être pris au sérieux : un personnage cocasse, costaud et trapu, aux cheveux si courts qu'il paraissait chauve, et qui sillonnait la ville au petit trot — « avec un horrible bandeau taché de sueur autour du crâne », disait Latin Emeritus.

Le sort ayant accordé à Coach Bob une longue vie, c'est le seul de nos grands-parents dont nous gardâmes jamais le souvenir.

— Qu'est-ce que c'est, ce bruit ? demandait Frank, inquiet, au beau milieu de la nuit, quand Bob fut venu s'installer chez nous.

Ce qu'entendait Frank, et que nous entendîmes souvent du jour où Coach Bob eut emménagé chez nous, c'étaient les craquements et les grognements provoqués par les pompes et les équerres qu'au-dessus de nos têtes exécutait le vieux sur le plancher de sa chambre. Notre plafond !

— C'est Iowa Bob, chuchota un jour Lilly. Il essaie de garder la forme.

Bref, ce ne fut pas Win Berry qui emmena Mary Bates au bal de sa promotion. Le pasteur de la famille Bates, d'ailleurs considérablement plus vieux que ma mère, mais libre de toute attache, eut la gentillesse de se proposer.

— Ce fut une longue nuit, nous dit ma mère. Je me sentais déprimée. J'étais comme une étrangère dans ma propre ville. Penser que si peu de temps après, ce même pasteur devait nous marier, votre père et moi !

Comment auraient-ils pu imaginer une chose pareille, même le jour où ils furent présentés l'un à l'autre, en même temps que les autres employés, sur le vert irréel de la pelouse bien léchée de l'Arbuthnot-by-the-Sea ? A l'Arbuthnot, même les présentations des employés étaient protocolaires. Placées sur un rang, les jeunes filles et les femmes s'avançaient tour à tour à l'appel de leur nom ; chacune se retrouvait face à un garçon qui, à l'appel de son nom, sortait lui aussi d'une longue rangée, et on les présentait l'un à l'autre — comme s'ils étaient destinés à danser ensemble.

— Voici Mary Bates, qui vient d'obtenir son diplôme du Thompson Female Seminary ! Elle aidera au service et aussi à la réception. Elle adore la voile, *n'est-ce pas*, Mary ?

Serveurs et serveuses, jardiniers et caddies, le moniteur de voile et les employés de la cuisine, les factotums, les hôtesses, les femmes de chambre, les blanchisseuses, le plombier et les musiciens de l'orchestre. C'était la grande mode des bals ; les stations balnéaires situées plus au sud sur la côte — par exemple les Weirs, à Laconia, et Hampton Beach — attiraient l'été certains orchestres parmi les plus réputés. Mais l'Arbuthnot-by-the-Sea avait son propre orchestre qui, dans un style guindé et typique du Maine, imitait les grandes formations.

— Et voici Winslow Berry, qui adore qu'on l'appelle Win ! *N'est-ce pas*, Win ? Et à l'automne, il entrera à Harvard !

Mais mon père regardait bien en face ma mère, qui, avec un petit sourire, détourna la tête — aussi gênée pour lui qu'elle l'était pour elle-même. Elle n'avait jamais remarqué combien il était beau garçon ; il avait un corps aussi dur que celui de Coach Bob, mais Dairy School lui avait inculqué les bonnes manières, appris à se tenir, à s'habiller et à se coiffer selon les goûts des Bostoniens (pas des Iowiens). Il avait déjà l'air d'un ancien de Harvard, quel que fût le sens qu'eût alors l'expression pour ma mère.

— Oh, je ne sais pas, disait-elle. Le genre cultivé, je suppose. Il avait l'air d'un jeune homme capable de boire sans vomir. Il avait des yeux noirs, très brillants, et chaque fois qu'on le regardait, on sentait que lui aussi venait de vous regarder — mais jamais on ne pouvait croiser son regard.

C'était là un talent que mon père conserva toute sa vie ; en sa compagnie, toujours, on avait l'impression d'être observé, avec affection et attention — même si, quand nous le regardions, il semblait regarder ailleurs, rêver ou ruminer des projets, agiter des pensées austères et lointaines. Même quand il fut devenu tout à fait aveugle, incapable de suivre nos faits et nos gestes, on aurait dit qu'il nous « observait », avec un étrange mélange de détachement et de chaleur

— et ce fut sur cette longue pelouse d'un vert éclatant encadrée par la mer grise du Maine que, pour la première fois, ma mère éprouva cette impression.

PRÉSENTATION DU PERSONNEL : 16 heures.

Ce fut à ce moment-là qu'elle apprit sa présence.

Une fois les présentations terminées, et le personnel prié d'aller se mettre en tenue pour les premiers cocktails, le premier dîner et les réjouissances de la première soirée, les yeux de ma mère croisèrent ceux de mon père, et il s'approcha.

— Je n'aurai pas assez d'argent pour entrer à Harvard avant deux ans, fit-il sur-le-champ.

— C'est bien ce que je pensais : mais je trouve formidable que tu aies été retenu, se hâta-t-elle d'ajouter.

— Et *pourquoi* n'aurais-je pas été retenu ?

Mary Bates eut un haussement d'épaules, tic qu'elle avait contracté à force de ne pas comprendre ce que disait son père (son attaque le handicapait pour parler). Elle portait des gants blancs et un chapeau blanc à voilette ; elle s'était mise en tenue pour « servir » à la première garden-party, et mon père admira la façon dont ses cheveux lui enserraient le crâne — plus longs dans le dos, ils lui dégageaient le visage et faisaient bloc avec le chapeau et la voilette, d'une manière à la fois si simple et mystérieuse que mon père se mit, d'emblée, à se poser des questions.

« Qu'est-ce que tu comptes faire à l'automne ? demanda-t-il.

De nouveau elle haussa les épaules, mais peut-être mon père vit-il dans ses yeux, à travers la voilette blanche, que ma mère espérait une aide quelconque pour échapper au scénario que, dans son esprit, lui réservait l'avenir.

— Nous avons été très gentils l'un avec l'autre, cette première fois, je me souviens, disait maman. Nous nous trouvions tous les deux seuls dans un endroit inconnu, et savions l'un de l'autre des choses que personne ne savait.

J'imagine que, pour l'époque, c'était là quelque chose de passablement intime.

— Il n'y avait *aucune* intimité, dans ce temps-là, dit un jour Franny. Même des amants ne se seraient pas laissés aller à péter en présence l'un de l'autre.

Franny était impérieuse — aussi la croyais-je souvent. Même le langage de Franny était précoce — à croire qu'elle savait toujours où elle allait ; et jamais je ne parvins tout à fait à la rattraper.

Ce premier soir à l'Arbuthnot, l'orchestre joua en imitant comme toujours le style des grandes formations, mais il n'y avait que très peu de clients, et encore moins de danseurs ; la saison ne faisait que commencer, et, dans le Maine, elle commence lentement — il y fait si froid, même en été. La salle de bal avait un parquet de bois briqué qui donnait l'impression de se prolonger au-delà des vérandas ouvertes surplombant l'océan. Par temps de pluie, il fallait abaisser les auvents devant les vérandas, la salle de bal étant tellement ouverte — et de tous les côtés — que la pluie balayait et inondait le parquet.

Ce premier soir, par courtoisie pour le personnel — et en raison du petit nombre de clients, dont la plupart étaient d'ailleurs partis se coucher, histoire de se réchauffer —, l'orchestre joua jusqu'à une heure avancée. Mon père et ma mère, et les autres employés, furent invités à danser pendant au moins une heure. Ma mère se rappelait encore que le lustre de la salle de bal était cassé — il clignotait faiblement ; des spots de couleur répartis çà et là pommelaient le parquet, à l'éclat si doux dans la lumière déclinante que le bois semblait avoir la texture de la cire.

— Je suis heureuse d'avoir retrouvé quelqu'un de connaissance, chuchota ma mère à mon père qui, non sans cérémonie, l'avait invitée et dansait avec une grande raideur.

— Mais tu ne me connais pas, dit mon père.

« J'avais dit ça, expliquait-il, pour que votre mère hausse encore une fois les épaules. »

Et quand elle haussa les épaules, jugeant sa conversation épouvantablement difficile — et peut-être snob —, mon père eut la conviction que l'intérêt qu'elle lui inspirait n'était pas le simple fait du hasard.

« Mais je *veux* que tu me connaisses, lui dit-il, et je veux te connaître.

(« Berk », faisait toujours Franny, à ce point de l'histoire.)

Un bruit de moteur noyait la musique, et de nombreux danseurs quittèrent le parquet pour voir d'où venait le vacarme. Ma mère se réjouit de l'interruption : elle ne savait plus quoi dire à mon père. Ils se dirigèrent, sans se tenir par la main, vers la véranda qui surplombait l'embarcadère ; à la lueur des lampes qui se balançaient très haut au-dessus du quai, ils virent un homardier qui sortait du port. Le bateau venait de débarquer une motocyclette noire, qui maintenant rugissait — le moteur s'emballait, peut-être pour expulser l'humidité qui engorgeait ses tuyaux et ses conduits. Le motocycliste tenait visiblement à réduire le volume du bruit avant d'embrayer. La moto était flanquée d'un side-car et, tassée à l'intérieur, nous aperçûmes une silhouette sombre, immobile, pareille à celle d'un homme engoncé dans une masse de vêtements.

— C'est Freud, dit un des employés.

D'autres, les plus vieux, renchérirent :

— Oui ! C'est Freud ! C'est Freud et State O'Maine !

Mon père et ma mère s'imaginèrent tous deux que « State O'Maine » était le nom de la motocyclette. Ce fut alors que, faute de public, l'orchestre se tut et certains des musiciens rejoignirent à leur tour les danseurs sur la véranda.

— Freud ! hurlèrent des voix.

Mon père nous disait toujours qu'il avait alors trouvé cocasse l'idée que le *grand* Freud allait d'un instant à l'autre s'engouffrer avec la moto sous la véranda et, dans la lumière des lampes accrochées très haut de part et d'autre de l'impeccable allée de gravier, se présenter aux employés de l'hôtel. Voici donc Sigmund Freud, se dit mon père : il était en train de tomber amoureux, rien n'était donc impossible. Mais il ne s'agissait nullement du grand Freud bien sûr ; cela se passait l'année où le grand Freud mourut. Leur Freud était un Juif viennois grisonnant affligé d'une patte folle et d'un nom impossible, et qui, à force de travailler chaque été à l'Arbuthnot (depuis 1933, date à laquelle il avait quitté son Autriche natale), s'était acquis le surnom de « Freud » par son talent à consoler les angoisses des employés et des clients ; en fait, c'était un saltimbanque et, comme il venait de Vienne et était juif, « Freud » avait paru s'imposer tout naturellement à certains des beaux esprits de l'Arbuthnot-by-the-Sea. Le nom avait paru particulièrement approprié quand, en 1937, Freud était arrivé au début de l'été monté sur une nouvelle Indian, une motocyclette munie d'un side-car qu'il avait fabriqué de ses mains.

— Qui est invité à grimper en croupe et qui grimpe dans le side-car, Freud ? le taquinaient les jeunes filles.

Car, avec son visage couturé d'affreuses cicatrices et criblé de marques de petite vérole (« des trous de furoncles ! » disait-il), aucune femme n'aurait eu envie de l'aimer.

— Personne ne grimpe avec moi, sauf State O'Maine, disait Freud.

Et il dégrafait la capote de toile qui protégeait le side-car. Dans le side-car était assis un ours noir comme du charbon, plus bardé de muscles que Iowa Bob, plus circonspect qu'un chien perdu. Freud avait arraché l'ours à un chantier forestier du nord de l'État et avait réussi à persuader la direction de l'Arbuthnot qu'il se faisait fort de le dresser pour distraire les clients. Freud, quand il avait quitté l'Autriche, était arrivé à Boothbay, par mer, venant de New York, avec, sur ses permis de travail, deux mentions de ses capacités, en majuscules : BONNE

21

EXPÉRIENCE DE DOMPTEUR ET DE GARDIEN D'ANI-MAUX ; BONNES APTITUDES DE MÉCANICIEN. Faute d'animaux dont il eût pu s'occuper, il réparait les véhicules et les remisait dans les règles en prévision de la saison creuse, avant de regagner les chantiers forestiers et les papeteries pour y travailler comme mécanicien.

Pendant toutes ces années, confia-t-il par la suite à mon père, il n'avait cessé de chercher un ours. Les ours, disait Freud, c'est la fortune assurée.

Quand mon père vit l'homme mettre pied à terre, il s'étonna des acclamations dont le gratifiaient les vétérans de l'hôtel ; quand Freud aida la silhouette indistincte à descendre du side-car, ma mère crut d'abord qu'il s'agissait d'une vieille, d'une très vieille femme, la mère du motocycliste peut-être (une forte femme enveloppée d'une couverture sombre).

— State O'Maine ! hurla l'un des musiciens.

Sur quoi, il souffla dans sa trompette.

Mon père et ma mère virent alors l'ours se mettre à danser. Se dandinant sur ses pattes postérieures, il s'écarta de Freud, puis, se laissant choir sur ses quatre pattes, il exécuta une ou deux petites cabrioles autour de la moto. Freud était resté en selle et applaudissait. L'ours nommé State O'Maine se mit à applaudir à son tour. Quand ma mère sentit mon père lui prendre la main — eux n'applaudissaient pas —, elle ne se rétracta pas ; elle lui serra la main en retour, sans quitter un instant des yeux le gros ours qui exécutait son numéro en contrebas, et ma mère songeait : J'ai dix-neuf ans et ma vie ne fait que commencer.

— C'est l'impression que tu avais, *vraiment* ? ne manquait jamais alors de demander Franny.

— Tout est relatif, disait maman. Mais oui, j'avais cette impression. L'impression que ma vie *commençait*.

— Merde alors, disait Frank.

— C'était moi ou c'était l'ours, que tu aimais ? demandait papa.

— Ne sois pas ridicule, disait maman. C'était le tout. C'était le début de ma vie.

Et cette réplique, tout comme la réplique de mon père au sujet de l'ours (« il avait passé l'âge d'être un ours »), avait le pouvoir de nous laisser pantois. Quand ma mère affirmait que c'était là le début de sa vie, je me sentais fasciné ; il me semblait *voir* la vie de ma mère, pareille à la moto, lasse de faire gronder son moteur, embrayer brusquement et démarrer avec une secousse.

Et qu'avait pu s'imaginer mon père, en lui prenant la main

22

uniquement parce qu'un homardier venait de débarquer un ours dans sa vie ?

— Je le savais, cet ours serait à *moi*, nous disait papa. Mais je ne sais ni pourquoi ni comment.

Et peut-être fut-ce aussi cette intuition — que cette chose, là, sous ses yeux, serait un jour sienne — qui le poussa à prendre la main de ma mère.

Vous voyez maintenant pourquoi nous, les enfants, nous posions tant de questions. Il s'agit d'une histoire floue, le genre d'histoires qu'affectionnent les parents.

Cette première nuit, la nuit où ils virent Freud et son ours, mon père et ma mère ne s'embrassèrent même pas. Lorsque l'orchestre se dispersa, et que les employés et employées regagnèrent leurs dortoirs respectifs — les bâtiments un peu moins élégants situés à l'écart —, mon père et ma mère descendirent sur le quai pour contempler l'eau. S'ils parlèrent, jamais nous ne sûmes ce qu'ils se dirent. Il y avait sans doute en rade quelques voiliers de luxe et, comme toujours dans le Maine, un ou deux homardiers amarrés aux pontons privés. Il y avait probablement aussi un canot, et mon père proposa de l'emprunter pour faire un petit tour ; sans doute ma mère refusa-t-elle. Fort Popham était en ruine à l'époque, et non le piège à touristes qu'il est devenu de nos jours ; mais s'il y avait eu des lumières sur la côte de Fort Popham, elles auraient été visibles de l'Arbuthnot-by-the-Sea. En outre, la large embouchure de la Kennebec, à Baypoint, était balisée par une bouée à cloche et un fanal, sans compter qu'en 1939 déjà, il y avait probablement un phare sur Stage Island — mon père ne s'en souvenait pas.

De toute façon, en ce temps-là, il est certain que la côte était sombre ; aussi, quand le sloop blanc surgit toutes voiles dehors — venu de Boston, ou de New York, en tout cas du sud-ouest et de la civilisation —, mon père et ma mère purent-ils le voir très distinctement et le contempler à leur aise tandis qu'il se rangeait le long du quai. Mon père empoigna le filin ; il l'avouait volontiers, il frisa la panique en se demandant ce qu'il devait faire du filin — l'attacher ou tirer dessus — quand, soudain, l'homme en smoking blanc, pantalon de toile noire et souliers vernis noirs, descendit avec agilité du pont et, escaladant l'échelle qui menait au quai, débarrassa mon père du filin. Sans effort, l'homme guida le sloop jusqu'au bout du quai avant de rejeter le filin sur le pont.

— Vous pouvez y aller ! hurla-t-il alors.

Mon père et ma mère affirmaient n'avoir vu aucun marin à bord, mais déjà le sloop s'éloignait, regagnait le large — ses fanaux jaunes striant l'eau comme une coulée de verre — et l'homme en smoking se tourna vers mon père :

« Merci pour le coup de main, dit-il. Vous êtes nouveaux ici ?

— Oui, tous les deux.

L'homme était vêtu de façon impeccable, et ses vêtements n'avaient pas souffert du voyage. Il était très bronzé pour un début d'été, et, tirant un superbe étui à cigarettes plat et noir de sa poche, il le présenta à mon père et à ma mère. Aucun d'eux ne fumait.

— J'espérais arriver à temps pour la dernière danse, dit-il, mais l'orchestre est déjà couché.

— Oui, dit ma mère.

A dix-neuf ans, ni mon père ni ma mère n'avaient jamais vu personne qui, même de loin, ressemblât à cet homme.

— Son aplomb avait quelque chose d'obscène, disait maman.

— Il avait de l'argent, disait papa.

— Savez-vous si Freud et l'ours sont arrivés ? demanda l'homme.

— Oui, dit mon père. Et aussi la moto.

L'homme en smoking blanc fumait avec avidité, mais avec élégance, tout en contemplant l'hôtel plongé dans l'obscurité ; rares étaient les chambres encore éclairées, mais les lampes suspendues de façon à illuminer les allées, les haies et les quais, éclairaient le visage bronzé de l'homme, lui rétrécissant les yeux, et se reflétaient sur la houle noire.

— Freud est juif, vous savez, dit l'homme. Il a eu de la chance de quitter l'Europe à temps. L'air va devenir malsain en Europe pour les Juifs. C'est mon agent de change qui le dit.

Sans doute cette annonce solennelle fit-elle grande impression sur mon père, qui brûlait d'impatience d'entrer à Harvard — et dans le monde — et qui pourtant ne se doutait pas encore qu'une guerre allait un certain temps interrompre ses projets. Ce fut l'homme en smoking blanc qui poussa mon père à prendre la main de ma mère, pour la deuxième fois de la soirée, et, de nouveau, elle la serra en retour tandis que, poliment, ils attendaient que l'homme finisse sa cigarette, ou leur dise bonsoir, ou poursuive.

Mais il se borna à dire :

« Et dans *le monde entier* l'air va devenir malsain pour les *ours* !

Ses dents luirent aussi blanches que son smoking quand il s'esclaffa, et le vent empêcha mon père et ma mère d'entendre le grésillement de sa cigarette quand elle toucha l'eau — et le sloop qui pour la deuxième fois se rangeait le long du quai. Brusquement, l'homme se porta vers l'échelle, et ce ne fut qu'en le voyant glisser prestement le long des barreaux, que Mary Bates et Win Berry se rendirent compte que le sloop blanc se faufilait sous l'échelle et que l'homme, d'un mouvement parfaitement synchronisé, atterrissait sur le pont. Aucune corde ne changea de mains. Le sloop, voiles carguées mais propulsé par un moteur au ralenti, mit le cap au sud-ouest (de nouveau vers Boston ou New York) — apparemment sans crainte du voyage nocturne —, et les derniers mots que lança l'homme en smoking blanc se perdirent dans le crachotement du moteur, le clapotis des vagues contre la coque et le vent qui éparpillait les mouettes (pareilles à des chapeaux emplumés, jetés à l'eau par des ivrognes et ballottés par la houle). Toute sa vie, mon père regretta de ne pas avoir entendu ce que l'homme avait à dire.

Ce fut Freud qui apprit à mon père que l'homme était le propriétaire de l'Arbuthnot-by-the-Sea.

— *Ja*, c'était lui, en personne, dit Freud. Il arrive toujours ainsi, une ou deux fois par été, pas plus. Une fois, il a invité une des employées à danser — la dernière danse ; on ne l'a jamais revue. Une semaine plus tard, un autre type est venu chercher ses affaires.

— Comment s'appelle-t-il ? demanda mon père.

— Peut-être qu'Arbuthnot, c'est *lui*, vous savez ? dit Freud. On prétend qu'il est hollandais, mais je n'ai jamais entendu son nom. Il connaît tout de l'Europe, en tout cas — et je m'y connais !

Mon père mourait d'envie de poser des questions à propos des Juifs ; il sentit ma mère lui donner un petit coup de coude dans les côtes. Ils étaient assis au milieu d'un des terrains de golf, des heures plus tard — à l'heure où, à la clarté de la lune, le vert virait au bleu et où le fanion rouge claquait dans le divot. Débarrassé de sa muselière, l'ours nommé State O'Maine essayait de se gratter contre la hampe mince du fanion.

« Viens ici, imbécile ! dit Freud.

Mais l'ours ne lui prêta aucune attention.

— Votre famille est-elle toujours à Vienne ? demanda ma mère.

— Je n'ai plus que ma sœur, dit Freud. Et depuis mars de l'année dernière, je n'ai plus de ses nouvelles.

— En mars de l'année dernière, fit mon père, les nazis ont occupé l'Autriche.

— *Ja*, et c'est à *moi* que vous dites ça ? fit Freud.

State O'Maine, frustré par la flexibilité de la hampe — il n'arrivait pas à se gratter — l'éjecta du divot et l'envoya valser au loin.

« Seigneur Dieu, dit Freud. Si nous ne partons pas, il va se mettre à creuser des trous.

Mon père récupéra le fichu fanion, le 18, et le remit dans son divot. Ce soir-là, ma mère avait été dispensée de « service à table » et portait encore son uniforme de femme de chambre ; elle se mit à courir et appela l'ours.

L'ours courait rarement. Il marchait en traînant les pattes — sans jamais trop s'écarter de la moto. Il adorait se frotter contre la moto, au point que la peinture rouge du pare-chocs avait pris le poli argenté du chrome, et que le nez conique du side-car était tout cabossé. Avec sa manie de se frotter contre l'engin à peine le moteur coupé, il s'était souvent brûlé contre les tuyaux, et d'inquiétantes plaques de poils à demi calcinés collaient encore au métal — comme si la moto elle-même avait été (jadis) un animal à fourrure. Le corollaire était qu'aux endroits où le poil avait été arraché, ou encore aplati et roussi — le roux terne des algues desséchées —, la fourrure de State O'Maine était en lambeaux.

Ce que l'on avait appris à l'ours, au cours de son dressage, demeurait un mystère pour tout le monde — même dans une certaine mesure pour Freud.

Le « numéro » que, de concert, ils exécutaient en fin d'après-midi aux garden-parties exigeait davantage de travail de la moto et de Freud que de l'ours. Agrippé au guidon, Freud tournait inlassablement en rond, l'ours assis dans le side-car, capote rabattue — l'ours pareil à un pilote dans un cockpit ouvert et dépourvu de tableau de bord. En public, State O'Maine gardait d'habitude sa muselière, un assemblage de cuir rouge qui rappelait à mon père les masques que portent parfois les joueurs de hockey. La muselière faisait paraître l'ours plus petit ; elle rabougrissait son visage déjà passablement ridé et lui allongeait le nez au point que, plus que jamais, il ressemblait à un chien obèse.

Inlassablement donc, ils tournaient en rond, et juste avant que, morts d'ennui, les clients reprennent leurs conversations et se désintéressent de ces extravagances, Freud arrêtait la moto, mettait pied à terre — sans couper le moteur — et, s'approchant du side-car, commençait à engueuler l'ours en allemand. Les gens trouvaient la chose drôle, tout particulièrement le fait d'entendre quelqu'un parler allemand, mais Freud s'obstinait jusqu'au moment où l'ours, lentement, descendait du side-car pour enfourcher la moto, s'installant sur la selle, ses grosses pattes posées sur le guidon, ses pattes postérieures trop courtes pour atteindre les appuis-pieds ou le levier du frein arrière. Freud grimpait dans le side-car et commandait à l'ours de démarrer.

Il ne se passait rien. Freud restait assis dans le side-car, en protestant contre leur immobilité ; l'ours se cramponnait d'un air sinistre au guidon, se dandinait sur la selle, tricotait des pattes comme s'il nageait en chien.

— State O'Maine ! hurlaient les gens.

L'ours hochait la tête, avec une sorte de dignité honteuse, et restait figé sur place.

Freud, vitupérant alors dans ce jargon allemand dont raffolent les gens, s'extirpait du side-car et s'approchait de l'ours rivé aux commandes. Il entreprenait de démontrer à la bête comment fonctionnait la moto.

— Embrayage ! disait Freud, en plaquant l'énorme patte sur la poignée d'embrayage.

« Accélérateur ! hurlait-il, en emballant le moteur avec l'autre patte de l'ours.

Sur l'Indian 1937 de Freud, le levier des vitesses se trouvait contre le réservoir à essence, si bien que, pendant quelques instants terrifiants, le conducteur devait lâcher d'une main le guidon pour passer ou changer ses vitesses.

« Vitesses ! lançait Freud, en enclenchant brutalement le levier.

Sur quoi, juché sur la moto, l'ours se mettait à rouler sur la pelouse, le moteur maintenu à bas régime, sans accélérer ni ralentir, mais le cap droit sur la foule des invités condescendants et superbement vêtus — les hommes, même à peine rentrés de leurs sports, portaient un chapeau ; à l'Arbuthnot-by-the-Sea, même les hommes portaient encore des maillots une pièce pour nager, alors que, dans les années trente, la mode du slip de bain se répandait partout. Pas dans le Maine. Les vestes, pour les hommes comme pour les femmes, avaient les épaules rembourrées. Les hommes arboraient des pantalons de flanelle blanche, larges et avachis ; les sportives affectionnaient les chaussures deux tons et les socquettes ; les robes « habillées » avaient des tailles naturelles, des manches souvent bouffantes. Un pittoresque émoi s'emparait de la foule, tandis qu'implacablement l'ours se rapprochait, Freud dans son sillage.

« *Nein, Nein !* Quel idiot, cet ours !

Et State O'Maine, affichant sous sa muselière une expression mystérieuse, piquait droit sur eux, infléchissant à peine sa course, tassé sur le guidon.

« Espèce de crétin ! lançait Freud.

L'ours s'éloignait — toujours en coupant à travers une des tentes dressées sur la pelouse, sans jamais heurter un piquet ni accrocher les nappes blanches qui recouvraient les tables chargées de victuailles et de bouteilles. Les serveurs se lançaient à ses trousses sur la belle pelouse.

Des acclamations montaient des courts où, pourtant, à mesure que l'ours se rapprochait, les joueurs abandonnaient leurs parties.

Qu'il eût conscience ou non de ce qu'il faisait, jamais l'ours n'accrochait une haie, et jamais il n'allait trop vite ; jamais il ne descendait sur l'embarcadère ni ne tentait de monter à bord d'un yacht ou d'un homardier. Et Freud finissait toujours par le rattraper, quand il lui semblait que les invités se lassaient. Freud grimpait alors derrière l'ours ; plaqué contre le large dos, il aidait l'ours à ramener l'Indian modèle 1937 jusqu'à la pelouse.

« Voilà encore quelques petits trucs à mettre au point ! lançait-il à la foule. Encore quelques mouches dans la pommade, mais *kein Problem* ! D'ici peu, il saura se débrouiller ! »

Tel était le numéro. Il était immuable. Freud n'avait jamais rien appris d'autre à State O'Maine ; à l'en croire, l'ours n'était pas capable d'assimiler autre chose.

« Il n'est pas tellement futé, cet ours, disait Freud à mon père. Quand je l'ai trouvé, il était déjà trop vieux. Moi, je croyais qu'il serait formidable. Il était aussi docile qu'un ourson. Mais les bûcherons ne lui ont rien appris. D'ailleurs, ces gens-là n'ont pas de manières. De vrais animaux eux aussi. Ils gardaient l'ours comme mascotte, ils lui donnaient assez à manger pour l'empêcher de devenir méchant, mais, à part ça, ils le laissaient traîner partout et le laissaient se couler douce. Comme eux. Je crois que cet ours, s'il est devenu ivrogne, c'est de la faute des bûcherons. Il ne boit plus maintenant — je le tiens à l'œil —, mais à le voir, on dirait bien que ce n'est pas l'envie qui lui manque, non ? Ce n'est pas votre avis ? »

Mon père n'avait pas d'avis. Il trouvait Freud fantastique, et, à ses yeux, l'Indian modèle 1937 était l'engin le plus merveilleux du monde. Les jours de congé, mon père emmenait ma mère en balade sur les petites routes de corniche, tous deux serrés l'un contre l'autre et fouettés par l'air marin, mais jamais ils n'étaient seuls : jamais la moto n'aurait pu s'éloigner de l'Arbuthnot sans que State O'Maine ne grimpe dans le side-car. Si quelqu'un tentait de filer sans lui avec la moto, l'ours piquait une vraie crise ; c'était l'unique circonstance capable de pousser le vieil ours à courir. Et un ours peut courir étonnamment vite.

« Allez-y, essayez donc de filer, disait Freud à mon père. Mais, mieux vaut la pousser dans l'allée, jusqu'à la route, avant de lancer le moteur. Et, la première fois, évitez d'emmener cette pauvre Mary. Et mettez un tas de gros vêtements, parce que, si jamais il vous rattrape, vous sentirez ses pattes partout. C'est pas qu'il sera en colère — simplement un peu excité. Allez-y, essayez. Mais si, au bout de quelques kilomètres, vous jetez un coup d'œil en arrière, et s'il vous suit toujours, vaudrait mieux vous arrêter pour le ramener. Il piquerait une crise cardiaque ou il se perdrait — il est tellement stupide.

« Il ne sait ni chasser ni rien. Quand on ne lui donne pas à manger, il n'est bon à rien. C'est une mascotte, pas un vrai animal, plus maintenant. Peut-être qu'il est deux fois plus futé qu'un berger allemand, mais tout juste. Et ça, aux yeux du monde, ça suffit pas, vous savez.

— Du monde ? ne manquait jamais de demander Lilly, les yeux écarquillés.

Mais, en cet été de 1939, grâce aux timides caresses de ma mère, au rugissement de l'Indian 1937, au fumet puissant de State O'Maine, aux nuits froides du Maine et à la sagesse de Freud, le monde n'était que nouveauté et tendresse.

Freud devait sa claudication, bien sûr, à un accident de moto ; la fracture avait été mal réduite.

— Discrimination, clamait Freud.

Freud était petit, robuste, aussi alerte qu'un animal, et il avait un teint bizarre (le vert d'une olive cuite lentement, à en devenir presque brune). Il avait des cheveux noirs et luisants dont, chose étrange, une petite plaque lui poussait sur la joue, juste sous l'un de ses yeux : une petite touffe de poils soyeux, plus grosse que ne le sont d'ordinaire les grains de beauté, à peu près de la taille d'une banale pièce de monnaie, plus originale qu'une tache de vin et qui paraissait tout aussi à sa place sur le visage de Freud qu'une bernicle sur un rocher de la côte du Maine.

— C'est parce que mon cerveau est tellement énorme, avait dit Freud à mes parents. A cause de mon cerveau, il n'y a plus de place sur ma tête pour mes cheveux, c'est pourquoi les cheveux finissent par être jaloux et se mettent à pousser là où il faudrait pas.

— Peut-être que c'était du poil d'ours, suggéra un jour Frank, sans rire.

Et Franny poussa un hurlement et me serra le cou, si fort que je m'en mordis la langue.

— Frank est tellement bizarre ! s'écria-t-elle. Montre-nous *ton* poil d'ours, Frank.

A cette époque, le pauvre Frank approchait de la puberté ; il était précoce, et il en avait honte. Mais Franny elle-même ne parvenait pas à nous faire oublier le charme fascinant de Freud et de son ours ; aux enfants que nous étions, ils paraissaient aussi fascinants qu'ils avaient dû le paraître à mon père et à ma mère en cet été de 1939.

Certaines nuits, nous raconta notre père, il reconduisait ma mère jusqu'à la porte de son dortoir et l'embrassait pour lui dire au revoir. Si Freud était endormi, mon père détachait State O'Maine entravé à la moto par une chaîne, et débarrassait l'ours de sa muselière pour lui permettre de manger. Puis mon père l'emmenait à la pêche. Un morceau de toile goudronnée coiffait le side-car, comme une tente ouverte, pour protéger State O'Maine de la pluie et, en prévision d'occasions de ce genre, mon père laissait son attirail de pêche enveloppé dans le rabat de la toile.

Tous deux se rendaient alors à la jetée de Baypoint ; le quai s'avançait bien au-delà des embarcadères des hôtels ; des homardiers et des petites barques dansaient sur la houle contre les pilotis. Mon père et State O'Maine s'installaient au bout de la jetée, et mon père lançait alors ce qu'il appelait ses cuillers — pour attraper des merlans. Il les donnait à manger tout vivants à State O'Maine. En une seule occasion, un soir, ils eurent une petite altercation. D'ordinaire, mon père attrapait trois ou quatre merlans, ce qui suffisait amplement — pour mon père comme pour State O'Maine —, après quoi ils rentraient. Mais un soir, les merlans ne vinrent pas au rendez-vous, et, au bout d'une heure sans la moindre touche, mon père se leva pour ramener l'ours à sa muselière et sa chaîne.

— Viens, dit-il. Ce soir, pas de poissons dans la mer.

State O'Maine refusa de bouger.

« Allez, viens ! répéta mon père.

Mais cette fois State O'Maine refusa, en plus, de laisser mon père quitter la jetée.

— Earl ! gronda l'ours.

Mon père se rassit et se remit à pêcher.

« Earl ! gémit State O'Maine.

Mon père s'obstina à jeter sa ligne, il changea de cuiller, il essaya tout. S'il avait pu creuser dans les bancs de vase pour dénicher des vers, il aurait pu pêcher au ras du fond et attraper des flets, mais chaque fois que mon père faisait mine de s'éloigner, State O'Maine devenait menaçant. Mon père songea à sauter à l'eau pour regagner la côte à la nage ; il aurait pu se glisser dans le dortoir pour alerter Freud, et tous deux seraient revenus pour tenter de capturer State O'Maine en l'amadouant avec de la nourriture empruntée à l'hôtel. Mais, au bout d'un moment, mon père se résigna à jouer le jeu jusqu'au bout :

— D'accord, d'accord, bon, tu veux du poisson ? Eh bien, bon Dieu, on va t'en attraper, du poisson.

Un peu avant l'aube, un pêcheur de homards descendit sur la jetée pour prendre la mer. Il allait relever ses casiers et en emportait d'autres pour les poser, et — par malheur — il s'était aussi muni de menu fretin en guise d'appât. State O'Maine renifla l'odeur des appâts.

« Feriez mieux de les lui donner, dit mon père.

— Earl! fit State O'Maine.

Sur quoi le homardier abandonna tous ses poissons à l'ours.

— Nous vous paierons, assura mon père. Sans tarder.

— Je sais ce que j'aurais envie de faire, moi, dit le homardier, et *sans tarder.* Cet ours, c'est *lui* que je voudrais fourrer dans mes casiers en guise d'appât. Je serais ravi de le voir se faire bouffer par les homards!

— Earl! fit State O'Maine.

— Vaut mieux pas le taquiner, dit mon père au homardier, qui acquiesça, sans insister.

— *Ja*, il n'est pas des plus futés, cet ours, dit Freud à mon père. J'aurais dû vous avertir. Il peut se montrer bizarre, quand il s'agit de manger. On le nourrissait trop bien sur les chantiers ; il arrêtait pas de manger — rien que des saloperies. Et des fois, vous savez, il lui arrive de se dire qu'il ne mange pas assez — ou qu'il a envie de boire, ou n'importe. N'oubliez pas : ne vous mettez jamais à manger sans lui donner sa part. Il aime pas ça.

Aussi State O'Maine était-il toujours généreusement gavé avant de se produire sur la pelouse : les nappes blanches disparaissaient sous les hors-d'œuvre, les plats compliqués de poisson cru, les viandes grillées, et si State O'Maine avait eu faim, des ennuis eussent été à redouter. Mais Freud gavait State O'Maine avant leur numéro et, la panse pleine, l'ours pilotait calmement sa moto. Il avait l'air placide, un peu ennuyé même, cramponné à son guidon, comme si l'impérieux besoin qui couvait en lui pouvait au pire le pousser à lâcher un affreux rot, ou à soulager ses entrailles de gros ours.

— C'est un numéro débile, et je perds de l'argent, disait Freud. C'est trop chichiteux ici. Y a que des snobs. Je devrais choisir un autre coin, un public un peu moins raffiné, un coin où les gens viennent pour jouer au loto — pas seulement pour danser. Je devrais choisir des endroits un peu plus *démocratiques* — des endroits où les gens parient sur les combats de chiens, vous savez ?

Mon père ne savait pas ; mais je parierais qu'il imaginait avec ravissement des lieux de ce genre — moins raffinés que les Weirs, à Laconia ou même Hampton Beach. Des lieux surtout fréquentés par des poivrots et des types qui ne demandaient qu'à payer pour voir un numéro d'ours savant. Pour un homme comme Freud et un ours comme State O'Maine, l'Arbuthnot avait en fait une clientèle trop raffinée. Trop raffinée même, pour apprécier à sa juste valeur leur moto : l'Indian 1937.

Mais mon père se rendait compte que Freud n'avait aucune ambition. L'été, à l'Arbuthnot, Freud avait la vie facile ; mais l'ours ne s'était pas révélé la mine d'or dont avait rêvé Freud. Ce dont Freud rêvait, c'était d'un ours d'un autre genre.

« Avec un ours à ce point idiot, expliqua-t-il à mon père et à ma mère, inutile que j'essaie de faire ma pelote. Et quand on fait ces petites plages populaires, y a d'autres problèmes.

Ma mère saisit la main de mon père et la serra fermement, pour le mettre en garde — peut-être sentait-elle que, déjà, il pensait à ces « autres problèmes », ces « plages populaires ». Mais mon père pensait à Harvard et à ses frais de scolarité ; il les *aimait*, l'Indian modèle 1937 et l'ours appelé State O'Maine. Il n'avait jamais vu Freud investir le moindre effort dans le dressage de l'ours, et Win Berry était un jeune homme qui avait la foi ; le fils de Coach Bob se croyait capable de faire tout ce qu'il était capable d'imaginer.

Entre autres projets, il s'était promis, sitôt terminé son été à l'Arbuthnot, de se rendre à Cambridge pour y louer une chambre et chercher du travail — peut-être à Boston. Il aurait la possibilité de se familiariser avec les environs de Harvard et de se faire embaucher dans la région, puis, sitôt ramassé l'argent de ses études, il pourrait se faire inscrire. De cette façon, peut-être même parviendrait-il à conserver un emploi à mi-temps tout en étudiant à Harvard. Ma mère, bien sûr, avait trouvé le projet à son goût, car, par le train, le voyage aller-retour entre Boston et Dairy ne prenait guère longtemps — et, à l'époque, les services étaient réguliers. Elle imaginait déjà les visites de mon père — les longs week-ends — et peut-être, de temps à autre, mais en tout bien tout honneur, les visites qu'elle lui rendrait elle-même à Boston ou Cambridge.

— Comme si tu t'y connaissais en ours, fit-elle. Ou en motos.

Ce qui lui plaisait moins, c'était l'idée que — *à supposer* que Freud refusât de se défaire de son Indian ou de son ours — mon père partirait avec Freud faire la tournée des camps forestiers. Win Berry était un jeune homme résolu, mais il n'avait rien de vulgaire. Et, dans l'esprit de ma mère, les camps étaient des endroits vulgaires, d'où mon père reviendrait changé — à moins qu'il n'en revînt pas du tout.

Elle avait tort de se faire du souci. Cet été-là et la façon dont il se terminerait, tout cela dépendait d'une conjoncture inévitable qui dépassait de beaucoup les banals petits projets que pouvaient nourrir mon père et ma mère. Cet été de 1939 était tout aussi inévitable que la guerre en Europe, comme on devait dire bientôt, et tous — Freud,

Mary Bates et Winslow Berry —, tous dérivaient au fil de l'été comme les mouettes ballottées par les courants à l'embouchure de la Kennebec.

Une nuit de la fin août, alors que ma mère, son service terminé, n'avait eu que le temps d'enfiler ses chaussures deux tons et la jupe longue qu'elle mettait pour jouer au croquet, on appela mon père pour aider à soigner un blessé. Mon père longea en courant le terrain de croquet où ma mère l'attendait, un maillet sur l'épaule. Les ampoules accrochées aux arbres comme des guirlandes de Noël inondaient la pelouse d'une lueur fantomatique et, en apercevant ma mère, mon père crut voir « un ange armé d'une massue ».

— Je te rejoins tout de suite, fit mon père. Il y a un blessé.

Elle lui emboîta le pas, d'autres hommes suivirent, et tous se précipitèrent vers l'embarcadère. Un gros bateau était amarré à la jetée, moteur au ralenti, rutilant de lumière. A bord, jouait un orchestre de cuivres, trop de cuivres, et une puanteur de gas-oil et de gaz d'échappement se mêlait dans l'air salin à des relents de fruits écrasés. A bord, les invités puisaient dans une énorme bassine remplie de punch aux fruits, et, apparemment, ils s'étaient mis à s'asperger ou à laver le pont avec. Au bout du quai, un homme gisait sur le flanc, la joue entaillée par une plaie d'où le sang coulait en abondance : il avait trébuché en escaladant l'échelle et s'était lacéré le visage sur un taquet.

L'homme était grand et, dans la clarté bleuâtre de la lune, son visage paraissait rubicond ; quelqu'un le toucha et il se redressa aussitôt.

— *Scheiss !* fit-il.

Mon père et ma mère reconnurent le mot allemand pour « merde », qu'utilisait souvent Freud dans ses numéros. Plusieurs robustes jeunes hommes conjuguèrent leurs efforts pour remettre l'Allemand sur pied. De somptueuses taches de sang maculaient son smoking blanc, qui paraissait deux fois trop grand pour lui ; sa large ceinture bleu-noir ressemblait à un rideau et son nœud papillon assorti semblait planté dans sa gorge, comme une hélice tordue. Il avait la mâchoire plutôt lourde, et dégageait une forte odeur de punch. Il poussa un beuglement. Un concert de mots allemands s'éleva du pont, et une femme, grande et bronzée, vêtue d'une robe du soir ornée de dentelle jaune, ou d'un ruché, escalada l'échelle comme une panthère vêtue de soie. L'homme couvert de sang l'étreignit et s'appuya sur elle si lourdement que la femme — malgré son agilité et sa force évidentes — fut propulsée contre mon père, qui dut l'aider à garder l'équilibre. Elle était beaucoup plus jeune que l'homme, constata ma mère, et elle aussi allemande — elle parlait de façon gutturale et détendue, tandis qu'il continuait à bêler et gesticuler, avec hargne, à l'adresse des braillards demeurés à bord. D'une démarche titubante, les deux robustes silhouettes remontèrent le quai, puis s'engagèrent dans l'allée.

A l'entrée de l'Arbuthnot, la femme se retourna vers mon père et lui dit, en s'efforçant de maîtriser son accent :

— Va valloir lui boser tes akrafes, *ja* ? Pien sûr, fous afez un tocteur ?

Le chef-réceptionniste murmura à l'oreille de mon père :

— Allez chercher Freud.

— Des agrafes ? dit Freud. Faut aller jusqu'à Bath pour trouver un docteur, et c'est un ivrogne. Mais moi, les agrafes, ça me connaît.

Le chef-réceptionniste se précipita au dortoir et appela Freud à grands cris :

— Saute sur ton Indian et va chercher le vieux Doc Todd ! Dès qu'il sera arrivé, on se débrouillera pour lui éclaircir les idées. Mais, pour l'amour de Dieu, remue-toi.

— Ça prendra une bonne heure, *à condition* que je le trouve, dit Freud. Vous le savez que les agrafes, ça me connaît. Suffit qu'on me donne de quoi m'habiller comme il faut.

— Ce n'est pas là le problème, dit le chef-réceptionniste. A mon avis, ce n'est pas le problème, Freud ; tu comprends, ce type, c'est un *Allemand*, Freud. Et c'est son *visage* qui est entaillé.

Freud se débarrassa de ses vêtements de travail, révélant son corps olivâtre et grêlé ; il entreprit de peigner ses cheveux trempés.

— Les vêtements, dit-il. Apportez-les, c'est tout. Trop compliqué d'aller chercher le vieux Doc Todd.

— C'est au *visage* qu'il est blessé, Freud, insista mon père.

— Et alors, c'est quoi un visage ? fit Freud. Jamais rien que de la peau, *ja* ? Comme sur les mains et les pieds. Des pieds, j'en ai déjà recousu des tas. Des coups de hache et de scie — crétins de bûcherons.

Dehors, les Allemands descendus du bateau trimballaient des malles et autres gros bagages en coupant à travers le 18e green — le plus court chemin pour gagner l'hôtel.

« Regardez-moi ces porcs, dit Freud. Ils saccagent le terrain ; la petite balle blanche se coincera dans les trous.

Le maître d'hôtel fit irruption dans la chambre de Freud. La meilleure chambre du dortoir — nul ne savait comment Freud avait réussi à se l'approprier. Le maître d'hôtel commença à se dévêtir.

« Tout sauf ta veste, crétin, lui dit Freud. Les docteurs ne portent pas des vestes de larbins.

Mon père possédait une veste de smoking noire qui ne jurait pas trop avec le pantalon noir du maître d'hôtel, et il la prêta à Freud.

— Je l'ai souvent dit, au moins un million de fois, fit le maître d'hôtel (c'était bizarre de le voir, planté là nu comme un ver, s'exprimer avec tant d'autorité), il devrait y avoir un médecin en résidence à l'hôtel.

— *Le voici !* dit Freud, sitôt qu'il fut habillé de pied en cap.

Le chef-réceptionniste repartit en courant pour regagner l'hôtel le premier. Mon père regardait le maître d'hôtel qui, d'un œil navré, contemplait les vêtements abandonnés par Freud ; ils n'étaient pas très propres et, de plus, imprégnés par l'odeur puissante de State O'Maine ; le maître d'hôtel, de toute évidence, n'avait pas envie de les endosser. Mon père partit en courant pour rattraper Freud.

Les Allemands, regroupés dans l'allée, traînaient une grosse malle sur le gravier ; le lendemain matin, il faudrait enlever les pierres au râteau.

— Y a tonc pas assez te bersonnel tans cet hôtel bour nous aiter ? hurla un des Allemands.

Sur le comptoir immaculé, dans le petit office coincé entre la grande salle à manger et la cuisine, le gros Allemand à la joue entaillée gisait blême comme un cadavre, la tête posée sur sa veste de smoking soigneusement pliée, qui jamais plus ne redeviendrait blanche ; l'hélice de son nœud papillon noir pendait mollement sur sa gorge, sa ceinture se soulevait.

— Est-ce que c'est un *pon* tocteur ? demanda-t-il au chef-réceptionniste.

La jeune géante à la robe ornée d'un ruché jaune tenait la main de l'Allemand.

— Un excellent docteur, affirma le chef-réceptionniste.

— Un spécialiste des points de suture, renchérit mon père, sa main dans celle de ma mère.

— Bas drès zifilisé cet hôtel, à mon avis, dit l'Allemand.

— On est en *blein tésert,* fit la femme athlétique et bronzée, en s'excusant avec un éclat de rire. Mais cette plessure, c'est *nicht* trop grave, je crois. Pas pesoin d'avoir un trop pon tocteur pour arrancher ça, je crois.

— Bourvu qu'il zoit bas *juif,* dit l'Allemand.

Il toussota. Freud, que personne n'avait vu, avait fait son entrée dans la petite pièce ; non sans mal, il enfilait une aiguille.

— Imbossible qu'il zoit juif, j'en zuis zûre, s'esclaffa la princesse bronzée. Y a bas de Juifs tans le Maine !

Quand elle vit Freud, elle n'en eut pas l'air aussi sûre.

— *Guten Abend, meine Dame und Herr,* dit Freud. *Was ist los ?*

Mon père affirmait que Freud, avec son smoking noir, avait l'air tellement rabougri et défiguré par les cicatrices de ses furoncles, qu'on le soupçonnait d'emblée de porter des vêtements volés ; et, en outre, volés à deux personnes différentes au moins. Même son instrument le plus visible était noir — une bobine de fil noir, que serrait Freud dans ses mains gainées de gants en caoutchouc gris, des gants empruntés à la plonge. Serrée dans la petite main de Freud, la meilleure aiguille qu'il eût été possible de dénicher dans la lingerie de l'Arbuthnot paraissait trop grande, comme s'il avait choisi l'aiguille à recoudre les voiles. Et *qui sait ?*

— *Herr Doktor ?* fit l'Allemand, le visage soudain blême.

On eût dit que, d'un coup, sa blessure avait cessé de saigner.

— *Herr Doktor Professor Freud,* se présenta Freud en s'avançant pour lorgner la plaie.

— Freud ? demanda la femme.

— *Ja,* dit Freud.

Quand il vida le premier godet de whisky dans la plaie, l'alcool inonda les yeux de l'Allemand.

— Ouille ! s'exclama Freud.

— Je zuis afeugle ! Je zuis afeugle ! psalmodiait l'Allemand.

— *Nein, nicht* tellement aveugle, assura Freud. Mais vous auriez dû fermer les yeux.

Il flanqua le contenu d'un deuxième godet dans la plaie ; puis il se mit à l'ouvrage.

Le lendemain matin, le gérant pria Freud de *ne pas* se produire avec State O'Maine avant le départ des Allemands — ils partiraient dès que leur grand bateau aurait fait le plein de vivres. Freud refusa de garder son accoutrement de médecin ; il s'obstina à remettre sa salopette pour bricoler son Indian 1937 ; aussi fut-ce dans cette tenue que l'Allemand le découvrit, sur les courts de tennis, du côté de la mer, pas tout à fait invisible des jardins et des terrains de sport, mais discrètement à l'écart. Sous le pansement, l'énorme visage de l'Allemand était vilainement enflé, et il s'approcha de Freud avec circonspection, comme s'il soupçonnait le petit mécanicien d'être le frère jumeau de l' « Herr Doktor Professor » de la veille.

— *Nein,* c'est *lui,* dit la femme bronzée, pendue au bras de l'Allemand.

— Qu'est-ce que le tocteur juif est en drain de rébarer ce matin ? demanda l'Allemand.

— Mon violon d'Ingres, dit Freud, sans lever les yeux.

Mon père, chargé de passer à Freud ses outils — comme un aide-chirurgien —, resserra sa prise sur la grosse clef anglaise.

Les deux Allemands ne remarquèrent pas l'ours. State O'Maine était occupé à se gratter contre la clôture — son dos raclant avec énergie le treillis, gémissant et oscillant en cadence comme s'il se masturbait. Ma mère, soucieuse de son confort, le débarrassa de sa muselière.

— Jamais j'ai ententu barler d'une modo *bareille*, dit l'Allemand à Freud, d'un ton critique. A mon avis, c'est de la gamelote, *ça* ? Une Indian ? Qu'est-ce que c'est que ça ? Jamais ententu barler.

— Vous devriez l'essayer, dit Freud. Ça vous tente ?

L'Allemande paraissait avoir quelques doutes quant à la sagesse de l'idée — aucun doute en revanche quant à son propre désir d'essayer —, mais il était clair que l'Allemand trouvait l'idée séduisante. Planté près de la moto, il effleura des doigts le réservoir à essence, palpa sur toute sa longueur le câble de l'embrayage et caressa le levier du changement de vitesses. Empoignant l'accélérateur fixé au guidon, il lui imprima une brusque torsion. Il tâta le tuyau de caoutchouc souple — pareil à un organe vulnérable dans le fouillis de métal — qui servait à alimenter le carburateur. Sans même demander la permission de Freud, il ouvrit la valve du carburateur, la tripota et essuya sur la selle ses doigts trempés d'essence.

— Pas d'objection, *Herr Doktor* ? demanda l'Allemand.

— Non, allez-y, dit Freud. Allez donc faire un tour.

C'était l'été de 1939 : mon père comprit comment tout allait finir, mais ne put faire un geste pour intervenir.

— Je n'aurais rien pu faire, disait-il toujours. C'était *inévitable*, comme la guerre.

Ma mère, près de la clôture, vit l'Allemand enfourcher la moto ; elle songea à remettre la muselière à l'ours. Mais l'ours était rétif ; il secoua la tête et se gratta de plus belle.

— Le *témarreur*, une zimple *bédale*, *ja* ? demanda l'Allemand.

— Un bon coup de talon, et ça démarre, dit Freud.

Quelque chose, dans la façon dont mon père et lui s'écartèrent, incita la jeune Allemande à en faire autant ; elle aussi recula.

— Allons-y ! fit l'Allemand, en appuyant sur la pédale du starter.

Au premier toussotement du moteur, avant même qu'il s'emballe, l'ours nommé State O'Maine se redressa de toute sa taille contre la clôture, et, sur son poitrail épais, le poil rugueux se hérissa ; par-dessus le court central, il contemplait l'Indian 1937 qui essayait de lui fausser compagnie. Quand l'Allemand embraya sèchement et commença, non sans circonspection, à rouler sur l'herbe en direction d'une allée voisine, State O'Maine se laissa choir sur ses pattes et fonça. Ce fut en pleine foulée qu'il traversa le court du milieu, semant la pagaille dans un double, les raquettes s'envolèrent, les balles s'éparpillèrent. Le joueur placé au filet jugea plus sage de se blottir contre ledit filet et ferma les yeux tandis que l'ours le frôlait dans sa course.

— Earl ! gronda State O'Maine.

Mais le grondement rauque de l'Indian 1937 étouffa sa voix et l'Allemand n'entendit pas.

Mais l'Allemande, elle, entendit, et se retournant — en même temps que mon père et Freud —, elle aperçut l'ours.

— *Mein Gott !* Quel bays zaufage ! s'écria-t-elle.

Sur quoi, elle s'affala évanouie contre mon père, qui se débattit et la déposa doucement sur l'herbe.

Quand l'Allemand aperçut l'ours lancé à ses trousses, il n'avait pas encore réussi à s'orienter ; il ne savait trop de quel côté se trouvait la grand-route. S'il avait trouvé la grand-route, bien sûr, il aurait pu semer l'ours, mais, coincé sur les sentiers et les allées des jardins, et sur les terrains de sport au sol meuble, il n'avait pas la vitesse nécessaire.

— Earl ! gronda l'ours.

L'Allemand fit plusieurs embardées en traversant la pelouse et mit le cap sur les tentes où l'on dressait les tables pour le déjeuner. En moins de vingt-cinq mètres, l'ours eut rattrapé la moto et, gauchement, tenta de monter en croupe derrière l'Allemand — à croire que State O'Maine avait fini par assimiler les leçons de conduite de Freud et se préparait à exiger que le numéro se déroulât dans les règles.

Cette fois, l'Allemand refusa de laisser Freud le recoudre, et Freud lui-même reconnut ne pas être à la hauteur de la tâche.

— Quel gâchis, s'émerveilla tout haut Freud. Tellement de points à coudre — trop pour moi. Il aurait fallu trop de temps et je n'aurais pas supporté de l'entendre gueuler.

Aussi l'Allemand fut-il transporté, par la vedette des gardes-côtes, à l'hôpital de Bath. Quant à State O'Maine, il resta caché dans la lingerie, de manière à confirmer son statut mythique d'animal « sauvage ».

— Tes *pois*, il est sorti tes *pois*, dit l'Allemande, une fois rendue à la vie. Le pruit te la modo l'aura zans toute rentu *furieux*.

— Une ourse, avec des oursons, expliqua Freud. *Sehr* perfide en cette période de l'année.

Mais la direction de l'Arbuthnot-by-the-Sea refusa de classer l'affaire aussi facilement ; Freud l'aurait parié.

— Je pars avant d'être obligé d'avoir un autre entretien avec *lui*, dit Freud à mes parents.

Ils le savaient, Freud voulait parler du propriétaire de l'Arbuthnot, l'homme en smoking blanc qui parfois faisait son apparition pour clore le bal.

« Il me semble que je l'entends, le gros bonnet : " Écoutez, Freud, vous étiez au courant des risques, on en avait discuté. Le jour où, *moi*, j'ai accepté la présence de cet animal, nous sommes tombés d'accord, vous et moi, que vous en seriez responsable ! " Et si jamais il me dit que je suis un veinard de Juif — que, pour commencer, j'ai de la veine d'être ici dans ce foutu pays d'Amérique —, je vous garantis que je laisse State O'Maine le bouffer tout cru, dit Freud. Ce type et ses cigarettes à la manque, j'en ai rien à faire. D'ailleurs, ce n'est pas mon genre d'hôtel.

L'ours, furieux de se trouver enfermé dans la lingerie et inquiet de voir Freud emballer ses vêtements à mesure qu'ils sortaient du bassin — encore tout trempés —, se mit à grommeler.

— Earl ! murmura-t-il.

— Oh, ta gueule ! glapit Freud. C'est comme toi, tu n'es pas mon genre d'ours.

— C'était ma faute, fit ma mère. Jamais je n'aurais dû lui ôter sa muselière.

— Il n'a fait que l'embrasser avec un peu trop d'insistance, dit Freud. Ce sont les griffes de cette brute qui ont tailladé c'te espèce de connard !

— S'il n'avait pas tenté de tirer sur les poils de State O'Maine, dit mon père, je ne pense pas que les choses auraient aussi mal tourné.

— Bien sûr que non ! renchérit Freud. Dites-moi qui aime se faire tirer les cheveux ?

— Earl ! se plaignit State O'Maine.

— Voilà comment on devrait t'appeler : « Earl ! » dit Freud à l'ours. Tu es tellement idiot, tu ne sais rien dire d'autre.

— Mais qu'est-ce que vous allez faire ? demanda mon père. Où pouvez-vous aller ?

— Retourner en Europe. Là-bas, on trouve encore des ours futés.

— Là-bas, on trouve aussi des nazis.

— Un ours futé, c'est tout ce que je demande, les nazis je m'en fous.

— Je me charge de prendre soin de State O'Maine, proposa mon père.

— Vous pouvez faire mieux, dit Freud. Vous pouvez l'*acheter*. Deux cents dollars, et tout le contenu de votre placard à fringues. *Celles-ci sont trempées !* hurla-t-il, en jetant les siennes.

— Earl ! fit l'ours, malheureux.

— Attention à ce que tu dis, Earl, le sermonna Freud.

— Deux cents dollars ? demanda ma mère.

— Tout l'argent que j'ai gagné jusqu'ici, dit mon père.

— Je sais ce que vous gagnez, dit Freud. Voilà pourquoi je demande seulement deux cents dollars. Bien sûr, ça paie aussi la moto. Vous avez compris pourquoi il faut que vous gardiez l'Indian, *Ja* ? State O'Maine refuse de monter en voiture ; ça lui donne envie de vomir. De plus, un jour, un bûcheron l'a enchaîné dans un camion — je l'ai vu. Ce crétin d'ours a arraché le hayon, il a enfoncé la lunette arrière et il a mis le type en pièces. Alors, vous, ne faites pas l'idiot. Achetez l'Indian.

— Deux cents dollars, répéta mon père.

— Plus vos frusques, affaire conclue, dit Freud.

Il abandonna ses vêtements trempés en tas sur le parquet de la lingerie. L'ours tenta de les suivre jusque dans la chambre de mon père, mais Freud demanda à ma mère d'emmener State O'Maine et de l'enchaîner à la moto.

— Il sait que vous allez partir, ça le rend inquiet, le pauvre, dit ma mère.

— C'est la moto qui lui manque, un point c'est tout, dit Freud.

Mais il laissa l'ours les suivre à l'étage, bien que la direction de l'hôtel lui eût recommandé de l'en empêcher.

« Je me fiche pas mal de ce qu'ils permettent ou non maintenant, pas vrai ? dit Freud, en essayant les vêtements de mon père.

Ma mère faisait le guet dans le couloir, ni les ours ni les femmes n'avaient le droit de pénétrer dans le dortoir des hommes.

— Tous mes vêtements sont trop *grands* pour vous, dit mon père à Freud quand il fut habillé de pied en cap.

— Je n'ai pas fini de grandir, dit Freud, qui, à l'époque, devait avoir quarante ans passés. Si j'avais eu des habits à ma taille, je serais devenu plus grand.

Il avait passé trois des pantalons de mon père, les uns par-dessus les autres ; il avait mis deux vestons, les poches bourrées de sous-vêtements et de chaussettes, et il avait jeté une troisième veste sur son épaule.

« Pourquoi s'embarrasser de valises ? fit-il.

— Mais comment ferez-vous pour *arriver* en Europe ? chuchota ma mère du seuil.

— Je traverserai l'Atlantique, dit Freud. Approchez un peu, dit-il à ma mère.

Prenant la main de mon père et celle de ma mère, il les entrelaça.

« Vous n'êtes que des gosses, leur dit-il. Aussi, écoutez-moi : vous vous aimez. On part de cette hypothèse, *ja* ?

Ni mon père et ma mère ne s'étaient jamais avoué la chose, pourtant tous deux hochèrent la tête tandis que Freud les tenait par la main.

« D'accord, dit Freud. Eh bien, il en découle trois choses. Vous me promettez d'être d'accord sur ces trois choses ?

— Je promets, dit ma mère.

— D'accord, dit Freud. Voici la première : vous allez vous marier, et tout de suite, avant qu'un maudit crétin ou qu'une maudite putain vienne vous faire changer d'avis. Pigé ? Vous vous mariez, même s'il doit vous en coûter.

— D'accord, acquiescèrent mes parents.

— Voici la deuxième, dit Freud, en ne regardant cette fois que mon père. Vous allez *entrer* à Harvard — promis ? —, même s'il doit vous en coûter.

— Mais, je serai déjà marié, objecta mon père.

— J'ai dit qu'il vous en coûterait, non ? fit Freud. Promis : vous irez à Harvard. Et vous saisirez *toutes* les chances que vous offrira la vie, même si vous avez trop de chances. La chance s'arrête un jour, vous savez ?

— De toute façon, je veux que tu ailles à Harvard, dit ma mère.

— Même s'il doit m'en coûter, fit mon père.

Mais il promit.

— Et voici la troisième, dit Freud. Vous êtes prêts ?

Il se tourna alors vers ma mère ; il lâcha la main de mon père, et même la repoussa, si bien qu'il ne tenait plus que la main de ma mère.

« Pardonnez-lui, lui dit Freud, même s'il doit vous en coûter.

— Me pardonner quoi ? fit mon père.

— Pardonnez-lui, un point c'est tout, dit Freud, qui ne regardait que ma mère.

Elle eut un haussement d'épaules.

« Et *toi* aussi ! dit Freud à l'ours, qui reniflait sous le lit de mon père.

State O'Maine, qui venait de trouver une balle de tennis sous le lit et l'avait prise dans sa gueule, sursauta, effrayé par la voix.

— Urp ! fit l'ours.

La balle ressortit.

— Toi, dit Freud à l'ours. Qui sait, un jour, peut-être seras-tu reconnaissant d'avoir été arraché au monde répugnant de la *nature* !

Ce fut tout. Un mariage et une bénédiction, disait toujours ma mère. Un petit office juif à la mode d'autrefois, disait mon père ; pour lui, les

Juifs sont un mystère — du même genre que la Chine, l'Inde et l'Afrique, et tous les pays exotiques où il n'avait jamais mis les pieds.

Mon père enchaîna l'ours à la moto. Quand ma mère et lui embrassèrent Freud pour lui dire au revoir, l'ours tenta de fourrer sa tête entre eux.

— Attention ! s'écria Freud.

Et ils s'écartèrent précipitamment.

« Il s'imagine que nous mangeons quelque chose, expliqua Freud. Attention quand vous vous embrassez en sa présence ; il ne comprend rien aux baisers. Il croit que les gens *mangent*.

— Earl ! fit l'ours.

— Et, je vous en prie, faites ça pour moi, dit Freud, appelez-le " Earl " — il ne sait rien dire d'autre, et en fait de nom, State O'Maine est tellement idiot.

— Earl ? fit ma mère.

— Earl ! fit l'ours.

— Entendu, fit mon père. D'accord pour " Earl ".

— Au revoir, Earl, fit Freud. *Auf Wiedersehen !*

Longtemps ils restèrent là à regarder Freud qui, sur la jetée de Baypoint, attendait de trouver un bateau pour l'emmener à Boothbay, et quand enfin un homardier le prit à son bord, mes parents eurent l'impression — ils savaient pourtant qu'à Boothbay Freud prendrait un plus gros bateau — que le homardier était sur le point d'emmener Freud en Europe, là-bas, de l'autre côté de l'océan sombre. Ils suivirent des yeux le bateau qui, ballotté par les vagues, s'éloignait en ahanant, jusqu'au moment où il ne fut pas plus gros qu'une hirondelle de mer ou un bécasseau ; déjà il n'était plus à portée de voix.

— Est-ce ce soir-là que vous l'avez fait pour la première fois ? demandait toujours Franny.

— Franny ! disait maman.

— Ma foi, à ce que vous dites, vous vous *sentiez* mariés, non ? insistait Franny.

— Ça ne vous regarde pas, disait papa.

— Mais vous *l'avez fait,* pas vrai ? insistait Franny.

— Ça te regarde ? disait Frank.

— En fait, ce n'est pas *quand* le plus important, disait Lilly, à sa façon bizarre.

Et c'était vrai — *quand* n'avait en fait aucune importance. Le jour où ils prirent congé de l'été 1939 et de l'Arbuthnot-by-the-Sea, mon père et ma mère étaient amoureux l'un de l'autre — et, dans leur esprit, déjà mariés. Après tout, ils en avaient fait la promesse à Freud. Ils avaient son Indian 1937 et son ours, rebaptisé Earl, et sitôt arrivés chez eux, à Dairy, New Hampshire, ils se rendirent tout droit chez les Bates.

— Mary est de retour! lança la mère de ma mère.

— Qu'est-ce que c'est que cet engin sur lequel elle est perchée? fit le vieux Latin Emeritus. Et qui est-ce qui est avec elle?

— C'est une motocyclette, et lui, c'est Win Berry! fit la mère de ma mère.

— Non, non! fit Latin Emeritus. Qui est l'autre?

Le vieux regardait fixement la silhouette tassée dans le side-car.

— Sans doute Coach Bob, fit la mère de ma mère.

— Ce crétin! dit Latin Emeritus. Mais, bon sang, avec un temps pareil, je me demande bien ce qu'il porte? Ils ne savent donc pas s'habiller dans l'Iowa?

— Je vais épouser Win Berry! annonça ma mère en se précipitant vers ses parents. Ça, c'est sa moto. Il entre à Harvard. Et ça... c'est Earl.

Coach Bob se montra plus compréhensif. Earl lui plut aussitôt.

— J'aimerais savoir ce qu'il peut soulever comme poids, dit l'ex-vedette des Big Ten. Mais on ne pourrait pas lui couper les ongles?

Il paraissait stupide d'avoir un autre mariage; mon père était d'avis qu'en fait de cérémonie, celle de Freud suffisait. Mais les parents de ma mère exigèrent qu'ils soient officiellement mariés par le pasteur congrégationaliste qui avait escorté ma mère au bal de sa promotion, et il en fut ainsi.

Ce fut un petit mariage sans cérémonie; Coach Bob tint le rôle de garçon d'honneur, et Latin Emeritus accorda la main de sa fille, en se contentant de marmonner quelques bizarres expressions latines; la mère de ma mère pleura, pénétrée de cette conviction que Win Berry *n'était pas* l'étudiant de Harvard destiné à ramener Mary Bates à Boston — du moins pas sur-le-champ. Durant toute la cérémonie, Earl resta assis dans le side-car de l'Indian 1937, où des harengs et des biscuits l'aidèrent à se tenir tranquille.

Mon père et ma mère passèrent en tête à tête une brève lune de miel.

— Sûr qu'alors vous avez dû *le* faire! lançait toujours Franny.

Pourtant je parierais que non; ils ne s'arrêtèrent nulle part pour la nuit. Tôt le matin, ils prirent le train pour Boston et déambulèrent dans Cambridge, s'imaginant installés là, un jour, quand mon père ferait ses études à Harvard; le lendemain, ils prirent le premier omnibus pour regagner le New Hampshire où ils arrivèrent à l'aube. Leur premier lit nuptial avait forcément été le lit à une place qui meublait la chambre de jeune fille de ma mère, sous le toit du vieux Latin Emeritus — où ma mère allait continuer à habiter, tandis que mon père s'efforcerait de rassembler l'argent pour entreprendre ses études.

Coach Bob fut désolé de voir partir Earl. Bob était certain que l'on aurait pu apprendre à l'ours à jouer en défense, mais mon père annonça à Iowa Bob qu'il comptait sur l'ours pour assurer la subsistance de sa famille et lui payer ses études. Aussi un soir (après l'invasion de la Pologne par les nazis), avec dans l'air la première morsure de l'automne, mon père et ma mère échangèrent un baiser d'adieu sur le stade de Dairy School, dont la pelouse s'étendait jusqu'à l'arrière-cour de Iowa Bob.

— Prends bien soin de tes parents, dit mon père ; moi, je te promets de revenir pour prendre soin de toi.

— Pouah ! grognait toujours Franny.

Chose bizarre, ce détail la perturbait. Elle n'y croyait jamais. Lilly, elle aussi, frissonnait et faisait la moue.

— Fermez-la et écoutez la suite, disait Frank.

Du moins, n'ai-je pas l'entêtement de mes frères et de mes sœurs. Tout simplement, j'imaginais comment mes parents s'étaient sans doute embrassés : avec précaution — pendant que Coach Bob essayait de faire diversion en jouant avec l'ours, pour que Earl n'aille pas s'imaginer que ma mère et mon père mangeaient sans partager avec lui. S'embrasser en présence de Earl était toujours risqué.

Ma mère ne douta jamais que mon père lui serait fidèle, nous assura-t-elle un jour, l'ours l'aurait mis en pièces s'il s'était avisé d'embrasser quelqu'un.

— Et *tu as été* fidèle ? demandait, implacable, Franny à mon père.

— Mais, bien sûr, faisait papa.

— Tu parles, faisait Franny.

Lilly prenait un air soucieux, Frank regardait ailleurs.

C'était l'automne de 1939. Ma mère ne s'en doutait pas, mais elle était déjà enceinte — de Frank. Mon père descendait la côte est à moto, tentant sa chance dans les hôtels de bord de mer — les grands orchestres, les tournois de loto, les casinos —, poussant de plus en plus loin vers le sud au fil des saisons. Lorsque Frank naquit au printemps de 1940, il se trouvait au Texas ; mon père et Earl étaient alors en tournée avec une troupe appelée l'Orchestre de l'Étoile solitaire. Les ours étaient à la mode au Texas — mais, à Fort Worth, un poivrot tenta de voler l'Indian 1937, ignorant que Earl dormait enchaîné au véhicule. La justice du Texas condamna mon père à payer les frais d'hospitalisation de la victime, et il dut sérieusement écorner son magot pour remonter dans l'est à temps pour fêter l'arrivée au monde de son premier enfant.

Quand mon père rentra à Dairy, ma mère se trouvait encore à l'hôpital. Ils baptisèrent Frank, « Frank », parce que, déclara mon père, c'était précisément ce qu'ils s'étaient juré de toujours être l'un avec l'autre, et avec le reste de la famille : « francs ».

— Pouah ! disait toujours Franny.

Quant à Frank, il était très fier des origines de son nom.

Mon père ne s'attarda auprès de ma mère à Dairy que le temps de la remettre enceinte. Sur quoi, Earl et lui mirent le cap sur Virginia Beach et les Carolines. Le 4 juillet, ils furent expulsés de Falmouth, au Cape Cod, et rejoignirent maman à Dairy — pour récupérer — peu après leur catastrophe. A Falmouth, l'Indian 1937 avait foncé dans le cortège officiel, et Earl avait piqué une crise quand un pompier de Buzzards Bay avait tenté d'aider mon père à réparer la moto endommagée. Par malheur, le pompier était accompagné de deux dalmatiens, une race de chiens qui ne brille pas par son intelligence ; fidèles à leur réputation, les dalmatiens attaquèrent Earl assis dans le side-car. Earl décapita proprement l'un d'eux, puis se lança aux trousses de l'autre, semant la panique dans le défilé de l'équipe de football d'Osterville, où l'imbécile de chien avait tenté de se dissimuler. Le défilé se dispersa dans la pagaille, ce que voyant, les pompiers furieux refusèrent de continuer à aider mon père à réparer l'Indian, et le shérif de Falmouth escorta mon père et Earl jusqu'à la sortie de la ville. Earl refusant de monter en voiture, le convoi avait été des plus mornes — Earl trônant dans le side-car de la moto, que l'on avait été contraint de prendre en remorque. Il leur fallut cinq jours pour trouver des pièces de rechange et réparer le moteur.

Pire encore, Earl s'était découvert le goût des chiens. Coach Bob essaya de lui faire perdre cette habitude sadique en lui enseignant d'autres sports. Rattraper le ballon, perfectionner son saut périlleux avant — et même les équerres —, mais Earl prenait de l'âge, et ne possédait pas cette foi dans l'effort physique qui animait Iowa Bob. Massacrer les chiens ne nécessitait pas de grandes dépenses d'énergie à la course, découvrit Earl. A condition d'être rusé — et pour être rusé, Earl l'était, les chiens s'approchaient tout près de lui.

— Et du coup, fini, commentait Coach Bob. Ce sacré ours, il aurait été formidable en défense !

Aussi mon père laissait-il Earl enchaîné la plupart du temps, et il essayait de le contraindre à porter sa muselière. Ma mère prétendait que Earl était déprimé — elle trouvait le vieil ours de plus en plus triste —, mais, selon mon père, Earl n'était pas le moins du monde déprimé.

— Il pense aux chiens, voilà tout, disait-il. Et il est parfaitement heureux d'être attaché à la moto.

Tout l'été de 1940, mon père habita chez les Bates, et chaque soir, il offrait son spectacle aux estivants de Hampton Beach. Il parvint à enseigner à Earl un nouveau numéro qu'il appela « le Candidat » et qui lui permit d'épargner la vieille Indian de plus en plus fatiguée.

Earl et mon père se produisaient dans le kiosque à musique de Hampton Beach. Quand les lumières s'allumaient, Earl était installé sur une chaise, affublé d'un complet-veston ; le complet, retouché de fond en comble, avait été exhumé de la garde-robe de Coach Bob. Sitôt les rires calmés, mon père faisait son entrée dans le kiosque, un papier à la main.

— Votre nom ? demandait mon père.

— Earl ! faisait Earl.

— Oui, Earl, c'est bien ça. Et vous cherchez du travail, Earl ?

— Earl ! grognait Earl.

— Oui, je sais, je *sais*, vous vous appelez Earl, mais vous cherchez du *travail*, d'accord ? Seulement, je vois ici que vous ne savez pas taper à la machine, que vous ne savez même pas lire — d'accord — et puis que vous êtes un peu porté sur la bouteille.

— Earl, acquiesçait Earl.

Les spectateurs lançaient parfois des fruits, mais mon père avait pris soin de gaver Earl ; il ne s'agissait pas du même genre de public qu'avait connu mon père à l'Arbuthnot.

— Ma foi, si vous êtes incapable de dire autre chose que votre nom, disait mon père, j'ai dans l'idée que vous avez passé la soirée à picoler, ou alors vous êtes trop stupide pour savoir vous déshabiller tout seul.

Earl se tenait coi.

« Alors ? insistait mon père. Voyons un peu. Déshabillez-vous. Allez !

A ce point, mon père retirait la chaise sur laquelle était assis Earl, qui exécutait une des pirouettes que lui avait enseignées Coach Bob.

« Tiens, mais vous savez faire le saut périlleux, constatait mon père. Magnifique. Vos vêtements, Earl. Allons, enlevez-nous ces vêtements.

Allez savoir pourquoi, les gens trouvent toujours drôle de regarder un ours se déshabiller : ma mère avait horreur de ce numéro — elle trouvait injuste de livrer Earl aux lazzis de ces rustres. Quand Earl se

46

déshabillait, mon père devait en général l'aider à ôter sa cravate — sinon Earl s'énervait et l'arrachait de son cou.

« Y a pas à dire, vous avez une dent contre les cravates, Earl, disait alors mon père, au grand ravissement du public.

Une fois Earl dévêtu, mon père revenait à la charge :

« Bon, allons-y — ce n'est pas le moment de s'arrêter. Ôtez-moi cette peau d'ours.

— Earl ? faisait Earl.

— Ôtez-moi cette peau d'ours, insistait mon père en tirant sur la fourrure de Earl — sans trop exagérer.

— Earl ! rugissait Earl.

Un hurlement d'angoisse montait du public.

— Seigneur Dieu, mais c'est un *vrai* ours ! s'écriait mon pere.

— Earl ! beuglait Earl, en se ruant sur mon père qui tournait autour de la chaise.

La moitié des gens s'enfuyaient dans la nuit, certains s'élançaient en trébuchant sur le sable et ne s'arrêtaient qu'à la lisière des vagues ; d'autres continuaient à lancer des fruits et des gobelets remplis de bière tiède.

Un autre numéro, moins brutal pour Earl, se déroulait une fois par semaine, au casino de Hampton Beach. Ma mère avait appris à Earl à danser de façon plus raffinée, et quand le grand orchestre attaquait son premier morceau, elle ouvrait le bal avec Earl sur le parquet encore désert, tandis que les couples formaient le cercle et les contemplaient médusés — le gros ours, trapu et à demi courbé, vêtu du complet-veston de Iowa Bob, et qui, étonnamment gracieux sur ses pattes de derrière, se dandinait en cadence, guidé par ma mère.

Ces soirs-là, Coach Bob se chargeait de garder les enfants en compagnie de Frank. Mes parents et Earl rentraient en voiture par la route de la côte, s'arrêtant pour contempler le surf à Rye, où se trouvaient les demeures des riches ; à Rye, on appelait le surf « les brisants ». La côte du New Hampshire était moins sauvage, mais aussi moins chic que celle du Maine, mais à Rye, la phosphorescence de l'eau au large des brisants rappelait sans doute à mes parents les soirées de l'Arbuthnot. Ils ne manquaient jamais de s'arrêter là, disaient-ils, avant de regagner Dairy.

Une nuit, Earl refusa de s'éloigner des brisants.

— Il s'imagine que je vais l'emmener à la pêche, dit mon père. Écoute, Earl, je n'ai rien pour pêcher — pas d'appâts, pas de cuillers, pas de *canne* —, crétin, lança mon père, en lui montrant ses mains vides.

Earl avait l'air parfaitement ahuri ; ils comprirent que l'ours était presque aveugle. Ils expliquèrent à Earl qu'il n'était pas question d'aller à la pêche et le ramenèrent à la maison.

— Comment est-il devenu si vieux ? demanda ma mère.

— Il y a déjà quelque temps qu'il pisse dans le side-car, dit mon père.

Ma mère se trouvait de nouveau enceinte de plusieurs mois, cette fois de Franny, quand, à la fin de l'automne de 1940, mon père partit pour la saison d'hiver. Il avait choisi de se rendre en Floride, et la première lettre que reçut ma mère venait de Clearwater, la seconde de Tarpon Springs. Earl avait attrapé une bizarre maladie de peau — une infection de l'oreille, une espèce de champignon qu'attrapent facilement les ours —, et les affaires ne marchaient pas fort.

Cela se passait peu de temps avant la naissance de Franny, au début de l'hiver de 1941. Mon père n'était pas rentré au moment de l'accouchement, et Franny ne le lui pardonna jamais.

— Je parie qu'il avait deviné que ce serait une fille, ne cessait de répéter Franny.

Mon père ne rentra pas à Dairy avant le début du printemps ; sans perdre de temps, il remit ma mère enceinte, de moi.

Il lui promit de s'arranger pour ne plus repartir ; après une tournée réussie avec un cirque de Miami, il avait assez d'argent pour entrer à Harvard à l'automne. Ils pourraient se laisser vivre tout l'été et se produire à Hampton Beach uniquement lorsqu'ils en auraient envie. Il ferait la navette par le train pour aller suivre ses cours à Boston, à moins qu'il ne trouve un logement bon marché à Cambridge.

Earl vieillissait à vue d'œil. Chaque jour, il fallait lui soigner les yeux avec une pommade couleur bleu pâle, dont la texture rappelait la gelée de méduse ; Earl se frottait contre les meubles pour s'en débarrasser. Ma mère constata avec inquiétude qu'un peu partout son poil tombait par plaques, et son corps de plus en plus flasque semblait se ratatiner.

— Il a perdu son tonus musculaire, s'inquiétait Coach Bob. Il devrait faire des poids et haltères, ou courir.

— Essaie donc de lui fausser compagnie avec l'Indian, disait mon père à son père. Je te parie qu'il courra.

Mais quand Coach Bob tenta l'expérience, il s'en sortit indemne. Earl ne courut pas ; il s'en fichait.

« Avec Earl, dit mon père, la familiarité ne sert qu'à engendrer le mépris

A force de travailler, et dur, avec Earl, il avait fini par comprendre pourquoi l'ours exaspérait Freud.

Mon père et ma mère ne parlaient que rarement de Freud ; « la guerre en Europe » continuait, et il n'était que trop facile d'imaginer ce qui avait pu lui arriver.

A Harvard Square, les boutiques d'alcool vendaient un whisky de seigle bon marché, du Wilson's « That's All », mais mon père n'était pas buveur. A Cambridge, l'Oxford Grill servait de la bière pression dans de grands verres ventrus comme des ballons à cognac, d'une contenance de deux litres. Il suffisait de vider son verre sans trop tarder pour, derechef, s'en voir offrir un autre, gratis. Mais mon père se contentait d'un banal demi, une fois terminés ses cours de la semaine, et aussitôt, il se précipitait à la gare pour attraper le train de Dairy.

Il mettait les bouchées doubles dans ses études, afin de décrocher au plus vite son diplôme ; et il tenait le coup, non pas tellement qu'il fût d'une intelligence exceptionnelle — il était plus vieux, certes, mais non plus intelligent que la plupart des autres —, mais parce qu'il ne consacrait que peu de temps aux autres. Sa femme était enceinte et il avait deux enfants ; il ne disposait guère de temps pour fréquenter ses amis. Sa seule distraction, disait-il, était de suivre à la radio les matchs de base-ball professionnels. Puis, un jour, quelques mois après la Coupe du monde, mon père entendit à la radio le récit de l'attaque sur Pearl Harbor.

Je naquis en mars 1942, et fus baptisé John — d'après John Harvard. (On avait appelé Franny, « Franny », parce que, d'une certaine façon, le nom était assorti à Frank.) Ma mère avait fort à faire ; non seulement elle devait s'occuper de nous, mais aussi du vieux Latin Emeritus, et aider Coach Bob à prendre soin de Earl qui vieillissait à vue d'œil ; elle non plus n'avait pas le temps d'avoir des amis.

Lorsque arriva la fin de l'été 1942, plus personne n'échappait aux conséquences de la guerre ; ce n'était plus seulement « la guerre en Europe ». Bien qu'elle ne consommât que très peu d'essence, l'Indian 1937 fut mise à la retraite pour servir de domicile permanent à Earl — elle ne servit plus jamais comme moyen de transport. La fièvre patriotique déferla sur tous les campus. Les étudiants touchaient des bons de sucre, dont ils faisaient en général cadeau à leurs familles. En moins de trois mois, tous les gens que mon père connaissait à Harvard avaient été mobilisés ou s'étaient portés volontaires. Quand Latin Emeritus mourut — et, peu après, sa femme trépassa à son tour dans son sommeil —, ma mère entra en possession d'un modeste héritage. Mon père décida alors de devancer l'appel et, au printemps de 1943, partit faire ses classes ; il avait vingt-trois ans.

Derrière lui, et à la garde de ma mère, sous le toit familial des Bates, il laissait Frank, Franny et moi. Il laissait aussi son père, Iowa Bob, auquel il confia la corvée fastidieuse de s'occuper de Earl.

Mon père nous écrivit un jour, d'Atlantic City, que les recrues à l'entraînement étaient passées maîtres dans l'art de saccager les hôtels. Chaque jour, les soldats lavaient à grande eau les parquets et défilaient sur la promenade de planches pour aller s'exercer au tir dans les dunes. Sur la promenade, les bars faisaient des affaires d'or avec les recrues, exception faite de mon père. On ne demandait jamais l'âge de personne ; les recrues, pour la plupart plus jeunes que mon père, arboraient leurs médailles de tireurs d'élite et buvaient sec. Les bars grouillaient d'employées de bureau accourues de Washington, et tout le monde fumait des cigarettes sans filtre — à l'exception de mon père.

A en croire mon père, tout le monde ne rêvait que de « s'en payer une dernière tranche », avant d'être expédié outre-mer, mais, pour beaucoup, il y avait loin de la coupe aux lèvres ; mon père, du moins, se paya la sienne — en compagnie de ma mère, dans un hôtel du New Jersey. Cette fois, par bonheur, il ne la mit pas enceinte ; aussi devait-il se passer un certain temps avant que ma mère ajoutât un rejeton à Frank, Franny et moi.

En quittant Atlantic City, mon père fut envoyé parachever son entraînement dans une ex-école préparatoire située au nord de New York, au service du chiffre. De là, il fut transféré à Chanute Field — Kearns, Utah — et ensuite à Savannah, Georgie, où il s'était autrefois produit avec Earl, dans le vieil Hôtel DeSoto. Puis, ce fut Hampton Roads, le port d'embarquement, et mon père partit pour « la guerre en Europe », avec le vague espoir de retrouver Freud. Il avait la conviction que, laissant trois rejetons auprès de ma mère, il avait l'assurance de revenir indemne.

Versé dans l'aviation, il fut affecté à une base de bombardiers en Italie ; là, le risque le plus redoutable était, en état d'ivresse, d'abattre quelqu'un, ou d'être abattu par quelqu'un qui se trouvait en état d'ivresse, ou de tomber dans les latrines en état d'ivresse — ce qui, de fait, arriva à un colonel que connaissait mon père ; le colonel fut abondamment conchié avant d'être secouru. Par ailleurs, le seul autre risque était d'attraper une maladie vénérienne en couchant avec une putain italienne. Et comme mon père ne baisait pas plus qu'il ne buvait, il émergea indemne de la Seconde Guerre mondiale.

Il quitta l'Italie à bord d'un transport de troupes qui, après une brève escale à Trinidad, le débarqua au Brésil — « l'Italie en portugais », écrivit-il à ma mère. Il regagna les États-Unis à bord d'un avion confié à un pilote encore en état de choc, qui, aux commandes d'un C-47, s'amusa à survoler en rase-mottes la plus grande artère de Miami. De là-haut, mon père reconnut un parking où jadis Earl avait vomi à la fin d'une représentation.

Quant à ma mère — qui par ailleurs travaillait comme secrétaire pour son alma mater, le Thompson Female Seminary —, elle contribua à l'effort de guerre en suivant des cours d'infirmière ; elle fit partie de la deuxième promotion d'aides-infirmières que forma l'hôpital de Dairy. Elle assurait huit heures de permanence par semaine, et devait se tenir disponible pour effectuer les remplacements — qui étaient fréquents (la pénurie d'infirmières était grande). Ses deux affectations favorites étaient la pouponnière et la salle d'accouchement ; elle savait ce que signifiait mettre un enfant au monde dans cet hôpital en l'absence d'un mari.

Peu de temps après la guerre, mon père emmena un jour Coach Bob voir un match de football professionnel qui se jouait à Boston, à Fenway Park. Comme ils se dirigeaient vers la gare pour prendre le train qui devait les ramener à Dairy, mon père rencontra un de ses anciens camarades de Harvard ; pour six cents dollars, il leur vendit un coupé Chevy 1940 — un prix légèrement supérieur en fait au prix d'un coupé neuf, mais le véhicule était relativement en bon état, et l'essence était ridiculement bon marché, cinq *cents* le litre environ ; Coach Bob et mon père partagèrent les frais de l'assurance, et, enfin, notre famille disposa d'une voiture. Tandis que mon père terminait ses études à Harvard, ma mère eut désormais le moyen de nous emmener en balade, Frank, Franny et moi, sur les plages du New Hampshire, et un jour, Iowa Bob nous conduisit même jusque dans les White Mountains, où Franny fit choir Frank dans un nid de frelons, d'où il ressortit couvert de piqûres.

La vie avait changé à Harvard ; les chambres étaient surpeuplées ; les « Rouges » avaient rajeuni leur équipe. Les étudiants du Département d'études slaves revendiquaient l'honneur d'avoir révélé la vodka aux Américains ; personne ne la mélangeait jamais à autre chose — on la buvait à la russe, pure et frappée, dans des petits verres à pied —, mais mon père s'en tenait à la bière ; par ailleurs, il changea de spécialité, pour se consacrer à la littérature anglaise. Ce fut ainsi qu'il essaya, une nouvelle fois, de mettre les bouchées doubles dans ses études.

La plupart des grands orchestres avaient disparu. En tant que sport et passe-temps, les bals étaient passés de mode. Et Earl était trop décrépit pour continuer à se produire en public ; le premier Noël qui suivit sa démobilisation, mon père se fit embaucher au rayon des jouets de Jordan Marsh, et, une fois de plus, il mit ma mère enceinte. Cette fois, il devait s'agir de Lilly. Alors que Frank, Franny et moi-même avions été baptisés Frank, Franny et John pour des raisons parfaitement concrètes, ce fut sans raison particulière que Lilly fut appelée « Lilly » — ce qui devait perturber Lilly, plus encore peut-être que nous le soupçonnions ; et, qui sait, toute sa vie.

Mon père sortit diplômé de Harvard avec la promotion de 1946. Dairy School venait de recruter un nouveau proviseur, qui interviewa mon père au Faculty Club de Harvard et lui offrit un poste — professeur d'anglais et entraîneur, pour deux sports différents — au salaire de début de deux mille cent dollars. Sans doute Coach Bob s'était-il chargé de souffler l'idée au proviseur. Mon père avait vingt-six ans ; il accepta le poste, quand bien même il n'avait guère le sentiment qu'il correspondît à sa vocation. Simplement, enfin, il pourrait vivre avec nous, ses enfants et ma mère, dans la maison de famille des Bates, à Dairy, près de son père et près de Earl, son ours vénérable. En cette période de sa vie, il était clair que, pour mon père, les rêves avaient plus d'importance que les études, plus d'importance encore peut-être que nous, ses enfants, et incontestablement plus d'importance à ses yeux que la Seconde Guerre mondiale. (Comme à *toutes* les périodes de sa vie, disait Franny.)

Lilly naquit en 1946, alors que Frank avait six ans, Franny cinq, et moi quatre. Tout à coup, nous avions un père — en fait, pour la première fois ; toute notre vie durant, il avait été absent : à la guerre, à l'université et sur les routes en compagnie de Earl. Pour nous, c'était un inconnu.

La première chose qu'il fit avec nous, à l'automne de 1946, fut de nous emmener dans le Maine, où nous n'étions jamais encore allés, pour visiter l'Arbuthnot-by-the-Sea. Bien entendu, pour mes parents, il s'agissait d'un pèlerinage romantique — une expédition motivée par l'amour du passé. Lilly était trop petite pour voyager et Earl était trop vieux, mais mon père exigea que Earl soit du voyage.

— Il est chez lui, à l'Arbuthnot, lui aussi, bonté divine, dit mon père à ma mère. Ce ne serait pas pareil de se retrouver à l'Arbuthnot sans le vieux State O'Maine.

Aussi Lilly fut-elle confiée aux bons soins de Coach Bob, et ma mère se mit au volant du coupé Chevy 1940, avec Frank, Franny et moi, un gros panier rempli de victuailles pour les pique-niques et un monceau de couvertures. Mon père parvint à lancer le moteur de l'Indian 1937 ; Earl grimpa dans le side-car et mon père démarra. Ce fut ainsi que nous fîmes le voyage, à une allure incroyablement lente, le long de la route sinueuse qui suivait la côte, bien des années avant la mise en service de l'autoroute du Maine. Il fallait des heures pour gagner Brunswick, une heure de plus pour atteindre Bath. Enfin, nous aperçûmes les eaux agitées, d'un vilain bleu grisâtre, qui signalent l'embouchure de la Kennebec, puis Fort Popham et les cabanes de pêcheurs de Baypoint — et aussi la chaîne qui barrait l'allée menant à l'Arbuthnot. La pancarte annonçait :

> FERMÉ POUR LA SAISON !

Il y avait plus d'une saison que l'Arbuthnot était fermé. Sans doute mon père s'en était-il rendu compte sitôt que, la chaîne enlevée, notre caravane remonta l'allée pour s'arrêter devant le vieil hôtel. Décolorés par les intempéries et blancs comme de l'os, les bâtiments étaient abandonnés, les ouvertures condamnées ; toutes les fenêtres non protégées avaient été brisées ou criblées de balles. Sur la terrasse surplombant la mer, qui jadis servait de salle de bal, le fanion délavé du 18e green avait été planté dans une des crevasses du parquet ; le fanion pendait, comme pour signaler que l'Arbuthnot-by-the-Sea avait jadis été un château, pris d'assaut au terme d'un long siège.

« Seigneur Dieu, dit mon père.

Nous nous blottîmes tous les trois contre ma mère et commençâmes à gémir. Il faisait froid ; il y avait du brouillard ; l'endroit nous paraissait terrifiant. On nous avait annoncé un séjour dans un hôtel de station balnéaire, et, si c'était ça, un *hôtel,* nous étions déjà sûrs de ne pas nous y plaire. Sur les courts, d'énormes touffes d'herbe avaient jailli dans les crevasses de l'argile, et sur la pelouse de croquet. envahie par une plante aux feuilles en dents de scie qui foisonne dans les marécages saumâtres, mon père s'enfonçait jusqu'aux genoux. Frank s'entailla la main sur un vieux guichet et se mit à geindre. Franny exigea que mon père la prenne à son cou. Je me cramponnais aux jupes de ma mère. Earl, que son arthrite rendait hargneux, refusa de s'éloigner de la moto et vomit dans sa muselière. Sitôt débarrassé de sa muselière, Earl trouva quelque chose dans la poussière et s'empressa de vouloir le manger ; il s'agissait d'une vieille balle de tennis, que mon père lui arracha pour la jeter au loin, en direction de la mer. Par jeu, Earl fit mine de s'élancer pour récupérer la balle ; puis le vieil ours parut oublier ce qu'il était en train de faire et resta assis là, ses yeux bigles fixés sur l'embarcadère. Sans doute le distinguait-il à peine.

Les jetées de l'hôtel s'effondraient. Pendant la guerre, le hangar à bateaux avait été emporté par un ouragan. Les pêcheurs avaient tenté d'utiliser les vieux pontons pour renforcer leurs barrages, qui s'étendaient jusqu'au quai des homardiers de Baypoint, où, semblait-il, un homme, ou un jeune garçon, armé d'un fusil, était posté en sentinelle. Il était posté là pour tirer sur les phoques, nous expliqua mon père — ma mère s'était alarmée à la vue de la lointaine silhouette armée d'un fusil. Les phoques étaient responsables du piètre succès des barrages dans le Maine : ils forçaient les barrages, se gorgeaient des poissons pris au piège, et déchiraient de nouveau les filets pour s'enfuir. Non contents de dévorer les poissons, ils saccageaient les filets, et les pêcheurs ne négligeaient aucune occasion de les abattre.

« Comme dirait Freud, c'est une des " rudes lois de la nature ", dit mon père.

Il tint à nous montrer les dortoirs où ma mère et lui avaient logé. Sans doute tous deux trouvèrent-ils la chose déprimante — quant à nous, nous nous sentions mal à l'aise et dépaysés —, mais ce qui bouleversa plus que tout ma mère, plus encore que les ravages subis par le grand hôtel déchu, fut la façon dont mon père réagit à la décadence de l'Arbuthnot.

— La guerre a changé beaucoup de choses, dit ma mère, en nous gratifiant de son célèbre haussement d'épaules.

— Seigneur Dieu, répétait mon père. Imaginez un peu ce que cela aurait *pu* être ! Pourquoi être allé tout saccager ainsi ? Ils n'étaient pas assez *démocratiques*, nous confia-t-il tandis que nous l'écoutions, médusés. Il aurait fallu établir des critères, faire preuve de bon goût, sans pour autant rester snob au point de sombrer. Il aurait fallu trouver un compromis viable entre l'Arbuthnot et des trous perdus comme Hampton Beach. Seigneur Dieu ! Seigneur Dieu !

Nous lui emboîtâmes le pas à travers les bâtiments saccagés, les pelouses mutilées et envahies d'herbes folles. Nous découvrîmes le vieil autocar qui jadis transportait les musiciens et le camion qu'utilisaient les jardiniers — encore plein de cannes de golf rouillées. Il y avait d'autres véhicules, ceux que Freud avait été chargé de réparer et de maintenir en état ; jamais plus ils ne marcheraient.

« Seigneur Dieu, se lamentait mon père.

De très loin, nous parvint la voix de Earl.

— Earl ! lança-t-il.

Deux coups de fusil retentirent dans le lointain, du côté de la jetée de Baypoint. Je crois que nous comprîmes tous que ce n'était pas sur un phoque que l'on venait de tirer. Mais sur Earl.

— Oh non, Win, fit ma mère.

Elle me prit dans ses bras et se mit à courir ; affolé, Frank courait tout autour d'elle. Mon père courait, portant Franny dans ses bras.

— **State O'Maine** ! lança-t-il.

— Je viens d'abattre un ours ! hurlait le garçon planté sur la jetée. Un vrai ours !

Le garçon portait une salopette de grosse toile et une chemise de flanelle ; la salopette était déchirée aux genoux, ses cheveux carotte luisaient, raidis par les embruns ; une bizarre éruption marquait son visage blême ; il avait de mauvaises dents ; il n'avait pas plus de treize ou quatorze ans.

« Je viens de tuer un ours !

Il était au comble de l'excitation et, au large, les pêcheurs se demandèrent sans doute pourquoi il hurlait ainsi. Le grondement de leurs moteurs et le vent de mer les empêchant de distinguer ses paroles, ils mirent lentement le cap sur la jetée et, malgré la houle, entreprirent d'accoster — pour voir ce qui se passait.

Earl gisait sur le quai, sa grosse tête posée sur un rouleau de cordage goudronné, ses pattes postérieures recroquevillées sous lui et l'une de ses lourdes pattes antérieures à quelques centimètres à peine d'un seau rempli d'appâts. Il y avait si longtemps que l'ours avait la vue basse, qu'il avait sans doute pris le gosse armé d'un fusil pour mon père muni de sa canne à pêche. Peut-être même, vaguement, s'était-il rappelé avoir souvent mangé des merlans sur cette même jetée. Et quand il s'était retrouvé là, et qu'il s'était approché, il lui restait assez de nez pour flairer l'odeur des appâts. Le garçon, qui surveillait la mer — pour guetter les phoques —, avait probablement été terrorisé par les grognements dont l'ours l'avait salué. Il était bon tireur, mais à cette distance, même un mauvais tireur aurait fait mouche ; le garçon avait tiré deux balles, qui touchèrent l'ours en plein cœur.

« Ça alors, comment savoir qu'il *appartenait* à quelqu'un, dit le garçon au fusil. Comment j'aurais su que c'était un animal domestique.

— Bien sûr que tu ne pouvais pas savoir, le consola ma mère.

— Je suis désolé, monsieur, dit le garçon en s'adressant à mon père qui ne l'entendit pas.

Assis près de Earl, il souleva la tête de l'ours mort et la posa sur ses genoux ; il pressa contre sa poitrine le mufle du vieil Earl, et fondit en larmes. Bien sûr, il ne pleurait pas seulement sur Earl. Il pleurait sur l'Arbuthnot, et sur Freud, et sur l'été de 1939 ; mais nous, les enfants, étions pétrifiés d'angoisse — car, en ce temps-là, tout compte fait, nous connaissions mieux Earl, et depuis plus longtemps, que nous ne connaissions notre père. Tout cela nous paraissait très perturbant — cet homme, à peine revenu de Harvard, à peine revenu de la guerre, pourquoi pleurait-il ainsi à chaudes larmes, et pourquoi serrerait-il ainsi notre vieil ours contre son cœur ? En réalité, nous étions tous trop jeunes pour avoir connu Earl, mais la présence de l'ours — le contact de son pelage raide, la chaleur de son haleine lourde et vaguement putride, l'odeur de géranium fané et d'urine qui émanait de lui —, tout cela était plus vivant dans notre mémoire que, par exemple, les fantômes de Latin Emeritus et de notre grand-mère maternelle.

Je garde un souvenir fidèle de cette journée sur la jetée, au pied de l'Arbuthnot en ruine. J'avais quatre ans, et je crois sincèrement qu'il s'agit là pour moi de mon premier véritable souvenir de la vie — la vie par contraste avec ce que l'on m'en avait *raconté*, par contraste avec les tableaux que d'autres en avaient brossés à mon intention. Cet homme au corps vigoureux et au visage distingué était mon père, et il était venu vivre parmi nous ; il était assis là, en larmes, il serrait Earl dans ses bras — sur un ponton délabré, au-dessus d'une eau perfide. Des barques ahanaient, de plus en plus proches. Ma mère nous serrait contre elle, aussi fort que mon père se cramponnait à Earl.

— Je crois bien que ce petit crétin est allé descendre un chien, dit un homme au fond d'un des bateaux.

Un vieux pêcheur surgit alors au sommet de l'échelle, engoncé dans un ciré jaune sale, son visage pareil à un masque cuivré et marbré de taches, mangé par une barbe d'un blanc sale. Ses bottes trempées chuintaient sur les planches, et il puait le poisson, une puanteur plus forte encore que celle qui montait du seau rempli d'appâts posé près de la patte recroquevillée de Earl. Il était bien assez vieux pour s'être trouvé dans les parages à l'époque où l'Arbuthnot-by-the-Sea vivait son heure de gloire. Le pêcheur, lui aussi, avait connu des jours meilleurs.

Quand le vieil homme aperçut l'ours mort, il retira son large suroît, et le garda dans une de ses mains, énorme et dure comme une gaffe.

— Sacré nom de Dieu, dit-il, d'un ton respectueux, en passant un bras sur les épaules de l'enfant au fusil, encore tout secoué. Sacré nom de Dieu, v'là que t'as tué State O'Maine.

2

Le premier Hôtel New Hampshire

Voici comment naquit le premier Hôtel New Hampshire : lorsque Dairy School comprit que, pour survivre, l'école devait se résigner à recruter des jeunes filles, le Thompson Female Seminary dut fermer ses portes ; du même coup, une vaste propriété inutilisable s'était trouvée disponible sur le marché immobilier de Dairy — un marché depuis toujours dans le marasme. Personne ne sut quoi faire de l'énorme bâtisse qui, jadis, avait abrité une institution de jeunes filles.

— On devrait y mettre le feu, avait suggéré ma mère, et transformer tout le secteur en parc.

Le secteur avait d'ailleurs quelque chose d'un parc — un terrain en hauteur, d'un hectare environ, au centre de Dairy, dans un quartier délabré. De vieilles maisons de bardeaux, jadis habitées par des familles aux nombreux enfants et désormais louées pièce par pièce à des veufs et des veuves — et aux professeurs en retraite de Dairy School — entourées d'ormes agonisants et, niché au milieu, le monstre en brique de quatre étages qui jadis abritait l'école et portait le nom d'Ethel Thompson. Miss Thompson était un pasteur de l'Église épiscopale qui, jusqu'à sa mort, avait réussi à se faire passer pour un homme (le révérend *Edward* Thompson, comme tout le monde l'appelait, recteur de la paroisse épiscopale de Dairy, célèbre pour avoir jadis caché des esclaves en fuite dans le presbytère). La découverte qu'elle était une femme (par pur accident ; elle s'était fait écraser en changeant une des roues de sa carriole) ne fut pas une surprise pour certains messieurs de Dairy qui avaient été amenés à lui confier leurs problèmes à l'époque où sa popularité de pasteur était à son apogée. Elle était parvenue à amasser beaucoup d'argent, dont elle ne laissa pas un sou à l'Église ; toute sa fortune devait servir à fonder une institution pour jeunes filles — « dans l'attente du jour », avait écrit Ethel Thompson, « où cet abominable collège pour garçons se verra contraint d'accepter les jeunes filles ».

Que Dairy School fût une horreur, mon père en aurait convenu volontiers. Quand bien même nous, les enfants, adorions jouer sur les stades, mon père ne cessait de nous rappeler que Dairy n'était pas un « véritable » collège. De même que la ville avait jadis été un centre laitier, les terrains de jeux du collège avaient longtemps servi de pâturage pour les vaches, et lorsque, vers 1800, le collège avait été fondé, les vieilles étables étaient demeurées là, près des bâtiments flambant neufs de l'école, et les vaches avaient continué à déambuler en toute liberté, comme les élèves, sur les terrains du collège. Les jardiniers avaient redessiné les champs pour les transformer en stades, mais les étables et les plus anciens bâtiments occupaient toujours le centre mal entretenu du campus ; quelques vaches symboliques occupaient les étables. Dans le cadre des « activités récréatives », comme disait Coach Bob, l'école avait décidé que les élèves entretiendraient la ferme tout en poursuivant leurs études — une politique qui avait entraîné un relâchement des études et un dépérissement du troupeau, une politique qui d'ailleurs avait été abandonnée à la veille de la Première Guerre mondiale. Pourtant, certains membres du corps enseignant — en majorité des nouveaux et des jeunes — étaient partisans d'en revenir au compromis entre l'école et la ferme.

Mon père s'était opposé à ce projet qui, selon lui, aurait ramené Dairy School à son ancien statut de « banc d'essai en éducation bucolique ».

— Quand mes gosses seront en âge d'entrer dans cette fichue école, fulminait-il à l'adresse de ma mère et de Coach Bob, je parie qu'on les jugera sur leur capacité à cultiver un jardin.

— Et on leur donnera un insigne pour remuer le fumier ! renchérissait Iowa Bob.

L'école, en d'autres termes, était en quête d'une philosophie. Elle se classait désormais résolument parmi les médiocres dans le peloton des écoles préparatoires de type traditionnel ; bien que l'acquisition de connaissances universitaires inspirât son cursus, le corps enseignant se montrait de moins en moins capable d'enseigner lesdites connaissances, et, comme par coïncidence, de plus en plus sceptique quant à leur intérêt — après tout, la grande masse des étudiants étaient de moins en moins réceptifs. Le recrutement baissait et, en conséquence, les critères de recrutement baissèrent eux aussi davantage ; l'école devint un de ces établissements où les élèves exclus d'autres écoles n'ont aucun mal à se faire admettre sur-le-champ. Certains enseignants, entre autres mon père, qui croyaient à la nécessité d'enseigner l'art de lire et d'écrire — et même la ponctuation —, déploraient le gâchis que constituait ce type d'éducation avec ce type d'élèves.

— De la confiture aux cochons, fulminait papa. Autant leur apprendre à remuer le foin et traire les vaches.

— Sans compter qu'ils sont incapables de jouer au football, se lamentait Coach Bob. Ils refusent de *bloquer.*

— Ils refusent même de courir, disait papa.

— Ils refusent de *cogner,* renchérissait Iowa Bob.

— Oh, pour cogner, si, ils cognent, disait Frank qui n'arrêtait pas d'encaisser.

— Ils ont forcé la porte de la serre et saccagé les plantes, disait maman.

Elle avait lu un compte rendu de l'incident dans la gazette de l'école qui, à en croire mon père, était l'œuvre d'illettrés.

— Y en a un qui m'a montré son truc, intervint Franny, histoire d'envenimer les choses.

— Où ça ? demanda papa.

— Derrière le terrain de hockey, dit Franny.

— Dis donc, qu'est-ce que tu faisais derrière le terrain de hockey ? fit Frank, de son ton dégoûté.

— Le terrain de hockey est tout gondolé, dit Coach Bob. Depuis que ce type, j'ai oublié son nom, a pris sa retraite, il n'y a plus personne pour l'entretenir.

— Il n'a pas pris sa retraite, il est mort, rectifia papa.

A mesure que Iowa Bob prenait de l'âge, mon père avait de plus en plus de mal à le supporter.

En 1950, Frank avait dix ans, Franny neuf, j'avais huit ans et Lilly quatre ; Egg était encore un bébé, et son ignorance lui épargnait la terreur que nous éprouvions à la perspective de fréquenter un jour cette Dairy School, objet de tant de critiques. Mon père avait la certitude que le jour où Franny serait en âge d'y entrer, l'école admettrait les filles.

— Mais ce ne sera nullement par libéralisme, affirmait-il, simplement pour éviter la faillite.

Il voyait juste, bien entendu. En 1952, les critères académiques de Dairy School se virent remis en cause ; le recrutement baissant de plus en plus, il s'ensuivit une remise en cause plus draconienne encore desdits critères. Les effectifs continuant à décroître, les frais de scolarité augmentèrent, avec pour résultat de décourager de plus en plus d'élèves, d'où la nécessité de licencier certains professeurs — tandis que d'autres, pourvus non seulement de principes, mais aussi de ressources personnelles, donnaient leur démission.

En 1953, la saison de football se solda par neuf défaites contre une victoire ; Coach Bob était d'avis que l'administration n'attendait que son départ en retraite pour éliminer une fois pour toutes le football — il leur en coûtait trop d'argent, et les anciens, qui jadis avaient subventionné le football (au même titre que tous les autres sports), finissaient par avoir tellement honte qu'ils évitaient d'assister aux matchs.

— Tout ça à cause de ces foutues tenues, disait Iowa Bob.

Mon père roulait les yeux au ciel et faisait semblant de ne pas s'offusquer de la sénilité grandissante de Bob. Earl avait appris à mon père ce qu'était la sénilité. Mais Coach Bob, pour lui rendre justice, n'avait pas tout à fait tort en ce qui concerne les tenues.

Les couleurs de Dairy School, peut-être inspirées par une race de vaches désormais disparues, étaient, en principe, marron chocolat et gris argent. Mais les années, et la nature de plus en plus synthétique des tissus, avaient donné à ce somptueux mélange chocolat et argent un aspect triste et miteux.

— Plutôt couleur de boue et de nuages, disait papa.

Les élèves de Dairy, qui partageaient nos jeux d'enfants — quand ils n'étaient pas occupés à montrer leurs « trucs » à Franny —, nous avaient appris les autres noms qui faisaient fureur à l'école pour désigner leurs couleurs. Ce fut un des grands, un certain De Meo — Ralph De Meo, une des rares vedettes de Iowa Bob, et champion de course à pied dans les équipes que mon père entraînait durant l'hiver et le printemps —, qui se chargea de nous expliquer, à Frank, Franny et moi, ce qu'étaient en réalité les couleurs de Dairy School.

— Gris pâle, pâle comme le visage d'un mort, dit De Meo.

J'avais dix ans, et il me faisait peur ; Franny en avait onze, mais se conduisait en sa compagnie comme si elle en avait davantage ; Frank, à douze ans, avait peur de tout le monde.

— Gris pâle, pâle comme le visage d'un mort, répéta lentement De Meo, à mon intention. Et marron, marron bouse de vache. Tu piges, Frank, couleur de merde.

— Je *sais*, dit Frank.

— Montre-le-moi encore, dit Franny à De Meo.

Elle voulait parler de son « truc ».

Marron de merde et gris de mort, telles étaient donc les couleurs de Dairy School agonisante. Les membres du conseil d'administration, accablés par cette malédiction — et bien d'autres, à commencer par le passé bucolique de l'école et le patelin, pour lire le moins vieillot, où elle se languissait —, prirent la décision de recruter des filles.

Ainsi, du moins, les effectifs augmenteraient.

— C'est la mort du football, prédit le vieux Coach Bob.

— Les *filles* se défendront mieux au football que la plupart des garçons, dit papa.

— C'est précisément ce que je veux dire, fit Iowa Bob.

— Ralph De Meo se défend pas mal pour jouer, fit Franny.

— Se défend pas mal pour jouer *avec quoi ?* demandai-je.

Ce qui me valut un bon coup de pied sous la table.

Frank, le plus gros de nous tous, était assis morose en face de moi, tout près de Franny, dangereusement près.

— Au moins, De Meo est rapide, dit papa.

— Au moins, De Meo sait cogner, dit Coach Bob.

— Ça, pour sûr, dit Frank, qui à plusieurs reprises avait encaissé les coups de De Meo.

C'était Franny qui me protégeait de Ralph. Un jour que nous les regardions baliser à la peinture le terrain de football — Franny et moi, rien que tous les deux, en cachette de Frank (nous nous cachions souvent de Frank) —, De Meo s'approcha et me repoussa dans les buts ; il portait sa tenue d'entraînement : marron merde et gris mort, numéro 19 (son âge). Retirant son casque, il expédia d'un crachat son protège-dents sur le mâchefer de la piste, et gratifia Franny d'un grand sourire éclatant.

— Fous le camp, me dit-il sans quitter Franny des yeux. Je veux dire des horreurs à ta sœur.

— Pas la peine de le bousculer, dit Franny.

— Elle n'a que douze ans, dis-je.

— Fous le camp, répéta De Meo.

— Pas la peine de le bousculer, répéta Franny. Il n'a que onze ans.

— Faut que je te dise, je regrette, tu sais, lui dit De Meo. Quand tu entreras à l'école, moi, je serai loin. Y a beau temps que j'aurai mon diplôme.

— Qu'est-ce que tu veux dire ? demanda Franny.

— Ils vont pas tarder à accepter les filles, dit De Meo.

— Je sais, dit Franny. Et alors ?

— Rien, c'est dommage, voilà tout ; dommage de penser que je serai loin le jour où tu seras enfin devenue assez grande.

Franny eut un haussement d'épaules ; le geste de maman — indépendant et gracieux. Je ramassai le protège-dents qui gisait sur la piste ; il était tout gluant et souillé de poussière, et je le lui lançai.

— Pourquoi tu te refourres pas ça dans la bouche ? lui demandai-je.

Je courais vite, mais, à mon avis, pas aussi vite que Ralph De Meo.

— Fous le camp, dit-il.

Il me lança le protège-dents à la tête, mais j'esquivai, et il alla valser au loin, je ne sais où.

— Explique un peu pourquoi t'es pas en train de t'entraîner ? lui demanda Franny.

Au-delà des gradins de bois grisâtres qui tenaient lieu de « stade » à

Dairy School, s'étendait le terrain d'entraînement d'où montaient les claquements secs des protège-épaules et des casques entrechoqués.

— J'ai une blessure à l'aine, dit De Meo à Franny. Tu veux voir ?

— J'espère que tu vas perdre ton « truc », fis-je.

— Si jamais je t'attrape, Johnny, menaça-t-il, sans quitter Franny des yeux (personne ne m'appelait jamais « Johnny »).

— Pas avec une blessure à l'aine, impossible, fis-je.

Je me trompais ; il me rattrapa sur la ligne des quarante yards, me plaqua au sol et me fourra la figure dans la chaux toute fraîche. Ses genoux me broyaient le dos quand, soudain, je l'entendis lâcher un grand soupir, il bascula et resta affalé sur la piste.

— Seigneur Dieu, fit-il d'une toute petite voix.

Franny l'avait empoigné par la coquille de son suspensoir, et lui en avait enfoncé les arêtes dans les « parties intimes », comme on disait alors.

Cette fois, nous réussîmes tous les deux à le semer.

— Comment tu savais où c'était ? lui demandai-je. Son « truc », dans son suspensoir ? La coquille, je veux dire.

— Il me l'avait montrée, un jour, dit-elle, l'air sinistre.

Nous étions allongés sur les aiguilles de pin dans le bois touffu qui s'étendait derrière le stade ; nous entendions le sifflet de Coach Bob et les chocs, mais personne ne pouvait nous voir.

Franny se fichait éperdument que De Meo rosse Frank ; je lui demandai pourquoi, quand c'était moi que Ralph essayait de rosser, elle ne s'en fichait pas.

« Tu n'es pas Frank, chuchota-t-elle avec fureur.

Puis, mouillant un coin de sa jupe dans l'herbe trempée à la lisière du bois, elle essuya la chaux qui me souillait le visage, retroussant sa jupe si haut que j'aperçus son ventre nu. Une aiguille de pin s'accrochait à la peau de sa poitrine et je me chargeai de l'enlever.

« Merci, dit-elle, acharnée à me débarrasser des dernières bribes de chaux.

Relevant plus haut sa jupe, elle cracha sur l'ourlet et continua à m'essuyer de plus belle. J'avais le visage en feu.

— Pourquoi que tous les deux, on s'aime plus qu'on aime Frank ? demandai-je.

— On s'aime, voilà tout, et on s'aimera toujours. Frank est bizarre, ajouta-t-elle.

— Mais, c'est notre frère, dis-je.

— Et alors ? Toi aussi tu es mon frère. Ce n'est pas pour ça que je t'aime.

— Alors, *pourquoi* ?

— C'est comme ça, voilà tout.

Nous restâmes dans le bois et nous mîmes à lutter par jeu, jusqu'au moment où une saleté lui entra dans l'œil ; je la lui ôtai. Une bonne odeur de sueur montait de son corps souillé de poussière. Franny avait les seins accrochés très haut, comme séparés par un buste trop large, mais elle était robuste. Elle parvenait en général sans peine à me faire toucher les épaules, sauf quand je grimpais sur elle et la clouais au sol ; dans ce cas, elle était encore capable de me chatouiller, si fort que je devais m'écarter pour ne pas pisser dans mon pantalon. Et quand elle m'écrasait de son poids, il n'était pas question de lui faire lâcher prise.

— Un jour, j'arriverai à te faire toucher les épaules, dis-je.

— Et alors ? A ce moment-là, t'en auras pas envie.

Un footballeur, un gros, dénommé Poindexter, entra dans le bois pour poser culotte. Nous le vîmes approcher et nous dissimulâmes dans une touffe de fougères que nous hantions depuis des années. Depuis des années aussi, les footballeurs venaient chier dans le bois, à deux pas du terrain — surtout, semblait-il, les gros. Il y avait une bonne trotte pour retourner au gymnase, et Coach Bob leur passait un savon quand ils oubliaient de se vider les tripes avant l'entraînement. Il nous semblait que les gros, on ne sait trop pourquoi, ne parvenaient *jamais* à se vider complètement.

— C'est Poindexter, chuchotai-je.

— Bien sûr, dit Franny.

Poindexter était une vraie gourde ; il avait toujours un mal fou à se débarrasser de ses cuissardes. Un jour, il avait été obligé de retirer ses crampons et d'enlever toute la moitié inférieure de sa tenue, à l'exception de ses chaussettes. Cette fois, il se contenta de s'acharner contre les genouillères et le pantalon qui l'entravaient et lui maintenaient les genoux dangereusement serrés. Il s'accroupit, légèrement penché en avant pour garder l'équilibre, les mains appuyées sur son casque (posé devant lui sur le sol). Cette fois, il conchia affreusement l'intérieur de ses chaussures et fut contraint non seulement de se torcher le cul, mais encore d'essuyer ses chaussures. Quelques instants, Franny et moi redoutâmes qu'il ait l'idée d'arracher des fougères, mais Poindexter, comme toujours pressé et hors d'haleine, s'en tira tant bien que mal en se servant d'une poignée de feuilles d'érable ramassées sur le sentier avant d'entrer dans le bois. Le sifflet de Coach Bob retentit soudain, et Poindexter l'entendit comme nous.

Quand il repartit en courant, Franny et moi nous mîmes à applaudir. Quand Poindexter s'arrêta net pour écouter, nous nous arrêtâmes d'applaudir ; le pauvre gros lard resta planté perplexe au milieu du bois, se demandant si oui ou non, cette fois, il avait rêvé — puis se précipita pour se remettre à ce jeu qui lui coûtait tant d'efforts, et, souvent, tant d'humiliations.

Franny et moi nous faufilâmes alors jusqu'au sentier qu'empruntaient les joueurs pour regagner le gymnase ; un sentier étroit, criblé par les crampons. Nous redoutions bien un peu de voir surgir De Meo, mais je me glissai jusqu'à la lisière du terrain pour « faire le guet », tandis que Franny baissait sa culotte et s'accroupissait au milieu du sentier ; puis, ce fut à moi, et elle « fit le guet » à son tour. Éparpillant quelques feuilles, nous recouvrîmes alors nos étrons plutôt décevants. Sur quoi, nous regagnâmes l'abri de nos fougères pour attendre patiemment la fin de l'entraînement, mais Lilly nous avait devancés.

« File à la maison, lui dit Franny.

Lilly avait sept ans. La plupart du temps, Franny et moi la trouvions trop jeune, mais à la maison, nous étions toujours gentils avec elle ; elle n'avait pas d'amis, et semblait n'avoir d'yeux que pour Frank, qui adorait la traiter comme un bébé.

— Je vois pas pourquoi, s'insurgea Lilly.

— Tu ferais mieux de filer, répéta Franny.

— Pourquoi t'as la figure aussi rouge ? me demanda Lilly.

— De Meo a mis du poison dessus, dit Franny, et il cherche quelqu'un pour recommencer.

— Si je rentre à la maison, il va me voir, dit Lilly d'un ton sérieux.

— Pas si tu files tout de suite, fis-je.

— On va faire le guet pendant que tu files, dit Franny, en émergeant des fougères. Personne en vue, chuchota-t-elle.

Lilly détala en direction de la maison.

— C'est vrai que j'ai la figure toute rouge ? demandai-je à Franny.

Attirant mon visage tout contre le sien, Franny se mit à me lécher à petits coups, sur la joue, sur le front, sur le nez et enfin sur les lèvres.

— Je sens plus le goût, dit-elle. J'ai tout enlevé.

Nous restâmes allongés l'un près de l'autre au milieu des fougères ; le temps passait vite, pourtant nous dûmes attendre un bon moment que l'entraînement se termine et que les premiers joueurs s'engagent sur le sentier. Le troisième mit le pied en plein dedans — un arrière de Boston venu passer une année supplémentaire à Dairy, en principe pour se spécialiser, en réalité pour tuer le temps avant d'entrer dans une équipe universitaire. Il dérapa, parut sur le point de tomber, mais reprit son équilibre ; il contempla alors ses crampons d'un regard horrifié.

— Poindexter ! hurla-t-il.

Poindexter, pas très doué pour la course, traînait en queue de la longue file de joueurs qui se dirigeaient vers les douches.

« Poindexter ! hurla l'arrière de Boston. Poindexter, espèce de salaud, goujat !

— Qu'est-ce que j'ai encore fait ? demanda Poindexter, hors d'haleine, empêtré dans sa graisse.

« La graisse de ses gènes », disait souvent Franny, bien plus tard, quand elle eut appris ce qu'étaient les gènes.

— T'avais vraiment besoin de poser culotte au milieu du sentier, espèce de trou du cul ? demanda l'arrière.

— C'est pas moi ! protesta Poindexter.

— Nettoie mes crampons, sale petit merdeux, le somma l'arrière.

Dans une école comme Dairy, les avants étaient toujours les plus gros, mais aussi les plus faibles, les plus gras et les plus jeunes, et ils se voyaient souvent sacrifiés au profit des rares bons joueurs — Coach Bob laissait les meilleurs courir avec le ballon.

Sur le sentier, plusieurs arrières de Iowa Bob, parmi les plus agressifs, entouraient maintenant Poindexter.

« Y a pas encore de filles ici, Poindexter, dit le type de Boston, ce qui fait qu'y a personne pour enlever la merde de mes crampons.

Poindexter s'exécuta ; du moins, avait-il l'habitude de cette corvée.

Franny et moi regagnâmes la maison, empruntant l'allée qui longeait les étables en ruine où logeaient les vaches symboliques ; puis l'arrière-cour de Coach Bob avec, sens dessus dessous sur la véranda, les pare-chocs rouillés de l'Indian 1937 — qui servaient de grattoirs pour les semelles. Les pare-chocs étaient les derniers vestiges de l'existence de Earl.

— Quand nous serons en âge d'entrer à Dairy School, dis-je à Franny, j'espère bien qu'on sera installés ailleurs.

— Pas question que, *moi*, personne me force jamais à enlever la merde sur ses crampons, assura Franny. Jamais de la vie.

Coach Bob, qui prenait son dîner chez nous, se lamentait sur son abominable équipe.

— C'est ma dernière année, c'est décidé, fit le vieux, mais il répétait toujours la même chose. Aujourd'hui, Poindexter a eu le culot de poser un étron au milieu du sentier — pendant l'entraînement.

— J'ai vu Franny et John, ils étaient tout nus, dit Lilly.

— C'est pas vrai, dit Franny.

— Au milieu du sentier, insista Lilly.

— Ils faisaient quoi ? demanda maman.

— Ce que vient de dire grand-père Bob, annonça Lilly à la cantonade.

Frank renâcla de dégoût ; mon père nous ordonna, à Franny et à

65

moi, d'aller nous enfermer dans nos chambres. En haut, Franny me chuchota à l'oreille :

— Tu *vois* ? Il n'y a que toi et moi. Ni Lilly. Ni Frank.

— Ni Egg, ajoutai-je.

— Egg est encore rien du tout, expliqua Franny. Egg n'est pas encore un être humain.

Egg n'avait que trois ans.

« Maintenant, ils sont deux à nous espionner, dit Franny. Frank et Lilly.

— N'oublie pas De Meo, dis-je.

— Facile de l'oublier, assura Franny. Des De Meo, j'en aurai des tas quand je serai grande.

Cette idée m'inquiéta et je me tus.

« Te tracasse pas, chuchota Franny.

Je ne répondis pas et elle se glissa dans le couloir pour entrer dans ma chambre ; elle se fourra dans mon lit, et nous laissâmes la porte ouverte pour entendre ce qui se disait en bas, dans la salle à manger.

— Elle est indigne de mes enfants, cette école, disait papa. Je le sais.

— Ma foi, disait maman, sûr que depuis le temps tu auras fini par les convaincre. Le moment venu, ils auront peur d'y aller.

— Le moment venu, dit papa, on les enverra ailleurs, dans une *bonne* école.

— Je me fiche d'aller dans une bonne école, dit Frank.

Et sur ce point Franny et moi ne pouvions que l'approuver ; si la perspective d'entrer à Dairy nous faisait horreur, l'idée d'être envoyés « ailleurs » nous inquiétait davantage encore.

« *Où ça,* " ailleurs " » ? demanda Frank.

— Qui est-ce qui sera envoyé ailleurs ? demanda Lilly.

— Chut, fit maman. Personne n'ira à l'école ailleurs. Nous n'en avons pas les moyens. Si Dairy présente le moindre avantage, c'est tout de même la possibilité d'envoyer gratuitement sa fille à l'école.

— Dans une école qui ne vaut rien, dit papa.

— Qui vaut mieux que la plupart des autres, objecta maman

— Écoute, dit papa. Nous allons gagner de l'argent.

Ça, c'était du nouveau ; Franny et moi restions cois.

Sans doute Frank trouva-t-il la perspective inquiétante.

— Je peux sortir ? demanda-t-il.

— Bien sûr, mon petit, fit maman. Comment allons-nous gagner de l'argent ? revint-elle à la charge.

— Pour l'amour de Dieu, vite que je le sache, *moi,* dit Coach Bob. C'est *moi* qui ai envie de prendre ma retraite.

— Écoutez, fit papa.

Nous écoutions.

« Peut-être cette école ne vaut-elle rien, mais elle est appelée à se développer ; elle est à la veille de recruter des *filles,* vous le savez, non ? Et même si elle ne se développe pas, il n'y a aucun risque qu'elle ferme. Il y a trop longtemps qu'elle existe pour fermer, son instinct la pousse seulement à survivre, et elle survivra. Jamais ce ne sera une bonne école ; elle connaîtra tellement de changements, qu'à certains moments nous aurons peine à la reconnaître, mais elle tiendra le coup — ça, vous pouvez le parier.

— Et alors ? fit Iowa Bob.

— Et alors, il y aura toujours une école ici. Il y aura toujours une école privée, dans cette ville minable, mais le Thompson Female Seminary, lui, ne va plus tarder à disparaître, parce que bientôt les filles seront admises à Dairy.

— Ça, tout le monde le sait, dit maman.

— Est-ce que je peux sortir ? demanda Lilly.

— Oui, oui, fit papa. Écoutez, dit-il à Bob et à ma mère, vous ne voyez donc pas ?

Franny et moi ne voyions rien — à part Frank qui passait furtivement dans le couloir.

« Que va-t-il advenir de cette vieille bâtisse, le Thompson Female Seminary ? demanda papa.

Ce fut alors que ma mère suggéra d'y mettre le feu. Coach Bob suggéra d'y installer la prison du canton.

— Il y a bien assez de place pour ça, dit-il.

Quelqu'un avait fait la même suggestion au conseil municipal.

— Personne n'a envie de voir une prison s'installer ici, objecta papa. Pas en plein milieu de la ville.

— Ça ressemble déjà à une prison, fit maman.

— Suffirait de poser quelques barreaux de plus, dit Iowa Bob.

— Écoutez, coupa papa d'un ton impatient.

Franny et moi, nous nous pétrifiâmes ; Frank rôdait devant ma porte ; quelque part, tout près, Lilly sifflait.

« Écoutez, écoutez. Ce qui manque à cette ville, c'est un *hôtel.*

Le silence s'était fait autour de la table.

C'était un « hôtel », Franny et moi ne l'avions pas oublié, qui avait coûté la vie au vieux Earl. Un « hôtel » n'était qu'une énorme ruine, qui puait le poisson, gardée par un fusil.

— Pourquoi un hôtel ? demanda enfin maman. Tu n'arrêtes pas de dire que cette ville n'est qu'un patelin minable. Qui aurait envie d'y venir ?

— Peut-être pas *envie,* rectifia papa, mais *besoin.* Tous ces parents qui envoient leurs gosses à Dairy, ils viennent les voir, pas vrai ? Et, croyez-moi, les parents vont devenir de plus en plus riches, parce que les frais de scolarité ne vont pas cesser de grimper, et il n'y aura plus de boursiers — il y aura *seulement* des gosses de riches. En ce moment, les gens qui viennent voir leurs gosses, ils ne peuvent pas passer la nuit en ville. Il faut qu'ils aillent jusqu'à la mer, là où se trouvent les motels, ou encore qu'ils reprennent la route pour aller encore plus loin, là-haut, dans les montagnes — mais *ici même,* on ne peut s'arrêter nulle part, absolument nulle part.

Tel était donc son plan. D'une certaine façon, bien que l'école eût à peine les moyens de se payer un concierge, mon père s'imaginait qu'elle pourrait lui fournir une clientèle capable de faire vivre l'unique hôtel de Dairy — que dans cette ville dégueulasse, personne n'eût jamais songé à installer un hôtel, mon père ne s'en inquiétait pas. Dans le New Hampshire, les estivants descendaient sur les plages — une demi-heure de route tout au plus. Il fallait une heure pour gagner les montagnes où, en hiver, affluaient les skieurs et où, l'été, il y avait les lacs. Mais Dairy était niché au fond d'une vallée — enclavée dans les terres, mais pas en altitude : Dairy était suffisamment proche de la mer pour que l'air y soit humide, trop loin de la mer cependant pour profiter un tant soit peu de la fraîcheur de la côte. La brise tonique venue de l'océan ou des montagnes ne réussissait pas à percer la lourde brume qui planait sur la vallée de la Squamscott et Dairy était une ville typique de la vallée de la Squamscott — un froid humide et pénétrant en hiver, une atmosphère poisseuse et brumeuse tout l'été. Non pas un de ces jolis villages carte postale de Nouvelle-Angleterre, mais une ville industrielle, avec une papeterie située au bord d'une rivière polluée. La papeterie était maintenant abandonnée et aussi hideuse que le Thompson Female Seminary. C'était une ville dont les espoirs et l'avenir dépendaient de Dairy School, un établissement où personne n'avait envie de faire ses études.

« S'il y avait un hôtel, pourtant, reprit papa, les gens ne demande-raient pas mieux que de s'arrêter.

— Mais le Thompson Female Seminary ferait un hôtel affreux, objecta maman. Ça restera *toujours* ce que c'est : une vieille école.

— Te rends-tu compte que l'on pourrait l'acheter pour une bouchée de pain ?

— Te rends-tu compte, *toi,* de ce que cela coûterait pour la remettre en état ?

— Quelle idée déprimante ! fit Coach.

Franny entreprit de m'immobiliser les bras — sa tactique offensive favorite —, elle me bloquait les bras, puis me chatouillait en frottant son menton contre mes côtes ou mon aisselle, ou encore elle me mordait le cou (juste assez fort pour m'empêcher de bouger). Nos jambes s'agitaient sous les draps, rejetant les couvertures — celui qui parvenait à bloquer les jambes de l'autre avait l'avantage initial —, quand soudain Lilly fit son entrée dans ma chambre, de façon bizarre comme toujours, à quatre pattes sous un drap.

— Folle, lui dit Franny.

— Je regrette que tu te sois fait gronder, dit Lilly sous le drap.

Quand elle nous mouchardait, Lilly s'excusait toujours en se dissimulant sous un drap et en se faufilant à quatre pattes dans nos chambres.

« Je vous ai apporté quelque chose, annonça Lilly.

— A manger ? fit Franny.

J'arrachai le drap qui cachait Lilly, et Franny se saisit du sac en papier qu'elle nous avait apporté, serré entre ses dents. Le sac contenait deux bananes et deux petits pains encore chauds rescapés du dîner.

« Rien à boire ? fit Franny.

Lilly secoua la tête.

— Viens, monte, lui dis-je.

Lilly se faufila dans le lit avec Franny et moi.

— On va s'installer dans un hôtel, annonça Lilly.

— Pas exactement, dit Franny.

Mais en bas, dans la salle à manger, ils parlaient apparemment d'autre chose. Coach Bob, une fois de plus, vitupérait contre mon père — toujours pour la même raison, semblait-il : il n'était jamais content, disait Bob, il vivait dans l'avenir. Il n'arrêtait jamais de faire des projets pour l'année prochaine au lieu de se contenter de *vivre*, de vivre dans l'instant.

— Mais il ne peut pas s'en empêcher, disait maman.

Elle prenait toujours le parti de mon père devant Coach Bob.

— Tu as une épouse merveilleuse, et une famille merveilleuse, disait Coach Bob. Tu as cette énorme vieille maison — un héritage ! Tu n'as même pas été obligé de l'acheter ! Tu as un poste. Le salaire n'est pas somptueux, certes, et alors ? Comme si tu avais besoin d'argent ? Tu es un veinard.

— Je ne veux pas rester professeur, expliqua papa avec calme, ce qui signifiait qu'il était de nouveau en colère. Je ne veux pas être entraîneur. Je ne veux pas que mes gosses aillent dans une école minable. C'est une ville de péquenauds, et cette école pleine de gosses de riches affligés de problèmes est en train de couler ; leurs parents les envoient ici en désespoir de cause pour tenter d'enrayer le snobisme

qui les accable — snobisme suicidaire de la part des gosses, péquenau-
derie suicidaire de la part de l'école et de la ville. On a le pire de deux
mondes.

— Si seulement tu te consacrais un peu plus à tes gosses *maintenant,*
dit posément maman, et te tracassais un peu moins en pensant à ce
qu'ils deviendront d'ici quelques années.

— *L'avenir,* comme toujours ! s'exclama Iowa Bob. Il *vit* dans
l'avenir ! Au début, il ne pensait qu'à voyager — sous prétexte d'entrer
à Harvard. Et il est entré à Harvard, le plus vite possible — sous
prétexte d'en sortir au plus vite. Dites-moi un peu pourquoi ? Pour
décrocher ce poste, dont il n'a jamais fait que se plaindre. Pourquoi
est-ce que maintenant il n'est pas satisfait ?

— Satisfait de *ça* ? fit papa. Toi non plus tu n'es pas satisfait, pas
vrai ?

Nous imaginions facilement notre grand-père, Coach Bob, en train
de fulminer ; c'était ainsi, en fulminant, que le vieux terminait la
plupart de ses discussions avec notre père, qui avait la repartie plus
prompte ; quand Bob se sentait à court d'arguments, mais toujours
dans son droit, il fulminait. Franny, Lilly et moi imaginions sans
peine sa tête chauve et bosselée et son air renfrogné. Il était vrai
que Iowa Bob n'avait pas meilleure opinion de Dairy School que mon
père, mais du moins avait-il le sentiment de s'être assigné un but, et il
souhaitait voir mon père se passionner pour ce qu'il faisait, au lieu
d'investir — comme disait Coach Bob — dans *l'avenir.* Après tout,
Coach Bob avait jadis mordu un arrière en pleine course ; il n'avait
jamais vu mon père s'engager à ce point.

Sans doute était-il navré que mon père, malgré ses dons et son goût
pour l'exercice physique, n'ait jamais eu la passion d'aucun sport. De
plus Iowa Bob aimait beaucoup ma mère ; durant toutes les années que
mon père avait passées à la guerre, à Harvard, sur les routes avec Earl,
il avait appris à la connaître. Sans doute Coach Bob jugeait-il mon père
coupable de négliger sa famille ; et les dernières années, je le sais, Bob
avait estimé que mon père négligeait Earl.

— Je peux parler ? fit la voix de Frank.

Franny noua ses mains autour de ma taille, tout en bas de ma
colonne vertébrale ; je tentai de lui relever de force le menton, pour
dégager mon épaule, mais Lilly était assise sur ma tête.

— Qu'est-ce qu'il y a, mon petit ? demanda maman.

— Qu'est-ce qui se passe, Frank ? fit papa.

Nous devinâmes, au brusque craquement d'une chaise, qu'il venait
d'empoigner Frank ; il s'obstina à vouloir dégourdir Frank en luttant,
ou à essayer de lui donner le goût du jeu, mais Frank refusait de

marcher. Franny et moi étions ravis quand notre père se mettait à chahuter avec nous, mais Frank avait ça en horreur.

— Je peux parler ? répéta Frank.

— Parle, parle, dit papa.

— Franny est sortie de sa chambre, elle est dans le lit de John, dit Frank. Lilly aussi est avec eux. Elle leur a apporté à manger.

Je sentis que Franny s'écartait sans bruit ; déjà elle s'était glissée hors de mon lit et de ma chambre, sa chemise de nuit en flanelle gonflée comme une voile par le courant d'air qui montait de l'escalier et balayait le couloir ; Lilly empoigna son drap et se faufila dans mon placard. La vieille maison Bates était énorme ; elle offrait d'innombrables cachettes, mais ma mère les connaissait toutes. Je croyais que Franny s'était réfugiée dans sa chambre, mais au contraire, je l'entendis descendre, et soudain elle se mit à hurler :

— Frank, sale mouchard, espèce de cinglé ! hurlait-elle. Sale péteux ! Espèce de petite merdouille !

— Franny ! coupa maman.

Je me précipitai vers l'escalier et agrippai la rampe ; l'escalier était garni d'une moquette épaisse et moelleuse, la même moquette qui garnissait toute la maison. En bas, je vis Franny se ruer sur Frank pour le bloquer d'une clef au cou. En un clin d'œil, elle le projeta sur le plancher — Frank était lent et plutôt empoté ; bien que plus lourd que Franny et beaucoup plus lourd que moi, il était mal coordonné. Je ne me battais que rarement avec lui, même par jeu ; Frank ne mettait aucune bonne volonté à lutter par jeu, et même quand il jouait, il lui arrivait souvent de faire mal. Il était trop grand, et malgré son horreur de tout ce qui était physique, il était fort. De plus, il s'y entendait à vous coincer l'oreille avec son coude, ou le nez avec son genou ; c'était le genre d'adversaire dont les doigts et les pouces finissent toujours par trouver un œil, dont la tête se relève brusquement pour vous fendre la lèvre contre les dents. Il y a comme ça des gens tellement empêtrés par leur propre corps, qu'ils ont le don de cogner. Frank était ainsi, et je l'évitais ; et pas seulement parce qu'il était de deux ans mon aîné.

Par moments, Franny ne pouvait résister à l'envie de lui chercher des crosses, mais ils finissaient presque toujours par se faire mal. Je les regardais, Frank et elle, s'empoigner sans merci sous la table.

« Arrête-les, Win ! dit maman.

Mais en voulant les extirper de dessous la table pour les séparer, mon père se cogna la tête ; à l'autre bout, Coach Bob plongea à son tour sous la table.

— Merde ! lâcha papa.

Toujours appuyé contre la rampe, je sentis quelque chose de chaud contre ma hanche ; c'était Lilly, toujours cachée sous son drap, qui contemplait la scène.

— T'es qu'un petit trou du cul, Frank ! hurlait Franny.

Frank réussit à empoigner Franny par les cheveux et lui cogna la tête contre le pied de la table ; j'avais beau ne pas avoir de seins, une douleur me transperça la poitrine quand Frank agrippa à pleine main les deux seins de Franny. Elle dut relâcher sa prise et, de nouveau, par deux fois, il lui cogna la tête contre la table, lui enroulant les cheveux autour de son poing et tordant de toutes ses forces avant que, bloquant trois de leurs quatre jambes dans ses énormes mains, Coach Bob parvienne à les extirper de dessous la table. Détendant sa jambe libre, Franny décocha à Bob un bon coup sur le nez, mais le vieil avant ne lâcha pas prise. Franny pleurait maintenant, mais au risque d'y laisser ses cheveux, elle parvint à mordre la joue de Frank. Frank lui agrippa un sein à pleine main ; sans doute serra-t-il fort, car la bouche de Franny, pourtant plaquée contre la joue de Frank, s'ouvrit et laissa échapper un sanglot vaincu ; un son tellement affreux et pitoyable que Lilly, sans lâcher son drap, se réfugia de nouveau dans ma chambre. D'un coup sec, mon père força Frank à desserrer sa prise, et Coach Bob maîtrisa Franny d'une clef au cou, l'empêchant de mordre Frank. Mais Franny gardait une main libre et chercha à empoigner Frank aux parties ; que l'adversaire portât une coquille, un suspensoir ou fût nu comme un ver, Franny n'hésitait pas, en dernier ressort, à lui empoigner les parties. Frank se mit soudain à gesticuler comme un beau diable, et laissa fuser un râle si affreux que j'en frissonnai. Papa décocha une bonne gifle à Franny, qui s'accrocha ; il dut lui ouvrir les doigts de force. Coach Bob tira Frank pour le mettre hors d'atteinte, mais Franny détendit une dernière fois sa longue jambe et papa fut contraint de lui assener une nouvelle gifle, bien sentie, en travers de la bouche. Ce qui mit fin au pugilat.

Mon père resta assis sur le tapis, la tête de Franny serrée contre sa poitrine, la berçant dans ses bras tandis qu'elle sanglotait à fendre l'âme.

— Franny, Franny, disait-il tendrement. Pourquoi doit-on toujours te faire mal pour t'arrêter ?.

— Doucement petit, respire à fond, disait Coach Bob à Frank, prostré sur le flanc, les genoux remontés contre la poitrine, le visage aussi gris que le gris de Dairy School.

Le vieux Coach Bob s'y entendait à consoler ceux qu'une ruade dans les couilles jetait au tapis.

« Tu te sens tout retourné, pas vrai ? demanda doucement Coach Bob. Respire calmement, ne bouge pas. Ça va passer.

Ma mère débarrassa la table, redressa les chaises renversées ; son visage fermé, son silence farouche, l'amertume, le chagrin et la crainte qui marquaient son visage, tout cela trahissait sa réprobation catégorique de la violence qui habitait les siens.

« Essaie de respirer plus à fond, conseilla Coach Bob.

Frank essaya et se mit à tousser.

« Doucement, doucement. Continue encore un peu, respire à petits coups.

Frank gémissait.

Le visage de Franny ruisselait de larmes, et elle laissait fuser de petits sanglots étouffés, à demi étranglés, qui semblaient avoir peine à sortir ; notre père lui examina la lèvre inférieure.

— Je crois qu'il te faut quelques agrafes, ma chérie, dit-il.

Mais Franny secoua la tête avec fureur. Lui serrant très fort la tête à deux mains, mon père l'embrassa juste sous les yeux, par deux fois.

« Je suis désolé, Franny, dit-il, mais qu'est-ce que je peux *faire* de toi, qu'est-ce que je peux *faire* ?

— Je n'ai pas besoin d'agrafes, fit Franny d'un ton lugubre. Pas d'agrafes. Pas question.

Mais une vilaine déchirure gonflait sa lèvre inférieure, et mon père dut mettre sa main en coupe sous le menton de Franny pour recueillir le sang. Ma mère apporta un torchon rempli de glace.

Je remontai dans ma chambre et, à force de cajoleries, décidai Lilly à sortir du placard ; elle voulut rester avec moi et je la laissai faire. Elle sombra dans le sommeil, mais je demeurai allongé tout éveillé sur mon lit, en songeant que chaque fois que quelqu'un s'aviserait de prononcer le mot « hôtel », il y aurait du sang et des larmes. Mon père et ma mère fourrèrent Franny dans la voiture et l'emmenèrent à l'infirmerie de l'école, où l'on se chargerait de lui recoudre la lèvre ; personne ne ferait de reproches à papa — surtout pas Franny. Franny accuserait Frank, bien sûr, ce qui — en ce temps-là — était toujours aussi ma première réaction. Mon père n'irait pas se blâmer — ou, du moins, il ne se blâmerait pas très longtemps —, mais ma mère, chose inexplicable, se blâmerait, elle, un peu plus longtemps que les autres.

Chaque fois que nous nous bagarrions, notre père nous sermonnait :

— Vous savez pourtant bien comme ces histoires nous bouleversent, votre mère et moi ? Imaginez un peu que *nous,* nous nous bagarrions sans cesse, et que vous soyez obligés de le supporter ? Mais est-ce que nous nous bagarrons, votre mère et moi, dites ? Oui ou non ? Vous aimeriez qu'on se bagarre ?

Non, bien sûr ; et ils ne se bagarraient pas — en général. Sauf quand reprenait *l'éternel* débat, le débat sur cette tendance de mon père à vivre-dans-l'avenir et son refus-de-profiter-du-présent, que Coach Bob fustigeait avec plus de véhémence que ma mère, bien que ce fût ce qu'elle aussi pensait (mais elle pensait également qu'il n'y pouvait rien).

Quant à nous, la chose ne nous paraissait pas tellement importante. Iowa Bob encourageait Frank à monter l'escalier, et je fis rouler Lilly sur le flanc, afin de pouvoir m'allonger sur le dos et dégager mes deux oreilles, histoire de tout entendre.

— Doucement, petit, appuie-toi sur moi, bravo, disait Coach Bob. Bien respirer, voilà le secret.

Frank bafouilla quelque chose et Coach Bob reprit :

« Mais, petit, tu ne peux pas empoigner une fille par les nichons, sans courir le risque d'encaisser un coup dans les couilles, pas vrai ?

Frank bafouillait de plus belle : Franny le traitait de façon odieuse, elle ne le laissait jamais en paix, elle montait toujours les autres contre lui, il faisait de son mieux pour l'éviter, mais elle le persécutait :

— Chaque fois qu'il m'arrive quelque chose, elle est dans le coup ! T'as pas *idée !* croassa-t-il. T'as pas idée comme elle peut me taquiner.

Moi, j'avais ma petite idée, et Frank disait vrai ; mais aussi il était plutôt antipathique, et c'était là le problème. C'était *vrai,* Franny se montrait odieuse avec lui, pourtant Franny n'était pas odieuse ; et, en fait, avec nous, Frank n'était pas tellement odieux, bien qu'il eût, d'une certaine façon, des côtés odieux. Je réfléchissais, étendu sur mon lit et ne savais quoi en penser ; Lilly se mit à ronfler. Au bout du couloir, Egg commença à pleurer, et je me demandai comment s'y prendrait Coach Bob si Egg venait à se réveiller en braillant pour appeler maman. Dans la salle de bains, Coach Bob ne savait déjà plus où donner de la tête.

— Vas-y, Frank, disait Bob. Fais voir un peu comment tu t'y prends. Frank sanglotait.

« Et voilà ! s'écria Iowa Bob, comme s'il venait de découvrir un ballon perdu derrière les buts. Tu vois ? Pas de sang, mon gars — rien qu'un peu de pisse. Ça va mieux. Te v'là requinqué.

— T'as pas idée, répétait Frank. T'as pas idée.

J'allai voir ce que voulait Egg ; comme il avait trois ans, sans doute avait-il envie d'une chose impossible, mais, à ma grande surprise, je le trouvai tout réjoui quand j'entrai dans sa chambre. Visiblement, lui aussi fut surpris de me voir et quand je ramassai ses animaux en peluche pour les poser sur son lit — il les avait éparpillés aux quatre coins de la pièce —, il entreprit de me les présenter un à un. L'écureuil en loques sur lequel il avait, tant de fois, vomi ; l'éléphant fatigué et amputé d'une oreille ; l'hippopotame orange. Je fis plusieurs fois mine de vouloir le quitter, mais il protesta et, l'emmenant dans ma chambre, je le fourrai dans mon lit à côté de Lilly. Puis je voulus ramener Lilly dans sa propre chambre située tout au fond du couloir, mais j'eus du mal à la porter ; elle se réveilla et se mit à grogner avant que je réussisse à la fourrer au lit.

— J'ai jamais le droit de rester dans ta chambre, protesta-t-elle.

Sur quoi, de nouveau, elle retomba dans le sommeil.

Je regagnai ma chambre et me mis au lit avec Egg, qui, les yeux grands ouverts, marmonnait des propos incohérents. Mais il était de bonne humeur ; du rez-de-chaussée me parvint soudain la voix de Coach Bob — je crus d'abord qu'il parlait à Frank, puis compris qu'il parlait à notre vieux chien, Sorrow. Sans doute Frank s'était-il endormi, ou du moins se contentait-il de bouder.

— Tu pues encore davantage que Earl, disait Iowa Bob.

Et c'était vrai, Sorrow puait horriblement ; ses pets et aussi son haleine putride avaient de quoi asphyxier l'imprudent qui se serait risqué un peu trop près, et le vieux labrador noir me paraissait encore plus ignoble par sa puanteur que Earl dont je gardais un vague souvenir.

« Qu'est-ce qu'on va bien pouvoir faire de toi ? marmonnait Bob au chien, qui prenait plaisir à rester couché sous la table de la salle à manger et à péter tout au long de nos repas.

En bas, Iowa Bob ouvrait les fenêtres.

« Allez, viens, mon vieux, fit-il. Seigneur Dieu, ajouta-t-il sous cape.

J'entendis s'ouvrir la porte d'entrée ; Coach Bob venait sans doute de mettre Sorrow dehors.

Egg s'obstinait à me grimper dessus, et je demeurai éveillé, en attendant le retour de Franny ; si je ne dormais pas, je savais qu'elle viendrait me montrer ses agrafes. Quand Egg s'endormit enfin, je l'emmenai rejoindre ses animaux dans sa chambre.

Sorrow était toujours dehors quand mes parents ramenèrent Franny ; si les aboiements ne m'avaient pas réveillé, j'aurais manqué leur retour.

« Ma foi, tout ça m'a l'air parfait, disait Coach Bob, manifestement satisfait de la façon dont la lèvre de Franny avait été recousue. En fin de compte, il n'y aura même pas de cicatrice.

— Cinq, dit Franny, d'une voix pâteuse, comme si on lui avait donné une deuxième langue.

— Cinq ! s'écria Iowa Bob. Fantastique !

— Ce fichu chien a encore lâché un pet, dit papa.

Il avait l'air las et grognon, comme s'il n'avait cessé de parler, parler, *parler*, depuis leur départ pour l'infirmerie.

— Oh, il est si gentil, dit Franny.

Et j'entendis la queue de Sorrow tambouriner contre le bois d'une chaise ou du buffet — *clac, clac, clac*. Seule Franny était capable de rester couchée des heures durant à côté de Sorrow sans paraître incommodée par les relents variés que dégageait le chien ; quand Franny aimait quelqu'un, c'était à la vie à la mort. Bien sûr, on aurait dit que, de nous tous, Franny était la moins sensible aux odeurs. Elle avait toujours trouvé normal de changer les langes de Egg — ou même ceux de Lilly — quand nous étions tous beaucoup plus jeunes. Et lorsqu'il arrivait à Sorrow, sombrant lui aussi dans la sénilité, de s'oublier la nuit, Franny ne semblait jamais dégoûtée par la merde du chien ; elle manifestait une curiosité joyeuse à l'égard des choses fortes. De nous tous, c'était elle qui pouvait rester le plus longtemps sans prendre de bain.

En bas, les grandes personnes embrassaient Franny et lui souhaitaient bonne nuit, et je me dis : il en est sans doute ainsi dans toutes les familles ; du sang et des larmes, puis, comme par magie, le pardon. J'avais deviné juste, Franny entra dans ma chambre pour me montrer sa lèvre. Les agrafes étaient d'un noir vif et luisant, pareilles à des poils pubiens ; Franny avait des poils pubiens, pas moi. Frank en avait aussi, mais il en avait horreur.

— Tu sais à quoi ressemblent tes agrafes ? demandai-je.

— Ouais, je sais.

— Il t'a fait mal ? dis-je.

Et elle s'accroupit tout contre mon lit pour me laisser lui caresser le sein.

— C'était l'autre, crétin, dit-elle, en s'écartant.

— Tu l'as bien eu, Frank.

— Ouais, je sais. Bonne nuit.

Mais, de nouveau, elle pointa la tête par l'entrebâillement de ma porte.

« C'est vrai, on va s'installer dans un hôtel, dit-elle.

Je l'entendis alors entrer dans la chambre de Frank.

« Tu veux voir mes agrafes ? chuchota-t-elle.

— Bien sûr, dit Frank.

— A quoi tu trouves qu'elles ressemblent ?

— Je trouve qu'elles ont l'air moche, dit Frank.

— Ouais, mais tu sais à quoi elles ressemblent, pas vrai ?

— Oui, je sais, dit-il, et c'est moche.

— Je regrette pour tes couilles, Frank, lui dit Franny.

— D'accord. Ça va maintenant. Moi, je regrette pour ton...

Frank voulut continuer, mais jamais il n'avait encore dit « sein », encore moins « nichon », de toute sa vie. Franny attendit ; moi aussi.

« Je regrette toute cette histoire, dit Frank.

— Ouais, je sais, dit Franny. Moi aussi.

Puis je l'entendis entreprendre Lilly, mais Lilly dormait trop bien pour qu'on puisse la déranger.

« Tu veux voir mes agrafes ? chuchota Franny.

Puis, quelques instants plus tard :

« Fais de beaux rêves, bébé.

Il était inutile, bien sûr, de montrer les agrafes à Egg. Il aurait supposé que Franny avait mangé quelque chose et qu'il s'agissait des miettes.

— Tu veux que je te ramène en voiture ? demanda mon père à son père.

Mais le vieux Iowa Bob refusa : un peu d'exercice lui ferait, comme toujours, du bien.

— Peut-être qu'à tes yeux cette ville est un sale trou, dit Bob, mais au moins on peut y circuler sans danger la nuit.

Je continuai alors à tendre l'oreille ; mes parents, je le savais, étaient seuls.

— Je t'aime, dit papa.

— Je le sais. Moi aussi, je t'aime, répondit maman.

Je compris, alors, qu'elle aussi était fatiguée.

— Allons faire un tour, proposa papa.

— Je n'aime pas laisser les enfants seuls, dit maman.

Mais, bien sûr, l'argument ne tenait pas ; Franny et moi étions parfaitement capables de veiller sur Lilly et Egg, et Frank n'avait besoin de personne.

— On sera de retour dans un quart d'heure au plus, dit papa. Allons donc faire un tour là-haut, juste pour jeter un coup d'œil.

« Là-haut », bien sûr, voulait dire le Thompson Female Seminary — la monstrueuse bâtisse dont notre père rêvait de faire un hôtel.

— C'est là que je suis allée à l'école, dit maman. Ce bâtiment, je le connais mieux que toi ; il me sort par les yeux.

— Tu aimais bien faire un tour avec moi le soir, autrefois, dit papa.

Au rire gentiment moqueur de maman, je devinai qu'une fois de plus elle venait de le gratifier de son haussement d'épaules.

En bas, tout était calme ; je n'aurais su dire s'ils s'embrassaient ou enfilaient leurs vestes — c'était une nuit d'automne, fraîche et humide —, puis la voix de ma mère me parvint :

— Je ne crois pas que tu te rendes compte de l'argent qu'il faudra engloutir dans cette baraque pour qu'elle commence à *ressembler* à un hôtel, un hôtel où les gens auraient envie de descendre.

— Pas nécessairement *envie*, fit papa. Tu te souviens ? Ce sera l'unique hôtel de la ville.

— Mais où trouveras-tu l'argent ?

— Viens, Sorrow, fit papa.

Et je devinai qu'ils se dirigeaient vers la porte.

« Viens, Sorrow. Viens, viens empuantir toute la ville.

De nouveau, ma mère éclata de rire.

— Réponds-moi, dit-elle.

Cette fois, c'était *elle* qui faisait la coquette ; mon père l'avait déjà convaincue, je ne sais où, je ne sais quand — peut-être pendant que Franny était en train de faire recoudre sa lèvre (stoïquement, bien sûr, sans une larme).

« Où trouveras-tu l'argent ? répéta maman.

— *Toi* tu le sais, dit-il, en refermant la porte.

J'entendis Sorrow aboyer à la nuit, à tout ce qu'elle cachait, à rien de particulier.

Et je devinai que si un sloop blanc était venu s'amarrer à la véranda et aux tonnelles de la vieille maison Bates, ni mon père ni ma mère n'auraient été surpris. Si l'homme en smoking blanc, le propriétaire de feu l'exotique Arbuthnot-by-the-Sea, avait surgi pour les accueillir, ils n'auraient pas cillé. S'il avait été là, son cigare aux lèvres, bronzé et impeccable, et s'il leur avait dit : « Bienvenue à bord ! », ils auraient sur-le-champ et sans hésiter embarqué pour prendre le large sur le sloop blanc.

Et quand ils remontèrent Pine Street jusqu'à Elliot Park et bifurquèrent au-delà des maisons des veufs et des veuves, l'infortuné Thompson Female Seminary leur apparut sans doute rutilant de mille feux, pareil à un château, ou à un palais illuminé pour un gala en l'honneur des riches et des puissants — pourtant il n'y avait sans doute pas une seule lumière, et dans les parages sans doute n'y avait-il pas même âme qui vive, hormis, au volant de sa voiture de ronde, le vieil agent de police qui, toutes les heures environ, patrouillait le quartier pour disperser les adolescents venus là se peloter. L'unique réverbère se trouvait dans Elliot Park ; jamais Franny ni moi, qui circulions toujours pieds nus, ne traversions le parc une fois la nuit tombée, de peur de mettre le pied sur des débris de bouteille — ou des capotes anglaises usagées.

Mais, je l'imagine, mon père avait dû peindre un tableau tout différent ! Je l'imagine entraînant ma mère dans l'allée bordée d'ormes depuis longtemps morts — le crissement du verre cassé avait dû évoquer à leurs oreilles le bruit des galets sur une plage somptueuse —, et j'imagine ce qu'il avait dit :

— Si seulement tu pouvais te rendre compte ? Un hôtel, mais qui serait une affaire de famille. La plupart du temps, nous y serions tout seuls. Avec ce qu'on pourrait rafler pendant les longs week-ends, il n'y aurait même pas besoin de publicité — du moins, pas trop. Il suffirait de garder le bar et le restaurant ouverts pendant la semaine, pour attirer les hommes d'affaires — les amateurs de déjeuners et de cocktails.

— Les hommes d'affaires ? s'était peut-être étonnée maman. Les amateurs de déjeuners et de cocktails ?

Mais même quand Sorrow avait débusqué les adolescents tapis dans les buissons, quand la voiture de ronde avait arrêté mes parents et que le flic les avait priés de décliner leur identité, je parierais que mon père s'était montré convaincant :

— Oh, c'est toi, Win Berry, avait dû dire l'agent.

Le vieux Howard Tuck assurait la ronde de nuit ; c'était un crétin qui dégageait une odeur de cigare écrasé dans une flaque de bière. Je parie que Sorrow lui avait montré les dents : l'odeur aurait pu rivaliser avec le fumet particulièrement prononcé du chien.

« Le pauvre Bob en voit de dures cette saison, avait sans doute dit le vieil Howard Tuck qui, comme tout le monde, savait que mon père était le fils de Iowa Bob ; mon père avait joué ailier centre dans une des anciennes équipes de Coach Bob — celles qui remportaient toujours la victoire.

— Ce n'est pas la première, avait plaisanté papa.

— Dites-moi un peu ce que vous *faites* ici, avait demandé le vieil Howard Tuck.

Et mon père, j'imagine, avait répondu :

— Eh bien, Howard, en toute confidence, nous allons acheter cette baraque.

— *Vraiment ?*

— Et comment ! Même que nous allons en faire un hôtel.

— Un hôtel ?

— Comme je vous le dis. Avec un restaurant et un bar, pour les amateurs de déjeuners et de cocktails.

— Les amateurs de déjeuners et de cocktails ?

— En gros, c'est ça, avait affirmé mon père. Le plus bel hôtel du New Hampshire !

— Merde alors, avait fait le flic.

En tout cas, ce fut le policier chargé de la ronde de nuit, Howard Tuck, qui posa la question à mon père :

« Et comment que vous allez l'appeler ?

Souvenez-vous : il faisait nuit, et la nuit inspirait toujours mon père. C'était en pleine nuit qu'il avait fait la rencontre de Freud et de son ours : en pleine nuit qu'il avait emmené State O'Maine à la pêche ; c'était une nuit que l'homme en smoking blanc avait fait sa seule et unique apparition ; c'était à la nuit tombée que l'Allemand et sa fanfare avaient débarqué à l'Arbuthnot pour y laisser un peu de leur sang ; et je suis sûr qu'il faisait nuit la première fois que mon père et ma mère avaient fait l'amour ; et maintenant, l'Europe de Freud était plongée dans les ténèbres. Là, dans Elliot Park, mon père, pris dans le faisceau du projecteur de la voiture de ronde, leva les yeux sur les trois étages du bâtiment de brique qui, indiscutablement, ressemblait à une prison — hérissé d'échelles à incendie toutes rouillées, pareilles aux échafaudages d'un immeuble qui aurait ambitionné de devenir autre chose. Je le parierais, il saisit ma mère par la main. Là dans le noir, où rien ne vient jamais bloquer l'imagination, mon père sentit que le nom de son futur hôtel, de *notre* futur hôtel, lui venait soudain.

« Comment que vous allez l'appeler ? demanda le vieux flic.

— L'Hôtel New Hampshire, dit mon père.

— Merde alors, fit Howard Tuck.

« Merde alors », aurait peut-être en effet été plus approprié, mais le sort en était jeté : ce serait l'Hôtel New Hampshire.

J'avais encore les yeux grands ouverts quand mes parents rentrèrent — ils étaient restés absents bien plus d'un quart d'heure, aussi compris-je qu'en chemin, ils avaient dû rencontrer le sloop blanc, sinon Freud *et* l'homme en smoking blanc.

— Mon Dieu, Sorrow, fit la voix de mon père. Tu n'aurais pas pu aller faire ça *dehors* ?

J'imaginais clairement la scène de leur retour : Sorrow qui s'ébrouait dans les haies en bordure des maisons de bardeaux, tirant de leur lit les vieillards au sommeil léger qui avaient perdu le sens du temps. Qui sait si ces vieillards n'avaient pas jeté un coup d'œil par la fenêtre et vu ma mère et mon père, main dans la main ; perdant le fil des années enfuies, ils s'étaient sans doute remis au lit en marmonnant :

— C'est le fils de Iowa Bob, avec la petite Bates et leur sacré vieil *ours,* comme toujours.

— Il y a une chose que je ne comprends pas, disait maman. Cette maison, serons-nous obligés de la vendre et de déménager, avant d'être prêts à nous installer *là-bas* ?

Car, bien entendu, c'était l'unique moyen qui pouvait lui permettre de transformer une école en hôtel. La ville ne demanderait pas mieux que de céder le Thompson Female Seminary pour une bouchée de pain. Qui aurait voulu que reste vide cette carcasse hideuse, où les enfants risquaient de se blesser, à force de casser les vitres et d'escalader les échelles ? Mais c'était la maison de famille de ma mère — la grande maison de la famille Bates — qui devrait couvrir les frais de la rénovation. Peut-être était-ce là ce qu'avait voulu dire Freud : ce que ma mère aurait à pardonner à mon père.

— Peut-être serons-nous obligés de vendre avant de pouvoir nous installer, dit mon père, mais nous ne serons peut-être pas obligés de *déménager.* Ce ne sont jamais que des *détails.*

Ces détails (et bien d'autres) devaient nous occuper pendant des années, et ils devaient pousser Franny à dire, alors que depuis longtemps sa lèvre avait été débarrassée de ses agrafes et que la cicatrice était devenue si mince qu'il semblait possible de l'effacer du doigt — ou d'un bon baiser qui en aurait à jamais oblitéré la trace :

— Si papa avait pu acheter un autre ours, il n'aurait pas eu besoin d'acheter un hôtel.

Mais la première des illusions de mon père était que les ours peuvent survivre à la vie que mènent les humains, et la seconde que les humains peuvent survivre à la vie que l'on mène dans les hôtels.

3

La grande saison de Iowa Bob

En 1954, Frank entra en première année à Dairy School — transition qui, pour lui, se déroula sans problèmes majeurs, sinon qu'il passa désormais encore plus de temps enfermé dans sa chambre, tout seul. Il y eut bien une vague histoire homosexuelle, mais un certain nombre d'élèves, tous du même dortoir, s'y trouvèrent mêlés — tous plus âgés que Frank — et l'hypothèse prévalut que Frank avait été victime d'un bizutage plutôt banal dans les écoles préparatoires. Après tout, il habitait chez lui ; sa naïveté touchant la vie en dortoir n'avait rien de surprenant.

En 1955, Franny entra elle aussi à Dairy ; c'était la première année que l'école recrutait des filles, et, pour elle, la transition fut beaucoup moins facile. D'ailleurs, dans le cas de Franny, jamais les transitions ne devaient être faciles, mais en l'occurrence, il y eut trop de problèmes imprévus, des cas de discrimination pendant les cours et même des incidents dus à la rareté des douches dans l'aile du gymnase qu'il avait fallu cloisonner à l'intention des filles. En outre, la brusque irruption de professeurs femmes dans le corps enseignant précipita l'effondrement de plusieurs couples déjà chancelants, sans compter que, parmi les garçons de Dairy, les fantasmes augmentèrent de façon spectaculaire.

En 1956, ce fut mon tour. Ce fut aussi cette année-là que Dairy offrit à Coach Bob une équipe d'arrières au grand complet, plus trois avants ; tout le monde le savait, il était à la veille de sa retraite et, depuis la fin de la guerre, ses équipes n'avaient cessé de perdre. On crut lui faire une faveur en truffant son équipe de joueurs recrutés à la fin de leur dernière année dans l'une des plus coriaces écoles de Boston. Pour une fois, Coach Bob ne disposait pas seulement d'une équipe d'arrières ; il avait aussi des renforts pour sa ligne d'avants, pour faire le mur, et bien que la perspective de diriger une équipe de « mercenaires » — des « doublures » comme on disait (en ce temps-là déjà) — parût odieuse au vieux, il fut sensible au geste. Cependant, l'objectif de Dairy School n'était pas seulement d'offrir à Bob une série de victoires pour sa dernière saison. L'école faisait feu de tout bois, dans l'espoir de soutirer davantage d'argent aux anciens et d'attirer l'année suivante un nouvel entraîneur, bien entendu plus jeune. Encore une saison de défaites et, Bob le savait, Dairy School laisserait à jamais tomber le football. Coach Bob aurait préféré se retirer pavillon haut en laissant une équipe qu'il eût lui-même forgée, au fil des années, mais qui se serait avisé de faire la fine bouche devant la perspective de se retirer en vainqueur ?

— En outre, disait Coach Bob, même les plus doués ont besoin d'un entraîneur. Sans moi, ces gars-là ne seraient pas aussi fringants. Tout le monde a besoin d'une stratégie ; tout le monde a besoin de se voir mettre le nez dans ses erreurs.

Sur le chapitre de la stratégie et des erreurs, Iowa Bob avait en ce temps-là des tas de choses à dire à mon père. Pour Coach Bob, vouloir remettre à neuf le Thompson Female Seminary équivalait à « vouloir violer un rhinocéros ». L'entreprise nécessita un peu plus de temps que prévu.

Il n'eut aucun mal à vendre la maison de ma mère — c'était une maison superbe, et nous fîmes une affaire en or —, mais les nouveaux propriétaires étaient impatients d'en prendre possession, et une fois tous les papiers dûment signés, nous dûmes verser un loyer astronomique pour occuper les lieux encore une année entière.

Je me souviens d'avoir regardé travailler les ouvriers qui débarrassaient le futur Hôtel New Hampshire de ses vieux pupitres — des centaines de pupitres aux pieds vissés dans le plancher. Des centaines de trous à boucher, à moins de mettre de la moquette partout. Ce fut l'un des nombreux détails qu'eut à régler mon père.

Quant à l'équipement sanitaire du troisième, il lui réservait une surprise. Ma mère aurait dû s'en souvenir : des années avant qu'elle entre au Thompson Female Seminary, les toilettes et les lavabos du dernier étage avaient reçu un équipement neuf, mais il y avait eu cafouillage. Au lieu de fournir des accessoires conçus pour des adolescentes, les entrepreneurs chargés de l'installation des cuvettes et des lavabos avaient livré de véritables miniatures — destinées à un jardin d'enfants du nord de l'État. L'erreur entraînant des économies par rapport à la commande initiale, le Thompson Female Seminary n'avait pas protesté. C'est ainsi que des générations de jeunes filles avaient dû se courber et se torturer les genoux chaque fois qu'elles voulaient pisser ou se laver — les minuscules cuvettes brisant les reins des filles quand elles s'asseyaient trop vite, les petits lavabos leur cognant durement les genoux, les miroirs leur renvoyant l'image de leurs petits seins menus.

— Seigneur Dieu, disait mon père. On dirait des latrines pour des elfes.

Il avait espéré pouvoir simplement répartir les anciens équipements sanitaires dans les chambres ; il avait assez de bon sens pour savoir que les clients n'auraient pas envie de partager des salles de bains et toilettes communes, mais il s'était imaginé pouvoir faire de grosses économies en utilisant les cuvettes et les lavabos qui se trouvaient déjà sur place. Après tout, une école secondaire et un hôtel n'ont que peu d'équipements en commun.

— En tout cas, on pourra garder les miroirs, dit maman. Il suffira de les fixer plus haut sur les murs.

— Nous pourrons également garder les cuvettes et les lavabos, s'obstina papa.

— *Qui* pourra s'en servir ? demanda maman.

— Des nains ? fit Coach Bob.

— Lilly et Egg en tout cas, dit Franny. Du moins encore quelques années.

Et puis, il y eut le problème des chaises vissées assorties aux pupitres. Mon père refusa également de les mettre au rebut :

— Elles sont parfaites, ces chaises. Très confortables.

— Un peu vieillottes, non, avec tous ces noms gravés dessus ? dit Frank.

— *Vieillottes*, Frank ? dit Franny.

— Mais il faut qu'elles restent vissées au plancher, dit maman. Comme ça, personne ne pourra jamais les déplacer.

— Pourquoi, dans un hôtel, les gens iraient-ils déplacer les meubles ? demanda papa. Après tout, c'est nous qui installons les chambres comme il convient, non ? Et puis, je n'ai pas envie que les gens déplacent les chaises. Comme ça, il n'y aura aucun risque.

— Même dans le restaurant ? demanda maman.

— Les gens aiment bien reculer leurs chaises après un bon repas, objecta Iowa Bob.

— Et bien, ce ne sera pas possible, voilà tout, trancha papa. S'ils y tiennent, ils n'auront qu'à repousser les tables.

— Pourquoi ne pas visser également les tables ? suggéra Frank.

— Quelle idée bizarre, dit Franny, qui devait soutenir, plus tard, que l'insécurité de Frank était telle qu'il aurait préféré que tout, dans la vie, fût vissé au plancher.

Bien entendu, le plus long fut de cloisonner les chambres, chacune pourvue de sa salle de bains. En outre, la plomberie était aussi compliquée que le réseau des voies d'une gare de triage ; quand quelqu'un tirait la chasse au troisième, l'eau ruisselait dans l'hôtel tout entier à la recherche d'une issue. De plus, certaines salles avaient encore gardé leurs tableaux noirs.

— Du moment qu'ils sont propres, disait papa, quelle importance ?

— Bien sûr, dit Iowa Bob. Comme ça, en partant, les clients pourront laisser des messages à leurs successeurs.

— Par exemple « Ne jamais séjourner ici ! », dit Franny.

— Ce sera parfait, dit Frank. A condition que j'aie ma chambre à moi.

— Dans un hôtel, Frank, souligna Franny, tout le monde a droit à sa chambre.

Même Coach Bob aurait sa chambre : après son départ en retraite, Dairy School refusait de lui laisser la jouissance d'une des maisons du campus. Prudemment, Coach Bob essaya de s'habituer à cette idée ; il était prêt à emménager le plus tôt possible. Il se préoccupait du sort qui attendait l'équipement des terrains de sport : le terrain de volley à l'argile fissurée, le terrain de hockey, les panneaux et les paniers de basket-ball — les filets pourris avaient depuis longtemps disparu.

— Rien ne dégage une telle impression d'abandon, dit Bob, qu'un panier de basket sans filet. Je trouve ça tellement triste.

Un jour, enfin, nous regardâmes les ouvriers armés de marteaux-piqueurs arracher morceau par morceau l'inscription THOMPSON FEMALE SEMINARY gravée sur la façade de pierre gris mort, en pleine brique, au-dessus de l'énorme portail. Le soir venu, ils interrompirent leur tâche, en ne laissant — exprès, j'en suis sûr — que les lettres MALE SEMIN au-dessus de la porte. C'était un vendredi, aussi les lettres restèrent-elles là tout le week-end, à la grande irritation de mes parents — et au grand amusement de Coach Bob.

— Pourquoi ne pas le baptiser l'hôtel Male *Semen* [1] ? demanda Iowa Bob. Vous n'auriez qu'une seule lettre à changer.

Bob était de bonne humeur : son équipe gagnait enfin et, il le savait, il était à la veille de quitter cette minable Dairy School.

Si mon père était de mauvaise humeur, il ne le montrait que rarement. (Il débordait d'énergie — « L'énergie engendre l'énergie », nous serinait-il sans trêve, pendant nos devoirs et les séances d'entraînement des équipes dont il avait la charge.) Il n'avait pas offert sa démission à Dairy School ; sans doute n'avait-il pas osé, à moins que ma mère ne l'en eût empêché. Il continuait à s'occuper de l'Hôtel New Hampshire, mais il enseignait aussi trois cours d'anglais, et entraînait

---

1. *Male Semen* : sperme (*N.d.E.*).

en outre les coureurs pendant les trimestres d'hiver et de printemps ; aussi ses projets avançaient-ils au ralenti.

Depuis que Frank était entré à Dairy School, on aurait dit qu'il avait disparu ; il ressemblait à l'une des vaches symboliques. Au bout d'un certain temps, on cessait de remarquer son existence. Il faisait son travail — non sans peine, semblait-il — et pratiquait tous les sports obligatoires, sans d'ailleurs se passionner ni être doué pour jouer dans aucune des équipes (peut-être ne faisait-il aucun effort pour y entrer). Il était grand et fort, et plus maladroit que jamais.

Puis (à seize ans), il se laissa pousser une mince moustache, ce qui le fit paraître beaucoup plus vieux. Il avait quelque chose de mou, comme un jeune chiot — une sorte de balourdise dans les pieds —, qui permettait de supposer qu'il se transformerait un jour en un gros chien de taille imposante ; mais Frank attendrait en vain toute sa vie cette assurance qui va de pair avec une taille imposante chez un animal *vraiment* imposant. Il n'avait pas d'amis, mais personne ne s'en souciait ; Frank n'avait jamais eu le don de se faire des amis.

Franny, elle, avait bien sûr une foule de petits amis. La plupart étaient plus âgés, et l'un d'eux m'était très sympathique : un grand rouquin, dans sa dernière année — un costaud taciturne, chef de nage du bateau de tête. Il s'appelait Struthers, avait été élevé dans le Maine et, hormis le fait qu'il avait les mains couvertes d'ampoules — et barbouillées en brun rouille par la benzoïne, pour les endurcir — et le fait que, par moments, il dégageait une odeur de vieilles chaussettes mouillées, il avait l'agrément de toute la famille. Même celui de Frank. Sorrow montrait les dents à Struthers, mais c'était une affaire d'odeur ; Struthers menaçait le statut privilégié de Sorrow dans notre maison. J'ignorais si Struthers était le petit ami favori de Franny, mais il lui manifestait beaucoup d'affection et, à nous tous, beaucoup de gentillesse.

Quant aux autres — l'un d'eux était le chef de cette bande de « mercenaires » recrutés pour prêter main-forte à Coach Bob —, tous n'étaient pas aussi gentils. En fait, le capitaine de ces arrières d'importation était un garçon comparé auquel Ralph De Meo avait tout d'un petit saint ; il se nommait Sterling Dove, mais tout le monde l'appelait Chip, ou Chipper, un garçon cruel, tout en os, sorti d'une des écoles les plus snobs de la banlieue de Boston.

— Un chef né, ce Chip Dove, disait Coach Bob.

Oui, un chef, mais un vrai chef de police politique, me disais-je. Chipper Dove était un beau blond, mais beau dans le genre immaculé, quelque peu efféminé ; chez nous, nous étions tous plutôt bruns, à l'exception de Lilly, qui elle était plutôt délavée que blonde — sur tout le corps ; même ses cheveux étaient pâles.

J'aurais été ravi de voir Chip Dove jouer capitaine *sans* une bonne ligne pour lui servir de rempart — de le voir contraint de multiplier les passes pour parvenir à marquer —, mais l'école avait fait du bon travail ; cette saison-là, jamais l'équipe ne se laissa damer le pion. Quand ils tenaient le ballon, ils le gardaient, et Dove n'avait que rarement l'occasion de faire des passes. Jamais nous n'avions connu une telle moisson de victoires, pourtant la saison était morne — à force de les regarder grignoter le terrain, lutter contre la montre, et marquer à trois ou quatre mètres des buts. Ils ne faisaient pas d'étincelles, mais ils étaient costauds, précis, et bien entraînés ; d'ailleurs leur défense n'était pas tellement forte — leurs adversaires parvenaient eux aussi à marquer, mais pas tellement souvent : leurs adversaires n'avaient que peu d'occasions de s'emparer du ballon.

— Contrôle du ballon, croassait Iowa Bob. Première fois depuis la guerre que j'ai une équipe capable de contrôler le ballon.

Dans cette relation entre Franny et Chipper Dove, une seule chose me consolait : Dove et son équipe étaient à ce point inséparables qu'il était rare qu'il sorte en compagnie de Franny sans être flanqué de toute sa bande d'arrières — souvent même d'un ou deux avants. Cette année-là, ils terrorisaient tout le campus comme une horde de sauvages, et il arrivait parfois que Franny soit aperçue dans leur camp ; Dove avait le béguin de Franny — tous les garçons, à l'exception de Frank, avaient le béguin de Franny. En sa présence, les filles demeuraient sur leurs gardes ; disons que, par contraste, elles paraissaient fades, et peut-être aussi Franny ne se montrait-elle pas une très bonne amie. Franny ne cessait de faire de nouvelles connaissances ; sans doute portait-elle trop d'intérêt aux gens qu'elle ne connaissait pas pour être capable de cette loyauté que les filles attendent de leurs amies.

Je ne sais pas ; sur ce sujet, je n'avais pas droit aux confidences. Par périodes, Franny m'arrangeait un rendez-vous, mais les filles qu'elle me choisissait étaient en général plus âgées et cela ne marchait jamais.

— Tout le monde te trouve mignon, disait Franny, mais il faut que tu *parles* un peu, tu sais — tu ne peux pas *d'emblée* te mettre à les peloter.

— Je ne me mets pas d'emblée à les peloter, protestais-je. Jamais je ne *vais* jusqu'au pelotage.

— Eh bien, c'est parce que tu te contentes de rester comme un empoté à attendre que quelque chose se passe. Tout le monde sait à quoi tu penses.

— Pas *toi*, disais-je. Pas toujours.

— Ce que tu penses de *moi*, c'est ça, hein ? demandait-elle.

Mais je ne répondais rien.

« Écoute, môme, je sais que tu penses trop à moi — si c'est ce que tu veux dire.

C'est à Dairy qu'elle se mit à m'appeler « môme », bien qu'il n'y eût qu'une seule année de différence entre nous. A ma grande honte, le sobriquet me resta.

— Hé, môme, me disait Chip Dove dans les douches du gymnase. Ta sœur a le plus joli petit cul de toute l'école. Elle baise avec quelqu'un ?

— Struthers, dis-je, quand bien même j'espérais qu'il n'en était rien. Struthers, du moins, valait mieux que Dove.

— Struthers ! s'exclama Dove. Ce salaud de rameur ? Cette cloche qui fait de l'aviron ?

— Il est très costaud, dis-je.

Ce qui, du moins, était vrai — les rameurs sont costauds, et Struthers était le plus costaud de tous.

— Ouais, mais c'est une cloche, dit Dove.

— Y se contente de souquer à longueur de journée ! dit Lenny Metz, un arrière qui se tenait toujours — même dans les douches — à la botte de Chip Dove, comme s'il espérait, même là, se voir refiler le ballon.

Il était aussi bête qu'une brique et aussi dur.

— Ma foi, môme, reprit Chipper Dove. Dis à Franny que, pour moi, elle a le plus joli cul de toute la boîte.

— Et aussi les plus jolis nichons ! s'écria Lenny Metz.

— Ma foi, ils sont pas trop moches, fit Dove. Mais c'est son cul le plus chouette.

— Sans compter qu'elle a un joli sourire, fit Metz.

Chip Dove me regarda en roulant les yeux d'un air complice — comme pour me montrer que lui aussi prenait Metz pour un crétin, et que lui, il était beaucoup, beaucoup plus futé.

— Oublie pas de te passer un peu de savon, hein, Lenny ? dit Dove, en lui lançant la savonnette glissante que Metz, d'un geste instinctif — pas de risque qu'il lâche le ballon — plaqua de sa grosse poigne contre son ventre.

Quelqu'un de beaucoup plus gros que moi s'était faufilé sous ma douche, et je fermai le robinet. Il m'éjecta sans ménagements et rouvrit l'eau.

— Remue-toi un peu, mec, fit une voix douce.

C'était un des avants chargé de protéger Chipper Dove durant les matchs. Il se nommait Samuel Jones Jr., mais tout le monde l'appelait Junior Jones. Junior Jones était un Noir, aussi noir que ces nuits qui enflammaient l'imagination de mon père ; il devait par la suite entrer à Penn State pour jouer dans l'équipe de l'université, puis jouerait en professionnel à Cleveland, jusqu'au jour où quelqu'un lui bousillerait le genou.

En 1956, Junior Jones avait quatorze ans, c'était la plus énorme montagne de chair humaine que j'eusse jamais vue. Je m'écartais déjà, quand Chipper Dove lui dit :

— Hé, Junior, tu le connais, ce môme ?

— Non, jamais vu, dit Junior Jones.

— Eh bien, c'est le frère de Franny Berry.

— Ça va ? fit Junior Jones.

— Salut, fis-je.

— Son grand-père, à ce môme, c'est le vieux Coach Bob, dit Dove.

— Bravo, fit Junior Jones.

Portant à ses lèvres une minuscule savonnette, il se remplit la bouche de mousse, puis, renversant la tête en arrière, se rinça et cracha sous le jet. Peut-être, songeai-je, était-ce là sa façon de se nettoyer les dents.

— Nous discutions, reprit Dove, de ce qui nous *plaît* chez Franny.

— Son sourire, fit Metz.

— T'as aussi parlé de ses nichons, dit Chipper Dove. Et *moi*, j'ai dit qu'elle avait le plus joli cul de toute la boîte. On n'a pas eu le temps de lui demander, au môme, ce qui lui plaît, à *lui*, chez sa sœur, parce qu'y m'a semblé qu'on devait te le demander d'abord à toi, Junior.

A force de faire mousser sa savonnette, Junior Jones l'avait pratiquement réduite à rien ; son énorme tête était inondée de mousse blanche ; quand il se mit à se rincer sous la douche, la mousse cascada sur ses chevilles. Je contemplais mes pieds, conscient de la proximité des deux derniers arrières de Iowa Bob. Un certain Chester Pulaski, au visage boucané, qui passait trop de temps sous la lampe à bronzer, ce qui ne l'empêchait pas d'avoir le cou dévoré de furoncles ; même son front en était criblé. Sa spécialité, c'était l'obstruction — mais non par choix ; simplement, il ne courait pas tout à fait aussi vite que Lenny Metz. Chester Pulaski, lui, davantage enclin à se ruer sur ses adversaires qu'à s'en écarter, était né pour pratiquer l'obstruction. Avec lui, et me serrant de près, comme un taon obstiné, était un garçon aussi noir que Junior Jones ; pourtant, hormis leur couleur, ils n'avaient rien de commun. Il lui arrivait parfois de monter en ligne pour jouer comme ailier, et quand il sortait du fond du terrain, c'était uniquement pour cueillir les petites passes courtes et sûres de Chipper Dove. Il se nommait Harold Swallow, et n'était pas plus grand que moi, mais Harold Swallow était capable de s'envoler. Il avait l'agilité de l'oiseau dont il portait le nom[1] ; si quelqu'un l'avait plaqué, Swallow aurait risqué de se briser en deux, mais quand il ne cueillait pas les passes et ne s'envolait pas hors du terrain, il se contentait de rester planqué tout au fond, d'ordinaire derrière Chester Pulaski ou Junior Jones.

Ils étaient tous là, plantés autour de moi, et l'idée m'effleura que si une bombe venait à dégringoler sur les douches, c'en serait fait de la grande saison de Iowa Bob et de ses victoires. Du point de vue sportif, du moins, j'aurais été le seul dont la disparition serait passée inaperçue. Disons simplement que je n'avais pas la classe des arrières d'importation de Iowa Bob, ni celle de son avant, Junior Jones le géant ; il y avait d'autres avants, bien sûr, mais c'était surtout à Junior Jones que Chipper Dove devait de ne jamais mordre la poussière. C'était aussi surtout grâce à lui qu'il y avait toujours une brèche dans laquelle Chester Pulaski pouvait s'engouffrer, Lenny Metz dans son sillage ; Jones était capable de faire une ouverture assez grande pour que tous s'y précipitent de front.

« Allons, Junior, *réfléchis,* disait maintenant Chip Dove, d'un ton perfide.

La raillerie qui marquait sa voix sous-entendait en effet qu'il doutait des capacités de réflexion de Junior Jones.

« Qu'est-ce qui te plaît, à toi, chez Franny Berry ? demanda Dove.

—. Elle a de jolis petits *pieds,* dit Harold Swallow.

Tous les yeux se fixèrent sur lui, mais, sans regarder personne, il continua à s'ébrouer sous le jet.

— Elle a une jolie peau, dit Chester Pulaski, au risque d'attirer davantage encore l'attention sur ses furoncles.

— Junior ! dit Chip Dove.

Junior Jones coupa sa douche. Il demeura immobile et ruisselant quelques instants. En sa présence, j'avais l'impression d'être Egg, des années auparavant, quand il faisait ses premiers pas.

— Pour moi, c'est jamais qu'une fille blanche comme les autres, dit Junior Jones, dont, avant de glisser, le regard s'arrêta une fraction de seconde sur chacun d'entre nous.

« Mais elle a l'air d'une brave fille, ajouta-t-il à mon adresse.

Sur quoi, rouvrant ma douche, il me poussa dessous — l'eau était trop froide — et il sortit de la salle, laissant un courant d'air derrière lui.

---

1. *Swallow* : hirondelle. *(N.d.T.)*

De voir que Chipper Dove lui-même s'abstenait de le harceler davantage me donna à penser, mais ce qui me donna davantage à penser encore fut que Franny était à la veille de s'attirer des ennuis — et davantage encore la conviction que j'étais impuissant à lui venir en aide.

— Cette canaille de Chipper Dove ne fait que parler à tout le monde de ton cul, de tes nichons et même de tes *pieds*, lui dis-je. Méfie-toi.

— Mes *pieds*, dit Franny. Et qu'est-ce qu'il en dit, de mes pieds ?

— Bon, rectifiai-je. Tes pieds, c'était Harold Swallow.

Tout le monde le savait, Harold Swallow était cinglé ; dans ce temps-là, quand quelqu'un était aussi cinglé que Harold Swallow, on disait qu'il était aussi cinglé qu'une « souris valseuse ».

- - Alors, qu'est-ce qu'il dit de moi, Chip Dove ? demanda Franny. Je le trouve sympa, c'est tout.

— Lui, y a que ton *cul* qu'il trouve sympa, dis-je. Et il arrête pas d'en parler.

— Je m'en fiche, il ne m'intéresse pas à ce point.

— Eh bien, *lui,* tu l'intéresses, dis-je. Contente-toi donc de Struthers.

— Oh, môme, je vais te dire, soupira-t-elle. Struthers est gentil, d'accord, mais il est rasoir, rasoir, *rasoir.*

Je baissai la tête. Nous étions dans le couloir du premier de cette maison où nous n'étions plus désormais que locataires, même si nous ne cessions d'y penser comme à la maison de la famille Bates. Franny ne venait plus que rarement me retrouver dans ma chambre. Chacun de nous s'enfermait pour faire ses devoirs et, pour bavarder, nous nous retrouvions sur le seuil de la salle de bains. On aurait dit que Franny n'utilisait jamais la salle de bains. Tous les jours, désormais, dans le couloir de nos chambres, notre mère continuait à entasser des cartons et des malles ; nous nous préparions à emménager dans l'Hôtel New Hampshire.

— Et je ne vois pas non plus pourquoi tu tiens tant à être chef de claque, Franny, dis-je. Vraiment, toi, toi — *chef de claque.*

— Parce que ça me plaît, fit-elle.

En fait, ce fut à la fin d'une répétition de la claque que je rencontrai un jour Franny, non loin de notre cachette dans les fougères, où nous ne nous retrouvions plus guère — depuis que nous étions entrés à l'école — et que nous tombâmes sur les arrières de Iowa Bob. Ils avaient intercepté quelqu'un sur le sentier qui coupait à travers le bois, le raccourci qui menait au gymnase ; et ils le tabassaient dans la grande flaque de boue criblée par les crampons — des trous qui piquetaient la boue comme des traces de balles. Quand Franny et moi vîmes à qui nous avions à faire — les redoutables arrières — et vîmes qu'ils s'acharnaient à rosser quelqu'un, nous commençâmes par détaler dans la direction opposée. Ils adoraient rosser les gens, ces arrières. Mais à peine avions-nous couru plus d'une vingtaine de mètres que, m'empoignant le bras, Franny m'arrêta net :

— Je crois que c'est Frank, dit-elle. Ils ont coincé Frank.

Du coup, nous fûmes obligés de rebrousser chemin. Une fraction de seconde, avant de voir exactement ce qui se passait, je me sentis très brave ; la main de Franny saisit la mienne et je la serrai très fort. Sa jupe de chef de claque était si courte que le dos de ma main lui frôla la cuisse. Puis elle dégagea violemment sa main et poussa un hurlement. J'étais en short et sentis mes jambes se glacer.

Frank portait sa tenue de musicien. Ils lui avaient carrément arraché son pantalon couleur de merde (avec, sur la jambe, la ganse gris cadavre). Son slip lui pendait sur les chevilles. Sa veste était troussée bien au-dessus de sa ceinture ; une des épaulettes argent flottait au milieu de la boue, plaquée contre son visage, et sa casquette argent à cordelière marron — elle se confondait presque avec la boue — était écrasée sous le genou de Harold Swallow.

Harold se cramponnait à l'un des bras de Frank, le maintenant tendu ; Lenny Metz tirait sur l'autre bras. Frank gisait sur le ventre, les couilles à l'air, en plein milieu de la flaque, son cul étonnamment nu émergeant par instants de la boue pour replonger aussitôt, tandis que Chipper Dove le repoussait du pied, puis le laissait remonter, pour l'enfoncer de nouveau. Chester Pulaski, assis sur la saignée des genoux de Frank, lui bloquait les chevilles à deux bras.

— Allez, baise ! disait Chipper Dove à Frank.

Pesant de tout son poids sur le cul de Frank, il le replongea dans la boue. Les crampons imprimèrent de petites marques blanches sur le cul de Frank.

— Vas-y, baiseur de boue, dit Lenny Metz. T'as entendu le chef : baise.

— Assez ! hurla Franny. Vous êtes dingues ou quoi ?

Frank parut plus inquiet encore que les autres en la voyant surgir, mais Chipper Dove lui-même ne put dissimuler sa surprise.

— Tiens, visez un peu qui se ramène, railla Dove.

Mais je devinai qu'il se demandait ce qu'il allait pouvoir dire.

— On lui donne ce qu'il aime, rien de plus, nous expliqua Lenny Metz. Frank aime bien baiser les flaques de boue, pas vrai, Frank ?

— Lâchez-le, dit Franny.

— On lui fait pas de mal, dit Chester Pulaski.

Il avait honte de son teint et préférait ne regarder que moi ; sans doute ne pouvait-il supporter la vue de la jolie peau de Franny.

— Votre frère aime bien les *garçons,* nous dit Chipper Dove. Pas vrai, Frank ?

— Et alors ? dit Frank.

Il était furieux, nullement accablé ; sans doute leur avait-il enfoncé ses doigts dans les yeux — sans doute plusieurs d'entre eux avaient-ils encaissé quelques bons coups. Frank ne manquait jamais de défendre chèrement sa peau.

— Fourrer son truc dans un cul de garçon, dit Lenny Metz, c'est *répugnant.*

— C'est pareil que le fourrer dans la *boue,* expliqua Harold Swallow.

Mais je devinai à son air qu'il aurait préféré être en train de *courir,* n'importe où, que de rester cramponné au bras de Frank. Harold Swallow avait toujours l'air mal dans sa peau — l'air de quelqu'un qui, la nuit, pour la première fois de sa vie, se risque dans une rue grouillante.

— Hé, personne a de mal, dit Chipper Dove.

Relevant son pied qui pesait sur le cul de Frank, il fit un pas dans notre direction. Je me souvins de ce que disait toujours Coach Bob à propos des blessures au genou ; je me demandai si je pourrais envoyer une ruade dans le genou de Chip Dove avant qu'il m'étripe.

J'ignore ce que pensait Franny, mais elle s'adressa à Dove :

— Je veux te parler. A toi seul. Je veux rester seule avec toi, et tout de suite, lui dit Franny.

Harold Swallow laissa fuser un rire nasillard et aigu, pareil au couinement d'une souris.

— Ma foi, ça peut se faire, dit Dove à Franny. Sûr qu'on peut parler. Tous les deux. Quand tu veux.

— Tout de suite, dit Franny. Tout de suite — ou jamais.

— Bon, tout de suite, d'accord, fit Dove.

Tournant la tête vers ses copains, il leva les yeux au ciel. Chester Pulaski et Lenny Metz paraissaient en baver d'envie, mais Harold Swallow contemplait d'un air furieux une petite tache d'herbe qui souillait sa tenue. Il n'avait pas d'autre tache : une petite tache d'herbe, qu'Harold Swallow avait dû ramasser en volant au ras du sol. Ou peut-être n'avait-il l'air furieux que parce que le corps de Frank étalé dans la boue lui masquait les pieds de Franny.

— Lâche Frank, dit Franny à Dove. Et dis aux autres de filer — au gymnase.

— Sûr qu'on va le lâcher. C'est ce qu'on allait faire d'ailleurs, *pas vrai* ? dit Dove — le vrai capitaine : en train de passer les consignes à ses équipiers.

Ils lâchèrent Frank. Frank trébucha en se relevant et essaya de cacher ses parties, trempées et gluantes de boue. Furieux, sans un mot, il se rhabilla. En cet instant, j'eus bien davantage peur de lui que des autres — tout compte fait, ils s'étaient bornés à obéir aux ordres : déjà ils filaient au petit trot vers le gymnase. Lenny Metz se retourna, l'œil égrillard, et agita le bras. Franny lui fit signe d'aller se faire foutre. Frank, tout dégoulinant, se faufila entre Franny et moi et, d'un pas lourd, mit le cap sur la maison.

« T'oublies pas quelque chose ? demanda Chip Dove.

Les cymbales de Frank gisaient au milieu des buissons. Il s'arrêta — en apparence plus honteux d'avoir oublié son instrument qu'humilié par ce qu'il avait subi. Franny et moi avions les cymbales de Frank en horreur. Je crois que c'était la perspective de porter l'uniforme — n'importe quel uniforme — qui avait donné à Frank envie de faire partie de la fanfare. C'était un être peu sociable, mais les victoires de Coach Bob poussèrent à la résurrection d'une fanfare — aucune fanfare n'avait défilé depuis l'immédiat après-guerre —, Frank ne put résister au prestige de l'uniforme. Comme en fait d'instrument, il ne savait jouer de rien, on lui confia les cymbales. Sans doute d'autres se seraient-ils sentis ridicules, mais pas Frank. Il adorait parader, sans rien faire, dans l'attente de son instant de gloire, l'instant de FRAPPER !

Ce n'était pas comme si nous avions eu un musicien dans la famille, toujours à s'exercer et à nous rendre dingues par les grincements, les hurlements ou les grattements de son instrument. Frank ne « s'exerçait » pas aux cymbales. De temps à autre, aux heures les plus bizarres, nous encaissions un claquement tonitruant — jailli de la chambre où Frank s'était barricadé — et ne pouvions, Franny et moi, qu'imaginer Frank en grande tenue, en train de parader sur place, inondé de sueur, devant sa glace, jusqu'au moment où, incapable de supporter davantage le bruit de sa respiration, et, cédant à une brusque impulsion, il concluait de façon fracassante.

L'horrible vacarme déclenchait les aboiements de Sorrow, et sans doute aussi ses pets. Notre mère laissait échapper ce qu'elle avait dans les mains. Franny se précipitait pour tambouriner sur la porte de Frank. Quant à moi, le bruit me suggérait autre chose : il me rappelait par sa brutalité un coup de revolver, et l'idée m'effleurait toujours, une fraction de seconde, que ce bruit qui venait de nous faire sursauter annonçait le suicide de Frank.

Sur le sentier où les arrières lui avaient tendu une embuscade, Frank extirpa des buissons ses cymbales souillées de boue, et les fourra en cliquetant sous son bras.

« Où est-ce qu'on peut aller ? demanda Chip Dove à Franny. Pour être *seuls* ?

— Je connais un coin, dit-elle. Tout près. Un coin que je connais depuis toujours.

Et je compris, bien entendu, qu'elle voulait parler des fougères — *nos* fougères. A ma connaissance, Franny n'y avait jamais emmené personne, pas même Struthers. Et si elle lâchait une allusion aussi claire, c'était uniquement pour que Frank et moi sachions où la trouver, et venions à son secours, mais déjà Frank piquait droit sur la maison, s'éloignant à pas lourds sur le sentier sans un regard pour Franny, ni le moindre mot, et Chip Dove fixa sur moi ses yeux bleus glacés :

— File, môme, dit-il avec un sourire.

Franny lui prit la main et l'entraîna dans les buissons, mais, en un rien de temps, j'eus rattrapé Frank.

— Bon Dieu, Frank, dis-je, où vas-tu ? Faut qu'on l'aide.

— Aider Franny ?

— Elle t'a aidé. Elle a sauvé ton cul.

— Et alors ? fit-il.

Sur quoi, il fondit en larmes.

« Comment tu sais qu'elle veut qu'on l'aide ? pleurnicha-t-il. Peut-être qu'elle veut rester seule avec lui.

C'était là, pour ma part, une idée trop affreuse — presque aussi odieuse que d'imaginer Chipper Dove en train de faire à Franny des choses dont elle n'avait pas envie —, et, empoignant Frank par son épaulette rescapée, je l'entraînai de force.

— Arrête de chialer, dis-je, tenant à ce que Dove ne nous entende pas approcher.

— Ce que je veux, c'est seulement te parler, te parler, c'est tout ! hurla la voix de Franny. Espèce de sale merdeux ! T'aurais pu être si gentil, mais t'as pas pu te retenir, il a fallu que tu prouves que t'étais un super merdeux. Je te *hais* ! Laisse tomber !

— Moi, je crois que je te plais, fit la voix de Chipper Dove.

— Ça aurait pu se faire, dit Franny, mais pas maintenant. Plus *jamais*, ajouta-t-elle.

Mais sa voix ne paraissait plus en colère ; et, tout à coup, elle cessa de pleurer.

Quand Frank et moi approchâmes des fougères, Dove avait sa culotte descendue sur les genoux. Il était empêtré dans ses cuissardes, comme jadis le gros Poindexter le jour où, des années auparavant,

Franny et moi l'avions espionné en train de poser culotte à croupetons. Franny, elle, avait gardé ses vêtements, mais à mes yeux, elle semblait bizarrement passive — assise là au milieu des fougères (où il l'avait poussée, me dit-elle par la suite), le visage caché dans les mains. Frank cogna ses fichues cymbales — avec un tel fracas que je crus que deux avions venaient de s'emboutir. Puis son bras droit se détendit, et sa cymbale heurta Chip en plein visage ; le coup le plus dur que, de toute la saison, eût encaissé le capitaine ; il était clair qu'il n'en avait pas l'habitude. De plus, il était empêtré dans son pantalon. Sitôt qu'il fut à terre, je me jetai sur lui. Frank cognait de plus belle ses cymbales — comme lancé dans une danse rituelle pratiquée dans notre famille avant le massacre d'un ennemi.

Soudain Dove m'envoya valdinguer, comme le vieux Sorrow envoyait encore valdinguer Egg — en secouant vigoureusement sa grosse tête, — mais on aurait dit que le tintamarre paralysait le capitaine. On aurait dit aussi qu'il tirait Franny de sa torpeur. De son geste imparable, elle plongea pour empoigner Chipper Dove aux parties ; comme en proie aux affres de l'agonie, il se lança dans d'affreuses gesticulations, qui, sans doute, rappelèrent quelque chose à Frank et dont, bien sûr, j'avais, *moi*, gardé le souvenir depuis l'histoire de Ralph De Meo. Elle l'empoigna sans ménagement, et il gisait encore sur le flanc au milieu des aiguilles de pin, sa culotte toujours sur les genoux, quand Franny, lui rabattant d'un coup sec sa coquille et son suspensoir jusqu'à mi-cuisses, lâcha l'élastique qui claqua sèchement. Une fraction de seconde, Frank, Franny et moi pûmes voir les minuscules génitoires de Dove, recroquevillées par la peur.

« Quel étalon ! hurla Franny. T'en fais un drôle d'étalon !

Franny et moi dûmes alors refréner l'ardeur de Frank qui continuait de plus belle à entrechoquer ses cymbales ; le vacarme était tel qu'il risquait de foudroyer les arbres et de faire détaler les petits animaux. Chipper Dove, une de ses mains en coupe autour de ses couilles et l'autre crispée sur une oreille, gisait toujours affalé sur le flanc ; son autre oreille était plaquée contre le sol. Je repérai le casque de Dove au milieu des fougères, et l'emportai quand nous le laissâmes seul pour lui permettre de reprendre ses esprits. Près de la flaque, Frank et Franny firent halte un instant pour remplir de boue le casque que nous abandonnâmes à son intention au milieu du sentier, plein à ras bords.

« Merde et mort, fit Franny, l'air sombre.

Dans son excitation, Frank s'obstinait à entrechoquer ses cymbales.

« Bon Dieu, Frank, dit Franny. Arrête, veux-tu.

— Je suis désolé. Merci, ajouta-t-il, comme nous approchions de la maison.

— Merci à toi aussi, dit Franny. Merci à vous deux, ajouta-t-elle en me serrant le bras.

— C'est vrai, vous savez, je suis pédé, marmonna Frank.

— Je crois qu'on l'avait deviné, dit Franny.

— Aucune importance, Frank, dis-je.

Que dire d'autre à son frère ?

— Je cherchais une façon de vous le dire, fit Frank.

— Ça, c'était une façon pour le moins bizarre, dit Franny.

Frank lui-même éclata de rire ; c'était, je crois, la première fois que j'entendais Frank rire depuis le jour où, à l'Hôtel New Hampshire, notre père s'était rendu compte de la taille des W.-C. du troisième — « les latrines pour elfes ».

Il nous arrivait de nous demander si, à l'Hôtel New Hampshire, la vie serait toujours ainsi.

Le plus important à nos yeux, c'était de savoir qui aurait envie de s'arrêter dans notre hôtel une fois que, l'installation terminée, l'établissement ouvrirait ses portes. A mesure que le moment approchait, notre père développait avec de plus en plus d'emphase l'idée qu'il se faisait d'un hôtel idéal. Il avait suivi à la télévision une interview accordée par le directeur d'une grande école hôtelière — un Suisse. D'après le personnage en question, le secret du succès dépendait de la capacité d'un nouvel hôtel à mettre rapidement sur pied son système de réservations.

« Réservations ! » écrivit notre père sur une chemise en carton qu'il fixa au réfrigérateur de la maison Bates, vouée à un prochain abandon.

— Bonjour, « Réservations » ! lancions-nous le matin au petit déjeuner, en guise de salutation, pour taquiner notre père, qui pour sa part était plutôt enclin à prendre la chose au sérieux.

— Vous trouvez ça drôle, nous dit-il un matin. Eh bien, j'en ai déjà deux.

— Deux quoi ? demanda Egg.

— Deux séries de réservations, fit-il d'un ton mystérieux.

Nous avions projeté de faire coïncider l'ouverture de l'hôtel avec le week-end du match contre Exeter. Nous le savions, la première série de « réservations », c'était ça. Tous les ans, Dairy School clôturait sa médiocre saison de football par une défaite contre l'une des grandes écoles, Exeter ou Andover, une défaite écrasante. C'était encore pire quand nous devions nous déplacer pour les rencontrer sur leurs propres terrains bien léchés. Exeter, par exemple, s'enorgueillissait d'un véritable stade, Exeter et Andover offraient tous deux à leurs joueurs de fringants uniformes ; à l'époque, les deux établissements ne recrutaient que des garçons — et les élèves portaient vestes et cravates pour assister aux cours. Certains même portaient vestes et cravates pour assister aux matchs, et même en tenue décontractée ils avaient plus fière allure que nous. A côté de ce genre d'élèves — impeccables et dynamiques — nous nous sentions de vraies cloches. Et, chaque année, nos joueurs se déployaient gauchement, minables dans leurs tenues couleur merde et mort — et le match terminé, c'était aussi ce que nous avions le sentiment d'être.

Exeter et Andover nous prenaient à tour de rôle ; chacune des deux écoles aimait nous réserver pour leur avant-dernier match de la saison — en guise de hors-d'œuvre — pour leur dernière rencontre, elles se mesuraient l'une à l'autre.

Mais, en cette saison de victoires, nous jouions sur notre propre terrain, et cette année-là, devions affronter Exeter. Victoire ou défaite, le bilan de la saison serait positif, mais la plupart des gens — même mon père et Coach Bob — étaient d'avis que, cette année-là, Dairy pouvait espérer remporter tous les lauriers : une série de victoires, couronnée pour l'ultime match par une victoire sur Exeter, une équipe que Dairy n'avait jamais vaincue. Au terme d'une saison de victoires, même les anciens recommençaient à se manifester, et il fut décidé que le match contre Exeter serait un « week-end de parents ». Coach Bob aurait souhaité qu'on lui octroie des tenues neuves en l'honneur de ses arrières d'importation, et de Junior Jones, mais le vieux n'était pas mécontent de se dire que, toute dépenaillée qu'elle fût, son équipe, couleur de merde et de mort, avait des chances d'éparpiller aux quatre coins du terrain les fringantes tenues blanches marquées de lettres rouges et les casques rouges d'Exeter.

Par ailleurs, Exeter n'avait pas fait tellement d'étincelles cette année-là : ils naviguaient dans les 5-3 — contre de meilleurs adversaires que nous n'avions l'habitude d'affronter, certes, mais ce n'était pas une de leurs *grandes* équipes. Iowa Bob comprit qu'il avait une chance, et mon père interpréta le bilan de la saison comme un présage heureux pour l'Hôtel New Hampshire.

Pour le week-end du match contre Exeter, les réservations affluèrent — toutes les chambres louées, pour deux nuits ; et, pour le samedi, toutes les tables étaient déjà réservées au restaurant.

Ma mère se tracassait au sujet du chef, comme tenait à l'appeler mon père ; c'était une *femme*, une Canadienne, venue de l'île de Prince-Édouard où, pendant quinze ans, elle avait travaillé comme cuisinière dans une famille d'armateurs pourvue de nombreux enfants.

— La cuisine familiale et la cuisine hôtelière, ça fait deux, le mit en garde maman.

— Mais il s'agissait d'une famille *nombreuse* — c'est ce qu'elle a dit, objectait papa. De plus, chez nous, c'est un petit hôtel.

— Pour le week-end du match contre Exeter, l'hôtel sera *plein*, rétorqua maman. Et le restaurant aussi.

La cuisinière avait pour nom Mrs. Urick ; elle devait se faire aider par son mari, Max — un ancien marin cambusier à bord d'un cargo, qui avait perdu le pouce et l'index de la main gauche. Un accident survenu dans la cambuse d'un navire baptisé *Miss Intrepid*, nous confia-t-il, avec un clin d'œil canaille. Il avait eu un instant d'inattention à la pensée du sort que lui infligerait Mrs. Urick si jamais elle avait vent de ses virées en compagnie d'une intrépide dame de Halifax.

— Tout à coup, je baisse la tête, nous dit Max — dont Lilly ne quittait pas des yeux la main mutilée. Et qu'est-ce que je vois, là, au milieu des carottes pleines de sang, mon pouce et mon index, et le hachoir qui continuait à tailler comme s'il voulait pas s'arrêter.

Max crispa sa main crochue, comme pour éviter la lame, et Lilly cligna des yeux. Lilly avait dix ans, mais elle ne semblait guère avoir grandi depuis deux ans. Egg, qui, lui, avait six ans, paraissait moins fragile que Lilly — et les histoires de Max Urick semblaient le laisser parfaitement froid.

Mrs. Urick, elle, ne racontait pas d'histoires. Des heures durant, elle scrutait les grilles de ses mots croisés sans jamais remplir les cases ; elle mettait le linge de Max à sécher dans la cuisine qui, jadis, avait servi de lingerie au Thompson Female Seminary — et donc avait l'habitude des chaussettes et des sous-vêtements en train de sécher. Mrs. Urick et mon père avaient décidé qu'à l'Hôtel New Hampshire, la meilleure façon d'attirer les clients était de leur offrir de la cuisine bourgeoise. Mrs. Urick entendait par là un choix de deux gros rôtis, ou encore un menu style Nouvelle-Angleterre, à base de mets bouillis ; un choix de deux tartes — et, le lundi, toute une variété de pâtés à la viande, pour utiliser les restes des rôtis. Pour les déjeuners, des potages et de la viande froide ; pour le petit déjeuner, des gaufres, et ainsi de suite.

— Rien de compliqué, mais rien que de la bonne nourriture, disait Mrs. Urick, sans un brin d'humour.

Elle nous rappelait, à Franny et à moi, certains diététiciens que nous avions connus à la Dairy School — fermement convaincus que manger n'est pas un plaisir, mais, d'une certaine façon, un impératif moral. Nous partagions tous les angoisses de notre mère au sujet de la cuisine — après tout, il s'agissait, pour nous aussi, de notre régime quotidien —, mais notre père était certain que Mrs. Urick saurait s'en tirer.

On lui avait réservé pour son usage personnel une pièce au sous-sol, « pour que je sois tout près de ma cuisine », disait-elle ; elle tenait à ce que ses marmites mijotent toute la nuit. Max Urick avait sa propre chambre — au troisième. Il n'y avait pas d'ascenseur, et mon père était tout heureux de se débarrasser d'une des chambres du troisième. Les chambres du troisième avaient conservé les W.-C. et les lavabos miniatures, mais Max, qui durant tant d'années s'était soulagé dans les latrines exiguës du *Miss Intrepid,* ne s'offusquait pas de ces installations pour nains.

— Excellent pour le cœur. Excellent pour la circulation — tous ces escaliers à grimper, disait-il, en cinglant sa maigre poitrine de sa main mutilée.

Nous avions pourtant l'impression que Max aurait consenti de gros sacrifices pour rester hors d'atteinte de Mrs. Urick ; il était même prêt à grimper les escaliers — à pisser et se laver n'importe où. Il se piquait d'être « bricoleur », et quand il n'était pas occupé à aider Mrs. Urick à la cuisine, il était censé vaquer aux menus travaux.

— Tout, depuis les toilettes jusqu'aux serrures ! se vantait-il.

Il adorait faire claquer sa langue avec un bruit de clé dans une serrure, et pouvait lâcher un affreux chuintement — comme les minuscules toilettes du troisième lorsqu'elles expédiaient leur contenu pour un long et terrifiant voyage.

— Et la *deuxième* série de réservations ? demandai-je à mon père.

Nous le savions, il y aurait, au printemps, le week-end de la remise des diplômes ; et peut-être, en hiver, le week-end du grand match de hockey. Quant aux visites, régulières mais rares, que les élèves de Dairy recevaient de leurs parents, elles ne nécessiteraient guère de réservations à long terme.

— La remise des diplômes, hein, c'est ça ? demanda Franny.

Notre père secoua la tête.

— Un grand mariage, s'écria Lilly.

Tous les yeux se fixèrent sur elle.

— Quel mariage ? demanda Frank.

— Je n'en sais rien, fit Lilly. Mais un mariage *géant* — vraiment très grand. Le plus grand mariage de toute la Nouvelle-Angleterre.

Nous ne savions jamais où Lilly allait chercher les idées qui lui passaient par la tête ; notre mère lui jeta un coup d'œil inquiet, puis s'adressa à notre père :

— Assez de mystères. Nous avons tous envie de savoir ; la deuxième série de réservations, qu'est-ce que c'est ?

— Rien avant l'été, dit-il. On a tout le temps de se préparer. Nous devons nous concentrer sur le week-end du match contre Exeter. Chaque chose en son temps.

— Peut-être un congrès d'aveugles, nous suggéra Franny, le lendemain matin, en se rendant en classe.

— Ou un colloque de lépreux, dis-je.

— Tout ira bien, fit Frank, l'air inquiet.

Jamais plus nous n'empruntions le sentier derrière le stade. Nous coupions droit à travers les terrains de foot, et parfois jetions nos trognons de pommes dans les buts, ou encore prenions la grande allée qui passait entre les dortoirs. Nous tenions à éviter les arrières de Iowa Bob ; aucun de nous n'avait envie de se faire coincer par Chipper Dove. Nous n'avions soufflé mot de l'incident à notre père — Frank nous avait fait jurer, à Franny et moi, de ne pas lui en parler.

— Maman est déjà au courant, nous dit Frank. Oui, elle sait que je suis pédé.

La nouvelle nous surprit quelques instants tout au plus ; réflexion faite, c'était d'une logique parfaite. Notre mère ne trahissait jamais un secret ; si nous avions envie d'un débat démocratique, et d'une discussion en famille qui durerait des heures, voire des semaines — peut-être des mois —, alors, quel que fût le sujet, il nous fallait en parler à notre père. Il n'était pas des plus patients avec les secrets, malgré ses mystères au sujet de la deuxième série de réservations.

— Je parie qu'il s'agit d'un colloque de tous les célèbres écrivains et artistes d'Europe, supputa Lilly.

Franny et moi nous donnâmes des coups de pied sous la table en levant les yeux au ciel ; nos yeux disaient : Lilly est bizarre, Frank est pédé, et Egg n'a que six ans. Nos yeux disaient : il n'y a que nous dans cette famille — rien que nous deux.

— Ce sera un *cirque,* dit Egg.

— Comment le sais-tu ? aboya papa.

— Oh non, Win, dit maman. Un *cirque,* vraiment ?

— Un petit seulement, dit papa.

— Pas les héritiers de P.T. Barnum tout de même ? s'enquit Iowa Bob.

— Bien sûr que non, fit papa.

— Les Frères King ! dit Frank, qui avait dans sa chambre un poster du numéro de tigres des Frères King.

— Non, je vous assure, *vraiment* petit. Disons un cirque *privé.*

— Encore un machin minable, hein ? dit Coach Bob.

— Tout de même pas un de ces machins avec une ménagerie de monstres ! dit Franny.

— Certainement pas, dit papa.

— Comment ça, « une ménagerie de monstres » ? demanda Lilly.

— Des chevaux avec des pattes en moins, dit Frank. Une vache à deux têtes — la deuxième sur le dos.

— Où est-ce que t'as vu ça ? fis-je.

— Il y aura des tigres et des lions ? demanda Egg.

— Pourvu au moins qu'on les mette au *troisième*, fit Iowa Bob.

— Non, il faudra les mettre avec Mrs. Urick ! fit Franny.

— Win, fit maman, *quel* cirque ?

— Ma foi, vous comprenez, ils pourront se servir du *stade*, dit-il. Ils pourront dresser leurs tentes sur l'ancien stade, ils pourront prendre leurs repas au restaurant, et certains, oui, pourraient au besoin loger à l'hôtel — bien que, ces gens, la plupart aient leurs roulottes, je crois.

— Et les animaux, qu'est-ce que c'est ? demanda Lilly.

— Eh bien, dit papa, je ne pense pas qu'ils aient tellement d'animaux. C'est un *petit* cirque, vous savez. Quelques-uns, mais pas beaucoup. Je crois savoir qu'ils ont quelques numéros bizarres, oui — mais pour ce qui est des animaux, je ne sais pas.

— *Quels numéros ?* demanda Iowa Bob.

— Je parierais que c'est encore un de ces *affreux* cirques, dit Franny. Avec des chèvres, des poulets et des animaux drogués et moches comme on en voit partout — des rennes complètement abrutis, un corbeau qui parle. Mais rien de gros, bien sûr, et rien d'exotique.

— Pour ma part, les animaux exotiques, je préfère ne pas les voir dans les parages, fit maman.

— Quels *numéros ?* s'obstina Iowa Bob.

— Ma foi, fit papa. Je ne sais pas trop. Du trapèze, peut-être.

— Tu ne sais pas quels animaux, fit maman. Et tu ne sais pas non plus quels numéros ? Alors, qu'est-ce que tu sais ?

— C'est un tout *petit* cirque, dit-il. Tout ce qu'ils veulent, c'est réserver quelques chambres, et peut-être la moitié du restaurant. Le lundi, ils font relâche.

— Le lundi ? fit Iowa Bob. Combien de temps ont-ils l'intention de rester ?

— Ma foi, fit papa.

— Win ! le somma maman. Combien de *semaines* est-ce qu'ils vont rester ?

— Ils seront ici tout l'été, céda papa.

— Ça alors, s'exclama Egg. Le cirque !

— Un cirque, dit Franny. Un cirque de dingues.

— Des animaux bizarres, des numéros bizarres, dit Frank.

— Comme ça, tu pourras toujours te faire embaucher, Frank, lui dit Franny.

— Tais-toi, dit maman.

— Aucune raison de s'inquiéter, dit papa. C'est un tout petit cirque, une affaire de famille.

— Et il s'appelle comment, ce cirque ? demanda maman.

— Eh bien..., fit papa.

— Tu ne connais pas son nom ? demanda Coach Bob.

— Bien sûr que je connais son nom ! protesta papa. On l'appelle le Spectacle Fritz.

— Le *Spectacle Fritz* ? dit Frank.

— Et c'est quoi le spectacle ? demandai-je.

— Eh bien, fit papa, ce n'est qu'un *nom*. Je ne suis même pas sûr qu'il y ait plus d'un numéro.

— Moi, je trouve ça très moderne, fit Frank.

— *Moderne*, Frank ? railla Franny.

— Moi, je trouve ça tordu, fis-je.

— C'est quoi tordu ? demanda Lilly.

— Une espèce d'animal ? demanda Egg.

— Aucune importance, dit maman.

— Je pense que nous devrions plutôt nous concentrer sur le week-end du match contre Exeter, dit papa.

— Oui, et commencer notre déménagement, le vôtre et le mien, dit Iowa Bob. On aura tout le temps de discuter cet été.

— Tout est loué jusqu'à la fin de l'été ? demanda maman.

— Vous voyez bien ! fit papa. Voilà ce que c'est que d'avoir *le sens des affaires* ! Nous avons déjà tout réglé pour l'été, sans compter le week-end du match avec Exeter. Chaque chose en son temps. Maintenant, il ne nous reste plus qu'à déménager.

Le déménagement eut lieu une semaine avant le match ; ce week-end-là, les mercenaires de Iowa Bob marquèrent neuf buts — pour ponctuer leur neuvième victoire, sans une seule défaite. Franny n'eut pas l'occasion d'y assister ; elle avait renoncé à être chef de claque. Ce samedi-là, Franny et moi aidâmes notre mère à déménager tout ce que les camions n'avaient pas encore transporté à l'Hôtel New Hampshire ; Lilly et Egg accompagnèrent notre père et Iowa Bob au match ; Frank, bien entendu, était avec la fanfare.

Il y avait trente chambres, réparties sur quatre étages, dont sept avaient été attribuées à notre famille, dans l'aile sud-est, sur deux étages. Au sous-sol, une chambre était réservée à l'usage exclusif de Mrs. Urick ; ce qui signifiait que, en comptant le coin de Max au troisième, vingt-deux chambres étaient à la disposition de la clientèle. Mais le maître d'hôtel et la femme de chambre en chef, Ronda Ray. disposaient chacun d'une chambre de repos au premier, pour pouvoir souffler un peu, avait expliqué Ronda à notre père. Et Iowa Bob disposait de deux chambres au second, dans l'aide sud-est — juste au-dessus des nôtres. Ce qui laissait dix-neuf chambres pour les clients, dont treize seulement avaient leurs propres salles de bains ; six étaient équipées des fameux accessoires miniatures.

— C'est plus que suffisant, affirmait papa. Nous sommes dans une petite ville. Et pas très connue.

Peut-être était-ce plus que suffisant pour le cirque, le spectacle Fritz, mais nous nous demandions avec angoisse ce qui se passerait quand, comme nous l'espérions, l'hôtel serait comble pour le week-end du match contre Exeter.

Le samedi du déménagement, Franny découvrit le système d'inter-phone et brancha toutes les chambres sur « Ecoute ». Toutes les chambres étaient vides, bien sûr, mais nous essayâmes de nous imaginer en train d'espionner les premiers clients qui descendraient chez nous. Le « braillard », comme disait mon père, était, bien sûr, un vestige du Thompson Female Seminary — la directrice pouvait ainsi annoncer les exercices d'alerte à l'incendie dans toutes les classes et, même en dehors des dortoirs, les professeurs pouvaient se rendre compte si les élèves chahutaient. Notre père avait estimé qu'en gardant le système d'interphone, nous pourrions nous dispenser d'installer le téléphone dans les chambres.

« Au besoin, ils pourront appeler au secours par l'interphone, disait papa. Et puis, nous pouvons les réveiller pour le petit déjeuner. Et s'ils veulent téléphoner, ils n'auront qu'à descendre à la réception.

Mais, bien sûr, le système du braillard avait aussi l'avantage de permettre de suivre les conversations dans les chambres.

« Un avantage pas très éthique, disait papa.

Mais Franny et moi, nous ne nous tenions plus d'impatience.

Le samedi de notre emménagement, le téléphone n'était pas branché à la réception — ni dans l'appartement —, et nous n'avions pas de linge, le blanchisseur chargé de s'occuper du linge de l'hôtel devant également en principe se charger du nôtre. Le contrat ne prendrait effet que le lundi. Ronda Rày, elle aussi, ne commencerait que le lundi, mais elle, du moins, était arrivée — à l'Hôtel New Hampshire —, et nous la trouvâmes occupée à inspecter sa chambre à notre arrivée

— Vraiment, pour moi c'est indispensable, vous savez, dit-elle à ma mère. Vous comprenez, je ne peux pas changer les draps le matin, *après* avoir servi les petits déjeuners — et *avant* de m'occuper des déjeuners — sans avoir un coin pour m'allonger. Et, entre le déjeuner et le dîner, si je ne peux pas m'allonger, je commence à me sentir mal

— partout. Et si vous habitiez là ou j'habite, vous n'auriez pas envie de rentrer.

Ronda Ray habitait à Hampton Beach, où elle travaillait comme serveuse et femme de chambre pendant la saison touristique. Elle aimait travailler en hôtel et cherchait depuis longtemps un emploi à plein temps — et, supposait ma mère, un moyen de plaquer Hampton Beach pour toujours. Elle avait à peu près le même âge que ma mère, et affirmait se souvenir de Earl, qu'elle avait vu se produire au casino bien des années auparavant ; pourtant, elle n'avait jamais vu son numéro de danse ; elle se souvenait surtout de la fanfare, et du numéro baptisé « Le demandeur d'emploi ».

« Pourtant, jamais je n'ai *cru* que c'était un *vrai* ours, nous confiat-elle, à Franny et moi, qui la regardions défaire sa petite valise dans sa chambre.

« Vous comprenez, à mon avis, *personne* ne serait allé prendre son pied en regardant se déshabiller un *vrai* ours ?

A notre grande surprise, elle sortit une chemise de *nuit* de sa valise ; après tout, c'était « une chambre de repos », et elle n'avait pas l'intention d'y passer la nuit ; elle piquait la curiosité de Franny — et, pour ma part, je lui trouvais quelque chose d'exotique. Elle avait les cheveux teints : je ne peux pas dire en quelle couleur, car il ne s'agissait pas vraiment d'une couleur franche. Ni rouge ni blond ; la couleur du plastique ou du métal, et je me demandais quelle impression elle pouvait éprouver. Quant au corps de Ronda Ray, j'imaginais qu'il avait été jadis aussi robuste que celui de Franny, mais avait fini par s'empâter un peu — toujours solide, mais épanoui. Il est difficile de parler de son odeur, n'empêche que Franny — dès que nous eûmes quitté Ronda — ne put s'en empêcher.

— Elle s'est mis du parfum sur le poignet, il y a deux jours, dit Franny. Tu me suis ?

— Oui, dis-je.

— Mais, à ce moment-là, elle ne portait pas de bracelet-montre — son frère ou son père avait pris sa montre, dit Franny. En tout cas, un homme, et vraiment, il *suait* beaucoup.

— Oui, fis-je.

— Ensuite, Ronda a mis sa montre, mais sans enlever le parfum, et elle l'a portée toute une journée, pendant qu'elle défaisait les lits.

— Quels lits ?

Franny resta songeuse une minute :

— Des lits où avaient dormi des gens très bizarres.

— Les gens du cirque, le Spectacle Fritz ! m'écriai-je.

— Tout juste, acquiesça Franny. Et ce que nous, nous sentons quand nous sentons Ronda, c'est l'odeur du bracelet de la montre de Ronda — mélangée à tout le reste.

Nous ne nous trompions pas beaucoup, mais j'estimais que l'odeur était tout de même un peu plus raffinée — un tout petit peu. Je pensais aux bas de Ronda Ray, qu'elle accrochait dans le placard de sa chambre ; je me disais qu'en reniflant sa paire de bas au pli du genou, je ne manquerais pas de capter sa véritable essence.

« Tu sais pourquoi elle porte des bas ? demanda Franny.

— Non.

— Un homme lui a éclaboussé les jambes avec du café bouillant. Et exprès, encore. Il a essayé de l'ébouillanter.

— Qu'est-ce que tu en sais ?

— J'ai vu les cicatrices. Et puis, elle me l'a dit.

A la console du braillard, nous débranchâmes toutes les chambres pour écouter ce qui se passait chez Ronda. Elle fredonnait. Puis nous devinâmes qu'elle fumait. Nous tentions d'imaginer ce que nous entendrions si elle était en tête à tête avec un homme.

« Beaucoup de bruit, affirma Franny.

Nous écoutions la respiration de Ronda, mêlée aux crépitements de l'interphone — une installation archaïque actionnée par une batterie de voiture, comme une clôture électrique de fabrication artisanale.

Quand Lilly et Egg rentrèrent du match, Franny et moi fourrâmes Egg dans le monte-charge et nous amusâmes à le faire monter et descendre dans la cage qui desservait les trois étages, jusqu'au moment où Frank trouva malin de nous moucharder, et notre père nous spécifia que le monte-charge ne devait servir qu'à évacuer le linge et les assiettes, entre autres *choses* — en aucun cas les *êtres humains*.

C'était dangereux, insista papa. Si nous venions à lâcher la corde, le monte-charge plongerait à une vitesse conditionnée par son poids. Autrement dit, très vite — sinon pour une *chose*, du moins pour un être humain.

— Mais Egg est si léger, ergota Franny. Bien sûr, pas question d'essayer avec Frank.

— Pas question d'essayer du *tout !* trancha papa.

Plus tard, Lilly demeura introuvable, et pendant presque une heure, nous dûmes renoncer à défaire les bagages pour nous mettre à sa recherche. Nous la retrouvâmes assise dans la cuisine avec Mrs. Urick, qui avait captivé l'attention de Lilly en lui racontant l'histoire des divers châtiments qu'elle avait subis dans son enfance. On lui coupait de grosses touffes de cheveux, pour l'humilier, quand elle oubliait de se laver avant le dîner ; chaque fois qu'elle jurait, on lui ordonnait de rester pieds nus dans la neige ; quand elle « chipait » de la nourriture, on la forçait à avaler une pleine cuillerée de sel.

— Si vous vous absentez, maman et toi, dit Lilly à papa, surtout ne nous laissez pas seuls avec Mrs. Urick, hein ?

Frank avait hérité de la meilleure chambre, et Franny protesta ; elle devait partager sa chambre avec Lilly. Ma chambre à moi communiquait avec celle de Egg, mais la porte manquait. Max Urick démonta son interphone, et quand nous voulûmes nous brancher sur sa chambre, nous n'entendîmes rien d'autre qu'un crépitement d'électricité statique — comme si le vieux marin s'était encore trouvé quelque part en mer. La chambre de Mrs. Urick glougloutait comme les marmites alignées sur son fourneau — le bruit de la vie qu'on laisse mijoter doucement.

Nous brûlions d'une telle impatience à la perspective de l'arrivée des clients, et du moment où l'Hôtel New Hampshire ouvrirait pour de bon, que nous ne tenions plus en place.

Histoire de nous calmer, notre père nous infligea deux exercices d'alerte à l'incendie, avec pour seul résultat d'exacerber notre soif d'action. Quand la nuit fut tombée, nous constatâmes que l'électricité n'avait pas été branchée — aussi, munis de bougies, nous nous mîmes à jouer à cache-cache dans les chambres désertes.

Je me dissimulai au premier, dans la chambre de Ronda Ray. Je soufflai la bougie et, suivant mon flair, repérai les tiroirs où elle avait rangé ses vêtements de nuit. J'entendis soudain Frank hurler au second — dans le noir, il avait posé la main sur un cactus —, et le rire de Franny retentit dans la cage sonore de l'escalier.

— Profitez-en, amusez-vous ! rugit notre père du fond de l'appartement. Quand nous aurons des *clients,* plus question d'en faire à votre tête.

Lilly me découvrit dans la chambre de Ronda Ray, et m'aida à remettre les vêtements dans la commode. Notre père nous surprit comme nous sortions de la chambre. Il ramena Lilly dans l'appartement et la fourra au lit ; il était à cran : il venait d'essayer d'appeler la compagnie d'électricité pour se plaindre que le courant était coupé et avait constaté que le téléphone non plus n'était pas branché. Ma mère s'était portée volontaire pour sortir avec Egg et passer un coup de fil de la gare routière.

Je me mis à la recherche de Franny, mais elle avait regagné le hall, à l'insu de tout le monde ; elle brancha tous les interphones sur « Appel » et diffusa une annonce dans tout l'hôtel :

— Attention ! tonna Franny. Attention ! Tout le monde debout pour un examen sexuel !

— Mais, c'est quoi, un examen sexuel ? me demandai-je, en dévalant l'escalier.

Par bonheur, Frank n'entendit pas le message ; il s'était caché au fond d'un placard du troisième, qui lui n'était pas équipé d'un « braillard » : lorsqu'il entendit l'annonce de Franny, le message était brouillé. Sans doute s'imagina-t-il que notre père déclenchait un nouvel exercice d'alerte ; dans sa hâte de quitter le placard, Frank mit le pied dans un seau et se retrouva à quatre pattes, sa tête heurta le plancher et l'une de ses mains frôla, cette fois, une souris morte.

Il poussa un nouveau hurlement et, au troisième, au bout du couloir, Max Urick ouvrit sa porte et se mit à beugler comme s'il était en mer et que son bateau coulait :

— Ferme ta gueule, sacré bon Dieu, sinon je te pends par tes petits doigts à l'échelle !

Du coup, Frank se mit en rogne ; nous accusant de jouer à des jeux « enfantins », il alla s'enfermer dans sa chambre. De la grande baie d'angle du troisième, Franny et moi nous mîmes à contempler Elliot Park ; la chambre était réservée à Iowa Bob, mais il était de sortie, invité à un banquet donné par le Département des sports, pour fêter tous les matchs de la saison — sauf le dernier, qui restait à disputer.

Elliot Park était comme d'habitude désert, mais les équipements du stade abandonné se découpaient comme des squelettes d'arbres contre la lueur indistincte d'un réverbère. Du matériel de construction y était encore entreposé, dont les groupes électrogènes et la guérite des ouvriers, mais l'Hôtel New Hampshire était maintenant terminé, à l'exception des jardins, et la seule machine dont on se servait encore était la pelleteuse tapie comme un dinosaure affamé près de la grande allée pavée. Il restait encore à déterrer quelques souches d'ormes et à combler quelques trous à la périphérie de la nouvelle aire du parking. Une douce lueur dorée filtrait aux fenêtres de notre appartement, où notre père était en train de mettre Lilly au lit et où Frank, sans doute, vêtu de son uniforme de musicien, se pavanait devant son miroir.

Franny et moi vîmes la voiture de ronde s'engager dans Elliot Park — un requin rôdant dans des eaux désertes en quête d'une hypothétique proie. Qui sait si le vieux flic Howard Tuck n'allait pas « intercepter » Egg et maman sur le chemin du retour ? Qui sait si la lueur des bougies aux fenêtres de l'Hôtel New Hampshire n'allait pas convaincre l'agent Tuck qu'il avait affaire aux fantômes du bon vieux Thompson Female Seminary revenus hanter l'hôtel ? Mais, rangeant sa voiture derrière le plus gros des tas de détritus, Howard coupa son moteur et ses phares.

La voiture était plongée dans le noir, mais le bout du cigare de Howard chatoyait, pareil à un œil incandescent.

Maman et Egg traversèrent le terrain sans se faire repérer. Ils émergèrent des ténèbres, et de la pénombre, comme si le temps qui leur était imparti sur terre était tout aussi éphémère et chichement éclairé ; de les voir ainsi, j'en eus un coup au cœur, et je sentis Franny frissonner contre moi.

— On va allumer partout, suggéra Franny. Dans toutes les pièces.

— Mais l'électricité est coupée, objectai-je.

— Oui, pour l'instant, crétin. Mais si nous allumons partout, tout l'hôtel s'illuminera quand le courant reviendra.

L'idée paraissait formidable, aussi m'empressai-je de l'aider à brancher toutes les lampes — même celles du couloir devant chez Max Urick — et les projecteurs extérieurs, destinés à illuminer un patio qui devait prolonger le restaurant, mais qui pour l'instant ne serviraient qu'à illuminer la pelleteuse, et un casque de chantier jaune, accroché par sa jugulaire, qui se balançait à un arbuste épargné par la pelleteuse. Le propriétaire du casque semblait avoir disparu à jamais.

Le casque abandonné me fit penser à Struthers, si fort et si bête ; depuis quelque temps, Franny ne le voyait plus. Je savais qu'elle n'avait plus de petit ami, et le sujet semblait l'irriter. Franny était vierge, elle me l'avait dit, non qu'elle tînt à le rester, mais parce qu'à ses yeux personne à Dairy School, disait-elle, « n'en valait la peine ».

— Ne t'imagine pas que, *moi*, je me croie supérieure, expliqua-t-elle, mais je ne veux pas laisser le premier crétin venu tout me gâcher, et je ne veux pas non plus tomber sur quelqu'un qui ira se payer ma tête. C'est très important, John, ajouta-t-elle, surtout la première fois.

— Pourquoi ?

— C'est comme ça, voilà tout. C'est la *première fois*, un point c'est tout. On y pense toute sa vie.

J'étais sceptique, j'espérais bien que non. Je pensais à Ronda Ray ; pour elle, qu'avait bien pu représenter la première fois ? Je repensai à sa chemise de nuit, odorante — une odeur ambiguë — comme son poignet sous le bracelet de la montre, comme le pli de son genou.

Franny et moi avions fini de brancher toutes les lumières ; Howard Tuck et sa voiture n'avaient toujours pas bougé. Nous nous faufilâmes dehors ; quand le courant reviendrait, nous tenions à voir le spectacle de l'hôtel rutilant de tous ses feux. Nous grimpâmes sur le siège de la pelleteuse et nous mîmes à attendre.

Howard était toujours assis à son volant, tellement immobile qu'on aurait cru qu'il attendait sa retraite. En fait, Iowa Bob adorait dire que Howard Tuck avait toujours l'air « au seuil de la mort ».

Quand il se décida à mettre le contact, l'hôtel s'illumina comme si Howard *lui-même venait de brancher le courant*. Quand les phares de la voiture de ronde clignotèrent, toutes les lampes de l'hôtel s'allumèrent d'un coup ; la voiture fit un bond en avant et le moteur cala — comme ébloui par le spectacle de l'hôtel rutilant de tous ses feux. Howard avait soudain lâché sa pédale d'accélérateur ou d'embrayage. En réalité, le vieil Howard n'avait pu supporter le spectacle de l'Hôtel New Hampshire s'embrasant à l'instant même où il lançait son moteur. Rien n'était jamais venu illuminer à ce point sa vie dans Elliot Park — sinon de temps à autre de petites histoires de mœurs, des adolescents maladroits surpris dans le faisceau de son projecteur, et le vieux vandale acharné à saccager le Thompson Female Seminary. Un jour, les élèves de Dairy School avaient volé une des vaches symboliques qu'ils avaient entravée aux poteaux de but, à l'extrémité du terrain de hockey.

Ce que vit Howard Tuck, quand il lança son moteur, fut une explosion de lumière haute de trois étages — l'Hôtel New Hampshire tel qu'il serait apparu dans la fraction de seconde où il eût été touché par une bombe. Dans la chambre de Max Urick, la radio vomit un flot de musique et Max lâcha un hurlement de frayeur ; au sous-sol, dans la cuisine de Mrs. Urick, la minuterie du fourneau fit chorus ; Lilly poussa un cri dans son sommeil ; dans le miroir sombre, la silhouette de Frank s'anima ; Egg, effrayé par le bourdonnement qu'il sentait palpiter dans tout l'hôtel, ferma les yeux ; Franny et moi, blottis dans la cabine de la pelleteuse, nous bouchâmes les oreilles — dans l'attente de l'explosion qui semblait devoir ponctuer ce jaillissement de lumière. Et le vieil agent Howard Tuck sentit son pied lâcher la pédale d'embrayage à l'instant même où son cœur s'arrêtait et où il quittait un monde où les hôtels étaient capables de prendre si facilement vie.

Franny et moi arrivâmes les premiers près de la voiture de ronde. Le corps de l'agent était affalé contre le volant et le klaxon hurlait. Mon père, ma mère et Frank surgirent de l'hôtel, comme si la voiture avait donné le signal d'une nouvelle alerte à l'incendie.

— Grand Dieu, Howard, mais vous êtes *mort* ! dit papa, en secouant le vieil homme.

— On l'a pas fait exprès, on l'a pas fait exprès, répétait Franny.

Mon père tapota vigoureusement la poitrine du vieil Howard, l'allongea sur la banquette avant et recommença à lui frapper la poitrine.

— Appelez du secours ! dit-il.

Mais il n'y avait pas un seul téléphone en état de marche dans notre fichue maison. Mon père contemplait le labyrinthe de fils, les leviers, les écouteurs et les micros :

« Allô ? Allô ? lâcha-t-il au hasard dans un truc, en appuyant sur un autre. Comment est-ce que ça marche, bon sang, quelle saloperie !

— Allô, qui êtes-vous ? fit une voix dans un des tubes.

— Envoyez une ambulance à Elliot Park, fit papa.

— Encore des histoires de Halloween [1] ? Halloween, c'est ça ? Allô, allô.

— Seigneur Dieu, c'est *Halloween* ! dit papa. Saloperie de foutue machine ! s'exclama-t-il en abattant sa main sur le tableau de bord.

De l'autre, il assena une claque plutôt bien sentie sur la poitrine silencieuse de Howard Tuck.

— Je sais où trouver une ambulance ! fit Franny. L'ambulance de l'école !

Et je m'élançai à sa suite dans Elliot Park, qu'inondait maintenant l'éblouissante lueur vomie par l'Hôtel New Hampshire.

— Merde alors, fit Iowa Bob, quand nous nous jetâmes dans ses jambes à l'entrée du parc qui donnait dans Pine Street.

Médusé, il contemplait l'hôtel illuminé, comme si l'établissement avait ouvert sans l'attendre. Dans la lumière irréelle, Coach Bob me parut avoir pris un coup de vieux, mais sans doute, en fait, paraissait-il tout bonnement son âge — un grand-père et un entraîneur que seul un dernier match séparait de la retraite.

— Howard Tuck vient de piquer une crise cardiaque ! lui dis-je.

Sur quoi, Franny et moi nous nous précipitâmes vers Dairy School — où, comme toujours, surtout le jour de Halloween, se mijotaient des crises cardiaques d'un tout autre genre.

---

1. *Halloween :* veille de la Toussaint où, aux États-Unis, la tradition veut que les enfants se déguisent et fassent la quête en allant de porte en porte (*N.d.E.*).

4

Franny perd une bataille

Le jour de Halloween, le commissariat de la ville de Dairy envoyait le vieil Howard Tuck à Elliot Park, comme à l'ordinaire, mais la police de l'État affectait deux voitures à la surveillance du campus, et l'on doublait les effectifs du service de sécurité ; bien que dépourvue de tradition, Dairy School jouissait d'une solide réputation en ce qui concernait Halloween.

C'était à Halloween que l'une des vaches symboliques avait été entravée aux poteaux de but du Thompson Female Seminary. C'était lors d'un autre Halloween qu'une autre vache avait été conduite au gymnase de Dairy School et précipitée dans la piscine, mais, allergique au chlore, l'animal s'était noyé.

C'était à Halloween que quatre gosses de la ville avaient commis l'erreur d'aller faire la quête dans un des dortoirs de Dairy School. Les gosses avaient été kidnappés pour la durée de la nuit ; un des élèves, déguisé en bourreau, leur avait rasé la tête, et un des gosses était resté une semaine sans pouvoir prononcer une parole.

— Je *hais* Halloween, dit Franny, comme nous nous étonnions qu'il y eût si peu de petits quêteurs dans les rues.

Les gosses de Dairy redoutaient Halloween. A plusieurs reprises, Franny et moi croisâmes un enfant craintif, la tête couverte d'un sac en papier ou d'un masque, qui se dissimulait en hâte à notre approche ; et un groupe de gamins — l'un d'eux déguisé en sorcière, un autre en fantôme et deux autres en robots inspirés par un film récent sur une invasion de Martiens — se réfugièrent à toutes jambes sous un porche éclairé quand ils nous virent foncer vers eux sur le trottoir.

Çà et là dans la rue, des parents inquiets attendaient au volant de leurs voitures — guettant l'arrivée d'éventuels agresseurs, tandis que leurs enfants s'approchaient avec circonspection des portes pour tirer la sonnette. Nul doute que les sempiternelles craintes de pommes truffées de lames de rasoir ou de biscuits au chocolat parfumés à l'arsenic hantaient l'esprit de ces parents embusqués dans leurs voitures. Un de ces pères angoissés braqua ses phares sur nous et jaillit hors de sa voiture pour nous prendre en chasse.

— Hé, vous là-bas, hurla-t-il.

— Howard Tuck vient de piquer une crise cardiaque! lançai-je. Ce qui parut l'arrêter — net.

Franny et moi franchîmes en trombe le portail béant, pareil à la grille d'un cimetière, qui donnait accès au stade de Dairy School; de l'autre côté des grilles pointues, j'essayai de me représenter cette même entrée le jour du match contre Exeter — les vendeurs de fanions, de couvertures et de cloches à vaches que les gens secoueraient de bon cœur pendant le match. Pour l'instant, l'entrée était plutôt lugubre et, comme nous la franchissions, une petite bande d'enfants nous croisèrent, courant eux aussi, mais dans l'autre sens. On aurait dit qu'ils couraient pour sauver leur peau, et certains des petits visages terrifiés étaient aussi horribles que les masques que d'autres avaient réussi à garder. Leurs déguisements en matière plastique noir, blanc et jaune citrouille étaient en lambeaux, et leurs gémissements évoquaient une salle d'hôpital pour enfants — de grands hoquets et pleurnichements apeurés.

— Seigneur Dieu, dit Franny.

Ils s'écartèrent en hâte — à croire que nous portions *elle* un déguisement et *moi* un masque particulièrement terrifiant.

— Qu'est-ce qui se passe? fis-je, en empoignant un gamin.

Mais il se mit à se tordre et à hurler, tenta de me mordre le poignet. Trempé et tremblant comme une feuille, il dégageait une odeur étrange, et son déguisement de squelette tomba en morceaux entre mes mains, comme du papier hygiénique imbibé d'eau ou une éponge pourrie.

— Des araignées géantes, s'écria-t-il stupidement.

Je le relâchai.

— Qu'est-ce qui se passe? lança à son tour Franny.

Mais les enfants disparurent aussi brusquement qu'ils étaient apparus.

Le stade s'étendait devant nous, noir et désert; à l'autre bout, pareils à de grands navires amarrés au fond d'un port enseveli sous un linceul de brouillard, se profilaient les dortoirs et les bâtiments de Dairy School, chichement éclairés — à croire que tout le monde s'était mis au lit de bonne heure, et que seuls quelques élèves studieux s'obstinaient, comme on dit, à s'user les yeux sur leurs bouquins. Mais, Franny et moi le savions, Dairy comptait bien peu d'élèves « studieux », et un samedi de Halloween, il était à notre avis douteux que même les élèves studieux fussent en train d'étudier — de même qu'il était douteux que l'absence de lumière aux fenêtres signifiât que tout le monde dormait. Peut-être étaient-ils en train de boire dans leurs chambres plongées dans le noir ; peut-être perpétraient-ils des viols, entre eux ou aux dépens des malheureuses proies qu'ils retenaient captives dans les ténèbres de leurs chambres. Qui sait si une nouvelle religion n'était pas apparue, submergeant le campus, et qui sait si les rites de ladite religion n'exigeaient pas une obscurité totale — qui sait si le jour de Halloween n'était pas le jour du Jugement Dernier.

Quelque chose clochait. Les poteaux blancs, à l'extrémité du terrain, paraissaient *trop* blancs, à mes yeux, quand bien même jamais je ne m'étais trouvé dehors par une nuit aussi noire. Les buts avaient quelque chose de trop visible et de trop raide.

— Dommage que nous n'ayons pas emmené Sorrow, dit Franny.

Sorrow *sera* avec nous, songeai-je — sachant quelque chose qu'ignorait Franny : que, le jour même, notre père avait conduit Sorrow chez le vétérinaire, pour faire piquer le vieux chien. Le problème avait été discuté sans passion — en l'absence de Franny. Lilly et Egg étaient absents eux aussi. Mon père nous avait parlé fermement, à ma mère, à Frank et à moi — et à Iowa Bob :

— Franny ne comprendra pas. Et Lilly et Egg sont trop jeunes. Inutile de leur demander leur avis. Ils ne sont pas capables d'être rationnels.

Frank n'avait aucune affection pour Sorrow, pourtant la sentence parut l'attrister.

— Je sais bien qu'il pue, dit Frank, mais ça n'est tout de même pas une maladie rédhibitoire.

— Dans un hôtel, *si*, fit papa. Le chien souffre d'une flatulence incurable.

— De plus, il est *vieux*, dit maman.

— Quand vous deviendrez vieux, *vous aussi*, dis-je, l'idée ne nous viendra pas de vous faire piquer.

— Et *moi* alors, demanda Iowa Bob, je suppose que je suis le prochain sur la liste ? Faudra que je surveille mes pets, sinon, en route pour l'hospice !

— Pour m'aider, ça on peut dire que tu m'aides, dit mon père à Coach Bob. Il n'y a que Franny qui tienne vraiment à ce chien. C'est elle qui va *vraiment* avoir du chagrin, voilà pourquoi il faut tout faire pour lui faciliter les choses.

Nul doute que, dans l'esprit de mon père, l'attente constituait les neuf dixièmes de la souffrance : son *refus* de demander l'avis de Franny n'était pas vraiment de la lâcheté : son opinion, il la connaissait d'avance, bien sûr, mais il le savait aussi, il fallait que Sorrow disparaisse.

Et je me demandais combien de temps après notre installation à l'Hôtel New Hampshire Franny irait remarquer l'absence du vieux sac à merde, combien de temps s'écoulerait avant qu'elle se mette à fouiner partout pour retrouver Sorrow — notre père devrait alors abattre son jeu.

— Ma foi, Franny, croyais-je déjà entendre papa. Tu sais, Sorrow commençait à se faire vieux — et puis il avait de plus en plus de mal à se retenir.

Longeant à cet instant les buts du terrain de foot, blancs comme des squelettes sous le ciel noir, j'eus un grand frisson à la pensée des réactions probables de Franny.

— Assassins ! nous lancerait-elle.

Et tous, nous aurions l'air de coupables.

— Franny, Franny, dirait papa.

Mais Franny ferait une scène terrible. J'avais pitié des étrangers qu'abriterait ce soir-là l'Hôtel New Hampshire, et que les sons infiniment variés qu'était capable d'émettre Franny tireraient de leur sommeil.

Puis je compris pourquoi les buts me paraissaient tellement bizarres : le filet avait disparu. La fin de la saison ? me demandais-je. Mais non, la saison de football américain devait durer une semaine encore, et donc également la semaine de football. Et il me revint que, ces dernières années, les filets restaient en place jusqu'à la première neige, comme s'il fallait la première tempête pour rappeler les types des services d'entretien à leurs devoirs. Les filets accrochés aux poteaux retenaient la neige poussée par le vent — comme ces toiles d'araignées à la trame si serrée qu'elles piègent la poussière.

— Le filet... sur les poteaux... il a disparu, dis-je à Franny.

— Quelle histoire, fit-elle, en bifurquant pour s'enfoncer dans le bois.

Même dans l'obscurité, Franny et moi étions capables de retrouver le raccourci, le sentier qu'empruntaient toujours les footballeurs — et qu'à cause d'eux, tout le monde évitait.

Une farce de Halloween ? me dis-je. Faucher les filets sur un terrain de foot... Ce fut alors que, comme de juste, Franny et moi nous nous jetâmes tête baissée dans le piège. Soudain, le filet s'abattit sur nous et nous enveloppa, et, dedans, il y avait deux autres captifs : un élève de première année, un nommé Firestone, au visage rond comme un pneu et mou comme un fromage, et un petit quêteur de la ville. Le quêteur portait un costume de gorille ; pourtant, par la taille, il tenait davantage d'un singe-araignée. Son masque était rabattu sur sa nuque, si bien qu'en le regardant par-derrière, on croyait voir un singe, mais quand on regardait son visage hurlant, on ne voyait plus que le tout petit garçon qu'il était. C'était un piège de jungle, et le singe se débattait farouchement. Firestone tentait de rester allongé, mais le filet le faisait sans arrêt tressauter — il me heurta brutalement et s'excusa : « Pardon » ; puis il heurta Franny et dit : « Mon Dieu, je suis vraiment désolé. » Je tentai de me remettre debout, mais, chaque fois, d'une secousse, le filet me projetait à terre, ou encore les mailles qui me coiffaient me rejetaient la tête en arrière et je basculais. Franny s'était accroupie pour garder l'équilibre. A côté de nous, au fond du filet, un grand sac en papier brun vomissait le butin du gosse en costume de gorille — du maïs enrobé de sucre et des boules de pop-corn coagulé toutes poisseuses, qui s'effritaient sous notre poids, et des sucettes encore enveloppées dans leurs étuis de cellophane gaufrée. L'enfant déguisé en gorille hurlait à perdre haleine, au bord de l'hystérie, comme sur le point de s'étouffer, et Franny l'entoura de ses bras pour tenter de le calmer :

— Allons, allons, ce n'est qu'une sale blague. Ils vont nous relâcher.

— Des araignées géantes, hurlait l'enfant, en s'assenant de grandes claques sur tout le corps et en se tordant dans l'étreinte de Franny.

— Non, non, dit Franny. Il n'y a pas d'araignées. Seulement des *gens*.

Il me semblait avoir deviné de *qui* il s'agissait ; j'aurais encore préféré les araignées.

— On en tient quatre ! fit une voix — une voix qui me rappelait les vestiaires. On va les baiser, tous, tous les quatre ensemble.

— On en tient un petit et trois gros, dit une autre voix familière, une voix de dribbleur ou d'arrière — difficile à dire.

Des torches, pareilles dans le noir aux yeux clignotants d'araignées quelque peu mécaniques, nous inspectèrent.

— Tiens tiens, voyez donc un peu qui est là, fit la voix du chef, la voix du capitaine dénommé Chipper Dove.

— V'là de jolis petits pieds, dit Harold Swallow.

— V'là une jolie peau, dit Chester Pulaski.

— Et puis elle a un joli sourire, fit Lenny Metz.

— Et le plus chouette petit cul de toute l'école, fit Chipper Dove.

Franny, toujours à quatre pattes, ne bougeait pas.

— Howard Tuck vient de piquer une crise cardiaque ! annonçai-je. Faut trouver une ambulance !

— Relâchez le foutu singe, ordonna Chip Dove.

Le filet se souleva. Le mince bras noir de Harold Swallow agrippa le gosse déguisé en gorille et, l'extirpant de la toile d'araignée, le relâcha dans la nuit.

— File continuer ta quête ! dit Harold.

Le petit gorille disparut dans le noir.

— Mais c'est toi, Firestone ? demanda Dove.

La torche se braqua sur l'aimable enfant dénommé Firestone qui, genoux remontés sur la poitrine à la façon d'un fœtus, main plaquée sur la bouche, avait l'air de vouloir s'endormir au fond du filet.

— Firestone, sale petit pédé, dit Lenny Metz. Qu'est-ce que t'es en train de faire ?

— Il suce son pouce, railla Harold Swallow.

— Laissez-le filer, dit le capitaine.

A la lueur de la torche, le teint torturé de Chester Pulaski parut s'épanouir un bref instant ; il extirpa Firestone du filet, à demi hébété. Il y eut un léger choc, un bruit de chair contre chair, et nous entendîmes Firestone, enfin réveillé, s'éloigner en courant.

« Et maintenant, voyons qui nous reste, fit Chipper Dove.

— Un homme vient de piquer une crise cardiaque, dit Franny. C'est vrai, nous allons chercher l'ambulance.

— En tout cas, pas maintenant, fit Dove. Eh, môme, dit-il en me braquant la torche en pleine figure, tu sais ce que je veux, môme ?

— Non, dis-je.

Quelqu'un me décocha un coup de pied à travers le filet.

— Ce que je veux, môme, dit Chipper Dove, c'est que tu restes là où tu es, dans notre toile d'araignée géante, jusqu'à ce qu'une araignée vienne te dire de filer. Compris ?

— Non, fis-je.

Quelqu'un me gratifia d'un nouveau coup de pied, un peu plus énergique.

— Ne fais pas l'idiot, fit Franny.

— Bien dit, fit Lenny Metz. Fais pas l'idiot.

— Et *toi*, tu sais ce que je veux, Franny ? reprit Chipper Dove.

Mais Franny ne réagit pas.

« Je veux que tu me montres où il est, ton coin, encore une fois. Le coin où on peut s'isoler. Tu te souviens ?

Je tentai de me rapprocher doucement de Franny, mais quelqu'un resserra le filet sur moi.

— Elle reste avec moi ! hurlai-je. Franny reste avec moi !

Soudain je me retrouvai sur le flanc, tandis que le filet se resserrait davantage et que quelqu'un m'enfonçait ses genoux dans le dos.

— Laissez-le tranquille, dit Franny. D'accord, je vais te montrer le coin.

— Non, reste, Franny, bouge pas, dis-je.

Mais elle laissa Lenny Metz l'extirper du filet.

« Tu te souviens de ce que t'as dit, Franny ! lui lançai-je. Tu te souviens — à propos de la première fois ?

— Sans doute que c'est pas vrai, dit-elle d'une voix morne. Sans doute que c'est rien du tout.

Il est probable qu'elle essaya alors de s'échapper, car je perçus un bruit de lutte confuse dans les ténèbres, et Lenny Metz hurla :

— Merde ! Enfant de salope — espèce de garce !

Puis, de nouveau, suivit le bruit familier de chair cognant sur de la chair, et j'entendis la voix de Franny :

— Bon d'accord ! D'accord ! Salaud !

— Lenny et Chester vont *t'aider* à me conduire là-bas, Franny, dit Chipper Dove. D'accord ?

— Espèce de petit merdeux, dit Franny. Petit trou du cul.

Puis, de nouveau, un bruit de chair heurtant la chair, et la voix de Franny :

« Bon, d'accord, d'accord !

C'était Harold Swallow qui m'enfonçait ses genoux dans le dos. Si je n'avais pas été entortillé dans le filet, j'aurais peut-être eu une chance de me débarrasser de lui, mais je ne pouvais pas bouger.

— On reviendra te chercher, Harold ! lança Chipper Dove.

— Attends-nous, Harold, dit Chester Pulaski.

— Toi aussi, t'auras ton tour, Harold ! fit Lenny Metz.

Et tous éclatèrent de rire.

— Je tiens pas à avoir mon tour, dit Harold Swallow. Je tiens pas à m'attirer des pépins.

Mais déjà les autres s'éloignaient, Franny lâchant de temps à autre un juron — de plus en plus étouffé par la distance.

— Des pépins, sûr que tu vas en avoir, Harold, dis-je. *Tu sais* ce qu'ils vont lui faire.

— Je veux pas le savoir, dit-il. Moi, je cherche pas les pépins. Si je suis dans c'te école de merde, c'est justement pour *éviter* les pépins.

— Et bien, les pépins, cette fois, tu peux plus y couper, Harold, dis-je. Ils vont la violer, Harold.

— C'est des choses qu'arrivent, dit Harold Swallow. Mais pas à moi.

Je me débattis un instant sous le filet, mais il n'eut aucun mal à me clouer au sol.

« J'aime pas me battre non plus, ajouta-t-il.

— Pour eux, t'es qu'un cinglé de sale nègre, lui dis-je. Voilà ce qu'ils **pensent de toi.** Voilà pourquoi ils sont partis avec elle et que toi tu es resté ici, Harold. Mais en ce qui concerne les pépins, ça revient au même ! Vous êtes tous dans le même pétrin.

— Ils auront pas de pépins, dit Harold. Personne dira rien.

— Franny parlera, dis-je.

Mais je sentais le pop-corn s'incruster dans la peau de ma figure, et dans le sol détrempé. Un Halloween que je n'oublierais pas de sitôt, pour sûr, et je me sentais plus faible et plus petit que jamais je ne m'étais senti — de tous les Halloween dont je me souvenais, terrorisé par des gosses plus gros que moi, de plus en plus gros, qui me fourraient la tête dans un sac et le secouaient au point que je n'entendais plus qu'un bruit de cellophane, jusqu'au moment où enfin le sac explosait contre mes oreilles.

— A quoi est-ce qu'ils ressemblaient ? nous demandait toujours notre père.

Mais, chaque année, c'était pareil, ils ressemblaient à des fantômes, des gorilles, des squelettes, pire encore, bien sûr ; c'était la nuit des déguisements, et jamais personne ne se faisait pincer. Ceux qui avaient ligoté Frank à l'échelle d'incendie du grand dortoir — il en avait pissé dans son pantalon —, jamais ils ne s'étaient fait pincer. Ni ceux qui avaient déversé deux bons kilos de nouilles froides et dégoulinantes sur Franny et moi en hurlant : « Des anguilles vivantes ! Sauve qui peut ! » Et nous étions restés là dans le noir, à gigoter sur le trottoir, dégoulinants de spaghetti, en nous cognant dessus et en hurlant comme des perdus.

— Ils vont *violer* ma sœur, Harold ! dis-je. Faut que tu l'aides.

— J' suis capable d'aider personne, dit Harold.

— *Quelqu'un* doit être capable de l'aider, dis-je. On pourrait filer chercher du secours. T'es capable de *courir*, Harold, non ?

— Ouais, fit-il. Mais toi, qui est-ce qui voudra t'aider contre *ces types-là* ?

Pas Howard Tuck, je le savais, et au son des sirènes, qui maintenant me parvenait — du campus et de la ville — je supposai que, dans la voiture des flics, mon père avait fini par comprendre comment fonctionnait la radio et avait demandé du secours. Ainsi, de toute manière, aucun policier ne serait disponible pour se porter au secours de Franny. Je fondis en larmes, et Harold Swallow déplaça son poids sur mon épaule.

Suivirent quelques instants de silence, ces silences dont profitent les sirènes pour reprendre leur souffle, puis nous parvint la voix de Franny. Un bruit de chair contre chair, me dis-je — mais cette fois le son était différent. Franny poussa un cri qui incita Harold à se rappeler qui *était capable* de l'aider.

« Junior Jones, lui, y saurait s'y prendre avec ces mecs-là, dit Harold. Junior Jones, lui, y se laisse emmerder par *personne*.

— Oui ! m'écriai-je. Et il t'aime bien, pas vrai ? Il t'aime davantage qu'eux, pas vrai ?

— Il aime *personne*, dit Harold Swallow, d'un ton plein d'admiration.

Mais, soudain, je ne sentis plus son poids, et il tiraillait sur le filet qui m'entortillait.

— Tire ton cul de là, dit-il. *Si*, Junior, il est capable d'aimer *quelqu'un*.

— Qui ça ? demandai-je.

— Les sœurs des autres, toutes les sœurs, dit Harold Swallow. L'idée ne me parut guère rassurante.

— Comment ça ? demandai-je.

— Debout ! fit Harold Swallow. Junior Jones aime toujours les sœurs des autres — c'est lui qui me l'a dit, vieux. Il m'a dit : « Les sœurs des autres, c'est toutes des chouettes mômes » — c'est tout ce qu'il a dit.

— Mais qu'est-ce que ça *veut dire* ? fis-je, en essayant de ne pas me laisser semer.

Car Harold Swallow était la masse de chair humaine la plus *rapide* de tout Dairy. Comme disait Coach Bob, il pouvait s'envoler.

Nous foncions vers la lumière qui brillait au bout du sentier : sans nous arrêter, nous passâmes près de l'endroit d'où, je le savais, avait jailli pour la dernière fois le cri de Franny — le coin aux fougères, où les arrières de Iowa Bob étaient en train de se relayer. Je m'arrêtai court ; je voulais m'enfoncer dans le bois pour la retrouver, mais Harold Swallow m'entraîna.

— Tu fais pas le poids contre ces mecs, vieux, dit-il. Faut trouver Junior.

Pourquoi Junior Jones accepterait-il de nous aider, je n'en savais rien. Tout ce que je savais, c'est que je rendrais l'âme avant de le découvrir — en essayant de ne pas me laisser semer par Harold Swallow — en songeant que si c'était vrai, si Jones aimait toujours les sœurs des autres, comme semblait l'affirmer Harold, ce n'était pas forcément une bonne nouvelle pour Franny.

— *Comment* est-ce qu'il les aime, les sœurs des autres ? pantelai-je.

— Il les aime comme il aime sa *propre* sœur, expliqua Harold Swallow. Bon sang, mec ! Pourquoi que t'es si *lent* ? Junior Jones, *lui aussi*, il a une sœur, mec. Et elle s'est fait violer par une bande de mecs. Merde ! Je croyais que tout le monde était au courant !

On passe à côté de beaucoup de choses, quand on ne vit pas en dortoir, comme disait toujours Frank.

— On les a pincés ? demandai-je à Harold Swallow. Ces mecs qui ont violé la sœur de Junior, est-ce qu'on les a attrapés ?

— Merde, fit Harold Swallow. *Junior* les a pincés. Je croyais que tout le monde était au courant.

— Qu'est-ce qu'il leur a fait ? demandai-je.

Mais Harold m'avait distancé et s'engouffrait dans le dortoir de Junior Jones. Déjà il fonçait dans l'escalier, et je restai un étage au moins à la traîne.

— Faut surtout pas poser la question ! me hurla Harold Swallow. Merde. Personne sait ce qu'il leur a fait, vieux. Et personne pose jamais la question.

Où, sacré bon sang, Junior Jones pouvait-il bien loger ? me demandai-je, parvenu au deuxième, en continuant à grimper, les poumons en feu ; Harold Swallow avait disparu, mais je le retrouvai à m'attendre, tout en haut, sur le palier du quatrième.

Junior Jones logeait *en plein ciel*, me dis-je ; mais Harold m'expliqua qu'à Dairy, la plupart des Noirs étaient hébergés dans ce même dortoir, au dernier étage.

— Comme ça, personne peut nous voir, tu comprends ? expliqua Harold. On est comme ces cons de petits oiseaux perchés tout en haut des arbres, vieux. C'est là qu'on fourre les Noirs dans c'te école de merde.

Il faisait sombre et très chaud au quatrième étage.

« La chaleur monte, tu savais pas ? fit Harold Swallow. Bienvenue dans notre saloperie de jungle.

Les lumières étaient éteintes dans toutes les chambres, mais de la musique filtrait sous les portes ; le quatrième étage du dortoir était pareil à une ruelle bordée de bars et de night-clubs dans une ville plongée dans le black-out ; et, des chambres, me parvenait le bruit caractéristique de pieds raclant le plancher — on dansait, on dansait allégrement dans le noir.

Harold Swallow se mit à tambouriner sur une porte.

— Qu'est-ce que tu veux ? lança la voix terrifiante de Junior Jones. T'as envie de crever ?

— Junior, Junior ! appela Harold Swallow en tambourinant de plus belle.

— T'as vraiment envie de crever, hein ? dit Junior Jones.

Retentirent alors toute une série de déclics, comme dans une cellule de prison, qui de l'intérieur déverrouillaient les serrures.

« Si y a un enfant de salaud qui tient à crever, fit Junior Jones, *moi* je vais l'aider.

D'autres serrures jouèrent ; Harold Swallow et moi, nous nous écartâmes.

« Qui c'est qui veut y passer le premier ? fit Junior Jones.

Une bouffée de chaleur et de saxophone jaillit de sa chambre ; sa silhouette s'encadra sur le seuil, éclairée de derrière par une bougie posée sur son bureau, drapé — comme le cercueil d'un président — dans le drapeau américain.

— On a besoin de ton aide, Junior, fit Harold Swallow.

— Tu crois pas si bien dire, fit Junior Jones.

— Ils ont coincé ma sœur, expliquai-je. Ils ont coincé Franny, et ils sont en train de la violer.

M'empoignant sous les aisselles, Junior Jones me souleva comme une plume, son visage plaqué contre le mien ; sans brutalité, il m'appuya contre le mur. Mes pieds pendaient à trente centimètres au moins du plancher ; je ne me débattis pas.

— T'as bien dit *violer,* vieux ? fit-il.

— Ouais, violer, violer ! renchérit Harold Swallow, en tournant autour de nous comme une abeille. Ils sont en train de violer sa sœur, mec. C'est vrai.

— *Ta sœur ?* insista Junior, en me laissant glisser le long du mur.

— Ma sœur Franny, dis-je.

Un instant, je redoutai de l'entendre dire une fois de plus : « Après tout, pour moi, c'est jamais qu'une Blanche. » Mais il ne dit rien ; il *pleurait* — son gros visage trempé et luisant comme le bouclier d'un guerrier demeuré sous la pluie.

« Je t'en prie, fis-je. Le temps presse.

Mais Junior Jones se mit à secouer la tête, tandis que ses larmes nous éclaboussaient.

— Jamais on pourra arriver à temps, dit Junior. Pas possible qu'on arrive *à temps.*

— C'est qu'ils sont *trois,* dit Harold Swallow. Et trois fois, ça prend du temps.

Du coup, la nausée me monta aux lèvres — comme toujours pour Halloween, tant de fois, le ventre bourré de saloperies.

— Et ces trois-là, je les connais, pas vrai ? fit Junior Jones.

Je remarquai qu'il était en train de s'habiller : je n'avais même pas vu qu'il était nu. Il passa le pantalon avachi d'un survêtement gris, enfila ses chaussures de basket blanches à même ses énormes pieds nus. Il mit une casquette de base-ball, la visière sur la nuque ; et, visiblement il avait l'intention d'en rester là, car, planté au milieu du couloir, il se mit soudain à hurler : « Le Bras Noir de la Loi ! » Des portes s'ouvrirent. « En route pour la chasse au lion ! » Les athlètes noirs, tous relégués au dernier étage du dortoir, le dévisageaient avec curiosité.

« Magnez-vous le cul, ordonna Junior Jones.

— En route pour la chasse au lion ! hurlait Harold Swallow en parcourant le couloir. Magnez-vous le cul ! Le Bras Noir de la Loi !

Ce fut alors que l'idée me traversa l'esprit que, parmi les Noirs que je connaissais à Dairy, il n'y avait que des athlètes — bien sûr : jamais notre école de merde ne les aurait acceptés s'ils n'avaient pu lui être d'une quelconque *utilité*.

— C'est quoi une chasse au lion ? demandai-je à Junior Jones.

— Ta sœur est une chouette fille, dit Jones. Je le sais. Les sœurs, c'est toujours des chouettes filles.

J'étais d'accord, bien sûr, et Harold Swallow m'assena une tape sur le bras :

— Tu vois, vieux ? Les sœurs des autres, c'est toujours des chouettes filles.

Compte tenu de notre nombre, nous dévalâmes l'escalier dans un silence surprenant. Harold Swallow ouvrait la marche, piaffant d'impatience à chaque palier dans l'attente des traînards. Vu sa taille, Junior Jones était étonnamment rapide. Sur le palier du premier, nous croisâmes deux autres élèves, des Blancs, qui revenaient de je ne sais où : à la vue des Noirs qui descendaient en silence, ils s'engouffrèrent dans le couloir de leur étage.

— La chasse au lion ! hurlèrent-ils. Les salauds du Bras Noir de la Loi !

Pas une porte ne s'ouvrit ; deux lumières s'éteignirent. Puis, nous nous retrouvâmes dehors dans la nuit de Halloween, et nous mîmes le cap droit sur le bois et ce coin à l'écart du sentier qui, toute ma vie, devait me hanter. Il ne se passerait pas un jour que je ne revoie ces fougères, où Franny et moi depuis toujours aimions nous isoler.

— Franny ! lançai-je.

Mais personne ne répondit.

Je m'enfonçai dans le bois, Jones et Harold Swallow sur mes talons ; derrière, les autres se déployèrent des deux côtés du sentier et se mirent à fouiller le bois — secouant les arbres, éparpillant les feuilles mortes à coups de pied ; certains fredonnaient à voix basse, et *tous* (remarquai-je soudain) portaient leurs casquettes de base-ball visière sur la nuque, et tous étaient torse nu ; deux d'entre eux avaient passé des masques de gardien de but. Ils ratissaient le bois, progressant avec un bruit pareil au bourdonnement d'une énorme lame circulaire fauchant l'herbe d'un champ. Des torches clignotaient çà et là, et tel un essaim d'énormes lucioles, nous fondîmes sur les fougères où Lenny Metz, encore déculotté, tenait la tête de ma sœur coincée entre ses cuisses. Les genoux de Metz pesaient sur les bras de Franny, étirés en arrière, tandis que Chester Pulaski — qui sans doute était passé le troisième — finissait de tirer son coup.

Chipper Dove avait disparu ; bien sûr, il était passé le premier. Et, en bon capitaine soucieux de ne prendre aucun risque, il n'avait pas gardé trop longtemps le ballon.

— Bien sûr, je savais ce qu'il allait me faire, me dit Franny, bien plus tard. J'étais prête pour lui, j'avais même imaginé la chose — avec lui. J'ai toujours su que ce serait lui — le premier — je ne sais pas pourquoi. Mais jamais je n'aurais cru qu'il aurait laissé les autres me *voir* faire ça avec lui, non. Je lui ai même *dit* qu'il était inutile qu'ils me forcent ; *lui* je le laisserais faire. Mais quand il m'a *laissée seule* avec eux — ça je n'y étais pas du tout préparée. Jamais je n'aurais imaginé une chose pareille.

Ma sœur avait le sentiment que son espièglerie — l'illumination de l'Hôtel New Hampshire et la part involontaire qu'elle avait prise au trépas de Howard Tuck — lui avait valu un châtiment démesuré.

« *C'est vrai*, pas moyen de rigoler un peu sans passer à la caisse, dit Franny.

Quant à moi, j'estimai que Chester Pulaski et Lenny Metz étaient loin de payer assez cher pour la petite « rigolade » qu'ils s'étaient octroyée. Dès qu'il aperçut Junior Jones, Metz relâcha les bras de ma sœur ; il remonta son pantalon et tenta de filer — mais c'était un arrière, habitué à avoir devant lui le champ relativement libre. Dans l'obscurité, il eut du mal à distinguer les silhouettes noires des athlètes noirs qui avançaient en fredonnant, et emporté par son élan (et sa vitesse), il se jeta contre un arbre aussi gros que sa cuisse, se fracturant la clavicule. Il se retrouva presque aussitôt cerné et ramené sans ménagement jusqu'à l'emplacement consacré au milieu des fougères, où, sur l'ordre de Junior Jones, il fut dépouillé de ses vêtements et ligoté à une batte de crosse ; sur quoi, nu comme un ver, il fut traîné devant le doyen des garçons. Par la suite, j'appris que les chasseurs de lion choisissaient toujours avec un certain flair ceux à qui ils livraient leurs proies.

Ils avaient un jour capturé un exhibitionniste qui hantait le dortoir des filles. Ils l'avaient pendu par les chevilles à une pomme de douche, dans la salle d'eau la plus fréquentée du dortoir — nu et enveloppé dans un rideau transparent. Sur quoi, ils avaient téléphoné au doyen :

— Allô, ici le Bras Noir de la Loi, avait dit Junior Jones. Ici le shérif de c'te saloperie de quatrième.

— Oui, Junior, qu'est-ce qui se passe ? avait demandé le doyen.

— Y a un nudiste de sexe mâle dans le dortoir des filles, dans la salle de bains du rez-de-chaussée, sur votre droite, avait dit Jones. Les chasseurs de lion l'ont capturé en flagrant délit d'exhibitionnisme.

Lenny Metz se vit donc traîné devant le doyen des garçons. Chester Pulaski s'y trouvait déjà.

« La chasse au lion ! » avait hurlé Harold Swallow dans le bois, et quand Lenny avait relâché les bras de Franny, Chester Pulaski s'était retiré en vitesse et, lui aussi, avait essayé de filer. Mais il n'avait rien sur le corps, et sur la peau tendre de ses pieds nus, il ne pouvait qu'avancer au petit trot entre les arbres, sans trop cavaler. Tous les vingt mètres environ, il se figeait de peur à la vue des champions du Bras Noir de la Loi, les athlètes noirs qui se faufilaient à travers le bois, fouettant les arbres, brisant les petites branches, sans cesser de fredonner leur petite mélodie. C'était la première fois que Chester Pulaski participait à un viol collectif, et le rituel de la jungle avait complètement coloré sa nuit — il avait eu l'impression que soudain le bois grouillait *d'indigènes* (des cannibales ! imaginait-il) — et pleurnichant, trébuchant à chaque pas, il avançait ployé en deux, conforme à l'idée que je me faisais de l'homme préhistorique, incapable de se tenir droit, le plus souvent à quatre pattes. Ce fut nu et couvert d'égratignures, pratiquement à quatre pattes, qu'il atteignit enfin l'appartement du doyen dans le dortoir des garçons.

Depuis que l'école s'était mise à recruter des filles, le doyen des garçons avait cessé d'être heureux. Jusqu'alors, il avait été doyen des études — un homme pincé et alerte qui fumait la pipe et adorait les sports de raquette ; il était marié à une femme insolente et alerte elle aussi, du type meneuse de claque, dont rien ne trahissait l'âge sinon d'inquiétantes poches sous les yeux ; ils n'avaient pas d'enfants.

— Les garçons, disait volontiers le doyen, tous les garçons sont mes enfants.

Lorsque les « filles » étaient arrivées, il n'avait jamais pu éprouver les mêmes sentiments à leur égard, et, aussitôt, avait promu sa femme doyenne des filles, pour le seconder dans sa tâche. Il était ravi de son nouveau titre, doyen des garçons, mais se lamentait des innombrables ennuis inédits que s'attiraient ses garçons depuis l'arrivée des filles.

— Oh non, avait-il dit sans doute, en entendant Chester Pulaski griffer le panneau de sa porte. Je hais Halloween.

— Je m'en occupe, dit sa femme, en se dirigeant vers la porte. Je sais, je sais, fit-elle d'un ton enjoué, des sous, sinon gare aux blagues !

125

Et elle se trouva face à un Chester Pulaski nu comme un ver et à demi mort de peur — le visage rutilant de tous ses furoncles, puant le foutre à plein nez.

On raconte encore que le hurlement de la doyenne avait réveillé les deux premiers étages du dortoir où étaient logés les deux doyens — et même Mrs. Butler, l'infirmière de nuit, endormie sur son bureau dans l'infirmerie voisine.

— Je hais Halloween, avait-elle dit sans doute.

Elle alla ouvrir la porte de l'infirmerie et nous vit, Junior Jones, Harold Swallow et moi ; Junior portait Franny.

J'avais aidé Franny à se rhabiller dans les fougères, et tandis qu'elle pleurait, pleurait à perdre haleine, Junior Jones avait tenté de lui démêler les cheveux, puis lui avait demandé :

— Tu veux marcher ou tu veux qu'on te porte ?

C'était la question que jadis, bien des années auparavant, nous posait notre père, pour savoir si nous voulions marcher ou sortir en voiture. Junior, bien entendu, voulait dire qu'il était prêt à la porter, ce que souhaitait Franny — aussi la porta-t-il.

Ils passèrent devant les fougères où les autres achevaient de ligoter Lenny Metz à une batte de crosse et de le trousser en prévision d'un voyage d'un tout autre genre. Franny pleurait de plus belle. Junior lui dit :

« Hé, t'es une chouette fille, crois-moi, je m'y connais.

Mais Franny ne pouvait s'arrêter de pleurer.

« Hé, écoute, dit Junior Jones. Tu veux que je te dise ? Si quelqu'un te touche mais que, *toi*, tu veux pas qu'on te touche, c'est comme si t'avais *pas vraiment* été touchée, faut que tu me croies. Ce n'est pas *toi* qu'on touche si on te touche de cette façon. En fait, personne t'a touchée — pas vraiment. Toi, en réalité, t'es une chouette fille, d'accord ? Et en dedans, tu es toujours *toi*, d'accord ?

— Je ne sais pas, murmura Franny, sans cesser de pleurer.

Un de ses bras pendait mollement le long de la jambe de Junior, et je lui pris la main ; elle serra la mienne, je serrai la sienne en retour. Harold Swallow, qui fonçait en éclaireur entre les arbres, nous guidant comme un limier le long du sentier, trouva l'infirmerie dans le noir et ouvrit la porte.

— Mais voyons, qu'est-ce qui se passe ? demanda l'infirmière de nuit, Mrs. Butler.

— Je suis Franny Berry, annonça ma sœur, et je viens d'être tabassée.

« Tabassée », tel devait être l'euphémisme auquel s'accrocherait Franny, bien que tout le monde sût qu'elle avait été violée. « Tabassée », Franny n'en démordrait jamais, bien que personne ne fût dupe de cette version de l'affaire ; une affaire dont, pourtant, de cette façon, jamais la police ne pourrait se mêler.

— Elle veut dire qu'on vient de la violer, précisa Junior Jones. Mais Franny s'obstinait à secouer la tête. Je pense que c'était là sa façon d'interpréter la bonté que lui manifestait Junior et sa théorie selon laquelle, en elle, le *moi intime* demeurait intact : réduire l'agression sexuelle qu'elle venait de subir aux dimensions d'une simple défaite. Elle lui chuchota quelque chose — il la tenait toujours plaquée contre sa poitrine —, et il la déposa à terre :

« D'accord, elle a été tabassée, dit-il.

Mrs. Butler ne fut pas dupe.

— Elle a été tabassée *et* violée, intervint Harold Swallow, qui ne tenait pas en place.

Mais Junior Jones le calma d'un regard.

— Pourquoi tu te tires pas, Harold ? dit-il. Pourquoi tu files pas essayer de *retrouver* Mr. Dove ?

L'œil de Harold retrouva son éclat et il fila sur-le-champ.

J'essayai d'appeler mon père, puis il me revint que le téléphone ne fonctionnait pas à l'Hôtel New Hampshire. J'appelai alors le commissariat du campus et demandai qu'on transmette d'urgence un message à mon père : Franny et moi nous nous trouvions à l'infirmerie de Dairy ; Franny avait été « tabassée ».

— Ce n'est jamais qu'un Halloween comme les autres, môme, fit Franny, sans me lâcher la main.

— Le pire de tous, Franny.

— Le pire, oui, pour l'instant.

Mrs. Butler emmena Franny, pour lui préparer — entre autres choses — un bain ; Junior Jones m'expliqua alors que si Franny se lavait, il n'y aurait plus aucune preuve du viol, et je rattrapai Mrs. Butler pour lui expliquer la chose ; Mrs. Butler l'avait déjà expliquée à Franny, qui voulait qu'on laisse tomber.

— J'ai été tabassée, disait-elle.

Pourtant, elle se rangea aux conseils de Mrs. Butler qui l'adjurait de se faire examiner, plus tard, pour s'assurer qu'elle n'était pas enceinte (elle ne l'était pas) — ni contaminée par une maladie vénérienne (quelqu'un lui avait bien refilé un petit quelque chose, mais on réussit à l'en débarrasser).

Lorsque mon père arriva à l'infirmerie, Junior Jones était parti prêter main-forte aux autres pour remettre Lenny Metz entre les mains du doyen ; Harold Swallow passait le campus au peigne fin, avec l'ardeur d'un faucon aux trousses d'une colombe — et moi, j'étais assis dans une salle d'infirmerie toute blanche en compagnie de Franny, toute fraîche de son bain, les cheveux enveloppés dans une serviette, un paquet de glace sur la pommette gauche, un pansement autour de l'annulaire droit (un de ses ongles avait été arraché) ; on lui avait passé une blouse blanche et elle était assise dans son lit.

« Je veux rentrer à la maison, dit-elle à mon père. Dis à maman que je n'ai besoin de rien, sauf de quelques vêtements propres.

— Qu'est-ce qu'on t'a fait, ma chérie ? lui demanda-t-il, en s'asseyant sur le lit.

— On m'a tabassée, dit Franny.

— Et *toi*, où étais-tu passé ? me demanda mon père.

— Il a couru chercher du secours, dit Franny.

— Tu n'as pas vu ce qui s'est passé ?

— Il n'a rien vu, assura Franny.

J'avais vu le Troisième Acte, aurais-je voulu dire à mon père, mais tout le monde avait beau savoir ce que signifiait « tabassé », je me devais, par fidélité, de m'en tenir à la version choisie par Franny.

« Je ne veux qu'une chose, rentrer chez nous, répéta Franny, quoique à mes yeux, l'Hôtel New Hampshire, si grand et si peu familier, fût loin d'être l'endroit idéal pour aller se blottir.

Mon père partit lui chercher des vêtements.

Dommage qu'il n'ait pu voir Lenny Metz ligoté à la batte de crosse et transporté à travers le campus jusque chez le doyen, comme un morceau de viande mal embroché. Dommage aussi que mon père n'ait pu être témoin du zèle de Harold Swallow lancé à la poursuite de Dove, glissant comme une ombre de porte en porte dans tous les dortoirs. Jusqu'au moment où Harold eut la certitude que, Chipper ne se trouvant nulle part, il ne pouvait être que dans le dortoir des filles. Dans ce cas, il lui suffisait de découvrir dans quelle chambre se cachait Dove, ce n'était plus qu'une question de temps.

Le doyen des garçons venait de jeter sur Chester Pulaski le manteau de sa femme, un manteau en poil de chameau — la première chose qui lui était tombée sous la main :

— Chester, Chester, mon garçon, s'écria-t-il, mais pourquoi ? A peine une *semaine* avant le match contre Exeter !

— Les bois grouillent de sales nègres, dit Chester Pulaski d'un ton lugubre. Ils sont en train de prendre le pouvoir. Fuyez, sinon vous êtes mort.

La doyenne des filles s'était enfermée à clef dans la salle de bains et, quand retentit une deuxième série de raclements et de coups à l'entrée, elle héla son mari :

— Cette fois, c'est *toi* qui iras l'ouvrir, cette sacrée porte !

— C'est les sales *nègres,* les laissez pas entrer, s'écria Chester Pulaski, en serrant étroitement contre lui le manteau de la doyenne.

Bravement, le doyen ouvrit la porte ; depuis un certain temps, il avait conclu un pacte avec la police secrète de Junior Jones, qui, à Dairy, était devenue le garant clandestin mais très efficace de l'ordre.

— Pour l'amour de Dieu, Junior, fit le doyen. Cette fois, c'en est trop.

— Qui est-ce ? hurla la doyenne dans la salle de bains, tandis que les autres traînaient Lenny Metz au milieu du living et l'allongeaient devant la cheminée.

Sa clavicule cassée lui faisait souffrir le martyre, et, apercevant le feu, il s'imagina sans doute qu'on l'avait allumé à son intention.

— J'avoue ! hurla-t-il.

— Ben voyons, fit Junior Jones.

— Oui, je l'ai fait ! renchérit Lenny Metz.

— Et comment que tu l'as fait, fit Junior Jones.

— Moi aussi, je l'ai fait ! s'écria Chester Pulaski.

— Et qui c'est qui l'a fait *le premier ?* demanda Junior Jones.

— Chipper Dove ! entonnèrent en chœur les deux arrières. C'est Dove qui l'a fait le premier !

— Et voilà, dit Junior Jones au doyen. Vous pigez maintenant ?

— Ils ont fait quoi — et à *qui ?* demanda le doyen.

— Ils ont violé Franny Berry, tous, dit Junior Jones, au moment précis où la doyenne émergeait de la salle de bains.

Apercevant les athlètes noirs qui se dandinaient sur le seuil, comme un groupe de chanteurs africains, elle poussa un nouveau hurlement et se barricada derechef dans la salle de bains.

— Et maintenant, on va aller vous ramasser Dove, fit Junior Jones.

— Doucement, Junior ! s'écria le doyen. Pour l'amour de Dieu, *doucement !*

Je demeurai près de Franny ; bientôt mon père et ma mère lui apportèrent ses vêtements. Coach Bob était resté à la maison pour veiller sur Egg et Lilly — comme *autrefois,* songeai-je. Mais où était passé Frank ?

Frank était parti « en mission », annonça mon père d'un ton mystérieux. En apprenant que Franny avait été « tabassée », mon père avait aussitôt deviné le pire. Et, il le savait, à peine Franny serait-elle rentrée, et couchée dans son lit, qu'elle réclamerait Sorrow. « Je veux rentrer à la maison », dirait-elle. Et aussitôt : « Je veux que Sorrow dorme avec moi. »

— Peut-être est-il encore temps, avait dit papa.

Il avait été conduire Sorrow chez le vétérinaire avant le match. Si, ce jour-là, le vétérinaire avait eu du pain sur la planche, peut-être le vieux péteur était-il encore en vie au fond d'une cage. Frank avait reçu pour mission d'aller s'en assurer.

Mais il en fut de sa mission comme du sauvetage de Junior ; Frank arriva trop tard. A force de tambouriner à la porte, il réveilla le vétérinaire.

— Je déteste Halloween, avait sans doute dit le vétérinaire.

Mais sa femme lui avait annoncé que c'était un des gosses Berry qui venait réclamer son chien.

— Oh oh, dit le vétérinaire. Désolé, petit ; mais depuis cet après-midi, ton chien n'est plus de ce monde.

— Je veux le voir, dit Frank.

— Oh oh, fit le vétérinaire. Le chien est mort, petit.

— Vous l'avez enterré ?

— Il est si gentil, dit la femme du vétérinaire à son mari. Laisse l'enfant enterrer son chien, s'il y tient.

— Oh oh, fit le vétérinaire.

Il conduisit Frank au fond du chenil, où le triste spectacle de trois cadavres de chiens jetés en vrac sur le sol, à côté de trois cadavres de chats, s'offrit aux yeux de Frank.

« On ne les enterre pas pendant le week-end, expliqua le vétérinaire. Lequel c'est, Sorrow ?

Frank repéra aussitôt le vieux sac à merde ; Sorrow commençait à se raidir, mais Frank parvint à fourrer le cadavre du labrador dans un gros sac à poubelle. Le vétérinaire et sa femme auraient dû deviner que Frank n'avait aucunement l'intention d'*enterrer* Sorrow.

— Trop tard, chuchota Frank à notre père, quand mes parents ramenèrent Franny à la maison — à l'Hôtel New Hampshire.

— Bonté divine, je suis capable de marcher toute seule, vous savez, dit Franny, comme nous nous obstinions à l'encadrer. Sorrow, ici ! appela-t-elle. Viens, mon chien !

Ma mère fondit en larmes, et Franny lui saisit le bras.

« Je n'ai pas de *mal*, maman, fit-elle. C'est vrai, je t'assure. Personne n'a touché mon *moi*, là en dedans, je ne crois pas.

Mon père se mit à pleurer et Franny lui saisit le bras, à lui aussi. Moi, il me semblait que j'avais pleuré toute la nuit, et je n'avais plus de larmes.

Frank m'attira à l'écart.

— Mais, bordel, qu'est-ce qui se passe, Frank ? dis-je.

— Viens voir.

Sorrow, toujours enfermé dans le sac à poubelle, était dissimulé sous le lit de Frank.

— Bonté divine, Frank !

— Je vais l'*arranger* pour Franny, dit-il. Avant Noël !

— Noël, Frank ? L'*arranger* ?

— Je vais faire *empailler* Sorrow ! dit Frank.

A Dairy School, la matière favorite de Frank était la biologie, un cours bizarre enseigné par un taxidermiste amateur du nom de Foit. Frank, avec l'aide de Foit, avait déjà empaillé un écureuil et un étrange oiseau orangé.

— Merde alors, Frank, je ne sais pas trop si Franny appréciera.

— Une fois mort, c'est encore ce qu'il y a de mieux, assura Frank.

Je ne savais trop que penser. Aux éclats de voix qui nous parvinrent alors de la chambre de Franny, nous devinâmes que notre père venait de lui annoncer la triste nouvelle. Iowa Bob parvint à distraire un instant Franny de son chagrin. Il insista pour partir en personne à la recherche de Chipper Dove, et l'on eut du mal à l'en dissuader. Franny réclama un nouveau bain, et je m'étendis sur mon lit à écouter la baignoire se remplir. Puis je me levai, m'approchai de la porte et lui demandai si je pouvais faire quelque chose pour elle.

— Merci, chuchota-t-elle. Si tu veux, va me chercher la journée d'hier et la plus grande partie de celle d'aujourd'hui.

— C'est tout ? insistai-je. Seulement hier et aujourd'hui ?

— C'est tout, dit-elle. Merci.

— Je voudrais bien, Franny, lui dis-je.

— Je sais, dit-elle.

Au bruit je devinai qu'elle se laissait lentement couler dans la baignoire.

« Tout va bien, chuchota-t-elle. Personne n'a eu c'te saloperie de *moi intime*.

— Je t'aime, chuchotai-je.

Elle ne répondit pas, et je regagnai mon lit.

Au-dessus, j'entendis Coach Bob s'agiter dans sa chambre — il exécuta quelques pompes, puis quelques équerres, puis s'exerça un moment à faire ses flexions (le choc rythmé de ses boules et ses halètements frénétiques) — et je regrettai qu'on l'eût empêché de se mettre à la recherche de Chipper Dove qui, en face du vieil avant de l'Iowa, n'aurait pas fait le poids.

Par malheur, en face de Junior Jones et des champions du Bras Noir de la Loi, Dove *réussit* à faire le poids. Dove avait filé tout droit se réfugier dans le dortoir des filles, dans la chambre d'une de ses adoratrices, une meneuse de claque du nom de Melinda Mitchell. Tout le monde l'appelait Mindy, et elle était folle de Chip Dove. Il lui raconta qu'il avait « rigolé un peu » avec Franny Berry, qu'elle s'était mise à rigoler avec Lenny et Chester Pulaski, et qu'alors, lui, il les avait plaqués.

— Une allumeuse, avait-il conclu.

Mindy Mitchell s'était empressée de renchérir. Il y avait des années qu'elle était jalouse de Franny.

— Mais voilà que, maintenant, Franny a mis cette bande de sales nègres à mes trousses, dit Dove à Mindy. Elle est copain comme cochon avec eux. Surtout avec Junior Jones — ce faux jeton de moricaud qui moucharde tout au doyen.

Ce fut ainsi que Mindy Mitchell fourra Dove dans son lit, et quand survint Harold Swallow et qu'il se mit à chuchoter à sa porte : (« Dove, Dove — t'as pas vu Dove ? Le Bras Noir de la Loi veut savoir où il est »), elle affirma n'avoir laissé entrer *personne* dans sa chambre, et il n'était pas question qu'elle fasse une exception pour Harold.

Aussi ne le retrouva-t-on pas. Le lendemain matin, il fut expulsé de Dairy School — en même temps que Chester Pulaski et Lenny Metz. Les parents des auteurs du viol collectif, mis au courant de l'histoire, furent suffisamment soulagés en voyant que personne ne portait plainte pour accepter d'assez bonne grâce l'expulsion. Un certain nombre de professeurs, et la majorité des membres du conseil d'administration, déplorèrent qu'il ait été impossible de camoufler l'incident jusqu'au match contre Exeter, mais on leur fit remarquer qu'il était moins gênant de perdre les arrières de Iowa Bob que de perdre Iowa Bob lui-même — il ne fait aucun doute en effet que le vieux eût refusé de diriger un match si les trois coupables avaient encore fait partie de son équipe.

Toute l'histoire fut en fait étouffée dans la meilleure tradition des écoles privées ; en réalité, il est extraordinaire de constater qu'une institution aussi peu sophistiquée que Dairy, confrontée à des problèmes déplaisants, pouvait à l'occasion singer fidèlement le parti pris de silence dont les établissements plus sophistiqués avaient appris à faire une science.

Convaincus d'avoir « tabassé » Franny Berry — au cours, insinuat-on, de ce qui n'était rien d'autre qu'une bagarre typique des Halloweens de Dairy, qui avait un peu dégénéré — Chester Pulaski, Lenny Metz et Chipper Dove furent tous les trois expulsés. Pour ma part, j'estimai que Dove s'en tirait à bon compte. Mais Franny et moi étions loin d'en avoir fini avec lui, peut-être Franny le savait-elle déjà. Tout comme nous étions loin d'en avoir fini avec Junior Jones ; il devint le grand ami de Franny, sinon tout à fait son garde du corps, pendant toute la durée de son séjour à Dairy. Ils devinrent inséparables, et il ne fait à mes yeux aucun doute que Junior Jones fit beaucoup pour persuader Franny qu'elle était, sans conteste, une chouette fille — comme il ne cessait de le lui répéter. Même quand nous quittâmes Dairy, nous n'en eûmes pas fini avec Jones, bien que — une fois encore — quand de nouveau il se porta au secours de Franny, son intervention se distinguât par son arrivée tardive. Junior Jones, on le sait, devait continuer le football et jouer dans l'équipe de Penn State, et plus tard en professionnel pour les Browns — jusqu'au jour où quelqu'un lui bousilla le genou. Il fit alors son droit et consacra toute son énergie à une organisation de New York — qui, à sa suggestion, prit le nom de Bras Noir de la Loi. Comme disait souvent Lilly — et comme un jour elle devait nous le prouver clairement à tous : tout est un conte de fées.

Chester Pulaski devait endurer ses cauchemars racistes durant presque toute sa vie, qui se termina au volant d'une voiture. La police affirma que ses mains, qui auraient dû en principe s'occuper du volant, se baladaient vraisemblablement sur la personne de la femme qui l'accompagnait. La femme fut tuée sur le coup, elle aussi, et Lenny Metz affirma qu'il la connaissait. Une fois sa clavicule guérie, Metz s'était remis illico à véhiculer le ballon ; il continua à jouer au football dans l'équipe d'un petit collège du fin fond de la Virginie, et ce fut lui qui présenta Chester Pulaski à la femme qu'il était destiné à tuer un jour, lors de ses vacances de Noël. Metz ne devait jamais passer pro — en raison de sa tendance à lambiner — mais il fut mobilisé par l'armée américaine, qui se fichait éperdument qu'il lambine, et il périt pour son pays, comme on dit, quelque part au Viêt-nam. En réalité, il ne fut pas abattu par l'ennemi ; il ne sauta pas sur une mine. Ce fut dans un autre genre de combat que périt Metz : il fut poignardé par une prostituée, qu'il avait tenté d'arnaquer.

Harold Swallow était à la fois trop dingue et trop rapide pour que nous puissions rester en contact. Dieu sait ce qu'il advint de lui. Bonne chance, bonne chance Harold, où que tu sois !

Peut-être parce que tout ceci se passait durant Halloween, et que l'atmosphère de Halloween imprègne mes souvenirs de la grande saison de Iowa Bob, tous sont devenus pour moi pareils à des fantômes, des sorciers, des diables, des créatures magiques. De plus, souvenez-vous : c'était la première nuit que nous devions passer dans nos lits de l'Hôtel New Hampshire. Une première nuit dans un endroit inconnu n'est jamais très confortable — les lits ne font pas le même bruit et il faut s'habituer. Et Lilly, qui se réveillait toujours avec la même petite toux sèche, comme une vieille, une très vieille personne — d'où notre surprise constante de voir combien elle était petite —, se réveilla avec une toux différente, à croire que sa mauvaise santé l'exaspérait presque autant qu'elle exaspérait notre mère. Sauf quand on le réveillait, Egg ne se réveillait jamais, mais il se comportait alors comme s'il était réveillé depuis des heures. Mais le matin qui suivit Halloween, Egg se réveilla tout seul — presque paisiblement. Enfin, il y avait des années que j'entendais Frank se masturber, mais l'entendre faire ça à l'Hôtel New Hampshire me parut tout à fait différent — peut-être parce que je savais que Sorrow était sous son lit, enfermé dans un sac à poubelle.

Le matin qui suivit Halloween, je regardai le petit jour envahir Elliot Park. Il avait gelé, et je vis Frank se diriger à pas lourds vers le grand laboratoire, son sac à poubelle sur l'épaule, piétinant au passage les fragments d'écorce d'une citrouille mutilée.

— Je me demande bien où ce fichu Frank va trimballer les ordures ? fit papa.

— Sans doute qu'il n'aura pas trouvé les poubelles, suggérai-je, pour que Frank puisse filer sans encombre. C'est vrai, y a pas un seul téléphone qui marche et l'électricité *était* coupée. Je parie qu'il n'y a pas non plus de poubelles.

— Il y en a pourtant, dit papa. Devant l'entrée de service.

Il suivit Frank des yeux et secoua la tête.

« Ce fichu crétin doit avoir l'intention d'aller jusqu'à la décharge, ajouta-t-il. Seigneur, vraiment cet enfant n'est pas comme les autres.

Sachant que mon père ignorait que, justement, Frank *n'était pas* comme les autres, je fus secoué d'un grand frisson.

Quand Egg se décida à sortir de la salle de bains, mon père voulut aller aux toilettes et constata que Franny l'avait battu d'une longueur. Elle se faisait couler *encore un autre* bain, et ma mère mit mon père en garde :

— Surtout, ne lui dis rien. Elle peut prendre tous les bains qu'elle voudra.

Sur quoi, ils s'éloignèrent en se chamaillant — ce qui ne leur arrivait pas souvent.

« Je te l'avais bien dit qu'il nous faudrait une autre salle de bains, fit maman.

Franny faisait couler son bain, et j'écoutai.

— Je t'aime, chuchotai-je en direction de la porte fermée à clef.

Mais — à cause du bruit de l'eau purificatrice — il est douteux que Franny m'entendît.

5

Joyeux Noël 1956

Cette fin d'année 1956, de Halloween à Noël, demeure dans mon souvenir le laps de temps qu'il fallut à Franny pour renoncer à ses trois bains quotidiens — et se réconcilier avec la bonne odeur saine de son corps épanoui. Pour ma part, je continuais à aimer l'odeur de Franny — pourtant par moments passablement prononcée — mais entre Halloween et Noël de 1956, Franny se montra allergique à sa propre odeur. Et, à force de prendre des bains, elle finit par ne plus avoir d'odeur du tout.

A l'Hôtel New Hampshire, une deuxième salle de bains fut réservée à l'usage de la famille, tandis que chacun s'employait à coopérer avec succès à la première entreprise familiale de notre père. Notre mère avait fort à faire à amadouer l'humeur revêche et l'orgueil de Mrs. Urick, ainsi qu'à choisir les mets simples mais savoureux qu'elle concoctait dans sa cuisine ; Mrs. Urick avait fort à faire avec Max, pourtant bien caché dans sa retraite du troisième. Notre père se chargeait de tenir Ronda Ray en main — « pas au sens littéral », disait Franny.

Ronda débordait d'une étrange énergie. En une matinée, elle réussissait à changer les draps et à refaire tous les lits ; au restaurant, elle parvenait à servir quatre tables à la fois sans jamais se tromper ni faire attendre personne ; au bar, elle pouvait relayer mon père (le bar restait ouvert tous les soirs, sauf le lundi, jusqu'à onze heures) et pourtant dresser les tables à temps pour le petit déjeuner (à sept heures). Mais lorsqu'elle se retirait dans sa « chambre de jour », on aurait dit qu'elle sombrait dans un état d'hibernation ou une profonde hébétude, et, même au comble de l'énergie — quand elle s'affairait pour tout préparer à temps —, elle avait *l'air* endormie.

— Pourquoi appeler ça une *chambre de jour* ? disait Iowa Bob. Si Ronda rentre le soir à Hampton Beach, quand est-ce qu'elle rentre ? Il est tout à fait normal qu'elle habite ici, mais dans ce cas, pourquoi ne le dit-*on* pas — et pourquoi ne le dit-elle pas, *elle* ?

— Elle fait bien son travail, disait papa.

— Mais elle *habite* dans sa chambre de jour, disait maman.

— C'est *quoi*, une chambre de jour ? demandait Egg.

A dire vrai, tout le monde semblait se poser la question.

A l'interphone, Franny et moi passions des heures à espionner la chambre de Ronda Ray, mais nous ne devions apprendre que des semaines plus tard à quoi servait une chambre de jour. Souvent, au milieu de la matinée, nous nous branchions sur la chambre de Ronda ; Franny écoutait un moment le bruit de sa respiration, puis disait :

— Elle dort.

Ou encore :

« Elle fume une cigarette.

Tard le soir, Franny et moi nous nous remettions à l'écoute.

— Peut-être qu'elle est en train de lire, disais-je parfois.

— Tu rigoles ? faisait Franny.

Quand l'ennui nous prenait, nous nous branchions sur les autres chambres, à tour de rôle, ou toutes ensemble. Nous prêtions l'oreille aux grésillements qui sortaient de chez Max, au milieu desquels il nous arrivait — parfois — d'entendre sa radio. Nous vérifiions le bruit des marmites qui, au sous-sol, mijotaient dans la cuisine de Mrs. Urick. La 3F était la chambre de Iowa Bob et, de temps à autre, nous captions le cliquetis de ses haltères — et le coupions souvent par des commentaires de ce genre :

— Allons, grand-père, un peu de nerf ! Secoue-les un peu, ces mignonnes — tu mollis.

— Sacrés gosses ! grommelait Bob qui, parfois, cognait deux disques tout contre la grille de l'appareil, si fort que Franny et moi sursautions, les oreilles en feu.

« Ha ! s'écriait Bob. Je vous ai *eus*, cette fois, pas vrai, bande de petits salopards ?

— Attention, un fou dans la 3F, annonçait Franny dans l'interphone. Barricadez-vous. Un fou dans la 3F.

— Ha ! grommelait Iowa Bob — au milieu de ses tractions, de ses pompes, de ses équerres, de ses flexions. Un *asile de fous,* cet hôtel !

Ce fut Iowa Bob qui m'encouragea à me mettre aux poids et haltères. La mésaventure de Franny m'avait d'une certaine façon donné l'envie d'être fort. Quand arriva la fin novembre, je courais mes dix kilomètres par jour, alors que le parcours de cross de Dairy n'en faisait que cinq. Bob m'avait recommandé de me gaver d'oranges, de bananes et de lait.

— Et aussi de nouilles, de riz, de poisson et de beaucoup de légumes, de céréales chaudes et de glaces, me répétait le vieil entraîneur.

Je m'entraînais aux poids deux fois par jour; et, outre mes dix kilomètres, je m'astreignais à piquer des sprints tous les matins dans Elliot Park, histoire de travailler mon souffle.

Les premiers temps, je ne réussis qu'à prendre du poids.

— Laisse tomber les bananes, conseillait papa.

— Et les glaces, conseillait maman.

— Non, non, disait Iowa Bob. On ne se fait pas des muscles en un jour.

— Des muscles? s'exclamait papa. Il est gras.

— Tu as l'air d'un chérubin, mon chou, disait maman.

— Tu as l'air d'un ours, renchérissait Franny.

— Continue à manger, c'est tout, insista Iowa Bob. A force de lever tes poids et de courir, tu verras, ça viendra, et vite.

— A moins qu'il *n'éclate!* faisait Franny.

J'allais sur mes quinze ans, comme on dit; entre Halloween et Noël, je pris dix kilos; je pesais quatre-vingt-cinq kilos, mais ne mesurais toujours qu'un mètre soixante-sept.

— Mon vieux, me dit Junior Jones, si on te peignait en noir et blanc, avec des cercles autour des yeux, t'aurais l'air d'un *panda*.

— Un de ces jours, me dit Iowa Bob, tu perdras dix kilos, et alors, tout ton corps sera dur comme du fer.

Franny eut un frisson outré et me décocha un coup de pied sous la table.

— *Tout* ton corps! s'écria-t-elle.

— Quelle vulgarité, dit Frank. Tout ça. Les poids, les bananes, ces halètements de phoque dans l'escalier.

Le matin, quand il pleuvait, je refusais d'aller piquer mes sprints dans Elliot Park; je préférais ne pas quitter l'Hôtel New Hampshire où je gravissais et dévalais quatre à quatre l'escalier.

Max Urick menaçait de balancer des grenades dans l'escalier. Et, un matin qu'il pleuvait à seaux, Ronda Ray m'intercepta sur le palier du premier; elle portait une de ses chemises de nuit et avait l'air particulièrement endormie.

— Écoute, dit-elle, j'ai l'impression d'entendre des amants s'envoyer en l'air dans la chambre d'à côté.

Sa chambre donnait sur l'escalier. Elle adorait m'appeler John-O.

« Les bruits de pas, je m'en fiche, John-O, continua-t-elle. C'est de t'entendre souffler qui m'énerve. Je sais pas trop si t'es en train de mourir ou si t'essaies de jouir, mais j'ai les cheveux qui se hérissent sur la tête, je t'assure.

— T'occupe pas, disait Iowa Bob. Dans cette famille, tu es le premier à s'occuper comme il convient de son corps. Il faut que tu finisses par *te sentir* obsédé et que tu *restes* obsédé. Et puis, faut bien qu'on te fasse prendre du poids si on veut que t'en perdes.

C'était ainsi et c'est toujours ainsi ; mon corps, je le dois à Iowa Bob — une obsession qui ne m'a jamais quitté — et aux bananes.

Ces dix kilos, il me fallut un certain temps pour les perdre, mais je finis par les perdre, et jamais je ne les ai regagnés. Depuis, j'en pèse toujours soixante-quinze.

Et il me fallut attendre d'avoir dix-sept ans pour, enfin, grandir de cinq centimètres, et j'en restai là. Me voici donc : un mètre soixante-douze, et soixante-quinze kilos. Et un corps dur comme du fer.

D'ici peu, j'aurai quarante ans, mais, aujourd'hui encore, quand je m'exerce, je repense à ce Noël de 1956. Maintenant, on utilise des systèmes de poids compliqués ; on n'est plus obligé d'enfiler les poids sur la barre, ni de penser à bloquer les écrous, sous peine de voir les poids coulisser et vous écraser les doigts, ou dégringoler et vous broyer les orteils. Mais les gymnases et le matériel ont beau être modernes, il suffit que je me mette à m'entraîner pour que resurgisse la chambre de Iowa Bob — la bonne vieille 3F, avec son tapis persan tout râpé, où il alignait ses poids, le tapis sur lequel dormait jadis Sorrow : quand Bob et moi nous entraînions sur ce tapis, nous nous relevions couverts de poils de chien. Et, au bout d'un moment, quand je soulève mes poids, et que cette tenace et somptueuse douleur commence à se faufiler dans mes muscles, me revient alors le souvenir de ces êtres hirsutes qui, à Dairy, s'entraînaient sur la toile et des taches qui maculaient les paillassons dans le gymnase, où toujours nous devions attendre que Junior Jones ait terminé son *tour*. Jones raflait tous les poids pour les enfiler sur une même tige, tandis que nous restions là avec nos barres nues, à attendre. A l'époque où il jouait avec les Browns de Cleveland, Junior Jones pesait cent quarante kilos et pouvait en développer deux cent vingt. A Dairy School, il n'était pas fort *à ce point,* pourtant il était déjà assez fort pour représenter à mes yeux l'haltérophile idéal.

— Combien tu soulèves ? me demandait-il. Quoi, t'en sais rien ? Quand je le lui disais, il secouait la tête :

« Bon, faut me doubler ça.

Et quand je doublais — avec cent cinquante kilos environ sur la tige — il me disait :

« Bon, maintenant, sur le tapis, sur le dos.

Il n'y avait pas de bancs pour développer à Dairy School, aussi devais-je m'allonger sur le dos à même le tapis, et Junior Jones ramassait la tige chargée de ses cent cinquante kilos et me la posait doucement en travers de la gorge — il restait juste assez d'espace pour que la tige ne pèse que très légèrement sur ma pomme d'Adam.

J'agrippai la barre à deux mains, et mes coudes s'enfonçaient dans le paillasson.

« Et maintenant, lève-moi ça au-dessus de ta tête, disait Junior Jones, qui quittait alors la salle, pour aller boire un gobelet d'eau ou prendre sa douche, tandis que je restais là coincé sous la barre — pris au piège.

Quand j'essayais de soulever cent cinquante kilos il ne se passait rien. Des gens entraient, tous plus costauds que moi, et me voyant allongé là, sous mes cent cinquante kilos, ils me demandaient avec respect :

— Euh, dis donc, tu crois que tu finiras par y arriver ?

— Ouais, pour l'instant je me repose, disais-je, en soufflant comme un phoque.

Ils s'éloignaient pour revenir un peu plus tard.

Junior Jones, lui aussi, finissait toujours par revenir.

— Alors, ça se passe bien ? demandait-il.

Il enlevait dix kilos, puis vingt-cinq et enfin cinquante.

« Allez, essaie, répétait-il.

Il repartait, pour revenir bientôt, jusqu'au moment où je parvenais à m'extirper tout seul de dessous la barre.

Bien sûr, jamais mes soixante-quinze kilos ne sont parvenus à en développer cent cinquante, bien que, par deux fois dans ma vie, j'aie réussi à en lever cent sept, et je crois que je suis de taille à développer deux fois mon poids. Écrasé par cette masse, il m'arrive de connaître une extase merveilleuse.

Parfois, quand j'y mets vraiment le paquet, je revois les champions du Bras Noir de la Loi se faufiler parmi les arbres, je les entends fredonner, et crois parfois sentir l'odeur qui planait au quatrième étage de ce dortoir où logeait Junior Jones — ce night-club tropical et étouffant niché là-haut sous les combles — et quand je cours, au bout du cinquième kilomètre, ou du sixième, ou parfois même du septième, mes poumons se souviennent, de façon très vivace, de la sensation que j'éprouvais quand j'essayais de m'accrocher à Harold Swallow. Et me revient aussi l'image d'une mèche de cheveux de Franny — tandis que Lenny Metz, à genoux sur ses bras, lui coinçait la tête entre ses lourdes cuisses d'arrière. Et Chester Pulaski juché sur elle : un automate. Je suis parfois capable de plagier très exactement ce rythme, quand je compte mes pompes (« soixante-quinze, soixante-seize, soixante-dix-sept »). Ou mes équerres (« Cent vingt et un, cent vingt-deux, cent vingt-trois »).

Iowa Bob se bornait à m'initier au matériel ; Junior Jones y ajouta ses conseils, et son merveilleux exemple personnel ; mon père m'avait déjà appris à courir — et Harold Swallow à courir plus vite encore. La technique et la routine — et même le régime de Iowa Bob — tout cela me semblait facile. Le plus dur, pour la plupart des gens, c'est la discipline. Comme disait Coach Bob, il faut se sentir obsédé et le rester. Pour ma part, cela non plus ne présentait aucune difficulté. Tout cela, je le faisais pour Franny. Je ne me plains pas, mais je faisais cela pour Franny — et elle le savait.

— Écoute, môme, me dit-elle souvent — entre Halloween et Noël — si t'arrêtes pas de bouffer des bananes, tu vas finir par dégueuler. Et si t'arrêtes pas de bouffer des oranges, tu vas t'offrir un empoisonnement aux vitamines. Bon Dieu, tu cherches à te crever ou quoi ? Tu ne seras jamais aussi rapide que Harold Swallow. Ni aussi costaud que Junior Jones.

« Môme, je peux lire en toi comme dans un livre, me disait encore Franny. Pas question que ça m'arrive de nouveau, tu sais. Et si ça m'arrive — et que tu sois vraiment assez costaud pour me sauver — qui te dit que tu *seras* là ? Si ça m'arrive un jour, moi, je serai ailleurs, et loin de toi — et je souhaite que tu ne l'apprennes jamais. Je le jure.

Mais Franny prenait trop à la lettre les motivations de mon entraînement. Ce que je voulais, c'était acquérir la force, l'énergie et la vitesse — ou bien je rêvais des illusions qu'elles procurent. Jamais plus je ne voulais, lors d'un autre Halloween, me sentir condamné à l'impuissance.

Le jour où Dairy reçut Exeter pour le match qui devait clore la grande saison de Iowa Bob, des vestiges de citrouilles mutilées jonchaient encore çà et là le sol — sur le trottoir à l'angle de Pine Street et d'Elliot Park, et aussi sur le mâchefer de la piste au pied des gradins. Malgré la disparition de Chipper Dove, Lenny Metz et Chester Pulaski, le souvenir de Halloween planait encore dans l'air.

Les remplaçants de la ligne de défense paraissaient en proie à un charme : ils faisaient tout au ralenti. A peine se précipitaient-ils vers les brèches ouvertes par Junior Jones que déjà elles se refermaient ; ils lobaient en chandelle, et le ballon mettait une éternité avant de redescendre. Comme il se tenait prêt à réceptionner une passe, Harold Swallow fut assommé net et, de toute la longue journée, Iowa Bob refusa de le laisser reprendre sa place.

— Tu viens de te faire sonner, Harold, dit Coach Bob à son fonceur.

— Sonner, moi, mais j'ai pas de cloche, gémit Harold Swallow. Qui c'est qu'a sonné ? Qui ça ?

A la mi-temps, Exeter menait par 24 à 0. Junior Jones, qui jouait à la fois l'attaque et la défense, avait déjà tenté une douzaine de plaquages ; mais la défense de Dairy s'était par trois fois laissé faucher le ballon, et deux lobs avaient été interceptés. Au cours de la deuxième mi-temps, Coach Bob fit jouer Junior Jones en attaque, et Jones réussit coup sur coup trois séries de descentes avant que la défense d'Exeter parvienne à trouver la parade. La parade était simple, tant que Junior Jones jouerait *arrière,* il monopoliserait le ballon. Aussi Iowa Bob remit-il Junior Jones dans la ligne, ce qui pour lui était plus marrant, et le seul but que marqua Dairy, à la fin de la quatrième reprise, fut en toute justice porté au crédit de Jones. Perçant la défense d'Exeter, il faucha le ballon à l'un de leurs arrières et fonça derrière les buts — un ou deux joueurs adverses cramponnés à ses basques. Le but supplémentaire fut marqué trop à gauche et la partie se termina sur le score de 45 pour Exeter, 6 pour Dairy.

Franny rata le but marqué par Junior : elle n'était venue assister au match que pour lui et n'avait repris sa place de meneuse de claque que pour pouvoir hurler à tue-tête en l'honneur de Junior Jones. Mais Franny se prit de querelle avec une autre meneuse de claque, et ma mère dut la ramener à la maison. La meneuse de claque en question n'était autre que Mindy Mitchell, la complice de Chipper Dove.

— Allumeuse, avait lancé Mindy Mitchell.

— Pauvre connasse, avait rétorqué Franny en cinglant Mindy d'un coup de mégaphone bien senti.

Le mégaphone était en carton et ressemblait à un gros cornet de glace couleur caca avec, peint dessus, le D couleur de mort de Dairy. « Le D de défunt », comme disait Franny.

— En plein dans les nichons, me dit une autre meneuse de claque. Franny, elle a sonné Mindy en plein dans les nichons avec son mégaphone.

Bien entendu, je racontai la chose à Junior Jones, sitôt le match terminé, mais Franny n'était pas là pour le raccompagner au gymnase.

— Ça, c'est une chouette fille ! dit Jones. Tu lui diras de ma part, hein ?

Bien entendu, je le lui dis. Franny avait encore pris un *autre* bain et s'était mise sur son trente et un pour aider Ronda Ray à servir au dîner ; elle était d'assez bonne humeur. En dépit de la déconfiture complète par laquelle s'achevait la grande saison de Iowa Bob, la bonne humeur était quasi générale. A l'Hôtel New Hampshire, ce soir-là, on pendait la crémaillère.

Dans le style bonne cuisine bourgeoise, Mrs. Urick s'était surpassée ; même Max avait passé une chemise blanche et une cravate, et, au bar, mon père était littéralement radieux — les bouteilles qui scintillaient dans la glace, sous ses coudes et au-dessus de ses épaules en perpétuel mouvement, ressemblaient à une aube dont mon père n'avait jamais douté qu'elle se lèverait un jour.

Onze chambres à deux lits et sept chambres à un lit avaient été réservées pour la nuit ; un des clients, un divorcé, qui résidait au Texas, n'avait pas hésité à faire le voyage tout exprès pour voir son fils jouer contre Exeter ; le gosse s'était foulé la cheville dès le début du match et avait dû abandonner le terrain, néanmoins le Texan était d'excellente humeur. Par contraste, les couples et les solitaires avaient l'air un peu timides — ils ne se connaissaient pas, et n'avaient rien en commun, sinon leurs enfants à Dairy School — mais, une fois les enfants partis pour regagner le dortoir, le Texan s'arrangea pour rompre la glace.

— Pas vrai que c'est *formidable*, les gosses ? demanda-t-il. Bon Dieu, c'est fantastique de les voir pousser, non ?

Tout le monde acquiesça.

« Pourquoi n'approchez-vous pas vos chaises de ma table, allez, je paie une tournée générale !

Du seuil de la cuisine, ma mère observait la scène avec angoisse, flanquée de Mrs. Urick et de Max, tandis que mon père, tendu mais confiant, se tenait prêt derrière son bar ; Frank sortit en courant ; Franny me tenait la main, nous retenions notre souffle, Iowa Bob avait l'air de réprimer à grand-peine un énorme éternuement. Enfin, un par un, les couples et les solitaires se levèrent et entreprirent de traîner leurs chaises jusqu'à la table du Texan.

— La mienne est coincée ! fit une femme du New Jersey, qui avait un verre dans le nez.

Elle gloussait sans arrêt, un petit son aigu pareil au couinement mécanique des hamsters prisonniers dans leurs cages et qui, interminablement, tournent sur leurs petites roues.

Un type du Connecticut tenta de soulever sa chaise et son visage vira à l'écarlate :

— Elle est clouée, l'arrêta sa femme. Y a des clous dans le plancher.

Un type du Massachusetts se laissa choir à genoux près de sa chaise :

— Des écrous, dit-il. Ce sont des *écrous* — quatre ou cinq écrous par chaise !

A son tour, le Texan se mit à genoux et contempla sa chaise d'un regard incrédule.

— Ici *tout* est vissé ! hurla soudain Iowa Bob.

Il n'avait pas prononcé un seul mot depuis la fin du match, quand il avait déclaré au racoleur dépêché par Penn State que Junior Jones avait suffisamment de classe pour jouer n'importe où. Un éclat inhabituel empourprait son visage, à croire qu'il avait un peu forcé sur la bouteille — ou, enfin, pris conscience qu'avait sonné l'heure de la retraite.

« On est tous sur un grand bateau ! s'écria Iowa Bob. On est embarqués pour une grande croisière, tout autour du monde !

— *Youpi*, hurla le Texan. D'accord, et je lève mon verre !

La femme du New Jersey agrippa le dossier de sa chaise rivée au plancher. D'autres se rassirent.

— Nous sommes tous en danger d'être emportés par les vagues, d'une minute à l'autre ! reprit Coach Bob, tandis que Ronda Ray circulait en froufroutant entre Bob et les parents plantés raides sur leurs sièges rivés au plancher.

Elle s'affairait à distribuer les dessous de verres et les serviettes des cocktails, essuyant au passage le rebord des tables d'un coup de torchon humide. Frank pointa le nez à la porte du couloir ; ma mère et les Urick semblaient paralysés sur le seuil de la cuisine ; mon père n'avait rien perdu de l'éclat qu'il empruntait au miroir, mais il ne quittait pas des yeux son père, Iowa Bob, comme s'il redoutait que le vieil entraîneur en retraite ne lâche une ineptie.

« *Bien sûr* que les chaises sont vissées ! fit Bob, le bras brandi, comme pour ponctuer la harangue de sa dernière mi-temps — comme pour ponctuer aussi le grand match de sa vie. A l'Hôtel New Hampshire, dit Iowa Bob, quand le ventilateur encaisse un paquet de merde, personne ne s'envole !

— *Youpi* ! s'écria de nouveau le Texan.

Mais on aurait dit que tous les autres retenaient leur souffle.

— Suffit de vous cramponner à vos sièges ! disait Coach Bob. Y vous arrivera rien de mal.

— *Youpi* ! Dieu merci, les chaises sont bien vissées ! hurla le Texan au grand cœur. Allez, levons nos verres !

L'épouse du type du Connecticut poussa un soupir de soulagement, nettement perceptible.

« Eh bien, si nous voulons faire connaissance et bavarder un peu, on dirait qu'il va falloir forcer la voix ! dit le Texan.

— Oui ! fit la femme du New Jersey, le souffle un peu court.

Mon père ne lâchait pas Iowa Bob des yeux, mais Bob avait l'air parfaitement à l'aise — se retournant, il décocha un clin d'œil à Frank toujours planté sur le seuil et salua d'une révérence ma mère et les Urick ; puis, Ronda Ray vint gratifier le vieil entraîneur d'une petite tape mutine sur la joue, tandis que le Texan contemplait Ronda comme si les chaises — vissées ou non vissées — lui étaient soudain complètement sorties de l'esprit. Tant pis si on ne peut pas remuer les chaises, non ? se disait-il — après tout, Ronda Ray remuait encore plus d'air que Harold Swallow, et comme tout le monde, elle était dans le ton de cette soirée d'ouverture.

— You-pi, me chuchota Franny à l'oreille.

Mais je restai au bar à regarder mon père qui préparait les verres. Jamais je ne l'avais vu se concentrer à ce point, et, soudain, les voix enflèrent de volume et me submergèrent — et toujours elles me submergeraient ; ce restaurant et ce bar, là dans *ce premier* Hôtel New Hampshire, je me les rappellerais toujours comme un lieu rempli de voix sonores, même quand la salle était à moitié vide. Comme disait le Texan, chacun devait rester assis à sa table, il fallait forcer la voix.

Et même quand l'Hôtel New Hampshire eut ouvert ses portes depuis longtemps et que bon nombre de nos clients, ceux de la ville, furent devenus pour nous des « habitués » — ceux qui, chaque soir, traînaient au bar jusqu'à la fermeture, juste avant le moment où le vieux Iowa Bob se pointait pour vider un dernier verre avant d'aller se mettre au lit —, même lors de ces soirées intimes, en compagnie de ces quelques individus, Bob s'arrangeait encore pour faire son numéro favori.

— Hé, approchez donc votre chaise, disait-il à quelqu'un.

Et ce quelqu'un, il ou elle, s'y laissait toujours prendre. Une fraction de seconde, oubliant où ils étaient, ils donnaient une petite secousse, poussaient un petit grognement, une ombre de perplexité angoissée passait sur leurs visages, et Iowa Bob se tordait de rire :

« A l'Hôtel New Hampshire, *rien* ne bouge ! On est tous vissés ici, *pour la vie !*

A la fin de cette soirée d'ouverture, une fois le bar et le restaurant fermés et tout le monde parti se coucher, Franny et moi nous retrouvâmes au standard et, grâce à l'ineffable braillard, entreprîmes un petit contrôle nocturne de ce qui se passait dans les chambres. Certains dormaient paisiblement, d'autres ronflaient, nous les repérions facilement ; nous détectâmes ceux qui lisaient au lit et, à notre grande surprise (et déception), constatâmes que, dans les chambres doubles, personne ne parlait et personne ne faisait l'amour.

Iowa Bob ronflait comme un bienheureux, avec un grondement de métro lancé dans un souterrain interminable. Mrs. Urick avait laissé une marmite à mijoter sur le fourneau et, comme toujours, la radio de Max grésillait. Le couple du New Jersey lisait au lit, du moins l'un d'eux : le bruit des pages qui tournaient lentement, le souffle court de l'insomniaque. Quant au type du Connecticut et à sa femme, ils ahanaient, hennissaient et hoquetaient dans leur sommeil ; leur chambre résonnait comme une chaufferie. Chez ceux du Massachusetts, de Rhode Island, de Pennsylvanie, de New York et du Maine, toute une gamme de sons trahissait comment ils se comportaient dans leur sommeil.

Enfin, nous nous branchâmes sur le Texan.

— You-pi, fis-je à Franny.

— Woo-pi, chuchota-t-elle en retour.

Nous n'aurions pas été surpris d'entendre ses bottes de cow-boy marteler le plancher ; nous n'aurions pas été surpris de l'entendre boire dans son chapeau, ou ronfler comme un cheval — ses longues jambes piquant un petit galop sous les draps, ses grosses mains étranglant le lit. Mais nous n'entendîmes rien.

— Il est mort, fit Frank.

Franny et moi sursautâmes.

— Bonté divine, Frank, dit Franny. Peut-être qu'il est tout simplement sorti.

— Il aura eu une attaque, dit Frank. Il est obèse, et il boit trop.

Nous tendîmes l'oreille. Rien. Pas de cheval. Pas de crissement de bottes. Pas un souffle.

Franny passa d'Écoute sur Appel.

— Youpi ? chuchota-t-elle.

Et, soudain, ce fut l'illumination — tous les trois (même Frank) on aurait dit que nous comprenions d'un seul coup. Comme mue par un réflexe, Franny se brancha sur la « chambre de jour » de Ronda Ray.

« Tu veux savoir ce que c'est qu'une *chambre de jour,* Frank ? demanda-t-elle.

Ce fut alors que fusa l'inoubliable son.

Comme disait Bob, nous sommes embarqués pour une grande croisière, tout autour du monde, et à tout moment nous sommes en danger d'être emportés par les vagues.

Frank, Franny et moi nous nous cramponnions maintenant à nos chaises.

— *Oooooooooooooooo !* haletait Ronda Ray.

— *Hoo, hoo, hoo !* bramait le Texan.

Puis, un peu plus tard :

« Y a pas à dire, c'est bon.

— Tu parles, fit Ronda.

— Non, vrai, vrai que c'est bon, dit-il.

Sur quoi nous l'entendîmes pisser — un vrai cheval, un jet qui n'en finissait pas.

« T'as pas idée comme j'ai du mal à pas rater c'te petite cuvette de rien, là-haut au troisième, dit-il. C'est bien trop bas, faut que je vise avant de tirer.

— Ha! s'esclaffa Ronda Ray.

— You-*pi!* fit le Texan.

— Répugnant, fit Frank, qui partit se mettre au lit.

Franny et moi attendîmes devant le braillard jusqu'au moment où il ne nous transmit plus que les bruits du sommeil.

Le lendemain matin, il pleuvait, et je mis un point d'honneur à retenir mon souffle chaque fois que je passais en courant sur le palier du premier — soucieux de ne pas déranger Ronda, et sachant ce qu'elle pensait de ma « façon de souffler ».

Le sang au visage, je croisai entre le deuxième et le troisième le Texan qui gravissait l'escalier.

— You-pi! le saluai-je.

— Bonjour! Bonjour! s'écria-t-il. On cultive sa forme, à ce que je ·ois? Tant mieux! Ton corps, il faut qu'il te dure toute ta vie, tu sais.

— Oui m'sieur, dis-je.

Et je continuai de plus belle.

J'en étais à ma trentième grimpette et commençaient à resurgir à mon esprit les champions du Bras Noir de la Loi, et la vision de l'ongle arraché de Franny — ce bout de doigt sanglant où tant de souffrance semblait se concentrer, et qui peut-être lui avait fait oublier le reste de son corps — lorsque sur le palier du premier, Ronda Ray me bloqua le passage.

— Holà, petit, dit-elle.

Je m'arrêtai.

Elle portait une de ses chemises de nuit, et s'il y avait eu du soleil, la lumière aurait traversé le tissu et illuminé les détails de son corps — mais la lumière était sinistre ce matin-là, et la pénombre de l'escalier ne révélait que fort peu de choses. Rien que sa silhouette, et son odeur entêtante.

— Bonjour, dis-je. You-pi!

— You-pi à toi aussi, John-O, dit-elle.

Je souris et continuai à faire du sur-place.

« Voilà encore que tu souffles, fit Ronda.

— Pourtant j'essaie de contrôler mon souffle, je voulais pas vous déranger, haletai-je, mais je commence à être fatigué.

— J'entends battre ton foutu *cœur*, dit-elle.

— Tant mieux pour moi, dis-je.

— Oui, mais tant pis pour moi, fit Ronda.

Elle posa la main sur ma poitrine, comme pour vérifier mon rythme cardiaque. Je cessai de sautiller sur place ; j'avais besoin de cracher.

« John-O, dit Ronda Ray, si t'as *envie* de souffler comme un phoque et d'avoir des palpitations, la prochaine fois qu'il pleuvra, c'est *moi* que tu devrais venir voir.

Du coup, je gravis et dévalai l'escalier encore une quarantaine de fois. Je parie qu'il ne pleuvra plus jamais, me disais-je.

Au petit déjeuner, j'étais exténué et je ne pus rien avaler.

— Mange au moins une banane, insista Iowa Bob.

Mais je détournai les yeux.

« Et une ou deux oranges.

Je déclinai l'offre.

Egg était enfermé dans la salle de bains et refusait d'ouvrir pour laisser entrer Franny.

— Pourquoi Franny et Egg ne prennent-ils pas leurs bains ensemble ? demanda papa.

Egg avait six ans ; encore une année, et il se sentirait sans doute trop inhibé pour prendre son bain en présence de Franny. Pour l'instant, il avait tellement de jouets flottants qu'il raffolait des bains ; quand on succédait à Egg dans la salle de bains, la baignoire ressemblait à une plage pour enfants — désertée pendant une attaque aérienne. Hippopotames, bateaux, hommes-grenouilles, oiseaux en caoutchouc, lézards, crocodiles, un requin doté de mâchoires à ressort, un phoque doté de nageoires à ressort, une affreuse tortue verte — des répliques de tous les spécimens possibles et imaginables de la faune amphibie, gisant trempés et dégoulinants au fond de la baignoire et sur le tapis de bain, et que l'on broyait sous le pied.

— Egg ! hurlais-je. Viens nettoyer ta merde !

— Quelle *merde ?* s'écriait Egg.

— Franchement, quel *langage !* disait maman — à chaque instant, à nous tous.

Le matin, Frank avait pris l'habitude de pisser contre les poubelles rangées près de l'entrée de service ; à l'en croire, il ne pouvait jamais utiliser la salle de bains quand il en avait envie. Pour ma part, je montais au premier et utilisais la salle de bains contiguë à la chambre de Iowa Bob et, bien sûr, j'en profitais pour tâter de ses poids.

— Être réveillé par un boucan pareil, quel plaisir ! se lamentait le vieux Bob. Jamais je n'aurais cru que la retraite, ça serait ça. Écouter quelqu'un pisser et soulever des poids. Quel réveille-matin !

— Après tout, t'aimes te lever de bonne heure, fis-je.

— Ce n'est pas *l'heure* qui me dérange, dit le vieil entraîneur, c'est *la façon.*

Ce fut ainsi qu'insensiblement s'écoula novembre — une chute de neige précoce au début du mois : en réalité il aurait dû pleuvoir. Mais *il ne pleuvait pas,* qu'est-ce que cela pouvait bien signifier ? Je me le demandais, obnubilé par la pensée de Ronda Ray et de sa chambre.

Ce fut un mois de novembre très sec.

Egg fit une série d'infections de l'oreille ; la plupart du temps, on aurait dit qu'il était à moitié sourd.

— Egg, qu'as-tu fait de mon pull vert ? demanda un jour Franny.

— Quoi ?

— Mon pull vert ! hurla Franny.

— Moi, mais j'ai pas de pull vert, fit Egg.

— C'est *mon* pull vert ! hurla Franny. Il l'a pris hier pour habiller son ours — je l'ai vu, dit Franny à maman. Et maintenant, je n'arrive pas à mettre la main dessus.

— Egg, où est ton ours ? demanda maman.

— Franny n'a pas d'ours, dit Egg. C'est mon ours à *moi.*

— Où est ma casquette de footing ? demandai-je à ma mère. Hier soir, je l'ai laissée sur le radiateur du couloir.

— Je parie que c'est encore l'ours de Egg qui la porte, suggéra Frank. Et il sera sorti pour piquer des sprints.

— Quoi ? dit Egg.

Lilly avait elle aussi des problèmes de santé. Comme tous les ans, nous eûmes droit à un examen médical à la fin de novembre, et notre médecin de famille — un vieux bonhomme nommé le Dr Flame et dont la flamme, insinuait avec perfidie Franny, commençait à vaciller — s'aperçut à l'occasion d'un examen de routine que, depuis un an, Lilly n'avait pas pris un seul centimètre. Elle faisait exactement la même taille qu'à neuf ans, c'est-à-dire, en fait, guère plus que quand elle en avait huit — ou (selon son dossier) sept.

— Elle ne grandit pas ? s'inquiéta papa.

— C'est ce que je dis, et depuis des années. Lilly ne *grandit pas* — elle *végète,* c'est tout, dit Franny.

Lilly ne paraissait pas s'inquiéter ; elle haussa les épaules.

— Bon, eh bien, je ne grandis pas, dit-elle. C'est ce que tout le monde dit toujours. Et alors ? Je suis petite, qu'est-ce que ça peut bien faire ?

— Rien, ma chérie, dit maman. Personne ne te reproche d'être petite, mais il faudrait que tu grandisses — un tout petit peu.

— Moi, je crois qu'elle est du genre à pousser tout d'un coup, fit Iowa Bob, qui pourtant lui aussi paraissait sceptique.

Lilly ne donnait pas l'impression d'être du genre à « pousser ».

On lui demanda de se mettre dos à dos avec Egg ; à six ans, Egg était presque aussi grand que Lilly à dix, et en tout cas, il avait l'air plus robuste.

— Ne remue pas ! dit Lilly à Egg. Arrête de te hausser sur la pointe des pieds !

— Quoi ? fit Egg.

— Cesse de te hausser sur la pointe des pieds !

— Mais ce sont *mes* pieds, non ! fit Egg.

— Qui sait, je suis peut-être en train de mourir, fit Lilly.

Tout le monde frissonna, surtout notre mère.

— *Certainement pas,* fit papa, l'air sombre.

— Le seul qui est en train de mourir, c'est Frank, glissa Franny.

— Non, dit Frank. Moi, je suis déjà mort. A force de vivre, je suis mort d'ennui.

— Cessez, fit maman.

Je montai m'exercer au poids dans la chambre de Iowa Bob. Chaque fois que les poids glissaient jusqu'au bout de la tige, l'un d'eux heurtait la porte du placard, qui s'ouvrait brusquement, et quelque chose roulait à terre. Coach Bob était incorrigible : il se contentait de tout jeter en vrac dans son placard. Et un matin que Iowa Bob s'amusait à soulever ses poids, l'un d'eux roula dans le placard d'où dégringola l'ours de Egg. L'ours portait ma casquette, le pull vert de Franny et les bas nylon de ma mère.

— Egg ! hurlai-je.

— Quoi ? hurla Egg en retour.

— Je viens de retrouver ton fichu ours ! glapis-je.

— C'est mon ours, non ! me renvoya Egg.

— Seigneur Dieu, dit papa.

Une fois de plus, Egg alla voir le Dr Flame pour se faire examiner les oreilles et, une fois de plus, Lilly alla voir le Dr Flame pour faire vérifier sa taille.

— Il y a maintenant deux ans qu'elle ne grandit plus, dit Franny, ça m'étonnerait qu'elle ait grandi depuis deux jours.

Mais il y avait certains tests auxquels on pouvait soumettre Lilly, et, apparemment, le vieux Dr Flame avait du mal à décider lesquels.

— Tu ne manges pas assez, Lilly, dis-je. Te fais pas de souci, essaie seulement de manger un peu plus.

— J'aime pas manger, dit Lilly.

Il ne pleuvait toujours pas — pas une goutte ! Ou s'il pleuvait, c'était toujours l'après-midi ou le soir. J'étais alors en cours, Algèbre, Histoire des Tudors, ou Latin premier niveau, et j'entendais la pluie tomber, le désespoir au cœur. Ou encore j'étais au lit, et il faisait nuit

— dans ma chambre comme dans tout l'Hôtel New Hampshire, et dans tout Elliot Park — et j'entendais la pluie tomber, tomber, et me disais : *Demain !* Mais, le matin venu, la pluie s'était changée en neige, ou bien avait fini par s'arrêter ; ou encore il faisait sec et le vent soufflait de nouveau, et je recommençais à piquer mes sprints dans Elliot Park — où me croisait Frank, en route pour son laboratoire.

— Cinglé, cinglé, cinglé, marmonnait Frank.

— Qui est cinglé ? demandais-je.

— Toi, t'es cinglé, disait-il. Et Franny est *toujours* cinglée. Et Egg est sourd, et Lilly est bizarre.

— Et toi, tu es parfaitement normal, hein, Frank ? demandai-je, en sautillant sur place.

— Au moins, moi, je ne traite pas mon corps comme un élastique, et je ne joue pas avec, dit Frank.

Je savais, bien sûr, que Frank jouait avec son corps — et souvent — mais mon père m'avait déjà assuré, au cours d'une de ces conversations d'homme à homme à propos des garçons et des filles, que tout le monde se masturbait — et avait *raison* de le faire, une fois de temps en temps ; aussi avais-je pris la décision d'être gentil avec Frank et de ne plus le taquiner au sujet de ses branlettes.

— Et l'empaillage du chien, ça marche, Frank ?

Il prit aussitôt l'air sérieux.

— Ma foi, dit-il. Il y a quelques petits problèmes. La *posture,* entre autres, c'est très important. Je n'ai pas encore décidé quelle est la meilleure. Le corps, lui, a été traité comme il le fallait, mais c'est la posture qui me tracasse.

— La *posture ?* fis-je, en essayant de me représenter les postures que prenait Sorrow.

Je croyais me souvenir l'avoir vu dormir et péter dans toute une gamme de postures plus nonchalantes les unes que les autres.

— Voilà, expliqua Frank. En taxidermie, il existe un certain nombre de postures classiques.

— Je vois, dis-je.

— Par exemple, la posture dite « traquée », poursuivit Frank, en s'écartant brusquement, les deux mains dressées comme pour se défendre, hérissé d'une feinte colère. Tu vois ce que je veux dire ?

— Grand Dieu, Frank, fis-je. Je me demande si c'est vraiment *celle-là* qui conviendrait à Sorrow.

— Ma foi, c'est une posture classique, dit Frank. Et puis, y a aussi *celle-ci,* fit-il, en se mettant de profil, comme pour se couler le long d'une branche, en montrant les dents par-dessus son épaule. Celle-ci, on l'appelle « l'embuscade ».

— Je vois, fis-je, me demandant si, dans cette posture, on fournirai
au pauvre Sorrow une branche pour qu'il se glisse dessus. Tu sais
Frank, c'était un chien, pas un couguar.

Frank se renfrogna.

— Pour ma part, dit-il, ma posture préférée, c'est « l'attaque ».

— Je t'en prie, ne me montre pas, dis-je. Laisse-moi la surprise.

— Te tracasse pas, dit-il. Aucun risque que tu le reconnaisses.

C'était très précisément là ce qui me tracassait — l'idée que personne
ne reconnaîtrait l'infortuné Sorrow. Tout particulièrement Franny. Je
crois que Frank — obnubilé par son entreprise — en avait oublié le
pourquoi ; son œuvre devait lui valoir trois unités de valeurs pour son
mémoire de recherches biologiques, et Sorrow avait fini par prendre
l'envergure d'un examen trimestriel. J'avais beau faire, jamais je
n'arriverais à me représenter Sorrow en posture « d'attaque ».

— Pourquoi ne pas tout simplement lover Sorrow en boule, dans la
posture où il se mettait pour dormir, dis-je, la queue sur la tête et le nez
dans le trou du cul ?

Frank prit un air dégoûté, comme toujours, et je commençai à en
avoir assez de sautiller sur place ; je m'offris encore quelques sprints à
travers Elliot Park.

Max Urick se mit à vitupérer de sa fenêtre du troisième :

— Espèce de fichu crétin ! bramait sa voix à travers le parc gelé au
sol jonché de feuilles mortes, effarouchant les écureuils.

Sur l'échelle d'incendie, à l'autre extrémité du couloir du premier,
son extrémité à *elle,* une chemise de nuit vert pâle ondoyait dans l'air
gris : ce matin, dans son lit, Ronda Ray portait sans doute la bleue ou
la noire — ou l'orange vif. La verte palpitait comme un drapeau qui
semblait me faire signe, et je piquai quelques sprints supplémentaires.

Au troisième, dans la chambre F, Iowa Bob était déjà levé ; comme
d'ordinaire à cette heure, il exécutait sa série de ponts, allongé de tout
son long sur le tapis persan, un oreiller sous la nuque. Il était au beau
milieu d'un pont — les haltères, soixante-quinze kilos environ, tenus à
la verticale au-dessus de sa tête. Le cou du vieux Bob était aussi gros
que ma cuisse.

— Bonjour, chuchotai-je.

Ses yeux se révulsèrent, la barre s'inclina brusquement et, comme il
avait omis de serrer les petits trucs qui servent à bloquer les boules,
celles-ci glissèrent et dégringolèrent, d'abord d'un côté, puis de l'autre,
tandis que Coach Bob, les yeux fermés, se recroquevillait à mesure que
les boules pleuvaient de part et d'autre de sa tête et roulaient sur le
plancher. Mon pied en bloqua plusieurs, mais l'une d'elles alla heurter
la porte du placard qui, bien sûr s'ouvrit, laissant échapper divers

objets ; un balai, un sweat-shirt, les chaussures de jogging de Bob, plus une raquette de tennis à la poignée emmaillotée dans son bandeau.

— Seigneur Dieu, fit mon père, en bas, dans la cuisine.

— Bonjour, fit Bob.

— Est-ce que tu trouves Ronda Ray séduisante ? lui demandai-je.

— Ça alors ! fit Coach Bob.

— Non, sérieusement, insistai-je.

— Sérieusement ? fit-il. Va donc demander à ton père. Moi, je suis trop vieux. Depuis que je me suis fracturé le nez — la dernière fois —, j'ai cessé de reluquer les filles.

Dans l'Iowa, cela comptait sans doute au nombre des risques du métier, car le nez du vieux Bob était passablement ridé. De plus, il ne mettait jamais son râtelier avant le petit déjeuner, si bien que, de bonne heure le matin, sa tête paraissait extraordinairement chauve — pareille à un étrange oiseau déplumé, sa bouche vide béant sous son nez crochu, comme la partie inférieure d'un bec. Iowa Bob avait une tête de gargouille posée sur un corps de lion.

— Au moins, est-ce que tu la trouves *jolie ?* insistai-je.

— Je n'y ai pas beaucoup réfléchi, dit-il.

— Eh bien, réfléchis, et tout de suite ! fis-je.

— Pas exactement « jolie », dit Iowa Bob. Mais, elle est, disons, attirante.

— Attirante ?

— Sexy ! coupa une voix dans l'interphone — la voix de Franny, bien sûr.

Comme d'habitude, elle s'était mise à l'écoute de tous les braillards.

— Foutus mômes, grogna Iowa Bob.

— Tu m'emmerdes, Franny ! dis-je.

— C'est à *moi* que tu devrais poser la question, fit Franny.

— Ça alors, fit Iowa Bob.

Ce fut ainsi que j'en vins à tout raconter à Franny, les avances manifestes que m'avait faites Ronda Ray sur le palier, l'intérêt qu'elle portait à mon souffle précipité, et à mon rythme cardiaque — sans oublier mes projets pour un hypothétique jour de pluie.

— Et alors ? Vas-y, dit Franny. Mais pourquoi attendre qu'il pleuve ?

— Tu crois que c'est une putain ? demandai-je à Franny.

— Est-ce que je pense qu'elle fait ça pour de l'argent, c'est ça, hein ? L'idée ne m'en avait pas effleuré — « putain » étant un mot qu'à Dairy School nous avions tendance à employer à tort et à travers.

— De l'argent ? fis-je. Combien crois-tu qu'elle se fait payer ?

— Je ne sais pas si elle se fait payer, dit Franny, mais, à ta place, j'aimerais en avoir le cœur net.

Au standard, nous nous branchâmes sur la chambre de Ronda, et, l'oreille tendue, guettâmes sa respiration. Nous restâmes là un bon moment, comme dans l'espoir que le bruit de son souffle nous aiderait à deviner le prix qu'elle attachait à sa personne. Enfin, Franny haussa les épaules.

« Je vais prendre un bain, dit-elle, en faisant machinalement pivoter le cadran.

L'interphone était à l'écoute des chambres vides. 2A, pas un son : 3A, rien ; 4A, rien du tout ; 1B, rien ; 4B, Max Urick et les grésillements de sa radio. Franny s'éloignait pour aller se faire couler un bain et, de nouveau, je manipulai le cadran : 2C, 3C, 4C, et, coup sur coup, 2E, 3E... *là, oui, là...*, puis je passai sur 4E, où il n'y avait rien.

— Attends un instant, dis-je.

— C'était quoi, *ça ?* fit Franny.

— Trois E, il me semble ?

— Essaie encore une fois, dit-elle.

Le 3E se trouvait au-dessus de chez Ronda Ray, tout au bout du couloir, et en face de chez Iowa Bob, qui d'ailleurs était sorti.

« Vas-y, dit Franny.

Nous étions pétrifiés de peur. Il n'y avait pas de clients à l'Hôtel New Hampshire, pourtant, de la chambre 3E, avait jailli un sacré boucan.

C'était un dimanche après-midi. Frank se trouvait à son laboratoire, Egg et Lilly étaient allés au cinéma voir un film en matinée. Ronda Ray se reposait tranquillement dans sa chambre, et Iowa Bob était sorti. Mrs. Urick travaillait dans sa cuisine, et Max Urick écoutait sa radio noyée sous les grésillements.

Je me rebranchai sur la 3E ; cela continuait.

— *Ooooooooooooooooo !* faisait la femme.

— *Hoo, hoo, hoo !* faisait l'homme.

Pourtant le Texan était reparti, depuis longtemps, et aucune femme ne logeait dans la 3E.

— *Ouiii, ouiiii, ouiii !* glapissait la femme.

— *Ouh, ouh, ouh,* faisait l'homme.

A croire que ce cinglé d'interphone avait tout inventé ! Franny me serrait la main, fort. Je voulus couper, ou passer sur une autre chambre, plus calme, mais Franny m'en empêcha.

— *Aaaaah !* brama la femme.

— *Nooooon !* fit l'homme.

Une lampe tomba sur le plancher. Puis la femme éclata de rire, et l'homme se mit à marmonner.

— Seigneur Dieu, fit la voix de mon père.

— Encore une lampe de fichue, dit la voix de ma mère, qui s'esclaffa de plus belle.

— Si nous étions des clients, dit mon père, on nous demanderait de rembourser !

Tous deux se tordaient de rire, comme si mon père venait de dire la chose la plus drôle du monde.

— Coupe ! dit Franny.

Ce que je fis.

— C'est plutôt marrant, non ? risquai-je.

— Ils sont obligés de se servir de l'hôtel, dit Franny, à cause de nous, pour ne pas nous avoir dans les pattes.

Je ne voyais pas ce qu'elle avait en tête.

« Seigneur ! s'exclama Franny. On peut dire qu'ils s'aiment vraiment. Y a pas à dire, ils s'aiment vraiment !

Je me demandai alors pourquoi la chose m'avait paru si naturelle, alors qu'elle semblait tellement surprendre ma sœur. Franny me lâcha la main et plaqua ses deux bras contre sa poitrine, très fort, comme pour essayer de se réveiller, ou de se réchauffer.

« Et *moi*, qu'est-ce que je vais faire ? dit-elle. Que va-t-il se passer maintenant ? Et après ?

Mais je n'arrivais jamais à voir aussi loin que Franny. En l'occurrence, je ne regardais guère au-delà de cet instant ; j'en avais même oublié Ronda Ray.

— Tu allais prendre un bain, rappelai-je à Franny, qui semblait avoir besoin d'être ramenée à la réalité — ou qu'on lui rafraîchisse la mémoire.

— Quoi ?

— Un bain, dis-je. C'est ça que tu allais faire. Tu allais prendre un bain.

— Ha ! s'écria Franny. Eh bien, maintenant, ça m'emmerde ! Je m'en fous du bain, dit-elle, sans cesser de serrer les bras contre sa poitrine, et de s'agiter sur place, comme si elle essayait de danser toute seule.

Je n'aurais su dire si elle était bouleversée ou heureuse, mais, quand je me mis à chahuter — à danser avec elle, à la pousser et à la chatouiller sous les bras —, elle aussi se mit à pousser, chatouiller et danser, et, sortant en trombe, nous gravîmes quatre à quatre l'escalier jusqu'au premier.

« La pluie, la pluie, la pluie ! entonna Franny.

Je me sentis affreusement gêné. Ronda Ray ouvrit la porte de sa chambre et nous contempla, sourcils froncés.

« C'est la danse de la pluie, l'informa Franny. Vous voulez danser avec nous ?

Ronda sourit. Elle portait une de ses chemises de nuit orange vif. Elle tenait une revue à la main.

— Non, pas maintenant, dit-elle.

— La pluie, la pluie, la pluie, voilà la pluie ! psalmodiait Franny en dansant de plus belle.

Ronda secoua la tête en me regardant — gentiment — puis referma sa porte.

Je me lançai aux trousses de Franny et nous nous retrouvâmes dans Elliot Park. Mon père et ma mère étaient penchés à la fenêtre près de l'échelle d'incendie de la 3E. Ma mère avait ouvert la fenêtre pour nous héler.

— Allez donc chercher Egg et Lilly au cinéma ! dit-elle.

— Qu'est-ce que vous faites dans cette chambre ? renvoyai-je.

— Le ménage ! dit maman.

— La pluie, la pluie, la pluie ! hurlait Franny.

Et nous nous précipitâmes vers le cinéma.

Egg et Lilly sortirent peu après, en compagnie de Junior Jones.

« C'est un film pour enfants, dit Franny à Jones. Dis-moi un peu ce que, *toi*, tu fais là.

— Moi ? Mais je suis un grand gosse, dit Junior.

Il lui prit la main sur le chemin du retour, et Franny s'éclipsa pour faire un tour avec lui sur le stade ; je me chargeai de ramener Egg et Lilly à la maison.

— Dis-moi, Franny est amoureuse de Junior ? demanda Lilly, sans rire.

— Ma foi, en tout cas, elle l'aime bien, dis-je. Il est son ami.

— Quoi ? fit Egg.

Thanksgiving approchait. Junior s'était installé chez nous pour la durée des vacances, faute d'avoir reçu assez d'argent de chez lui pour se payer le voyage. Et plusieurs autres élèves, tous des étrangers — qui habitaient trop loin pour partir aux vacances —, devaient se joindre à nous pour le dîner de Thanksgiving. Tout le monde aimait bien la compagnie de Junior, mais, quant aux autres, que personne ne connaissait, l'idée venait de notre père — et ma mère avait approuvé, sous prétexte qu'à l'origine, c'était précisément le sens de Thanksgiving. Peut-être, mais pour notre part, nous voyions l'invasion d'un mauvais œil. Avoir des clients dans un hôtel est une chose, d'ailleurs nous en avions justement un — un célèbre médecin finlandais, à ce que l'on disait, venu rendre visite à sa fille qui faisait ses études à Dairy. Elle comptait au nombre des étrangers invités au dîner. Parmi les autres, il y avait un Japonais que Frank avait rencontré à son laboratoire de taxidermie ; selon Frank, le Japonais avait juré de garder le secret au sujet de l'empaillage de Sorrow, mais, en fait, son anglais était tellement abominable que même s'il avait lâché le morceau, personne ne l'aurait compris. Il y avait en outre deux jeunes Coréennes, aux mains si jolies et si menues que — de tout le dîner — Lilly ne put en détacher les yeux. Et peut-être éveillèrent-elles en elle un intérêt pour la nourriture qui jusqu'alors lui avait fait défaut, car avec leurs doigts menus, elles mangeaient des tas de choses — de façon si délicate et gracieuse qu'à leur exemple, Lilly se mit à jouer avec le contenu de son assiette, et finit même par se mettre à grignoter. Egg, bien sûr, passerait la journée à hurler : « Quoi ? » à l'adresse du jeune Japonais au charabia pathétique. Et Junior Jones mangerait, mangerait, mangerait — au point que, pour un peu, Mrs. Urick en aurait explosé d'orgueil.

— Ça, c'est un appétit ! disait Mrs. Urick, pétrie d'admiration.

— Si j'étais aussi gros, moi aussi je mangerais autant, disait Max.

— Mais non, voyons, dit Mrs. Urick. Toi, c'est pas ton genre.

Ce soir-là, Ronda Ray ne mit pas sa tenue de serveuse ; elle s'assit avec nous à la table d'hôte, se précipitant de temps à autre à la cuisine pour changer les assiettes et apporter de nouveaux plats, aidée par Franny, ma mère et la grosse blonde dont le père était venu tout exprès de Finlande.

La Finlandaise était énorme et tournait comme un oiseau de proie autour de la table avec des gestes voraces qui faisaient se recroqueviller Lilly. C'était une grosse fille, le genre skieuse-à-pull-bleu-et-blanc, qui se pendait sans arrêt au cou de son père, un gros type, le genre skieur-à-pull-bleu-et-blanc.

— Ho ! s'écriait-il, chaque fois que de nouveaux mets arrivaient de la cuisine.

— You-pi, chuchotait Franny.

— Merde alors ! faisait Junior Jones.

Iowa Bob et Junior Jones avaient été placés côte à côte en bout de table, près de la télévision installée au-dessus du bar, pour leur permettre de suivre le match de football pendant le dîner.

« Si ça, c'est un coup bas, je veux bien avaler mon assiette, dit Jones.

— Eh bien, avale ton assiette, fit Coach Bob.

— C'est quoi, un coup bas ? demanda le célèbre médecin finlandais. Ce qui dans sa bouche donnait : « C'est koua un goup pas ? »

Iowa Bob se proposa alors pour faire la démonstration d'un coup bas sur la personne de Ronda, qui ne demandait pas mieux, et les petites Coréennes se mirent à pouffer timidement, tandis que le Japonais continuait à souffrir le martyre — à cause de sa dinde, de son couteau à beurre, des explications que marmonnait Frank, des « Quoi ! » que hurlait à chaque instant Egg, à cause (apparemment) de tout.

— Jamais je n'ai fait un dîner aussi bruyant, dit Franny.

— Quoi ? hurla Egg.

— Seigneur Dieu, fit papa.

— Lilly, dit maman. *Je t'en supplie*, mange. Pour grandir.

— Comment dites-vous ? fit le célèbre médecin finlandais.

Ce qui donnait : « Commons dites-pous ? »

Son regard passait de maman à Lilly.

— Oh, rien, rien, fit maman.

— C'est moi, dit Lilly. J'ai arrêté de grandir.

— Mais non, ma chérie, fit maman.

— Il semble que sa croissance se soit interrompue, expliqua papa.

— Ho, *interrompue !* fit le Finlandais, qui ne quittait plus Lilly des yeux. On ne grandit pas, hein ?

Elle hocha la tête, à sa façon timide. Lui posant ses mains sur la tête, le médecin plongea son regard dans ses yeux. Tout le monde s'arrêta de manger, sauf le Japonais et les deux Coréennes.

« Comment dit-on ça déjà ? demanda le médecin, qui baragouina quelques mots à sa fille.

— Un mètre à ruban, dit-elle.

— Oh, un mètre à ruban ? Oui, c'est ça !

Déjà Max Urick se précipitait. Le docteur se mit à mesurer Lilly, son tour de poitrine, sa taille, ses poignets et ses chevilles, ses épaules, enfin sa tête.

— Elle est tout à fait normale, dit papa. Ce n'est rien.

— Tais-toi, fit maman.

Le médecin notait toutes les mensurations.

— Oh ! s'exclama-t-il.

— Finis de manger, ma chérie, dit maman à Lilly.

Mais Lilly contemplait les chiffres que le docteur avait griffonnés sur sa serviette.

— Comment dit-on, déjà ? demanda-t-il de nouveau à sa fille, en lâchant un autre mot impossible.

Cette fois, sa fille demeura coite.

« Comment, tu ne sais pas ? s'étonna le père.

Elle secoua la tête.

« Où est le dictionnaire ? fit-il.

— Dans mon dortoir.

— Oh ! Eh bien, va le chercher.

— Tout de suite ? fit-elle, avec un regard nostalgique vers la seconde portion d'oie, de dinde et de farce empilée sur son assiette.

— Va, va ! la pressa son père. Bien sûr, tout de suite. Va ! Oh ! Va !

La grosse fille, genre skieuse-à-pull-bleu-et-blanc, fila sans demander son reste.

« Il s'agit — comment dit-on ? —, il s'agit d'un cas pathologique, annonça le célèbre médecin finlandais, posément.

— Un cas pathologique ?

— Un cas pathologique d'atrophie de la croissance, confirma le docteur. Tout à fait banal, et qui peut s'expliquer par de multiples causes.

— Un cas pathologique d'atrophie de la croissance, répéta maman.

Lilly eut un haussement d'épaules ; elle s'appliquait à imiter les Coréennes qui décortiquaient leurs cuisses de poulet.

Lorsque la grosse blonde revint, hors d'haleine, elle parut consternée de voir que Ronda Ray avait enlevé son assiette ; elle tendit le dictionnaire à son père.

— Oh ! me chuchota Franny de sa place.

Je lui décochai un coup de pied sous la table. Elle me le rendit ; je voulus lui en décocher un autre et, par erreur, heurtai Junior Jones.

— Ouille, fit-il.

— Pardon, fis-je.

— Oh ! s'exclama le médecin finlandais, en posant le doigt sur le mot. Nanisme !

Le silence s'était fait autour de la table, on n'entendait plus que le Japonais qui ingurgitait son tapioca.

— Voudriez-vous dire par hasard qu'elle est *naine* ? demanda papa.

— Oh, oui, c'est ça ! Une naine, fit le médecin.

— Foutaises, dit Iowa Bob. Comment ça, une naine — c'est une petite fille ! Une enfant, espèce de crétin !

— Ça veut dire quoi, « crétin » ? demanda le médecin à sa fille, qui s'abstint de répondre.

Ronda Ray servit les tartes.

— Tu n'es pas naine, ma chérie, chuchota maman à Lilly, qui se borna à hausser les épaules.

— Et puis même ? dit-elle vaillamment. Je suis une brave gosse.

— Des bananes, dit Iowa Bob, d'un ton lugubre.

Et personne ne comprit si, dans son esprit, il s'agissait là d'un éventuel traitement — « faites-lui donc manger des bananes ! » — ou d'un euphémisme pour « foutaises ».

Bref, tel fut le Thanksgiving de 1956 — et, cahin-caha, nous

poursuivîmes notre petit bonhomme de chemin jusqu'à Noël : problèmes de croissance, échos d'ébats amoureux, désaccoutumance aux
bains, quête angoissée d'une posture idéale pour les morts — sprints
dans le parc, poids et haltères et attente de la pluie.

Ce fut tôt, un matin du debut de décembre, que Franny me réveilla.
Il faisait encore nuit dans ma chambre, et le bruit de schnorkel, que
faisait Egg dans son sommeil, me parvenait par la porte de communication demeurée ouverte. Je perçus le bruit d'une autre respiration, plus
proche, contrôlée, et je pris conscience de l'odeur de Franny — une
odeur dont j'avais perdu l'habitude depuis un certain temps : une
odeur prononcée mais jamais fétide, un peu salée, un peu douceâtre,
forte mais jamais sirupeuse. Et, dans l'obscurité, je compris que
Franny était guérie et avait renoncé à ses bains. Parce qu'elle avait
surpris les ébats de mon père et de ma mère ; je crois que cela avait
suffi pour que de nouveau Franny trouve son odeur tout à fait
naturelle.

— Franny ? chuchotai-je, toujours sans la voir.

Sa main me frôla la joue.

— Ici, dit-elle.

Elle était lovée entre le mur et la tête de mon lit ; comment avait-elle
réussi à se faufiler si près de moi sans me réveiller, je n'en saurai jamais
rien. Je me tournai vers elle, et sentis qu'elle s'était lavé les dents.

« Ecoute, chuchota-t-elle.

J'entendais battre le cœur de Franny, et le mien, et la respiration de
Egg en immersion profonde dans la chambre voisine.

« La *pluie*, crétin, dit Franny, en me fourrant une de ses phalanges
dans les côtes. Il pleut, môme. C'est le grand jour.

— Il fait encore nuit, dis-je. Et je dors encore.

— C'est l'aube, me siffla Franny à l'oreille.

Puis elle me mordit la joue et se mit à me chatouiller sous les draps.

— Arrête, Franny ! dis-je.

— La pluie, la pluie, la pluie, entonna-t-elle. Allez espèce de
trouillard. Il y a des heures que Frank et moi sommes debout.

Frank était déjà installé au standard, me dit-elle, et s'amusait à
manipuler les braillards. Me tirant du lit, Franny m'obligea à me laver
les dents et à enfiler mon survêtement, comme si, comme d'habitude,
je me préparais à piquer mes sprints dans l'escalier. Puis elle
m'emmena rejoindre Frank au standard ; tous les deux comptèrent

l'argent, qu'elle me conseilla de planquer dans une de mes chaussures — une grosse liasse, des billets de un et de cinq dollars pour la plupart.

— Comment vais-je faire pour courir avec ça dans ma chaussure ? demandai-je.

— Il n'est pas question que tu ailles courir, tu te souviens ? dit Franny.

— Y a combien ? demandai-je.

— Commence par essayer de savoir si elle fait payer, dit Franny. Ensuite, y sera temps de te demander si tu as assez.

Frank était assis devant la console, l'air hébété, comme un aiguilleur du ciel dans la tour de contrôle d'un aéroport soumis à un raid aérien.

— Mais, vous autres, qu'est-ce que vous allez faire au juste ? demandai-je.

— Nous, on va simplement rester là à faire le guet, dit Frank. Comme ça, si tu te fourres pour de bon dans le pétrin, on déclenchera une alerte à l'incendie, ou autre chose.

— Oh, bravo ! fis-je. Pas question.

— Ecoute, môme, dit Franny. On a trouvé l'argent, on a le droit d'écouter.

— Ça alors, fis-je.

— Tu te débrouilleras très bien, dit Franny. Sois pas nerveux.

— Et si c'était en fait un malentendu ? m'inquiétai-je.

— A dire vrai, moi c'est mon avis, dit Frank. Auquel cas, t'as qu'à enlever l'argent de ta godasse et te mettre à piquer tes sprints dans l'escalier.

— Espèce d'emmerdeur, dit Franny. Ta gueule, Frank, et vérifie ce qui se passe dans les chambres.

Clic, clic, clic, clic : Iowa Bob s'était une fois de plus mué en métro, à des milles sous la terre ; Max Urick dormait au milieu des grésillements de sa radio, auxquels il ajoutait ses grésillements personnels ; Mrs. Urick mijotait au rythme de ses marmites ; le client du 3H — une femme sinistre, la tante d'un élève de Dairy, un nommé Bower — poussait des ronflements pareils au bruit d'un burin sur la meule.

— Hé... bonjour Ronda ! chuchota Franny, comme Frank se branchait sur *sa* chambre.

Oh, la musique délicieuse de Ronda Ray endormie ! Une brise de mer à travers de la soie ! Je sentis la sueur sourdre sous mes aisselles.

« Allez, bordel, fonce, me dit Franny, avant que la pluie s'arrête.

Tu parles, aucun risque, je le vis aussitôt, en jetant un coup d'œil par les œils-de-bœuf de l'escalier : Elliot Park était inondé, l'eau submergeait les trottoirs et creusait de véritables fossés sur le terrain ; une pluie diluvienne dégoulinait du ciel gris. J'eus envie de piquer quelques sprints dans l'escalier — pas tellement en souvenir du passé, mais l'idée m'effleura que ce serait peut-être la façon la plus naturelle de réveiller Ronda. Pourtant, planté là dans le couloir devant sa porte, je sentis mes doigts se mettre à fourmiller, et déjà je soufflais comme un phoque — plus encore que je ne l'imaginais, me dit Franny, plus tard ; elle précisa que Frank et elle pouvaient déjà me suivre à la piste par l'interphone, avant même que Ronda se lève et m'ouvre sa porte.

— Ou c'est John-O ou c'est un train emballé, chuchota Ronda avant de me laisser entrer.

Mais je ne trouvai rien à dire. Déjà j'étais à bout de souffle, comme si j'avais passé toute la matinée à grimper l'escalier.

Sa chambre était plongée dans le noir, mais je réussis à voir qu'elle portait la chemise bleue. Si tôt le matin, elle avait l'haleine un peu âcre — je trouvai ça bon, comme je trouvai bonne l'odeur de son corps, quand bien même l'idée me vint, par la suite, qu'elle avait en fait la même odeur que Franny, mais un peu trop forte et à la limite du rance.

« Bonté divine, ce que tu peux avoir les genoux froids — à cause de tes culottes courtes ! fit Ronda Ray. Allez viens te réchauffer.

Déjà je m'extirpai de ma culotte.

« Bonté divine, reprit-elle, ce que tu as les bras froids — à cause de cette chemise sans manches !

De la chemise aussi je m'extirpai en vitesse. Je me débarrassai de mes godasses et réussis à camoufler la liasse en la fourrant dans le bout de l'une des chaussures.

Je me demande encore si ce ne fut pas cette première expérience sous ce maudit braillard qui, d'emblée, colora de façon particulière les sentiments que j'éprouve toujours lorsque je fais l'amour. Aujourd'hui encore — j'ai presque quarante ans —, j'ai tendance à murmurer. Et je me revois encore implorant Ronda Ray de chuchoter, elle aussi.

— J'avais envie de te hurler « plus fort ! », me dit plus tard Franny. J'ai cru en devenir folle de rage — ces foutus murmures !

Pourtant, il y avait d'autres choses que peut-être j'aurais dites à Ronda Ray si je n'avais su que Franny pouvait m'entendre. Pas une seconde je ne me souciais vraiment de Frank, bien que, depuis, j'aie toujours été enclin à me le représenter — durant toute notre vie, que nous fussions ensemble ou séparés — posté devant un interphone, quelque part, et à l'écoute de l'amour. Et je m'imagine Frank à l'écoute des bruits de l'amour avec la même expression chagrine qu'il arborait en toutes circonstances : une aversion vague mais universelle, qui frisait la répugnance.

— Tu es rapide, John-O, tu es très rapide, me dit Ronda Ray.

— S'il te plaît, plus bas, lui dis-je d'une voix étouffée, le nez enfoui dans sa crinière flamboyante.

Je dois mon angoisse sexuelle à cette initiation — un sentiment que je n'ai jamais vraiment surmonté : le sentiment qu'il me faut surveiller ce que je dis et fais, à tout prix, sous peine de trahir Franny. Est-ce à cause de Ronda Ray, dans cet Hôtel New Hampshire, premier du nom, que j'imagine toujours que Franny est à l'écoute ?

— Tout ça avait l'air bien timide, me dit Franny plus tard, mais je suis sûre que c'était très bien — pour une première fois.

— Merci de t'être abstenue de me donner des conseils depuis les coulisses, lui dis-je.

— Vraiment, tu me croyais capable de te faire ce coup-là ? fit-elle.

Et je lui demandai pardon ; pourtant jamais je n'ai su ce dont Franny était capable ou pas.

— Et le chien, Frank, ça marche ? le harcelai-je, tandis que Noël approchait à grands pas.

— Et les chuchotements, ça marche ? demanda Frank. On dirait qu'il pleut beaucoup ces temps-ci.

Disons que, s'il ne plut pas vraiment beaucoup — cette année-là, juste avant Noël —, je m'autorisais, et je l'avoue, à interpréter la neige comme de la pluie, ou presque ; et même, à la longue, les matins couverts qui menaçaient de tourner en neige ou en pluie. Et ce fut par un de ces matins, presque à la veille de Noël — j'avais depuis longtemps restitué à Frank et Franny la liasse que j'avais fourrée dans ma chaussure —, que Ronda Ray me sonda :

— Le sais-tu, John-O, il est d'usage de gratifier les serveuses d'un pourboire ?

Je n'eus pas besoin d'un dessin ; je me demandais seulement si, ce matin-là, Franny surprit la conversation — ou, par la suite, le crissement des billets de banque.

Ronda Ray me coûta tout mon argent de Noël.

Bien entendu, j'achetai un petit quelque chose pour mes parents. Nos cadeaux de Noël n'étaient jamais somptueux. Nous ne faisions jamais de folies — le mieux, à notre idée, était encore d'offrir quelque chose de drôle. Je crois me rappeler que j'offris à mon père un tablier pour servir au bar ; un de ces tabliers barrés d'un slogan stupide ; et, à ma mère, un ours en porcelaine. Frank offrait toujours à papa une cravate, et à maman une écharpe, après quoi maman donnait les écharpes à Franny, qui les portait de toutes les façons, et papa redonnait les cravates à Frank, qui aimait bien les cravates.

Pour ce Noël de 1956, nous offrîmes à Iowa Bob quelque chose d'original : une photo, un agrandissement encadré de Junior Jones marquant l'unique but de Dairy contre Exeter. L'idée n'était pas tellement idiote, mais c'était bien la seule. Franny offrit à maman une robe sexy, qu'elle ne devait jamais mettre. Franny espérait que, comme toujours, maman lui en ferait cadeau, mais jamais maman n'aurait voulu laisser Franny la porter, elle non plus.

— Elle pourra toujours la passer pour faire plaisir à papa, quand ils vont s'enfermer dans cette bonne vieille 3E, ronchonna Franny.

Connaissant le goût de Frank pour l'uniforme, papa lui offrit une tenue de conducteur d'autobus ; Frank devait la mettre pour jouer les portiers devant l'Hôtel New Hampshire. Dans les rares occasions où nous avions plus d'un client, Frank adorait faire croire qu'un portier stationnait en permanence devant l'Hôtel New Hampshire. Quant à la couleur de l'uniforme, c'était le sempiternel gris cadavre de Dairy ; les jambes du pantalon et les manches étaient trop courtes pour Frank, et la casquette trop grande, aussi quand Frank accueillait les clients, il avait l'allure sinistre d'un minable employé des pompes funèbres.

— Bienvenue à l'Hôtel New Hampshire ! s'exerçait-il à dire ; sans jamais réussir à avoir l'air convaincant.

Personne ne savait quoi offrir à Lilly — pas un nain, en tout cas, ni un elfe, ni rien de petit.

— Donnez-lui quelque chose à manger ! suggéra Iowa Bob, quelques jours avant Noël.

Par ailleurs, pour Noël, personne chez nous n'avait le goût des virées systématiques dans les magasins et autres conneries du même genre. Chez nous, tout se décidait toujours à la dernière minute, même si Iowa Bob fit tout un plat du sapin qu'il était allé couper un matin dans Elliot Park ; un sapin si grand qu'il fallut le scier en deux pour pouvoir l'installer.

— Comment, tu as coupé ce bel arbre dans le parc ! fit maman.

— Ma foi, nous sommes propriétaires du parc, non ? fit Coach Bob. Les arbres, c'est fait pour ça, non ?

Après tout, il venait de l'Iowa où, parfois, on ne peut apercevoir un seul arbre à des kilomètres à la ronde.

Cette année-là, c'était surtout pour Egg, en raison de son âge, que Noël avait le plus d'importance, aussi ce fut lui qui se vit le plus gâté. De plus, Egg avait le goût des objets. On le combla d'animaux, de ballons, de jouets flottants et de trucs sportifs — des saloperies pour la plupart, qu'avant même la fin de l'hiver il s'empresserait de perdre, de casser ou d'enfouir sous la neige, ou qui auraient cessé de l'intéresser.

Franny et moi découvrîmes chez un brocanteur un bocal rempli de dents de chimpanzé, que nous achetâmes à l'intention de Frank.

— Il pourra toujours s'en servir pour une de ses expériences, dit Franny.

A mon grand soulagement, on convint de ne pas donner les dents à Frank *avant* Noël ; Frank aurait pu être tenté de les utiliser pour fignoler Sorrow.

— Sorrow ! hurla Iowa Bob une nuit, juste avant Noël.

Nous nous réveillâmes tous en sursaut, les cheveux dressés sur la tête.

« Sorrow ! braillait le vieux dans sa chambre.

Les boules de ses haltères cascadaient sur le plancher. Sa porte s'ouvrit brusquement, et il se mit à beugler dans le couloir désert :

« Sorrow !

— Le vieux fou aura fait un cauchemar, fit papa, en gravissant pesamment l'escalier en peignoir.

Quant à moi, je passai dans la chambre de Frank et l'interrogeai du regard.

— Pas la peine de me regarder comme ça, dit Frank. Sorrow est toujours au labo. Il n'est pas terminé.

Puis tout le monde se précipita dans l'escalier pour voir ce qui arrivait à Iowa Bob.

Il avait « vu » Sorrow, disait-il. Coach Bob dormait, et, dans son sommeil, il avait senti l'odeur du chien, et, en se réveillant, il avait vu Sorrow planté sur le vieux tapis persan — son tapis favori — dans la chambre de Bob.

— Il me regardait, mais avec un air tellement menaçant, fit le vieux Bob. On aurait dit qu'il allait *m'attaquer !*

De nouveau, je regardai Frank, mais il haussa les épaules. Mon père leva les yeux au ciel.

— Tu as dû faire un cauchemar, dit-il à son vieux papa.

— Sorrow était bel et bien ici ! insista Coach Bob. Mais il ne ressemblait pas à Sorrow. On aurait dit qu'il avait envie de me tuer.

— Chut, chut, dit maman.

Mon père nous fit signe de sortir. Je l'entendis alors se mettre à chapitrer Iowa Bob, du ton qu'il prenait souvent pour chapitrer Egg, ou Lilly — ou nous, quand nous étions plus jeunes — et je me rendis soudain compte qu'il arrivait souvent à mon père de parler à Bob sur ce ton, comme s'il le prenait pour un enfant.

— C'est à cause du vieux tapis, nous chuchota maman. Il est plein de poils, alors, bien sûr, dans son sommeil, votre grand-père s'imagine toujours sentir l'odeur de Sorrow.

Lilly avait l'air terrifiée, mais il faut dire que Lilly avait souvent l'air terrifiée. Egg titubait comme s'il dormait debout.

— Sorrow est mort, pas vrai ? demanda Egg.

— Oui, oui, fit Franny.

— Quoi ? fit Egg, d'une voix si forte que Lilly sursauta.

— Bon d'accord, Frank, chuchotai-je dans l'escalier. Quelle *posture* es-tu allé donner à Sorrow ?

— L'attaque, dit-il.

Je frissonnai.

L'idée me vint que le vieux chien, pour se venger de l'horrible posture à laquelle il avait été condamné, était revenu hanter l'Hôtel New Hampshire. Et Bob ayant conservé son tapis, il avait choisi la chambre de Iowa Bob.

— Y a qu'à mettre le vieux tapis de Sorrow dans la chambre de Frank, suggérai-je au petit déjeuner.

— Je n'en veux pas, de ce vieux tapis, fit Frank.

— Moi, je le veux, fit Coach Bob. Je le trouve parfait pour faire mes haltères.

— Tu auras fait un cauchemar la nuit dernière, risqua Franny.

— Ce n'était pas un cauchemar, Franny, dit Bob d'un ton lugubre. C'était Sorrow — en chair et en os.

Au mot « chair », Lilly eut un frisson, si violent que sa cuillère dégringola à grand bruit.

— Qu'est-ce que c'est, chair ? demanda Egg.

— Écoute, Frank, dis-je à Frank, dans le parc gelé — la veille de Noël. Je crois que tu ferais mieux de garder Sorrow encore un peu au labo.

A cette suggestion, je crus bien que Frank allait « attaquer ».

— Il est prêt, dit Frank, et, dès ce soir, il sera à la maison.

— Sois gentil, dis-je, au moins ne va pas en faire un paquet-cadeau, d'accord ?

— Un paquet-cadeau ? fit Frank, avec à peine un rien de répugnance. Tu me prends pour un fou ?

Je m'abstins de répondre.

« Écoute, reprit-il, tu ne comprends donc pas. J'ai fait du si bon boulot avec Sorrow que grand-père a eu le pressentiment qu'il était revenu.

Toute ma vie je devais en rester stupéfait, cet art qu'avait Frank de parer de logique les pires idioties.

Enfin, ce fut la nuit de Noël. On aurait entendu voler une mouche, comme on dit, pas un bruit, sinon une ou deux marmites qui mijotaient sur le fourneau. Et les éternels grésillements dans la chambre de Max. Et il y avait un Turc dans la chambre 2B — un diplomate turc venu voir son fils, interne à Dairy ; le seul élève à ne pas être parti chez lui (ou chez quelqu'un d'autre) pour passer Noël. Tous les cadeaux étaient soigneusement cachés. Chez nous, la tradition voulait qu'on les sorte seulement le matin de Noël, pour les mettre sous l'arbre.

Nos parents, nous le savions, avaient caché tous nos cadeaux dans la chambre 3E — une chambre où, pour leur plus grand bonheur, ils se retrouvaient souvent. Iowa Bob avait emmagasiné ses cadeaux dans une des minuscules salles de bains du troisième, dont nous avions renoncé à dire qu'elles étaient tout juste « bonnes pour des nains » — depuis le diagnostic incertain sur l'éventuelle maladie de Lilly. Franny me montra les cadeaux qu'elle avait choisis — et même, elle parada, exprès pour moi, dans la robe sexy qu'elle avait achetée à l'intention de maman. Ce qui me poussa à lui montrer la chemise de nuit que j'avais choisie à l'intention de Ronda Ray, et Franny s'empressa de la passer pour parader avec. Quand je la vis sur elle, je compris que j'aurais dû l'acheter pour Franny. Elle était blanche comme de la neige, une couleur qui manquait à la panoplie de Ronda.

— C'est pour *moi* que tu aurais dû l'acheter ! dit Franny. Je l'adore !

Mais, avec Franny, je pigeais toujours trop tard. Comme disait Franny : « J'aurai toujours un an d'avance sur toi, môme. »

Lilly avait caché ses cadeaux dans une petite boîte ; tous ses cadeaux étaient des petits cadeaux. Egg n'avait cherché de cadeaux pour personne, mais il n'arrêtait pas de fouiller l'Hôtel New Hampshire de la cave au grenier, pour découvrir les innombrables cadeaux qui lui étaient destinés. Frank avait caché Sorrow dans le placard de Bob.

— *Pourquoi ?* devais-je souvent lui demander par la suite.

— C'est seulement pour une nuit, disait Frank.

Et je savais que jamais Franny n'aurait l'idée d'aller y fourrer son nez.

En cette soirée de Noël 1956, tout le monde se mit au lit de bonne heure, et personne ne ferma l'œil — encore une tradition de famille. Nous entendions la glace grogner sous la neige qui recouvrait Elliot Park. A certains moments, Elliot Park craquait comme un cercueil travaillé par le froid — avant d'être descendu dans la tombe. Pourquoi, en cette année 1956, même Noël avait-il des relents de Halloween ?

Puis un chien se mit à aboyer, tard dans la nuit, et quand bien même il était impossible qu'il s'agisse de Sorrow, ceux d'entre nous qui ne dormaient pas encore repensèrent au cauchemar de Iowa Bob — ou à son « pressentiment », comme disait Frank.

Enfin, ce fut le matin de Noël — clair, venteux, et froid —, et je sortis pour piquer mes quarante ou cinquante sprints dans Elliot Park. Tout nu, j'avais perdu cet air de « chérubin » que j'avais autrefois en survêtement — comme Ronda Ray ne cessait de me le dire. Quelques-unes des bananes s'étaient transformées en muscles. Et, matin de Noël ou pas, la routine reste la routine : je rejoignis Coach Bob pour m'entraîner un peu aux poids avant que la famille au grand complet se retrouve pour le petit déjeuner de Noël.

— Toi, tu fais tes flexions pendant que, moi, je fais mes ponts, dit Iowa Bob.

— Oui, grand-père, dis-je, en obtempérant.

Pieds contre pieds sur le vieux tapis de Sorrow, nous exécutâmes nos équerres ; puis, tête contre tête, nos pompes. Nous n'avions qu'une seule barre, très longue, et les deux petits haltères pour les flexions d'un bras. De temps à autre, nous échangions les poids — une sorte de muette prière rituelle, comme chaque matin.

— Tes biceps, ton torse, ton cou — tout ça me paraît plutôt en forme, me dit grand-père, mais tes avant-bras ont encore besoin d'un peu de travail. Et tu devrais peut-être mettre un disque de dix kilos sur ta poitrine pour faire tes équerres — tu ne forces pas assez. Et puis, plie les genoux.

— Ouais, dis-je, le souffle court, comme avec Ronda Ray.

Bob leva la longue barre ; il développa à fond une dizaine de fois, puis, debout, exécuta une série de tractions — il pouvait y avoir de quatre-vingts à quatre-vingt-dix kilos sur la barre quand les boules glissèrent d'un côté et je m'écartai en prévision de leur chute ; puis vingt-cinq ou trente-cinq kilos s'éjectèrent à l'autre bout, et le vieux Iowa Bob s'écria :

— Merde ! Saloperie !

Les boules roulèrent sur le plancher. En bas, mon père se mit à hurler :

— Bonté divine, ils sont cinglés avec leurs poids ! Mais, bloquez-les, ces fichus écrous.

Puis l'une des boules emboutit la porte du placard, la porte s'ouvrit, et en jaillirent une raquette, le sac à linge sale de Bob, un tuyau d'aspirateur, une balle de squash et, enfin, Sorrow — empaillé.

Je tentai en vain de dire quelque chose, bien que, sur le coup, le chien me terrorisa presque autant qu'il terrorisa sans doute Iowa Bob ; du moins, je savais, moi, à quoi m'en tenir. C'était Sorrow, en posture d' « attaque », la posture choisie par Frank. Certes, en fait de posture d'attaque, c'était assez réussi, et quant à l'empaillage d'un labrador noir, jamais je n'aurais cru Frank capable de faire un aussi bon boulot. Sorrow était fixé par des vis à une planche de pin — comme aurait dit Coach Bob : « Tout est bien vissé à l'Hôtel New Hampshire ; à l'Hôtel New Hampshire, nous sommes vissés pour la vie ! » Le chien glissa non sans grâce hors du placard, et atterrit fermement sur ses quatre pattes, comme prêt à bondir. Son pelage noir luisait comme de la laque, sans doute fraîchement frotté d'huile, et ses yeux jaunes reflétaient la lumière vive du matin — et la lumière soulignait l'éclat de ses vieux crocs jaunis, auxquels pour l'occasion Frank avait rendu leur blancheur. Les jarrets étaient ramenés en arrière, plus loin en arrière que je ne me souvenais jamais avoir vu les jarrets du vieux Sorrow, du temps de son vivant, et une sorte de bave luisante — très réaliste — semblait aviver les gencives du chien. La truffe noire avait l'air humide et saine, et, pour un peu, j'aurais cru sentir son haleine fétide braquée sur nous. Pourtant, *ce* Sorrow avait l'air trop sérieux pour péter.

Ce Sorrow avait l'air décidé, et avant que, retrouvant mon souffle, j'aie pu expliquer à mon grand-père qu'il s'agissait d'un innocent cadeau de Noël destiné à Franny — une de ces horribles expériences auxquelles se consacrait Frank, là-bas dans son labo —, le vieil entraîneur catapulta sa barre et ses haltères en direction du farouche chien et, en reculant, me heurta de tout son poids (pour me protéger, sans doute ; c'était probablement ce qu'il avait voulu faire).

— Merde alors ! fit Iowa Bob, d'une voix bizarrement ténue, tandis que les boules pleuvaient à grand fracas tout autour de Sorrow.

Babines retroussées, le chien restait imperturbable, prêt à bondir pour tuer. Et Iowa Bob, sa dernière saison déjà derrière lui, s'écroula mort dans mes bras.

— Mais, bon Dieu, vous les balancez exprès, ces poids ? hurla papa du bas de l'escalier. Bon Dieu ! Prenez au moins un jour de vacances ! C'est Noël, bonté divine. Joyeux Noël ! Joyeux Noël !

— Saloperie de Joyeux Noël ! hurla à son tour Franny, en bas.

— Joyeux Noël ! dit Lilly, puis Egg — et même Frank.

— Joyeux Noël, lança doucement maman.

Fut-ce alors Ronda Ray que j'entendis faire chorus ? Puis les Urick — qui déjà s'affairaient à préparer le petit déjeuner pour tout l'Hôtel New Hampshire ? Enfin, j'entendis quelque chose d'impossible à prononcer — peut-être le Turc dans la chambre 2B.

Dans mes bras qui, je m'en rendais soudain compte, étaient devenus très forts, je tenais l'ex-vedette des Big Ten, qui, pour moi, était aussi lourd et important que notre ours de famille, et je restai là, le regard fixé sur le bout de plancher qui nous séparait de Sorrow.

6

Papa reçoit des nouvelles de Freud

Le cadeau de Noël destiné à Coach Bob — l'agrandissement encadré de Junior Jones en train de marquer l'unique but de Dairy contre Exeter — échut à Franny, qui hérita également de la 3F, l'ancienne chambre de Iowa Bob. Franny refusa obstinément de garder le Sorrow reconstitué par Frank, et Egg le traîna dans sa chambre ; il fourra le chien empaillé sous son lit, où ma mère le découvrit, avec un cri d'horreur, quelques jours après Noël. Frank, bien sûr, aurait aimé récupérer Sorrow — pour fignoler encore un peu l'expression de la tête, ou la posture — mais, conscient d'avoir provoqué la mort de son grand-père, Frank demeurait enfermé en lui-même, et dans sa chambre.

Iowa Bob avait soixante-huit ans au moment de sa mort, mais, physiquement, le vieil avant était encore dans une forme excellente ; sans l'immense effroi qui l'avait foudroyé à la vue de Sorrow, il aurait pu vivre encore dix ans. Tout le monde s'ingénia à empêcher Frank de se laisser accabler par le remords.

— D'ailleurs, Frank n'est pas du genre à se laisser « accabler », dit Franny, qui cependant s'efforçait elle aussi de lui remonter le moral.

« Empailler Sorrow était une bonne idée, Frank, lui dit Franny, mais il faut que tu comprennes, tout le monde n'a pas les mêmes goûts que toi.

Elle aurait pu ajouter, en outre, que la taxidermie, comme l'amour, est une affaire très personnelle ; mieux valait ne l'imposer aux autres qu'avec une extrême discrétion.

Les remords de Frank, à supposer que Frank eût des remords, ne se manifestèrent que par son parti pris de solitude ; Frank avait toujours été plus solitaire que nous, mais dorénavant il s'enferma plus que jamais dans le silence. Pourtant, Franny et moi avions le sentiment que seule la mauvaise humeur retenait Frank de réclamer Sorrow.

Notre père, passant outre les protestations de Egg, ordonna à Max Urick de faire disparaître Sorrow, consigne qu'exécuta Max en balançant l'animal pétrifié dans une des poubelles de l'entrée de service. Et, par un matin de pluie, de la fenêtre de Ronda Ray, je sursautai en voyant la queue et la croupe trempées de Sorrow qui dépassaient de la gueule d'une poubelle ; j'imaginai l'éboueur, au volant de sa benne, sursautant lui aussi d'effroi — et se disant tout à coup : mon Dieu, à l'Hôtel New Hampshire, quand ils en ont marre de leurs animaux, c'est simple, ils les flanquent à la poubelle !

— Reviens te mettre au lit, John-O, dit Ronda Ray.

Mais je restai là à contempler la pluie, qui se changeait en neige — et recouvrait peu à peu la rangée de poubelles bourrées jusqu'à la gueule : papiers de Noël, rubans et guirlandes, détritus de toutes sortes, bouteilles, cartons, boîtes de conserve, et restes de nourriture de couleurs diverses, auxquels les chiens et les oiseaux manifestaient un intérêt certain — sans oublier un cadavre de chien qui lui n'intéressait personne. Disons, presque personne. Frank aurait eu le cœur brisé de voir Sorrow condamné à cette fin dégradante ; pourtant, tandis que je regardais la neige s'épaissir sur Elliot Park, j'aperçus un autre membre de ma famille qui, lui, continuait à s'intéresser de près à Sorrow. Je vis Egg, en parka et casquette de ski, occupé à traîner sa luge jusqu'à l'entrée de service. Il progressait rapidement sur la couche de neige luisante, les patins de sa luge crissant sur l'allée, au sol encore visible et parsemé de flaques. Egg savait où il allait — un coup d'œil au passage par les fenêtres du sous-sol, et déjà il ne risquait plus d'attirer l'attention de Mrs. Urick ; un autre coup d'œil vers les fenêtres du troisième, mais Max n'était pas chargé de veiller sur les poubelles. Quant à nos chambres, elles ne donnaient pas sur l'entrée de service, et, Egg le savait, il n'y avait plus que Ronda Ray qui risquait de le voir. Mais elle était au lit, et quand Egg leva les yeux vers sa fenêtre, je me dissimulai en hâte.

« Si tu préfères aller courir, John-O, grogna Ronda, va, ne te gêne pas.

Et quand, de nouveau, je regardai par la fenêtre, Egg avait disparu ; et avec lui Sorrow. Les efforts pour arracher Sorrow au tombeau n'étaient pas révolus, je l'aurais parié ; et je ne pouvais que supputer le lieu où resurgirait l'animal.

Quand Franny emménagea dans la chambre de Iowa Bob, ma mère en profita pour redistribuer toutes les autres chambres. Elle nous installa ensemble, Egg et moi, dans la chambre précédemment occupée par Lilly et Franny, tandis que Lilly se voyait attribuer mon ancienne chambre *plus* la chambre contiguë, celle de Egg — comme si, chose illogique, le pseudo-nanisme de Lilly exigeait qu'elle eût non seulement son intimité, mais aussi davantage d'espace. Je protestai, mais mon père déclara qu'il comptait sur mon influence pour aider Egg à

« mûrir ». Quant à la retraite mystérieuse de Frank, elle fut épargnée, et les haltères ne bougèrent pas de la chambre de Iowa Bob, ce qui me fournit des raisons supplémentaires pour rendre visite à Franny, qui adorait me voir soulever mes poids. Aussi, chaque fois que désormais je m'entraînais, je ne pensais plus uniquement à Franny — mon public de toujours ! — mais, au prix d'un petit effort, parvenais à faire resurgir Coach Bob. Je m'entraînais pour nous deux.

Je suppose que, en épargnant à Sorrow l'inévitable voyage à la décharge, Egg avait sans doute ressuscité Iowa Bob et ce, de la seule façon en son pouvoir. Quant à l'influence que l'on comptait me voir exercer sur Egg pour l'aider à « mûrir », elle demeurait pour moi un mystère, bien que l'obligation de partager sa chambre n'eût rien d'intolérable. C'étaient ses vêtements qui me gênaient le plus, ou, disons plutôt, ses manies en ce qui concernait ses vêtements : Egg ne s'habillait pas, il se déguisait. Il changeait de fringues plusieurs fois par jour, les habits qu'il rejetait monopolisant le milieu de notre chambre et s'y accumulant, jusqu'au jour où ma mère piquait sa crise et me sommait d'exiger de Egg un peu d'ordre. Peut-être, dans l'esprit de mon père, « mûrir » signifiait-il « ranger ».

Toute la première semaine qui suivit mon installation avec Egg, je me préoccupai moins de sa pagaille que je ne m'inquiétai de découvrir où il avait caché Sorrow. Je ne tenais pas une fois encore à sursauter de terreur en voyant surgir cette vision macabre, bien que, selon moi, une vision macabre ne peut que nous faire sursauter de terreur — c'est précisément son but — et même en s'y préparant avec soin, on risque d'être pris au dépourvu. Du moins était-ce vrai de Egg et de Sorrow.

La veille du Nouvel An, une semaine à peine après la mort de Iowa Bob, et deux jours à peine après que Sorrow eut disparu des poubelles, je chuchotai dans le noir pour appeler Egg ; je le savais, il ne dormait pas.

— Ça suffit, Egg, chuchotai-je. Où est-il ?

Mais avec Egg, chuchoter était toujours une erreur.

— Quoi ? fit Egg.

A en croire ma mère et le Dr Flame, l'ouïe de Egg était en voie d'amélioration, ce qui n'empêchait pas mon père de parler de la « surdité » de Egg, et non de son « ouïe », et de conclure qu'il fallait que le Dr Flame fût lui-même sourd pour parler d'amélioration. Il en était de même de l'opinion du Dr Flame au sujet du nanisme de Lilly : selon lui, puisque Lilly avait grandi (un peu), son état s'améliorait. Mais comme nous avions tous grandi beaucoup plus, Lilly donnait par contraste l'impression de « rapetisser ».

— Egg, repris-je plus fort. Où est Sorrow ?

— Sorrow est mort, fit Egg.

— Je le sais qu'il est mort, bon Dieu, mais *où*, Egg ? Où est Sorrow ?

— Sorrow est avec grand-papa Bob, dit Egg, qui sur ce point avait raison, bien sûr.

Je compris que toutes les cajoleries resteraient impuissantes à lui arracher le secret de la cachette où il avait fourré l'horrible monstre empaillé.

— C'est le Nouvel An demain, dis-je.

— Qui ça ? fit Egg.

— Le Nouvel An ! Et il y aura une fête.

— Où ça ?

— Ici, à l'Hôtel New Hampshire.

— Dans quelle chambre ?

— La grande salle. La plus grande, le restaurant, crétin.

— C'est donc pas ici, dans cette chambre, qu'on va donner une fête, dit Egg.

Avec les habits de Egg éparpillés un peu partout, il n'y avait guère de place dans notre chambre pour donner une fête, bien sûr, mais je ne relevai pas. Je glissais dans le sommeil quand Egg parla de nouveau :

« Comment tu ferais pour sécher quelque chose de très mouillé ? demanda Egg.

Et je songeai à l'état dans lequel devait se trouver Sorrow, après Dieu sait combien d'heures passées dans la poubelle béante, sous la pluie et la neige.

— Qu'est-ce qui est mouillé, Egg ? demandai-je.

— Des cheveux. Comment tu ferais pour sécher des cheveux ?

— Tes cheveux *à toi,* Egg ?

— N'importe quels cheveux, dit Egg. Des tas de cheveux. Des cheveux plus épais que les miens.

— Ma foi, avec un séchoir, sans doute.

— Un truc comme celui de Franny ? demanda Egg.

— Maman en a un, elle aussi, dis-je.

— Ouais, mais celui de Franny est plus gros. Et puis, je crois qu'il chauffe plus.

— T'as un tas de cheveux à sécher, pas vrai, hein ? fis-je.

— Quoi ? fit Egg.

Mais à quoi bon répéter ! Il n'est pire sourd que celui qui ne veut entendre, c'était là un des aspects de la surdité de Egg.

Le matin, je le regardai enlever son pyjama, sous lequel il était — et était resté pour dormir — habillé de pied en cap.

— C'est chouette d'être tout prêt en se levant — pas vrai, Egg ?

— Prêt pour quoi ? Y a pas d'école aujourd'hui — on est encore en vacances.

— Dans ce cas, pourquoi t'es-tu couché tout habillé ? lui demandai-je.

Mais il ne releva pas ; il fouillait dans les monceaux de vêtements qui jonchaient le plancher.

« Qu'est-ce que tu cherches ? Tu es déjà habillé.

Comme chaque fois que Egg sentait que je voulais le taquiner, il feignait de m'ignorer.

— Je te verrai plus tard, à la fête, dit-il.

Egg aimait beaucoup l'Hôtel New Hampshire, peut-être l'aimait-il plus encore que notre père qui, lui, en un sens, aimait surtout l'idée qu'il s'en faisait ; d'ailleurs, de jour en jour, notre père paraissait plus sceptique quant à la réussite de son entreprise. Egg adorait toutes les chambres, les escaliers, l'immense vide inoccupé de l'ancien pensionnat. Mon père savait que l'hôtel était un peu trop souvent inoccupé, mais cela convenait à merveille à Egg.

Il arrivait qu'au petit déjeuner des clients nous apportent des choses bizarres qu'ils avaient trouvées dans leurs chambres.

— La chambre était très propre, commençaient-ils, mais quelqu'un aura sans doute oublié ce... cette chose.

Le bras droit d'un cow-boy en caoutchouc ; le pied palmé et recroquevillé d'un crapaud desséché. Une carte à jouer, avec un visage gribouillé par-dessus le visage du valet de carreaux ; le cinq de trèfle barré du mot : « Pouah ! ». Une socquette lestée de cinq billes. Un déguisement (une tenue de base-ball, propriété de Egg, avec, épinglé dessus, un insigne de policier) accroché dans le placard de la chambre 4G.

La veille du Nouvel An, le temps était au dégel — une petite brume envahissait peu à peu Elliot Park, et la neige de la veille commençait à fondre, révélant la couche grisâtre tombée la semaine précédente.

— Où étais-tu passé ce matin, John-O ? me demanda Ronda Ray, tandis que nous nous affairions à dresser les tables pour la fête du soir.

— Il ne pleuvait pas, fis-je remarquer.

Piètre excuse, je le savais — et elle le savait elle aussi. Non pas que je fusse infidèle à Ronda — avec qui aurais-je pu lui être infidèle —, mais je rêvais de quelqu'un d'autre, d'un être imaginaire, de l'âge de Franny environ, et ce sans trêve. J'avais même demandé à Franny de m'arranger un rendez-vous avec une de ses amies, quelqu'un qu'elle aurait pu me recommander — mais Franny me disait toujours que, désormais, ses amies étaient trop vieilles pour moi ; ce qui voulait dire qu'elles avaient seize ans.

— Pas d'haltères ce matin ? me demanda Franny. Tu n'as pas peur de perdre la forme ?

— Je m'entraîne pour la fête, dis-je.

Pour la fête, trois ou quatre élèves de Dairy (qui avaient raccourci leurs vacances) devaient passer la nuit à l'hôtel, entre autres Junior Jones, qui sortait avec Franny, et une des sœurs de Junior, qui, elle, n'était pas élève à Dairy. C'était à mon intention que l'amenait Junior — l'idée qu'elle risquait d'être aussi grosse que lui m'emplissait de terreur, et, par ailleurs, je mourais d'envie de savoir s'il s'agissait de la sœur de Junior qui avait été violée, comme me l'avait raconté Harold Swallow ; injuste ou pas, je tenais à le savoir. Devrais-je m'attendre à passer la soirée avec une grosse fille violée, ou une grosse fille *non* violée ? — dans l'une comme dans l'autre hypothèse, je l'aurais parié, elle ne pouvait qu'être énorme.

— Inutile de paniquer, me dit Franny.

Nous démontâmes l'arbre de Noël, et, comme il s'agissait de l'arbre de Iowa Bob, les yeux de mon père s'emplirent de larmes ; ma mère dut quitter la pièce. Les obsèques nous avaient à tous paru bien mornes — c'étaient les premières obsèques auxquelles il nous était donné d'assister, car, vu notre âge, nous avions oublié ce qui s'était passé à la mort de Latin Emeritus et de ma grand-mère maternelle ; l'ours nommé State O'Maine n'avait pas eu droit à des obsèques. Je crois que, vu l'émoi provoqué par la mort de Iowa Bob, nous nous attendions à des funérailles plus retentissantes — au moins ponctuées par un fracas de boules roulant à terre, comme je le dis à Franny.

« Cesse de plaisanter, fit-elle.

On aurait dit qu'elle avait l'impression de grandir plus vite que moi, et je craignais qu'elle eût raison.

— Sa sœur, c'est celle qui a été violée ? demandai-je soudain à Franny. Je veux dire, laquelle de ses sœurs est-ce qu'il amène, Junior ?

Au regard que me jeta Franny, je sentis que cette question, elle aussi, élargissait le fossé qui menaçait de nous séparer.

— Il n'a qu'une sœur, fit Franny en me regardant bien en face. Tu trouves vraiment ça important, qu'elle ait été violée ?

Bien entendu, je ne sus quoi répondre : que *oui* ? Qu'on ne pouvait pas se mettre à parler de viol avec une fille qui avait été violée, tandis qu'il était possible d'aborder franchement le sujet avec quelqu'un qui ne l'avait pas été ? Que l'on pouvait soit chercher la trace des cruels traumatismes infligés à sa personnalité, ou ne pas les chercher. Que l'on pouvait supposer l'existence de cruels traumatismes, et traiter la personne en question comme une infirme — (et comment parlait-on à une infirme ?). Que cela n'avait aucune importance ? Mais c'était important. De plus, je savais pourquoi. J'avais quatorze ans. En ces années naïves (et je devais toujours rester naïf sur le chapitre du viol), j'imaginais qu'il convenait de toucher la victime d'un viol un peu différemment, ou un peu moins ; ou qu'il convenait peut-être de ne pas la toucher du tout. Ce fut en fin de compte ce que je dis à Franny, qui me regarda fixement.

« Tu te trompes, fit-elle.

Mais du ton dont elle disait à Frank : « Espèce de crétin », et j'eus l'impression que j'aurais sans doute toute ma vie quatorze ans.

— Où est passé Egg ? beugla papa. Egg !

— Egg n'aide jamais personne, se plaignit Frank, qui balayait mollement la salle pour ramasser les aiguilles du sapin de Noël.

— Egg est un gosse, Frank, dit Franny.

— Egg devrait avoir un peu plus de maturité, dit papa.

Et moi (qui devais en principe l'aider à mûrir)... je savais, moi, que Egg n'était pas à portée de voix. Enfermé quelque part dans une chambre vide de l'Hôtel New Hampshire, il contemplait l'horrible masse imbibée d'eau du labrador noir : ce qui restait de Sorrow.

Sitôt les derniers vestiges de Noël balayés et évacués, nous nous mîmes à discuter du choix des décorations pour la soirée du Nouvel An.

— Personne n'a tellement le cœur à fêter le Nouvel An, dit Franny. Pourquoi pas laisser tomber les décorations ?

— Une fête est une fête, fit papa d'un ton enjoué.

Mais nous le soupçonnions d'avoir moins encore que les autres le cœur à faire la fête. Personne n'avait oublié qui avait eu l'idée de donner une fête pour le Nouvel An : Iowa Bob.

— D'ailleurs, personne ne viendra, dit Frank.

— Ça, parle pour toi, Frank, dit Franny. Moi, j'attends des amis.

— On pourrait aussi bien être une centaine, Frank, toi, ça ne t'empêcherait pas de t'enfermer dans ta chambre.

— Va donc t'offrir une banane, dit Frank. Va donc piquer un sprint — jusqu'à la lune.

— Eh bien, moi, je suis heureuse d'avoir une fête, intervint Lilly, sur qui tous les yeux se fixèrent.

Bien sûr, personne n'avait encore remarqué sa présence ; elle devenait si petite. Lilly avait presque onze ans, mais elle paraissait désormais considérablement plus petite que Egg ; elle m'arrivait à peine à la taille et pesait moins de vingt kilos.

Du coup, la cause fut entendue : du moment que Lilly avait envie d'une fête, nous ne pouvions faire moins que d'entrer dans le jeu.

— Bon, eh bien, comment allons-nous décorer le restaurant. Lilly ? demanda Frank.

Il avait une façon bien à lui de se pencher pour parler à Lilly, comme s'il s'adressait à un bébé dans son landau pour lui baragouiner de pures idioties.

— Oui, laissons tomber les décorations, dit Lilly. Pourquoi ne pas tout simplement s'amuser ?

Personne ne réagit, pétrifiés que nous étions par cette perspective comme nous aurions pu l'être par une condamnation à mort ; notre mère dit enfin :

— C'est une idée merveilleuse ! Je vais passer un coup de fil aux Matson !

— Aux Matson ? s'étonna papa.

— Et aux Fox, et peut-être aussi aux Calder, fit maman.

— Pas aux Matson ! protesta papa. Et les Calder nous ont déjà invités — ils donnent tous les ans une fête pour le Nouvel An.

— Dans ce cas, nous resterons entre amis, dit maman.

— Bien sûr, il y aura aussi les habitués, dit papa.

Mais sa voix manquait d'assurance, et nous détournâmes les yeux. Les « habitués » en question représentaient une bien petite bande de vieux copains, des compagnons de beuverie de Coach Bob, pour la plupart. Nous nous demandions si nous les reverrions jamais — la veille du Nouvel An, la chose paraissait douteuse.

Mrs. Urick se demandait quelle quantité de nourriture prévoir ; Max se demandait s'il convenait de déneiger toute l'aire du parking, ou uniquement les quelques emplacements habituels. Quant à Ronda Ray, elle paraissait d'humeur à fêter le Nouvel An à sa façon ; elle avait une robe neuve et voulait l'étrenner — elle m'avait tout raconté. Je connaissais d'ailleurs la robe : la robe sexy que Franny avait offerte à maman pour Noël ; maman en avait fait cadeau à Ronda. Moi qui avais vu Franny l'essayer, je me demandais avec angoisse si Ronda réussirait jamais à se fourrer dedans.

Ma mère avait engagé un véritable orchestre. « Presque un véritable orchestre », disait Franny, qui l'avait entendu jouer. L'orchestre en question se produisait l'été devant les foules de Hampton Beach, mais, pendant l'année, la plupart des musiciens étaient encore au lycée. Le spécialiste de la guitare électrique était un vaurien du nom de Sleazy Wales ; sa mère chantait en vedette et jouait de la guitare acoustique ; une grosse femme charpentée du nom de Doris, que Ronda Ray traitait avec fougue de putain. L'orchestre portait le nom de Doris, à moins que ce ne fût en souvenir du petit ouragan qui avait fait rage quelques années plus tôt — lui aussi avait été baptisé Doris. Bien entendu, l'orchestre s'appelait l'Ouragan Doris, et avait pour vedettes Sleazy Wales et sa mère, plus deux copains de lycée de Sleazy ; basse acoustique et batterie. Je crois que les trois garçons travaillaient le soir dans le même garage, car leurs uniformes n'étaient autres que des tenues de mécaniciens, avec leurs noms cousus sur la poitrine, à côté de l'insigne GULF. Ils avaient pour nom Danny, Jake, Sleazy — tous des GULF. Doris portait tout ce qui lui passait par la tête — des robes que Ronda Ray elle-même eût jugées indécentes. Pour Frank, bien sûr, l'Ouragan Doris était « répugnant ».

L'orchestre était fanatique des morceaux d'Elvis Presley — « avec un tas de trucs lents quand il y a beaucoup d'adultes dans l'assistance », expliqua Doris à ma mère au téléphone. « On garde les conneries plus rapides pour les soirs où ça grouille de jeunes. »

— Ça alors, dit Franny. Je meurs d'envie de voir ce que Junior Jones va penser de l'Ouragan Doris.

Quant à moi, je laissai échapper plusieurs cendriers en verre que j'étais chargé de répartir sur les tables ; *moi* je mourais d'envie de voir ce que la sœur de Junior Jones allait penser de moi.

— Quel âge a-t-elle ? demandai-je à Franny.

— Si la chance te sourit, môme, me taquina Franny, elle aura dans les douze ans.

Frank était allé ranger la serpillière et le balai dans le placard du rez-de-chaussée et avait découvert, au fond du placard, un indice qui confirmait l'existence de Sorrow : la planche, le socle découpé sur mesure, sur lequel Sorrow avait été monté en posture d'attaque. Les quatre trous de vis bien nets et les empreintes des pattes étaient encore visibles ; il avait été vissé par les pattes à son socle.

— Egg ! hurla Frank. Egg, sale petit voleur !

Donc, Egg avait arraché Sorrow à son socle, et peut-être en cet instant même s'évertuait-il à modifier la posture de Sorrow pour lui donner un aspect plus conforme à la vision personnelle qu'il gardait de notre vieux chien.

— Encore heureux que State O'Maine ne soit jamais tombé entre les mains de Egg, dit Lilly.

— Encore heureux que State O'Maine ne soit jamais tombé entre les mains de *Frank*, rectifia Franny.

— Il n'y aura pas beaucoup de place pour danser, fit Ronda Ray, d'une voix lasse. On ne peut pas déménager les chaises.

— On dansera autour des chaises ! s'exclama papa, avec optimisme.

— Vissées là pour la vie, murmura Franny.

Mais notre père l'entendit, et il n'était pas prêt à s'entendre citer les répliques de Iowa Bob — pas encore. Il eut l'air très peiné, puis détourna les yeux.

Le Nouvel An 1956 est resté dans mon souvenir comme une période où tout le monde *détournait* souvent les yeux.

« Oh, merde, chuchota Franny, avec un air singulièrement honteux.

Ronda Ray pressa vivement Franny contre elle.

— Faut que tu grandisses encore un peu, voilà tout, chérie, dit-elle. Faut que tu te rendes compte par toi-même : les grandes personnes n'ont pas autant de ressort que les gosses.

La voix geignarde de Frank appelait Egg dans l'escalier. Frank non plus n'avait pas tellement de ressort, d'ailleurs, songeai-je. Mais Frank, en un sens, n'avait jamais été un gosse.

— Fermez vos gueules ! hurla Max Urick du troisième.

— Descendez nous aider, tous les deux ! lança papa.

— Ces gosses ! beugla Max.

— Dites-moi un peu ce qu'il connaît aux gosses, celui-là, grommela Mrs. Urick.

Ce fut alors que Harold Swallow nous appela de Detroit. En fin de compte, il renonçait à avancer son retour ; il manquerait la fête. Il m'expliqua qu'il venait de se rappeler qu'il se sentait toujours déprimé la veille du Nouvel An et finissait toujours par tout suivre à la télé.

— Autant faire ça à Detroit, dit-il. Ça m'évitera de prendre un avion jusqu'à Boston pour m'entasser dans une bagnole avec Junior Jones et la bande, tout ça pour m'enfermer dans un hôtel bizarre, histoire de suivre le Nouvel An à la télé.

— Nous ne mettrons pas la télé, dis-je. D'ailleurs, ça gênerait l'orchestre.

— Tant pis, dit-il, je manquerai ça. Mieux vaut que je reste à Detroit.

Dans les conversations avec Harold Swallow, il n'entrait guère de logique ; je ne savais jamais quoi lui répondre.

— Désolé pour Bob, fit Harold.

Je le remerciai et allai prévenir les autres.

— Nasty ne vient pas lui non plus, annonça Franny.

« Nasty », qui habitait Boston, était le petit ami d'une amie de Franny, Ernestine Tuck, de Greenwich, dans le Connecticut. A l'exception de Franny et de Junior Jones, tout le monde l'appelait Ernestine Bitty. Sans doute sa mère l'avait-elle traitée de sale petite

« bitty[1] » dans une crise de fureur, et le nom, comme on dit, lui était resté. Ernestine ne semblait pas s'en soucier, de même qu'elle tolérait le surnom qu'affectionnait Junior Jones : elle avait des seins extraordinaires et Junior l'appelait *Titsie*[2] Tuck, et Franny en faisait autant. Bitty Tuck idolâtrait Franny au point d'accepter d'elle n'importe quelle insulte, et d'ailleurs, me disais-je souvent, tout le monde était bien obligé d'encaisser les insultes de Junior Jones. Bitty Tuck était riche et jolie, elle avait dix-huit ans, et était plutôt une brave fille — elle se laissait taquiner —, et elle venait passer le Nouvel An chez nous parce qu'elle était ce que Franny appelait « une fille marrante », et aussi la seule amie que Franny eût à Dairy. A dix-huit ans, Bitty était très sophistiquée — toujours selon Franny. Le plan initial prévoyait, m'expliqua Franny, que Junior Jones et sa sœur viendraient en voiture de Philadelphie ; sur leur route, ils prendraient Titsie Tuck à Greenwich, puis s'arrêteraient à Boston pour prendre le petit ami de Titsie, Peter Raskin (Nasty). Mais voilà que les parents de Nasty lui refusaient la permission de venir — sous prétexte qu'il avait insulté une de ses tantes lors d'un mariage de famille. Titsie avait décidé d'accompagner malgré tout Junior et sa sœur.

— Ce qui fait qu'il y aura une fille en surnombre, pour Frank, dit papa, comme toujours bien intentionné.

Plusieurs spectres nous survolèrent tous, en silence.

— Pourvu qu'il n'y ait pas de fille pour moi, dit Egg.

— Egg ! hurla Frank.

Tout le monde fit un bond.

Personne ne savait que Egg était parmi nous, ni depuis quand, mais il s'était changé et faisait semblant de s'affairer à ranger des choses dans la salle, comme s'il avait passé la journée là à travailler, comme les autres.

« J'ai un mot à te dire, Egg, dit Frank.

— Quoi ? dit Egg.

— Laisse Egg tranquille ! dit Lilly, maternelle comme toujours, en entraînant Egg à l'écart.

C'était devenu une manie, qui nous exaspérait tous. Nous l'avions remarqué, dès que Egg était devenu plus gros qu'elle, Lilly s'était mise à le materner. Frank les suivit dans un angle de la pièce, fulminant de colère.

— Je sais que c'est toi qui l'as, Egg, siffla Frank.

— Quoi ? répéta Egg.

1. Bitty, diminutif de « bitch » : garce, salope.
2. Titsie, diminutif de « tits » : nichons.

Papa se trouvant dans la salle, Frank n'osait pas dire « Sorrow », et personne n'avait envie de voir Egg se faire bousculer ; Egg ne risquait rien, il le savait. Egg portait son uniforme de fantassin. Franny me l'avait dit, à son avis Frank regrettait sans doute de ne pas en avoir un lui aussi et c'était pourquoi il se mettait en fureur chaque fois que Egg paradait en uniforme — Egg en avait plusieurs. Mais si le goût de Frank pour l'uniforme avait quelque chose de bizarre, chez Egg, il paraissait tout naturel ; d'où, probablement, le dépit de Frank.

Je demandai alors à Franny comment la sœur de Junior Jones rentrerait à Philadelphie quand, après le Nouvel An, les classes recommenceraient à Dairy. Franny paraissant perplexe, je lui expliquai qu'il était à mon avis douteux que Junior reconduise sa sœur jusqu'à Philadelphie, pour revenir aussitôt à Dairy, et que, par ailleurs, il n'aurait pas la permission de garder une voiture à Dairy. Le règlement de l'école l'interdisait.

— Elle rentrera toute seule, je suppose, dit Franny. Après tout c'est sa voiture — du moins je le crois.

Pour la première fois, l'idée m'effleura alors que la sœur de Junior Jones, puisqu'ils viendraient avec sa voiture à elle, devait être en âge de conduire.

— Elle doit avoir au moins seize ans ! dis-je à Franny.

— Pas la peine d'avoir peur, railla Franny. Quel âge donnes-tu donc à Ronda ?

Mais si la perspective de rencontrer une fille plus âgée que moi me semblait passablement intimidante, celle de rencontrer une fille non seulement âgée, mais *énorme,* l'était encore plus : plus grosse, plus âgée, et victime d'un viol.

— Il paraît logique de supposer que, par-dessus le marché, elle est noire, reprit Franny. Ou bien cette idée ne t'aurait-elle pas effleuré ?

— Ça ne me fait pas peur.

— Oh, tout te fait peur. Titsie Tuck n'a que dix-huit ans, et tu en as une peur bleue, pourtant, elle aussi sera là.

C'était vrai : Titsie Tuck me qualifiait, en public, de « mignon » — à sa manière imagée, vaguement condescendante. Mais, ce n'est pas tout à fait exact ; elle était gentille — en fait, elle ne me prêtait aucune attention, sinon pour me taquiner ; elle m'intimidait comme vous intimident les gens qui ne se souviennent jamais de votre nom. « Dans ce monde, comme le souligna un jour Franny, chaque fois qu'on essaie de se croire inoubliable, on tombe toujours sur quelqu'un qui oublie qu'il vous a déjà rencontré. »

Toute la journée, l'Hôtel New Hampshire, où tout le monde se préparait à fêter le Nouvel An, fut en proie à une pagaille folle : je m'en souviens, quelque chose de plus pesant que l'habituelle trame de sottise et de tristesse planait sur nous, comme si, par moments, nous nous rendions compte que déjà nous avions quasiment cessé de pleurer Iowa Bob — et, à d'autres moments, que notre devoir le plus impérieux (non seulement en dépit, mais à *cause de* Iowa Bob) nous commandait de nous amuser. C'était peut-être la première fois que nous mesurions la force d'une devise que le vieux Iowa Bob avait inculquée à mon père ; une devise que notre père ne cessait de nous prêcher. Une devise qui nous était devenue si familière que l'idée ne nous aurait jamais effleurés de l'enfreindre en affectant de ne pas y croire, quand bien même jamais nous ne sûmes vraiment — sinon beaucoup plus tard — si nous y croyions ou pas.

La devise en question était en rapport avec la théorie favorite de Iowa Bob : nous étions tous embarqués sur un grand bateau — « pour une grande croisière, tout autour du monde ». Et, en dépit du danger d'être emportés par les vagues, peut-être même *à cause* de ce danger, nous n'avions pas le droit d'être déprimés ni malheureux. La façon dont fonctionnait le monde n'était pas un alibi pour céder à une sorte de cynisme universel ou à un désespoir juvénile ; selon mon père et Iowa Bob, la façon dont fonctionnait le monde — certes, bien imparfaite — n'était rien d'autre qu'un puissant stimulant, une raison supplémentaire pour assigner un but à la vie, et se montrer résolu à bien vivre.

— Fatalisme du bonheur, dirait plus tard Frank de leur philosophie.

Frank, dans sa jeunesse, était un angoissé, et n'avait pas la foi.

Une nuit que nous suivions un minable mélodrame à la télé qui trônait au-dessus du bar, ma mère s'était levée :

— Je ne tiens pas à voir comment ça va tourner, avait-elle déclaré. J'aime les dénouements heureux.

— Il n'y a jamais de dénouements heureux, avait dit mon père.

— Bien dit ! s'était écrié Iowa Bob — avec, dans sa voix fêlée, un bizarre mélange d'enthousiasme et de stoïcisme. La mort est horrible, irrévocable et souvent prématurée.

— Et alors ? avait fait mon père.

— Bien dit ! avait renchéri Iowa Bob. C'est précisément la question : et alors ?

Ainsi la devise familiale était-elle qu'un dénouement malheureux n'amoindrit en rien une vie fructueuse et active. Ma mère n'était pas convaincue, et Frank prenait son air renfrogné, mais Franny et moi étions, je suppose, d'ardents fidèles de cette religion — ou si, par moments, nous avions quelques doutes, le monde se chargeait toujours de nous prouver d'une façon ou d'une autre que le vieil avant voyait juste. Quant à Lilly, jamais nous ne sûmes quelle était sa religion en la matière (probablement une toute petite idée, qu'elle gardait pour elle seule), quant à Egg, il sauverait Sorrow du néant, de plus d'une façon. Sauver Sorrow, c'était là aussi une forme de religion.

Le socle qu'avait découvert Frank, avec, dessus, les empreintes de Sorrow, et, dans le bois, les trous de Sorrow, ressemblait à la croix abandonnée d'un Christ quadrupède, et me paraissait lourd de menaces. Je proposai à Franny de vérifier ce qui se passait dans les chambres ; elle nous traita de cinglés, Frank et moi, mais elle céda — Egg, disait-elle, aurait sans doute tenu à conserver le socle, mais il aurait jeté le chien. Bien entendu, l'interphone ne révéla rien, dans la mesure où Sorrow — qu'il eût été caché ou jeté au rebut — avait depuis longtemps cessé de respirer. En revanche, un bizarre chuintement, pareil à un violent courant d'air, émanait de la chambre A du troisième — à l'opposé des grésillements qui sortaient de chez Max — mais Franny conclut qu'une fenêtre était sans doute restée ouverte : Ronda Ray avait préparé un lit pour Bitty Tuck dans cette chambre, qui sentait sans doute le renfermé.

— Pourquoi installer Bitty tout là-haut, au troisième ? demandai-je.

— Maman croyait qu'elle viendrait avec Nasty, dit Franny, et comme ça — au troisième — loin de vous, les gosses. ils auraient eu un peu d'intimité.

— De nous les gosses, tu veux dire, fis-je. Et Junior, où couche-t-il ?

— Pas avec moi, dit Franny d'un ton pincé. Junior et Sabrina ont leurs chambres au premier.

— Sa-*brii*-na ? fis-je.

— C'est ça, dit Franny.

Sabrina Jones ! songeai-je, la gorge soudain nouée d'épouvante Dix-sept ans, et un mètre quatre-vingt-cinq, imaginai-je ; dans les quatre-vingts, quatre-vingt-cinq kilos, à poil et bien séchée — et capable de soulever cent kilos.

— Ils arrivent, vint nous avertir Lilly au standard, de sa voix ténue

La taille de Junior Jones ne manquait jamais de couper le souffle à Lilly.

— Elle est grosse comment ? lui demandai-je.

Mais, bien sûr, tout le monde paraissait énorme aux yeux de Lilly ; il me faudrait prendre moi-même la mesure de Sabrina Jones.

Frank, visiblement en proie à une gêne affreuse, avait endossé son uniforme de conducteur d'autobus, et paradait en portier devant l'Hôtel New Hampshire. Empoignant les bagages de Bitty Tuck, il les déposa dans le hall ; Bitty Tuck n'était pas le genre de fille à voyager sans bagages. Elle portait une espèce de costume d'homme, mais coupé pour une femme, et même une sorte de chemise d'homme, une chemise de soirée, avec un col à boutons et une cravate, tout — tout sauf la place pour les seins qui, comme l'avait souligné Junior Jones, étaient extraordinaires : impossibles à dissimuler, même dans ce costume très masculin. Elle s'engouffra d'un pas vif dans le hall, sur les talons de Frank qui suait comme un bœuf à traîner ses bagages.

— Salut, John-John ! fit-elle.

— Salut, Titsie, dis-je.

Le prénom m'avait échappé, seuls Junior et Franny pouvant se permettre de l'appeler Titsie sans essuyer son mépris. Elle me décocha en effet un regard lourd de mépris et, passant son chemin, se jeta au cou de Franny, avec ces petits piaillements bizarres dont les filles de ce genre semblent capables dès leur venue au monde.

— Les valises dans la F, au troisième, Frank, dis-je.

— Seigneur, non, pas maintenant, dit Frank, en s'écroulant au milieu du hall au milieu des bagages de Bitty. Faudra s'y mettre tous. Peut-être même, bande d'idiots, que dans l'enthousiasme de la fête, certains d'entre vous trouveront marrant de les coltiner.

Junior Jones dominait le hall de sa redoutable silhouette, et paraissait capable de catapulter les bagages de Bitty Tuck jusqu'au troisième — et Frank avec, me dis-je.

— Hé, c'est ici qu'on se marre, dit Junior Jones. C'est ici qu'on se marre, vieux.

J'essayai de jeter un coup d'œil derrière lui, ou à côté de lui, en direction du seuil. Le temps d'une seconde de panique, j'allais même jusqu'à regarder par-dessus lui, comme si je m'attendais à voir sa sœur, Sabrina, trôner tout là-haut.

« Hé, Sabrina, fit Junior Jones. Je te présente le célèbre haltérophile.

Une jeune Noire svelte et élancée, d'environ ma taille, s'encadrait sur le seuil ; son grand chapeau à bord souple la faisait peut-être paraître un peu plus grande — et elle avait des talons hauts. Son tailleur — un tailleur de femme — était en tous points aussi chic que les fringues de Bitty Tuck ; elle portait un corsage en soie crème à grand col, échancré assez bas sur sa longue poitrine pour laisser entrevoir la dentelle rouge de son soutien-gorge ; elle avait des bagues à tous les doigts, des bracelets, et était d'une merveilleuse couleur chocolat foncé, avec de grands yeux brillants et une grande bouche souriante, pleine de dents un peu bizarres mais belles ; elle sentait si bon, et de si loin, que les hurlements de Bitty Tuck eux-mêmes furent soudain noyés dans l'odeur de Sabrina Jones. Elle devait avoir, supputai-je, dans les vingt-huit à trente ans, et parut un peu surprise de se voir présentée à moi. Junior Jones, terriblement rapide pour sa taille, s'empressa de s'écarter.

— C'est toi, l'haltérophile ? fit Sabrina Jones.

— Je n'ai que quinze ans, mentis-je.

Après tout, je n'en étais plus très loin.

— Bonté divine, fit Sabrina Jones.

Elle était si jolie que je n'osais la regarder.

« Junior ! glapit-elle.

Mais Junior Jones — malgré tous ses kilos — était devenu invisible.

Tout était clair : il avait eu besoin d'une voiture pour venir de Philadelphie, et afin de ne pas décevoir Franny en se décommandant, il s'était rabattu sur sa sœur aînée, et la voiture de sa sœur, sous prétexte de lui arranger une rencontre avec moi.

« Il m'avait dit que Franny avait un grand frère, dit Sabrina, d'un ton chagrin.

Je suppose que Junior Jones avait songé à Frank. Sabrina Jones était secrétaire dans un cabinet d'avocats de Philadelphie ; elle avait vingt-neuf ans.

« *Quinze* ans, siffla-t-elle entre ses dents, qui n'avaient pas la blancheur de l'éclatante dentition de son frère.

Les dents de Sabrina étaient d'une taille parfaite, et bien plantées, mais elles avaient une teinte nacrée. Non qu'elles fussent sans charme, mais elles étaient imparfaites, la seule imperfection visible de toute sa personne. Dans mon insécurité, il était nécessaire que je le remarque. Je me sentais empêtré — bourré de bananes, comme aurait dit Frank.

— On aura un orchestre, dis-je, en regrettant aussitôt mes paroles.

— Chouette, fit Sabrina Jones, mais avec gentillesse ; elle souriait. Tu sais danser ? demanda-t-elle.

— Non, avouai-je.

— Oh ! tant pis, fit-elle.

Elle faisait de son mieux pour avoir de l'humour.

« Mais tu te défends aux poids, il paraît ?

— Pas aussi bien que Junior, dis-je.

— Moi, ça me ferait plaisir de lui lâcher quelques poids sur la tête, à Junior, dit-elle.

Frank traversa le hall en titubant, remorquant à grand-peine la malle de Junior Jones bourrée de vêtements d'hiver ; il parut incapable de passer au large des bagages de Bitty Tuck, entassés au pied de l'escalier, et lâcha la malle. Assise sur la dernière marche, et perdue dans la contemplation de Sabrina Jones, Lilly sursauta de frayeur.

— Voici ma sœur Lilly, dis-je à Sabrina, et ça, c'est Frank, ajoutai-je, le doigt pointé vers le dos de Frank qui s'esquivait furtivement.

L'HÔTEL NEW HAMPSHIRE

Franny et Bitty Tuck piaillaient je ne sais où, et je savais que Junior Jones était allé trouver mon père — pour lui exprimer ses condoléances au sujet de la mort de Coach Bob.

— Salut, Lilly, fit Sabrina.

— Je suis une naine, dit Lilly. Et jamais je ne grandirai davantage.

Sans doute Sabrina Jones estima-t-elle que la nouvelle cadrait parfaitement bien avec la déception provoquée en elle par la découverte de mon âge : elle ne parut pas surprise.

— Voilà qui est intéressant, dit-elle.

— Tu vas grandir, Lilly, dis-je. Du moins, tu grandiras un peu, et tu n'es pas une naine.

— Je m'en fiche, dit Lilly, en haussant les épaules.

Une silhouette traversa vivement le palier à l'angle de l'escalier — pratiquement nue à l'exception d'un pagne noir décoré de perles multicolores sur les hanches et barbouillée de peinture de guerre, elle brandissait un tomahawk.

— Ça, c'était Egg, dis-je, épiant les yeux médusés de Sabrina Jones, et sa jolie bouche entrouverte — comme si elle cherchait ses mots.

— C'était un petit Indien, dit-elle. Pourquoi est-ce qu'on l'appelle Egg ?

— Je sais pourquoi ! intervint Lilly.

Toujours assise sur sa marche, elle leva la main — comme une élève qui cherche à attirer l'attention. J'étais heureux qu'elle fût là ; j'avais horreur d'avoir à expliquer le nom de Egg. Egg avait toujours été appelé Egg, et ce du jour où pendant la grossesse de maman, Franny lui avait demandé quel nom on donnerait au nouveau bébé.

— Pour le moment, ce n'est rien d'autre qu'un *œuf*, avait dit Frank, d'un ton sinistre.

Ses connaissances en biologie nous laissaient toujours pantois. Ce fut ainsi que, à mesure que maman prenait de l'embonpoint, nous nous étions mis à dire *Œuf* en parlant de l'œuf, avec une conviction grandissante. Nos parents espéraient avoir une troisième fille, pour la simple raison que le bébé devait naître en avril et qu'à leur idée, April était un nom charmant pour une fille ; ils ne savaient pas trop quel nom choisir pour un garçon, mon père ayant horreur du sien, Win, et ma mère — malgré son affection pour Iowa Bob — ne tenant pas tellement à avoir un Robert Jr. dans la famille. Quand il devint clair que l'œuf serait un garçon, il y avait longtemps qu'il était un *Œuf* — dans la famille du moins — et le nom (comme on dit) lui resta. Egg n'avait pas d'autre nom.

— Il a commencé par être un œuf, et il est resté un œuf, expliqua Lilly.

186

— Merde alors, dit Sabrina.

Je souhaitais que quelque chose de spectaculaire se produise soudain, pour faire diversion... pour me faire oublier la honte que j'éprouvais à l'idée (qui me hantait) de l'impression que notre famille devait donner aux gens de l'extérieur.

— Tu comprends, expliquait souvent Franny, bien des années plus tard, nous ne sommes pas des excentriques, nous ne sommes pas des phénomènes. Les uns pour les autres, disait Franny, nous sommes d'une banalité navrante.

Et elle avait raison : les uns pour les autres, nous étions normaux et gentils comme du bon pain, tout simplement une famille. Dans une famille, même les outrances ont du sens ; ce sont toujours des outrances logiques, rien de plus.

Mais la honte que je ressentais en présence de Sabrina Jones m'incitait à avoir honte de nous tous. Ma honte englobait même des étrangers à la famille. J'avais honte pour Harold Swallow chaque fois que je lui parlais ; je redoutais toujours que quelqu'un s'avise de se moquer de lui et lui fasse de la peine. Et, en cette veille du Jour de l'An, j'avais honte de Ronda Ray, qui se pavanait dans la robe que Franny avait offerte à maman ; et même j'avais honte de l'orchestre, l'abominable groupe rock baptisé Ouragan Doris.

Je reconnus Sleazy Wales, un sale voyou qui, bien des années auparavant, m'avait menacé lors d'un concert en matinée. Il avait pétri une grosse boulette de pain, souillée d'huile par ses grosses mains de mécanicien ; il m'avait fourré la boulette sous le nez.

— T' veux bouffer ça, môme ? avait-il demandé.

— Non merci, avais-je dit.

Frank s'était levé d'un bond pour se précipiter dans la travée, mais, m'agrippant le bras, Sleazy Wales m'avait plaqué sur mon siège.

— Bouge pas, avait-il dit.

J'avais promis et, tirant alors un long clou de sa poche, il en avait transpercé la boulette. Puis il avait coiffé la boulette de son poing, le clou saillant de façon menaçante entre son médium et son annulaire.

« T'as envie que je te crève tes foutus yeux ? avait-il menacé.

— Non merci.

— Ben, dans ce cas, tire ton cul d'ici ! avait-il dit.

N'empêche que j'avais eu honte pour lui. Je m'étais mis en quête de Frank qui, chaque fois que quelque chose lui faisait peur au cinéma, se réfugiait près du distributeur d'eau. Frank me faisait souvent honte lui aussi.

A l'Hôtel New Hampshire, en cette veille du Jour de l'An, je vis d'emblée que Sleazy Wales ne m'avait pas reconnu. Trop de kilomètres, trop d'haltères, trop de bananes nous séparaient désormais ; s'il s'avisait encore de me menacer avec son pain et ses clous, je n'aurais aucune peine à le broyer entre mes bras. Depuis la matinée en question, il ne semblait pas avoir grandi. Efflanqué et grisâtre, le teint couleur de cendrier sale, il voûtait ses épaules dans sa chemise Gulf et s'efforçait de marcher comme si chacun de ses bras avait pesé cinquante kilos. J'estimai que son corps tout entier, y compris les tourne-à-gauche et autres gros outils qu'il trimballait, ne devait pas peser plus de soixante-cinq kilos. J'aurais été capable de le soulever facile une bonne demi-douzaine de fois.

L'Ouragan Doris ne semblait pas outre mesure déçu par l'absence d'un public ; peut-être étaient-ils même soulagés de n'avoir ce jour-là que de rares badauds pour les regarder tandis qu'ils traînaient leurs minables accessoires aux couleurs agressives de prise en prise pour brancher leur sono.

— Recule le micro, Jake, et fais pas le con, tels furent les premiers mots que j'entendis Doris Wales prononcer.

Le contre-bassiste (nommé Jake), un autre crasseux minable en chemise GULF, contemplait avec horreur le micro, comme pétrifié, comme s'il vivait dans la terreur de recevoir une décharge électrique — et de faire le con. Sleazy Wales gratifia l'autre musicien d'un bon coup de poing dans les reins ; le gros batteur, un nommé Danny, encaissa le coup avec dignité — mais avec une indéniable souffrance.

Doris était une grosse femme aux cheveux couleur paille, dont le corps semblait avoir été plongé dans l'huile de maïs ; on eût dit qu'elle avait alors enfilé sa robe trempée. La robe s'accrochait à ses rondeurs, plongeait et s'affaissait sur ses concavités ; une ligne de boutons, ou de morsures — des « suçons » comme disait Franny — piquetait la poitrine et le cou de Doris comme une éruption ; les marques ressemblaient à des traces de fouet. Elle était barbouillée de rouge à lèvres prune, qui souillait plusieurs de ses dents ; se tournant vers Sabrina Jones et moi, elle nous interpella :

— Qu'est-ce que vous voulez, de la musique pour gambiller, ou de la musique pour se peloter ? Ou les deux ?

— Les deux, fit Sabrina, sans rater une mesure.

Mais j'eus la certitude que, même si le monde entier avait bien voulu cesser de s'offrir des guerres, des famines et autres périls, les êtres humains auraient encore trouvé le moyen de se faire mourir de honte. Notre autodestruction aurait peut-être pris plus longtemps, mais je suis persuadé qu'elle n'en aurait pas été moins complète.

Doris Wales, quelques mois après l'ouragan dont elle portait le nom, avait entendu à la radio le *Heartbreak Hotel* d'Elvis Presley alors qu'elle-même se trouvait dans un hôtel. Elle nous confia, à Sabrina et à moi, qu'elle avait eu alors une authentique expérience mystique.

— Vous comprenez ? dit Doris. J'étais là dans une piaule, avec un mec, dans un véritable hôtel, et v'là que tout à coup cette chanson passe à la radio. Et cette chanson m'a dit ce que je devais sentir. C'était y a environ six mois. Depuis j'ai jamais été la même.

Je pensai au type qui se trouvait dans la piaule avec Doris Wales au moment de son expérience mystique : où était-il maintenant ? Etait-il, lui, resté le même depuis ?

Doris Wales ne chantait qu'Elvis Presley ; quand la chose paraissait appropriée, elle changeait le *il* en *elle* (et vice versa) ; cette improvisation et le fait, comme le soulignait Junior Jones, qu'elle ne fût « pas noire », expliquait qu'il fût presque intolérable de l'écouter.

Désireux de faire la paix avec sa sœur, Junior Jones invita Sabrina pour la première danse ; je me souviens encore du morceau, *Baby, let's play House,* et, plusieurs fois, Sleazy Wales couvrit la voix de sa mère sous son électricité.

— Seigneur Dieu, dit mon père. Combien est-ce que nous les payons ?

— Ne t'en fais pas, dit ma mère. Au moins tout le monde peut s'amuser.

Pourtant, on pouvait en douter, même si Egg semblait bien s'amuser ; il portait une toge et les lunettes de soleil de maman, et il restait hors de portée de Frank, qui rôdait à la lisière de la zone éclairée, au milieu des tables et des chaises vides — sans doute en se marmonnant son dégoût.

Je m'excusai auprès de Bitty Tuck de l'avoir appelée Titsie — cela m'avait échappé.

— D'accord, John-John, dit-elle, d'un ton faussement indifférent — ou pire encore : plein d'une authentique indifférence.

Lilly m'invita à danser, mais j'étais trop timide ; puis Ronda Ray m'invita, et j'étais trop timide pour refuser. Lilly sembla peinée et refusa lorsque galamment papa l'invita. Ronda Ray me faisait pivoter avec ardeur tout autour de la piste.

— Je sais que je suis en train de te perdre, me dit Ronda. Un bon conseil : quand on se prépare à lâcher quelqu'un, c'est lui qu'on prévient en premier.

J'espérais que Franny allait venir nous séparer, mais Ronda nous catapulta contre Sabrina et Junior, qui manifestement se disputaient.

« On change ! s'écria gaiement Ronda, en entraînant Junior.

L'Ouragan Doris, au prix d'une inoubliable transition où la voix stridente de Doris se mêlait à une cacophonie d'instruments torturés, changea soudain de vitesse et nous gratifia de *I love you because* — un morceau langoureux propice au corps à corps, tout au long duquel je tremblai entre les bras fermes de Sabrina Jones.

— Tu te débrouilles pas si mal, fit-elle. Qu'est-ce que tu attends pour faire du plat à la petite Tuck — l'amie de ta sœur ? Elle est à peu près de ton âge.

— Elle a dix-huit ans, dis-je, et je ne sais pas comment faire du plat à quelqu'un.

J'aurais aimé me confier à Sabrina, lui dire que malgré la nature charnelle de ma relation avec Ronda Ray, cet épisode ne m'avait en fait pas appris grand-chose. Avec Ronda, il n'y avait pas de préliminaires ; on passait d'emblée à l'amour génital, mais Ronda refusait obstinément de me laisser l'embrasser sur la bouche.

— C'est comme ça que les pires microbes se propagent, m'affirmait Ronda. Par la bouche.

— Je ne sais même pas comment embrasser, dis-je à Sabrina Jones, qui parut perplexe devant ce qui — pour elle — était un coq-à-l'âne.

Franny, qui voyait d'un mauvais œil la façon dont Ronda Ray dansait le morceau langoureux avec Junior, les sépara, et je retins mon souffle — dans l'espoir que Ronda ne viendrait pas me revendiquer.

— Détends-toi, fit Sabrina Jones. Une vraie boule de nerfs.

— Désolé, dis-je.

— Jamais d'excuses devant l'autre sexe, dit-elle. Sinon tu n'arriveras jamais à rien.

— A rien ? fis-je.

— A rien après les baisers, expliqua Sabrina.

— Je suis même pas capable d'en arriver aux baisers, expliquai-je.

— Facile, pourtant, dit Sabrina. Pour en arriver aux baisers, suffit de se comporter comme si on savait embrasser : comme ça, y a toujours quelqu'un prêt à te laisser essayer.

— Mais je ne sais pas comment faire !

— C'est facile, dit Sabrina. T'as qu'à t'entraîner.

— Personne avec qui m'entraîner, dis-je.

Mais je pensai, une fraction de seconde, à Franny.

— Essaie avec la petite Bitty Tuck, chuchota Sabrina en riant.

— Mais faut que j'aie l'air de savoir comment faire, insistai-je, et je ne sais pas.

— Et voilà, ça recommence, dit Sabrina. Je suis trop vieille pour me charger de ton apprentissage. Ce serait mauvais pour nous deux.

Ronda Ray, qui patrouillait la piste de danse, repéra Frank derrière les chaises vides, mais Frank s'enfuit sans lui laisser le temps de l'inviter. Egg avait disparu, et sans doute Frank avait-il attendu l'occasion de pouvoir le coincer en tête à tête. Lilly dansait, stoïque, avec un des amis de nos parents, Mr. Matson, un type malencontreusement grand — bien que, petit, il aurait encore été trop grand pour Lilly. Ils donnaient l'impression de deux monstres de cirque exécutant un numéro balourd et vaguement obscène.

Papa dansait avec Mrs. Matson, et maman était au bar, où elle bavardait avec un vieux type que l'on voyait presque tous les soirs à l'Hôtel — un copain de bouteille de Coach Bob ; il s'appelait Merton et travaillait comme contremaître à la scierie. Merton était un homme massif et trapu, affligé d'une patte folle et doté d'énormes mains tout enflées ; il écoutait ma mère sans grande conviction, le visage assombri par l'absence de Coach Bob ; ses yeux, voracement fixés sur Doris Wales, semblaient dire que si peu de temps après l'ultime départ de Bob, la présence de l'orchestre avait quelque chose d'inconvenant.

« De la variété, me susurra Sabrina Jones à l'oreille. Voilà le secret d'embrasser.

— " Y a cent mille raisons pour que je t'aime ! " psalmodiait Doris Wales.

Egg était de retour ; il avait endossé sa défroque de Gros Poulet ; puis il disparut de nouveau. Bitty Tuck avait l'air de s'ennuyer à mourir ; elle semblait hésiter à faucher Junior à Franny. Et elle était si sophistiquée, comme aurait dit Franny, qu'elle ne savait pas quoi dire à Ronda Ray, qui s'était préparé un verre au bar. Planté sur le seuil de la cuisine, Max Urick contemplait la salle bouche bée.

— Des petits coups de dents, et des petits coups de langue, disait Sabrina Jones, mais l'important, c'est de faire tourner ses lèvres.

— Vous voulez un verre ? proposai-je. Après tout vous avez l'âge. Mon père a mis un carton de bière au frais dans la neige, près de l'entrée de service, pour nous. A ce qu'il dit, il ne peut pas nous laisser boire au bar, mais *vous* vous pouvez.

— Montre-la-moi, cette entrée de service, dit Sabrina Jones. Je vais prendre une bière avec toi. Mais, bas les pattes, hein ?

Nous quittâmes la piste, par bonheur juste à temps pour couper à *I don't care if the sun don't shine* que, par une transition fracassante, attaquait Doris Wales — sur un rythme qui poussa Bitty Tuck à intercepter Franny pour lui faucher Junior. Ronda remarqua ma sortie et se mit à bouder.

A l'entrée de service, nous tombâmes sur Frank, en train de pisser contre les poubelles ; il sursauta. Godiche comme toujours, il leva le bras et il fit semblant de nous montrer où se trouvait la bière.

— Tu as un décapsuleur, Frank ? demandai-je.

Mais déjà il s'évanouissait dans le brouillard qui enveloppait Elliot Park — le sempiternel et lugubre brouillard qui était notre lot presque à longueur d'hiver.

Sabrina et moi ouvrîmes nos bières dans le hall, au comptoir de la réception où Frank laissait en permanence un décapsuleur accroché à un clou par un bout de ficelle ; pour ouvrir ses Pepsi-Cola quand il était de permanence au standard. Dans une tentative maladroite pour m'asseoir près de Sabrina, sur la malle de Junior Jones bourrée de ses vêtements d'hiver, j'éclaboussai les bagages de Bitty Tuck.

— Tu pourrais essayer de gagner ses faveurs, disait Sabrina, en lui offrant de monter ses bagages dans sa chambre.

— Et vous, où ils sont vos bagages ? demandai-je à Sabrina.

— Pour une seule nuit, dit Sabrina, je n'emporte jamais de valise. Et pas la peine de me proposer de me montrer *ma* chambre. Je suis capable de la trouver toute seule.

— N'empêche que je pourrais vous la montrer, dis-je.

— Bon, eh bien d'accord, fit-elle. J'ai un livre à lire. Je m'en passerais bien, de cette soirée, ajouta-t-elle. Autant que je me prépare au long voyage qui m'attend pour rentrer à Philadelphie.

Je l'accompagnai jusqu'à la porte de sa chambre, au premier. Je n'avais nullement l'intention de lui faire du plat, comme elle disait ; d'ailleurs, je n'en aurais pas eu le courage.

— Bonne nuit, marmonnai-je devant la porte, en m'effaçant pour la laisser entrer.

Elle réapparut aussitôt.

— Hé, dit-elle, en rouvrant sa porte sans me laisser le temps de quitter le couloir. Si tu n'essaies pas, tu n'arriveras jamais à rien. Tu n'as même pas essayé de m'embrasser.

— Pardon, dis-je.

— Surtout t'excuse jamais ! fit Sabrina.

Là, dans le couloir, elle se plaqua tout contre moi, et me laissa l'embrasser.

« Commençons par le commencement, dit-elle. D'abord, tu as l'haleine fraîche — c'est un bon point. Mais cesse de trembler, et, au début, fais attention à ce que les dents ne se touchent pas ; et n'essaie pas de m'éperonner avec ta langue.

Nous fîmes un nouvel essai.

« Garde tes mains dans tes poches ! Les dents, attention. C'est mieux, fit-elle en se reculant jusque dans sa chambre.

Elle me fit signe de la suivre.

« Et bas les pattes, hein, dit-elle. Garde tes mains dans tes poches, les deux pieds bien à plat sur le plancher.

Je titubai pour me rapprocher d'elle. Nos dents se heurtèrent, violemment ; elle renversa la tête en arrière, s'écartant brusquement et, quand je la regardai, je vis, chose incroyable, qu'elle tenait dans sa main une rangée de dents supérieures.

« Merde ! s'écria-t-elle. J'ai dit attention aux dents, non !

Quelques instants horribles, je crus que je lui avais fait sauter les dents, mais elle me tourna le dos :

« Ne regarde pas, dit-elle, c'est un dentier. Éteins la lampe.

J'obéis, et sa chambre fut plongée dans le noir.

— Pardon, répétai-je, désespéré.

— Ne t'excuse pas, murmura-t-elle. J'ai été violée.

— Oui, dis-je.

J'avais toujours su que cette histoire remonterait à la surface.

« Franny aussi.

— C'est ce qu'on m'a dit, dit Sabrina Jones. Mais au moins, elle, on ne lui a pas fait sauter les dents avec un bout de tuyau. Je me trompe ?

— Non.

— C'est pour embrasser que j'ai des emmerdes, chaque fois c'est le même coup, bordel, dit Sabrina. Juste quand ça commence à devenir bon, mes dents du haut fichent le camp, ou alors, un connard me cogne trop fort dessus.

Je m'abstins de m'excuser ; je tendis la main, mais elle m'arrêta :

« Garde tes mains dans tes poches.

Puis elle vint se plaquer contre moi :

« Si tu m'aides, je suis prête à t'aider moi aussi. Je t'apprendrai à embrasser, mais à condition que tu me dises une chose, une chose que j'ai toujours eu envie de savoir. Et jamais je n'ai osé poser la question à personne. C'est un secret, et j'essaie de le garder.

— Oui, acquiesçai-je, terrifié — terrifié à l'idée que j'ignorais ce à quoi j'acquiesçais.

— Je veux savoir si c'est meilleur sans mes foutues dents, dit-elle, ou si c'est dégueulasse. J'ai toujours eu dans l'idée que ça serait dégueulasse, c'est pourquoi j'ai jamais essayé.

Elle passa dans la salle de bains et je restai à l'attendre, dans le noir, l'œil rivé sur le trait de lumière qui encadrait la porte — puis la lumière s'éteignit et Sabrina fut de retour près de moi.

Chaude et mobile, sa bouche était une caverne nichée au cœur du monde. Sa langue était longue et ronde, et ses gencives dures, sans être brutales, tandis qu'elle me mordillait à petits coups.

« Un peu moins avec les lèvres, marmonna-t-elle, un peu plus avec la langue. Non, non, pas tant. Ça c'est dégoûtant ! Oui, mords, doucement, ça c'est bon. Attention, remets tes mains dans tes poches — je plaisante pas ! Alors, tu aimes ?

— Oh oui, fis-je.

— Vraiment ? C'est vrai, c'est vraiment meilleur ?

— C'est plus *profond !* dis-je.

Elle s'esclaffa.

— Mais meilleur aussi, non ? insista-t-elle.

— Merveilleux, avouai-je.

— Remets tes mains dans tes poches. Te laisse pas emporter. Pas de sentiment. Aïe !

— Pardon.

— T'excuse pas. Seulement, mords pas si dur. Tes mains dans les poches. Je plaisante pas. T'excite pas. *Dans les poches !*

Et ainsi de suite, jusqu'au moment où je fus déclaré initié, et prêt pour Bitty Tuck, et le monde, et congédié de la chambre de Sabrina Jones ; les mains toujours dans les poches, j'emboutis la porte de la chambre 2B.

— Merci, lançai-je à Sabrina.

Dans le couloir éclairé, et toujours sans ses dents, elle se risqua à me sourire — un sourire marron rose, bleu rose, tellement plus joli que l'éclat bizarre et nacré de ses fausses dents.

Elle m'avait sucé les lèvres pour les faire gonfler, m'avait-elle expliqué, et ce fut avec une lippe que je fis mon entrée dans la salle du restaurant, conscient des pouvoirs de ma bouche, prêt à montrer à Bitty Tuck ce que c'était qu'embrasser. Mais à grands renforts de gémissements, l'Ouragan Doris exécutait *I Forgot to remember to forget ;* Ronda Ray, plongée dans l'hébétude, était affalée sur le bar, la robe neuve de ma mère troussée jusqu'au bourrelet de ses hanches, où un vilain bleu, pareil à l'empreinte d'un pouce, me dévisageait. Merton, le contremaître de la scierie, échangeait des histoires avec mon père — des histoires qui, je le savais, concernaient toutes Iowa Bob.

— " J'ai oublié de me souvenir d'oublier ", geignait Doris Wales.

La pauvre Lilly, qui toute sa vie serait trop petite pour se sentir à l'aise dans une fête — ce qui ne l'empêcherait pas de penser aux fêtes à venir, et avec plaisir —, était montée se coucher. Egg, vêtu de façon normale, boudait assis sur une des chaises vissées ; son petit visage était gris, comme s'il avait mangé quelque chose qui lui était resté sur l'estomac, comme s'il se contraignait à rester éveillé jusqu'à minuit — comme s'il avait perdu Sorrow.

194

Frank, du moins l'imaginai-je, était resté dehors à boire la bière froide stockée près de l'entrée de service, ou sirotait ses Pepsi-Cola à la réception, ou encore devant la console de l'interphone — en écoutant Sabrina Jones qui lisait un livre et fredonnait avec sa bouche merveilleuse.

Ma mère et les Matson surveillaient sans complaisance Doris Wales. Seule Franny faisait tapisserie — Bitty Tuck évoluait sur la piste, dans les bras de Junior Jones.

— Viens, dis-je à Franny, en l'empoignant.

— Tu ne sais pas danser, dit Franny.

Mais elle se laissa entraîner.

— Je sais embrasser, lui chuchotai-je à l'oreille.

Et j'essayai de l'embrasser, mais elle me repoussa.

— On change ! lança-t-elle à Junior et Bitty.

Et Bitty se retrouva dans mes bras, déjà morte d'ennui, comme par enchantement.

— Arrange-toi pour danser avec elle à minuit pile, m'avait conseillé Sabrina Jones. A minuit, quand on est avec quelqu'un, faut l'embrasser. Tu l'embrasses une fois, et elle sera ferrée. Seulement, ne va pas bousiller le premier baiser.

— Est-ce que tu aurais bu, John-John ? me demanda Bitty. Tu as les lèvres tout enflées.

Doris Wales, la voix rauque et tout en sueur, nous gratifia alors de *Tryin' to get you,* encore un de ces morceaux mal fichus, ni lents ni rapides, qui contraignit Bitty Tuck à choisir entre coller ou non. Elle n'avait pas encore fait son choix que Max Urick jaillit de la cuisine, coiffé de sa casquette de marin, un sifflet d'arbitre coincé entre les dents ; il lança un coup de sifflet si strident qu'au bar Ronda elle-même s'agita un peu. « Joyeuse année à tous ! », glapissait Max ; et Franny, se haussant sur la pointe des pieds, gratifia Junior Jones d'un délicieux baiser, tandis que ma mère se précipitait à la recherche de mon père. Merton, le contremaître de la scierie, jeta un coup d'œil en direction de Ronda Ray de nouveau à demi assoupie, mais il se ravisa aussitôt. Et Bitty Tuck, avec un haussement d'épaules résigné, m'octroya un sourire condescendant, un de plus, et je me souvins des moindres luxuriances de l'insondable bouche de Sabrina Jones ; je passai à l'action, comme on dit. Les dents, un contact léger, mais rien d'agressif ; l'incursion de la langue au-delà des dents, mais une simple esquisse de pénétration plus profonde ; et les dents qui patinaient sous la lèvre supérieure. Je sentais les merveilleux seins de Bitty Tuck, objets de tant de commentaires, là, pareils à deux poings moelleux, qui repoussaient ma poitrine, mais je gardai mes mains au fond de mes poches, sans forcer la note ; elle restait libre de se dégager, mais elle préféra ne pas rompre le contact.

— Merde alors ! s'exclama Junior Jones, tirant un instant Bitty Tuck de sa concentration.

— Titsie ! fit Franny. Mais qu'est-ce que tu fais donc à mon frère ?

Je parvins à prolonger le contact avec Titsie Tuck, m'attardant sur sa lèvre supérieure, lui mordillant la langue qu'elle m'avait abandonnée, tout à coup, trop. Suivit un instant de gêne, quand je retirai mes mains de mes poches, car Bitty avait décidé que *Tryin' to get you* se prêtait au corps à corps.

— Où est-ce que tu as appris à faire ça ? chuchota-t-elle, ses seins pareils à deux chatons chauds nichés contre mon torse.

Sans laisser aux Ouragan Doris le temps de changer de rythme, nous quittâmes la piste.

A l'entrée de service, Frank avait laissé la porte ouverte, et un courant d'air balayait le hall ; dehors, dans la gadoue et les ténèbres, Frank urinait — un jet puissant — contre une poubelle. Sous le décapsuleur accroché à son bout de ficelle, le plancher était jonché de capsules de bouteilles de bière. Je soulevai à pleins bras les bagages de Bitty Tuck :

« Comment, tu ne vas pas faire deux tours ? dit-elle.

Dehors, Frank lâcha un énorme rot, un coup de gong primitif qui ponctuait l'arrivée de l'an neuf et, resserrant ma prise sur les valises, je me mis à grimper les trois étages, Bitty dans mon sillage.

« Ça alors, dit-elle. Je savais que tu étais costaud, John-John, mais tu pourrais aussi te faire embaucher à la télévision — tu embrasses si bien !

Et je me demandais ce qu'elle s'imaginait : ma bouche comme une réclame, en train de bécoter une caméra à bout portant.

Du coup, j'en oubliai la douleur qui me mordait les reins, me félicitai d'avoir, ce matin-là, renoncé à mes tractions et flexions, et hissant les bagages de Bitty Tuck jusqu'au troisième, les déposai devant la chambre A. Les fenêtres étaient ouvertes, mais je n'entendais plus le bruit de courant d'air que, des heures auparavant, m'avait transmis l'interphone ; sans doute le vent était-il tombé. On aurait dit que les bagages jaillissaient de mes bras, soudain plus légers de multiples kilos, et Bitty Tuck me poussa vers le lit.

« Fais-le-moi encore, dit-elle. Je parie que t'en es pas capable. Je parie que c'était la première fois et que t'as eu un coup de chance.

Aussi me remis-je à l'embrasser, m'autorisant cette fois à accentuer la pression de mes dents et à accorder un peu plus de liberté à ma langue.

« Seigneur, marmonna Bitty Tuck, en me caressant. Sors tes mains de tes poches ! Oh, une minute, faut que je passe à la salle de bains.

Quand elle alluma dans la salle de bains, elle ajouta :

« Oh, Franny m'a laissé son séchoir, c'est gentil ça ! »

Ce fut alors que, pour la première fois, l'*odeur* me frappa — une odeur caractéristique, plus encore qu'une odeur de marécage : une odeur de brûlé, et pourtant bizarrement mouillée, une odeur désagréablement composite de feu et d'eau. Je compris d'où venait le bruit de courant d'air que m'avait transmis l'interphone, le séchoir, mais je n'eus pas le temps d'atteindre la salle de bains pour empêcher Bitty Tuck d'en voir davantage.

« Qu'est-ce que c'est que ce truc enveloppé dans le rideau de la douche ? fit-elle. *Gaaaaaaaaaaaaaa !* »

Son hurlement me figea net entre le lit et la porte de la salle de bains. Même Doris Wales, qui trois étages plus bas gémissait de plus belle en poussant *You're a heartbreaker,* dut entendre. Sabrina Jones me dit plus tard que son livre lui avait échappé des mains. Au bar, Ronda Ray se redressa, comme galvanisée, sur un tabouret, du moins le temps d'une éphémère seconde ; Sleazy Wales, me dit Junior Jones, s'imagina que le cri avait jailli de son ampli, mais personne d'autre ne fut dupe.

— Titsie ! hurla Franny.

— Seigneur Dieu ! dit mon père.

— Merde alors ! fit Junior Jones.

Je parvins le premier à extirper Bitty de la salle de bains. Elle avait tourné de l'œil et s'était affalée contre la cuvette miniature, le corps coincé sous le lavabo pour enfants. La baignoire, de taille normale, à demi-pleine d'eau, avait accroché son regard tandis qu'elle s'insérait son diaphragme — à l'époque, les diaphragmes étaient très sophistiqués. Le rideau de la douche flottait dans la baignoire ; Bitty s'était penchée et avait soulevé le rideau, juste assez pour entrevoir la tête grisâtre et submergée de Sorrow — une tête de cadavre. Un cadavre de chien noyé, au masque encore marqué par l'épouvantable férocité de son ultime et farouche combat contre la mort, que l'eau effaçait peu à peu.

Il est rare que celui qui découvre un cadavre s'en tire indemne. Par bonheur, le cœur de Bitty était jeune et fort ; je le sentis cogner contre sa poitrine quand j'allongeai Bitty sur le lit. Jugeant que c'était là un moyen de la ranimer, je l'embrassai, et si ses yeux s'ouvrirent et s'éclairèrent un bref instant, elle se remit pourtant à hurler — plus fort.

— Ce n'est que Sorrow, lui dis-je, comme si cela expliquait tout.

Sabrina Jones, qui n'avait que deux étages à monter, fut la première à surgir dans la chambre A. Elle me foudroya du regard, convaincue de toute évidence que j'étais en train de perpétrer un viol, et me dit :

— Tu auras fait quelque chose que je ne t'ai jamais montré, je parie !

Elle pensait visiblement que Bitty avait subi des baisers maladroits.

Bien entendu, le coupable du méfait était Egg. Enfermé dans la chambre de Bitty, il avait braqué le séchoir sur Sorrow, et l'affreux chien avait pris feu. Saisi de panique, Egg avait jeté l'animal en feu dans la baignoire et l'avait recouvert d'eau. Le feu éteint, Egg avait ouvert les fenêtres pour chasser l'odeur de roussi, puis, exténué et au comble de la fatigue, juste avant minuit — de peur d'être surpris par Frank qui comme toujours rôdait partout —, Egg avait dissimulé la carcasse sous le rideau de la douche, le chien imbibé d'eau étant trop lourd pour qu'il puisse le soulever ; puis Egg était passé dans notre chambre et, dans l'attente d'un éventuel châtiment, avait remis ses vêtements habituels.

— Mon Dieu, dit Frank d'un air sombre en voyant Sorrow. Cette fois, je crois qu'il est foutu ; impossible de le retaper.

Les Doris eux-mêmes se rassemblèrent dans la chambre de Bitty pour rendre un dernier hommage à l'horrible Sorrow.

— Je voulais qu'il redevienne beau ! s'écria Egg. Il était beau autrefois, je voulais qu'il redevienne beau.

Emporté par un brusque élan de pitié, Frank paraissait, pour la première fois, comprendre quelque chose à la taxidermie.

— Egg, Egg, raisonna-t-il l'enfant secoué de sanglots. Moi, je sais comment faire pour qu'il redevienne beau. Tu aurais dû me laisser faire. Je suis capable d'en faire n'importe quoi, plastronnait Frank. Je le peux encore. Tu veux qu'il soit beau, Egg ? Eh bien, je m'en charge.

Mais Franny et moi contemplions la baignoire, pénétrés d'un énorme doute. Que Frank eût jeté son dévolu sur un inoffensif labrador pétomane pour le transformer en tueur, passe encore ; mais prétendre retaper ce cadavre véritablement répugnant, avec ses poils emmêlés et brûlés, et qui flottait tout enflé dans la baignoire, était un miracle d'obstination dont nous doutions que Frank lui-même fût capable.

Notre père, pour sa part, se montra l'éternel optimiste ; il paraissait persuadé que cette affaire serait en fin de compte pour Frank une excellente « thérapie » — et, sans aucun doute, elle favoriserait le mûrissement de Egg.

— Si tu es capable de retaper le chien, fils, et de le rendre beau, dit papa à Frank, avec une solennité déplacée, tout le monde en sera très heureux.

— Je pense, moi, que nous devrions le jeter, dit ma mère.

— Moi itou, fit Franny.

— J'ai essayé, gémit Max Urick.

Egg et Frank se mirent alors à hurler et pleurer. Peut-être papa avait-il l'intuition que la restauration de Sorrow entraînerait le pardon de Frank ; le sauvetage de Sorrow parviendrait peut-être à redonner à Frank le respect de lui-même ; et peut-être papa pensait-il que si quelqu'un réussissait à remodeler Sorrow, pour Egg — à en faire « un beau Sorrow[1] » — un petit morceau de Iowa Bob reviendrait parmi nous. Mais comme devait dire Franny, bien des années plus tard, un « beau chagrin », comme on dit, ça n'existe pas ; par définition, le chagrin ne sera jamais beau.

Pouvais-je blâmer mon père de vouloir tenter l'expérience ? Ou Frank de faire naître un optimisme à ce point déprimant ? Et, bien sûr, il n'était pas question de blâmer Egg ; jamais aucun de nous n'aurait eu l'idée de blâmer Egg.

Lilly était la seule à ne pas s'être réveillée, perdue déjà peut-être dans un monde qui n'était pas tout à fait le nôtre. Doris Wales et Ronda Ray, elles, s'étaient abstenues de grimper les trois étages pour contempler le cadavre, mais quand nous les retrouvâmes dans la salle du restaurant, on aurait juré que l'événement les avait quasiment dessoûlées — quand bien même par ouï-dire. Quant aux espérances qu'avait pu caresser Junior Jones de goûter une mini-idylle, la musique les réduisit à néant en s'arrêtant brusquement ; Franny embrassa Junior Jones, lui souhaita bonne nuit et se retira dans sa chambre. Et Bitty Tuck avait beau aimer mes baisers, elle ne put me pardonner l'agression infligée à son intimité dans la salle de bains — par Sorrow et par moi. Je suppose que, plus que tout, elle se sentait mortifiée que je l'eusse surprise dans cette posture disgracieuse — « Tombée dans les pommes en s'enfilant son diaphragme », comme par la suite Franny devait dépeindre la scène.

Je me retrouvai seul avec Junior Jones à l'entrée de service, à boire de la bière glacée et à surveiller Elliot Park dans l'attente problématique de nouveaux rescapés de cette nuit du Nouvel An. Sleazy Wales et les gars de l'orchestre étaient repartis ; Doris et Ronda étaient affalées sur le bar — une sorte de camaraderie, floue et embrumée, avait soudain surgi entre elles. Puis, à brûle-pourpoint, Junior Jones me dit :

— Sauf le respect que je dois à ta sœur, vieux, je bande comme un cerf.

— Moi itou, dis-je, sauf le respect que je dois à la tienne.

---

1. Jeu de mots. *Sorrow* : chagrin. *(N.d T.)*

Le rire des femmes nous parvint du restaurant et Junior Jones reprit :

— Si on essayait de lever les dames du bar, qu'en dis-tu ?

Je n'osai pas lui avouer la répugnance que m'inspirait cette idée — moi qui avais déjà laissé l'une d'elles me lever —, mais en y repensant par la suite, j'eus honte de l'empressement que je mis à trahir Ronda : elle n'était pas difficile à lever, dis-je à Junior, il ne lui en coûterait qu'un peu d'argent.

Un peu plus tard, je vidai une nouvelle bière, prêtant l'oreille aux pas lourds de Junior qui traînait Ronda jusqu'à l'escalier situé au bout du hall, à l'opposé de l'entrée de service. Et après une autre bière, deux peut-être, j'entendis Doris Wales, restée seule, re-entonner *Heartbreak Hotel,* sans musique cette fois, sautant par-ci par-là quelques mots de sa bible — et en avalant çà et là quelques autres. Puis, me parvint enfin le bruit éloquent de Doris qui vomissait dans l'évier du bar.

Quelques instants plus tard, elle me découvrit dans le hall, sur le seuil de la porte ouverte, et je lui offris la dernière bière glacée.

— Sûr, pourquoi pas ? C'est bon pour couper le flegme. Ce foutu *Heartbreak Hotel,* ajouta-t-elle. Idiot, mais ça me remue toujours.

Doris Wales avait remis ses bottes de cow-boy qui lui arrivaient aux genoux et tenait à la main ses talons hauts à fines lanières vertes ; dans son autre main, elle trimballait son manteau, un tweed à mouchetures tristes orné d'un col de fourrure maigrelet.

« C'est jamais que du rat musqué, dit-elle, en le frottant contre ma joue.

Sa main, qui tenait les talons hauts, agrippa par le col la bouteille de bière, qu'elle vida presque jusqu'à la dernière goutte, la tête renversée en arrière ; les boutons qui piquetaient sa gorge semblaient avoir été gravés à l'aide d'une pièce de cinquante cents incandescente. Elle lâcha la bouteille et l'envoya valser dehors d'un coup de pied, en direction des poubelles. S'approchant tout contre moi, elle me fourra sa cuisse entre les jambes ; elle m'embrassa sur la bouche, un baiser comme Sabrina Jones ne m'en avait pas encore montré ; un baiser pareil à un morceau de fruit mou que l'on écrasait sur mes dents et me fourrait dans la bouche, à m'en faire suffoquer ; un baiser au goût, tenace, de vomi et de bière.

« Je passe chercher Sleazy chez ses copains, dit-elle. Tu veux venir ?

Je repensai au jour où, dans le cinéma, Sleazy m'avait donné le choix entre ingurgiter de force sa boulette de pain ou me laisser crever les yeux avec son clou.

— Non merci, fis-je.

— Saloperie de merde, dit-elle, en lâchant un énorme rot. Vous autres, les gosses d'aujourd'hui, v's avez rien dans le ventre.

Me plaquant brutalement contre sa poitrine, elle me serra à m'étouffer contre son corps, dur comme celui d'un homme, mais pourvu de deux seins qui glissaient comme deux poissons pêchés de frais prisonniers de sacs trop grands ; sa langue flâna contre ma mâchoire avant de déraper dans mon oreille.

« T'es un vrai petit chou, chuchota-t-elle.

Puis elle me repoussa.

Elle s'étala dans la gadoue près de l'entrée, mais quand je voulus l'aider à se relever, elle m'envoya valser contre les poubelles et, sans escorte, s'enfonça dans les ténèbres de Elliot Park. J'attendis de la voir émerger de l'obscurité et traverser la flaque de lumière blême dispensée par l'unique réverbère, avant de s'enfoncer de nouveau dans le noir ; quand, un instant, elle surgit dans la lumière, je la hélai :

— Bonne nuit, Mrs. Wales, et merci pour la musique !

Elle me fit signe d'aller me faire voir, glissa, se retint de justesse, et sortit en titubant du cône de lumière — en injuriant quelque chose ou quelqu'un, qui venait de surgir devant elle :

— Non, mais, bordel de merde, dit-elle. Va te faire foutre, compris !

Je me détournai et, à l'abri de la lumière, vomis dans la poubelle la moins bourrée. Quand, de nouveau, je regardai en direction du réverbère, j'aperçus une silhouette titubante qui, au même instant, changeait de cap, et je crus que c'était Doris Wales qui rebroussait chemin pour m'engueuler. Mais c'était quelqu'un qui rentrait lui aussi d'une fête, et marchait dans la direction opposée. Un homme, ou un adolescent monté en graine, qui zigzaguait sous l'effet de l'alcool, mais parvenait néanmoins et malgré la gadoue à se maintenir plus droit que Doris Wales.

— Va te faire voir toi-même, eh rombière ! lança-t-il dans le noir.

— Sale fumier ! piailla Doris, très loin dans l'obscurité.

— Sale pute ! glapit l'homme, qui soudain perdit l'équilibre et s'assit dans la gadoue. Merde, fit-il, sans s'adresser à personne.

Il ne pouvait pas me voir.

Ce fut alors que je remarquai la façon dont il était vêtu. Pantalon noir, chaussures noires, ceinture de smoking noire, nœud papillon — et smoking blanc. Bien sûr, il ne pouvait s'agir de l'homme en smoking blanc ; il lui manquait l'indispensable dignité, et quel que fût le voyage dans lequel il était embarqué, ou venait d'interrompre, ce voyage n'avait rien d'exotique. En outre, nous étions la veille du Jour de l'An, ce qui — en Nouvelle-Angleterre — n'était guère la saison des vestes de smoking blanches. Les vêtements que portait l'homme n'étaient pas de saison, et, bien sûr, il ne pouvait s'agir d'un caprice d'excentrique distingué. A Dairy, New Hampshire, cela ne pouvait signifier qu'une seule chose : quand l'idiot avait voulu louer un smoking, il ne restait plus de vestes noires. Ou encore il ignorait que, dans notre ville, les gens ne s'habillaient pas de la même façon pour sortir en hiver et en été ; ou bien c'était un jeune crétin qui revenait de danser au bal de son lycée, ou un crétin plus âgé qui revenait de danser chez des gens plus âgés (une soirée probablement tout aussi sinistre et morne que celle qu'aurait organisée un lycée). Ce n'était pas *notre* homme en veste de smoking blanche, mais il me l'avait remis en mémoire.

Je constatai alors que l'homme s'était allongé de tout son long dans la gadoue, au pied du reverbère, et s'était endormi. La température était aux environs de zéro.

J'eus le sentiment qu'enfin cette veille de Nouvel An apportait quelque chose : le rôle que j'y avais joué semblait soudain prendre un sens — un sens qui allait bien au-delà de ces bouffées de désir qui m'assaillaient, à la fois vagues et précises. Soulevant l'homme en veste de smoking blanche, je le transportai dans le hall de l'Hôtel New Hampshire ; il était plus facile à véhiculer que les bagages de Bitty Tuck ; il était plutôt léger, pourtant c'était un homme, non un adolescent — en fait, il paraissait plus âgé que mon père, à mes yeux du moins. Et comme je fouillais ses poches pour trouver ses papiers, je vis que j'avais vu juste, il avait loué ses vêtements. PROPRIÉTÉ DE LA MAISON CHESTER. HABITS D'HOMMES, disait l'étiquette de la veste. L'homme, malgré son allure relativement distinguée — du moins pour Dairy, New Hampshire —, n'avait pas de portefeuille, par contre il avait un peigne en argent.

Peut-être Doris Wales l'avait-elle assommé dans le noir, d'où les hurlements que j'avais entendus. Mais non, me dis-je : Doris aurait également fauché le peigne en argent.

L'idée me vint, selon moi astucieuse, d'installer l'homme sur le canapé qui trônait dans l'entrée — histoire de ménager une surprise à mon père et ma mère, tôt le lendemain matin.

— Quelqu'un est arrivé pour la dernière danse hier soir, dirais-je, mais il était trop tard. Il vous attend, dans le hall.

L'idée me parut merveilleuse, puis je me dis — j'avais bu — qu'en réalité je ferais mieux de réveiller Franny pour lui montrer l'homme en veste de smoking blanche, endormi comme un bienheureux sur le canapé ; si Franny jugeait l'idée mauvaise, elle me le dirait franchement. Mais l'idée lui plaisait, à elle aussi, j'étais prêt à le parier.

Je redressai le nœud papillon noir de l'homme en veste blanche et lui croisai les mains sur la poitrine ; je boutonnai le gilet de sa veste et redressai sa ceinture, pour qu'il n'ait pas l'air trop négligé. Il ne manquait plus que le bronzage, et l'étui à cigarettes noir — et le sloop blanc amarré devant l'Arbuthnot-by-the-Sea.

Ce n'était pas le ressac que j'entendais battre devant l'Hôtel New Hampshire ; c'était le bruit de la neige dans Elliot Park, qui gelait, dégelait et gelait de nouveau ; et ce n'étaient pas les mouettes que j'entendais, mais les chiens — des chiens perdus, qui fouillaient dans les détritus éparpillés un peu partout. Je n'avais pas remarqué, avant d'installer l'homme en smoking blanc sur le canapé, à quel point notre hall était minable — à quel point les lieux restaient imprégnés par l'atmosphère d'une institution de jeunes filles : l'ostracisme, l'angoisse de ne pas faire (sexuellement) le poids, les mariages prématurés, et les autres déceptions que promettait l'avenir. Cet homme très élégant en smoking blanc avait l'air — là, dans le hall de l'Hôtel New Hampshire — de débarquer d'une autre planète, et soudain je n'eus pas envie que mon père le voie.

Je me précipitai dans le restaurant pour chercher un peau d'eau froide. Doris Wales avait cassé un verre au bar, et les chaussures de Ronda Ray, bizarrement asexuées, gisaient sous une table, où elle les avait sans doute expédiées d'un coup de talon — quand elle s'était mise à danser et à faire du plat à Junior Jones.

Si j'allais réveiller Franny, me dis-je, elle risquait de deviner que Junior avait filé avec Ronda, et cela n'allait-il pas lui faire de la peine ?

Au pied de l'escalier, je tendis l'oreille, brusquement titillé par la pensée de Bitty Tuck — l'idée de la voir, endormie — mais quand je branchai l'interphone de sa chambre, elle ronflait (un grognement rauque de cochon vautré dans sa fange). Le registre de réservations était vierge ; pas un nom jusqu'à l'été, jusqu'à l'arrivée du cirque, le Spectacle Fritz qui (aucun doute) nous plongerait dans la consternation. Le coffret à petite monnaie, sur le comptoir, n'était pas fermé à clef — et Frank, pour tuer l'ennui de sa permanence au standard, avait gravé son nom sur le bras du fauteuil avec le tranchant de son décapsuleur.

Dans la puanteur grise de ce lendemain de fête, j'eus l'intuition que je devais à tout prix épargner à mon père le spectacle de l'homme en smoking blanc. Si je parvenais à réveiller l'homme, je pourrais utiliser Junior Jones pour le terroriser et le forcer à fuir, mais Junior était enfermé avec Ronda Ray, et l'idée de le déranger me gênait.

— Hé, debout ! sifflai-je en secouant l'homme en smoking blanc.
— *Ouah !* hurla-t-il dans son sommeil. *Aah !* Une putain !

— Pas de bruit ! chuchotai-je d'un ton farouche.

— *Ououaah ?* fit-il.

Je l'empoignai par la taille et serrai.

— *Euuh !* gémit-il. Que Dieu m'aide.

— Tout va bien, dis-je. Mais il faut que vous partiez.

Il ouvrit les yeux et se redressa sur son séant.

— Tiens, un petit voyou, dit-il. Où suis-je ?

— Vous êtes tombé dans les pommes, dehors, dis-je. Je vous ai amené ici, sinon vous seriez mort de froid. Maintenant il faut que vous partiez.

— Faut que j'aille aux toilettes, fit-il, avec dignité.

— Dehors, dis-je. Vous pouvez marcher ?

— Bien sûr que je peux marcher, dit-il.

Il se dirigea vers l'entrée de service, mais s'arrêta sur le seuil.

— Il fait noir dehors, dit-il. Vous préparez un sale coup, pas vrai ? Ils sont combien à m'attendre — là dehors ?

Je le conduisis à la porte du hall et allumai la lumière extérieure. Je crois que ce fut la lumière qui réveilla mon père.

— Au revoir, dis-je à l'homme en smoking blanc, et, meilleurs vœux.

— Mais, c'est Elliot Park ! s'écria-t-il d'une voix indignée.

— Oui.

— Donc, c'est le drôle d'hôtel, celui dont on m'a parlé. Si c'est un hôtel, je veux une chambre pour la nuit.

Je jugeai préférable de ne pas lui dire qu'il n'avait plus un sou.

— C'est complet. Plus de chambres, fis-je simplement.

L'homme en smoking blanc contempla le hall désolé, lorgna bouche bée les casiers vides, et la malle de Junior Jones abandonnée au pied du minable escalier.

— Complet ? fit-il, comme si, pour la première fois de sa vie, une vérité universelle venait de l'effleurer. Merde alors, dit-il. On m'avait dit pourtant que la boîte était en train de boire le bouillon.

Ce n'était pas précisément ce que j'avais envie d'entendre.

De nouveau, je le pilotai vers la grande entrée, mais il se baissa pour ramasser le courrier, qu'il me tendit ; accaparés que nous étions par les préparatifs de la fête, personne n'avait de toute la journée songé à aller voir si le facteur était passé ; et personne n'avait ramassé le courrier.

L'inconnu s'éloigna de quelques pas, puis revint.

« Je veux appeler un taxi, annonça-t-il. Trop de violence, là partout, dit-il, en gesticulant de nouveau en direction du monde extérieur.

Il était impossible que le geste vise Elliot Park — du moins plus maintenant, pas depuis que Doris Wales avait disparu.

— Vous n'avez pas assez d'argent pour prendre un taxi. l'informai-je.

— Oh, fit-il, en se laissant choir sur les marches du perron, dans la brume glacée. Donnez-moi une minute.

— Pour quoi faire ?

— Faut que je me rappelle où je vais.

— Chez vous ? suggérai-je.

Mais l'homme agita la main au-dessus de sa tête.

Il réfléchissait. J'examinai le courrier. Comme toujours, des factures, et comme toujours pas de lettres d'inconnus désireux de réserver des chambres. Mais une lettre qui se détachait du lot, couverte de jolis timbres étrangers ; *Österreich* disaient les timbres — plus un certain nombre de choses exotiques. La lettre venait de Vienne, et était adressée à mon père, d'une façon extrêmement curieuse :

Win Berry
Diplômé de Harvard
Promotion 194 ?
U.S.A.

La lettre avait mis longtemps pour parvenir à destination, mais les services de la poste avaient découvert parmi leurs employés quelqu'un qui connaissait l'existence de Harvard. Mon père devait dire plus tard que l'arrivée de cette lettre était, et de loin, la chose la plus positive dont il fût redevable à Harvard ; s'il avait fréquenté une université moins célèbre, la lettre n'eût jamais été distribuée.

— Excellente raison, dirait Franny, plus tard, pour regretter qu'il n'ait pas fréquenté une université moins célèbre.

Mais, bien entendu, le réseau des anciens de Harvard est immense et efficace. Le nom de mon père, et « Promotion 194 ? » il ne leur en fallait pas plus pour découvrir sa véritable promotion, « 46 », et son adresse exacte.

— Qu'est-ce qui se passe ? lança la voix de mon père.

Il avait émergé de l'appartement du premier et, planté sur le palier, il m'interpellait.

— Rien ! dis-je, en bourrant de coups de pied l'ivrogne, affalé devant moi sur les marches, et de nouveau endormi.

— Pourquoi est-ce allumé devant ? lança mon père.

— Allez, filez, dis-je à l'homme en smoking blanc.

— Ravi de vous avoir rencontré ! fit l'homme d'un ton cordial. D'accord, je file !

— Très bien, très bien, chuchotai-je.

Mais l'homme n'alla pas loin et, sur la dernière marche, le doute parut de nouveau le submerger.

— A qui est-ce que tu parles ? lança mon père.

— A personne ! Un poivrot, c'est tout ! assurai-je.

— Grand Dieu, dit mon père. Un poivrot, alors, pour toi ce n'est personne !

— Je me débrouille, t'en fais pas ! lançai-je.

— Attends, je m'habille et j'arrive, dit mon père. Seigneur Dieu.

— Filez ! hurlai-je à l'homme en smoking blanc.

— Au revoir ! Au revoir ! lança l'homme, en m'adressant de grands gestes ravis. J'ai passé un moment merveilleux !

La lettre, bien sûr, émanait de Freud. Je le savais, et je voulais vérifier ce qu'elle disait avant de laisser mon père la lire. Je voulais en discuter avec Franny, à loisir — et même avec ma mère — avant de la remettre à mon père. La lettre était brève et allait droit au but.

Si vous recevez ceci, c'est que vous êtes allé à Harvard comme vous l'aviez promis (écrivait Freud). *Brave gosse, va !*

— Bonne nuit ! Que Dieu vous bénisse ! lança l'homme en smoking blanc.

Mais, à la lisière de la zone éclairée, il refusa d'avancer davantage ; à l'orée des ténèbres qui enveloppaient Elliot Park, il s'arrêta et se remit à gesticuler.

J'éteignis la lumière ; si mon père descendait, je ne tenais pas à ce qu'il repère l'apparition en tenue de soirée.

« J'y vois rien ! gémit le poivrot.

Je rallumai.

— Filez, et en vitesse, sinon je vais vous botter le cul ! hurlai-je.

— Ça, c'est pas des façons ! glapit la voix de mon père.

— Bonne nuit ! Dieu vous bénisse tous ! s'écria l'homme.

Il se trouvait toujours dans le cercle de lumière quand, de nouveau, j'éteignis, et cette fois il ne protesta pas. Je ne rallumai pas. Je terminai la lettre de Freud.

J'ai fini par trouver un ours intelligent (écrivait Freud). *Et ça change tout. Et après j'ai pris un hôtel, un bon hôtel, mais je suis devenu vieux. Ça pourrait encore devenir un grand hôtel* (ajoutait Freud), *si vous et Mary veniez m'aider J'ai trouvé un ours intelligent, mais, en plus, j'ai besoin d'un ancien de Harvard aussi intelligent que vous !*

Mon père surgit en pantoufles dans le hall misérable de l'Hôtel New Hampshire ; il trébucha sur une bouteille de bière, qu'il envoya valser d'un coup de pied ; sa robe de chambre palpitait dans le vent qui s'engouffrait par la porte restée ouverte.

— Il a disparu, dis-je à mon père. Un poivrot, c'est tout.

Mais mon père alluma vivement la lumière extérieure, et là, gesticulant à la périphérie des ténèbres, était planté l'homme en smoking blanc.

— Au revoir ! lança-t-il, plein d'espoir. Au revoir. Bonne chance ! Au revoir !

L'effet fut extraordinaire : l'homme en smoking blanc sortit du cercle de lumière, et s'évanouit — comme englouti par les flots —, tandis que mon père demeurait là, les yeux perdus dans les ténèbres.

— Hé ! hurlait-il. Hé ? Revenez ! Hé ?

— Au revoir ! Bonne chance ! Au revoir ! lançait la voix de l'homme en smoking blanc.

Et mon père resta là les yeux rivés sur les ténèbres, glacé par le vent froid, frissonnant dans son peignoir et ses pantoufles ; il ne résista pas quand je l'entraînai à l'intérieur.

Les conteurs ont toujours le pouvoir de couper court à l'histoire, et j'aurais pu le faire à ce point. Mais je m'abstins de détruire la lettre de Freud ; je la remis à mon père, alors que la vision de l'homme en smoking blanc planait encore sur lui. Je lui tendis la lettre de Freud — sachant (plus ou moins), comme toujours les conteurs, où tout cela, inéluctablement, nous mènerait.

7

Sorrow frappe encore

Sabrina Jones, qui m'avait appris à embrasser — Sabrina dont la bouche mobile et profonde obsédera toujours mes souvenirs —, finit par rencontrer l'homme capable de sonder le mystère de ses fausses dents ; elle épousa un des avocats du cabinet où elle-même travaillait comme secrétaire et mit au monde trois beaux enfants (« Bang, Bang, Bang », comme disait Franny).

Bitty Tuck, qui s'était évanouie en insérant son diaphragme — Bitty dont les seins merveilleux et les mœurs libérées cesseraient, un jour, de paraître aussi exceptionnels qu'ils m'étaient apparus en cette année 1956 — survécut à sa rencontre avec Sorrow ; en fait, il m'est revenu (tout récemment) qu'elle est toujours célibataire, et raffole toujours des surprises-parties.

Et un dénommé Frederick Worter, un homme d'un mètre trente à peine et âgé de quarante ans, plus connu de nous sous le nom de « Fritz » — dont le cirque, le Spectacle Fritz, avait, lors d'un certain été que nous attendions avec tant de curiosité et de crainte, réservé des chambres sous notre toit — acheta à mon père l'Hôtel New Hampshire, premier du nom, au cours de l'hiver de 1957.

— Pour des nèfles, je parie, disait Franny.

Mais nous ne sûmes jamais, nous les enfants, à quel prix notre père avait vendu l'Hôtel New Hampshire ; le Spectacle Fritz excepté, nous n'avions pas reçu la moindre réservation de tout l'été, et mon père avait écrit à Fritz — pour avertir le roi du cirque miniature du prochain départ de notre famille pour Vienne.

— Vienne ? ne cessait de marmonner maman, en secouant la tête. Tu connais quelque chose à *Vienne*, toi ?

— Est-ce que je connaissais quelque chose aux motos ? faisait papa. Ou aux ours ? Ou aux hôtels ?

— Et dis-moi un peu ce que tu as appris ? demandait maman.

Mais mon père était allergique au doute ; Freud avait parlé d'un ours intelligent, et cela changeait tout.

— Je sais fort bien que Vienne et Dairy, New Hampshire, cela fait deux, concéda papa.

Il envoya une lettre d'excuses au Fritz du Spectacle Fritz : il mettait l'Hôtel New Hampshire en vente, et le cirque ferait peut-être mieux de chercher un autre lieu d'hébergement. J'ignore si l'offre que le Spectacle Fritz fit à mon père était alléchante, mais comme c'était la première, mon père sauta dessus.

— Vienne ? fit Junior Jones. Merde alors !

Franny aurait pu protester contre ce départ, de crainte de souffrir de l'absence de Junior, mais Franny avait découvert l'infidélité de Junior (avec Ronda Ray, la nuit du Nouvel An), et elle lui battait froid.

« Explique-lui que j'avais envie de baiser, rien de plus, vieux, me dit Junior.

— Il avait envie de baiser, rien de plus, Franny, dis-je.

— Ça me paraît clair, dit Franny. Et toi, bien entendu, tu connais tout sur le sujet.

— Vienne, dit Ronda Ray, en soupirant sous moi — probablement d'ennui. J'aimerais aller à Vienne. Mais je suis condamnée à rester ici, sans doute — ou je risque de me trouver au chômage. Ou sinon de turbiner pour le compte d'un nain chauve.

Le nain chauve était Frederick « Fritz » Worter, un avorton qui fit son apparition par un week-end de neige ; il parut particulièrement impressionné par la taille des sanitaires du troisième — et par Ronda Ray. Lilly, bien sûr, se montra particulièrement impressionnée par Fritz. Il était à peine plus grand que Lilly, si bien que nous nous efforçâmes de persuader Lilly (plus encore nous-mêmes) qu'elle grandirait encore — un peu — et que jamais les traits de son visage (espérions-nous) n'auraient cet aspect disproportionné. Lilly était jolie ; minuscule, mais mignonne. Mais la tête de Fritz était bien trop grosse pour son corps ; les muscles de ses avant-bras pendouillaient comme des mollets flasques, obscènement greffés aux mauvais endroits ; ses doigts ressemblaient à des saucissons tronqués ; ses chevilles se boursouflaient sur ses pieds menus de poupée — comme des chaussettes à l'élastique distendu.

— Quel genre de cirque avez-vous ? demanda hardiment Lilly.

— Des animaux bizarres, des animaux bizarres, me chuchota Franny à l'oreille.

Et je frissonnai.

— De *petits* numéros, de *petits* animaux, marmonna Frank.

— Nous ne sommes qu'un tout petit cirque, dit Fritz, d'un ton éloquent.

— Ce qui signifie, dit Max Urick — après le départ de Fritz —, qu'ils n'auront aucun mal à s'adapter à c'te saloperie de troisième.

— S'ils sont tous comme lui, dit Mrs. Urick, ils ne mangeront pas beaucoup.

— S'ils sont tous comme lui..., dit Ronda Ray, en levant les yeux au ciel.

Mais elle préféra ne pas insister.

— Moi, je le trouve mignon, dit Lilly.

Mais le Fritz du Spectacle Fritz donnait des cauchemars à Egg — de grands hurlements qui me raidissaient le dos et me déchiraient les muscles du cou. Le bras de Egg se détendait comme un ressort et bousculait la lampe de chevet, ses jambes gigotaient sous les draps, à croire que les couvertures menaçaient de l'étouffer.

— Egg! criai-je. Ce n'est rien, un cauchemar. Tu es en train de faire un cauchemar!

— Un *quoi*?

— Un cauchemar! hurlai-je.

— Des nains! hurla Egg. Ils sont cachés sous le lit! Ils grouillent partout! Il y en a de tous les côtés, partout! beuglait-il.

— Seigneur Dieu, disait papa. Si ce ne sont que des nains, pourquoi cette panique?

— Chut, faisait maman, toujours anxieuse d'épargner la petite sensibilité de Lilly.

Et le matin, couché sous ma barre à disques, je coulai un regard sournois vers Franny qui sortait de son lit — ou s'habillait — en songeant à Iowa Bob. Qu'aurait-il dit, *lui*, de ce projet de départ pour Vienne? Et de cet hôtel de Freud qui, semblait-il, ne pouvait se passer d'un ancien de Harvard, intelligent bien sûr? Et du prétendu pouvoir qu'avait un ours intelligent de changer la vie des gens — d'assurer à *tout le monde* le succès.

Je poussais sur ma barre et réfléchissais.

— Qu'importe, aurait dit Iowa Bob. Qu'importe que nous partions pour Vienne ou que nous restions ici.

Écrasé par mes poids, j'imaginais mal ce que Iowa Bob aurait pu dire d'autre.

— Ici ou là, aurait dit Bob, nous sommes toujours vissés, et pour la vie.

A Dairy ou à Vienne, ce serait toujours l'hôtel de *papa*. Quelque chose viendrait-il, jamais, faire de nous des êtres plus ou moins exotiques que nous ne l'étions déjà? Je me le demandais, ravi de sentir mes muscles crispés hisser peu à peu la barre, sans cesser de lorgner Franny du coin de l'œil.

— Je voudrais bien que tu déménages tes poids, dit Franny. Je pourrais enfin m'habiller en paix, quelquefois. Bonté divine.

— Ce départ pour Vienne, qu'est-ce que tu en penses toi, Franny ?

— Je pense en tout cas que ce sera un peu plus excitant.

Complètement vêtue maintenant, et comme toujours débordante d'assurance, elle me contemplait tandis que, lentement et posément, je m'évertuais à redescendre mes développés.

« Qui sait, on me donnera peut-être une chambre sans barres ni haltères, dit Franny. Et même sans un haltérophile, ajouta-t-elle, en soufflant doucement sous l'aisselle de mon bras gauche (le plus faible) — et en s'écartant vivement quand la barre s'inclina, d'abord à droite, puis à gauche, et que les disques roulèrent à terre.

— Seigneur Dieu, hurla mon père du pied de l'escalier.

Et l'idée me vint que si Iowa Bob avait encore été des nôtres, il aurait décrété que Franny avait tort. Que la vie à Vienne fût plus excitante ou non — que Franny se vît attribuer une chambre décorée d'haltères ou de dentelles — toute notre vie durant, nous ne ferions que passer d'un Hôtel New Hampshire à un autre.

L'hôtel de Freud — disons la photo bien imparfaite de l'hôtel de Freud que nous avions reçue, par avion — avait pour nom Gasthaus Freud ; l'autre Freud y avait-il ou non résidé, les lettres de Freud laissaient ce point dans l'ombre. Nous savions simplement qu'il « était situé en plein centre », selon Freud — « dans le premier arrondissement ! » — mais le cliché grisâtre en noir et blanc, que nous envoya Freud, permettait à peine de distinguer le portail de fer à deux battants, coincé entre les vitrines d'une sorte de confiserie. KONDITOREI, annonçait une enseigne ; ZUCKERWAREN, disait une autre ; SCHOKOLADEN, promettait une troisième ; tandis que, coiffant le tout — en caractères plus gros que les lettres fanées qui proclamaient GASTHAUS FREUD —, trônait le mot BONBONS.

— Quoi ? demanda Egg.

— Bonbons, dit Franny. Ça alors !

— Quelle est la porte de la confiserie, et quelle est celle de l'hôtel ? demanda Frank.

Frank raisonnait toujours en portier.

— A mon avis, on ne le saura qu'une fois arrivés, dit Franny.

Lilly dénicha une loupe et déchiffra le nom de la rue, en caractères bizarres, sous le numéro inscrit sur le portail de l'hôtel

— Krugerstrasse, conclut-elle.

Ce qui du moins correspondait à l'adresse qu'avait donnée Freud. Mon père fit l'emplette d'une carte de Vienne dans une agence de voyages, et nous réussîmes à repérer Krugerstrasse — dans le premier arrondissement, comme Freud l'avait promis ; ce qui avait l'air très central.

— C'est tout au plus à deux ou trois rues de l'Opéra ! s'écria Frank, enthousiaste.

— Ça alors ! fit Franny.

Sur la carte, de petites zones vertes indiquaient les parcs, de minces traits rouges et bleus les lignes de tramways, et des bâtiments très ornés — tout à fait disproportionnés à la rue — signalaient les curiosités touristiques.

— On dirait un jeu de Monopoly, dit Lilly.

Nous repérâmes les cathédrales, les musées, l'hôtel de ville, l'université, le Parlement.

— Je me demande où se planquent les gangs, dit Junior Jones, qui lui aussi contemplait les rues.

— Les gangs ? fit Egg. Les *quoi* ?

— Les mecs à la redresse, expliqua Junior Jones. Les mecs avec les revolvers et les couteaux, mon pote.

— Les gangs, répéta Lilly.

Et, fascinés, nous scrutions la carte comme si elle devait nous révéler ses ruelles les plus sombres.

— Alors, c'est ça l'Europe, dit Frank avec répugnance. Qui sait, il n'y a peut-être pas de gangs là-bas.

— C'est une ville, non ? dit Junior Jones.

Mais, sur la carte, on aurait dit une ville-jouet, à mes yeux du moins — avec un tas de curiosités touristiques et des taches vertes aux endroits où la nature avait été domptée pour le plaisir des hommes.

— Sans doute dans les parcs, dit Franny, en se mordant la lèvre. Les gangsters traînent toujours dans les parcs.

— Merde, fis-je.

— Il n'y aura pas de gangs ! s'écria Frank. Seulement de la musique ! Et des pâtisseries ! Et des gens qui n'arrêtent pas de faire des courbettes et qui s'habillent d'une drôle de façon !

Nous le regardions avec des yeux ronds, mais nous le savions, il avait lu un tas de trucs sur Vienne ; il avait plongé tête baissée dans les livres que mon père ne cessait de ramener à la maison.

— De la pâtisserie, de la musique, des gens qui n'arrêtent pas de faire des courbettes, Frank ? railla Franny. Vraiment, tu crois ?

Lilly scrutait maintenant la carte avec sa loupe — comme si elle espérait que là, sur le papier, les gens allaient s'animer, des gens en miniature ; ils feraient des courbettes, porteraient des habits étranges ou encore rôderaient en gangs.

« Ma foi, dit Franny, au moins on peut être sûrs d'une chose, il n'y aura pas de gangsters noirs.

Franny en voulait toujours à Junior d'avoir couché avec Ronda Ray.

— Merde, fit Junior. Tu ferais mieux de souhaiter le contraire. Les meilleurs gangsters, c'est les Noirs, tu peux me croire. Les gangsters blancs, ils ont des complexes d'infériorité. Et y a pas pire qu'un gang qui souffre d'un complexe d'infériorité.

— Un *quoi* ? dit Egg.

Il s'imaginait, sans doute, qu'un complexe d'infériorité était une arme ; il m'arrive encore de me demander si ce n'en est pas une.

— Ma foi, je crois que ce sera bien, dit Frank l'air sinistre.

— Oui, bien sûr que *oui,* fit Lilly, avec une absence d'humour qui rappelait celle de Frank.

— Moi je ne vois rien, dit Egg, d'un ton sérieux. Je ne vois rien, et comme je ne vois rien, je ne peux pas savoir *comment* ce sera.

— Ce sera très bien, assura Franny. Sans doute pas extraordinaire, mais très bien.

Chose bizarre, on aurait dit que, de nous tous, c'était Franny qui restait la plus marquée par la philosophie de Iowa Bob — devenue, jusqu'à un certain point, la philosophie de notre père. Et plus étrange encore, c'était Franny qui souvent se montrait la plus sarcastique à l'égard de notre père — et de ses projets. Pourtant, quand elle avait été violée, papa lui avait dit — incroyable, songeais-je — que lorsque, lui, avait eu une mauvaise journée, il s'efforçait d'y penser comme au jour le plus heureux de sa vie.

— Qui sait si ce n'est pas le jour le plus heureux de ta vie, avait-il dit.

Je constatais avec stupéfaction qu'elle ne semblait pas trouver inutile ce type de raisonnement à rebours. De même, elle répétait comme un perroquet d'autres morceaux de choix de la philosophie paternelle.

— Finalement, ce n'est qu'un petit événement parmi tant d'autres, l'entendis-je dire à Frank, en parlant de la terreur qui avait foudroyé Iowa Bob.

De même, un jour, en parlant de Chipper Dove, mon père avait dit

— Je parie qu'il se sera senti très malheureux toute sa vie.

Franny avait bel et bien abondé dans son sens.

L'éventualité du départ pour Vienne m'angoissait beaucoup plus que Franny, et, comme toujours, j'étais extrêmement sensible aux moindres divergences entre mes sentiments et les siens — il était très important à mes yeux que nous restions proches.

Quant à notre mère, nous savions tous qu'elle jugeait l'idée démente, mais jamais nous ne réussîmes à lui faire trahir la loyauté qu'elle gardait à notre père — pourtant, ce ne fut pas faute d'essayer.

— Nous ne comprendrons pas la langue, maman, disait Lilly.

— La *quoi* ? s'écriait Egg.

— La langue ! disait Lilly. A Vienne, on parle allemand.

— Dans l'école où vous irez, on parle anglais, nous rassurait maman.

— Alors, y aura de drôles de gosses dans cette école, dis-je. Rien que des étrangers.

— Nous aussi, nous serons des étrangers, dit Franny.

— Dans une école où tout le monde parle anglais, assurai-je, il n'y aura que des inadaptés.

— Et des enfants de fonctionnaires, dit Frank. Dans ces boîtes, y a que des gosses d'ambassadeurs et de diplomates — tous des paumés.

— En fait de paumés, on fait pas mieux que les gosses de Dairy, tu ne crois pas, Frank ? demanda Franny.

— Bah, dit Junior Jones. Être paumé, c'est une chose, mais paumé et étranger, c'est pas pareil.

Franny haussa les épaules, maman aussi.

— Nous serons toujours en famille, dit maman. Votre famille, ce sera toujours ça le plus important dans votre vie — comme maintenant.

L'idée parut faire l'unanimité. Nous nous plongeâmes avec ardeur dans les livres que notre père ramenait de la bibliothèque, et les brochures de l'agence de voyages. Nous lûmes et relûmes les messages de Freud, brefs mais débordants d'enthousiasme.

Heureux d'apprendre votre arrivée ! Amenez les gosses et les animaux, tous ! Beaucoup de place. Et en plein centre, bons magasins pour les filles (combien de filles ?), et des parcs où les enfants et les animaux peuvent jouer. Apportez de l'argent. Urgent de tout transformer — avec votre aide. L'ours vous plaira ; un ours intelligent, ça change tout ; on pourra attirer la clientèle américaine. Quand la clientèle aura monté d'un cran, on aura un hôtel dont on pourra être fiers. J'espère votre anglais encore bon. Ha ha ! Prudent d'apprendre un petit peu d'allemand, vous savez ? Souvenez-vous, les miracles n'arrivent pas du jour au lendemain ! Mais il suffit d'une ou deux nuits pour que même les ours deviennent des reines. Ha ha. Je suis devenu vieux — voilà le problème. Maintenant tout ira bien. Maintenant on va montrer à ces salauds d'enfants de putains et à ces pédés de nazis ce que c'est qu'un bon hôtel ! J'espère

que les enfants n'ont pas de rhumes ? Et n'oubliez pas de donner
aux animaux tous les vaccins nécessaires.

Sorrow était notre seul animal — certes, il avait besoin de soins, mais
non de vaccins —, nous nous demandions si Freud s'imaginait que Earl
était toujours de ce monde.

— Bien sûr que non, dit papa. Il parle d'un point de vue général,
c'est tout ; il essaie de nous faciliter les choses.

— Tu es sûr que Sorrow a eu tous ses vaccins, Frank, dit Franny.
Mais Frank récupérait au sujet de Sorrow ; il supportait qu'à
l'occasion on raille ses efforts, et semblait se consacrer avec ardeur au
remodelage de Sorrow — dans une posture gaie — à l'intention de Egg.
Nous n'étions pas autorisés à voir les transformations subies par
l'ignoble chien, mais Frank lui-même paraissait tout réjoui — au retour
de son labo —, aussi ne pouvions-nous qu'espérer que, cette fois,
Sorrow serait « beau ».

Notre père, qui avait lu un livre sur l'antisémitisme en Autriche, se
demandait si Freud avait été bien avisé de baptiser son hôtel la
Gasthaus Freud ; notre père se demandait même, en fait, si, à vrai dire,
les Viennois aimaient l'*autre* Freud. Par ailleurs, il ne pouvait
s'empêcher de se poser des questions sur « les salauds d'enfants de
putains et les pédés de nazis ».

— Je ne peux pas m'empêcher de me demander quel *âge* a Freud,
disait maman.

Ils calculèrent que si, en 1939, il avait déjà la quarantaine bien
sonnée, il devait forcément avoir dans les soixante-cinq ans. Mais,
disait ma mère, il avait l'air plus vieux. Dans ses messages, bien sûr.

Salut ! Une petite idée : vous ne croyez pas que le mieux est de
cantonner certaines activités à certains étages ? Peut-être réserver le
troisième à un certain type de clientèle ? Et le sous-sol à une autre ?
Délicat problème de choix, non ? En général clientèle de jour et
clientèle de nuit caractérisées par intérêts différents — pour ne pas
dire « antagonistes » ! Ha ha ! Tout ça changera une fois les
travaux finis. Et sitôt qu'ils cesseront de creuser leurs foutus trous
dans la rue. Encore quelques années pas plus pour réparer les
destructions de la guerre ! A ce qu'on dit. Attendez seulement
d'avoir vu l'ours : Pas seulement intelligent ! Mais jeune ! Quelle
équipe on va faire tous ensemble. Au fait, qu'est-ce que ça veut
dire : Freud est-il vraiment un nom sympathique à Vienne, êtes-
vous passé par Harvard oui ou non ? ? !! Ha ha.

— Il n'a pas l'air nécessairement plus vieux, disait Franny, mais il a l'air dingue.

— C'est seulement que son anglais n'est pas très bon, disait papa. Ce n'est pas sa langue.

Ce qui explique que nous nous mîmes à apprendre l'allemand. Franny, Frank et moi suivîmes des cours à Dairy School, et, à l'intention de Lilly, je rapportais les disques à la maison ; maman travaillait avec Egg. Pour commencer, elle se borna à le familiariser avec les noms des rues et des curiosités touristiques mentionnées sur la carte.

— Lobkowitzplatz, disait maman.

— Quoi ? faisait Egg.

Mon père devait en principe travailler seul, mais on aurait dit que, de nous tous, c'était lui qui faisait le moins de progrès.

— Vous, les enfants, il faut que vous appreniez, nous répétait-il. *Moi*, je ne serai pas obligé d'aller à l'école, ni de faire la connaissance d'un tas de gosses, et tout.

— Mais, en principe, nous devons aller dans une école où tout le monde parle anglais, objectait Lilly.

— N'empêche, disait papa. L'allemand vous sera plus utile qu'à moi.

— Mais toi, tu vas diriger un hôtel, lui disait maman.

— Je commencerai par me mettre en quête de la clientèle américaine, disait-il. Notre premier objectif, c'est de racoler la clientèle américaine, non ?

— Dans ce cas, on ferait tous mieux de rafraîchir notre anglais, non ? disait Franny.

Frank était, de nous tous, celui qui assimilait le plus vite l'allemand. On aurait dit que la langue lui convenait : dans sa bouche, chaque syllabe était prononcée, les verbes tombaient comme des shrapnels à la fin des phrases, les inflexions faisaient penser à une espèce de sauce. Quant à cette idée que tous les mots avaient un genre, je suis sûr qu'elle enchantait Frank. A la fin de l'hiver, il jacassait en allemand (non sans fatuité) dans le but évident de nous en mettre plein la vue, corrigeant toutes nos tentatives pour lui répondre, puis consolant nos échecs par la promesse qu'il serait toujours là pour nous venir en aide.

— Oh, ça alors, disait Franny. Ce qui m'emmerde le plus, c'est l'idée que c'est Frank qui va tous nous emmener à l'école, discuter avec les chauffeurs d'autobus, commander dans les restaurants, prendre les coups de fil. Bonté divine, maintenant que je pars enfin pour l'étranger, je n'ai pas envie d'être sous sa coupe.

Mais on eût dit que Frank s'épanouissait au milieu des préparatifs de notre départ. Sans doute se sentait-il encouragé qu'on lui eût donné l'occasion de se racheter à propos de Sorrow, mais aussi, il semblait vouer un intérêt sincère à l'étude de Vienne. Après dîner, il nous faisait la lecture à haute voix, des extraits choisis de ce que Frank appelait les « perles » de l'histoire viennoise ; Ronda Ray et les Urick écoutaient eux aussi — chose curieuse, dans la mesure où eux savaient qu'ils ne seraient pas du voyage et que leur avenir avec le Spectacle Fritz demeurait incertain.

Après deux mois de leçons d'histoire, Frank nous infligea un examen oral sur les personnages les plus intéressants de Vienne à l'époque du suicide du prince héritier à Mayerling (dont Frank nous avait précédemment infligé la lecture, avec une profusion de détails ; Ronda Ray avait fondu en larmes). Selon Franny, le prince Rodolphe devenait peu à peu le héros de Frank — « à cause de sa façon de s'habiller ». Frank avait affiché des portraits de Rodolphe dans sa chambre : l'un en costume de chasse — un jeune homme à tête menue ornée d'une énorme moustache, enveloppé de fourrures et qui fumait une cigarette grosse comme le doigt — et un autre en uniforme, barré de l'Ordre de la Toison d'Or, avec un front vulnérable de bébé, et une barbe pointue comme une pique.

— Bon, Franny, allons-y, commença Frank. A toi : un compositeur de génie, peut-être le plus grand organiste du monde, mais un péquenot — le parfait bouseux dans la ville impériale —, en plus il avait la manie idiote de tomber amoureux des jeunes filles ?

— Pourquoi idiote ? demandai-je.

— Ta gueule, dit Frank. Idiote, et la question s'adresse à Franny.

— Anton Bruckner, dit Franny. Et il était idiot, d'accord.

— Très, dit Lilly.

— A toi, Lilly, dit Frank. Qui était « la Fermière flamande » ?

— Oh, tout de même, dit Lilly. Trop facile. Celle-là, garde-la pour Egg.

— Trop difficile pour Egg, dit Franny.

— Quoi ? demanda Egg.

— La princesse Stéphanie, dit Lilly, d'un ton las. La fille du roi des Belges et la femme de Rodolphe.

— A toi maintenant, papa, dit Frank.

— Oh, malheur, fit Franny.

Papa était presque aussi mauvais en histoire qu'en allemand.

— Qui est le compositeur dont tout le monde adorait la musique, au point que les paysans eux-mêmes copiaient sa barbe ? demanda Frank.

— Seigneur, vrai tu es bizarre, Frank, dit Franny.

— Brahms ? risqua papa.

Nous lâchâmes tous un gémissement.

— Brahms *avait* une barbe de paysan, dit Frank. Mais de qui les paysans *copiaient*-ils la barbe ?

— Strauss ! hurlâmes-nous de concert, Lilly et moi.

— Cette pauvre cloche, fit Franny. Et, maintenant, à mon tour d'en poser une à Frank.

— Envoie, dit Frank, en plissant les paupières et en crispant son visage.

— Qui était Jeannette Heger ? demanda Franny.

— La « tendre amie » de Schnitzler, dit Frank en piquant un fard.

— Qu'est-ce que c'est qu'une « tendre amie », Frank ? demanda Franny.

Ronda Ray éclata de rire.

— Tu le sais bien, dit Frank, en rougissant de plus belle.

— Et combien de fois Schnitzler et sa « tendre amie » ont-ils fait l'amour entre 1888 et 1889 ? demanda Franny.

— Seigneur, dit Frank. Beaucoup ! J'ai oublié.

— Quatre cent soixante-quatre, s'écria Max Urick, qui avait suivi toutes les leçons d'histoire, et avait la mémoire des détails.

Comme Ronda Ray, Max Urick n'avait jamais fait d'études ; pour Max et Ronda, tout était inédit ; personne ne suivait avec plus d'attention qu'eux les leçons de Frank.

— J'en ai une autre, pour papa ! s'écria Franny. Qui était Mitzi Caspar ?

— Mitzi Caspar ? dit papa. Seigneur Dieu.

— Seigneur Dieu, fit Frank. Franny ne se souvient que des histoires de sexe.

— Qui était-ce, Frank ? demanda Franny.

— Moi, je le sais, fit Ronda Ray. C'était la « tendre amie » de Rodolphe ; c'est avec elle qu'il a passé la nuit avant de se tuer, avec Marie Vetsera, à Mayerling.

Ronda avait un petit jardin secret, dans sa mémoire et dans son cœur, pour les tendres amies.

— Moi, je suis une tendre amie, pas vrai ? m'avait-elle demandé, le jour où Frank nous avait expliqué la vie et l'œuvre d'Arthur Schnitzler.

— La plus tendre, avais-je dit.

— Bah, avait fait Ronda Ray.

— Où Freud vécut-il très au-dessus de ses moyens ? demanda Frank, à la cantonade.

— *Quel* Freud ? demanda Lilly.

Tout le monde éclata de rire.

— Le Sühnhaus, dit Frank, en se chargeant de répondre. Traduction ? La Maison du Repentir.

— Va te faire foutre, Frank, dit Franny.

— Il ne s'agissait pas de sexe, c'est pourquoi elle ne savait pas, me dit Frank.

— Quelle est la dernière personne à avoir touché Schubert ? demandai-je à Frank.

Il prit un air méfiant.

— Que veux-tu dire ?

— Rien de plus. Quelle est la dernière personne à avoir touché Schubert ?

Franny éclata de rire ; cette histoire était un petit secret entre nous, et il me paraissait peu probable que Frank la connaisse — j'avais arraché les pages dans le livre de Frank. C'était une histoire dingue.

— C'est une blague ou quoi ? demanda Frank.

Schubert était mort depuis soixante ans, quand Anton Bruckner, le pauvre péquenot, fut admis à assister à l'ouverture de son tombeau. Seuls Bruckner et de rares savants avaient été admis à la cérémonie. Un représentant du maire prononça un discours, en déblatérant devant les restes macabres de Schubert. On photographia le crâne de Schubert ; un secrétaire griffonnait des notes au fur et à mesure de l'enquête — notant que Schubert avait pris une teinte orange, que ses dents étaient en meilleur état que celles de Beethoven (Beethoven, lui aussi, avait été exhumé pour des études similaires, des années auparavant). On enregistra les mensurations de la cavité crânienne de Schubert.

Au bout de deux heures environ d'investigations « scientifiques », Bruckner ne parvint plus à se contenir. Empoignant la tête de Schubert, il la serra contre sa poitrine, et il fallut le sommer de lâcher prise. C'était donc Bruckner qui, le dernier, avait *touché* Schubert. En fait, c'était le genre d'histoires dont raffolait Frank, et il fut furieux de ne pas la connaître.

— Bruckner, comme d'habitude, répondit maman, posément.

Franny et moi restâmes médusés qu'elle sût la réponse ; nous étions de jour en jour plus convaincus que notre mère ne savait rien, et voilà qu'elle se révélait tout savoir. En prévision du départ pour Vienne, elle avait travaillé en cachette — sachant, peut-être, que papa était mal préparé.

— Quelles futilités ! dit Frank, quand nous lui expliquâmes l'histoire. Franchement, quelles futilités !

— L'histoire est un tissu de futilités, dit papa, révélant une fois de plus son côté Iowa Bob.

Mais, d'habitude, Frank était la source de ces futilités et — du moins sur le chapitre de Vienne —, il avait horreur d'être battu au poteau. Sa chambre était remplie de dessins de soldats en uniforme de leur régiment ; les hussards en pantalons roses collants et redingotes bleu azur ajustées, et les officiers des fusiliers tyroliens en tenue vert aube. En 1900, à l'Exposition universelle de Paris, l'Autriche avait remporté le prix du Plus Bel Uniforme (pour l'artillerie) ; il n'était pas surprenant que cette Vienne *fin de siècle* plût à Frank. Il était tout de même inquiétant que cette *fin de siècle* fût la seule période que Frank prît jamais la peine d'étudier — et de nous enseigner. Tout le reste n'avait aucun intérêt à ses yeux.

— Vienne ne ressemblera pourtant pas à Mayerling, bonté divine, me chuchota Franny, un matin que je soulevais mes poids. *Pas maintenant.*

— Qui était le grand maître du chant — le chant en tant que forme d'art ? lui demandai-je. Et qui n'avait plus un poil sur le menton parce que, par nervosité, il n'arrêtait pas de tirailler dessus ?

— Hugo Wolf, espèce de petit crétin. Tu ne vois donc pas ? Vienne n'est plus du tout ainsi.

Salut !

nous écrivit Freud.

Vous m'avez demandé un plan des lieux ? Ma foi, j'espère comprendre ce que vous voulez. Le journal du Symposium Est-Ouest occupe le deuxième — en guise de bureaux pendant la journée — et je laisse le troisième aux prostituées, comme ça, elles sont au-dessus des bureaux, vous comprenez ? Qui ne servent jamais la nuit ; ce qui fait que personne ne se plaint (en général). Ha ha ! Notre étage c'est le premier. Je veux dire, à l'ours et à moi — et à vous, quand vous serez là. Ce qui laisse le quatrième et le cinquième à la disposition des clients. Quand il y aura des clients ; pourquoi cette question ? Vous avez des projets ? Les prostituées affirment qu'il nous faut un ascenseur, mais elles font beaucoup de voyages. Ha ha ! Comment ça, quel âge j'ai ? A peu près cent ans ! Mais les Viennois ont une meilleure réponse : on dit ici « Attention aux fenêtres ouvertes, ne vous arrêtez pas ! » C'est une vieille plaisanterie ; il y avait autrefois un clown des rues que tout le monde appelait le roi des Souris : il dressait des rongeurs. Il lisait les horoscopes, pouvait imiter Napoléon, pouvait obliger les chiens à péter sur commande. Une nuit, il a sauté par la fenêtre avec tous ses animaux enfermés dans une caisse ; sur la caisse, il y avait une inscription : « La Vie est un Sujet Sérieux, Mais l'Art est une Plaisanterie ! » On m'a dit que ses funérailles furent une vraie fête Un artiste des rues s'était suicidé. Personne ne l'avait jamais aidé, et maintenant tout le monde le pleurait. Qui irait maintenant faire jouer de la musique aux chiens et aboyer les souris ? L'ours le sait lui aussi : Il faut beaucoup de travail et du talent pour que la vie ne paraisse pas si sérieuse ; les prostituées le savent elles aussi.

— Les prostituées ? dit maman.
— Quoi ? fit Egg.
— Des putains ? dit Franny.
— Y a des putains dans l'hôtel ? demanda Lilly

Et puis quoi encore ? me dis-je, mais Max Urick avait l'air plus ulcéré encore que d'habitude à la perspective de rester en arrière ; Ronda Ray eut un haussement d'épaules.

— Des tendres amies ! fit Frank.
— Eh bien, Seigneur Dieu, dit papa. S'il y en a, nous n'aurons qu'à les mettre à la porte.

> *Wo bleibt die alte Zeit*
> *und die Gemütlichkeit ?*

chantonnait Frank en tournoyant à travers la pièce.

> *Où est le bon vieux temps ?*
> *Où est la Gemütlichkeit ?*

C'était la chanson que chantait Bratfish au bal des Fiacres ; Bratfish était le cocher de fiacre personnel du prince héritier Rodolphe — une canaille à l'air redoutable, armée d'un fouet.

> *Wo bleibt die alte Zeit ?*
> *Pfirt dir Gott mein schönes Wien !*

continuait à chanter Frank. C'étaient les mots qu'avait chantés Bratfish quand Rodolphe avait assassiné sa maîtresse, juste avant de se faire sauter la cervelle :

> *Où est le bon vieux temps ?*
> *Adieu, Vienne la belle !*

Salut !

écrivit Freud.

Ne vous tracassez pas pour les prostituées ; c'est tout à fait légal ici. Du commerce, c'est tout. Ceux qu'il faut tenir à l'œil, ce sont les types des Relations Est-Ouest. Leurs machines à écrire perturbent l'ours. Ils n'arrêtent pas de se plaindre à propos de tout et monopolisent le téléphone. Foutue politique. Foutus intellectuels. Foutus comploteurs.

— Des comploteurs ? demanda maman.
— Un problème de langue, dit papa. Freud ne connaît pas la langue.
— Citez-moi un antisémite dont le nom a été donné à une place, toute une *Platz,* dans la ville de Vienne, nous somma Frank. Citez-m'en au moins un.
— Seigneur Dieu, Frank, dit papa.
— Non, dit Frank.
— Le Dr Karl Lueger, dit maman, d'une voix tellement morne que Franny et moi en eûmes le frisson.
— Très bien, dit Frank, impressionné.
— Qui estimait que Vienne n'était qu'une énorme machine à dissimuler les réalités du sexe ? demanda maman.
— Freud ? fit Frank.
— Tout de même pas *notre* Freud ? dit Franny.
Mais *notre* Freud nous écrivit :

Vienne tout entière n'est qu'une énorme machine à dissimuler les réalités du sexe. C'est pourquoi la prostitution est légale. C'est pourquoi nous avons foi dans l'ours. Je raccroche !

Un matin que je me trouvais avec Ronda Ray, et songeais avec lassitude qu'Arthur Schnitzler avait baisé Jeannette Heger quatre cent soixante-quatre fois en onze mois environ, Ronda me demanda :
— Qu'est-ce que ça veut dire, « légal » — la prostitution est légale —, qu'est-ce que ça veut dire ?
— Qu'elle n'est pas contraire à la loi, dis-je. A Vienne, apparemment, la prostitution n'est pas contraire à la loi.
Ronda garda un long moment le silence ; j'étais juché sur elle et, gauchement, elle se dégagea.
— Et ici, c'est légal ? reprit-elle.

Je voyais qu'elle parlait sérieusement — elle avait l'air effrayé.

— A l'Hôtel New Hampshire, tout est légal ! dis-je.

Encore une chose qu'aimait répéter Iowa Bob.

— Pas ici ! dit-elle, furieuse. En Amérique. C'est légal, oui ou non ?

— Non. Du moins, pas dans le New Hampshire.

— Non ? C'est contraire à la loi ? C'est ça, hein ? hurla-t-elle

— Oui mais, n'empêche, ça existe, dis-je.

— Pourquoi ? glapit Ronda. Pourquoi que c'est contraire à la loi ?

— Je ne sais pas.

— Vaut mieux que tu t'en ailles. Tu pars pour Vienne et tu me laisses ici, pas vrai ? ajouta-t-elle en me repoussant vers la porte. Eh bien, vaut mieux que tu t'en ailles.

— Qui a travaillé pendant deux ans sur une fresque et l'a baptisée *Schweinsdreck* ? me demanda Frank au petit déjeuner. *Schweinsdreck*, ça veut dire « Merde de cochon ».

— Grand Dieu, Frank, on est au petit déjeuner, dis-je.

— Gustav Klimt, dit Frank, l'air ravi.

Ainsi s'écoula l'hiver de 1957 : je soulevais toujours mes poids, mais j'y allais mollo avec les bananes ; je rendais toujours visite à Ronda Ray, mais rêvais de la cité impériale ; j'apprenais les verbes irréguliers et les fascinantes futilités de l'histoire, j'essayais de me représenter le Spectacle Fritz et la Gasthaus Freud. Notre mère avait l'air las, mais sa loyauté demeurait intacte ; mon père et elle semblaient s'octroyer des visites plus fréquentes dans cette bonne vieille chambre E du deuxième, où peut-être ils trouvaient plus facile de résoudre leurs divergences. Les Urick restaient sur leurs gardes ; ils étaient devenus circonspects, sans doute se sentaient-ils abandonnés — « à un nain », disait Max, quand Lilly n'était pas dans les parages. Puis un matin, au début du printemps, tandis que dans Elliot Park le sol encore à demi gelé commençait à devenir spongieux, Ronda Ray refusa mon argent — sans pour autant se refuser à moi.

— Ce n'est pas légal, chuchota-t-elle, avec amertume. Je ne suis pourtant pas une criminelle.

Je ne compris que plus tard qu'elle avait décidé de faire monter sa mise :

« Vienne, murmura-t-elle. Qu'est-ce que tu vas faire là-bas, sans moi ?

J'avais des millions d'idées, et presque autant d'images en tête ; pourtant, je promis à Ronda de demander à mon père s'il ne serait pas possible de l'emmener.

— Elle est dure à l'ouvrage, dis-je à mon père.

Maman se renfrogna. Franny fit mine de s'étrangler. Frank marmonna je ne sais quoi au sujet du climat de Vienne — « il pleut tout le temps ». Egg, comme de juste, demanda de quoi nous parlions.

— Non, trancha papa. Pas Ronda. Nous n'en avons pas les moyens.

Tout le monde parut soulagé — même moi, je l'avoue.

Ronda était occupée à briquer le bar quand je lui annonçai la mauvaise nouvelle.

— Eh bien, y avait pas de mal à poser la question, pas vrai ? fit-elle.

— Aucun, dis-je.

Mais, le lendemain matin, quand je m'arrêtai pour souffler devant sa porte, je compris que la réponse avait du mal à passer.

— Continue donc à courir, John-O, dit-elle. Courir est légal. Courir est gratuit.

Ce fut alors que Junior Jones et moi eûmes une conversation vague et embarrassée au sujet de la concupiscence ; je constatai avec soulagement que, dans ce domaine, il paraissait aussi perdu que moi. Mais nous étions dépités de voir que Franny avait pour sa part tellement d'opinions sur le sujet.

— Les femmes, dit Junior Jones. Elles sont très différentes de nous, de toi et de moi.

J'acquiesçai, bien sûr. Franny semblait avoir pardonné à Junior la concupiscence qui l'avait poussé vers Ronda Ray, mais quelque chose l'incitait à demeurer sur la réserve ; on aurait dit que, en apparence du moins, la perspective de quitter Junior et de partir pour Vienne lui était indifférente. Peut-être était-elle déchirée entre le désir de ne pas trop regretter Junior et l'espoir raisonnable que Vienne lui réservait d'éventuelles aventures.

Sur ce sujet, elle répondait avec réticences aux questions, et je me retrouvai, ce printemps-là, plus souvent condamné à rester en tête à tête avec Frank ; Frank, qui ne se tenait plus. Sa moustache évoquait hélas, les outrances faciales du défunt prince héritier Rodolphe ; mais Franny et moi préférions appeler Frank le roi des Souris.

— Le voici ! Il est capable de faire péter les chiens sur commande ! Qui est-ce ? m'écriai-je.

— « La Vie est un Sujet Sérieux, Mais l'Art est une Plaisanterie ! » hurlait Franny. Voici le héros de tous les saltimbanques ! Empêchez-le de s'arrêter devant les fenêtres ouvertes !

— Roi des Souris ! lançai-je.

— Si vous pouviez crever, tous les deux, disait Frank.

— Et le chien, ça avance, Frank ? demandai-je.

Ce qui l'amadouait à tous les coups.

— Eh bien, disait Frank, son esprit caressant quelque image de

Sorrow qui faisait frémir sa moustache, je crois que Egg sera content —
même si Sorrow nous paraît peut-être, à nous, un peu trop inoffensif.

— Ça m'étonnerait, dis-je.

En présence de Frank, je croyais voir le prince héritier plongé dans
la morosité et en route pour Mayerling — et le meurtre de sa maîtresse,
et son propre suicide —, mais il était plus facile de penser au
saltimbanque de Freud se jetant dans le vide avec sa caisse d'animaux :
le roi des Souris s'était écrasé sur le sol et une ville tout entière, qui
l'avait ignoré jadis, maintenant le pleurait. D'une certaine façon,
Frank semblait fait pour ce rôle.

« Qui est-ce qui fera jouer de la musique aux chiens et courir les
souris ? demandai-je à Frank au petit déjeuner.

— Va donc soulever tes poids, disait-il. Et lâche-les-toi sur la tête.

Sur quoi, Frank reprenait le chemin de son laboratoire ; si le roi des
Souris était capable de faire péter les chiens sur commande, Frank était
capable de ressusciter Sorrow dans plus d'une posture — peut-être
était-il donc une sorte de prince héritier, comme Rodolphe, empereur
d'Autriche en puissance, roi de Bohême, roi de Transylvanie, mar-
grave de Moravie, duc d'Auschwitz (pour ne mentionner que quelques-
uns de ses titres).

— Où est le roi des Souris ? demandait Franny.

— Avec Sorrow, disais-je. Il apprend à Sorrow à péter sur commande.

Et quand nous nous croisions dans les couloirs de l'Hôtel New
Hampshire, je disais à Lilly, ou Franny disait à Frank :

— Attention aux fenêtres ouvertes !

— *Schweinsdreck,* répliquait Frank.

— Va te faire voir, grande gueule, lui renvoyait Franny.

— Je t'emmerde, Frank, disais-je.

— *Quoi ?* hurlait Egg.

Un matin, Lilly posa une question à notre père :

— Est-ce qu'on partira avant l'arrivée du Spectacle Fritz, ou est-ce
qu'on aura l'occasion de les voir ?

— Moi j'espère bien les manquer, dit Franny.

— On ne va pas se croiser, au moins une journée ? demanda Frank.
Ne serait-ce que le temps de leur donner les clefs, non ?

— Quelles *clefs ?* demanda Max Urick.

— Quelles *serrures ?* dit Ronda Ray, dont la porte me demeurait
interdite.

— Peut-être passera-t-on dix ou quinze minutes ensemble, dit papa.

— Je veux les voir, dit Lilly, fermement.

Je regardai ma mère, qui paraissait fatiguée — mais était toujours belle : une femme douce, un peu fripée, que visiblement mon père prenait plaisir à toucher. Il ne cessait d'enfouir son visage dans son cou, de lui empoigner les seins, et de l'étreindre par-derrière, ce dont — en notre présence — elle faisait mollement semblant de s'indigner. Près de ma mère, mon père me rappelait ces chiens qui ne cessent de fourrer la tête entre vos cuisses, dont les museaux se délectent à renifler vos aisselles et vos entrecuisses — non que j'insinue, le moins du monde, que mon père la traitait avec grossièreté, mais il ne cessait de rechercher son contact : pour la serrer et s'accrocher à elle.

Bien sûr, Egg faisait de même avec maman, et aussi Lilly — à un moindre degré —, car Lilly était plus réservée, et se contenait, depuis que sa petite taille était devenue un problème. A croire qu'elle ne voulait pas paraître plus petite qu'elle n'était en se comportant de façon trop enfantine.

— L'Autrichien moyen est de huit à dix centimètres plus petit que l'Américain moyen, Lilly, l'informa Frank.

Cela parut la laisser indifférente — elle haussa les épaules ; le geste de notre mère, plein d'indépendance et de charme. Chacune à sa façon, Franny et Lilly en avaient hérité.

Un geste que je ne surpris que rarement chez Franny ce printemps-là : à peine un petit haussement d'épaules preste, ponctué par l'ombre d'une souffrance involontaire — le jour où Junior Jones nous annonça qu'il acceptait la bourse que lui offrait Penn State pour jouer à l'automne dans l'équipe de l'université :

— Je t'écrirai, promit Franny.

— Bien sûr, *moi aussi* je t'écrirai *à toi*, fit-il.

— Mais moi je t'écrirai plus souvent, assura Franny.

Junior Jones esquissa un haussement d'épaules, sans succès.

— Merde, fit-il, tandis que, dans Elliot Park, nous bombardions de pierres un arbre. Dis-moi un peu ce que Franny a en tête, hein ? Qu'est-ce qu'elle s'imagine qu'il va lui arriver, là-bas ?

« Là-bas », c'était ainsi que tout le monde disait. Sauf Frank : lui désormais ne disait plus Vienne qu'à l'allemande : *Wien*.

— *Veen*, dit Lilly, en frissonnant. On dirait un lézard

Tous les yeux se fixèrent sur elle, dans l'attente du « *Quoi ?* » de Egg.

Enfin, l'herbe pointa dans Elliot Park, et, par une nuit tiède, quand j'eus la certitude que Egg était endormi, j'ouvris la fenêtre pour contempler la lune et les étoiles, écouter le chant des grillons et des grenouilles ; mais la voix de Egg me fit sursauter.

— Attention aux fenêtres ouvertes !

— T'es réveillé ?

— J'arrive pas à dormir, dit Egg. J'arrive pas à voir où je vais. Je sais pas ce qui m'attend.

Il paraissait au bord des larmes.

— Allons, allons, Egg. Tu verras, ça sera formidable. Tu n'as jamais habité une ville, le rassurai-je.

— Je sais, dit-il en reniflant un peu.

— Tu verras, il y a beaucoup de choses à faire, plus qu'ici, lui promis-je.

— J'ai plein de choses à faire ici.

— Oui, mais tu verras, c'est tout à fait différent.

— Pourquoi que les gens sautent par les fenêtres ? demanda-t-il.

Il n'avait sans doute aucune idée de ce qu'est une métaphore, pourtant je lui expliquai qu'il s'agissait d'une simple légende.

« Il y a plein d'espions dans l'hôtel, reprit-il. C'est Lilly qui me l'a dit : " Des espions et des vilaines femmes. "

J'imaginai que, dans l'esprit de Lilly, les « vilaines femmes » étaient petites, comme elle, et je m'efforçai de convaincre Egg qu'il n'avait aucune raison de redouter les gens qui occupaient l'hôtel de Freud ; papa serait là pour veiller à tout, assurai-je — et entendis le silence par lequel tous deux nous accueillîmes cette promesse.

« Comment va-t-on faire pour aller là-bas ? demanda Egg. C'est si loin.

— En avion.

— Ça encore, je ne sais pas ce que c'est, dit-il.

(En fait, il y aurait deux avions, mon père et ma mère ne voyageant jamais par le même avion ; beaucoup de parents font ainsi. J'expliquai la chose à Egg, mais il s'obstinait à répéter : « Je sais pas ce que c'est. »)

Maman entra alors dans notre chambre pour rassurer Egg et, pendant qu'ils parlaient, je retombai dans le sommeil, pour me réveiller de nouveau au moment où elle sortit ; Egg dormait. Maman s'approcha de mon lit et s'assit près de moi ; ses cheveux étaient défaits et elle avait l'air très jeune ; à vrai dire, dans la pénombre, elle ressemblait beaucoup à Franny.

— Il n'a que sept ans, me dit-elle, en parlant de Egg. Tu devrais lui parler plus souvent.

— Promis, fis-je. Et toi, tu veux y aller, à Vienne ?

— Bien sûr

Elle haussa les épaules et sourit :

« Ton père est gentil, très gentil.

Pour la première fois, vraiment, je me les représentai lors de l'été 1939, l'été où mon père avait fait à Freud la promesse de se marier et d'entrer à Harvard — et où Freud avait demandé à ma mère de lui faire elle aussi une promesse : pardonner à mon père. Était-ce cela qu'elle devait lui pardonner ? Cette décision de nous arracher à l'affreuse ville de Dairy, et à la misérable Dairy School — et à l'Hôtel New Hampshire, premier du nom, qui, pour un hôtel, n'avait rien de flambant (bien sûr, personne n'osait l'admettre) — cette chose que faisait, notre père, était-ce vraiment si mal ?

— Freud, tu l'aimes bien, toi ? lui demandai-je.

— A dire vrai, je ne connais pas Freud, dit maman.

— Mais papa l'aime, lui, non ?

— Ton père l'aime bien, mais en fait lui non plus ne le connaît pas très bien.

— Et l'ours, comment te l'imagines-tu ?

— Je ne sais pas à quoi sert l'ours, murmura-t-elle. Alors, je ne vois pas comment je pourrais me l'imaginer.

— A quoi est-ce qu'il pourrait bien servir ? insistai-je.

Mais, de nouveau, elle haussa les épaules, se souvenant peut-être de Earl, et se demandant à quoi Earl avait bien pu servir.

— On verra bien, dit-elle, en m'embrassant.

Le genre de chose qu'aurait dit Iowa Bob.

— Bonne nuit, maman, dis-je en lui rendant son baiser.

— Surtout, attention aux fenêtres ouvertes, chuchota-t-elle.

Et je sombrai dans le sommeil.

Et je rêvai alors que ma mère était en train de mourir.

— Fini les ours, disait-elle à mon père.

Mais il se méprit ; il crut qu'elle lui posait une question.

— Non, encore *un* seulement, dit-il. Rien qu'un. Promis.

Et elle sourit en secouant la tête, trop lasse pour expliquer.

Elle eut comme une velléité de s'arracher son célèbre haussement d'épaules, et l'intention passa comme une ombre dans ses yeux qui, tout à coup, se révulsèrent et s'éteignirent, et papa comprit que l'homme en smoking blanc venait de prendre maman par la main.

— D'accord ! Plus d'ours ! promit-il.

Mais maman s'était embarquée à bord du sloop blanc, qui, déjà, gagnait le large.

Dans le rêve, Egg était absent ; mais Egg était là quand je me réveillai — il dormait encore, et quelqu'un d'autre veillait sur lui. Je reconnus le dos noir et lisse — le pelage épais, court et luisant ; la nuque carrée de la tête balourde, et les oreilles à demi penchées, de forme indistincte. Il était assis sur sa queue, comme jadis — de son vivant —, et il faisait face à Egg. Frank s'était sans doute efforcé de le faire sourire, ou du moins panteler, avec cet air idiot des chiens qui n'arrêtent pas de lâcher les balles et de se coller dans vos pattes. Oh, ces idiots, mais bienheureux chiens *courants* — c'était notre vieux Sorrow : le roi des chiens courants et des péteurs. Je me glissai hors du lit pour affronter la bête — sous l'angle de Egg.

Un coup d'œil me suffit pour voir que, dans le style « joli », Frank s'était surpassé. Sorrow était assis sur sa queue, ses pattes antérieures frôlant et dissimulant pudiquement son entrecuisse ; une expression de béatitude ahurie était plaquée sur son visage, sa langue pendait stupidement. Il avait l'air prêt à lâcher un pet, ou à remuer la queue, ou à se rouler comme un idiot sur le dos ; il avait l'air de mourir d'envie qu'on lui gratte le derrière des oreilles — il avait l'air d'un animal incurablement esclave, éperdu de tendresse et de caresses. N'eût été le fait qu'il était mort, et qu'il était impossible de chasser le souvenir *d'autres* aspects du défunt Sorrow, ce Sorrow-là avait un air plus inoffensif que jamais Sorrow ne l'avait eu de son vivant.

— Egg ? chuchotai-je. Réveille-toi.

Mais c'était un samedi matin — le matin où Egg faisait la grasse matinée — et, je le savais, Egg avait mal dormi, ou fort peu cette nuit-là. Jetant un coup d'œil dans Elliot Park, j'aperçus notre voiture qui zigzaguait entre les arbres du parc détrempé, comme sur un parcours de slalom — à vitesse réduite —, ce qui signifiait que Frank était au volant ; il venait de décrocher son permis, et aimait se faire la main en circulant entre les arbres du parc. Franny, elle aussi, venait juste d'obtenir son permis de débutante, et Frank s'était chargé de lui apprendre à conduire. Je devinais que Frank était au volant à l'allure majestueuse dont la voiture évoluait entre les arbres, l'allure d'une limousine, l'allure d'un corbillard — le style habituel de Frank. Même lorsqu'il conduisait notre mère au supermarché, on eût dit qu'il pilotait le cercueil d'une reine au milieu d'une foule de gens éplorés accourus pour rendre un dernier hommage. Quand Franny conduisait, Frank ne cessait de glapir, recroquevillé de peur sur le siège du passager ; Franny adorait la vitesse.

« Egg ! dis-je plus fort.

Il s'agita légèrement.

Des portières claquèrent dans Elliot Park ; les conducteurs venaient de permuter ; je compris que Franny avait pris le volant : la voiture se mit à tirer des bordées entre les arbres, avec de grands dérapages et des gerbes de boue — et, à demi visibles, les gestes frénétiques des bras de Frank assis à ce qu'il est convenu d'appeler la place du mort.

— Seigneur Dieu, lança la voix de mon père, d'une autre fenêtre.

Sur quoi, il la referma et je l'entendis vitupérer contre ma mère — Franny conduisait comme une folle, il faudrait replanter l'herbe dans le parc, et décrotter la carrosserie au burin —, et tandis que Franny fonçait de plus belle entre les arbres, Egg ouvrit les yeux et aperçut Sorrow. Son hurlement fut tel que je me coinçai les pouces contre la saillie de la fenêtre, et me mordis la langue. Ma mère fit irruption dans la chambre pour voir ce qui se passait et gratifia elle aussi Sorrow d'un hurlement.

« Seigneur Dieu, dit papa. Pourquoi Frank nous *flanque*-t-il toujours son foutu chien à la tête ? Pourquoi ne se contente-t-il pas de dire : " Bon, maintenant, je vais vous montrer Sorrow ", et de nous apporter son fichu truc — à un moment où nous serions tous réunis et prêts, bonté divine !

— Sorrow ? dit Egg en risquant un coup d'œil de sous les draps.

— Ce n'est que Sorrow, Egg, dis-je. Pas vrai qu'il a l'air gentil ? Egg regarda le chien à l'air idiot, et eut un sourire circonspect.

— Il *sourit* ! dit Egg.

Lilly arriva et étreignit Sorrow ; elle s'assit à même le plancher, le dos appuyé contre le chien dressé sur son séant.

— Regarde, Egg, dit-elle, tu peux t'en servir comme d'un dossier. Frank arriva à son tour, rayonnant de fierté.

— C'est extraordinaire, Frank, dis-je.

— Vraiment très joli, fit Lilly.

— Un boulot remarquable, fiston, dit papa.

Frank avait l'air positivement radieux. La voix de Franny nous parvint du couloir, et elle entra à son tour.

— Franchement, en voiture, Frank a une de ces trouilles. A croire qu'il m'apprend à piloter une diligence !

Soudain, elle aperçut Sorrow.

« Ça alors ! s'exclama-t-elle.

Mais pourquoi attendions-nous tous avec tant de sérénité le jugement de Franny ? Elle n'avait pas encore tout à fait seize ans et, pourtant, toute la famille paraissait la considérer comme l'autorité suprême — l'arbitre suprême. Franny examina Sorrow sur toutes les coutures, à croire qu'il s'agissait pour elle d'un chien inconnu — en le reniflant. Puis elle passa le bras sur les épaules de Frank, qui, tendu, attendait son verdict :

« Le roi des Souris vient d'accoucher d'un sacré *chef-d'œuvre*, laissa tomber Franny.

Et un sourire crispa comme un spasme le visage angoissé de Frank.

« Frank, dit Franny d'un ton sincère, cette fois ça y est, Frank. C'est Sorrow.

Elle se pencha pour caresser le chien — comme autrefois au bon vieux temps, lui serrant la tête contre sa poitrine et le frottant derrière les oreilles. Du coup, Egg parut tout à fait rassuré et se mit à son tour à cajoler Sorrow sans plus de réticences.

« Peut-être qu'au volant d'une voiture tu es un crétin, Frank, fit Franny, mais avec Sorrow, y a pas à dire, t'as fait un boulot de première.

On aurait dit que Frank allait s'évanouir, ou basculer, et tout le monde se mit à parler à la fois, et à le gratifier de grandes claques dans le dos, et à le chatouiller et gratter Sorrow — tout le monde, sauf maman, remarquâmes-nous soudain ; plantée près de la fenêtre, elle contemplait Elliot Park.

— Franny ? dit-elle.

— Oui.

— Franny, à l'avenir, je t'interdis de conduire de cette façon dans le parc — compris ?

— D'accord, fit Franny.

— Tu vas filer à l'entrée de service, *tout de suite,* et demander à Max de t'aider à sortir le tuyau. Et à remplir des seaux, avec de l'eau savonneuse et chaude. Tu vas laver la voiture pour m'enlever toute cette boue avant qu'elle sèche.

— D'accord, fit Franny.

— Regarde un peu dans le parc, lui dit maman. Tu as arraché l'herbe.

— Je suis désolée, dit Franny.

— Lilly ? fit maman, toujours plantée devant la fenêtre.

Elle en avait fini avec Franny.

— Oui ? dit Lilly.

— Ta chambre. Tu devines ce que j'ai à te dire à propos de ta chambre.

— Oh, dit Lilly. C'est un foutoir.

— Ça fait une semaine que c'est un foutoir, dit maman. Aujourd'hui, je te prie de ne pas quitter ta chambre avant de la mettre en ordre.

Je remarquai que mon père s'éclipsait discrètement, avec Lilly — et que Franny s'éloignait pour aller laver la voiture. Frank paraissait médusé de voir son heure de gloire ainsi abrégée ! Maintenant qu'il avait re-créé Sorrow, il paraissait peu disposé à l'abandonner.

« Frank ? fit maman.

— Oui ?

— Maintenant que tu en as fini avec Sorrow, peut-être toi aussi consentiras-tu à mettre ta chambre en ordre ?

— Oh, oui, bien sûr, dit Frank.

— Je regrette, Frank, fit maman.

— Tu regrettes ?

— Je regrette, mais Sorrow ne me plaît pas du tout !

— Il ne te plaît pas ?

— Non, Frank, parce qu'il est *mort*. Il fait très réel, Frank, mais il est mort, et je ne trouve pas amusantes les choses mortes.

— Je regrette, dit Frank.

— Seigneur Dieu ! fis-je.

— Et toi, s'il te plaît, me dit maman, tu vas me faire le plaisir de surveiller ton langage. Ton langage est abominable. Surtout quand on pense que tu partages ta chambre avec un gosse de sept ans. J'en ai assez de tous ces « bordel » par-ci, « bordel » par-là. Cette maison n'est pas un corps de garde.

— Oui, fis-je.

Et je remarquai que Frank avait disparu — le roi des Souris s'était éclipsé.

— Egg, dit maman.

Sa voix perdait de son mordant.

— Quoi ? fit Egg.

— Il n'est pas question que Sorrow *sorte* de ta chambre, Egg. Je n'aime pas qu'on me fasse peur, et si jamais Sorrow sort de cette chambre — si je le trouve quelque part où je ne m'y attends pas, c'est-à-dire ailleurs qu'ici —, cette fois, tant pis, il s'en va pour de bon.

— Compris, dit Egg. Mais est-ce que je peux l'emmener à Vienne ? Quand on partira, tu comprends — est-ce que je peux emmener Sorrow avec moi ?

— Je suppose qu'il faudra l'emmener, dit maman.

Sa voix était empreinte de la même résignation que j'avais décelée dans mon rêve — quand elle avait dit : « Fini les ours », avant d'être emportée par le sloop blanc.

— Merde alors, dit Junior Jones, à la vue de Sorrow trônant sur le lit de Egg, l'échine drapée dans un des châles de ma mère, la tête coiffée de la casquette de base-ball de Egg.

Franny avait amené Junior à l'hôtel pour qu'il voie de ses yeux le miracle accompli par Frank. Harold Swallow avait accompagné Junior, mais il s'était perdu en route ; il s'était trompé de couloir au premier, et au lieu de se trouver avec nous dans l'appartement, il errait quelque part dans l'hôtel. J'essayai de travailler, assis à mon bureau — je révisais mon examen d'allemand — et tentai de ne pas supplier Frank de m'aider. Franny et Junior Jones se mirent en quête de Harold, et Egg décréta que Sorrow ne lui plaisait pas ; il déshabilla le chien et se mit au travail.

Ce fut alors que Harold Swallow retrouva son chemin et, arrivé devant la porte, jeta un coup d'œil à l'intérieur et nous vit — Egg et moi, et Sorrow qui trônait tout nu sur le lit de Egg. Harold n'avait jamais vu Sorrow — ni mort ni vivant — et, du seuil, il héla le chien :

— Ici, chien ! lança-t-il. Allons ! Approche !

Sorrow regardait Harold en souriant, comme prêt à agiter la queue — mais immobile.

« Viens ! Ici, chien-chien ! s'écria Harold. Bon chien, ça, gentil toutou !

— En principe, il n'a pas le droit de sortir de la chambre, annonça Egg.

— Oh, fit Harold, en roulant des yeux éloquents dans ma direction. Ma foi, il est très bien dressé. Il bouge pas, hein ?

Je m'empressai d'emmener Harold Swallow dans la salle du restaurant, où Junior et Franny continuaient à le chercher ; je ne voyais aucune raison de lui dire que Sorrow était mort.

« C'était ton petit frère ? me demanda Harold, en parlant de Egg.

— Tout juste, dis-je.

— Et t'as un chien sympa aussi, dit Harold.

— Merde, me dit Junior Jones, un peu plus tard.

Nous nous trouvions devant le gymnase que Dairy School avait essayé de décorer dans le style Maison du Parlement — en l'honneur du week-end de la remise du diplôme de Junior.

« Merde, je me fais vraiment du souci pour Franny.

— Pourquoi ? fis-je.

— Y a quelque chose qui la tracasse. Elle ne veut pas coucher avec moi. Pas même pour qu'on se dise au revoir, tiens. Même pas une seule fois ! Y a des moments où je me dis qu'elle me fait pas confiance, conclut Junior.

— Ma foi, fis-je. Franny n'a que seize ans, tu sais.

— Oui, mais pour seize ans, elle est *précoce,* tu sais, dit-il. Je voudrais bien que tu lui parles.

— *Moi ?* fis-je. Et pour lui dire quoi ?

— Je voudrais que tu lui demandes pourquoi elle refuse de faire l'amour avec moi.

— Merde, coupai-je.

Pourtant, un peu plus tard, je posai la question à Franny. Dairy School se retrouvait déserte, Junior Jones était reparti pour passer l'été chez lui (histoire de se remettre en forme avant de jouer pour Penn State), et le vieux campus, surtout le raccourci à travers le bois qu'empruntaient jadis les footballeurs, nous rappelait, à Franny et à moi, une époque qui semblait depuis longtemps révolue.

— Pourquoi n'as-tu jamais fait l'amour avec Junior ? lui demandai-je.

— Je n'ai que seize ans, John, fit-elle.

— Ma foi, pour seize ans, tu es *précoce*, lui dis-je, sans trop savoir ce qu'il fallait entendre par là.

Franny haussa les épaules, bien sûr.

— Essaie un peu de comprendre, dit-elle. Je reverrai Junior ; on va s'écrire et tout. On reste amis. Alors, un jour, — dans quelques années, si vraiment on reste amis —, peut-être que pour moi ce sera la chose idéale : coucher avec lui. Je ne voudrais pas l'avoir déjà gâchée.

— Et pourquoi ne pourrais-tu pas faire l'amour avec lui *deux fois* ?

— Tu n'y comprends rien, fit-elle.

J'étais en train de me dire que c'était sans doute parce qu'elle avait été violée, mais Franny, comme toujours, lisait en moi comme dans un livre.

« Non, môme, dit-elle. Ça n'a rien à voir avec mon viol. Faire l'amour avec quelqu'un, c'est différent — à condition que cela ait un *sens* . Et, justement, je ne sais pas trop *quel sens* ça aurait — avec Junior. Pas encore. Et aussi, dit-elle, avec un gros soupir — puis elle s'interrompit —, et aussi, reprit-elle, je n'ai pas, comme on dit, une grosse expérience, mais on dirait que les types — disons certains types — du jour où ils réussissent à vous avoir, jamais plus ils ne donnent signe de vie.

Cette fois, j'en avais bien l'impression, elle parlait forcément de son viol ; je ne comprenais plus.

— De qui veux-tu parler, Franny ?

Elle se mordilla la lèvre un moment.

— Ce qui me surprend, dit-elle enfin, c'est de ne jamais avoir reçu un mot de Chipper Dove — pas un seul. Tu te rends compte. Pas un seul mot, depuis le temps.

Cette fois, j'étais vraiment en pleine confusion ; l'idée qu'elle ait pu penser qu'elle recevrait jamais de ses nouvelles me laissait pantois. Je ne trouvais rien à dire, et me rabattis sur une plaisanterie stupide :

— Ma foi, Franny, je suppose que, de ton côté, tu ne lui as pas écrit.

— Deux fois, fit-elle. J'estime que ça suffit.

— Suffit ? Mais, bordel de Dieu, *pourquoi* es-tu allée lui écrire ? Elle parut surprise.

— Pourquoi ? Mais pour lui donner de mes nouvelles, lui dire ce que je faisais.

Je la regardai, bouche bée, et elle détourna les yeux.

« J'étais amoureuse de lui, John, murmura-t-elle.

— Chipper Dove t'a violée, Franny, dis-je. Dove, et Chester Pulaski, et Lenny Metz — ils t'ont sautée à tour de rôle.

— Il n'est pas indispensable de me le rappeler, aboya-t-elle. C'est de Chipper Dove que je parle. Pas des autres.

— Il t'a violée, répétai-je.

— J'étais amoureuse de lui, répéta-t-elle, sans se retourner. Tu ne comprends pas. J'étais *amoureuse* — peut-être même que je le suis encore. Alors, s'anima-t-elle, tu as envie de dire ça à Junior ? Tu penses que, moi, je devrais le dire à Junior ? Il aimerait ça Junior, pas vrai ?

— Non, dis-je.

— Non, c'est bien ce que je pensais, dit Franny. C'est pourquoi je me suis dit que — vu les circonstances — je ne ferais pas l'amour avec lui. D'accord ?

— D'accord, fis-je.

Mais j'avais envie de lui dire que Chipper Dove, lui, n'avait pas été amoureux d'elle.

— Ne me le dis pas, fit Franny. Ne me dis pas que, lui, il n'était pas amoureux de moi. Mais, tu veux savoir ? Un jour, il n'est pas impossible que Chipper Dove tombe amoureux de moi. Et tu veux savoir ?

— Non, fis-je.

— Peut-être que si ça arrive, si jamais il tombe amoureux de moi, dit Franny, peut-être qu'alors, enfin, moi, je ne l'aimerai plus. Et alors, cette fois, je le tiendrai pour de bon, tu ne crois pas ?

Je la contemplai, médusé ; comme disait Junior, pour seize ans, elle était vraiment très *précoce*.

J'eus soudain l'impression que, plus vite nous partirions pour Vienne, mieux cela vaudrait pour tout le monde — que nous avions tous besoin de temps pour grandir, et devenir plus sages (à supposer que les deux aillent de pair). Et puis, je voulais avoir l'occasion de rattraper Franny, sinon de la devancer, et il me semblait que, pour ce faire, j'avais besoin de m'installer dans un nouvel hôtel.

Une idée me traversa soudain l'esprit : peut-être, de son côté, Franny pensait-elle à Vienne plus ou moins de la même façon — elle pensait se servir de Vienne pour devenir plus habile, plus coriace et (d'une façon ou d'une autre) suffisamment adulte pour vivre dans un monde que nous ne comprenions ni l'un ni l'autre.

— Attention aux fenêtres ouvertes.

Ce fut là tout ce que je trouvai à lui dire, sur le moment.

Nous contemplions l'herbe hirsute du stade, et savions qu'à l'automne elle serait criblée par les crampons, labourée par les traces de genoux et les marques de doigts — et que, cet automne, nous ne serions plus à Dairy pour voir tout cela, ou pour en détourner les yeux. Pourtant, ailleurs, quelque part, toutes ces choses — ou d'autres du même genre — continueraient à exister et nous, nous serions là-bas pour les contempler ou y participer.

Je pris Franny par la main, et nous suivîmes le sentier des footballeurs, nous arrêtant à peine un instant au tournant que nous connaissions si bien — le raccourci qui coupait à travers le bois, vers le coin aux fougères ; nous n'avions pas besoin de les voir.

— Au revoir, chuchota Franny à l'adresse de ce lieu sacré et impie.

Je lui serrai la main — elle serra la mienne en retour, puis rompit le contact — et nous essayâmes de nous parler en allemand, jusqu'à l'Hôtel New Hampshire. Après tout, l'allemand serait bientôt notre nouvelle langue, et nous n'étions pas encore très calés. Nous le savions, il était indispensable que nous fassions des progrès pour nous affranchir de la tutelle de Frank.

Lorsque nous nous retrouvâmes dans Elliot Park, Frank s'offrait son tour de corbillard entre les arbres.

— Tu veux prendre une leçon ? proposa-t-il à Franny.

Elle haussa les épaules, et ma mère les envoya tous les deux faire une course — Franny au volant, Frank à côté d'elle, crispé et en prière.

Ce soir-là, quand je montai me coucher, Egg avait fourré Sorrow dans mon lit — et l'avait affublé de ma tenue de jogging. Le temps de me débarrasser de Sorrow — et de tous les *poils* de Sorrow —, je me retrouvai complètement réveillé. Je descendis au restaurant et au bar dans l'intention de lire un peu. Max Urick sirotait un verre, assis sur une des chaises aux pieds vissés.

— Combien de fois le vieux Schnitzler a-t-il sauté la Jeannette Machinchouette ? me demanda Max.

— Quatre cent soixante-quatre, dis-je.

— Ça, c'est quelque chose ! s'exclama-t-il.

Lorsque Max gravit lourdement l'escalier pour regagner sa chambre, je restai à écouter Mrs. Urick qui rangeait ses casseroles. Ronda Ray n'était pas dans les parages — elle était sortie, ou peut-être enfermée dans sa chambre ; cela n'avait guère d'importance. Il était trop tard pour aller faire un tour de piste — et Franny dormait, donc je ne pouvais aller soulever mes poids dans sa chambre. Sorrow m'avait provisoirement dégoûté de mon lit, aussi essayai-je de lire un livre sur l'épidémie de grippe de 1918 — et tous les gens plus ou moins célèbres qui avaient été emportés. Une des périodes les plus tristes de l'histoire de Vienne, me semblait-il. Gustav Klimt, qui jadis avait qualifié son œuvre de « merde », était mort ; il avait jadis été le maître de Schiele. La femme de Schiele — Edith — était morte, puis Schiele lui-même, encore dans la fleur de l'âge. Je lus tout un chapitre sur les tableaux qu'aurait peut-être peints Schiele s'il avait survécu. A moitié assoupi, je commençais à me dire que le livre tout entier n'était qu'une évocation de ce qu'aurait pu devenir Vienne sans la grippe qui avait ravagé la ville, quand Lilly me tira de ma torpeur :

— Pourquoi n'es-tu pas en train de dormir dans ta chambre ? demanda-t-elle.

Je lui parlai de Sorrow.

« Moi non plus je ne peux pas dormir, je n'arrive pas à imaginer comment sera ma chambre là-bas, expliqua Lilly.

Je lui parlai de l'épidémie de grippe de 1918, mais elle ne manifesta pas le moindre intérêt.

« Je me fais du souci, admit Lilly. Du souci à cause de la violence.

— Quelle violence ?

— Dans l'hôtel de Freud. Il y aura de la violence.

— *Pourquoi*, Lilly ?

— De la violence, à cause de ces histoires de sexe, insista-t-elle.

— Tu veux parler des putains ? lui demandai-je.

— L'atmosphère autour des putains, dit Lilly.

Assise toute mignonne sur l'une des chaises vissées, elle se balançait doucement — ses pieds, bien sûr, ne touchaient pas le plancher.

— L'atmosphère autour des putains ? fis-je.

— L'atmosphère de sexe et de violence, dit Lilly. C'est ce que j'imagine en tout cas. Dans toute la ville. Tiens, Rodolphe, par exemple, il a tué son amie, et puis il s'est tué.

— Oui, mais c'était au siècle dernier, Lilly.

— Et cet homme qui a baisé cette femme quatre cent soixante-quatre fois ? poursuivit Lilly.

— Schnitzler ? Mais, il y a presque un siècle, Lilly.

— Je parie que c'est pire maintenant. Comme presque tout, d'ailleurs.

C'était probablement Frank qui lui avait fourré cette idée en tête — je l'aurais parié.

« Et la grippe, dit Lilly, *et* les guerres. Et les Hongrois.

— La révolution ? Ça, c'était l'an dernier, Lilly.

— Et tous les viols dans le secteur russe. Franny se fera encore violer. Ou moi, ajouta-t-elle, si quelqu'un d'assez petit me met la main dessus.

— L'occupation est terminée, objectai-je.

— Une atmosphère de violence, répétait Lilly. Et toute cette sexualité refoulée.

— Ça, c'est *l'autre* Freud, Lilly.

— Et l'ours, qu'est-ce qu'il fera, l'ours ? Un hôtel plein d'ours, de putains et d'espions.

— Non, pas des espions, Lilly, dis-je.

Elle voulait parler des experts des Relations Est-Ouest.

« A mon avis, ce ne sont que des intellectuels, ajoutai-je.

Ce qui ne parut guère la rassurer ; elle secoua la tête.

— Je ne peux pas supporter la violence, dit Lilly. Et Vienne pue la violence.

On aurait dit qu'elle avait étudié la carte de la ville et découvert tous les recoins où se planquaient les gangs de Junior Jones.

« Toute la ville hurle la violence, reprit Lilly. On dirait qu'elle la suinte.

Tous ces mots : *pue, hurle, suinte,* on eût dit qu'elle les avait pris dans sa bouche pour les téter.

« Tout ce projet de départ, ça vibre de violence, dit Lilly d'une voix vibrante.

Ses minuscules genoux agrippaient le rebord de la chaise vissée, ses jambes menues se balançaient d'avant en arrière, ses pieds raclant violemment le plancher. Elle n'avait que onze ans, et je me demandais d'où elle sortait tous les mots qu'elle utilisait, et pourquoi son imagination paraissait tellement plus vieille qu'elle-même. Pourquoi, dans notre famille, les femmes étaient-elles soit sages, comme ma mère, ou précoces pour leurs seize ans — comme disait Junior Jones de Franny — ou comme Lilly : petite et douce, mais trop brillante pour son âge ? Pourquoi monopolisaient-elles toute l'intelligence ? me demandais-je, en songeant à mon père ; mon père et ma mère avaient beau avoir l'un et l'autre trente-sept ans, papa me paraissait de dix ans plus jeune — « et de dix ans plus bête », disait Franny. Et moi, qu'étais-je, me demandais-je, parce que Franny — et même Lilly — me donnaient le sentiment que jamais je ne cesserais d'avoir quinze ans. Et Egg manquait de maturité — un gosse de sept ans avec des comportements de gosse de cinq ans. Et Frank était Frank, le roi des Souris, capable de ramener les chiens d'entre les morts, capable de maîtriser une langue étrangère, et capable d'exploiter à son usage personnel les bizarreries de l'Histoire ; mais, en dépit de ses talents manifestes, j'avais le sentiment que Frank — dans de nombreux autres domaines — avait quatre ans d'âge mental.

Assise, tête penchée, Lilly balançait ses petites jambes.

« *J'aime* l'Hôtel New Hampshire, dit Lilly. En fait, *je l'adore* ; je ne veux pas partir, dit-elle, les yeux déjà remplis d'inévitables larmes.

Je la serrai et la soulevai dans mes bras ; les saisons avaient beau se succéder, j'étais toujours capable de soulever Lilly à bout de bras comme un simple haltère. Je la ramenai dans sa chambre.

— Essaie de voir les choses en face, lui dis-je. On va tout simplement s'installer dans un *autre* Hôtel New Hampshire, Lilly. Ce sera pareil, mais dans un pays différent.

Mais Lilly pleurait, pleurait sans pouvoir s'arrêter.

— J'aimerais mieux rester avec le cirque, le Spectacle Fritz, braillat-elle. J'aimerais mieux rester avec eux, pourtant, je ne sais même pas ce qu'ils font !

Ce qu'ils faisaient, bien entendu, nous ne tarderions plus à le savoir. Nous ne le saurions que trop tôt. L'été était venu, et nous étions encore en train de faire nos bagages — avant même d'avoir réservé nos places d'avion — quand le nabot de quarante et un ans, Frederick « Fritz » Worter, nous rendit un jour visite. Il y avait des papiers à signer, et plusieurs autres membres de sa troupe avaient eu envie de jeter un coup d'œil sur leur futur foyer.

Un matin que Egg dormait à côté de Sorrow, je jetai un coup d'œil dans Elliot Park par la fenêtre. D'abord, je ne vis rien d'anormal, plusieurs personnes, des hommes et des femmes, descendaient d'un minibus Volkswagen. Tous étaient plus ou moins de la même taille. Nous tenions toujours un hôtel, après tout, et l'idée m'effleura qu'il s'agissait peut-être d'une fournée de clients. Puis je me rendis compte qu'il y avait cinq femmes et huit hommes — pourtant, ils s'extirpaient sans difficulté d'un *unique* minibus Volkswagen — et quand je reconnus parmi eux Frederick « Fritz » Worter, je compris qu'ils étaient tous de la même taille que lui.

Max Urick, qui, du troisième, finissait de se raser tout en regardant par sa fenêtre, poussa un cri et s'entailla la joue.

— Un plein car de foutus nabots, nous dit-il plus tard. C'est pas précisément ce qu'on s'attend à voir au saut du lit.

Quant à Ronda Ray, comment savoir ce qu'elle aurait fait, ou dit, si *elle* les avait aperçus ; mais Ronda Ray était encore au lit. Franny et mes haltères reposaient paisiblement dans la chambre de Franny ; Frank — qu'il fût en train de lire, d'étudier l'allemand ou de se documenter sur Vienne — était enfermé dans son monde à lui. Egg dormait avec Sorrow, et mon père et ma mère — qui plus tard devaient en avoir honte — s'en payaient une tranche au second dans leur bonne vieille chambre E.

Je me précipitai dans la chambre de Lilly, sachant qu'elle tiendrait à ne pas manquer l'arrivée du Spectacle Fritz, du moins de la partie humaine de la troupe, mais Lilly était déjà réveillée et les observait de sa fenêtre ; elle avait passé une chemise de nuit démodée que ma mère lui avait dénichée dans une boutique de fripes — Lilly nageait dedans — et elle serrait sa poupée de chiffons contre son cœur.

— C'est un tout *petit* cirque. Mr. Worter l'avait bien dit, chuchota Lilly d'un ton ravi.

Dans Elliot Park, les nabots se regroupaient près du minibus ; ils s'étiraient et bâillaient ; une des femmes exécuta une roue ; un des hommes fit le poirier. Un autre se mit à avancer à quatre pattes, comme un chimpanzé, mais Fritz battit soudain des mains pour couper court à ces pitreries ; ils se rassemblèrent, comme une équipe de football miniature avant une mêlée (avec deux joueurs de trop) ; puis ils mirent le cap, en bon ordre, sur la grande porte de notre hôtel.

Lilly se chargea d'aller les accueillir ; je gagnai le standard pour annoncer la nouvelle. A la chambre E du second, entre autres : « Les nouveaux propriétaires arrivent — tous les treize. Terminé, à vous. »

A l'intention de Frank : « *Guten Morgen ! Le Spectacle Fritz ist hier angekommen. Wach auf !* »

Et à Franny : « Les nabots ! Va réveiller Egg, sinon il aura la trouille ; il risque de s'imaginer qu'il les a rêvés. Dis-lui qu'il y a treize nabots dans la maison, mais qu'il ne risque rien ! »

Sur quoi, je me précipitai chez Ronda Ray ; je préférais lui délivrer mes messages en personne :

— Ils sont ici ! chuchotai-je à travers sa porte.

— Cours, va, cours, John-O, dit Ronda.

— Ils sont treize, dis-je. Cinq femmes seulement et *huit* hommes. Ce qui fait au moins trois hommes pour toi !

— De quelle taille ?

— Ça, c'est la surprise. Viens voir.

— Va, cours, cours, dit Ronda. Tous, allez, allez, courez.

Max Urick rentra se cacher avec Mrs. Urick dans la cuisine ; la perspective d'être présentés les intimidait, mais mon père les força à se montrer pour faire la connaissance des nabots ; et Mrs. Urick leur fit les honneurs de sa cuisine — fière de ses marmites et de la bonne odeur de sa cuisine bourgeoise.

— Pour ça, ils sont petits, concéda Mrs. Urick un peu plus tard, mais ils sont nombreux ; il faudra bien leur faire quelque chose à manger.

— Jamais ils ne pourront atteindre les commutateurs, dit Max Urick, faudra que je les change tous.

Il s'éloigna en bougonnant pour regagner le troisième. Il était évident que c'était au troisième que les nabots voulaient s'installer — « parfait pour leurs petites toilettes et leurs petits pipis », grommela Max, mais à l'écart de Lilly. Franny attribua la fureur de Max au fait que, pour sa part, il devrait s'installer plus près de Mrs. Urick ; mais il ne descendrait pas plus bas que le second, où, imaginai-je, il aurait en permanence le privilège d'entendre au-dessus de sa tête le trottinement des petits pieds menus.

— Et les animaux, où les installerez-vous ? demanda Lilly à Mr. Worter.

Fritz expliqua que le cirque n'utiliserait l'Hôtel New Hampshire que pour ses quartiers d'été ; les animaux resteraient dehors.

— Quel genre d'animaux ? demanda Egg, en serrant Sorrow contre sa poitrine.

— Des animaux *vivants,* dit l'une des nabotes, qui était à peu près de la même taille que Egg et semblait intriguée par Sorrow ; elle ne cessait de le caresser.

Ce fut à la fin de juin que les nabots transformèrent Elliot Park en kermesse ; les toiles aux couleurs jadis éclatantes, maintenant fanées par le soleil et de teintes pastel, claquaient au-dessus des petits stands, bordaient le manège d'une frange, coiffaient le grand chapiteau où se dérouleraient les numéros vedettes. Des gosses accourus de la ville traînaient à longueur de journée dans le parc, mais les nabots n'étaient pas pressés ; ils dressèrent leurs stands ; changèrent trois fois le manège d'emplacement — et refusèrent de monter le moteur qui devait l'actionner, même pour faire des essais. Un jour, enfin, une caisse arriva, de la taille d'une table de salle à manger ; elle était bourrée de bobines de billets de couleurs variées, chacune de la taille d'un pneu.

Frank conduisait plus prudemment que jamais dans le parc désormais bondé, contournant les tentes, les petites et la grande, en exhortant les gosses de la ville à circuler.

— L'ouverture, c'est le 4 juillet, leur disait-il d'un ton plein de zèle — le bras passé par la portière. Revenez ce jour-là.

Nous serions déjà tous partis ; nous espérions que les animaux arriveraient avant notre départ, mais, nous le savions, nous manquerions l'inauguration.

— On les connaît déjà, tous leurs trucs, dit Franny.

— Leur principal truc, dit Frank, c'est de s'arranger pour avoir l'air *petits*.

Lilly brûlait d'enthousiasme. Elle nous commentait les poiriers, les tours d'acrobatie, la danse de l'eau et du feu, la pyramide humaine à huit, le sketch de l'équipe de base-ball aveugle ; et la plus petite des nabotes affirmait qu'elle pouvait monter à cru — un chien.

« Je voudrais bien voir le chien, dit Frank.

Il était en rogne, car mon père avait vendu notre voiture à Fritz, et Frank devait désormais lui demander la permission pour conduire dans Elliot Park ; Fritz ne se faisait pas prier pour lui prêter la voiture, mais Frank avait horreur de quémander. Franny aimait sortir avec Max Urick dans la camionnette de l'hôtel pour prendre ses leçons de conduite ; en effet, Max adorait la vitesse, et donc il adorait la façon dont Franny conduisait.

— Pousse-la, l'encourageait-il. Dépasse ce crétin — c'est pas la place qui manque.

Franny rentrait, toute fière d'avoir laissé une trace de caoutchouc de trois mètres autour du kiosque ou de quatre mètres à l'angle de Front et de Court Street.

« Brûler le pavé », comme on disait à Dairy, New Hampshire, quand quelqu'un faisait hurler ses pneus et laissait une trace noire sur la chaussée.

— C'est répugnant, disait Frank. Mauvais pour l'embrayage, mauvais pour les pneus, de l'enfantillage et de la poudre aux yeux — tu finiras par avoir des ennuis, on te retirera ton permis de débutante, Max aussi perdra son permis (ce qui sans doute n'eût pas été un mal), tu écraseras un chien, ou un gosse, une bande de sales voyous essaieront de te rattraper pour te faire verser, ou ils te suivront jusqu'ici pour te tabasser. Sans compter que c'est peut-être moi qui me ferai tabasser, sous prétexte que je te connais.

— On part tous pour Vienne, Frank, disait Franny. Paie-t'en une tranche dans cette bonne ville de Dairy, tant qu'il est encore temps.

— Une tranche ! dit Frank. Répugnant.

Salut !

écrivit Freud.

Vous êtes presque arrivés ! Bonne époque pour venir. Beaucoup de temps pour que les enfants s'adaptent avant la rentrée des classes. Tout le monde vous attend. Même les prostituées ! Ha ha ! Putes ravies à l'idée de jouer à la maman — vrai ! Je leur montre toutes les photos. Bonne saison l'été pour les putains. Plein de touristes. Tout le monde de bonne humeur. Même les connards des Relations Est-Ouest paraissent plus heureux. Ils sont pas tellement occupés cet été — touchent jamais à leurs machines à écrire avant 11 heures du matin. Même la politique prend des vacances en été. Ha ha ! C'est formidable ici. Musique formidable dans les parcs. Glaces formidables. Même l'ours est plus heureux — content de votre arrivée, lui aussi. Au fait ? Cet ours, son nom c'est Susie. Affectueusement de la part de Susie et de moi, Freud.

— Susie ? fit Franny.
— Un ours qui s'appelle *Susie* ? dit Frank.

Il paraissait agacé que ce ne fût pas un nom allemand, ou qu'il s'agisse d'une femelle. Et je crois bien que, pour la plupart d'entre nous, c'était une déception — une espèce de retombée avant même que l'aventure commence pour de bon. Mais il en est toujours ainsi quand on déménage. D'abord l'excitation, puis l'angoisse, et enfin la déception. Nous avions commencé par nous bourrer de connaissances sur Vienne, puis nous nous étions mis à regretter le vieil Hôtel New Hampshire — à l'avance ; avait alors suivi une période d'attente — interminable, qui peut-être nous préparait à quelque inévitable déception pour ce jour qui verrait à la fois notre départ et notre arrivée, simultanéité rendue possible par l'invention de l'avion à réaction.

Le 1er juillet, nous empruntâmes le minibus Volkswagen du Spectacle Fritz. Il était équipé de drôles de manettes, pour les freins et l'accélérateur, les nabots étant trop petits pour atteindre les pédales ; papa et Frank se chamaillèrent, chacun d'eux arguant de son habileté pour piloter le bizarre véhicule. En fin de compte, Fritz s'offrit à conduire la première fournée à l'aéroport.

Papa, Frank, Franny, Lilly et moi faisions partie de cette première fournée. Maman et Egg devaient nous retrouver le lendemain à Vienne ; Sorrow les accompagnerait. Mais le matin de notre départ, Egg se leva avant moi. Je le vis assis tout endimanché sur son lit, avec une chemise blanche, son meilleur pantalon, ses souliers noirs, et une veste de lin blanc ; il ressemblait à un des nabots — dans leur numéro de serveurs infirmes dans un restaurant de luxe. Egg attendait mon réveil pour que je l'aide à nouer sa cravate. A côté, sur le lit, l'énorme chien grimaçant, Sorrow, arborait l'allégresse débile et figée des vrais déments.

— C'est *demain* que tu pars, Egg, dis-je. Nous, nous partons aujourd'hui, mais maman et toi ne partez que demain.

— Je tiens à être prêt, dit Egg d'une voix angoissée.

Je lui nouai sa cravate — histoire de l'égayer. Il était occupé à habiller Sorrow — dans une combinaison de vol appropriée aux circonstances — quand je descendis mes bagages pour les charger dans le minibus Volkswagen. Egg et Sorrow me suivirent en bas.

— S'il vous reste de la place, dit maman à papa, j'aimerais bien que l'un de vous prenne le chien.

— Non ! fit Egg. Je veux que Sorrow reste avec moi.

— Tu sais, on peut l'enregistrer avec les autres bagages, dit Frank. Il n'est pas nécessaire de le prendre avec nous dans la cabine.

— Je peux le garder sur mes genoux, dit Egg.

Et on en resta là.

Les malles avaient été expédiées à l'avance.

Les bagages à main et les grosses valises furent embarquées dans le bus.

Les nabots agitaient la main.

Accrochée à l'échelle d'incendie, à la fenêtre de Ronda Ray, flottait sa chemise de nuit orange — jadis éclatante, maintenant fanée, pareille au chapiteau du Spectacle Fritz.

Mrs. Urick et Max s'étaient postés à l'entrée de service ; Mrs. Urick venait de récurer ses casseroles — elle avait gardé ses gants de caoutchouc —, et Max portait un panier à ramasser les feuilles.

— Quatre cent soixante-quatre, lança Max.

Frank rougit ; il embrassa maman.

— A bientôt, dit-il.

Franny embrassa Egg.

— A bientôt, Egg, dit Franny.

— *Quoi ?* dit Egg.

Il avait déshabillé Sorrow ; l'animal était nu.

Lilly pleurait.

— Quatre cent soixante-quatre ! hurla de nouveau Max Urick, comme un idiot.

Ronda Ray était là, elle aussi, quelques gouttes de jus d'orange souillaient son uniforme blanc.

— Continue à courir, John-O, chuchota-t-elle, mais gentiment.

Elle m'embrassa — elle embrassa tout le monde sauf Frank, qui s'était faufilé dans le bus Volkswagen pour couper court aux effusions.

Lilly pleurait toujours ; un des nabots pédalait sur la vieille bicyclette de Lilly. Et à l'instant précis où nous quittions Elliot Park, les animaux du Spectacle Fritz arrivèrent. Nous vîmes les longues remorques à plateaux, les cages et les chaînes. Fritz dut arrêter quelques instants le minibus ; il se mit à courir d'un véhicule à l'autre, distribuant les consignes à la ronde.

Dans notre cage à nous — le minibus Volkswagen —, nous contemplions les animaux ; nous nous étions demandé s'ils seraient de l'espèce naine.

— Des poneys, dit Lilly, en bafouillant. Et un chimpanzé.

Dans une cage aux flancs ornés d'éléphants rouges — pareille à une tapisserie pour chambre d'enfant —, un gros singe se lamentait.

— Des animaux tout à fait normaux, dit Frank.

Un chien esquimau tournait en aboyant autour du minibus. Une des nabotes enfourcha le chien.

— Pas de tigres, dit Franny, déçue, pas de lions ni d'éléphants.

— Regardez l'ours ! fit papa.

Dans une cage grise, aux flancs vierges de toute décoration, une sombre silhouette assise se balançait, oscillant au rythme de quelque triste mélopée intérieure — le nez trop long, la croupe trop large, le cou trop épais, les pattes trop courtes pour jamais pouvoir être heureux.

— C'est ça, un ours ? dit Franny.

Il y avait une autre cage qui paraissait pleine d'oies ou de poulets. C'était, au mieux, un cirque de chiens et de poneys, semblait-il — avec en plus un ours, et un ours décevant : pauvres symboles en regard des espérances exotiques qui nous habitaient tous.

Jetant un regard en arrière, dans Elliot Park, tandis que Fritz remontait dans le minibus et se remettait en route pour nous emmener vers notre destination — l'aéroport et Vienne —, je constatai que Egg tenait toujours dans ses bras l'animal le plus exotique de tous. Lilly pleurant sur mon épaule, je crus voir en imagination — dans la pagaille des nabots affairés et des animaux qui déjà débarquaient — non pas le Spectacle Fritz mais un grand cirque appelé Sorrow. Maman agita la main, Mrs. Urick et Ronda Ray l'imitèrent. Max Urick hurlait, mais nous ne pûmes distinguer ses paroles. Les lèvres de Franny, à l'unisson, murmurèrent : « Quatre cent soixante-quatre ! » Frank s'était déjà plongé dans son dictionnaire allemand, et papa — qui n'était pas homme à regarder en arrière — était assis à l'avant avec Fritz et discutait avec entrain de choses et d'autres. Lilly pleurait, des larmes inoffensives comme la pluie. Puis Elliot Park disparut : mon dernier regard surprit Egg en plein mouvement, se frayant un passage à grand-peine entre les nabots, Sorrow brandi comme une idole au-dessus de sa tête — un animal offert à l'adoration de tous les autres, les animaux ordinaires. Au comble de l'excitation, Egg hurlait, et les lèvres de

Franny — à l'unisson des siennes — murmurèrent : « Quoi ? Quoi ? Quoi ? »

Fritz nous conduisit jusqu'à Boston, où Franny dut faire l'emplette de « sous-vêtements de ville », comme disait ma mère ; Lilly parcourut en pleurant les rayons du magasin de lingerie ; Frank et moi patrouillions dans les escaliers roulants. Nous nous retrouvâmes bien trop en avance à l'aéroport. Fritz s'excusa de ne pouvoir attendre ; ses animaux le réclamaient, et mon père lui souhaita bonne chance — le remerciant, à l'avance, de conduire le lendemain ma mère et Egg à l'aéroport. Frank fut « accosté » dans les toilettes de Logan International Airport, mais il refusa de nous décrire l'incident à Franny et à moi ; il se borna à répéter qu'il avait été « accosté ». Il était indigné ; quant à Franny et moi, son refus de nous décrire la chose en détail nous rendit furieux. Mon père acheta à Lilly un sac de cabine en plastique, pour lui remonter le moral, et nous embarquâmes au crépuscule. Je crois me rappeler que nous décollâmes à sept ou huit heures : les lumières de Boston, par cette nuit d'été, n'étaient qu'en partie allumées, et il y faisait encore assez clair pour apercevoir le port. C'était la première fois que nous prenions l'avion, et nous étions ravis.

Toute la nuit nous survolâmes l'océan. Mon père ne se réveilla pas une seule fois. Lilly refusa de dormir ; elle scrutait les ténèbres et jura avoir aperçu deux grands paquebots. Je m'assoupis et me réveillai, m'assoupis et me réveillai de nouveau ; les yeux fermés, je croyais voir Elliot Park se transformer en cirque. La plupart des lieux que nous quittons dans notre enfance deviennent plus ou moins imaginaires. Je m'imaginais revenant à Dairy, et je me demandais si le Spectacle Fritz aurait une influence bénéfique ou néfaste sur le voisinage.

Nous atterrîmes à Francfort à huit heures moins le quart le lendemain matin. Ou peut-être à neuf heures moins le quart.

— *Deutschland !* dit Frank.

A Francfort, il nous pilota dans l'aéroport pour prendre notre correspondance pour Vienne, déchiffrant tout haut les panneaux, échangeant des propos aimables avec tous les étrangers.

— C'est *nous*, les étrangers, chuchotait sans arrêt Franny.

— *Guten Tag !* lançait Frank au passage de tous les inconnus.

— Ceux-là, c'étaient des Français, Frank, dit Franny. J'en suis sûre.

Mon père faillit perdre les passeports, que nous attachâmes alors au poignet de Lilly à l'aide de deux gros élastiques ; puis je pris Lilly dans mes bras ; elle semblait épuisée par les larmes.

Nous décollâmes de Francfort à neuf heures moins le quart, dix heures moins le quart peut-être, et arrivâmes à Vienne vers midi. Un vol bref et chaotique dans un avion plus petit : Lilly aperçut des montagnes et eut peur ; Franny souhaita qu'il fasse plus beau le lendemain, pour le voyage de maman et de Egg ; Frank vomit à deux reprises.

« Dis ça en allemand, Frank, dit Franny.

Mais Frank se sentait trop mal pour lui répondre.

Nous eûmes un jour et une nuit et toute la matinée du lendemain pour préparer la Gasthaus Freud en prévision de l'arrivée de maman et de Egg. Notre vol avait duré environ huit heures — six ou sept de Boston à Francfort, plus à peu près une heure pour attéindre Vienne. L'avion de maman et de Egg devait en principe quitter Boston dans la soirée du lendemain, légèrement plus tard, et se poser à Zurich ; le vol jusqu'à Vienne prendrait environ une heure et le trajet de Boston à Zuricn — comme le nôtre jusqu'à Francfort — environ sept heures. Mais ma mère et Egg — et Sorrow — ratèrent l'aéroport de Zurich. Moins de six heures après leur départ de Boston, leur avion piqua et s'engloutit dans l'Atlantique — non loin de cette partie du continent que l'on appelle la France. Dans mon imagination, plus tard (et sans la moindre logique), je puisai quelque consolation dans cette pensée qu'ils ne s'étaient pas abattus dans les ténèbres, et dans cette idée que, qui sait — dans leur esprit —, la vision de la terre ferme à l'horizon avait peut-être fait naître quelque espoir (la terre ferme qu'ils n'atteignirent jamais). Il est présomptueux d'imaginer que Egg dormait ; pourtant, c'est ce qu'on aurait pu lui souhaiter de mieux. Connaissant Egg, je suis sûr qu'il était resté éveillé durant tout le trajet — Sorrow dodelinant sur ses genoux. Et je suis sûr que Egg avait choisi le siège près du hublot.

Quelles que fussent les causes de la catastrophe, nous dit-on, plus tard, elle s'était produite très vite ; néanmoins, quelqu'un avait dû avoir le temps de lâcher quelques consignes — dans une langue quelconque. Le temps pour maman d'embrasser Egg et de le serrer contre elle ; le temps pour Egg de demander : « Quoi ? »

Et bien que nous fussions venus nous installer dans la ville de Freud, je dois dire que les rêves sont immensément surfaits ; le rêve que j'avais eu de la mort de ma mère était inexact et je ne devais jamais le refaire. On pouvait imaginer — au prix d'un considérable effort d'imagination — que sa mort avait été décidée par l'homme en smoking blanc, mais ce n'était pas un joli sloop qui l'avait emportée. Elle plongea du ciel jusqu'au fond de la mer en compagnie de son fils qui hurlait à côté d'elle, Sorrow plaqué contre sa poitrine.

Ce fut Sorrow, bien sûr, que les avions sauveteurs repérèrent le premier. Le matin, pendant que l'on cherchait à repérer l'épave et les premiers débris à la surface de l'eau grise, quelqu'un aperçut un chien qui nageait. En y regardant de plus près, l'équipage de l'avion de sauvetage comprit que le chien était lui aussi une victime ; il n'y avait pas de survivants, et comment les sauveteurs auraient-ils pu savoir que *ce* chien était depuis longtemps mort. En apprenant ce qui avait mis les sauveteurs sur la piste des victimes, aucun d'entre nous n'éprouva la moindre surprise. Nous le savions déjà, grâce à Frank : Sorrow flotte.

Ce fut Franny qui, plus tard, déclara que sous une forme ou une autre, Sorrow resurgirait un jour ; aussi devions-nous rester vigilants : nous devions nous familiariser avec les postures qu'il pourrait choisir de prendre.

Frank gardait le silence, réfléchissant aux responsabilités de la résurrection — depuis toujours, pour lui, une source de mystère, et désormais une source de souffrance.

Notre père était allé identifier les corps ; il nous laissa à la garde de Freud et fit le voyage par le train. Par la suite, il ne parla que rarement de maman et de Egg ; il n'était pas homme à regarder en arrière, et la nécessité où il se trouvait de veiller sur nous l'empêcha sans doute de se laisser aller à ce genre de dangereuses rétrospectives. Nul doute qu'autrement, l'idée lui serait venue que c'était précisément *là* ce que Freud avait demandé à ma mère de pardonner à mon père.

Bien sûr, Lilly pleura souvent, elle qui savait, et depuis toujours, qu'à tous points de vue, la vie eût été plus petite et plus facile avec le Spectacle Fritz.

Et moi ? Egg et maman disparus — et Sorrow désormais figé dans une posture inconnue, ou sous un déguisement —, je ne savais qu'une chose : nous venions d'arriver dans un pays étranger.

8

Sorrow flotte

Ronda Ray, dont le souffle m'avait séduit d'emblée par le canal d'un interphone — dont je crois encore sentir (parfois) dans mon sommeil les mains chaudes, fortes et lourdes —, ne devait jamais quitter l'Hôtel New Hampshire, premier du nom. Elle demeurerait fidèle au Spectacle Fritz, et le servirait avec zèle — ayant peut-être compris, avec l'âge, que faire le lit des nabots et s'occuper de leurs personnes valait bien somme toute les services qu'il lui était arrivé de dispenser à des adultes de taille plus substantielle. Fritz devait nous écrire un jour que Ronda Ray était morte — « pendant son sommeil ». Après la perte de maman et de Egg, aucune mort ne me parut jamais « juste », terme dont pourtant Franny qualifia celle de Ronda.

Cette mort fut plus juste, du moins, que le malencontreux trépas de Max Urick, qui rendit l'âme à l'Hôtel New Hampshire, dans une des baignoires du deuxième. Peut-être Max n'avait-il jamais surmonté son dépit de s'être vu contraint de renoncer aux accessoires des salles de bains miniatures, et à sa tanière chérie du troisième, et je l'imagine persécuté par le sentiment de la présence, sinon réellement par le bruit, des nabots au-dessus de sa tête. J'ai toujours pensé que ce fut probablement la baignoire où Egg avait tenté de dissimuler Sorrow qui provoqua la mort de Max — après avoir failli réserver le même sort à Bitty Tuck. Fritz ne nous précisa jamais de quelle baignoire il s'agissait, se bornant à dire qu'elle se trouvait au deuxième ; Max avait, semblait-il, été victime d'une attaque alors qu'il prenait son bain — et il s'était noyé. Qu'un vieux marin maintes fois réchappé de l'abîme ait expiré dans une baignoire fut une source d'angoisse intolérable pour la malheureuse Mrs. Urick qui, elle, trouva le trépas de Max parfaitement injuste.

— Quatre cent soixante-quatre, répétait toujours Franny, chaque fois que nous évoquions Max.

Mrs. Urick fait encore aujourd'hui la cuisine pour le Spectacle Fritz — ce qui est peut-être un hommage au régime, et au style, de la simple mais bonne cuisine bourgeoise. Un certain Noël, Lilly devait lui envoyer un joli parchemin calligraphié de ces mots dus à un poète anonyme, traduits de l'anglo-saxon : « Ceux qui vivent dans l'humilité voient des anges du ciel leur apporter courage, force et foi. »

Amen.

Il ne fait aucun doute que des anges analogues veillaient sur le Fritz du Spectacle Fritz. Il devait prendre sa retraite à Dairy, et faire de l'Hôtel New Hampshire sa résidence permanente (du jour où il renonça à prendre la route avec la tournée d'hiver du cirque, en compagnie des jeunes nabots). Chaque fois qu'elle pensait à lui, Lilly sombrait dans la tristesse ; Fritz, en raison de sa taille, l'avait d'emblée impressionnée par sa personne, mais c'était avant tout le regret de ne pas être restée dans l'Hôtel New Hampshire de Fritz (au lieu de partir pour Vienne) qui hantait Lilly chaque fois qu'elle pensait à Fritz — et Lilly imaginait alors combien nos vies auraient été différentes si nous n'avions pas perdu maman et Egg. Il n'y avait pas eu d' « anges du ciel » pour les sauver.

Mais, bien entendu, nous étions incapables d'imaginer le monde ainsi, la première fois que nous vîmes Vienne : « La Vienne de *Freud* », comme disait Frank — nous savions tous de quel Freud il voulait parler.

Partout dans Vienne (en 1957), ce n'étaient que brèches entre les immeubles, des immeubles effondrés et éventrés, des immeubles demeurés en l'état où les avaient réduits les bombes. Certains terrains étaient recouverts de décombres, souvent des terrains de jeux désertés par les enfants, et on avait l'impression que, sous les débris soigneusement ratissés, se cachaient des bombes toujours menaçantes. Entre l'aéroport et les quartiers de la périphérie, nous aperçûmes un tank russe solidement ancré dans le sol — dans du béton — en guise de monument aux morts. L'écoutille supérieure était couronnée de fleurs, le long canon tendu de drapeaux, son étoile rouge fanée et souillée de fiente. Il était là, garé en permanence, face à un édifice qui ressemblait à une poste, mais notre taxi allait si vite que nous ne pûmes nous en assurer.

Sorrow flotte, mais notre arrivée à Vienne précéda celle des mauvaises nouvelles, et nous étions enclins à un optimisme prudent. A mesure que nous approchions du centre, les destructions se faisaient plus discrètes ; par moments même, le soleil brillait entre les édifices baroques — et une rangée de cupidons de pierre se penchaient par-dessus le rebord d'un toit, le ventre criblé par le feu des mitrailleuses. Les rues se faisaient plus animées, quand bien même les faubourgs ressemblaient à ces vieilles photos sur papier sépia prises à l'heure où personne encore n'est levé — ou après que tout le monde a été massacré.

— Ça donne la chair de poule, risqua Lilly.

Pétrifiée de crainte, elle avait enfin cessé de pleurer.

— C'est *vieux*, dit Franny.

— *Wo ist die Gemütlichkeit ?* chantonna Frank, ravi — et l'œil aux aguets.

— Je crois que tout ça plaira à votre mère, dit papa avec optimisme.

— Pas à Egg en tout cas, fit Franny.

— Egg ne sera pas capable d'entendre, fit Frank.

— Maman trouvera ça horrible, elle aussi, dit Lilly.

— Quatre cent soixante-quatre, fit Franny.

Notre chauffeur marmonna quelques mots inintelligibles.

Même notre père aurait pu deviner que ce n'était pas de l'allemand. Frank fit de son mieux pour s'expliquer avec l'homme et comprit qu'il était hongrois — un rescapé de la récente révolution. Nous scrutions le rétroviseur, et les yeux mornes de notre chauffeur, en quête de traces de blessures — et les imaginant, faute de les voir. Puis un parc surgit devant nous, sur notre droite, et un noble édifice, aussi beau qu'un palais (c'était un palais), et, à la grille d'une grande cour, apparut une grosse femme à l'air réjoui, en uniforme d'infirmière (manifestement une nourrice) poussant devant elle un landau à deux places (des jumeaux !), tandis que Frank lisait à voix haute des statistiques idiotes dans une absurde brochure touristique.

— Une ville de moins d'un million et demi d'habitants, lut Frank ; Vienne compte encore plus de trois cents cafés.

Du fond de notre taxi, nous contemplions les rues, presque comme si nous nous attendions à les voir éclaboussées de café. Franny descendit sa vitre et huma l'air ; une puanteur bien européenne d'essence, mais pas d'effluves de café. Nous ne tarderions pas à comprendre à quoi servaient les cafés : à flâner de longs moments devant une table, faire ses devoirs, bavarder avec les putains, jouer aux fléchettes, au billard, à boire, bien autre chose que du café, à faire des projets — d'évasion — et, bien sûr, à faire de l'insomnie et des rêves. Mais, sur le moment, nous fûmes éblouis par la fontaine de la Schwarzenbergplatz, traversâmes la Ringstrasse, grouillante de tramways, et notre chauffeur se mit à psalmodier : « Krugerstrasse, Krugerstrasse », comme s'il comptait sur cette mélopée pour faire surgir la petite rue (elle surgit), puis « Gasthaus Freud, Gasthaus Freud ».

La Gasthaus Freud ne surgit pas devant nos yeux. Notre chauffeur passa lentement devant, et Frank se précipita dans le Kaffee Mowatt pour se renseigner ; ce fut alors qu'on nous le désigna — l'immeuble qui nous avait échappé. Disparue était la confiserie (mais l'enseigne de l'ancienne Konditorei — BONBONS, etc. — était encore appuyée contre la vitrine, à l'intérieur). Notre père en déduisit que Freud — en prévision de notre arrivée — avait commencé les travaux d'agrandissement, s'étant porté acquéreur de la confiserie. Mais, en y regardant de plus près, nous constatâmes qu'un incendie avait détruit la Konditorei et probablement menacé les habitants de l'immeuble voisin, la Gasthaus Freud. Nous pénétrâmes dans le petit hôtel sombre, que signalait une pancarte toute neuve accotée à la confiserie éventrée ; la pancarte, traduisit Frank, disait : NE MARCHEZ PAS SUR LE SUCRE.

— Ne marche pas sur le sucre, Frank, dit Franny.

— Oui, c'est bien ça, dit Frank.

Et, de fait, tandis qu'à pas circonspects nous pénétrions dans le hall de la Gasthaus Freud, nous constatâmes que le plancher était légèrement gluant (sans doute trop de pieds avaient-ils déjà traîné dans le sucre —, l'affreuse couche vitrifiée des bonbons fondus par l'incendie). Puis l'ignoble odeur du chocolat brûlé assaillit nos narines. Lilly, titubant sous le poids de ses petites valises, pénétra la première dans le hall et poussa un hurlement.

Nous nous attendions à voir Freud, mais nous avions oublié l'ourse de Freud. Lilly ne s'attendait nullement à la voir dans le hall — en liberté. Et aucun de nous ne s'attendait à la voir sur le canapé qui flanquait la réception, ses courtes pattes croisées, ses talons posés sur un fauteuil ; elle paraissait absorbée dans la lecture d'une revue (une « ourse intelligente », de toute évidence, comme Freud l'avait affirmé), mais, au hurlement de Lilly, les pages lui jaillirent des mains et elle rectifia la position, à la façon d'un ours. Pivotant sur son séant, elle quitta le canapé et, d'un pas tranquille, obliqua vers la réception, sans vraiment nous regarder, et nous vîmes alors combien elle était petite — trapue, mais courtaude ; ni plus longue ni plus grande qu'un labrador (l'idée nous effleura tous), mais considérablement plus dense, le torse large, le cul épais, les bras noueux. Se dressant sur ses pattes postérieures, elle assena un coup terrible sur le timbre posé sur le comptoir, un coup si violent que le petit *bing !* fut étouffé sous l'énorme patte.

— Seigneur Dieu ! s'exclama papa.

— C'est *vous* ? lança une voix. Win Berry ?

L'ourse, irritée que Freud tarde à se montrer, empoigna le timbre et l'envoya valser à l'autre bout du hall ; le timbre heurta une porte avec une force terrible et le bruit d'un marteau qui s'abat sur un tuyau d'orgue.

« Je vous entends ! s'écria Freud. Seigneur Dieu ! Est-ce bien *vous* ?

Ce fut alors qu'il surgit, les bras ouverts — une silhouette aussi incongrue à nos yeux d'enfants que celle d'un ours. Et, pour la première fois, nous comprîmes que c'était de Freud que notre père tenait son « Seigneur Dieu », et peut-être le contraste entre cette révélation et l'aspect du corps de Freud fut-il ce qui provoqua notre surprise ; le corps de Freud n'avait rien de commun avec la silhouette et la démarche athlétiques de mon père. Si Fritz avait donné le droit de vote à ses nabots, peut-être Freud eût-il été admis dans leur cirque — il était à peine plus gros qu'eux. Son corps paraissait accablé par quelque chose qui n'était peut-être que le pâle reflet de sa force d'antan ; il n'était plus désormais que massif et compact. Les cheveux, que l'on nous avait décrits comme clairs, étaient blancs et longs, avec cet aspect hirsute de la barbe de maïs. Il s'appuyait sur une canne grosse comme une massue, une batte de base-ball — en fait, nous apprîmes plus tard, c'était une batte de base-ball. L'étrange touffe de poils qui poussait sur sa joue avait bien la grosseur d'une pièce de monnaie, mais elle était aussi grise qu'un trottoir — la couleur indéfinissable et douteuse d'une rue de grande ville. Mais il y avait pire (en ce qui concernait les effets de l'âge sur Freud), il était aveugle.

« C'est *vous* ? lança Freud du fond du hall, tourné, non vers mon père, mais vers l'antique poteau de fer qui amorçait la rampe de l'escalier.

— Par ici, fit papa doucement.

Freud ouvrit les bras et se dirigea à tâtons vers la voix de mon père.

— Win Berry ! s'écria Freud.

Et l'ourse se précipita : saisissant dans sa grosse patte le coude du vieillard, elle le propulsa vers mon père. Lorsque Freud ralentit, comme par crainte de buter dans une chaise ou des pieds à la traîne, l'ourse le bouta par-derrière d'un coup de tête. Non seulement une ourse intelligente, pensâmes-nous : une ourse vigilante. Aucun doute, ce genre d'ours était capable de changer notre vie.

Médusés, nous vîmes le gnome aveugle serrer mon père contre son cœur ; les vîmes tous deux se lancer dans une gigue balourde au milieu du hall minable. Comme leurs voix faiblissaient, le crépitement des machines à écrire nous parvint du second étage — les extrémistes acharnés à composer leur musique, les gauchistes occupés à rédiger leurs théories du monde. Même le bruit de leurs machines paraissait plein d'assurance — en conflit avec toutes les autres théories imparfaites du monde, mais pénétré de leur bien-fondé, éperdu de certitude, les mots s'insérant vigoureusement à leur place, pareils à des doigts qui pianotent avec impatience sur la nappe, des doigts qui battent la mesure entre des discours.

Mais cela ne valait-il pas mieux cependant que d'arriver de nuit ? Certes, le hall aurait eu un air plus accueillant à la lueur tamisée d'un éclairage chiche et grâce à l'indulgence de recoins d'ombre. Mais ne valait-il pas mieux (pour nous) entendre les machines à écrire et voir l'ourse — qu'entendre (ou imaginer) les soubresauts des lits, les allées et venues des prostituées dans l'escalier, les saluts et les au-revoir furtifs chuchotés (à longueur de nuit) dans le hall ?

L'ourse se faufila entre nous pour nous renifler. Lilly paraissait sur ses gardes (elle était plus petite), j'étais un peu crispé, Frank s'efforçait d'être aimable — en allemand —, mais l'ourse n'avait d'yeux que pour Franny. L'ourse plaquait sa grosse tête contre la taille de Franny ; l'ourse fourrait son mufle entre les cuisses de ma sœur. Franny fit un bond, éclata de rire, et Freud s'inquiéta :

« Susie ! Tu es gentille ou tu es mal élevée ?

Susie se retourna et démarra au petit trot, à quatre pattes ; l'ourse bouta le vieillard en plein ventre — il s'effondra sur le plancher. Mon père parut à deux doigts d'intervenir, mais Freud — s'appuyant sur sa batte — se releva aussitôt.

« Oh, Susie ! lança-t-il dans la mauvaise direction. Susie essaie de faire l'intéressante. Elle a horreur qu'on la critique. Et elle aime moins les hommes que les *filles*. Où *sont-elles*, les filles ? dit le vieillard, les mains tendues dans le sillage de Franny, la bousculant gentiment par-derrière.

Frank, soudain obstiné à faire ami-ami avec l'ourse, tiraillait le pelage rugueux de l'animal, en bafouillant comme un idiot :

— Euh, je parie que vous êtes Susie l'ourse. On a beaucoup entendu parler de vous. Moi je suis Frank. *Sprechen Sie Deutsch ?*

— Non, non, dit Freud, pas d'allemand. Susie n'aime pas l'allemand. Elle parle *votre* langue, précisa Freud, dans la direction approximative de Frank.

Frank, en parfait malotru, se pencha vers l'ourse, tiraillant de plus belle son pelage.

— On se serre la main, Susie ? proposa-t-il, en se penchant.

Mais l'ourse, pivotant brusquement, se dressa sur ses pattes.

— Ce n'est pas qu'elle fait la méchante, non ? s'écria Freud. Susie, sois gentille ! Ne fais pas la méchante.

Dressée sur ses pattes, l'ourse paraissait moins grande que nous — à l'exception de Lilly, et elle était plus grande que Freud. Le museau de l'ourse arrivait au niveau du menton de Frank. Un instant, ils restèrent face à face, l'ourse se dandinant sur ses pattes postérieures, traînant les pieds comme un boxeur.

— Je suis Frank, dit Frank, avec un rien de nervosité, la main tendue.

Puis, à deux mains, il tenta de saisir la patte droite de l'ourse et de la serrer.

— Bas les pattes, petit, dit l'ourse, en écartant prestement les bras de Frank d'une tape énergique.

Frank recula en titubant et s'effondra sur le timbre de la réception d'où jaillit un *ping* aigu.

— Mais comment faites-vous ? demanda Franny à Freud. Comment faites-vous pour qu'elle parle ?

— Personne ne me fait parler, chérie, fit Susie l'ourse, en reniflant la hanche de Franny.

Lilly poussa un nouveau hurlement.

— L'ourse parle, l'ourse parle ! s'écria-t-elle.

— C'est une ourse *intelligente* ! hurla Freud. Je vous l'avais bien dit, non ?

— Une ourse qui parle ! glapissait Lilly, hystérique.

— Au moins, moi, je ne glapis pas, dit Susie l'ourse.

Soudain, elle renonça à ses manières d'ourse : dressée sur ses pattes de derrière, elle regagna d'un pas morne le canapé — d'où l'avait tirée le premier hurlement de Lilly. Elle s'assit, croisa les pattes et posa ses pieds sur le fauteuil. Elle reprit son magazine, un numéro de *Time* qui datait quelque peu.

— Susie vient du Michigan, dit Freud, comme si cela devait tout expliquer. Mais elle a fait ses études à New York. Elle est très intelligente.

— Je suis passée par Sarah-Lawrence, dit l'ourse, mais j'ai plaqué mes études. Une bande de petits merdeux élitistes, dit-elle — en parlant de Sarah-Lawrence — ses grosses pattes feuilletant avec impatience son *Time*.

— C'est une *fille* ! dit mon père. Une fille en costume d'ours.

— Une *femme,* rectifia Susie. Attention !

Nous n'étions qu'en 1957 ; Susie était une ourse en avance sur son temps.

— Une femme en costume d'ours, dit Frank, tandis que Lilly se faufilait contre moi et m'étreignait la jambe.

— Il n'y a pas d'ours intelligent, dit Freud d'un ton lugubre. Sauf ce genre d'ours.

A l'étage, et en fond sonore à notre silence médusé, les machines à écrire se chamaillaient de plus belle. Nous contemplions Susie l'ourse

— une ourse intelligente, c'était vrai, et, de plus, vigilante. De savoir qu'elle n'était pas une vraie ourse, elle ne nous en paraissait que plus grosse ; elle se parait sous nos yeux d'une puissance nouvelle. Elle était bien davantage que les yeux de Freud, songions-nous ; qui sait si elle n'était pas aussi son cœur et son esprit ?

Mon père examinait le hall, tandis que son vieux mentor aveugle s'appuyait sur lui de tout son poids. Et, cette fois, que voyait notre père ? me demandais-je. Quel château, quel palais, quel rêve somptueux pouvaient soudain enfler devant ses yeux — tandis que son regard enregistrait au passage le canapé fatigué où trônait l'ourse, puis les reproductions d'impressionnistes ; les nus roses et bovins effondrés au milieu de fleurs de lumière (sur la tapisserie à fleurs aux couleurs violemment contrastées) ? Et le fauteuil dont le rembourrage éclaté (comme les bombes qu'il était permis d'imaginer enfouies sous les décombres des faubourgs), et l'unique lampe de lecture, à l'éclairage trop chiche pour permettre les rêves.

— Dommage pour la confiserie, dit papa à Freud.

— Dommage ? *Nein, nein, nicht* dommage ! C'est *bon*. La baraque est fichue, et ils n'étaient pas assurés. On peut la racheter — pour rien ! Histoire de se payer un hall que les gens remarqueraient — de la rue ! s'écria Freud, dont, bien sûr, jamais les yeux ne remarqueraient plus rien.

« Un incendie tout à fait le bienvenu, reprit Freud, un incendie parfaitement synchronisé avec votre arrivée. Un incendie brillant ! conclut Freud en serrant le bras de mon père.

— Un incendie digne d'un ours intelligent, fit Susie l'ourse, en feuilletant avec une frénésie cynique son vieil exemplaire de *Time*.

— C'est vous qui l'avez allumé ? demanda Franny à Susie l'ourse.

— Pour ça, tu l'as dit, ma jolie, fit Susie.

Voici venu le moment de vous parler d'une femme qui, elle aussi, avait été violée, mais le jour où je lui racontai l'histoire de Franny, et lui confiai mon sentiment que Franny avait assumé son viol — en ne l'assumant pas, peut-être, ou en niant le pire —, cette femme me déclara sans ambages que Franny et moi avions tort.

— Tort ? dis-je.

— Tu l'as dit, mon joli, dit cette femme. Franny a été violée, pas seulement tabassée. Et ces salauds ont bel et bien eu son « moi intime » — comme dit ton enfoiré de pote noir. Qu'est-ce qu'il en sait, lui ? Un expert en matière de viol sous prétexte qu'il a une sœur ? *Ta* sœur s'est dépouillée de la seule arme qu'elle avait contre ces fumiers — leur sperme. Et personne ne l'a empêchée de se laver, personne ne l'a obligée à affronter le problème — résultat, elle devra l'affronter toute sa vie. En fait, en ne luttant pas d'emblée contre ses agresseurs, elle a sacrifié son intégrité — et toi, m'avait dit cette femme, tu as trouvé commode de colporter la nouvelle du viol de ta sœur, et ce viol, tu l'as dépouillé de son intégrité en détalant pour chercher un héros, au lieu de demeurer sur place pour t'en occuper toi-même.

— L'intégrité d'un viol ? avait dit Frank.

— Je suis parti chercher de l'aide, avais-je dit. Ils m'auraient dérouillé à mort si j'étais resté, et de toute façon, ils l'auraient violée.

— Faut que je parle à ta sœur, chéri, dit cette femme. Elle mijote dans sa psychologie d'amateur et, crois-moi, ça ne peut pas marcher : le viol, ça me connaît.

— Pouah ! avait dit un jour Iowa Bob. La psychologie, c'est toujours de l'amateurisme. Merde pour cet enfoiré de Freud et tous les autres !

— Ce Freud-*là*, en tout cas, avait ajouté papa.

Et peut-être aussi, merde pour *notre* Freud, devais-je souvent penser par la suite.

Bref, cette spécialiste du viol qualifiait de foutaises la réaction apparente de Franny au viol dont elle avait été victime ; et que Franny continuât à envoyer des lettres à Chipper Dove me laissait perplexe. Selon cette spécialiste du viol, il s'agissait en fait de tout autre chose, le viol n'avait pas cet effet-là — en aucune façon. Elle savait, disait-elle. La chose lui était arrivée. A l'université, elle s'était affiliée à un club de femmes qui, toutes, avaient été violées, et elles étaient tombées d'accord sur la signification *correcte* qu'il convenait d'attribuer au viol, et sur les réactions *correctes* qu'il convenait de lui opposer. Avant même qu'elle aborde le sujet avec Franny, je devinai l'importance désespérée qu'avait pour cette femme son malheur intime, et comment — dans son esprit — la seule réaction crédible à l'événement du viol était la sienne. Que quelqu'un ait pu réagir différemment à une agression analogue signifiait simplement à ses yeux qu'il ne pouvait s'agir d'une agression du même ordre.

— Les gens sont ainsi, aurait dit Iowa Bob. Ils ont besoin de parer leurs pires expériences d'une valeur universelle. En un sens, cela les réconforte.

Et qui peut les blâmer ? Discuter avec des gens de ce genre est exaspérant et ne sert à rien ; victimes d'une expérience qui a nié leur humanité, ils s'obstinent à dénier aux autres un autre genre d'humanité, à savoir l'authentique diversité de l'espèce humaine — qui va de pair avec son uniformité. Dommage pour cette femme.

— Je parierais qu'elle a eu une vie très malheureuse, aurait dit Iowa Bob.

Tout juste : cette femme avait eu une vie très malheureuse. Cette femme spécialiste du viol n'était autre que Susie l'ourse.

— Et tu oses parler de « petit événement parmi tant d'autres », Franny ? fit Susie l'ourse. Quelle connerie ! Tu parles de « jour le plus heureux de ma vie » ? Quelle connerie ! Ces voyous n'avaient pas seulement envie de te baiser, ma chérie, ils voulaient te voler ta force, et tu les as laissés faire. Toute femme qui accepte une violation de son corps avec tant de passivité... comment oses-tu vraiment *dire* que tu avais toujours su, d'une certaine façon, que Chip Dove serait « le premier ». Ma pauvre chérie, tu as minimisé l'énormité de ce que tu as subi — tout simplement pour pouvoir l'encaisser un peu plus facilement.

— De quel viol parle-t-on, Susie ? demanda Franny. Je veux dire, tu as eu *ton* viol, j'ai eu le *mien*. Si je dis que personne n'a eu mon moi intime, eh bien, personne ne l'a eu. Tu crois qu'ils réussissent à l'avoir à tous les coups ?

— Ça, tu l'as dit, ma jolie, dit Susie. Un violeur se sert de sa bite comme d'une arme. Personne ne se sert d'une arme contre toi sans *t'avoir*. Par exemple, ta vie sexuelle ces temps-ci, ça marche ?

— Elle n'a que seize ans, dis-je. A seize ans, elle n'est pas censée avoir une vie sexuelle tellement intense.

— Je ne mélange pas tout, dit Franny. Le sexe et le viol, ça fait deux. Le jour et la nuit.

— Dans ce cas, Franny, pourquoi répètes-tu toujours que Chipper Dove a été « le premier » ? demandai-je calmement.

— Tu l'as dit, mon joli — tout est là, fit Susie l'ourse.

— Écoutez, nous dit Franny — tandis que Frank, gêné, jouait au solitaire en feignant de ne rien entendre, et que Lilly suivait notre conversation comme un tournoi de tennis dont toutes les balles commandaient le respect. Écoutez, dit Franny, le problème, c'est que mon viol m'appartient. Il est à moi. Il *m'appartient*. J'en fais ce que je veux.

— Mais tu n'en fais *rien*, dit Susie. Tu ne t'es jamais mise assez en colère. Il faut que tu te mettes en colère. Il faut justement que tu deviennes féroce.

— Il faut que tu finisses par te sentir obsédée et que tu le restes, dit Frank, en roulant des yeux et citant Iowa Bob.

— Je parle sérieusement, reprit Susie l'ourse.

Elle était trop sérieuse, bien sûr — mais plus sympathique qu'elle n'avait semblé tout d'abord. Finalement, et avec le temps, Susie l'ourse assumerait son viol. Elle dirigerait, par la suite, un remarquable centre d'assistance aux victimes du viol, et se ferait un nom comme conseillère en matière de viol, en soutenant que de tous les problèmes le plus important est de savoir « à qui appartient le viol ». Elle finirait par comprendre que, même si pour elle-même sa colère était fondamentalement saine, peut-être que, pour Franny, à l'époque, elle n'aurait pas été des plus saines. « Il faut laisser à la victime le temps de ventiler », écrirait-elle sagement dans sa rubrique — et aussi : « Il ne faut pas confondre ses propres problèmes avec ceux de la victime. » Plus tard, Susie l'ourse deviendrait une vraie spécialiste en matière de viol — et l'auteur de la formule célèbre : « Attention, le vrai problème d'un viol n'est peut-être pas *votre* vrai problème ; réfléchissez qu'il peut en exister plus d'un. » Et, à tous ses adjoints, elle soulignait ce point : « Il est essentiel de comprendre que les victimes réagissent et s'adaptent à une crise de ce genre de multiples façons. Quant aux symptômes habituels, il arrive qu'une victime les manifeste tous, ou n'en manifeste aucun, ou encore seulement certains : culpabilité, dénégation, colère, confusion, peur ou même tout autre chose. Quant aux problèmes, ils peuvent surgir au bout d'une semaine, d'une année, de dix ans ou encore jamais. »

Très vrai ; Iowa Bob aurait aimé cette ourse autant qu'il avait aimé Earl. Mais, lors des premiers jours que nous passâmes en sa compagnie, Susie était une ourse obnubilée par le problème du viol — et aussi par une foule d'autres problèmes.

Et, avec elle, nous nous trouvâmes poussés dans une intimité contre nature, dans la mesure où, soudain, nous eûmes besoin de nous adresser à elle comme nous nous serions adressés à une mère (en l'absence de notre propre mère) ; par la suite, nous en vînmes à nous adresser à Susie pour bien d'autres choses. Presque d'emblée, cette ourse intelligente (mais rude) nous parut dotée de plus de perspicacité que l'aveugle Freud, et, dès la première journée et la première nuit, ce fut à Susie l'ourse que nous nous adressâmes chaque fois que nous voulions savoir quelque chose.

— Qui sont ces gens qui tapent à la machine ? lui demandai-je

— Quel tarif prennent les prostituées ? lui demanda Lilly.

— Où puis-je acheter une bonne carte ? lui demanda Frank De préférence, une carte avec les itinéraires pour piétons.

— Les itinéraires pour piétons, Frank ? railla Franny.

— Va montrer leurs chambres aux enfants, Susie, commanda Freud à son ourse intelligente.

J'ignore pourquoi, nous commençâmes tous par nous engouffrer dans la chambre de Egg, la plus moche — une chambre pourvue de deux portes, mais sans fenêtre, un cube dont une des portes menait à la chambre de Lilly (tout aussi moche, à une fenêtre près) et l'autre donnait sur le hall du rez-de-chaussée.

— Egg ne sera pas d'accord, dit Lilly.

Mais Lilly prédisait toujours que Egg ne serait pas d'accord : ni pour le déménagement ni rien. Je crois qu'elle avait raison, et chaque fois que maintenant je pense à Egg, j'ai tendance à le voir installé dans sa chambre de la Gasthaus Freud, que jamais il ne vit. Egg enfermé dans une boîte sans air et sans fenêtre, un minuscule piège au cœur d'un hôtel étranger — une chambre indigne des clients.

Tyrannie typique des familles : la pire chambre échoit toujours au benjamin. Egg n'aurait pas été heureux à la Gasthaus Freud, et je me demande maintenant si aucun de nous aurait jamais pu l'être. Bien sûr, on ne peut dire que nous prîmes un bon départ. Nous n'eûmes qu'une journée et une nuit avant que la nouvelle de la mort de maman et de Egg s'abatte sur nous, avant que Susie devienne, en outre, notre ourse-guide et que Freud et mon père se lancent dans leur duo qui devait les mener à un grand hôtel — un hôtel prospère, espéraient-ils ; sinon un grand, du moins un bon hôtel.

Dès le jour de notre arrivée, Freud et mon père s'attelèrent à leurs plans. Mon père voulait déménager les prostituées au cinquième, et installer le Symposium sur les Relations Est-Ouest au quatrième, l'avantage étant de libérer le deuxième et le troisième pour les clients.

— Pourquoi les clients se verraient-ils obligés de grimper au quatrième et au cinquième ? demanda papa à Freud.

— Les prostituées, rappela Freud, elles aussi, ce sont des clientes.

Il n'avait pas besoin d'ajouter qu'en outre, elles faisaient pas mal d'ascensions chaque nuit.

« Et puis, certains de leurs clients sont trop vieux pour grimper tous ces escaliers, ajouta Freud.

— S'ils sont trop vieux pour grimper les escaliers, dit Susie l'ourse, ils sont aussi trop vieux pour faire leurs saloperies. Mieux vaut en voir un clamser dans l'escalier que casser sa pipe au lit — juché sur une des petites.

— Seigneur Dieu, fit papa. Dans ce cas, pourquoi ne pas abandonner le deuxième aux prostituées ? Et demander aux foutus extrémistes de s'installer là-haut.

— Les intellectuels, dit Freud, sont toujours en mauvaise santé, c'est connu.

— Ces extrémistes ne sont pas tous des intellectuels, objecta Susie. Et, tôt ou tard, il nous faudra un ascenseur. Je suis d'avis de laisser les putains le plus près possible du rez-de-chaussée, les grosses têtes n'auront qu'à se taper l'escalier.

— Oui, y a qu'à mettre les clients au milieu, renchérit papa.

— *Quels* clients ? demanda Franny.

Frank et elle avaient consulté le registre ; la Gasthaus Freud n'avait pas de clients.

— Tout ça, c'est à cause de l'incendie de la confiserie, expliqua Freud. La fumée a chassé les clients. Dès que le hall aura été remis en état, les clients afflueront !

— Et à cause du baisage, ils ne pourront pas fermer l'œil de la nuit, et à cause des machines à écrire, ils se réveilleront de bonne heure le matin, dit Susie l'ourse.

— Un hôtel bohème, dit Frank, toujours optimiste.

— Qu'est-ce que tu connais à la bohème, Frank ? railla Franny.

Dans la chambre de Frank trônait un mannequin de couturière, jadis la propriété d'une putain qui louait une chambre en permanence dans l'hôtel. Un mannequin plutôt trapu, sur lequel était perchée la tête ébréchée d'un autre mannequin qui, à en croire Freud, avait été volé dans un des grands magasins de la Kärntnerstrasse. Un visage joli mais grêlé, à la perruque toute de guingois.

« Parfait pour tes déguisements, Frank, dit Franny.

Et Frank, morose, y accrocha sa veste.

— Très drôle, fit-il.

La chambre de Franny était contiguë à la mienne. Nous partagions une salle de bains équipée d'une antique baignoire ; si profonde qu'on aurait pu y cuire un bœuf entier. Les W.-C. étaient situés au bout du couloir et donnaient sur le hall. Seule la chambre de notre père disposait de sa salle de bains et de W.-C. privés. De plus, Susie devait partager notre salle de bains, à Franny et à moi, mais elle devait traverser une de nos chambres pour y avoir accès.

— Vous faites pas de bile, dit Susie. Je me lave pas tellement souvent.

Nous l'aurions deviné. Elle ne sentait pas exactement l'ours, mais elle dégageait une odeur âcre, salée, capiteuse et forte ; et quand elle retira sa tête d'ourse, et que pour la première fois nous vîmes ses cheveux noirs et humides — son visage pâle et grêlé de marques de petite vérole, ses yeux égarés et traqués —, nous fûmes d'avis qu'elle avait l'air plus rassurante en ourse.

« Ce que vous voyez là, dit Susie, ce sont les ravages de l'acné — le calvaire de mon adolescence. Je suis le type de la-fille-pas-mal-pourvu qu'elle-garde-la-tête-dans-un-sac

— Vous tracassez pas, dit Frank. Je suis homosexuel. Et, pour un adolescent, moi non plus je suis pas tellement gâté.

— Oui, mais au moins, toi, tu as du charme, dit Susie l'ourse. Toute ta famille a du charme, fit-elle, en nous jetant à tous un regard mauvais. Peut-être vous arrive-t-il d'être l'objet de discrimination, mais croyez-moi : la pire discrimination, c'est encore le traitement réservé à la laideur. J'ai été une gosse laide, et je deviens de plus en plus laide, chaque jour de cette saloperie de vie.

Nous ne pouvions nous empêcher de la dévisager, plantée là dans son costume d'ours décapité ; nous nous demandions, bien sûr, si le corps de Susie était aussi lourdaud que celui d'un ours. Et quand, plus avant dans l'après-midi, nous la vîmes, affublée d'un tee-shirt et d'un short de gym, tout en sueur et acharnée à faire des assouplissements et des flexions sur les talons contre le mur du bureau de Freud — une petite mise en train pour se préparer à son rôle au moment où les extrémistes quitteraient les lieux et où les premières prostituées commenceraient à arriver — nous pûmes constater qu'elle avait le gabarit idéal pour tenir son rôle d'animal.

« Bien en chair, hein ? me dit-elle.

Trop de bananes, aurait pu dire Iowa Bob, et pas assez de course à pied.

Mais — pour être juste — il n'était pas facile pour Susie de sortir sans son déguisement, et sans faire son numéro. Sous un déguisement d'ours, il n'est pas facile de faire de l'exercice.

« Je ne peux pas vendre la mèche, sinon on se retrouve tous dans le pétrin, dit-elle.

Comment, en effet, Freud aurait-il fait sans elle pour maintenir l'ordre ? Susie l'ourse était le garant de l'ordre. Quand les extrémistes étaient en butte aux attaques des trublions de droite, quand de violentes engueulades éclataient dans le hall et dans l'escalier, quand un petit fasciste nouvelle vague se mettait à hurler : « Y a plus de liberté ! » — quand une petite foule furieuse envahissait le hall pour protester, en brandissant une bannière qui invitait le Symposium sur les Relations Est-Ouest à déménager... plus à l'Est — à ces moments-là, disait Susie, Freud avait besoin d'elle.

— Fichez le camp, sinon l'ourse va se fâcher ! hurlait Freud.

L'ourse émettait parfois un grondement rauque et piquait une petite charge.

— C'est drôle, disait Susie. A dire vrai, je ne suis pas tellement coriace, mais personne n'a envie de se bagarrer contre un ours. Il me suffit d'empoigner quelqu'un pour qu'aussitôt il se recroqueville et se mette à gémir. En fait, ces salauds, je me contente de souffler dessus et de leur faire sentir mes muscles. Devant un ours, personne ne se rebiffe jamais.

Par gratitude de cette protection bourrue, les extrémistes acceptèrent de bon gré de s'installer en haut. Mon père et Freud leur expliquèrent la situation au cours de l'après-midi. Mon père leur offrit mes services pour déménager les machines, et je me mis à les trimbaler jusque dans les chambres vides du cinquième : une demi-douzaine de machines à écrire, plus une machine à polycopier ; les habituelles fournitures de bureau ; et, semblait-il, une pléthore de téléphones. A la troisième ou quatrième table, je commençais à en avoir marre, mais je n'avais pas eu l'occasion de soulever mes poids pendant notre voyage — et j'appréciai l'exercice. Abordant deux jeunes extrémistes, je leur demandai où l'on pouvait se procurer des haltères, mais ils prirent un air soupçonneux — nous étions américains : soit ils ne comprenaient pas l'anglais, soit ils s'obstinèrent à parler leur propre langue. Un autre, plus âgé, émit une brève protestation, qui déclencha une vive discussion avec Freud, mais l'ourse Susie se mit à gémir et à pousser sa grosse tête dans les chevilles du vieux — comme pour se moucher dans les revers de son pantalon —, et lui avait beau savoir que Susie n'était pas une ourse, il se calma et s'engouffra dans l'escalier.

— Qu'est-ce qu'ils écrivent, Susie ? demanda Franny. Des bulletins confidentiels, des trucs de propagande ?

— Pourquoi ont-ils tant de téléphones ? demandai-je.

Car, de toute la journée, pas une seule fois nous n'avions entendu un téléphone sonner.

— Ils passent un tas de coups de téléphone, dit Susie. Je crois qu'ils envoient des menaces par téléphone. Et je ne lis pas leurs bulletins. Je ne suis pas d'accord avec leur politique.

— C'est quoi, leur politique ? demanda Frank.

— Changer toutes ces saloperies, dit Susie. Repartir de zéro. Tout recommencer. Ils veulent faire table rase du passé. Ils veulent que tout soit différent.

— Moi aussi, dit Frank. A mon avis, c'est une bonne idée.

— Ils me flanquent la chair de poule, dit Lilly. Ils regardent par-dessus votre tête, et même quand ils vous regardent en face, ils ne vous voient pas.

— Ma foi, t'es plutôt petite, dit Susie l'ourse. Par contre, moi, ils me regardent, et comment !

— Et y en a un qui regarde Franny, et comment ! dis-je.

— Ce n'est pas ça, dit Lilly. Je veux dire que même s'ils regardent les gens, ils ne les voient pas.

— C'est qu'ils pensent à ce qu'il faudrait faire pour que tout soit différent, dit Frank.

— Les gens aussi, Frank ? railla Franny. Ils pensent que les gens pourraient être différents ? Et toi, qu'est-ce que tu en penses ?

— Ouais, dit Susie l'ourse. Par exemple, on pourrait tous être morts.

Le chagrin favorise l'intimité ; tandis que nous pleurions maman et Egg, nous ne tardâmes pas à être intimes avec les extrémistes et les putains, à croire que nous les connaissions depuis toujours. Nous étions les enfants frappés par le malheur, nous avions perdu notre mère (pour les putains), notre petit frère avait été massacré (pour les extrémistes). Aussi — pour compenser notre tristesse, et la tristesse supplémentaire que suait la Gasthaus Freud — les extrémistes et les putains nous témoignèrent beaucoup de gentillesse. Et, en dépit de leurs rythmes de vie différents, diurne pour les uns, nocturne pour les autres, ils avaient davantage de points communs qu'ils ne s'en seraient doutés.

Les uns comme les autres croyaient dans les vertus commerciales d'un idéal simple : les uns et les autres croyaient qu'ils pourraient, un jour, être « libres ». Les uns et les autres voyaient leurs corps comme des objets susceptibles d'être facilement sacrifiés à une cause (et facilement ressuscités, ou remplacés, après l'épreuve du sacrifice). Même leurs noms étaient analogues — bien que pour des raisons différentes. Ils n'avaient que des noms de code, ou des sobriquets, ou quand ils utilisaient leurs vrais noms, ce n'étaient que leurs prénoms.

Deux d'entre eux, à vrai dire, partageaient le même nom, mais l'extrémiste étant un homme, et la putain une femme, aucune confusion n'était possible ; de plus, ils ne se trouvaient jamais en même temps à la Gasthaus Freud. Le nom en question était Old Billig — *billig,* en allemand, signifie « bon marché ». La doyenne des putes avait été affublée de ce nom, en raison de ses tarifs, inférieurs à la moyenne pratiquée dans le quartier où elle tapinait ; les putains de la Krugerstrasse, pourtant située dans le premier arrondissement, formaient elles-mêmes une sorte de sous-groupe par rapport aux putains de la Kärntnerstrasse (située de l'autre côté du carrefour). Si, venant de la Kärntnerstrasse, on bifurquait dans notre rue minuscule, on avait l'impression de descendre (par comparaison) dans un monde sans lumière ; à une rue à peine de la Kärntnerstrasse, on perdait de vue la lueur de l'Hôtel Sacher, et l'immense scintillement de l'Opéra, et l'on constatait alors que les putains avaient les paupières plus lourdement fardées, que leurs genoux étaient légèrement cagneux, ou que leurs chevilles semblaient se tasser (à force de faire le pied de grue), ou encore qu'elles semblaient avoir la taille plus épaisse — comme le mannequin dans la chambre de Frank. Old Billig la pute était le chef de file des prostituées de la Krugerstrasse.

Son homonyme, parmi les extrémistes, n'était autre que le vieux monsieur qu'une discussion féroce avait opposé à Freud quand on avait voulu le déménager au cinquième. Cet autre Old Billig devait son surnom de « camelote » à la réputation qu'il avait de vivre au jour le jour — et aussi au fait qu'il était, selon les autres extrémistes, « un extrémiste d'extrémiste ». Au temps des bolcheviques, il avait été bolchevique ; quand ils avaient pris un autre nom, lui aussi avait changé de nom. On le trouvait à l'avant-garde de tous les mouvements, mais — d'une certaine façon —, à peine le mouvement s'emballait-il ou sombrait-il dans la décadence, Old Billig se glissait à l'arrière-plan et s'évanouissait discrètement dans la nature, en attendant de pouvoir resurgir au premier rang. Parmi les jeunes extrémistes, les idéalistes se méfiaient de Old Billig, en même temps qu'ils admiraient son endurance — sa faculté de survie. Ce qui ressemblait étrangement à l'opinion que nourrissaient sur l'autre Old Billig ses collègues putains.

Dans la société comme en dehors, l'ancienneté est une institution qui inspire à la fois respect et rancune.

Comme Old Billig l'extrémiste, Billig la putain protesta avec une extrême virulence contre le projet de Freud.

— Mais vous allez *descendre,* dit Freud, vous aurez un étage de *moins* à grimper. Dans un hôtel sans ascenseur, c'est un *avantage* de passer du troisième au second.

Je parvins à suivre l'allemand de Freud, mais non la réponse de Old Billig. Frank m'expliqua que, si elle protestait, c'était sous prétexte qu'elle avait trop de « souvenirs » à déménager.

« Regardez cet enfant ! dit Freud, en me cherchant à tâtons. Regardez ces muscles !

Freud, bien entendu, « regardait » mes muscles en les palpant ; à grand renfort de pinçons et de bourrades, il me poussa dans la direction de la vieille putain.

« Tâtez-moi ça ! s'écria Freud. Il est capable de déménager tous les souvenirs que vous voudrez. Si on lui laissait une journée, il serait capable de déménager l'hôtel tout entier !

Frank me répéta alors ce qu'avait répondu Old Billig.

— J'en ai marre de tâter des muscles, avait dit Old Billig, en déclinant l'offre. Des muscles, j'en tâte jusque dans mon foutu sommeil. Pour sûr qu'il est capable de déménager mes souvenirs. Mais j'ai peur qu'il casse quelque chose.

Aussi fut-ce avec le plus grand soin que je déménageai les « souvenirs » de Old Billig. Une collection d'ours en porcelaine capable de rivaliser avec celle de ma mère (et après la mort de ma mère, Old Billig m'invita parfois à passer un moment dans sa chambre pendant la journée — quand elle n'était pas au tapin et donc hors de la Gasthaus Freud —, et je pouvais alors passer un moment paisible seul en compagnie des ours, en repensant à la collection de maman, qui avait péri avec elle).

Old Billig aimait aussi les plantes — des plantes qui jaillissaient de ces pots censés ressembler à des animaux ou à des oiseaux : des fleurs qui bondissaient du dos de grenouilles, des fougères qui se vautraient sur une troupe de flamants roses, un oranger qui pointait sur la tête d'un alligator. Quant aux autres putains, la plupart n'avaient que quelques frusques, des cosmétiques et des médicaments à déménager. Il était étrange de penser qu'elles n'avaient que des « chambres de nuit » à la Gasthaus Freud — à l'inverse de Ronda Ray et de sa « chambre de jour » ; et l'idée me frappa qu'en fait les chambres de jour et les chambres de nuit avaient des fonctions analogues.

Nous fîmes la connaissance des putains la nuit où nous les aidâmes à déménager du second au premier. Il y avait quatre putains dans la Krugerstrasse, plus Old Billig. Elles avaient pour noms Babette, Jolanta, Dark Inge et Annie la Gueularde. Babette était la seule à parler français, d'où son nom de Babette ; c'était en général elle qui racolait les clients de nationalité française (les Français mettent un point d'honneur à ne parler d'autre langue que la leur). Babette était petite — et en conséquence la favorite de Lilly — avec un visage de lutin qui, dans la pénombre du hall, prenait (sous certains angles) un aspect désagréable de rongeur. Bien des années plus tard, l'idée me vint que Babette était sans doute anorexique, sans le savoir — en 1957, personne n'avait jamais entendu parler de l'anorexie. Elle portait des robes de cotonnade à fleurs, très estivales — même une fois l'été fini — et elle donnait l'impression bizarre d'être surpoudrée (à croire qu'il aurait suffi de la toucher pour qu'une petite bouffée de poudre jaillisse de ses pores) ; à d'autres moments, sa peau avait quelque chose de cireux (à croire qu'il aurait suffi de la toucher du doigt pour laisser une marque). Lilly me dit un jour que la petitesse de Babette jouait un rôle important dans sa propre croissance, dans la mesure où Babette aidait Lilly à comprendre que des êtres petits pouvaient parfaitement faire l'amour avec des êtres plus grands sans se voir irrémédiablement détruits. C'est ainsi que Lilly exprima la chose : « Sans être *irrémédiablement* détruits. »

Jolanta avait pris le nom de Jolanta parce que, disait-elle, c'était un nom polonais, et elle adorait les blagues polonaises. Le visage carré et d'aspect robuste, elle était aussi grosse que Frank (et presque aussi godiche) ; il émanait d'elle une jovialité que l'on soupçonnait d'être fausse — comme si, au beau milieu d'une blague retentissante, on pouvait s'attendre à la voir piquer une crise, tirer un couteau de son sac ou écraser un verre sur le visage de quelqu'un. Avec ses larges épaules et sa lourde poitrine, ses jambes solides sans pour autant être grasses — Jolanta avait le charme robuste d'une paysanne bizarrement corrompue au contact d'une forme sournoise de violence citadine ; elle avait quelque chose d'érotique, mais de dangereux. Pendant les premières nuits et les premières journées de mon séjour à la Gasthaus Freud, ce fut en évoquant son image que souvent je me masturbais — c'était avec Jolanta que je trouvais le plus difficile de parler, non qu'elle fût la plus grossière du lot, mais parce qu'elle m'inspirait une authentique frayeur.

— A quoi reconnaît-on une putain polonaise ? me dit-elle un jour. Je dus demander à Frank de traduire.

« C'est *elle* qui te paie pour que *toi* tu *la* baises, dit Jolanta. Cette fois je compris, et sans l'aide de Frank.

— T'as compris ? demanda Frank.

— Grand Dieu, oui, Frank, dis-je.

— Mais ris donc alors, dit Frank. T'as intérêt à rire.

Je regardai les mains de Jolanta — elle avait des poignets de paysanne, des phalanges de boxeur — et je ris.

Dark Inge n'était pas le genre à rire. Elle avait eu une vie très malheureuse. Plus important, elle n'avait pas encore eu le temps de beaucoup vivre ; elle n'avait que onze ans. C'était une mulâtresse, née au début de l'Occupation d'une mère australienne et d'un G.I., un Noir américain. Son père était reparti en 1955 avec les troupes d'Occupation, et rien de ce qu'il avait raconté à Inge et à sa mère sur le traitement que les États-Unis réservaient aux Noirs ne leur avait donné envie de le suivre. De toutes les putains, c'était Dark Inge qui parlait le mieux anglais, et quand mon père partit pour la France — identifier les corps de maman et de Egg —, ce fut auprès de Dark Inge que nous passâmes la plupart de nos nuits d'insomnie. Elle était aussi grande que moi, bien qu'elle eût tout juste le même âge que Lilly, et à cause de la façon dont on l'accoutrait, elle paraissait aussi vieille que Franny. Souple et jolie, couleur moka, ce n'était pas en fait une vraie putain, elle travaillait comme allumeuse.

Elle n'avait pas le droit de faire le trottoir dans la Krugerstrasse sans être accompagnée par une autre putain, ou encore par Susie l'ourse ; quand un homme lui faisait des avances, on l'avertissait qu'il lui faudrait se contenter de la regarder — et de se branler. Dark Inge était trop jeune pour être caressée, et aucun homme n'était autorisé à s'enfermer seul avec elle dans une chambre. Si un homme demandait à monter avec elle, Susie l'ourse leur tenait compagnie. Un système simple, mais qui marchait bien. Si un homme paraissait sur le point de porter la main sur Dark Inge, Susie l'ourse se livrait aux bruits et aux gestes menaçants annonciateurs d'une attaque imminente. Si un homme demandait à Dark Inge de se dévêtir un peu trop, ou s'il exigeait qu'elle le *regarde* se masturber, Susie l'ourse manifestait des signes d'impatience.

— Vous commencez à énerver l'ourse, disait alors Dark Inge à l'homme, qui partait aussitôt — ou se hâtait d'en finir et d'éjaculer, tandis que Dark Inge détournait les yeux.

Toutes les putains savaient qu'en cas de besoin, Susie l'ourse ne mettrait que quelques secondes pour faire irruption dans leurs chambres. Il aurait suffi d'un petit cri de détresse, car Susie — comme tout animal bien dressé — connaissait leurs voix par cœur. Le petit glapissement nasal de Babette, le violent beuglement de Jolanta, ou encore le fracas des « souvenirs » de Old Billig. Mais, pour nous, les pires clients étaient les hommes aux visages honteux qui ne pouvaient se masturber qu'en reluquant de petits morceaux pourtant bien chastes du corps de Dark Inge.

— Moi, je me demande si j'arriverais à me branler avec un ours dans ma chambre, disait Frank.

— Je me demande si tu pourrais te branler avec *Susie* dans ta chambre, Frank, disait Franny.

Lilly fut secouée d'un grand frisson, et je m'approchai d'elle. Notre père se trouvait en France — auprès de ces corps qui pour nous étaient tellement importants —, et nous considérions le trafic charnel qu'abritait la Gasthaus Freud avec ce détachement propre aux gens en deuil.

— Quand je serai en âge, nous dit Dark Inge, je pourrai demander autant que pour le vrai truc.

Nous apprîmes avec stupéfaction qu'il en coûtait davantage pour s'offrir le « vrai truc » que pour se branler en reluquant Inge.

La mère de Dark Inge avait l'intention de la retirer du circuit avant qu'elle soit « en âge ». La mère de Dark Inge avait l'intention de mettre sa fille à la retraite avant même qu'elle n'atteigne sa majorité. La mère de Dark Inge était la cinquième des belles de nuit de la Gasthaus Freud — Annie la Gueularde. De toutes les putains qui tapinaient dans la Krugerstrasse, c'était celle qui se faisait le plus d'argent ; elle travaillait en vue d'une retraite respectable (pour sa fille et pour elle-même).

Si quelqu'un avait envie d'une petite fleur fragile, ou d'une petite Française, il demandait Babette. Si quelqu'un avait envie d'une fille qui avait du métier, et d'une bonne affaire, il se payait Old Billig. Si quelqu'un aimait flirter avec le danger — et un brin de violence —, il pouvait courir sa chance avec Jolanta. Si quelqu'un était du genre honteux, il payait pour se rincer l'œil avec Dark Inge. Et s'il souhaitait connaître le comble de la déception, il montait avec Annie la Gueularde.

Comme disait Susie l'ourse : « Annie la Gueularde avait le meilleur orgasme bidon de tout le turf. »

L'orgasme bidon d'Annie la Gueularde avait le pouvoir de tirer Lilly en sursaut de ses pires cauchemars, le pouvoir de faire s'asseoir Frank tout raide sur son lit en hurlant de terreur à la vue de la silhouette sombre du mannequin tapi au fond de la chambre, le pouvoir de m'arracher au plus profond sommeil — soudain tout éveillé, en proie à une érection, ou les mains crispées sur ma gorge qu'il me semblait qu'une lame venait de trancher. Annie la Gueularde, à mon avis, était un argument de poids — à elle seule — pour *bannir* les putains de l'étage situé juste en dessous du nôtre.

Elle avait même le pouvoir de tirer notre père de son chagrin — même aussitôt après son retour de France.

— Seigneur Dieu, disait-il.

Et il se hâtait de venir nous embrasser, à tour de rôle, pour s'assurer que tout allait bien.

Seul Freud dormait sans s'apercevoir de rien.

— Freud, lui, pas de danger qu'il se laisse avoir par un orgasme bidon.

Frank nous rebattait les oreilles avec cette astuce et se croyait très malin — bien sûr, il voulait parler de *l'autre* Freud, non pas de notre gérant aveugle.

Annie la Gueularde parvenait même parfois à rouler Susie l'ourse, qui alors grommelait :

— Seigneur, ce coup-ci c'est un *vrai*.

Ou, pire encore, il arrivait que Susie confonde un orgasme bidon avec un éventuel appel au secours

« C'est pas quelqu'un qui jouit, ce coup-ci, bonté divine ! rugissait Susie (qui alors me rappelait Ronda Ray). Quelqu'un est en train de *mourir* !

Elle enfilait en braillant le couloir du premier, se ruait contre la porte d'Annie la Gueularde, et fonçait vers le lit en poussant des grognements terrifiants — sur quoi, le partenaire d'Annie la Gueularde s'enfuyait, ou tombait dans les pommes, ou se ratatinait illico. Et Annie la Gueularde de dire alors, sans s'émouvoir :

— Non, non, Susie, tout va bien, c'est un *gentil*, celui-ci.

Mais, le plus souvent, il était déjà trop tard pour ragaillardir le type — au mieux réduit à une silhouette éperdue de frayeur, rabougrie et recroquevillée dans son coin.

— A dire vrai, Franny mon chou, dit Susie, je crois que c'est de cette façon que certains prennent leur pied.

Y avait-il vraiment à la Gasthaus Freud des clients qui ne pouvaient jouir que lorsqu'ils étaient attaqués par un ours ? Je me le demandais. Mais nous étions trop jeunes ; il y avait des choses que nous ne saurions jamais. Comme les vampires de nos Halloweens d'antan, jamais les clients de la Gasthaus Freud ne seraient pour nous tout à fait réels. Du moins, ni les putains ni leurs clients, pas plus que les extrémistes.

Le plus matinal était Old Billig (Old Billig *l'extrémiste*). Comme Iowa Bob, il prétendait être trop vieux pour gaspiller à dormir le temps qui lui restait à vivre. Il arrivait si tôt le matin que, souvent, en entrant, il croisait la dernière putain à quitter les lieux. Il s'agissait inévitablement d'Annie la Gueularde, celle qui s'imposait l'horaire le plus lourd — pour assurer son salut et celui de sa noiraude de fille.

Susie l'ourse dormait toujours aux petites heures du matin. Passé l'aube, les putes ne s'attiraient que rarement des histoires, à croire que la lumière du jour rendait les gens sages — sinon toujours honnêtes — et les extrémistes ne commençaient jamais à s'engueuler avant le milieu de la matinée. La plupart aimaient faire la grasse matinée. Ils passaient leurs journées à rédiger leurs manifestes et à se répandre en menaces au téléphone. Ils se persécutaient les uns les autres — « faute d'ennemis plus tangibles », disait mon père. Mon père, après tout, était un capitaliste. Qui d'autre aurait jamais pu rêver d'un hôtel idéal ? Qui, sinon un capitaliste, et un partisan convaincu du système établi, aurait eu envie de vivre dans un hôtel, de gérer une chose qui n'était pas rentable, de vendre un produit qui en fait n'était rien d'autre que du sommeil — non du travail —, un produit qui était, sinon du plaisir, du moins du repos ? Aux yeux de mon père, les extrémistes étaient plus grotesques encore que les putains. Je crois qu'après la mort de ma mère, mon père en vint à comprendre les angoisses qu'engendrent la

concupiscence et la solitude ; peut-être même se réjouissait-il du
« trafic » — comme disaient les putes en évoquant leur travail.

Il éprouvait moins de sympathie pour ceux qui voulaient changer le
monde, les idéalistes acharnés à réformer les côtés déplaisants de la
nature humaine. Ce qui d'ailleurs, maintenant, me surprend, dans la
mesure où, à mes yeux, mon père n'est qu'un idéaliste d'une autre
espèce — il va sans dire pourtant que mon père était davantage résolu à
survivre aux côtés déplaisants de la vie qu'à les réformer. En outre,
l'obstination qu'il mettait à ne pas apprendre l'allemand l'isolait des
extrémistes ; par comparaison, les putains parlaient mieux anglais que
lui.

Old Billig, l'extrémiste, ne connaissait qu'une seule expression
anglaise. Il adorait chatouiller Lilly, ou lui offrir des sucettes, tout en la
taquinant :

— « Yankee go home », lui disait-il avec tendresse.

— Il est gentil, ce vieux con, disait Franny.

Quant à Frank, il tenta d'apprendre à Old Billig une autre expression
anglaise qui, selon lui, ne pouvait que lui plaire :

— Chien d'impérialiste, disait Frank.

Expression que Old Billig s'obstinait lamentablement à confondre
avec « cochon de nazi », et qui sonnait toujours bizarrement dans sa
bouche.

L'extrémiste qui parlait le meilleur anglais avait pris le nom de code
de Fehlgeburt. Ce fut Frank qui m'expliqua qu'en allemand, *Fehlgeburt*
signifie « miscarriage ».

— Comme dans « miscarriage of justice », erreur judiciaire, c'est
ça, Frank ? demanda Franny.

— Non, dit Frank. « Miscarriage », mais dans l'autre sens. *Fausse
couche.*

Fräulein Fehlgeburt, comme tout le monde l'appelait — nous, les
enfants, disions Miss Fausse Couche —, ne s'était jamais trouvée
enceinte, et donc, n'avait jamais fait de fausse couche ; elle était
étudiante à l'université et devait son nom de code, Fausse Couche, au
simple fait que la seule autre femme du Symposium sur les Relations
Est-Ouest avait reçu pour nom de code : « Enceinte ». Et *elle,* par
contre, s'était trouvée enceinte. Fräulein Schwanger — *schwanger*
signifie « enceinte » en allemand — était une femme plus âgée, l'âge
de mon père environ, célèbre dans les milieux extrémistes de Vienne
pour être jadis tombée enceinte. Sa grossesse lui avait inspiré un livre,
puis elle avait choisi de se faire avorter et avait écrit un autre livre —
une sorte de suite au premier. Lorsqu'elle s'était trouvée enceinte, elle
avait arboré sur sa poitrine une inscription en caractères rouge vif, qui

proclamait « enceinte » — SCHWANGER ! — avec, dessous, en lettres de même grosseur, la question suivante : « SERIEZ-VOUS LE PÈRE ? » Ce qui avait également inspiré une extraordinaire jaquette pour son livre, dont elle avait abandonné tous les droits d'auteur à diverses causes extrémistes. Elle avait alors choisi de se faire avorter — et d'écrire un nouveau livre, qui avait fait d'elle un célèbre objet de controverse ; elle demeurait capable d'attirer les foules quand elle faisait une conférence et continuait loyalement à faire don de ses gains. Le livre de Schwanger sur l'avortement — publié en 1955, au moment même où l'Occupation touchait à sa fin — avait transformé l'expulsion de cet enfant non désiré en un symbole de la libération de l'Autriche qui, enfin, échappait au joug des puissances occupantes. « Le père, écrivait Schwanger, aurait tout aussi bien pu être russe, français, anglais ou américain ; en ce qui concerne mon corps, et ma mentalité, c'était en tout cas un étranger indésirable. »

Schwanger et Susie l'ourse étaient très proches ; elles avaient en commun un grand nombre de théories sur le viol. Mais, par ailleurs, Schwanger manifestait beaucoup d'amitié à mon père ; après la disparition de ma mère, on aurait dit que personne n'était, comme elle, capable de le consoler, non qu'il y eût la moindre chose « entre eux », comme on dit, mais parce que par sa douceur — son débit calme et régulier —, sa voix était à la Gasthaus Freud celle qui ressemblait le plus à la voix de ma mère. Comme ma mère, Schwanger avait le don de la persuasion. « Je suis une réaliste, voilà tout », disait-elle d'une façon bien à elle, en toute innocence — bien que ses espoirs de faire table rase du passé, pour entreprendre la construction d'un monde nouveau, fussent aussi ardents que les rêves incendiaires de ses camarades.

Plusieurs fois par jour, Schwanger nous emmenait prendre un café au lait additionné de cannelle et de crème fouettée au Kaffee Europa, dans la Kärntnerstrasse — ou au Kaffee Mozart, Zwei Albertinaplatz, juste derrière l'Opéra.

— Au cas où vous l'ignoreriez, nous dit Frank par la suite — et il nous le répéta souvent —, c'est au Kaffee Mozart qu'a été tourné *le Troisième Homme.*

Schwanger s'en fichait éperdument ; c'était la crème fouettée qui la poussait à fuir le vacarme des machines à écrire et la fièvre des débats, c'était le calme du grand café qui l'attirait.

— L'unique institution valable de toute notre société ; dommage que le café soit lui aussi condamné à disparaître, nous dit un jour Schwanger, à Frank, Franny, Lilly et moi. Allez, buvez, mes chéris !

Pour commander de la crème fouettée, on demandait des *Schlago-bers,* et si, pour ses camarades, Schwanger signifiait « enceinte », pour nous elle n'évoquait que de délicieux *Schlagobers*. C'était notre extrémiste à nous, maternelle, et affligée d'une faiblesse pour la crème fouettée ; et nous l'aimions beaucoup.

Quant à la jeune Fräulein Fehlgeburt, étudiante en littérature américaine à l'université de Vienne, elle adorait Schwanger. Nous pensions qu'en fait elle était fière de son nom de code « Fausse Couche », peut-être parce qu'à notre idée, en allemand, *Fehlgeburt* signifiait aussi « avortement ». C'est faux, bien sûr, mais dans le dictionnaire de Frank, du moins, il n'existait qu'un seul mot pour « fausse couche » et « avortement » : *Fehlgeburt* — ce qui symbolise à merveille notre déphasage par rapport aux extrémistes, notre incapacité à jamais les comprendre. Au cœur de tout malentendu se trouve toujours une carence de langage. A vrai dire, jamais nous ne comprîmes ce que ces deux femmes *avaient en tête* — Schwanger, coriace et maternelle, acharnée à rassembler des énergies (et de l'argent) pour des causes qui, à nos yeux, paraissaient dépourvues de raison, mais capable de nous apaiser par la vertu de sa *voix* douce et parfaitement logique, et de ses *Schlagobers ;* et la timide étudiante en littérature américaine, bredouillante et paumée, Miss Fausse Couche, toujours prête à faire la lecture à haute voix à Lilly (pour réconforter une petite orpheline, mais aussi pour perfectionner son anglais). Elle lisait si bien que Franny, Frank et moi venions presque toujours l'écouter. Fehlgeburt aimant s'installer dans la chambre de Frank, on aurait dit que le mannequin écoutait lui aussi sa lecture.

Ce fut de la bouche de Fräulein Fehlgeburt, dans la Gasthaus Freud — alors que notre père se trouvait en France, et que l'on arrachait notre mère et Egg à l'océan glacé (à la verticale de Sorrow dont le cadavre flottait comme une bouée) —, que nous entendîmes pour la première fois en entier l'histoire de *Gatsby le Magnifique ;* et ce fut le dénouement, ponctué par l'accent autrichien mélodieux de Miss Fausse Couche, qui bouleversa le cœur de Lilly.

— « Gatsby croyait en la lumière verte, l'avenir orgiaque qui d'année en année s'éloigne davantage de nous. Il nous échappe, mais c'est sans importance », lisait avec enthousiasme la voix de Fehlgeburt, « demain nous courrons plus vite, ouvrirons plus grand nos bras... », lisait Miss Fausse Couche. « Et un beau matin... »

Fehlgeburt observait une pause, et on aurait dit que, sur ses grands yeux ronds, passait le reflet de cette lumière verte que voyait Gatsby — et peut-être aussi de cet avenir orgiaque.

— *Quoi ?* fit Lilly, le souffle court.

Un petit écho de Egg se glissa parmi nous.

— « Aussi, inlassablement, allons-nous de l'avant, conclut Fehlge-burt, proue contre le courant, refoulés sans trêve dans le passé. »

— C'est *tout* ? demanda Frank. C'est *fini* ?

Il louchait à force de plisser les paupières.

— Bien sûr que c'est *fini*, Frank, dit Franny. Comment, tu ne sais pas reconnaître un dénouement ?

Fehlgeburt paraissait exsangue, son visage enfantin crispé par une triste grimace d'adulte, une mèche de ses cheveux blonds, raides et ternes, entortillée sur sa jolie petite oreille rose. Puis Lilly se mit à parler, et personne ne parvint à l'arrêter. L'après-midi touchait à sa fin, les putains n'étaient pas encore arrivées, mais, quand Lilly piqua sa crise, Susie l'ourse crut qu'Annie la Gueularde était en train de simuler un orgasme dans une chambre où elle n'avait rien à faire. Susie se rua dans la chambre de Frank, renversant dans sa hâte le mannequin et arrachant un couinement d'inquiétude à la pauvre Fräulein Fehlgeburt. Mais même cette intrusion fut impuissante à calmer Lilly. Son cri semblait coincé dans sa gorge, son chagrin semblait devoir irrémédiablement l'étouffer ; nous eûmes peine à croire qu'un si petit corps fût capable d'engendrer de tels tremblements, ni d'orchestrer tant de bruit.

Bien sûr, nous disions-nous, ce n'est pas le livre qui l'a bouleversée à ce point — c'est ce petit passage, « refoulés sans trêve dans le passé », c'est notre passé qui la bouleverse, c'est maman, c'est Egg, et l'idée que jamais nous ne parviendrons à les oublier. Mais quand nous l'eûmes enfin calmée, Lilly lâcha tout à coup que c'était à la pensée de papa qu'elle pleurait :

— Papa est un *Gatsby*, s'écria-t-elle. C'est vrai ! Je le sais !

Tous ensemble, nous entreprîmes alors de la calmer :

— Lilly, dit Frank, tu ne dois pas te laisser impressionner par cette histoire d'avenir orgiaque. Ce n'est pas tout à fait ça que voulait dire Iowa Bob quand il répétait que papa vit dans l'avenir.

— Et puis, il s'agit d'un avenir passablement différent, Lilly, dis-je.

— Lilly, fit Franny. Tu sais ce que c'est que la « lumière verte » ? Je veux dire, pour *papa* : sa lumière verte à lui, tu sais ce que c'est, Lilly ?

— Tu comprends, Lilly, renchérit Frank, comme si tout cela l'ennuyait à mourir, Gatsby était amoureux de l'idée qu'il était amoureux de Daisy ; et puis ce n'était même pas de Daisy qu'il était amoureux, il ne l'était plus. Et papa, lui, n'a pas de Daisy, Lilly, poursuivit Frank, en s'étranglant une fraction de seconde.

Sans doute l'idée venait-elle de l'effleurer que, par ailleurs, papa n'avait plus de femme.

Mais Lily revint à la charge :

— C'est l'homme en smoking blanc, c'est papa ; papa est un Gatsby. « Il nous échappe alors, mais c'est sans importance... », cita Lilly. Vous ne *voyez* donc pas ? hurla-t-elle. Il y aura toujours un *Il* — et cet *Il*, il nous échappera toujours. *Toujours*, il réussira à fuir. Et papa ne s'arrêtera jamais. Il continuera à partir à sa poursuite, mais lui, le Il, il continuera toujours à fuir. Oh, je le maudis ! trépigna-t-elle. Je le maudis ! Je le maudis !

Lilly gémissait, de nouveau déchaînée, sourde à nos exhortations — plus virulente encore qu'Annie la Gueularde qui, elle, était tout juste capable de simuler un orgasme ; Lilly, nous le comprîmes soudain, était capable de simuler la mort elle-même. Son chagrin était si réel que je crus un instant que Susie l'ourse, cédant à une bouffée de respect humain, allait retirer sa tête d'ourse, mais Susie se contenta d'arpenter la chambre de Frank de sa démarche bourrue ; elle sortit en heurtant le chambranle, nous laissant aux prises avec l'angoisse de Lilly.

Le *Weltschmerz* de Lilly, comme devait finir par l'appeler Frank.

— Nous, nous tous, nous connaissons l'angoisse, disait Frank. Nous connaissons le chagrin, nous souffrons, sans plus. Mais Lilly, Lilly, elle a un véritable *Weltschmerz*. Ce qu'il ne faut pas traduire par « lassitude du monde », pontifiait Frank ; pour ce qu'éprouve Lilly, le mot est beaucoup trop faible. Le *Weltschmerz* de Lilly c'est, disons, la « douleur du monde » ! Oui, c'est ça, « monde » — pour *Welt* — et « douleur », parce que c'est précisément ce que signifie *Schmerz :* la souffrance ; l'authentique douleur. Lilly souffre de la douleur du monde, conclut fièrement Frank.

— C'est un peu comme *sorrow* et chagrin, pas vrai, Frank ? demanda Franny.

— Un peu, fit Frank, impassible.

Frank n'avait plus aucune tendresse pour Sorrow : plus maintenant. En réalité, la mort de maman et de Egg — avec Sorrow sur ses genoux, surgi de l'abîme pour signaler l'emplacement de leur tombe — avait convaincu Frank de renoncer à faire prendre des poses aux morts ; Frank devait renoncer à tous travaux de taxidermie. Il devait abandonner toute velléité de ressusciter les morts :

« Y compris la religion, dit Frank.

A en croire Frank, la religion n'est en fait qu'une forme de taxidermie.

Dépité que Sorrow l'eût tourné en ridicule, Frank s'en prit avec acharnement à toutes les formes de foi. Il devint avec le temps plus fataliste encore que Iowa Bob, plus sceptique encore que Franny et moi. Athée et non-violent convaincu, Frank finit par ne plus croire qu'au destin — à la chance fortuite ou au malheur fortuit, à la comédie arbitraire et au chagrin arbitraire. Il stigmatisait avec éloquence toutes les théories que l'on soutenait devant lui : en politique comme en morale, Frank était toujours du côté de l'opposition. Ce qui pour Frank signifiait « les forces opposées ».

— Mais ces forces, à quoi s'opposent-elles, exactement, Frank ? lui demanda un jour Franny.

— Il suffit de s'opposer à toutes les prédictions, conseilla Frank. Chaque fois que quelqu'un est *pour* quelque chose, il faut être *contre*. Et si quelqu'un est *contre*, il faut être *pour*. Si quelqu'un prend un avion qui ne se casse pas la gueule, ça signifie simplement qu'il a pris le bon avion. Rien de plus.

Frank, en d'autres termes, « prit la fuite ». Quand maman et Egg nous eurent quittés, Frank s'enfuit plus loin encore — quelque part —, il se réfugia dans une religion encore infiniment moins sérieuse que toutes les religions établies ; il rejoignit une sorte de secte anti-tout.

— A moins que Frank n'en soit le fondateur, suggéra un jour Lilly. Avec pour credo le nihilisme, l'anarchie, l'absurdité et le simple bonheur face au malheur, la déprime qui, aussi sûrement que la nuit succède au jour, succède aux journées les plus insouciantes et les plus joyeuses. Frank croyait aux coups du sort. Il croyait aux surprises. Il ne cessait de se porter hardiment en avant et de battre en retraite, de même qu'il ne cessait, yeux grands ouverts et hébété, de s'avancer à pas lourds dans la brutale lumière du soleil — trébuchant à travers un désert jonché de cadavres surgis de ténèbres encore mal dissipées.

« Il est devenu fou, voilà, disait Lilly, qui s'y connaissait en folie.

Lilly devint folle, elle aussi. On aurait dit qu'elle prenait la mort de maman et de Egg comme un châtiment personnel dû à je ne sais quelle tare profondément enfouie en elle. Aussi, prit-elle la décision de changer. Elle décida, entre autres choses, de *grandir.*

« Du moins un peu, disait-elle avec une résolution farouche.

Franny et moi nous sentions très inquiets. Il semblait peu plausible que Lilly parvienne à grandir, et l'acharnement que nous la soupçonnions de mettre à poursuivre sa « croissance » nous paraissait terrifiant.

— Moi aussi je veux changer, dis-je à Franny. Mais *Lilly* — je ne sais pas trop. Lilly, c'est Lilly.

— Ça, tout le monde le sait, dit Franny.

— Tout le monde, sauf Lilly.

— Précisément, dit Franny. Alors, *toi,* que comptes-tu faire pour changer ? A part grandir, tu vois quelque chose de mieux ?

— Non, rien de mieux, admis-je.

Je n'étais qu'un pauvre réaliste dans une famille de rêveurs, petits et grands. Je ne pourrais pas grandir, et le savais. Je le savais, jamais je ne pourrais vraiment devenir adulte, jamais mon enfance ne me quitterait, et je ne serais jamais suffisamment adulte — tout à fait suffisamment responsable — pour satisfaire le monde. Le maudit *Welt*, comme disait Frank. Je ne parviendrais pas à changer assez, et le savais aussi. Au mieux, je pouvais tenter quelque chose qui aurait fait plaisir à maman. Je pourrais renoncer à jurer, je pourrais châtier mon langage — qui jadis avait tant chagriné maman. Et c'est ce que je fis.

— Donc, tu ne diras plus jamais « enculé » ni « merde », ni « sale pédé », ni même « va te faire foutre » ou « va te faire voir », *rien* ? s'étonna Franny.

— Tout juste.

— Ni même « sale trou du cul » ?

— Parfaitement.

— C'est pas plus bête qu'autre chose, raisonna Frank.

— Espèce de pauvre con, me provoqua Franny.

— Moi, je trouve ça plutôt noble, dit Lilly. Petit, mais noble.

— Il vit dans un bordel minable, au milieu de gens qui rêvent de refaire le monde, et, lui, il veut châtier son *langage,* dit Franny. Pauvre connard. Minable péteux. Tu t'astiques la trique à longueur de nuit et tu rêves de nichons, mais tu veux faire croire que tu es *gentil,* c'est ça hein ?

— Allons, Franny, fit Lilly.

— Tais-toi, pauvre petit étron, dit Franny.

Lilly fondit en larmes.

— Faut qu'on se serre les coudes, Franny, dit Frank. Ce genre de vacheries, ça sert à rien.

— Toi, gros châtré, t'es une vraie tantouze, lui dit-elle.

— Et *toi*, chérie, qu'est-ce que tu es donc ? intervint Susie l'ourse. Qu'est-ce qui te permet de croire que tu es tellement coriace ?

— Je ne suis pas coriace, dit Franny. Pauvre idiote. Toi, t'es une mocheté, avec tes furoncles — tes cicatrices de furoncles : t'as la trouille des furoncles — et tu te sens encore mieux dans la peau d'une conne d'ourse que dans celle d'un être humain ! Et tu te crois coriace ? C'est bougrement plus facile d'être une ourse, pas vrai ? Et de turbiner pour un vieil aveugle qui te croit intelligente — et belle aussi, pas vrai ? Non, je ne suis pas tellement coriace, poursuivit Franny. Mais intelligente, ça oui. Je suis capable de me débrouiller. Et même de faire mieux. Je suis capable d'obtenir ce que je veux — à condition de savoir ce que je veux, bien sûr. Je suis capable de voir comment *sont* les choses. Et vous autres, fit-elle, à notre adresse à tous — y compris la pauvre Miss Fausse Couche —, vous vous contentez d'attendre que les choses changent. Et tu ne crois pas que c'est aussi ce que fait papa ? me lança soudain Franny.

— Lui, il vit dans l'avenir, dit Lilly, qui reniflait toujours.

— Il est aussi aveugle que Freud, dit Franny, ou il le sera bientôt. Aussi, vous savez ce que je vais faire ? Moi, je *ne vais pas* châtier mon langage. Je vais utiliser mon langage comme une arme pour arriver à mes fins, me dit-elle. C'est ma seule arme. Et je suis bien décidée à grandir uniquement quand je serai prête, ou que le moment sera venu, dit-elle à Lilly. Et je suis bien décidée à ne *jamais* être comme *toi*, Frank. Personne ne sera jamais comme toi, ajouta-t-elle, avec affection. Et je suis bien décidée à ne pas être une ourse, dit-elle à Susie. Tu sues comme une truie dans cette défroque grotesque, tu prends ton pied à mettre les gens mal à l'aise, mais uniquement parce que, toi, tu te sens mal à l'aise d'être ce que tu es et rien d'autre. Eh bien, moi, je me sens bien telle que je suis, conclut Franny.

— T'as de la veine, dit Frank.

— Oui, t'as de la veine, renchérit Lilly.

— Tu es belle, fit Susie, et alors, ça change quoi ? N'empêche que t'es une salope.

— Dorénavant, je suis surtout une mère, dit Franny. Va falloir que je m'occupe de vous tous, bande de petits salauds — toi, toi et toi, dit Franny en nous désignant tour à tour, Frank, Lilly et moi. Parce que maman n'est plus là pour s'en charger — ni Iowa Bob. Les détecteurs de merde ont disparu, du coup il n'y a plus que moi pour détecter la merde. Je montre où est la merde — c'est mon rôle. Papa n'a aucune idée de ce qui se passe, conclut Franny.

Et nous opinâmes tous — Frank, Lilly et moi ; et même Susie l'ourse ; nous savions qu'elle disait vrai : papa était aveugle, ou ne tarderait plus à l'être.

— N'empêche que, *moi*, Franny, je n'ai pas besoin de *toi* pour me materner, dit Frank.

Mais sa voix manquait d'assurance.

Lilly s'approcha de Franny et posa la tête sur ses genoux ; elle se remit à pleurer — de bonnes larmes, me sembla-t-il. Franny, bien sûr, savait que moi je l'aimais — sans espoir et trop —, aussi était-il inutile que je fasse un geste vers elle ou que je lui parle.

— Ma foi, je n'ai pas besoin d'une gosse de seize ans pour me faire la morale, dit Susie l'ourse.

Mais elle avait ôté sa tête d'ourse, et la serrait entre ses grosses pattes. Son teint ravagé, ses yeux douloureux, sa bouche trop petite, tout cela la trahissait. Elle remit sa tête d'ourse, sa seule autorité.

L'étudiante, Miss Fausse Couche, comme toujours sérieuse et pleine de bonnes intentions, semblait à court d'arguments :

— Je ne sais pas, fit-elle, je ne sais pas.

— Dis-le en allemand, l'encouragea Frank.

— Oui, crache ce que t'as sur le cœur, n'importe comment, l'encouragea Franny.

— Eh bien, dit Fehlgeburt. Ce passage. Ce beau passage, ce dénouement — le dénouement de *Gatsby le Magnifique* — c'est ça que je veux dire.

— Eh bien vas-y, Fehlgeburt, fit Franny. Accouche.

— Ma foi, dit Fehlgeburt. Je ne sais pas, mais — d'une certaine façon —, ça me donne envie d'aller aux États-Unis. Bien sûr, c'est contraire à mes idées politiques — votre pays, je veux dire — je sais. Mais ce dénouement, toute l'histoire — en un sens — c'est tellement *beau*. Ça me donne envie d'être là-bas. Bien sûr, tout ça n'a aucun sens, n'empêche que j'aimerais bien être aux Etats-Unis.

— Comme ça, *toi,* tu penses que tu te plairais aux États-Unis ? dit Franny. Eh bien, moi, je regrette que nous en soyons jamais partis.

— Pourquoi on n'y retourne pas, Franny ? demanda Lilly.

— Faudra qu'on en parle à papa, dit Frank.

— Oh, malheur, fit Franny.

Et je devinais que déjà elle imaginait ce moment, se voyait en train d'instiller de force un peu de réel dans les rêves de notre père.

— Votre pays, sans vouloir vous vexer, dit un autre extrémiste — celui que ses camarades appelaient simplement Arbeiter (*Arbeiter* signifie « travailleur » en allemand) — en fait votre pays est un foyer de crime. Sans vouloir vous vexer, ajouta-t-il, votre pays représente le triomphe ultime de la créativité des milieux d'affaires, ce qui veut dire que c'est un pays sous la coupe de l'idéologie *collective* des grandes corporations. Ces corporations sont dépourvues de toute humanité, dans la mesure où personne, aucun individu n'est responsable de la façon dont elles utilisent leur pouvoir ; une corporation est comme un ordinateur dont la source d'énergie est le profit — et l'indispensable carburant, le profit. A mon avis, les États-Unis — pardonnez-moi — sont en fait le pire pays au monde où puisse vivre un humaniste.

— On s'en fout de tes conneries, dit Franny. Pauvre connard de cinglé. Toi, tu parles comme un ordinateur.

— Et tu raisonnes comme un embrayage, dit Frank à Arbeiter. Quatre vitesses pour la marche avant — à des allures prédéterminées. Une vitesse pour la marche arrière.

Arbeiter écarquillait de grands yeux. Son anglais était quelque peu laborieux — son esprit, devais-je me dire par la suite, avait à peu près autant de fantaisie qu'une tondeuse à gazon.

— Et à peu près autant de poésie, disait Susie l'ourse.

Personne n'aimait Arbeiter — pas même l'impressionnable Miss Fausse Couche. Sa faiblesse à elle — aux yeux de ses camarades — était sa passion pour la littérature, surtout pour le genre romanesque auquel se ramène en fait toute la littérature américaine.

— Ta stupide *spécialité,* ma chère, la tançait souvent Schwanger.

Mais cette passion que vouait Fehlgeburt à la littérature faisait sa force — à nos yeux à nous. C'était le côté romantique de son être, celui qui n'était pas tout à fait mort ; du moins pas encore. Avec le temps, que Dieu me pardonne, je devais contribuer à le tuer.

— La littérature est faite pour les rêveurs, disait souvent Old Billig à la pauvre Fehlgeburt.

Je parle de Billig l'extrémiste, bien sûr. La putain, elle, *aimait* les rêves ; elle confia un jour à Frank que les rêves étaient *tout* ce qu'elle aimait — ses rêves et ses « souvenirs ».

— Étudie donc l'économie, ma chérie, dit Schwanger à Fehlgeburt (le conseil de Miss Enceinte à Miss Fausse Couche).

— L'utilité de l'humanité, nous sermonna un jour Arbeiter, est en relation directe avec le pourcentage de la population globale qui participe à la prise de décisions.

— Au *pouvoir,* corrigea Old Billig.

— Aux décisions sources de pouvoir, renchérit Arbeiter, tous deux pareils à deux oiseaux-moqueurs acharnés à cribler de coups de bec une petite fleur solitaire.

— Foutaises, dit Franny.

L'anglais de Arbeiter et de Old Billig était tellement mauvais qu'il était facile de leur envoyer des vannes du genre de « allez vous faire foutre » — ils ne pigeaient pas. Et malgré mon vœu de châtier mon langage, je luttais à grand-peine contre la tentation de leur assener ce genre de vacheries ; mais je devais me contenter de laisser faire Franny, et d'écouter ce qu'elle leur disait.

— L'inévitable guerre des races, en Amérique, reprit Arbeiter, sera mal comprise. En réalité, il s'agira d'une guerre de classes.

— Quand tu pètes, Arbeiter, railla Franny, est-ce que les phoques du zoo s'arrêtent de nager ?

Les autres extrémistes se mêlaient rarement à nos discussions. L'un d'eux s'épuisait au clavier des machines à écrire ; l'autre au volant de leur unique automobile, propriété collective du Symposium sur les Relations Est-Ouest : à six, ils s'y entassaient de justesse. Le mécanicien s'exténuait à bricoler le véhicule délabré — la voiture toujours en panne qui, dans notre esprit, ne pourrait servir à rien en cas de fuite précipitée, et selon notre père n'aurait sans doute jamais l'occasion de prendre la fuite — le mécanicien était un jeune homme morne au teint brouillé, vêtu d'une salopette et coiffé d'une casquette bleu marine de receveur de tram. Il appartenait au syndicat et était de service toute la nuit sur la ligne principale du *Strassenbahn* de Mariahilfer Strasse. Il arborait à longueur de journée un air endormi et furibond, et se déplaçait dans un grand cliquetis d'outils. Son nom de code, Schraubenschlüssel, était particulièrement bien choisi — un *Schraubenschlüssel* est un tourne-à-gauche. Frank adorait se gargariser avec le nom de Schraubenschlüssel, histoire de se faire mousser, mais Franny, Lilly et moi tenions à la traduction. Nous l'appelions Wrench, Tourne-à-gauche.

« Salut, Wrench, lui disait Franny, lorsque vautré sous la voiture il travaillait à grand renfort de jurons. J'espère que tu penses pas à des choses sales, Wrench.

Wrench ne connaissait pas un seul mot d'anglais, et nous ne savions rien de sa vie privée, sinon qu'il avait un jour proposé un rendez-vous à Susie l'ourse.

— Vous savez, en fait, personne ne m'invite jamais à sortir, dit Susie. Quel connard.

— Quel connard, répéta Franny.

— Vous savez, en réalité il ne m'a jamais vue, renchérit Susie.

— Est-ce qu'il sait au moins que tu es une femme ? demanda Frank.

— Grand Dieu, Frank, s'exclama Franny.

— Ma foi, simple curiosité, assura Frank.

— Ce Wrench, c'est un cinglé, je parie, dit Franny. Ne sors pas avec lui, Susie.

— Tu veux blaguer ou quoi ? fit Susie l'ourse. Mon chou, je ne sors pas. Pas avec les *hommes*.

La confidence sembla se poser presque passivement aux pieds de Franny, mais je vis Frank s'en rapprocher, non sans gêne, puis s'en écarter, comme d'une obscénité.

— Susie est une lesbienne, Franny, dis-je dès que nous fûmes seuls.

— Ce n'est pas tout à fait ce qu'elle a dit, dit Franny.

— Moi je crois qu'elle l'est, dis-je.

— Et alors ? fit Franny. Et Frank, il est quoi, lui ? Le roi des pédés ? Et y a rien à redire sur Frank.

— Prends garde à Susie, Franny, dis-je.

— Tu penses trop à moi, répéta-t-elle, à plusieurs reprises. Fiche-moi la paix, tu veux.

Mais c'était bien la seule chose dont jamais je ne fus capable.

— Tous les actes sexuels impliquent en réalité quatre ou cinq sexes différents, nous dit le sixième membre du Symposium sur les Relations Est-Ouest.

Un vrai charabia tellement inspiré de Freud — *l'autre* Freud — qu'incapables de comprendre la première traduction que nous en donna Frank, nous dûmes l'implorer de nous en faire une deuxième.

— C'est bien ce qu'il a dit, assura Frank. Tous les actes sexuels impliquent en réalité une masse de sexes *différents.*

— Quatre ou cinq ? demanda Franny.

— Quand on fait l'amour avec une femme, expliqua le type, en réalité on le fait avec soi-même tel que l'on deviendra un jour, et avec soi-même dans son enfance. Et, cela va sans dire, avec le soi que deviendra le partenaire, et avec le soi de son enfance.

— Ça va sans dire, bien sûr ? demanda Frank.

— Ce qui fait que, chaque fois qu'on baise, demanda Franny, il y a en réalité quatre ou cinq personnes dans le coup. Un peu épuisant, non ?

— L'énergie que nécessite l'acte d'amour est la seule qui n'exige pas que la société la remplace, nous dit le sixième extrémiste, quelque peu rêveur.

Frank eut du mal à traduire.

« Nous remplaçons nous-mêmes notre énergie sexuelle, dit l'homme, en regardant Franny comme s'il venait de lâcher la chose la plus profonde du monde.

— Sans blague, chuchotai-je à Franny, qui me sembla un peu plus fascinée que je ne l'estimais souhaitable.

Je craignais qu'elle ne trouve l'extrémiste à son goût.

Il s'appelait Ernst. Ernst, sans plus. Un nom normal, mais un simple prénom. Il ne discutait pas. Il fabriquait des phrases isolées et dépourvues de sens, les énonçait calmement, retournait au clavier de sa machine. Lorsqu'en fin d'après-midi, les extrémistes quittaient la Gasthaus Freud, ils restaient souvent des heures à baragouiner au Kaffee Mowatt (en face de l'hôtel) — un lieu plongé dans la pénombre et pourvu de tables de billard et de cibles de fléchettes, où séjournaient en permanence une rangée solennelle de buveurs de thé au rhum absorbés dans leurs parties d'échecs ou leurs journaux. Ernst rejoignait rarement ses collègues au Kaffee Mowatt. Il écrivait, écrivait sans trêve.

Si, de toutes les putains, Annie la Gueularde était la dernière à rentrer chez elle, Ernst était, de tous les extrémistes, le dernier à quitter les lieux. Si Annie la Gueularde croisait souvent Old Billig quand le vieil extrémiste arrivait le matin pour prendre son travail, elle croisait souvent Ernst lorsqu'il se décidait enfin à partir. Il avait quelque chose d'irréel et de fantomatique ; lorsqu'il discutait avec Schwanger, leurs deux voix se faisaient si calmes qu'elles sombraient presque toujours dans un murmure.

— Dis-moi, Susie, qu'est-ce qu'il écrit, Ernst ? demanda Franny

— C'est un pornographe, dit Susie. Lui aussi m'a proposé de sortir Et *lui,* il m'a vue.

Nous en restâmes cois quelques instants.

— Quel genre de pornographie ? demanda Franny, avec circonspection.

— Tu crois qu'il y en a beaucoup, mon chou ? demanda Susie l'ourse. Le pire. Des trucs tordus. De la violence. Des choses avilissantes.

— Avilissantes ? demanda Lilly.

— T'occupe pas, mon chou, dit Susie.

— Dis-moi, insista Frank.

— Non, c'est trop tordu, dit Susie à Frank. Tu connais l'allemand mieux que moi, Frank — essaie, *toi.*

Et, malheureusement, Frank essaya ; Frank nous traduisit la pornographie d'Ernst. Par la suite, je demandai un jour à Frank si, à son avis, c'était la pornographie d'Ernst qui avait déclenché nos véritables ennuis — si nous étions parvenus, d'une façon ou d'une autre, à ne pas y prêter intérêt, les choses se seraient-elles mises pareillement à dégringoler la pente ? Mais la nouvelle religion de Frank — son *anti-religion* — colorait toutes ses réponses (à toutes les questions).

— La pente ? disait Frank. Mais, c'est la direction inévitable, bien sûr — oui, quoi qu'il arrive. Même sans la pornographie, il y aurait eu autre chose. En fait, nous sommes condamnés à dégringoler la pente. Tu peux me dire ce qui la remonte ? En fait, ce qui provoque la dégringolade est sans importance, concluait Frank, avec son exaspérante désinvolture.

« Essaie donc de voir les choses ainsi, me chapitrait Frank. Pourquoi faut-il plus d'une moitié d'existence pour devenir un minable adolescent ? Pourquoi l'enfance dure-t-elle éternellement — quand on est un enfant ? Pourquoi a-t-on l'impression qu'elle prend au moins les trois quarts du voyage ? Et quand tout est fini, quand les gosses sont devenus grands, quand, brusquement, il faut regarder les choses en face... eh bien, m'avait dit Frank quelques jours plus tôt, tu connais la musique. Là-bas à l'Hôtel New Hampshire, on s'imaginait que, toute la vie, on continuerait à avoir treize, quatorze ou quinze ans. (Toute cette putain de vie, dirait Franny.) Mais du jour où nous avons quitté l'Hôtel New Hampshire, nos vies se sont mises à filer deux fois plus vite. C'est ainsi, affirma Frank d'un air satisfait. Toute la première moitié de sa vie, on a quinze ans. Et puis, un jour, on accroche ses vingt ans, et le lendemain c'est déjà fini. Et la trentaine défile comme un week-end passé en galante compagnie. Et avant de s'en rendre compte, on recommence à rêver de ses quinze ans.

« La pente ? disait Frank. La vie, c'est une longue ascension — la vie, jusqu'à ce qu'on ait quatorze ou seize ans. Et ensuite, *bien sûr,* on n'arrête pas de descendre. Et tout le monde le sait, ça va plus vite à la descente qu'à la montée. On monte — jusqu'à quatorze, quinze, seize — et puis on descend. Comme l'eau, comme le sable, concluait toujours Frank.

Frank avait dix-sept ans quand il traduisit à notre intention la pornographie de Ernst ; Franny avait seize ans, moi quinze, Lilly, qui en avait onze, était trop jeune pour écouter. Mais Lilly protestait, si elle avait l'âge d'écouter Fehlgeburt lire *Gatsby le Magnifique,* elle avait l'âge d'écouter Frank traduire Ernst. (Avec une hypocrisie typique, Annie la Gueularde refusait de laisser sa fille, Dark Inge, en écouter un mot.)

« Ernst » était son nom de code à la Gasthaus Freud, bien sûr. Dans le milieu de la pornographie, il prenait un tas d'autres noms. Je n'aime pas décrire la pornographie en détail. Susie l'ourse nous raconta qu'à l'université, Ernst avait donné un cours intitulé « Histoire de l'érotisme dans la littérature », mais la pornographie de Ernst n'avait rien d'érotique. Fehlgeburt, qui avait elle aussi suivi le cours de littérature érotique de Ernst, était la première à reconnaître que l'œuvre de Ernst n'avait rien de commun avec l'authentique érotisme, qui n'a jamais rien de pornographique.

La pornographie de Ernst nous valait d'avoir des migraines et la gorge sèche. Frank prétendait même que ses yeux devenaient secs quand il lisait la prose de Ernst ; Lilly écouta une fois, puis renonça ; et je me sentais transi, assis là dans la chambre de Frank, devant le mannequin inerte qui, telle une maîtresse d'école bizarrement indifférente, semblait écouter la lecture de Frank — je me sentais transi par le froid qui montait du parquet. Je sentais quelque chose de froid s'insinuer dans les jambes de mon pantalon, au travers du vieux plancher fissuré, quelque chose surgit des fondations, du sous-sol tapi sous toutes les lumières — où j'imaginais enfouis tous les ossements de l'antique Vindobona, et les instruments de torture qu'affectionnaient les envahisseurs turcs, les fouets et les massues et les tenailles et les dagues, toute la panoplie d'horreurs du saint Empire romain. Car la pornographie de Ernst n'avait aucun rapport avec le sexe : son domaine était la souffrance, la souffrance sans espoir, la mort, une mort dépouillée du moindre souvenir. Du coup, Susie l'ourse sortait en trombe pour aller prendre un bain, Lilly fondait en larmes (bien sûr), le cœur me montait aux lèvres (deux fois), et Frank jeta un jour son livre — *les Enfants en route pour Singapour* — à la tête du mannequin (comme si le mannequin en était l'auteur). Pas un seul des pauvres petits n'était jamais arrivé à Singapour.

Quant à Franny, elle se contentait de froncer les sourcils. Résultat, elle pensait à Ernst ; elle recherchait sa compagnie et lui demanda un jour — comme entrée en matière — quelles avaient été ses motivations.

— La décadence favorise la position révolutionnaire, expliqua Ernst, d'une voix lente — tandis que Frank tâtonnait pour traduire fidèlement ses paroles. Tout ce qui est décadent accélère le processus, hâte la révolution inéluctable. A la phase actuelle, il est indispensable d'engendrer le dégoût. Le dégoût politique, le dégoût économique, le dégoût à l'encontre de nos institutions inhumaines, et le dégoût moral — à l'encontre de nous-mêmes, de ce que nous avons eu la faiblesse de devenir.

— Il parle pour lui, Franny, chuchotai-je.

Mais elle se contentait de froncer les sourcils ; elle se concentrait sur ses paroles, trop.

— Naturellement, le pornographe est le plus dégoûtant, ronronnait Ernst. Mais, voyez-vous, si j'étais communiste, quel régime voudrais-je voir prendre le pouvoir ? Le plus libéral ? Non. Au contraire, le plus répressif, le plus capitaliste, le plus anticommuniste de tous les régimes concevables — car alors je prospérerais. Où serait la gauche sans l'aide de la droite ? Plus tout devient absurde et orienté à droite, mieux cela vaut pour la gauche.

— Tu es communiste, Ernst ? demanda Lilly.

A Dairy, New Hampshire, être communiste n'était pas des plus indiqués.

— C'était une simple phase, une phase indispensable, dit Ernst, en parlant du communisme et de lui-même — et à nous — comme si tous nous faisions partie du passé, comme si une chose immense était en mouvement et nous-mêmes entraînés dans son sillage ou encore éparpillés par les gaz d'échappement

« Je ne suis pornographe, poursuivit Ernst, que parce que je sers la révolution. *Personnellement,* ajouta-t-il, en agitant mollement la main, eh bien... *personnellement,* je suis un esthète : je médite sur tout ce qui est érotique. Schwanger pleure le sort de son café — elle est triste en pensant à ses *Schlagobers*, que la révolution devra eux aussi faire disparaître — de même, moi je pleure tout ce qui est érotique, car cela aussi est condamné. Un jour, après la révolution, soupira Ernst, il se peut que l'érotisme resurgisse, mais jamais ce ne sera pareil. Dans un monde nouveau, jamais l'érotisme n'aura autant d'importance.

— Le monde nouveau ? répéta Lilly.

Et Ernst ferma les yeux, comme s'il entendait son refrain favori, comme si, en imagination, il le voyait déjà, « le monde nouveau », une planète totalement différente — peuplée d'êtres tout neufs.

Pour un révolutionnaire, je lui trouvais des mains plutôt délicates ; ses longs doigts fuselés lui étaient probablement utiles, au clavier de sa machine — à son piano, dont Ernst jouait pour accompagner son opéra d'un bouleversement gigantesque. Son costume bleu marine, d'une mauvaise étoffe quelque peu lustrée, était en général propre mais froissé, ses chemises blanches bien lavées, mais jamais repassées ; il ne portait pas de cravate ; quand ses cheveux devenaient trop longs, il les coupait, trop courts. Il avait un visage presque athlétique, récuré, juvénile, résolu — une beauté enfantine. A en croire Susie l'ourse et Fehlgeburt, Ernst avait la réputation d'un tombeur parmi ses étudiants. Lorsqu'il donnait ses cours de littérature érotique, avait constaté Miss Fausse Couche, Ernst devenait passionné, voire enjoué ; il n'avait plus rien du locuteur alangui, terne, vaguement las et paresseux, nonchalant qu'il était lorsqu'il pérorait sur la révolution.

Il était très grand, mais sans rien de massif, et sans pour autant être frêle. En le voyant voûter les épaules et remonter le col de son veston — quand il se préparait à rentrer chez lui, au terme d'une journée de travail sans doute déprimante et écœurante — , j'étais frappé par la ressemblance que, de profil, il offrait avec Chipper Dove.

D'ailleurs, les mains de Chipper Dove, elles aussi, avaient eu quelque chose d'incongru pour un capitaine d'équipe de football — trop délicates elles aussi. Et je revoyais Chipper Dove ramener d'une secousse ses épaulières en avant et regagner la mêlée au petit trot, ruminant le prochain signal à donner — le prochain ordre, la prochaine consigne —, ses mains pareilles à des oiseaux posées sur ses cuissardes. Bien sûr alors, je comprenais qui était Ernst : le capitaine des extrémistes, le lanceur d'ordres, le ténébreux chef d'orchestre, celui qui avait le pouvoir de rassembler tous les autres. Et je savais alors, aussi, ce que Franny voyait en Ernst : non pas une simple ressemblance physique avec Chipper Dove, mais cette qualité d'insolence, cette touche maléfique, cette aura de catastrophe, cette impassibilité glaciale du chef —, c'était tout cela qui pouvait se faufiler dans le cœur de ma sœur, et qui avait capturé son *moi intime*, c'était cela qui drainait Franny de sa force.

— Nous avons tous envie de rentrer, dis-je à notre père. Aux États-Unis. L'Amérique nous manque. On ne se plaît pas ici.

Lilly me tenait la main. Nous étions, une fois encore, réunis dans la chambre de Frank — Frank, tout agité, boxait son mannequin, Franny était assise sur le lit de Frank, les yeux tournés vers la fenêtre. De l'autre côté de la Krugerstrasse, elle apercevait le Kaffee Mowatt. Il était très tôt ce matin-là, et quelqu'un balayait le seuil du café, repoussait les mégots sur le trottoir, puis dans le caniveau. Les extrémistes ne comptaient pas parmi les clients nocturnes du Kaffee Mowatt ; la nuit, les putains venaient s'y réfugier en quittant le trottoir — pour s'octroyer une pause, faire une partie de billard, s'offrir une bière ou un verre de vin, ou lever un miché —, et notre père nous permettait parfois, à Frank, Franny et moi, d'aller y jouer aux fléchettes.

— On a le mal du pays, expliqua Lilly, en refoulant ses larmes.

C'était encore l'été, maman et Egg nous avaient quittés depuis trop peu de temps pour que nous osions laisser entendre que quelqu'un ou quelque chose nous *manquait*.

— Ça ne marchera jamais ici, papa, dit Frank. On dirait bien qu'on est dans une impasse.

— Et c'est le moment de partir, avant la rentrée scolaire, avant que nous ayons tous des responsabilités.

— Moi, j'ai déjà des responsabilités, dit papa, calmement. Envers Freud.

Un vieil aveugle comptait-il autant que *nous* à ses yeux ? avions-nous envie de hurler, mais notre père ne nous laissa pas le loisir de nous étendre sur le sujet de ses responsabilités envers Freud.

« Et *toi*, Franny, qu'en penses-tu ? lui demanda-t-il.

Mais Franny, debout devant la fenêtre, continua à contempler la rue matinale. Old Billig, l'extrémiste, apparut — puis surgit Annie la Gueularde. Tous deux avaient l'air épuisé, mais tous deux n'en conservaient pas moins un souci de la forme typiquement viennois : tous deux réussirent à échanger un salut cordial, qui parvint jusqu'à nous par la fenêtre ouverte.

— Écoute, papa, dit Frank. Bien sûr, on est dans le premier arrondissement, mais Freud a négligé de nous dire qu'en fait, notre rue est la pire de tout le secteur.

— Une espèce de rue à sens unique, ajoutai-je.

— Et puis, y a pas moyen de se garer, fit Lilly.

La Krugerstrasse semblait servir d'aire de déchargement aux

camions de livraison qui ravitaillaient les magasins chics de la Kärnt-nerstrasse, et il était impossible de se garer.

En outre, le bureau de poste du quartier se trouvait également dans notre rue — un bâtiment triste et noirâtre qui ne contribuait guère à attirer d'éventuels clients.

« Il y a aussi les prostituées, murmura Lilly.

— Deuxième catégorie, dit Frank. Aucun espoir de promotion. Notre rue n'est qu'à cent mètres de la Kärntnerstrasse, mais jamais elle ne sera la Kärntnerstrasse.

— Même avec un hall tout neuf, dis-je à papa, même avec un hall *accueillant,* il n'y aura personne pour s'en apercevoir. N'empêche que les gens seront toujours coincés entre les putains et la révolution.

— Entre le péché et le danger, papa, fit Lilly.

— Bien sûr, à terme, c'est sans importance, je suppose, dit Frank — j'aurais pu lui taper dessus —, de toute façon, on est en train de couler — savoir quand on partira est en fait sans importance, mais il est évident qu'on partira un jour. Cet hôtel est en train de couler. On a le choix entre partir pendant qu'il sombre, ou quand il aura touché le fond.

— Mais, c'est *maintenant* que nous voulons partir, Frank, dis-je.

— Oui, tous, dit Lilly.

— Franny ? fit papa.

Mais Franny regardait toujours par la fenêtre. Sur la chaussée étroite, une camionnette de la poste essayait de contourner un camion de livraison. Franny guettait souvent l'arrivée et le départ du courrier, dans l'attente des lettres de Junior Jones — et, je suppose, de Chipper Dove. Elle leur écrivait à tous les deux, beaucoup, mais Junior était le seul à répondre.

Frank, toujours avec la même indifférence désabusée, revint à la charge :

— On pourrait par exemple partir le jour où les putes auront toutes été coincées à la visite médicale, ou quand Dark Inge sera enfin devenue assez grande, ou quand la bagnole de Schraubenschlüssel explosera, ou encore quand le premier client nous aura intenté un procès, ou le dernier...

— Mais nous *ne pouvons pas* partir, coupa papa, pas avant que les affaires marchent.

Même Franny lui jeta un coup d'œil.

« Oui, reprit-il, quand l'hôtel fera de bonnes affaires, alors on pourra se permettre de partir. Mais on ne peut pas partir tant que c'est un échec, ajouta-t-il, non sans sagesse, parce que, dans ce cas, on repartirait les mains vides.

— Sans argent, c'est ça ? dis-je.

Papa hocha la tête.

— Tu as déjà englouti tout l'argent dans ce truc ? questionna Franny.

— Les travaux du hall doivent commencer avant la fin de l'été, dit papa.

— Dans ce cas, il n'est pas encore trop tard ! s'écria Frank. Ou est-ce que je me trompe ?

— Récupère l'argent, papa ! fit Lilly.

Notre père secouait la tête, avec un sourire indulgent. Par la fenêtre, Franny et moi suivions des yeux Ernst le pornographe ; l'air profondément dégoûté, il passait devant le Kaffee Mowatt ; en traversant la rue, il écarta du pied quelques détritus ; il se déplaçait d'un air aussi déterminé qu'un chat qui traque une souris, mais, comme toujours, il paraissait déçu de n'avoir pas réussi à devancer Old Billig. Trois heures de pornographie au moins l'attendaient avant la pause du déjeuner, avant l'heure de son cours à l'université (ses « heures esthétiques », disait-il), puis viendrait pour lui le moment d'affronter les heures lasses et mornes de la fin de l'après-midi, que, nous avait-il confié, il réservait à l' « idéologie » — à sa contribution aux bulletins confidentiels du Symposium sur les Relations Est-Ouest. Quelle journée en perspective ! En prévision, il débordait déjà de haine, je le devinais. Et Franny ne parvenait pas à le quitter des yeux.

— Nous devrions partir, et tout de suite, dis-je à papa. Tant pis si nous coulons.

— On ne sait pas où aller, dit papa, d'un ton affectueux.

Il leva les mains, d'un geste qui ressemblait à un haussement d'épaules.

— Mieux vaut partir n'importe où que rester ici, fit Lilly.

— D'accord, fis-je.

— Vous n'êtes pas très logiques, dit Frank.

Je le foudroyai du regard.

Papa regardait Franny, avec un de ces regards qu'il lui arrivait jadis de poser sur maman ; une fois de plus, il regardait vers l'avenir, et il quêtait le pardon — à l'avance. Il voulait se faire pardonner tout ce qui risquait d'arriver. A croire que le pouvoir de ses rêves était si grand qu'il le contraignait en réalité à mimer l'avenir qu'il imaginait — et il attendait de nous que nous tolérions son absence, son absence du réel et peut-être même, un temps, son absence dans nos vies. C'est cela « l'amour pur » : l'avenir. Et c'était le sens du regard que papa posa sur Franny.

— Franny ? fit papa. Qu'en penses-tu, toi ?

Comme toujours, nous attendions l'opinion de Franny. Elle contemplait le coin de la rue où, tout à l'heure, elle avait aperçu Ernst — Ernst le pornographe, Ernst « l'esthète » spécialiste d'érotisme, Ernst le bourreau des cœurs. Je compris que son *moi intime* avait des problèmes ; déjà quelque chose clochait dans le cœur de Franny.

« Franny ? insista papa, doucement.

— Je pense que nous devrions rester. Le temps de voir comment les choses tournent, dit Franny, pivotant pour nous regarder bien en face.

Nous détournâmes les yeux, sauf papa qui étreignit Franny et lui donna un baiser.

— Brave fille, Franny ! dit-il.

Franny eut un haussement d'épaules ; le haussement d'épaules de maman, bien sûr — et, comme toujours, papa ne put y résister.

On dit que, de nos jours, la Krugerstrasse est pratiquement réservée aux piétons, et on y trouve *deux* hôtels, un restaurant, un bar *et* un café — et même un cinéma et un magasin de disques. On dit que c'est devenu une rue chic. Ma foi, je trouve ça difficile à croire. Et quand bien même elle aurait changé de fond en comble, je souhaite ne jamais revoir la Krugerstrasse.

On m'a dit que dans la Krugerstrasse même, se sont installés des magasins de luxe : une boutique et un coiffeur, un libraire et un disquaire, un fourreur et un magasin d'accessoires de salles de bains. C'est tout simplement stupéfiant.

On dit aussi que la poste existe toujours. Le courrier continue à arriver.

Et les prostituées font toujours le trottoir dans la Krugerstrasse ; j'aurais deviné tout seul que la prostitution continue.

Le lendemain matin, j'allai réveiller Susie l'ourse.

— Earl ! grogna-t-elle, en s'extirpant de son sommeil. Qu'est-ce qui se passe encore, bordel ?

— J'ai besoin de ton aide, lui dis-je. Faut qu'on sauve Franny.

— Franny est une coriace. Elle est belle et elle est coriace, dit Susie en se retournant dans son lit, elle n'a pas besoin de moi.

— Tu l'impressionnes, dis-je — un mensonge optimiste.

Susie n'avait que vingt ans, quatre ans seulement de plus que Franny, mais quand on en a seize, quatre années représentent une grosse différence.

« Elle t'aime bien, dis-je.

Ce qui, je le savais, était la vérité.

« Du moins, tu es plus âgée qu'elle, un peu comme sa grande sœur, tu comprends.

— Earl ! fit Susie l'ourse, en s'accrochant à son déguisement.

— Peut-être que tu es un peu « tordue », dit Frank à Susie, mais Franny est plus sensible à ton influence qu'à la nôtre.

— Sauver Franny de quoi ? demanda Susie.

— De Ernst, dis-je.

— En fait, de la pornographie, précisa Lilly avec un violent frisson.

— Aide-la à retrouver son *moi intime,* implora Frank.

— C'est pas mon genre de déconner avec les mineures, dit Susie.

— On te demande de l'aider, pas de déconner avec elle, dis-je.

Mais Susie l'ourse se borna à sourire. Elle s'assit sur son lit, son déguisement en vrac sur le plancher, ses cheveux raides et ébouriffés à la diable pareils à une toison d'ours, son visage aux traits durs pareil à une plaie au-dessus de son tee-shirt froissé.

— Aider quelqu'un, ça revient à déconner avec, dit Susie l'ourse.

— Acceptes-tu au moins d'essayer ? lui demandai-je.

— Et tu me demandes à moi ce qui a déclenché les *vrais* problèmes, me dit par la suite Frank. Eh bien, à mon avis, ce n'est pas la pornographie. Non que ça ait la moindre importance, bien sûr, mais tes problèmes à *toi*, je sais ce qui les a déclenchés.

C'est comme pour la pornographie, je ne tiens pas à décrire la chose en détail, d'ailleurs Frank et moi n'en eûmes qu'un bref aperçu — une vision éphémère, mais plus que suffisante pour notre goût. Tout commença lors d'une soirée d'août, une soirée si chaude que Lilly nous avait réveillés, Frank et moi, pour réclamer un verre d'eau — comme si elle était redevenue bébé —, une soirée si chaude que, dans la Krugerstrasse, les hommes dédaignaient les putains, et que le calme régnait dans la Gasthaus Freud. Aucun client ce soir-là pour faire gueuler Annie la Gueularde, personne même qui eût envie de grogner en compagnie de Jolanta, de gémir en compagnie de Babette, de marchander avec Old Billig ou même de reluquer Dark Inge. Il faisait trop chaud pour traîner dans le Kaffee Mowatt, et les putains bavardaient assises sur les marches de l'escalier, dans le hall frais et sombre de la Gasthaus Freud — en cours de réfection. Freud était déjà couché, et dormait, bien sûr ; il n'avait pas d'yeux pour *voir* la chaleur. Et mon père, qui voyait l'avenir plus clairement que le présent, dormait lui aussi.

J'entrai chez Frank et m'amusai quelques instants à boxer son mannequin.

« Seigneur Dieu, dit Frank. Vite que tu te dégotes des barres et que tu fiches la paix à mon mannequin !

Pourtant lui non plus ne pouvait fermer l'œil ; nous nous mîmes à nous renvoyer le mannequin comme un ballon.

Personne n'aurait pu s'y méprendre, ni Annie la Gueularde ni aucune des autres putains n'auraient pu émettre ce son. Un son qui n'avait rien d'une manifestation de chagrin; une mélodie trop lumineuse pour être associée au chagrin, un son comme traversé par une musique d'eau, une musique qui ni pour Frank ni pour moi n'évoquait en rien l'amour vénal, ni même la concupiscence — trop de lumière et trop de musique pour qu'il exprime la concupiscence. Un son que Frank et moi n'avions jamais encore entendu — et ma mémoire, une mémoire de quadragénaire maintenant, ne garde aucun souvenir d'un autre exemple de ce chant; ce chant, personne ne devait jamais me le chanter, à moi, de cette façon.

C'était le chant que Susie faisait chanter à Franny. Susie devait traverser la chambre de Franny pour passer dans la salle de bains. Frank et moi traversâmes ma chambre pour pénétrer dans la même salle de bains; par la porte, nous pouvions glisser un coup d'œil dans la chambre de Franny.

La tête de l'ourse gisait sur le tapis au pied du lit de Franny, et nous eûmes tout d'abord un choc, comme si quelqu'un avait décapité Susie quand elle avait fait irruption dans la chambre. Pourtant ce ne fut pas tête d'ours qui polarisa notre attention. Mais le son qui fusait de la gorge de Franny nous attira comme un aimant — doux et aigu, aussi tendre que celui que poussait jadis maman, aussi heureux que celui de Egg. Un son quasiment dépourvu de tout désir sexuel, quand bien même le plaisir sexuel était le thème du chant, car Franny, les bras écartés au-dessus de la tête et la tête renversée en arrière, gisait sur son lit, et entre ses longues jambes qui bougeaient légèrement (elle semblait flotter et nager en chien), dans le giron sombre de ma sœur (que jamais je n'aurais dû voir) reposait un ours sans tête — un ours sans tête lapait à pleine langue, comme un animal qui se repaît d'une proie encore chaude, comme un animal qui se désaltère au cœur d'une forêt.

La vision nous frappa de terreur. Nous ne savions plus où aller et, sans la moindre raison, l'esprit vide — ou trop plein — nous nous précipitâmes dans le hall. Les putains assises sur les marches nous firent bon accueil; elles paraissaient toujours heureuses de nous voir, mais était-ce la chaleur, leur ennui ou leur oisiveté, toujours est-il que leur accueil fut cette fois particulièrement chaleureux. Seule Annie la Gueularde sembla déçue — à croire qu'un instant, elle nous avait pris pour d'éventuels « clients ».

— Salut les gars, on dirait que vous venez de rencontrer un fantôme, dit Dark Inge.

— Vous avez du mal à digérer, mes chéris? fit Old Billig. Vous devriez déjà être au lit.

— Vous avez la trique et pouvez pas dormir, c'est ça ? demanda Jolanta.

— *Oui, oui,* entonna Babette. Venez, donnez-les-nous, vos triques !

— Suffit, coupa Old Billig. D'ailleurs, y fait trop chaud pour baiser.

— Jamais trop chaud, dit Jolanta.

— Jamais trop froid, fit Annie la Gueularde.

— On fait une partie de cartes ? proposa Dark Inge.

Mais Frank et moi, comme deux soldats hors d'haleine, tournâmes quelques instants en rond au pied de l'escalier, et rebroussant chemin, regagnâmes la chambre de Frank — puis, attirés comme par un aimant, nous allâmes retrouver papa.

— Nous voulons rentrer, déclarai-je.

Il se réveilla, et nous prit tous les deux dans son lit, comme si nous étions encore tout petits.

— Je t'en prie, papa, rentrons chez nous, murmura Frank.

— Dès que les affaires marcheront, assura papa. Sitôt que tout ira bien — promis.

— *Quand ?* sifflai-je.

Mais papa me coinça d'une clef au cou et me donna un baiser.

— Bientôt, dit-il. Les choses ne vont plus tarder à démarrer — je le sens.

Nous devions pourtant rester à Vienne jusqu'en 1964 ; nous y resterions sept ans.

— C'est là-bas que j'ai *vieilli,* dirait plus tard Lilly, souvent.

Elle avait dix-huit ans lorsque nous quittâmes Vienne. Plus vieille, mais pas tellement plus grosse — comme disait Franny.

Sorrow flotte. Nous le savions. Cela n'aurait pas dû nous surprendre. Mais la nuit où Susie parvint à faire oublier à Franny la pornographie — la nuit où elle incita ma sœur à chanter, et si bien —, Frank et moi fûmes frappés par une ressemblance plus forte encore que celle qui rapprochait Ernst le pornographe de Chipper Dove. Dans la chambre de Frank, la porte bloquée par le mannequin, Frank et moi restâmes longtemps à chuchoter sur le lit.

— L'ourse, tu as *vu ?* fis-je.

— On ne pouvait pas voir sa tête, remarqua Frank.

— Exact, dis-je. En fait, on ne voyait que le costume — Susie, elle était, disons, toute tassée.

— Mais pourquoi avait-elle gardé son costume ? demanda Frank.

— J'en sais rien.

— Probable qu'elles venaient tout juste de commencer, raisonna Frank.

— Mais *l'expression* de l'ourse, tu as vu ?

— Je sais, chuchota Frank.

— Tout ce poil, le corps comme lové.

— Je sais ce que tu veux dire, dit Frank. Ça suffit.

Là, dans le noir, nous comprîmes tous deux à quoi ressemblait Susie l'ourse. Nous avions vu, tous les deux. Franny nous avait mis en garde : elle nous avait dit d'ouvrir l'œil, de nous méfier des nouvelles postures, des nouveaux déguisements que prendrait Sorrow.

« Sorrow, chuchota Frank. Susie l'ourse, c'est Sorrow.

— En tout cas, elle lui *ressemblait,* dis-je.

— Susie *est* Sorrow, je le sais, affirma Frank.

— Eh bien, en ce moment, peut-être, admis-je. Maintenant, oui.

— Sorrow, c'est Sorrow, murmurait inlassablement Frank, en glissant peu à peu dans le sommeil. Personne ne peut le tuer, marmonna-t-il. C'est Sorrow. Il flotte.

9

Le deuxième Hôtel New Hampshire

L'ultime touche à la réfection du hall de la Gasthaus Freud fut une idée de mon père. Sans doute s'était-il planté un matin devant la porte de la Krugerstrasse pour contempler avec un peu de recul l'entrée du hall rénové — la confiserie avait complètement disparu, mais les vieilles enseignes, pareilles à des fusils abandonnés par des soldats exténués, étaient encore appuyées contre l'échafaudage que les ouvriers achevaient de démonter : BONBONS, KONDITOREI, ZUCKERWAREN, SCHOKOLADEN, et enfin, GASTHAUS FREUD. Ce fut alors que mon père comprit qu'il fallait les jeter, *toutes :* plus de confiserie, plus de Gasthaus Freud.

— L'Hôtel New Hampshire ? fit Annie la Gueularde, comme toujours la première à se pointer (et la dernière à dételer).

— Faut avancer avec son temps, dit Old Billig, l'extrémiste. Savoir encaisser et se relever, avec le sourire. « Hôtel New Hampshire », moi je trouve ça très bien.

— Une nouvelle phase, une nouvelle phase, fit Ernst le pornographe.

— Une idée géniale ! s'exclama Freud. Pensez aux clients américains — voilà qui va les accrocher ! Et fini l'antisémitisme !

— Sans compter, dit Frank, qu'on ne risquera plus d'être boycottés par les antifreudiens.

— Mais, bordel, tu croyais vraiment qu'il allait choisir un autre nom ? fit Franny. C'est l'hôtel de papa, non ?

Vissés pour la vie, comme aurait dit Iowa Bob.

— Moi je trouve ça gentil, dit Lilly. Une touche délicate, plutôt petite, mais gentille.

— Gentil ? fit Franny. Oh, misère, nous voilà dans le pétrin : Lilly trouve ça gentil.

— C'est sentimental, fit Frank, philosophe, mais quelle importance ?

L'idée me vint que si Frank s'avisait de répéter encore une fois que quelque chose n'avait pas d'importance, je me mettrais à hurler. Et, en fait de hurlement, ce serait autre chose qu'un orgasme bidon. Mais, une fois de plus, je fus sauvé par Susie l'ourse.

— Écoutez, les enfants, dit Susie. Votre paternel vient de faire un pas dans la direction du pratique. Vous rendez-vous compte de tous les touristes anglais et américains qui vont se sentir rassurés ?

— C'est vrai, dit Schwanger d'un ton conciliant. Pour les Anglais et les Américains, Vienne est une ville de l'Est. Par exemple, la forme de certaines églises — le bulbe tant redouté, et ce qu'il laisse entrevoir d'un univers incompréhensible pour les Occidentaux... pour ceux qui viennent de très *loin* à l'Ouest, même l'Europe centrale peut paraître orientale. Ce sont les timides qui vont se sentir attirés, prédit Schwanger, comme si elle concoctait un nouveau livre sur la grossesse et l'avortement. « Hôtel New Hampshire », le nom aura quelque chose de familier — quelque chose qui leur rappellera le pays.

— Génial, dit Freud. A nous les timides, soupira-t-il en avançant les mains pour tapoter les têtes qui se trouvaient à sa portée.

Rencontrant la tête de Franny, il la caressa, mais la grosse patte de Susie écarta doucement la main de Freud.

Je devais finir par m'y habituer — à cette patte possessive. Nous vivons dans un monde où ce qui nous frappe, de prime abord, comme lourd de menaces, finit souvent par nous paraître banal, voire rassurant. Et ce qui nous semble, de prime abord, rassurant, peut inversement finir par être menaçant, mais je dus convenir que Susie l'ourse exerçait une influence bénéfique sur Franny. Si Susie était capable de tenir Franny à l'écart de Ernst, elle avait droit à ma reconnaissance — était-il dément d'espérer que Susie l'ourse parviendrait peut-être même à convaincre Franny qu'elle aurait intérêt à cesser d'écrire à Chipper Dove ?

— Tu crois que tu es lesbienne, Franny ? lui demandai-je, dans l'obscurité complice de la Krugerstrasse.

Notre père avait des ennuis avec son enseigne fluorescente rose : HÔTEL NEW HAMPSHIRE ! HÔTEL NEW HAMPSHIRE ! HÔTEL NEW HAMPSHIRE ! clignotait-elle sans trêve.

— J'en doute, dit Franny, calmement. Susie, je crois que je l'aime bien, sans plus.

Je réfléchissais, bien sûr ; puisque Frank se savait homosexuel, et puisque Franny avait maintenant une histoire avec Susie l'ourse, peut-être Lilly et moi ne tarderions-nous plus à découvrir la vérité sur nos penchants respectifs. Mais, comme toujours, Franny lisait en moi comme dans un livre ouvert :

« Tu te trompes complètement, chuchota-t-elle. Frank est *convaincu*. Moi je ne suis convaincue de rien — sinon, peut-être, que tout ça pour moi, c'est la solution de facilité. Pour le moment. Tu comprends, il est plus facile de faire l'amour avec quelqu'un de son propre sexe. On a moins de chances de se faire piéger, on court moins de risques. Je me sens davantage en sécurité avec Susie, chuchota-t-elle. C'est tout, je crois. Les hommes sont tellement *différents*.

— Une phase, répétait sans cesse Ernst — à propos de tout.

Pendant ce temps, Fehlgeburt, encouragée par l'accueil que nous avions réservé à *Gatsby le Magnifique,* entreprit de nous lire *Moby Dick*. Après ce qui était arrivé à maman et à Egg, il nous parut tout d'abord difficile d'entendre parler de l'océan, mais nous prîmes bientôt le dessus ; notre intérêt se concentrait sur la baleine, et davantage encore sur les harponneurs (chacun de nous avait son favori), et nous ne cessions de guetter Lilly, nous attendant à la voir identifier papa avec Achab — « à moins qu'elle ne se fourre en tête que Frank est la baleine blanche », chuchota Franny. Mais ce fut *Freud* que Lilly identifia pour notre bénéfice.

Une nuit que le mannequin de couturière semblait figé au garde-à-vous, et que Fehlgeburt bourdonnait, comme la mer — comme la marée —, Lilly poussa une exclamation :

— Vous l'entendez ? Chut !

— Quoi ? fit Frank d'une voix de fantôme — le fantôme de Egg, bien sûr.

— Laisse tomber, Lilly, chuchota Franny.

— Non, écoutez, insista Lilly.

Et, quelques instants, nous eûmes tous l'impression d'être dans l'entrepont, sur nos couchettes de marins, prêtant l'oreille au martèlement de la jambe artificielle de Achab qui arpentait nerveusement le pont au-dessus de nos têtes. Un claquement de bois, un bruit sourd d'os. Mais ce n'était que la batte de Freud, qui boitillait à l'aveuglette sur le plancher au-dessus de nous — il allait rendre visite à l'une des putains.

— Laquelle ? demandai-je.

— Old Billig, dit Susie l'ourse.

— Qui se ressemble s'assemble, fit Franny.

— C'est plutôt gentil, non ? fit Lilly.

— Je veux dire : ce soir, c'est Old Billig, précisa Susie. Il est sans doute fatigué.

— Il fait ça avec toutes ? s'étonna Frank.

— Sauf avec Jolanta, dit Susie. Elle lui flanque la trouille.

— *A moi aussi*, elle me flanque la trouille. dis-je.

— Et sauf avec Dark Inge, bien entendu, ajouta Susie. Freud ne peut pas la voir.

Jamais je n'eus la tentation de rendre visite aux putains — à aucune. En fait, Ronda Ray n'avait rien eu de commun avec elles. Avec Ronda Ray, l'amour était simplement quelque chose de vénal ; à Vienne, l'amour était une profession. Je pouvais me masturber en fantasmant sur Jolanta ; ce qui était passablement excitant. Et, quant à l'amour... eh bien, en fait d'amour, il y avait toujours les fantasmes que m'inspirait Franny. Et pendant les soirées, vers la fin de l'été, il y eut aussi Fehlgeburt. La lecture de *Moby Dick* se révéla une entreprise tellement monstrueuse que Fehlgeburt prit l'habitude de veiller très tard. Frank et moi la reconduisions alors chez elle. Elle louait une chambre dans un immeuble mal tenu situé derrière le Rathaus, près de l'université, et comme il lui arrivait parfois d'être prise pour une putain, elle avait horreur de traverser la Kärntnerstrasse ou le Graben seule la nuit.

Il fallait une imagination délirante pour confondre Fehlgeburt avec une putain ; c'était, et sans erreur possible, une étudiante. Non qu'elle ne fût pas jolie, mais, de toute évidence, la chose — pour elle — n'avait aucune importance. Sans être une beauté, sa personne ne manquait pas d'agréments — agréments qu'elle dissimulait ou négligeait. Elle avait les cheveux hirsutes ; lorsqu'il lui arrivait, rarement, de les laver, elle ne se souciait pas de les coiffer. Elle portait toujours des jeans et un col roulé, ou encore un tee-shirt, tandis que sa bouche et ses yeux trahissaient cette sorte de lassitude qui suggère un goût exagéré de la lecture, de l'écriture ou de la méditation — un goût exagéré de ces choses plus importantes que le corps, le soin ou les plaisirs du corps. Je lui donnais à peu près le même âge que Susie mais, faute d'humour, jamais elle n'aurait pu être une ourse — et la répugnance que lui inspiraient les activités nocturnes de l'Hôtel New Hampshire frisait sans doute ce que Ernst aurait appelé le « dégoût ». Par temps de pluie, Frank et moi nous nous bornions à l'accompagner jusqu'à l'arrêt du tram situé devant l'Opéra, sur la Ringstrasse ; par beau temps, nous traversions avec elle la place des Héros et remontions le Ring en direction de l'université. Trois enfants qui venaient de réfléchir aux baleines, et qui marchaient dans l'ombre des grands bâtiments d'une ville trop vieille pour eux. La plupart des nuits, on aurait dit que Frank n'était pas avec nous.

— Lilly n'a que onze ans, disait Fehlgeburt. Son amour de la littérature est un vrai miracle. Qui sait si ce ne sera pas son salut. Cet hôtel n'est pas un endroit pour elle.

— *Wo ist die Gemütlichkeit ?* chantonnait Frank.

— Tu es très bonne avec Lilly, dis-je à Miss Fausse Couche. Et toi, tu aurais envie d'avoir des enfants, un jour ?

— Quatre cent soixante-quatre ! chantonnait Frank.

— Oui, j'aimerais avoir des enfants, mais après la révolution, dit Fehlgeburt sans le moindre humour.

— Tu crois que Fehlgeburt me trouve à son goût ? demandai-je à Frank, sur le chemin du retour.

— Attends que nous entrions à l'école, suggéra Frank. Trouve-toi une jolie fille sympa — et de ton âge.

Ainsi, bien que j'eusse pour domicile un bordel viennois, mon univers sexuel était sans doute identique à celui de la plupart des Américains qui, en cette année 1957, avaient comme moi quinze ans ; je me branlais en évoquant des images d'une prostituée pétrie d'une redoutable violence, tout en m'obstinant à raccompagner chez elle une jeune fille de quelques années à peine « mon aînée » — dans l'attente du jour où je trouverais le courage de l'embrasser ou même de lui prendre la main.

Je m'attendais un peu à ce que les « âmes timides » — les clients qui (à en croire les prédictions de Schwanger) se sentiraient attirés par l'Hôtel New Hampshire — me ressemblent par certains côtés. Il n'en était rien. Il en débarquait parfois, par cars entiers : des groupes bizarres en voyages organisés — certains de ces voyages d'ailleurs aussi bizarres que les groupes. Des bibliothécaires venus du Devon, du Kent et de Cornouaille ; des ornithologues de l'Ohio — venus observer les cigognes de Rust. Des gens pour la plupart si rangés qu'ils étaient tous au lit avant l'heure où les putains commençaient à tapiner ; indifférents au tohu-bohu nocturne, ils dormaient à poings fermés et le matin partaient souvent en excursion avant qu'Annie la Gueularde ait eu le temps d'emballer son dernier orgasme, avant que Old Billig l'extrémiste s'engouffre dans le hall — son imagination lasse enflammée par la vision du monde nouveau. C'était les groupes qui se montraient les plus généreux, et Frank parvenait parfois à se faire un peu d'argent de poche en les entraînant dans des visites « à pied » de la ville. Les groupes étaient d'un commerce facile — même les Japonais de la Société Chorale, qui découvrirent en groupe l'existence des prostituées (et utilisèrent leurs services en groupe). Quelle période étrange, et tumultueuse — tout ce baisage, ces chants ! Les Japonais étaient bardés d'appareils photos et insistaient pour photographier tout le monde — entre autres, ils tirèrent tous nos portraits de famille. En fait, Frank trouvait honteux que nous devions les *seules* photos de tout notre séjour à Vienne à cette unique visite de la Société Chorale japonaise.

L'une d'elles montre Lilly en compagnie de Fehlgeburt — et d'un livre, bien sûr. Une autre, très touchante, réunit les deux Old Billig ; comme dirait Lilly, ils font un vieux couple très « gentil ». Il y a aussi Franny appuyée sur l'épaule robuste de Susie l'ourse, Franny un peu maigre, mais gaillarde et forte — pleine d'une « étrange assurance », comme la qualifie toujours Frank en évoquant cette période. Et puis une photo bizarre de mon père et de Freud. On dirait qu'ils se partagent la batte de base-ball — ou viennent de se chamailler pour s'en emparer ; à croire qu'ils se sont disputé le privilège de frapper la première balle, et n'ont interrompu leur querelle que le temps de se laisser prendre en photo.

Je pose en compagnie de Dark Inge. Je me souviens encore du distingué Japonais qui nous avait demandé, à Inge et moi, de poser côte à côte ; nous étions tous deux assis et disputions une partie de cartes, mais le Japonais s'était plaint que la lumière était mauvaise, et nous avait demandé de nous lever. C'est un moment quelque peu irréel ; Annie la Gueularde est toujours assise devant la table — du côté où la lumière était encore généreuse —, et Babette, outrageusement poudrée, chuchote quelque chose à Jolanta, debout un peu en retrait de la table, les bras croisés sur son impressionnante poitrine. Jolanta n'avait jamais réussi à apprendre les règles. Sur cette photo, Jolanta semble sur le point d'interrompre la partie. Je me souviens que les Japonais avaient peur d'elle — peut-être parce qu'elle était tellement plus grosse qu'eux.

Et la particularité de toutes ces photos — nos seuls documents de Vienne, 1957-1964 —, c'est que tous ces gens pour nous si familiers avaient dû poser en compagnie d'un ou deux Japonais, de parfaits inconnus. Y compris Ernst le pornographe, appuyé contre la voiture garée devant la porte. Arbeiter est là lui aussi, accolé contre le garde-boue — et ces jambes qui dépassent sous la calandre de la vieille Mercedes, ces jambes appartiennent au dénommé Wrench ; Schraubenschlüssel ne parvint jamais à fourrer autre chose que ses jambes dans une photo. Et, entourant la voiture, les Japonais — des inconnus qu'aucun de nous ne devait jamais revoir.

Aurions-nous pu deviner alors — en scrutant la photo de plus près — qu'il ne s'agissait pas d'une voiture banale ? Avait-on jamais entendu parler d'une Mercedes, même un vieux modèle, qui exigeât tant de réparations ? Herr Wrench était toujours fourré sous la voiture, ou à quatre pattes à l'intérieur. Et pourquoi l'unique voiture, propriété du Symposium sur les Relations Est-Ouest, nécessitait-elle tant de soins alors que, pratiquement, elle ne circulait jamais ? A regarder de près le cliché, maintenant... eh bien, tout est clair. Il est difficile de ne pas regarder cette photo sans aussitôt comprendre ce qu'était en réalité la vieille Mercedes.

Une bombe. Une bombe que l'on ne cessait d'amorcer et de désamorcer, une bombe toujours prête. La voiture tout entière était une énorme bombe. Et ces Japonais impossibles à reconnaître qui peuplent nos photos, nos seules photos... eh bien, il est maintenant facile de voir ces inconnus, ces distingués étrangers, comme des symboles des mystérieux anges de la mort qui accompagneraient un jour la voiture. Quand on pense que pendant des années, Schraubens-chlüssel fut pour nous un objet de plaisanterie ; il fallait qu'il fût un piètre mécanicien pour s'obstiner à bricoler cette Mercedes ! Alors qu'en fait, c'était un *expert !* Mr. Wrench, l'expert en explosifs ; car, pendant presque sept ans, la bombe fut prête à exploser — tous les jours.

Nous ne sûmes jamais ce qu'ils attendaient — ni quel moment leur aurait paru *idéal,* si nous ne leur avions pas forcé la main. Nous n'avons que les photos des Japonais pour nous guider, et l'histoire qu'elles racontent n'est pas des plus claires.

— Que te rappelles-tu de Vienne, Frank ? lui demandai-je — une question que je lui posais souvent.

Frank alla s'isoler quelques instants dans une chambre, et, quand il ressortit, me tendit une courte liste :

1. Franny en compagnie de Susie l'ourse.
2. L'achat de tes foutues barres à disques.
3. Les soirs où l'on reconduisait Fehlgeburt.
4. La présence du roi des Souris.

Frank me tendit sa liste :

— Bien sûr, il y a d'autres choses, mais je ne tiens pas à entrer dans les détails.

Je comprends et, bien sûr, je me souviens de l'achat de mes barres. Nous y allâmes *tous.* Mon père, Freud, Susie et nous tous. Freud nous accompagna sous prétexte qu'il savait où se trouvait le magasin de sport. Susie sous prétexte que Freud pouvait l'aider à se rappeler où se trouvait le magasin en l'interpellant dans le tram :

— A-t-on dépassé le magasin d'accessoires chirurgicaux de Maria-hilfer ? Après, c'est la deuxième à gauche, ou la troisième

— Earl ! faisait Susie, en regardant par la vitre

Le receveur du *Strassenbahn* ne cessait de mettre Freud en garde .

— J'espère qu'il n'y a aucun danger — votre ours, il n'est pas en laisse. D'habitude, on ne les accepte que s'ils sont en laisse.

— Earl ! faisait Susie

— C'est un ours intelligent, dit Frank au receveur.

Dans le magasin de sport, j'achetai cent cinquante kilos de poids, une longue barre et deux barres à boules pour les développés d'un seul bras.

— Livrez tout ça à l'Hôtel New Hampshire, dit papa.

— Ils ne livrent pas, dit Frank.

— Ils ne livrent pas ? fit Franny. Mais, on ne va tout de même pas *porter* tout ça !

— Earl ! fit Susie.

— Sois gentille, Susie ! hurla Freud. Pas de grossièretés !

— Je vous assure, l'ours apprécierait que l'on livre ces poids, dit Frank au type du magasin.

Mais ce fut en vain. Nous aurions dû le deviner, le pouvoir d'un ours à résoudre nos problèmes était sur le déclin. Nous nous répartîmes les poids de notre mieux. J'enfilai soixante-quinze livres sur chacune des petites barres et en empoignai une dans chaque main. Mon père, Freud et Susie se chargèrent tant bien que mal de la longue barre, et de cent cinquante livres de plus. Franny se chargea d'ouvrir les portes et de dégager le trottoir, tandis que Lilly se cramponnait à Freud ; durant tout le trajet de retour, ce fut elle qui lui servit de guide.

— Seigneur Dieu ! s'exclama papa, quand on nous refusa l'accès du *Strassenbahn*.

— A l'aller, on nous a pourtant laissés monter, et *descendre* ici, fit Franny.

— Ils n'ont rien contre l'ours, expliqua Freud. C'est à cause de la barre.

— C'est la façon dont vous la portez, dit Franny à Frank, Susie et papa. Ça paraît dangereux.

— Si tu avais continué à t'exercer, comme Iowa Bob dis-je à papa, tu aurais pu la porter tout seul. Elle n'aurait pas l'air aussi *lourde*.

Lilly l'avait remarqué, les Autrichiens admettaient les ours dans les tramways, mais pas les barres à disques ; elle avait aussi remarqué la tolérance des Autrichiens à l'égard des skis. Elle nous souffla l'idée d'acheter une housse à skis et d'y fourrer la barre ; le receveur prendrait la barre pour une banale paire de longs skis.

Frank suggéra d'envoyer quelqu'un emprunter la voiture de Schraubenschlüssel.

— Elle est toujours en panne, objecta papa.

— Elle doit être en état maintenant, dit Franny. Il y a des années que ce connard bricole dessus.

Sautant dans le tram, notre père fila emprunter la voiture. Le refus catégorique que lui opposèrent les extrémistes n'aurait-il pas alors dû nous faire comprendre qu'une *bombe* était garée devant notre hôtel ? Mais nous y vîmes une simple manifestation de leur grossièreté ; nous trimbalâmes donc le fardeau jusqu'à l'hôtel. Je fus finalement contraint d'abandonner les autres, et la longue barre, au Kunsthistorisches Museum. Là encore, on refusa de laisser entrer la barre — ni l'ourse d'ailleurs.

— Bruegel n'y aurait pas vu d'objection, lui, dit Frank.

Mais il leur fallut tuer le temps au coin de la rue. Susie esquissa une petite gigue ; Freud tapota sa batte ; Lilly et Franny chantèrent une chanson américaine — ils tuèrent le temps en se faisant un peu d'argent. Les saltimbanques, spécialité viennoise, « la présence du roi des Souris », comme disait Frank — Frank se chargea de faire la quête. Avec la casquette de chauffeur d'autobus que papa avait offerte à Frank — la minable casquette de croque-mort que portait Frank quand il s'amusait à jouer les portiers devant l'Hôtel New Hampshire. A Vienne, Frank ne la quittait jamais — notre roi des Souris imposteur, Frank. Nous y pensions souvent, à la triste performance du saltimbanque qui, suivi de ses rongeurs mal aimés, s'était arrêté un jour devant les fenêtres ouvertes, et avait fait le grand saut, entraînant avec lui ses malheureuses souris. LA VIE EST UNE CHOSE SÉRIEUSE MAIS L'ART EST UNE PLAISANTERIE ! Il avait proclamé son message ; et ces fenêtres ouvertes devant lesquelles depuis si longtemps il passait sans jamais s'arrêter — elles avaient fini par l'attirer.

Je rentrai au petit trot en trimbalant mes soixante-quinze kilos.

— Salut, Wrench, dis-je à l'extrémiste vautré sous la voiture.

Je regagnai à toutes jambes le Kunsthistorisches Museum pour repartir au petit trot, chargé de soixante-quinze livres de plus. Papa, Frank, Susie l'ourse, Franny, Lilly et Freud ramenèrent les soixante-quinze livres restantes. Enfin j'avais mes poids, enfin je pouvais faire revivre le premier Hôtel New Hampshire — et Iowa Bob —, et Vienne perdit un peu de son étrangeté.

Il nous fallut entrer à l'école, bien sûr. Une école américaine de Hietzing, près du zoo, à proximité du palais de Schönbrunn. Les premiers temps, il fut décidé que Susie nous accompagnerait en tramway le matin, et viendrait nous chercher à la sortie des cours. Façon extraordinaire d'affronter les autres gosses — se faire conduire le matin et ramener le soir par une ourse. Mais notre père et Freud durent accompagner Susie, les ours n'étant pas autorisés à circuler seuls en tramway ; en outre, l'école était située dans le voisinage du zoo, et, en banlieue, les gens manifestaient plus de nervosité à la vue d'un ours que les gens de la ville.

L'idée me vint, mais seulement bien plus tard, que nous rendîmes tous un très mauvais service à Frank en ne rendant pas hommage à sa discrétion sexuelle. Durant nos sept années à Vienne, jamais nous ne sûmes qui étaient ses amis, des camarades de l'école américaine, à l'en croire — et comme il était l'aîné, et suivit le cours d'allemand avancé, Frank devait souvent passer davantage de temps que nous à l'école. Au contact de la licence sexuelle qui sévissait dans le deuxième Hôtel New Hampshire, Frank avait dû se sentir enclin à la discrétion, pour des raisons analogues à celles qui m'avaient poussé à chuchoter lors de mon initiation auprès de Ronda Ray. Quant à Franny, elle avait à l'époque son ourse — et son viol à digérer, me répétait Susie.

— Elle l'a digéré, affirmai-je.

— Pas *toi,* dit Susie. Chipper Dove t'est resté sur l'estomac. Et à elle aussi.

— Dans ce cas, c'est avec Chipper Dove que Franny continue à avoir des problèmes. Plus avec son viol.

— On verra bien, dit Susie. Je suis une ourse intelligente.

Quant aux âmes timides, il en arrivait toujours, pas en foule cependant ; des foules d'âmes timides auraient sans doute été un paradoxe — pourtant des foules eussent bien fait notre affaire. Néanmoins, notre registre était mieux garni que celui du premier Hôtel New Hampshire.

Les groupes nous posaient moins de problèmes que les particuliers. La timidité d'un particulier timide est pire encore que celle d'un groupe entier de timides. Les timides qui voyageaient en solitaires, ou les couples timides flanqués à l'occasion d'enfants timides — c'étaient ceux qui s'offusquaient le plus des incessantes allées et venues diurnes et nocturnes. Mais, au cours des trois ou quatre premières années, un seul client s'avisa de se plaindre — ce qui en dit long sur la timidité de ces âmes timides.

Il s'agissait d'une Américaine. Une femme qui voyageait en compagnie de son mari et de sa fille, laquelle avait environ le même âge que Lilly. Ils venaient du New Hampshire, mais pas de la région de Dairy. Frank était de service à la réception quand ils se présentèrent — en fin d'après-midi, après l'école. Comme Frank le constata, la femme se mit sur-le-champ à se lamenter, évoquant avec nostalgie « la bonne vieille simplicité bourgeoise, la *décence* », que visiblement son esprit associait au New Hampshire.

— Le coup de la bonne vieille simplicité bourgeoise, toujours les mêmes conneries, commenta Franny, qui n'avait pas oublié Mrs. Urick.

— On s'est fait voler partout en Europe, dit le mari à Frank.

Dans le hall, Ernst nous expliquait, à Franny et moi, les positions les plus bizarres de « l'accouplement tantrique ». C'était assez ardu à suivre en allemand, mais si ni Franny ni moi ne parvînmes jamais à rattraper Frank en allemand — alors qu'il avait fallu moins d'une année à Lilly pour parler aussi couramment que Frank —, nous avions beaucoup appris à l'école américaine. Bien sûr, l'art du coït ne figurait pas au programme. C'était la spécialité de Ernst, et bien qu'il me donnât la chair de poule, je ne pouvais supporter de le voir parler en tête à tête avec Franny, si bien que, chaque fois que je le voyais lui parler, j'essayais d'écouter ce qu'il lui disait. Susie l'ourse aimait bien écouter elle aussi — une de ses pattes traînant toujours sur ma sœur, une bonne grosse patte que Ernst ne pouvait manquer de voir. Mais le jour où les Américains du New Hampshire débarquèrent, Susie se trouvait aux toilettes.

— Et des *poils* dans les salles de bains, gémissait la femme. Incroyable, la saleté qu'il nous a fallu endurer.

— Même qu'on a flanqué tous les guides à la poubelle, dit le mari, rien que des mensonges.

— Maintenant, nous ne faisons plus confiance qu'à notre flair, dit la femme, en parcourant du regard le hall tout neuf. Ce que nous cherchons, c'est l'atmosphère *américaine.*

— Vivement qu'on rentre chez nous, fit la fille. d'une petite voix de souris.

— J'ai deux jolies chambres au troisième dit Frank, des chambres communicantes.

Mais il se demandait avec angoisse si ce n'était pas trop près des putains logées au-dessous — un étage plus bas, un seul.

« Mais, ajouta Frank, la vue est plus jolie du quatrième.

— Au diable la vue, fit la femme. D'accord pour les chambres communicantes au troisième. Et surtout pas de *poils,* ajouta-t-elle menaçante, à l'instant précis où Susie l'ourse faisait son entrée d'un pas traînant.

Apercevant la fillette, elle secoua la tête avec une énergie outrée et émit un grognement sourd et bourru.

— Mais, c'est un *ours,* fit la fillette en se cramponnant à la jambe de son père.

Frank cogna sur le timbre d'où jaillit un petit *ping!* aigu.

— Bagagiste! beugla Frank.

Je dus m'arracher au récit de Ernst lancé dans la description des positions tantriques.

— Dans le groupe *vyanta,* on trouve deux positions principales, disait-il d'une voix morne. La femme se penche en avant jusqu'à ce que ses seins touchent le sol, tandis que l'homme la prend par-derrière, debout — c'est le *dhenuka-vyanta-asana,* ou position de la vache, précisa Ernst, son regard liquide rivé sur Franny.

— La position de la vache ? fit Franny.

— Earl ! grogna Susie, d'un ton réprobateur, en fourrant la tête entre les cuisses de Franny — histoire de gratifier les nouveaux clients de son numéro d'ourse.

Empoignant les bagages, je m'engageai dans l'escalier. La fillette ne parvenait pas à quitter l'ourse des yeux.

— J'ai une sœur qui est à peu près de ton âge, lui dis-je.

Lilly était sortie faire un tour avec Freud — qui sans doute lui expliquait toutes les choses que pourtant il ne pouvait pas voir.

Freud adorait jouer les guides. Il s'appuyait d'une main sur sa batte, de l'autre sur l'un d'entre nous, ou Susie. Nous le pilotions à travers la ville, nous arrêtant aux carrefours pour lui hurler le nom des rues. En plus, Freud devenait sourd.

— Où sommes-nous, dans la Blutgasse ? lançait Freud.

— *Ja !* Blutgasse ! lancions-nous en retour, Frank, Franny et moi.

— Et maintenant, la première à droite, les enfants. Et dans Domgasse, cherchez le numéro 5. C'est l'entrée de la maison de Figaro, la maison où Mozart a composé *le Mariage de Figaro.* En quelle année, Frank ? lançait Freud.

— 1785 ! hurlait Frank.

— Et plus important encore, continuait Freud, c'est le plus ancien café de Vienne. On est toujours dans Blutgasse, les enfants ?

— *Ja !* La rue du Sang, disions-nous.

— Cherchez le 6, disait Freud. Le plus ancien café de Vienne. Tout le monde sait ça, même Schwanger. Elle adore les *Schlagobers,* mais comme tous ces idéologues fanatiques, elle n'a aucun sens de *l'histoire.*

C'était vrai, Schwanger ne nous parlait jamais de l'histoire. Nous apprîmes à aimer le café, servi avec de petits verres d'eau ; nous apprîmes à aimer le contact gras de l'encre des journaux. Franny et moi nous disputions l'unique exemplaire de l'*International Herald Tribune.* Pendant les sept ans de notre séjour à Vienne, on y trouvait toujours des nouvelles de Junior Jones.

— Penn State 35, Navy 6 ! lisait Franny.

Et nous poussions des hurlements enthousiastes.

Et cela continua : les Browns de Cleveland 28, les Giants de New York 14, les Colts de Baltimore 21, et 17 pour les malheureux Browns. Quand bien même Junior ne se montrait guère explicite dans les lettres — plutôt rares — qu'il envoyait à Franny, c'était un peu bizarre de recevoir de ses nouvelles de façon si indirecte, et avec plusieurs jours de retard, par le truchement de la rubrique sportive du *Herald Tribune.*

— En arrivant à la Judengasse, à droite ! ordonnait Freud.

Et nous suivions la rue des Juifs jusqu'à l'église Saint-Ruprecht.

— Le XIe siècle, murmurait Frank.

Frank avait le culte du passé.

Et nous poussions jusqu'au canal du Danube ; au bas de la colline, dans Franz-Josefs-Kai, se dressait le monument où Freud nous conduisait souvent, un peu trop souvent à notre gré : la plaque de marbre en hommage aux victimes de la Gestapo, dont jadis le quartier général s'élevait à cet emplacement.

— Ici ! hurlait soudain Freud, en trépignant et martelant le sol avec sa batte. Décrivez-moi la peste ! Je ne l'ai jamais vue.

Bien sûr : c'était dans un camp qu'il avait perdu la vue. Au camp, on l'avait opéré des yeux, et l'expérience s'était soldée par un échec.

— Non, pas un camp de *vacances*, Lilly, expliqua Frank. Freud était dans un camp de la *mort*.

— Mais Herr Tod n'a jamais pu me trouver, dit Freud à Lilly. Chaque fois que Monsieur Mort est venu me chercher, j'étais de sortie.

Ce fut Freud qui nous expliqua que les nus de la fontaine de Neuer Markt — la fontaine de la Providence — étaient non des originaux, mais des copies. Les originaux se trouvaient au Belvédère. Conçus comme le symbole de l'eau source de la vie, les nus avaient été condamnés par Marie-Thérèse.

« Une vraie salope, dit Freud. Elle avait fondé une Commission de la chasteté.

— Et elle faisait quoi, cette Commission de la chasteté ? demanda Franny.

— Qu'est-ce qu'elle aurait bien *pu* faire ? demanda Freud. Elle ne pouvait pas empêcher les gens de faire l'amour, pas vrai, c'est pourquoi elle s'est vengée sur quelques malheureuses fontaines.

Tout le monde le savait, même la Vienne de Freud, — *l'autre* Freud — n'avait pu empêcher les gens de faire l'amour, ce qui n'avait pourtant pas empêché les homologues victoriens des membres de la Commission de chasteté de Marie-Thérèse de vouloir essayer.

« Dans ce temps-là, souligna Freud, non sans admiration, les putains avaient le droit de racoler dans les travées de l'Opéra.

— Pendant les entractes, ajouta Frank, au cas où nous l'aurions ignoré.

C'était le caveau impérial que Frank aimait surtout visiter avec Freud — le *Kaisergruft* dans les catacombes de la Kapuzinerkirche. Depuis 1633, les Habsbourg y étaient tous enterrés. C'est là que se trouve Marie-Thérèse, la vieille prude. Mais pas son cœur. Dans les catacombes, les cadavres sont privés de leur cœur — leurs cœurs sont conservés dans une autre église ; il faut aller ailleurs pour voir leurs cœurs.

— Au bout du compte, l'histoire sépare tout, entonnait Freud dans les tombes sans cœur.

Au revoir, Marie-Thérèse — et Franz Josef, et Elizabeth, et l'infortuné Maximilien du Mexique. Bien sûr, le chou-chou de Frank repose en leur compagnie : l'héritier des Habsbourg, le malheureux Rodolphe le suicidé — lui aussi repose là. Dans les catacombes, Frank se sentait toujours particulièrement déprimé.

Quant à Franny et moi, la déprime nous prenait surtout quand Freud exigeait de prendre la Wipplingerstrasse pour rejoindre la Fittergasse.

— On tourne ici ! lançait-il, la batte de base-ball frémissant dans sa main.

Nous nous trouvions sur la Judenplatz, dans le vieux quartier juif de la ville qui, jusqu'au XIIIe siècle, avait été en fait un ghetto ; les premiers Juifs avaient été expulsés en 1421. De la dernière expulsion, nous n'en savions guère plus.

Le plus frustrant, c'était que l'itinéraire choisi par Freud n'offrait à première vue aucun intérêt historique. Freud lançait des adresses de maisons désormais disparues. Il identifiait des immeubles entiers dont il ne restait plus trace. Et les *gens*, les gens qu'il connaissait autrefois — eux aussi avaient disparu. C'était un pèlerinage en hommage à des choses que nous ne pouvions pas voir, mais que Freud, lui, voyait encore ; il revoyait 1939, et au-delà, l'époque où, pour la dernière fois, ses yeux avaient contemplé la Judenplatz.

Le jour où le couple du New Hampshire et leur enfant débarquèrent à l'hôtel, Freud avait emmené Lilly à la Judenplatz. Je le devinai à son air déprimé au retour. Je venais de monter les bagages des Américains dans leurs chambres, et, moi aussi, je me sentais déprimé. Dans l'escalier, je n'avais cessé de penser à Ernst qui continuait à décrire à Franny la « position de la vache ». Les valises ne m'avaient pas paru particulièrement lourdes : je me disais que c'était *Ernst* que je hissais dans l'escalier, que c'était *lui* que je trimbalais tout en haut de l'Hôtel New Hampshire, pour le balancer par l'une des fenêtres du cinquième.

La femme du New Hampshire laissa courir un instant sa main sur la rampe :

— De la poussière, fit-elle.

Schraubenschlüssel nous croisa sur le palier du second. Du bout de ses doigts aux épaules, ses bras étaient souillés de graisse ; un rouleau de fil de cuivre se balançait à son cou comme un nœud coulant et il étreignait à pleins bras une espèce de boîte, visiblement lourde, qui ressemblait à une batterie géante — une batterie trop grosse pour une Mercedes. devais-je me dire un jour. beaucoup plus tard.

— Salut, Wrench, fis-je.

Mais il grommela sans s'arrêter ; coincé entre ses dents, il serrait, avec une délicatesse surprenante chez lui, une sorte de petit fusible gainé de verre.

« Le mécanicien de l'hôtel, expliquai-je, pour simplifier les choses.

— Pas très propre, fit la femme du New Hampshire.

— Y aurait-il une voiture là-haut ? railla le mari.

A l'instant où nous nous engagions dans le couloir du troisième, cherchant à repérer les chambres dans la demi-obscurité, une porte s'ouvrit au cinquième, et le vacarme effréné d'une machine à écrire nous parvint — Fehlgeburt, peut-être, occupée à boucler un manifeste où à rédiger sa thèse sur le romanesque qui, on le sait, est la substance même de la littérature américaine — puis Arbeiter se mit à hurler.

— La compromission ! braillait Arbeiter. Tu es le symbole vivant de la *compromission !*

— Chaque époque a ses *exigences,* il faut s'adapter ! brailla Old Billig en retour.

Old Billig se préparait à partir ; j'étais encore empêtré avec les valises et les clefs quand il traversa le palier.

— Toi, le vieux, t'es une vraie girouette, tu te laisses ballotter par le vent ! hurla Arbeiter.

En allemand, bien sûr, et — pour les Américains, qui ne comprenaient pas l'allemand — sans doute les mots parurent-ils d'autant plus menaçants. Pour ma part, et moi je comprenais, je les trouvai passablement menaçants.

« Un beau jour, le vieux, conclut Arbeiter, le vent va t'emporter !

Old Billig s'arrêta au milieu du palier et se retourna pour interpeller Arbeiter.

— Tu es cinglé ! Tu finiras par nous tuer tous. Tu n'as aucune patience, hurla-t-il.

Quelque part entre le troisième et le cinquième, se déplaçant sans bruit, sa douce silhouette épanouie par les *Schlagobers,* la bonne Schwanger s'efforçait de les calmer tous les deux, descendant à petits pas quelques marches pour rattraper Old Billig, lui chuchotant quelques mots à l'oreille, puis remontant à petits pas pour rejoindre Arbeiter — mais contrainte cette fois de forcer un peu la voix.

— Ta gueule ! aboya Arbeiter. Va te faire remettre en cloque. Paie-toi un autre avortement. Paie-toi donc tes foutus *Schlagobers,* railla-t-il lourdement.

— Salaud ! s'écria Old Billig, en revenant sur ses pas. Tout le monde peut rester poli, sauf *toi* ! Toi, tu n'es même pas un *humaniste* !

— Je vous en prie, tentait de les amadouer Schwanger. *Bitte, bitte...*

— T'as envie de *Schlagobers* ? rugit Arbeiter. Et bien, *moi*, j'ai envie de voir les *Schlagobers* inonder la Kärntnerstrasse, vitupérait-il. J'ai envie de voir les *Schlagobers* embouteiller le Ring. Des *Schlagobers* et du sang. Vous verrez ça un de ces jours : partout. Les rues ruisselantes de *Schlagobers* et de sang !

Je laissai enfin les timides Américains du New Hampshire pénétrer dans leurs chambres poussiéreuses. La nuit n'allait plus tarder, et, là-haut, les joutes oratoires cesseraient bientôt. Mais, en bas, les grognements prendraient le relais, les grincements de lits, le ruissellement constant de l'eau dans les bidets, les allées et venues incessantes de l'ourse — patrouillant le couloir du deuxième — et, de chambre en chambre, le martèlement régulier de la batte de Freud.

Les Américains sortiraient-ils pour aller à l'Opéra ? Reviendraient-ils à temps pour voir Jolanta hisser un poivrot intrépide dans l'escalier — ou le jeter en bas ? Quelqu'un serait-il en train de pétrir Babette, comme de la pâte, dans le hall, tandis que je jouerais aux cartes avec Dark Inge en lui racontant les exploits de Junior Jones ? Elle raffolait des exploits du Bras Noir de la Loi. Dès qu'elle aurait « l'âge », disait-elle, elle ferait ses paquets, puis irait rendre visite à son père en Amérique, histoire de voir de ses yeux les mauvais traitements que l'Amérique infligeait aux Noirs.

Et à quelle heure de la nuit le premier orgasme bidon d'Annie la Gueularde pousserait-il la fillette du New Hampshire à se réfugier près de ses parents dans la chambre voisine ? Tous les trois resteraient-ils jusqu'au matin tapis dans le même lit — à écouter bon gré mal gré les marchandages exténués de Old Billig la putain, ou les coups vaches de Jolanta acharnée à démolir un de ses clients ? Annie la Gueularde m'avait décrit ce qui m'attendait si je m'avisais de toucher à Dark Inge.

— Je tiens Inge à l'écart des hommes, me confia-t-elle. Mais je ne veux pas qu'elle s'imagine qu'elle est *amoureuse*, ou autre chose. Parce que, en un sens, c'est pire — et *moi*, je m'y connais. C'est ça la vraie catastrophe. Tu comprends, pas question que je laisse quelqu'un la *payer* pour faire ça — jamais — et toi pas question que je te laisse l'avoir pour rien.

— Elle a tout juste l'âge de ma sœur Lilly, dis-je.

— Son âge, on s'en fout, dit Annie la Gueularde. Toi, je te tiens à l'œil.

— T'es assez grand pour avoir la trique, de temps en temps, me dit Jolanta. Je l'ai vu. J'ai l'œil moi, pour les *triques.*

— S'il t'arrive d'avoir la trique, l'idée pourrait te venir de t'en servir, dit Annie la Gueularde. Mais écoute-moi bien, si jamais l'envie te vient de t'en servir, t'avise pas de toucher à Dark Inge. Sinon, moi, je te la coupe

— Bien dit, fit Jolanta. Avec nous, tant que tu voudras, jamais avec la gosse. Touche à la gosse, et nous, on te fait la peau. Continue plutôt à soulever tes poids, tu finiras bien par avoir envie de dormir.

— Et, à ton réveil, dit Annie la Gueularde, ta trique, elle aura disparu.

— Pigé ? fit Jolanta.

— Sûr, dis-je.

Jolanta s'appuya alors contre moi et m'embrassa sur la bouche. Un baiser aussi menaçant par son inertie que le baiser du Nouvel An, teinté de vomi, dont m'avait gratifié Doris Wales. Mais quand Jolanta interrompit son baiser, elle s'écarta brusquement, ma lèvre inférieure coincée entre ses dents — et je ne pus réprimer un hurlement. Puis sa bouche me libéra. Je sentis mes bras se soulever d'eux-mêmes — comme quand je m'exerce à lever ma barre d'un seul bras, au bout d'une demi-heure environ. Mais Jolanta s'écartait à reculons, l'œil aux aguets, ses mains enfoncées dans son sac. Ses mains et son sac, que je ne quittai pas des yeux avant qu'elle soit sortie de ma chambre. Annie la Gueularde n'avait pas bougé.

— Je regrette qu'elle t'ait mordu, dit-elle. Parole, je lui avais pas demandé. Mais c'est une vraie peau de vache. Tu sais ce qu'elle trimbale dans son sac ?

Je n'avais aucune envie de le savoir.

Annie la Gueularde était bien placée pour le savoir. Elle habitait avec Jolanta — m'avait dit Dark Inge. En fait, me dit Dark Inge, non seulement sa mère et Jolanta étaient amies, et plus ou moins lesbiennes, mais Babette aussi vivait avec une femme (une pute qui tapinait dans la Mariahilfer Strasse). De toutes, Old Billig était la seule à vraiment préférer les hommes, et, précisa Dark Inge, Old Billig était si vieille qu'elle ne préférait rien du tout — la plupart du temps.

Ce fut ainsi qu'avec Dark Inge, je restai strictement asexué ; en fait, si sa mère n'avait pas soulevé le sujet, jamais l'idée ne me serait venue d'avoir à son égard des pensées *sexuelles*. Je m'en tenais strictement à mes fantasmes : mes fantasmes de Franny et de Jolanta. Et, bien sûr, il y avait la cour timide et maladroite que je faisais à Fehlgeburt, notre lectrice. A l'école américaine, toutes les filles savaient où j'habitais, « cet hôtel de la Krugerstrasse », ces jeunes Américains et moi n'appartenions pas en fait à la même classe sociale. On dit souvent qu'en Amérique, la plupart des gens n'ont aucun sentiment de classe, mais je connais les Américains qui vivent à l'étranger, et ils ont une conscience aiguë de la *catégorie* à laquelle ils appartiennent.

Franny avait son ourse, et aussi, sans doute, tout comme moi, son imagination. Elle avait Junior Jones et ses exploits ; sans doute avait-elle dû faire un gros effort pour l'imaginer définitivement sur la touche. Et elle avait aussi les lettres qu'elle envoyait à Chipper Dove, et son imagination plutôt à sens unique en ce qui le concernait.

A propos des lettres que Franny adressait à Chipper Dove, Susie avait une théorie :

— Elle a peur de lui, disait Susie. En fait, elle est terrifiée à l'idée de le revoir un jour. C'est la *peur* qui la pousse — la pousse tout le temps à lui écrire. Tu comprends, si elle est capable de lui parler, d'une voix normale — si elle est capable de se persuader qu'elle entretient avec lui une relation normale — eh bien, du coup, il cesse d'être un violeur ; du coup, il ne lui a jamais réellement fait ce qu'il lui a fait, et elle n'a plus besoin d'affronter cette réalité. Parce que, conclut Susie, elle a peur que Dove ou quelqu'un dans son genre lui fassent subir un *nouveau* viol.

Je réfléchis à cette théorie. Peut-être Susie l'ourse n'était-elle pas l'ourse intelligente dont avait rêvé Freud, mais, à sa façon, elle était intelligente.

Je n'ai jamais oublié une chose que me dit un jour Lilly à son sujet :

— On peut se moquer de Susie sous prétexte qu'elle a peur d'être tout simplement un être humain, et d'être obligée d'affronter — comme elle dirait — d'autres êtres humains. Mais beaucoup d'êtres humains éprouvent ce sentiment, et combien ont assez d'imagination pour vouloir y changer quelque chose ? Il est sans doute absurde de traverser la vie dans une peau d'ourse, mais il faut l'admettre, cela exige de l'imagination, concluait Lilly.

Et, bien sûr, vivre par l'imagination, cela nous connaissait. Notre père prospérait en ce domaine, son hôtel était né de son imagination. Il n'y avait qu'en imagination que Freud voyait. Franny, si calme dans le présent, regardait elle aussi vers l'avenir — quant à moi, le plus souvent, je regardais Franny (guettant des signaux, des indices précieux, des instructions). De nous tous, c'était peut-être Frank dont l'imagination était la plus féconde ; il avait inventé son propre monde et y demeurait enfermé. Et Lilly, à Vienne, avait une mission — qui devait la préserver du danger, pour un temps. Lilly avait décidé de grandir. Elle ne pouvait espérer réussir que grâce à son imagination, car, par ailleurs, nous ne constations en elle que peu de changements.

Lilly, à Vienne, se mit en fait à *écrire*. Les lectures de Fehlgeburt l'avaient contaminée. Lilly avait décidé, tout simplement, de devenir écrivain, et cette idée nous inhibait tellement que jamais nous n'abordâmes franchement le sujet — pourtant dès le début, nous savions ce qu'elle faisait. Et elle-même se sentait tellement inhibée que, de son côté, elle ne l'avoua jamais. Mais nous savions tous que Lilly écrivait quelque chose. Pendant près de sept ans, elle écrivit, sans trêve. Nous connaissions le bruit de sa machine à écrire, différent de celui des extrémistes. Lilly tapait très lentement.

— Qu'est-ce que tu fais, Lilly ? lui demandait parfois quelqu'un, en frappant à sa porte toujours fermée à clef.

— J'essaie de grandir, faisait Lilly.

Et nous adoptâmes nous aussi cet euphémisme. Si Franny parvenait à dire qu'elle avait été tabassée, alors qu'elle avait été violée — si Franny pouvait s'en tirer ainsi, songeais-je —, pourquoi ne pas laisser Lilly dire qu'elle « essayait de grandir », quand bien même (nous le savions tous) « elle essayait d'écrire » ?

Aussi, quand je lui annonçai que les gens du New Hampshire avaient une petite fille de son âge, Lilly se borna à dire :

« Et alors ? Pour l'instant je suis occupée à grandir. Peut-être que j'irai lui dire bonjour, après dîner

Entre autres malédictions qui accablent les timides — dans les hôtels minables —, leur timidité les empêche souvent de partir. Leur timidité est telle qu'ils n'osent même pas se plaindre. Et leur timidité va de pair avec une certaine politesse ; s'ils décident de partir sous prétexte qu'un Schraubenschlüssel leur a fait peur dans l'escalier, ou qu'une Jolanta a mordu quelqu'un au visage dans le hall, ou parce qu'une Annie la Gueularde pousse des hurlements à glacer le sang dans les veines — et même s'ils trouvent des poils d'ours dans le bidet, n'empêche qu'ils se confondent en excuses.

Mais tel ne fut pas le cas de la femme du New Hampshire. Elle avait plus de cran que la plupart de nos timides. Elle survécut aux racolages des putes, en début de soirée (ils étaient sans doute sortis dîner). Ils survécurent jusqu'à minuit sans se plaindre ; pas même un coup de fil pour se renseigner à la réception. Frank étudiait en compagnie de son mannequin. Lilly essayait de grandir. Franny était de service à la réception, dans le hall où patrouillait Susie l'ourse — comme toujours sa présence incitait les clients des putes à se tenir tranquilles. Je me sentais agité. (Je me sentis agité pendant sept ans, mais, ce soir-là, j'étais particulièrement agité.) J'avais passé un moment au Kaffee Mowatt à jouer aux fléchettes avec Dark Inge et Old Billig la putain.

Ce soir-là, une fois de plus, les affaires ne marchaient pas fort pour Old Billig. Annie la Gueularde avait levé un miché au moment où il traversait la Kärntnerstrasse pour enfiler la Krugerstrasse. J'attendais mon tour devant la cible, quand Annie la Gueularde et son compagnon, un homme à l'air furtif, se pointèrent au Kaffee Mowatt ; Annie la Gueularde nous repéra aussitôt, Dark Inge, Old Billig et moi.

— Il est minuit passé, Inge, dit-elle. Il faut que tu ailles dormir. Demain, tu as école.

Du coup, plus ou moins en bande, nous reprîmes le chemin de l'Hôtel New Hampshire, Annie la Gueularde et son miché quelques pas devant, Inge et moi encadrant Old Billig, qui parlait de la France et de la vallée de la Loire.

— C'est là que j'aimerais me retirer, disait-elle, ou aller passer mes prochaines vacances.

Dark Inge et moi le savions, Old Billig passait toujours ses vacances — toutes ses vacances — à Baden, dans la famille de sa sœur. Elle prenait un car ou un train à l'arrêt situé en face de l'Opéra ; pour Old Billig, Baden serait toujours plus facile d'accès que la France.

Dans le hall, Franny nous annonça que tous les clients étaient rentrés. Les gens du New Hampshire avaient regagné leurs chambres une heure plus tôt environ. Le jeune couple suédois s'était mis au lit encore plus tôt. Il y avait aussi un vieil homme du Burgenland qui n'avait pas quitté sa chambre de toute la soirée, et un groupe d'Anglais, fanatiques de la bicyclette, qui étaient rentrés ivres, puis étaient descendus au sous-sol vérifier leurs vélos, et avaient tenté de chahuter avec Susie (qui y avait mis bon ordre au prix de quelques grognements) ; ils étaient sans doute en train de cuver dans leurs chambres. Je montai dans ma chambre pour m'exercer aux poids — et passai devant chez Lilly à l'instant magique où sa lumière s'éteignait ; elle avait cessé de grandir pour la nuit. J'empoignai la longue barre et fis quelques flexions d'un bras, mais le cœur n'y était pas ; il était trop tard. Je ne m'exerçais que par ennui. Dans la chambre de Frank, le mannequin de couturière heurta la cloison ; Frank travaillait, quelque chose avait dû le mettre en rogne, et il passait ses nerfs sur le mannequin — ou peut-être lui aussi mourait-il d'ennui. Je cognai sur le mur.

— Attention aux fenêtres ouvertes, dit Frank.

— *Wo ist die Gemütlichkeit ?* chantonnai-je sans conviction.

Puis, j'entendis les pas de Franny et de Susie l'ourse qui se faufilaient dans le couloir.

« Quatre cent soixante-quatre, Franny ! chuchotai-je.

Puis ce fut le *bang* sourd de la batte de Freud, qui dégringolait d'un lit au-dessus de ma tête. Le lit de Babette, bien sûr. Mon père, selon son habitude, dormait à poings fermés — en faisant de beaux rêves, sans doute ; des rêves à la chaîne. Sur le palier du premier, une voix d'homme lâcha quelques mots indistincts, et Jolanta lui donna la réplique. Elle répliqua en le balançant dans l'escalier.

— Sorrow ! murmura la voix de Frank.

Franny avait entonné la chanson que seule Susie pouvait lui faire chanter, aussi essayai-je de me concentrer sur la bagarre qui faisait rage dans l'entrée. Il était net que Jolanta avait le dessus, et facilement. L'homme était le seul à souffrir.

— T'as une bite molle comme une vieille chaussette mouillée, et t'as le culot de dire que c'est de *ma* faute ? vitupérait Jolanta.

Suivit un bruit sourd, l'homme venait d'encaisser un coup. Un revers de main sur la mâchoire ? supputai-je. Difficile à dire, mais suivit le bruit d'une nouvelle chute — cette fois, aucun doute. L'homme dit quelque chose, mais d'une voix étranglée. Jolanta essayait-elle de l'étouffer ? Fallait-il interrompre la chanson de Franny ? Était-il temps d'alerter Susie l'ourse ? Je me le demandais.

Et, soudain, j'entendis Annie la Gueularde. Je suis prêt à parier que, dans la Krugerstrasse, tout le monde entendit Annie. Je parierais que même les gens chics qui, en sortant de l'Opéra, s'étaient arrêtés au bar du Sacher, et rentraient maintenant chez eux par la Kärntnerstrasse, entendirent le hurlement d'Annie la Gueularde.

A Vienne, en 1969, un certain jour de novembre — cinq ans après notre départ —, deux faits divers, en apparence dépourvus de tout lien, firent la une des journaux du matin. A dater du 17 novembre 1969, annonçait le premier, il serait *interdit* aux prostituées de racoler dans le Graben et la Kärntnerstrasse — de même que dans les rues transversales qui aboutissent à la Kärntnerstrasse — à *l'exception* de la Krugerstrasse. Il y avait trois siècles que les putains étaient chez elles dans ces rues, mais, dès la fin de 1969, il ne leur resterait plus que la Krugerstrasse. Selon moi, les Viennois avaient renoncé à sauver la Krugerstrasse *avant* 1969. Selon moi, ce fut l'orgasme bidon d'Annie la Gueularde qui, la nuit où les gens du New Hampshire descendirent chez nous, emporta la décision officielle. Cet orgasme bidon fut *le coup de grâce* porté à la Krugerstrasse.

Et, en cette même journée de 1969 où les autorités autrichiennes proclamèrent leur décision de cantonner les prostituées de la Kärntnerstrasse dans la Krugerstrasse, les journaux révélèrent une autre nouvelle : un des ponts du Danube, un pont tout neuf, venait de se *fissurer ;* quelques heures à peine après les cérémonies d'inauguration, le pont se fissura. A en croire la théorie officielle, le coupable n'était autre que le pauvre soleil. A mon avis, le soleil n'était pas le coupable. Hormis Annie la Gueularde, personne n'était capable de faire se fissurer un pont — même un pont flambant neuf. Une fenêtre de la chambre où elle opérait avait dû rester ouverte.

Quand Annie la Gueularde simulait un orgasme, elle aurait pu tirer de leurs tombes les cadavres éviscérés des Habsbourg.

La nuit où la timide famille du New Hampshire s'arrêta chez nous, Annie la Gueularde battit le record de tous les orgasmes bidons qu'elle s'arracha pendant tout notre séjour à Vienne. Un orgasme de sept ans. Suivit presque aussitôt un bref glapissement, un seul, poussé par son partenaire, et, glacé de terreur, je me penchai pour empoigner à tâtons une de mes barres. Dans la chambre de Frank, le mannequin décolla du mur et Frank lui-même se dirigea à pas lourds vers sa porte. La jolie chanson de Franny fut coupée net en plein crescendo, tandis que Susie l'ourse, je le savais, cherchait frénétiquement à récupérer sa tête. Quant à Lilly, même si elle avait réussi à grandir un peu avant d'éteindre sa lampe, sans doute perdit-elle d'un seul coup trois centimètres quand le hurlement d'Annie la Gueularde la fit se contracter d'horreur.

— Seigneur Dieu ! s'écria mon père.

Le type que Jolanta était en train de rosser dans le hall retrouva assez de force pour se dégager et se précipiter dans la rue. Quant aux autres prostituées qui déambulaient dans la Krugerstrasse — je les imagine facilement en train de s'interroger. Dire que certains considèrent ce métier comme « le commerce le plus aimable du monde », pensaient-elles sans doute.

Quelqu'un gémissait. Babette, terrorisée, et brusquement incapable de suivre le rythme de Freud ? Freud qui, en guise d'arme, cherchait à tâtons à empoigner sa batte ? Dark Inge, enfin inquiète pour sa mère ? Et il me sembla que — là-haut au cinquième — une des machines à écrire *décollait* d'une table pour s'écraser sur le plancher.

Moins d'une minute plus tard, nous nous retrouvions tous dans le hall, et nous nous précipitions vers le deuxième. Jamais je n'avais vu Franny bouleversée à ce point ; Lilly la rejoignit et se pendit à sa taille. Frank et moi, pareils à deux soldats, nous postâmes côte à côte, attirés sans un mot vers le cri terrifiant. Le cri avait cessé, mais le silence qu'Annie la Gueularde avait laissé dans son sillage était presque aussi terrifiant que son mugissement. Jolanta et Susie l'ourse ouvraient la marche — pareilles à deux gros bras qui, farouches, s'avançaient vers une bande de voyous inconscients de leur approche.

« Des ennuis, marmonnait papa. On dirait que cette fois nous avons des ennuis.

Sur le palier du premier, nous nous heurtâmes à Freud armé de sa batte, appuyé sur Babette.

— Ça ne peut pas durer, disait Freud. Aucun hôtel n'y tiendrait, quel que soit le genre de la clientèle — c'en est trop, cette fois c'est intolérable.

— Earl ! fit Susie, hérissée de fureur.

Une fois de plus, Jolanta avait enfoui ses mains dans son sac. Quelqu'un gémissait toujours, et je compris que c'était Dark Inge, trop effrayée pour chercher à savoir ce qui avait arraché à sa mère ce hurlement incroyable.

Parvenus devant la porte d'Annie, nous constatâmes que nos clients du New Hampshire étaient loin d'être aussi timides que nous l'avions cru. Certes, la fille paraissait à demi morte de peur, mais elle parvenait à se tenir debout pratiquement sans aide, et ne prenait que légèrement appui sur son père tout tremblant. Il avait passé un peignoir à raies rouges et blanches par-dessus son pyjama. Sa main étreignait le socle d'une lampe de chevet, dépouillée de son ampoule et de son abat-jour, le fil enroulé autour de son poignet — pour en faire une arme plus efficace, sans doute. La femme se tenait tout contre la porte.

— C'est ici, annonça-t-elle, le doigt pointé vers la porte d'Annie la Gueularde. Et ça vient de s'arrêter. Je parie qu'ils sont tous morts.

— En arrière, fit son mari, la lampe tressautant dans sa main. Ce n'est sûrement pas un spectacle pour les femmes et les enfants.

La femme foudroyait Frank du regard — sans doute se souvenait-elle que c'était lui qui, à la réception, les avait admis dans cet asile de fous.

— Nous sommes des *Américains,* dit-elle d'un ton belliqueux. Jamais encore nous n'avons rien subi d'aussi sordide, mais si personne n'a le cran d'entrer, moi je m'en charge.

— Vous ? fit papa.

— C'est clair, il s'agit d'un crime, dit le mari.

— Rien ne pourrait être plus clair, renchérit la femme.

— Avec un couteau, dit la fille qui, involontairement, se recroquevilla.

Elle frissonnait, accrochée à son père.

« Je suis sûre que c'était un couteau, chuchota-t-elle d'une voix imperceptible.

Le mari lâcha la lampe, qu'il ramassa aussitôt.

— Alors ? dit la femme en regardant Frank.

Mais Susie l'ourse se porta en avant.

— Laissez faire l'ourse ! dit Freud. Pas d'histoires avec les clients, laissez faire l'ourse !

— Earl ! fit Susie.

Le mari, croyant que l'ourse se préparait à les attaquer, pointa, d'un geste menaçant, la lampe vers le visage de Susie.

— Surtout ne mettez pas l'ourse en colère ! l'avertit Frank.

Et tous trois battirent en retraite.

— Attention, Susie, dit Franny.

— Un crime, murmura la femme du New Hampshire.

— Quelque chose d'innommable, fit le mari.

— Un couteau, fit la fille.

— C'était tout simplement un foutu *orgasme*, dit Freud. Bonté divine, vous avez donc jamais eu d'orgasme ?

La main plaquée sur le dos de Susie, Freud se porta lourdement en avant ; il assena sa batte sur la porte et chercha la poignée à tâtons.

— Annie ! lança-t-il.

Je constatai que Jolanta suivait sur les talons de Freud, comme son ombre démesurée — ses mains redoutables enfouies dans son sac noir. Susie renifla le bas de la porte, avec un grognement convaincant.

— Un *orgasme ?* dit la femme dont le mari, d'un geste automatique, plaqua ses mains sur les oreilles de sa fille.

— Mon Dieu, répéta souvent Franny par la suite. Ils se fichaient éperdument que leur fille soit témoin d'un crime, mais ils refusaient de la laisser entendre parler d'un orgasme. Y a pas à dire, ils sont bizarres, les Américains.

Susie l'ourse donna un bon coup d'épaule dans la porte, et Freud faillit perdre l'équilibre. L'extrémité de sa batte glissa sur le plancher, mais Jolanta rattrapa le vieillard et l'accota contre le chambranle, et Susie s'engouffra en rugissant dans la chambre. A l'exception de ses bas et de son porte-jarretelles, Annie la Gueularde était complètement nue ; elle fumait une cigarette et, penchée sur l'homme allongé inerte sur le lit, elle lui soufflait la fumée au visage ; il ne bronchait pas, ne toussait pas et, à l'exception des chaussettes vert foncé, était lui aussi totalement nu.

— Mort ! hoqueta la femme du New Hampshire.

— *Tod ?* chuchota Freud. Je veux savoir !

Extirpant ses mains de son sac, Jolanta enfonça son poing dans le bas-ventre de l'homme. Les genoux remontèrent d'un mouvement instinctif et il toussa ; puis il redevint tout flasque.

— Non, il n'est pas mort, dit Jolanta qui, d'un pas résolu, se fraya un chemin vers la porte et sortit.

— Il a tourné de l'œil entre mes bras, c'est tout, dit Annie la Gueularde d'un air surpris.

Réflexion faite, quand Annie la Gueularde parvenait à donner à quelqu'un l'illusion qu'elle jouissait, personne n'aurait pu demeurer conscient sans perdre l'esprit. Sans doute était-il plus sage de tourner de l'œil que de s'accrocher et de repartir cinglé.

— C'est... c'est une *putain* ? demanda le mari.

Et, cette fois, ce fut sa femme qui plaqua les mains sur les oreilles de sa fille ; elle essaya même de lui cacher les yeux.

— Dites donc, vous êtes aveugle ou quoi ? demanda Freud. Bien sûr que c'est une putain !

— Nous sommes toutes des putains, précisa Dark Inge qui, surgie du néant, se serrait étroitement contre sa mère — ravie de voir qu'elle était indemne. Y a pas de mal à ça, non ?

— Bon, ça va, ça va, fit papa. Tout le monde au lit !

— Et ce sont vos enfants ? demanda la femme du New Hampshire à papa en nous désignant d'un grand geste quelque peu perplexe.

— Ma foi, oui, quelques-uns, dit papa d'un ton aimable.

— Vous devriez avoir honte, fit la femme. Exposer des enfants à cette vie sordide.

Je ne pense pas que l'idée eût effleuré notre père que nous étions « exposés » à quelque chose de particulièrement « sordide ». De plus, jamais ma mère n'aurait osé parler à mon père sur ce ton. Néanmoins, il accusa le coup. Franny affirma par la suite qu'elle avait vu une expression d'authentique stupéfaction se peindre sur son visage — peu à peu remplacée par quelque chose qui ressemblait fort à du remords et que jamais nous ne devions lui revoir —, au point que, malgré le chagrin que nous causeraient parfois les rêveries de mon père, nous préférerions toujours lui voir l'air rêveur que coupable ; nous étions capables d'accepter qu'il soit *hors du coup*, mais jamais nous ne l'aurions aimé autant s'il avait été du genre angoissé, s'il avait été vraiment « responsable », comme en principe sont censés l'être les pères.

— Lilly, tu n'as rien à faire ici, ma chérie, dit papa en écartant Lilly de la porte.

— C'est bien mon avis, dit le mari, qui maintenant s'évertuait en vain à boucher à la fois les oreilles et les yeux de sa fille — incapable pourtant de s'arracher au spectacle.

— Frank, reconduis Lilly dans sa chambre, je te prie, dit papa d'une voix calme. Franny, ma chérie, ça va, toi ?

— Mais oui, dit Franny.

— Je suis désolé Franny, dit papa, en l'entraînant dans le couloir. Désolé, pour tout.

— *Désolé* ! fit la femme, d'un ton sarcastique. Il expose ses enfants à des choses répugnantes et il est désolé !

Franny s'en prit alors à elle. Personne, sauf nous, n'avait le droit de critiquer notre père.

— Espèce de pauvre connasse, fit Franny.

— Franny ! protesta papa.

— Espèce de poufiasse, renchérit Franny. Et vous, pauvre minable, assez de pleurnicheries, dit-elle à l'homme. Je connais quelqu'un qui lui, serait capable de vous montrer ce qui est « répugnant », *Aybha* ou *gajâsana,* leur dit Franny à tous les deux. Vous savez ce que c'est ?

Moi je savais ; je sentis mes mains se mouiller de sueur.

« La femme est couchée sur le ventre, expliqua Franny, et l'homme s'étend sur elle, il cambre les reins et il arque le dos.

Au mot « reins » la femme ferma les yeux ; le malheureux mari semblait vouloir boucher les yeux et les oreilles de sa famille tout entière.

« Ça, c'est la position de l'éléphant, précisa Franny.

Un violent frisson me secoua. La « position de l'éléphant » était une des deux positions principales (l'autre était celle de la vache) dans le groupe *vyanta ;* c'était la position de l'éléphant que décrivait Ernst de sa voix la plus rêveuse. Une nausée me monta aux lèvres, et soudain Franny fondit en larmes. Très vite, papa se hâta de l'entraîner — Susie l'ourse, l'air soucieux mais plus bourru que jamais, les suivit en gémissant.

Le client, qui s'était évanoui quand Annie la Gueularde avait porté le coup de grâce à la Krugerstrasse, finit par reprendre ses esprits. Freud et moi, les trois clients du New Hampshire, Annie la Gueularde, sa fille et Babette, nous ne le quittions pas des yeux, et il ne savait plus où se mettre. Du moins, la présence de l'ourse — et du reste de ma famille — lui était-elle épargnée. Comme toujours en retard, Old Billig surgit à son tour ; elle venait de se réveiller.

— Qu'est-ce qui se passe ? me demanda-t-elle.

— Comment, Annie la Gueularde ne t'a pas réveillée ? fis-je.

— Y a beau temps qu'Annie ne me réveille plus, dit Old Billig. Y a bien assez de ces foutus comploteurs du quatrième.

Je jetai un coup d'œil à ma montre. Il n'était même pas deux heures du matin.

— Tu dors encore, chuchotai-je à Old Billig. Il est encore trop tôt pour les extrémistes.

— Je suis tout à fait réveillée, dit Old Billig. Les extrémistes, y en a plusieurs qui ne sont pas rentrés chez eux hier soir. Il leur arrive de rester toute la nuit. En général, ils se tiennent tranquilles. Mais sans doute qu'Annie la Gueularde les aura dérangés. Ils ont fait dégringoler quelque chose. Et après, ils se sont engueulés comme des cinglés, en essayant de ramasser leur truc.

— Ils n'ont pas le droit de passer la nuit ici, dit Freud.

— Tout ça est trop sordide, je n'en peux plus, dit la femme du New Hampshire, comme dépitée que personne ne s'occupe plus d'elle.

— J'ai tout vu, dit Freud, d'un ton mystérieux. Tout ce qui est sordide. On s'y habitue.

Babette déclara qu'elle en avait sa claque pour la nuit, et partit pour rentrer chez elle. Annie la Gueularde alla remettre Dark Inge au lit. Toujours honteux, le partenaire d'Annie tenta de filer le plus discrètement possible, mais la famille du New Hampshire le suivit des yeux jusqu'au moment où il passa la porte. Freud, Old Billig et moi étions restés sur le palier du premier, et Jolanta nous rejoignit. L'oreille tendue, nous surveillions l'escalier, mais les extrémistes — à supposer qu'ils fussent encore là — étaient maintenant silencieux.

— Je suis trop vieille pour grimper ces escaliers, dit Old Billig, et trop astucieuse pour aller fourrer mon nez là où je suis pas invitée. Mais ils sont là-haut. Allez voir.

Sur quoi, elle regagna la rue — et son aimable commerce.

— Je suis aveugle, admit Freud. Il me faudrait la moitié de la nuit pour grimper là-haut, et même s'ils étaient là, je ne verrais rien.

— Passe-moi ta batte, Freud, dis-je. Je vais y aller, moi.

— Je t'accompagne, ça suffit, dit Jolanta. On s'en fout de la batte.

— D'ailleurs, la batte, j'en ai besoin, dit Freud.

Lui souhaitant bonne nuit, Jolanta et moi, nous nous engageâmes dans l'escalier.

« A la moindre des choses, dit Freud, n'hésitez pas à me réveiller. Ou, alors, attendez demain matin pour me mettre au courant.

Jolanta et moi, nous nous figeâmes quelques instants sur le palier du troisième, l'oreille tendue, mais, à part les raclements des meubles que les gens du New Hampshire repoussaient contre leurs portes, nous n'entendîmes rien. Le jeune couple suédois, apparemment accoutumé à d'autres genres d'orgasmes, dormait toujours à poings fermés. Qui sait si le vieillard du Burgenland n'avait pas rendu le dernier soupir dans sa chambre. Au quatrième, les cyclistes britanniques étaient probablement encore en train de cuver leur cuite, mais alors que Jolanta et moi restions là, sur le palier, l'oreille tendue, nous nous trouvâmes soudain nez à nez avec un des cyclistes.

— Bougrement bizarre, chuchota-t-il.

— Quoi donc ? fis-je.

— Y m'a semblé entendre un sacré hurlement, dit-il. Mais ça venait d'en bas. Et, maintenant, je les entends trimbaler le corps là-haut. Sacrément bizarre.

Il jeta un coup d'œil à Jolanta.

« Elle parle anglais, la pute ? me demanda-t-il.

— La pute est avec moi, dis-je. Si vous retourniez vous mettre au lit ?

Je devais avoir dix-huit ou dix-neuf ans ; mon entraînement aux haltères, remarquai-je, commençait à porter ses fruits. Le cycliste britannique n'insista pas et retourna se mettre au lit.

— Qu'est-ce qui se passe, à ton avis, Jolanta ? demandai-je, avec un hochement de tête en direction du cinquième plongé dans un silence absolu.

Elle eut un haussement d'épaules ; rien qui ressemblât, même de loin, au haussement d'épaules de maman, ou à celui de Franny, mais un haussement d'épaules très féminin. Ses mains plongèrent dans le redoutable sac.

— Qu'est-ce que j'en ai à foutre, moi, de leurs trucs ? demanda-t-elle. Qu'ils changent le monde si ça leur chante, *moi,* ils me changeront pas.

D'une certaine façon je me sentis rassuré, et nous reprîmes notre ascension. Je n'avais pas remis les pieds au cinquième depuis que, trois ou quatre ans plus tôt, j'avais aidé à déménager les machines à écrire et les meubles de bureau. Même le couloir avait changé d'aspect. Une pile de caisses et des bidons encombraient le couloir — des produits chimiques ou du vin ? Je me posais des questions. Davantage de produits chimiques que n'en nécessitait l'unique machine à polycopier, en tout cas — mais s'agissait-il bien de produits chimiques ? Des lubrifiants pour la voiture, peut-être ; je n'en avais aucune idée. Je fis ce qu'il y avait de plus innocent ; je frappai à la première porte qui se présenta à nous.

Ernst vint ouvrir ; il souriait.

— Qu'est-ce qui se passe ? demanda-t-il. Pas moyen de dormir ? Trop d'orgasmes ?

Il aperçut Jolanta, juste derrière moi.

« Vous cherchez un coin plus tranquille ? fit-il.

Sur quoi, il nous invita à entrer.

La chambre communiquait avec deux autres — je me souvenais qu'autrefois elle ne communiquait qu'avec *une* seule chambre —, et son contenu me parut substantiellement différent, bien que, depuis tant d'années, je n'aie jamais vu personne apporter ou emporter le moindre objet volumineux ; uniquement les choses dont, supposai-je, Schraubenschlüssel avait besoin pour entretenir la voiture.

Schraubenschlüssel se trouvait lui aussi dans la chambre, ainsi qu'Arbeiter — l'inlassable Arbeiter. Sans doute était-ce une des grosses caisses semblables à des batteries que Old Billig et moi avions entendue dégringoler sur le plancher, car toutes les machines à écrire se trouvaient reléguées dans une autre partie de la pièce ; de toute évidence, personne n'avait tapé à la machine. J'aperçus quelques cartes — peut-être des épures — étalées çà et là, et aussi du matériel pour automobiles qu'en général on s'attend à voir entreposé dans un garage, et non dans un bureau : produits chimiques, accessoires électriques. Je ne vis pas Old Billig, celui qui avait traité Arbeiter de cinglé. Quant à ma douce Fehlgeburt, en bonne petite étudiante de littérature américaine, elle était sans doute chez elle, à dormir ou à lire. A mon avis, il n'y avait là que les mauvais extrémistes : Ernst, Arbeiter et Wrench.

— Pour un orgasme, c'était un sacré orgasme cette nuit ! dit Schraubenschlüssel, avec un regard railleur en direction de Jolanta.

— Bidon, comme toujours, fit Jolanta.

— Qui sait, il était peut-être vrai celui-là, dit Arbeiter.

— On peut toujours rêver, fit Jolanta.

— T'as choisi la plus coriace comme garde du corps, pas vrai ? railla Ernst. T'as choisi la peau de vache, à ce que je vois.

— Toi, à part écrire, t'es bon à rien, le contra Jolanta. T'es peut-être même pas capable de bander.

— Y a une position qui, pour toi, serait parfaite, lui dit Ernst.

Mais je ne tenais pas à en entendre davantage. Ils me terrorisaient tous.

— On s'en va, dis-je. Pardon de vous avoir dérangés. Mais on ne savait pas qu'il y avait quelqu'un ici la nuit.

— On est bien obligés de veiller de temps en temps, sinon le travail s'accumule, expliqua Arbeiter.

Toujours côte à côte, nous leur souhaitâmes bonne nuit ; les robustes mains de Jolanta serraient quelque chose au fond de son sac. Mais, au moment de sortir — et *ce ne fut pas* un effet de mon imagination —, j'aperçus une autre silhouette tapie dans l'ombre de la chambre du fond. Une silhouette qui, elle aussi, portait un sac, mais en avait sorti l'objet qu'il contenait — braqué d'une main ferme sur Jolanta et sur moi. Je ne fis que les entrevoir une fraction de seconde, elle et son revolver, avant que de nouveau elle se fonde dans l'ombre ; Jolanta referma la porte. Jolanta qui n'avait rien vu ; Jolanta qui n'avait pas quitté Ernst des yeux. Mais moi, je l'avais vue : notre douce et maternelle extrémiste, Schwanger — un revolver à la main.

— Au fait, Jolanta, qu'est-ce que tu trimbales dans ton sac ? demandai-je.

Elle haussa les épaules. Je lui souhaitai bonne nuit, mais sa grosse main se plaqua sur ma braguette et me tint quelques instants ; j'avais jailli de mon lit et enfilé quelques vêtements avec tant de précipitation que je n'avais pas pris le temps de passer un slip.

— T'as l'intention de me renvoyer dans la rue ? fit-elle. J'ai envie de tirer encore un coup ce soir avant de laisser tomber.

— Trop tard pour moi, dis-je.

Mais je me sentais durcir dans sa main.

— Trop tard, on le dirait pas.

— Je crois que j'ai laissé mon portefeuille dans mon autre pantalon, mentis-je.

— Je te ferai crédit, dit Jolanta. Je te fais confiance.

— Combien ? fis-je, comme elle me serrait plus fort.

— Pour toi, prix d'ami, trois cents schillings.

Mais, je le savais, c'était trois cents schillings pour tout le monde.

— C'est trop, dis-je.

— On le dirait pas, fit-elle, avec une brusque torsion.

J'étais *très* dur, et je tressaillis de douleur.

— Tu me fais mal, dis-je. Désolé, j'ai pas envie.

— Que si, t'en as *envie,* dit-elle.

Mais elle n'insista pas. Elle jeta un coup d'œil à sa montre et haussa de nouveau les épaules. Elle m'accompagna jusque dans le hall ; je lui souhaitai de nouveau bonne nuit. Comme nous nous séparions, moi pour regagner ma chambre, elle la Krugerstrasse, Annie la Gueularde rentrait — avec une nouvelle victime. Je m'allongeai sur mon lit, me demandant si je parviendrais à trouver un sommeil suffisamment profond pour que le prochain orgasme bidon ne puisse m'en tirer ; je n'y arriverais jamais, me dis-je et je restai les yeux grands ouverts à attendre — après quoi, espérais-je, il me resterait amplement le temps de dormir. Mais, cette fois, il se fit attendre longtemps ; je commençais à me dire qu'il s'était déjà produit, que je m'étais assoupi et qu'il m'avait échappé, et que — comme dans la vie elle-même — je m'imaginais que ce qui était sur le point de se produire avait déjà eu lieu, était déjà terminé, et je m'autorisai enfin à ne plus y penser quand, quelques instants plus tard, je sursautai de surprise. Ce fut de ce sommeil de plomb — qui suit l'instant où l'on vient de sombrer — que me tira l'orgasme bidon d'Annie la Gueularde.

— Sorrow ! hurla Frank dans ses rêves, à l'instar du pauvre Iowa Bob réveillé par le « pressentiment » qui devait précipiter sa mort.

Je le jure, je crus sentir Franny se crisper dans son sommeil. Susie s'ébroua. « Quoi ? » lança Lilly. L'Hôtel New Hampshire tout entier frissonna, comme sous le poids du silence qui suit un grondement du tonnerre. Peut-être fut-ce plus tard, alors que je dormais pour de bon, que je perçus un bruit, le bruit d'un lourd fardeau que l'on traînait dans l'escalier, jusqu'à la porte du hall, que l'on hissait dans la voiture de Schraubenschlüssel. Un bruit furtif, sur lequel d'abord je me mépris :

je crus qu'un des clients de Jolanta était peut-être mort et qu'elle transportait le cadavre dans la rue, mais elle n'aurait pas pris la peine d'être discrète. C'est le fruit de ton imagination, me disais-je dans mon sommeil, quand soudain Frank cogna sur la cloison.

— Attention aux fenêtres ouvertes, chuchotai-je.

Frank et moi, nous rejoignîmes dans le hall. Nous épiâmes par la fenêtre les extrémistes qui hissaient quelque chose dans leur voiture. Quelque chose de lourd et d'inerte ; l'idée m'effleura un instant qu'il s'agissait du cadavre de Old Billig — l'extrémiste — mais jamais ils n'auraient pris autant de précautions pour manier un cadavre. La chose fut installée sur la banquette arrière, appuyée au dossier et coincée entre Arbeiter et Ernst. Puis Schraubenschlüssel se mit au volant pour l'emporter.

Comme la voiture démarrait, Frank et moi aperçûmes de profil à travers la vitre les contours indistincts de la chose mystérieuse — légèrement affaissée contre Ernst, plus grosse que lui, avec une tendance à s'écarter de Arbeiter, qui l'étreignait vainement de son bras, comme s'il tentait désespérément de récupérer une amante obstinée à le fuir. La chose n'avait visiblement rien d'humain, par contre elle avait quelque chose de bizarrement animal. Je suis sûr, maintenant, bien entendu, qu'il s'agissait d'un engin purement mécanique, mais dans la voiture en mouvement, sa *forme* avait quelque chose d'animal — comme si Ernst le pornographe et Arbeiter avaient coincé un *ours* entre eux ou un gros chien. Il s'agissait en fait d'une simple cargaison de chagrin, comme Frank et moi — et tous — l'apprendrions bientôt —, mais le mystère nous harcelait.

Je tentai de décrire l'incident à Freud et mon père (et aussi ce dont Jolanta et moi avions été témoins au quatrième). Je tentai également de décrire le climat de l'affaire à Franny et à Susie l'ourse. Frank et moi eûmes une longue conversation au sujet de Schwanger.

— Je suis certain que, pour le revolver, tu te trompes, dit Frank. Sûrement pas Schwanger. D'accord, elle était peut-être là-haut. Peut-être ne voulait-elle pas que tu la mettes dans le même sac que les *autres*, ce qui fait qu'elle se cachait. Mais un revolver, impossible. Et jamais elle ne serait allée le braquer sur toi. Elle nous considère comme ses enfants — elle nous l'a dit ! Tu te fais encore une fois des idées, conclut Frank.

Sorrow flotte ; sept ans dans un lieu que l'on déteste, c'est long. Du moins croyais-je Franny hors de danger ; et, pour moi, comme toujours, c'était là l'essentiel. Franny était dans les limbes. Elle se laissait vivre, faisait du sur-place en compagnie de Susie l'ourse, ce qui fait que moi aussi je m'accommodais de ce répit.

A l'université, Lilly et moi décidâmes de nous spécialiser en littérature américaine (à l'immense joie de Fehlgeburt). Le choix de Lilly s'expliquait, bien sûr, par son désir de devenir écrivain — et son désir de grandir. Quant à moi, mon choix n'était qu'une façon détournée parmi d'autres pour briser l'indifférence de Miss Fausse Couche ; qu'aurais-je pu imaginer de plus romantique ? Franny se spécialiserait en théâtre, le théâtre universel — comme toujours le poids lourd de la famille ; jamais nous ne pourrions la rattraper. Quant à Frank, il suivit le conseil de Schwanger, un conseil maternel et extrémiste : il se spécialisa en économie. Connaissant Freud et papa, nous savions tous qu'il était indispensable que quelqu'un se dévoue. Et ce serait Frank qui un jour nous sauverait tous, avec le temps, d'où notre gratitude à l'égard de l'économie. En réalité, Frank se spécialisa dans deux matières à la fois, quand bien même l'université ne lui octroya qu'un seul diplôme en économie. Peut-être devrais-je préciser que Frank choisit comme spécialité mineure les grandes religions universelles.

— Apprends à connaître ton ennemi, disait Frank, avec un petit sourire.

Sept ans durant, nous flottâmes, nous flottâmes tous. Nous apprîmes l'allemand, sans cesser de parler entre nous notre langue maternelle. Nous apprîmes la littérature, le théâtre, l'économie, la religion, mais la batte de Freud, sa Louisville-Slugger, suffisait à nous briser le cœur à la pensée de la patrie du base-ball (aucun de nous ne portait grand intérêt à ce sport, n'empêche qu'à la vue de cette bonne grosse batte, les larmes nous montaient aux yeux). Nous apprîmes des putains que, en dehors du périmètre du centre, la Mariahilfer Strasse était, pour les belles de nuit, le terrain de chasse le plus prometteur. Pas une seule qui ne jurât ses grands dieux de plaquer le turbin si jamais elle se voyait reléguée dans les quartiers situés au-delà de la Westbahnhof, au Kaffee Eden par exemple, ou au Gaudenzdorfer Gürtel, spécialisé dans les passes debout à cent schillings le coup. Des extrémistes, nous apprîmes qu'officiellement, la prostitution n'était même pas *légale* — contrairement à ce que nous croyions — et qu'à côté des putes en carte qui respectaient les règles du jeu, se présentaient aux visites médicales et tapinaient dans les quartiers autorisés, il y avait des « pirates » qui ne se faisaient jamais inscrire, ou qui renonçaient à leur *Büchl* (carte) mais continuaient le turbin ; qu'au début des années soixante, la ville comptait presque un millier de putains en carte ; que la décadence augmentait au rythme requis par la révolution à venir.

Quel genre de révolution devait éclater un jour, cela, en fait, nous ne l'apprîmes jamais. Je ne sais pas trop si, de leur côté, les extrémistes avaient une certitude sur ce point.

— T'as ta *Büchl* ? nous demandions-nous les uns aux autres, sur le chemin de l'école — et, par la suite, en nous rendant à l'université.

Büchl et aussi, « Attention aux fenêtres ouvertes », le refrain de notre chanson du roi des Souris.

On aurait dit qu'en perdant notre mère, notre père avait du même coup perdu sa personnalité. En sept ans, il devint, me semble-t-il, de plus en plus une simple présence et de moins en moins une personne — à nos yeux du moins. Il se montrait affectueux ; à l'occasion même, sentimental. Mais nous avions le sentiment de l'avoir perdu (en tant que père) tout autant que maman et Egg, et nous avions, je crois, l'intuition qu'il lui faudrait endurer d'autres souffrances concrètes avant de retrouver sa personnalité — avant, en fait, de redevenir une personne : une personne au sens où Egg et aussi Iowa Bob avaient été des personnes. Je me disais parfois que mon père avait encore moins de personnalité que Freud. Et sept années durant, notre père nous manqua, comme lui aussi s'était trouvé à bord de l'avion. Nous attendions le jour où, en lui, le héros prendrait forme, et doutions peut-être de la forme qu'il prendrait — car mon père ayant choisi Freud pour modèle, comment ne pas douter de sa lucidité.

Sept ans plus tard, je me retrouverais avoir vingt-deux ans ; Lilly, qui persévérait dans ses efforts pour grandir, atteindrait dix-huit ans. Franny aurait vingt-trois ans — Chipper Dove serait toujours son « premier », et Susie l'ourse sa-seule-et-unique. Frank, à vingt-trois ans, se laissa pousser la barbe. Ce fut presque aussi inhibant que la décision de Lilly de devenir écrivain.

Moby Dick coulerait le *Pequod* et l'unique survivant serait Ishmael qui, inlassablement, raconterait son histoire à Fehlgeburt, qui à son tour nous la raconterait. Pendant mes années d'université, j'essayai souvent de convaincre Fehlgeburt de mon désir de l'entendre lire *Moby Dick* à haute voix, tout exprès pour moi.

— Ce livre, je n'arrive jamais à le lire tout seul, l'implorais-je. Il faut que je l'entende de ta bouche.

Et ce fut ce qui, enfin, me donna accès à la banale petite chambre exiguë où logeait Fehlgeburt, derrière le Rathaus, près de l'université. Elle me faisait souvent la lecture le soir, et, à force de cajoleries, j'essayai de l'amener à me dire pourquoi certains de ses camarades choisissaient de passer la nuit à l'Hôtel New Hampshire.

— Tu sais, me disait parfois Fehlgeburt, l'unique ingrédient qui distingue la littérature américaine des autres littératures de notre époque est une sorte d'optimisme béat et illogique. Quelque chose de techniquement très sophistiqué sans cesser pour autant d'être idéologiquement naïf, précisa-t-elle un jour que nous rentrions à pied chez elle.

Frank finit par comprendre à demi-mot et renonça à nous accompagner — ce qui pourtant lui prit près de cinq ans. Et le soir où Fehlgeburt me déclara que la littérature américaine était « techniquement très sophistiquée sans pour autant cesser d'être idéologiquement naïve » *ne fut pas* le soir où, pour la première fois, je tentai de l'embrasser. Après une réplique comme « idéologiquement naïve », je crois qu'un baiser aurait été déplacé.

Ce fut dans sa chambre que, une nuit, pour la première fois, j'embrassai Fehlgeburt. Elle venait de terminer le passage dans lequel Achab refuse d'aider le capitaine du *Rachel* à retrouver son fils disparu. Fehlgeburt n'avait aucun meuble dans sa chambre ; en revanche, il y avait trop de livres, et un matelas posé à même le plancher — un matelas à une place — et une lampe de chevet, une seule, elle aussi posée à même le plancher. Une pièce sans joie, aussi ingrate et bourrée qu'un dictionnaire, aussi morne que la logique de Ernst, ce qui pourtant ne m'empêcha pas de me laisser aller sur le lit peu accueillant et d'embrasser Fehlgeburt sur la bouche.

— Non, fit-elle.

Mais je passai outre, et elle finit par me rendre mes baisers.

« Tu devrais t'en aller, dit-elle, un peu plus tard, en s'allongeant sur le dos et en m'attirant sur elle.

— Tout de suite ?

— Non, pas nécessairement tout de suite, dit-elle.

Se redressant, elle entreprit de se dévêtir ; de la façon dont elle marquait d'habitude sa page dans *Moby Dick* — d'un air indifférent.

— Je devrais m'en aller après, c'est ça ? demandai-je, en me déshabillant moi aussi.

— Si tu veux, fit-elle. Ce n'est pas de ça que je parle, tu devrais partir de l'Hôtel New Hampshire. Toi et toute ta famille. Partez. Partez avant l'automne.

— Quel automne ? demandai-je, maintenant nu comme un ver.

Je pensais à l'automne où Junior Jones avait joué pour les Browns de Cleveland.

— La saison de l'Opéra, dit Fehlgeburt, elle aussi complètement nue — enfin.

Elle était aussi mince qu'un recueil de nouvelles, à peine plus grosse que certaines des courtes nouvelles dont elle avait souvent fait la lecture à Lilly. A croire que tous les livres qui encombraient sa chambre s'étaient nourris d'elle, l'avaient consumée — au lieu de l'alimenter.

« La saison de l'Opéra s'ouvrira à l'automne, reprit-elle, et il faut à tout prix que, ta famille et toi, vous ayez quitté l'Hôtel New Hampshire d'ici là. Promets-le-moi, dit-elle, en stoppant mon geste pour me hisser sur son corps décharné.

— Pourquoi ?

— Je t'en prie, pars, se borna-t-elle à dire.

Lorsque je la pénétrai, je crus que c'était de faire l'amour qui déclenchait ses larmes, mais je me trompais.

— Je suis le premier ? demandai-je.

Fehlgeburt avait vingt-neuf ans.

— Le premier et le dernier, dit-elle, en larmes.

— T'as un truc pour te protéger ? demandai-je, une fois installé ; tu sais, un truc pour ne pas tomber *Schwanger* ?

— Aucune importance, dit-elle, à la façon exaspérante de Frank.

— Pourquoi ? demandai-je, en m'efforçant de remuer avec précaution.

— Parce que je serai morte avant que le bébé vienne au monde.

Je me retirai brusquement. Je la forçai à se redresser et l'assis près de moi, mais, avec une vigueur étonnante, elle m'attira de nouveau sur elle ; sa main m'empoigna pour me reprendre.

« Viens, viens donc, fit-elle avec impatience.

Mais ce n'était pas l'impatience du désir. C'était autre chose.

« Baise, baise-moi, fit-elle, d'une voix morne. Après, reste toute la nuit ou rentre, je m'en fiche. Mais quitte l'Hôtel New Hampshire, je t'en supplie, pars — et, je t'en supplie, assure-toi que Lilly, surtout Lilly, partira elle aussi.

Soudain ses larmes redoublèrent et elle sembla perdre le vague intérêt qu'elle avait manifesté à l'amour. Je demeurai en elle sans bouger, me recroquevillant peu à peu. J'avais froid — je sentais le souffle froid qui montait du sol, pareil à ce froid que j'avais ressenti le jour où Frank nous avait traduit à haute voix la pornographie de Ernst.

— Qu'est-ce qu'ils fabriquent au quatrième, la nuit ? demandai-je à Fehlgeburt qui, me plantant ses dents dans l'épaule, se mit à secouer la tête, les yeux farouchement plissés au point de loucher.

« Qu'est-ce qu'ils complotent ? insistai-je.

J'étais devenu minuscule et finis par ressortir tout à fait. Elle tremblait contre moi, et je me mis aussi à trembler.

— Ils vont faire sauter l'Opéra, chuchota-t-elle, à l'occasion d'un des grands galas. Ils feront sauter *le Mariage de Figaro* — ou quelque chose d'aussi célèbre. Ou alors, quelque chose de plus sérieux. Je ne sais pas encore quel spectacle ils choisiront — eux non plus. Mais ce sera un soir où il y aura salle comble, conclut Fehlgeburt. Tout l'Opéra.

— Ils sont cinglés, dis-je.

Je n'avais pas reconnu ma voix. Elle me parut fêlée, comme les voix des deux Old Billig — Old Billig la putain et Old Billig l'extrémiste.

Sous moi, Fehlgeburt secouait la tête en cadence, ses cheveux raides me fouettaient le visage.

— Je t'en supplie, tire ta famille de là, chuchota-t-elle. Surtout Lilly. La petite Lilly, bafouilla-t-elle.

— Ils ne vont tout de même pas faire sauter l'hôtel par-dessus le marché, non ? demandai-je.

— Tout le monde sera dans le coup, dit-elle d'un ton sinistre. Il faut que tout le monde soit dans le coup, sinon ça sert à rien !

Derrière sa voix, je crus entendre celle de Arbeiter, ou l'implacable logique de Ernst. Une phase, une phase indispensable. Tout. *Schlago-bers*, l'érotisme, l'Opéra, l'Hôtel New Hampshire — tout devait disparaître. Tout cela était décadent, croyais-je les entendre psalmo-dier. Tout cela était répugnant. Eux allaient joncher de cadavres la Ringstrasse, des cadavres d'amateurs d'*art*, des cadavres d'idéalistes vieux jeu, ineptes et irréalistes au point d'aimer l'*opéra*. Et par ce genre d'action aveugle, ils espéraient marquer je ne sais quel point.

« Promets, me chuchota Fehlgeburt à l'oreille. Tu vas les obliger à partir. Ta famille. Tout le monde.

— Promis, dis-je. Bien sûr.

— Surtout, ne répète à personne que c'est moi qui t'ai averti, fit-elle.

— Bien sûr que non.

— Je t'en prie, reviens dans moi maintenant, me supplia Fehlgeburt. Reviens, j'ai envie de le sentir — une dernière fois.

— Pourquoi une *dernière* fois ?

— Fais-le, c'est tout. Fais-moi tout.

Je lui fis tout. Je le regrette encore ; jamais je ne cesserai de me sentir coupable ; une étreinte sans joie, plus désespérée que toutes celles dont avait jamais été témoin le deuxième Hôtel New Hampshire.

— Si tu penses que tu vas mourir avant d'avoir le temps de mettre un enfant au monde, dis-je plus tard à Fehlgeburt, pourquoi ne pas partir *en même temps que nous ?* Pourquoi ne pas filer avant qu'ils fassent leur coup, ou qu'ils essaient ?

— Je ne peux pas, dit-elle simplement.

— Pourquoi ? demandai-je.

Je n'arrêtais pas de leur demander *pourquoi* à ces fichus extrémistes.

— Parce que c'est moi qui vais conduire la voiture, dit Fehlgeburt. C'est moi le chauffeur. Et la grosse bombe, c'est la voiture, c'est la voiture qui déclenche tout le reste. Il faut quelqu'un pour la conduire et c'est *moi*. Je vais conduire la bombe.

— Pourquoi *toi* ? dis-je, en m'efforçant de la serrer contre moi, pour l'empêcher de trembler.

— Parce que je suis la moins indispensable, dit-elle.

Et de nouveau, je reconnus la voix morte de Ernst, la *démarche* mentale de Arbeiter, implacable comme une tondeuse à gazon. Et je compris que, pour convaincre Fehlgeburt, il avait sans doute fallu que notre douce Schwanger elle-même vienne à la rescousse.

— Pourquoi pas Schwanger ? demandai-je à Miss Fausse Couche.

— Elle est trop importante. Elle est merveilleuse, fit-elle d'un ton pénétré d'admiration — et de dégoût pour sa propre personne.

— Pourquoi pas Wrench alors ? Visiblement, il s'y connaît drôlement en bagnoles.

— C'est justement pourquoi, dit Fehlgeburt. Il est trop indispensable. Il y aura d'autres voitures, il y aura d'autres bombes à fabriquer. C'est le coup des otages que je n'aime pas, lâcha-t-elle tout à coup. Cette fois-ci, ce n'est pas indispensable. Des otages, on en trouvera des meilleurs.

— Qui sont les otages ?

— Ta famille et toi. Tu comprends, vous êtes américains. Alors, ça va faire du bruit ailleurs qu'en Autriche. C'est ça l'idée.

— Qui l'a eue, cette idée ?

— Ernst.

— Pourquoi ne pas laisser Ernst conduire ?

— C'est le cerveau, expliqua Fehlgeburt. C'est lui qui conçoit tout. Vraiment tout.

Tout, en effet, songeai-je.

— Et Arbeiter ? Il ne sait pas conduire, lui ?

— Il est trop loyal. On ne peut pas risquer de perdre quelqu'un d'aussi loyal. Moi, je ne suis pas aussi loyale, chuchota-t-elle. Regarde-moi ! s'écria-t-elle. Je te raconte tout, à toi, non ?

— Et Old Billig ? fis-je au bout de mon rouleau.

— Il n'est pas digne de confiance. Il n'est même pas au courant. Il est trop fuyant. Il ne pense qu'à sa propre survie.

— Et c'est mal, ça ? fis-je, en repoussant ses cheveux plaqués sur son visage strié de larmes.

— A la phase où nous sommes, oui, c'est mal, dit Fehlgeburt.

Je compris alors ce qu'elle était vraiment : une *lectrice,* une simple lectrice. Capable de lire, de façon superbe, les histoires des autres ; elle se laissait mener ; elle suivait le chef. Si j'avais voulu qu'elle me lise *Moby Dick*, si les extrémistes l'avaient choisie pour conduire leur voiture, c'était en fait pour les mêmes raisons. Nous savions, eux comme moi, qu'elle accepterait ; rien ne pourrait l'arrêter.

« On a vraiment fait tout ? demanda Fehlgeburt.

— Quoi ? fis-je.

Et je tressaillis — comme, toute ma vie, je tressaillerais à ce petit écho de Egg. Même quand il sortait de ma bouche.

— Sexuellement, on a vraiment tout fait sexuellement ? Tout ? Vraiment tout ?

J'essayai de me rappeler.

— Je crois, dis-je. Tu veux qu'on recommence ?

— Pas spécialement, dit-elle. Je tenais seulement à faire tout, une fois. Si on a tout fait, tu peux rentrer — si tu veux, ajouta-t-elle.

Elle eut un haussement d'épaules ; ce n'était pas le haussement d'épaules de maman, ni celui de Franny, ni même celui de Jolanta. Un geste qui n'était pas tout à fait humain ; moins un tic qu'une sorte de pulsation, une pulsation électrique, une embardée mécanique de son corps tendu à se rompre, un vague signal. Infiniment vague, songeai-je. Un signal qui proclamait : la maison est vide ; un signal qui disait : je n'y suis pour personne, ne m'appelez pas, moi je vous appellerai. Le tic-tac d'une horloge ou d'une bombe à retardement. Fehlgeburt me regarda, cligna des yeux, une seule fois, puis soudain sombra dans le sommeil. Je rassemblai en hâte mes vêtements, vis qu'elle n'avait pas pris la peine de marquer dans *Moby Dick* l'endroit où elle avait interrompu sa lecture ; moi non plus, je n'en pris pas la peine.

Il était minuit passé quand je traversais la Ringstrasse, puis la Rathausplatz, descendis le Dr. Karl-Renner-Ring pour couper à travers le Volksgarten. Dans le jardin, des étudiants s'invectivaient de façon amicale : j'en connaissais sans doute certains, mais je passai mon chemin, sans même m'arrêter pour prendre une bière. Je n'avais aucune envie de discutailler d'*art*. Je n'avais pas envie de me laisser une fois de plus entraîner dans un débat sur *le Quatuor d'Alexandrie* — quel était le meilleur ou le pire des romans en question, et pourquoi ? Je n'avais pas envie d'apprendre qui — de Henry Miller ou de Lawrence Durrell — avait tiré le plus grand profit de leur correspondance. Je n'avais même pas envie de parler de *Die Blechtrommel*, le plus passionnant de tous les sujets de conversation pourtant — peut-être de *tous les temps*. Et je n'avais pas envie de subir une nouvelle harangue sur les relations Est-Ouest, le socialisme et la démocratie, ni les conséquences à long terme de l'assassinat du président Kennedy — et de m'entendre demander, en tant qu'Américain, mon opinion sur le problème racial. Nous étions en 1964, à la fin de l'été ; je n'avais pas remis les pieds aux Etats-Unis depuis 1957, et j'étais moins au courant de ce qui se passait dans mon pays que certains des étudiants viennois de ma connaissance. De même, je connaissais Vienne moins bien qu'eux. Je connaissais ma famille, je connaissais *nos* putains et *nos* extrémistes. J'étais un spécialiste de l'Hôtel New Hampshire et, dans tous les autres domaines, un amateur.

Je repris ma route et traversai la Heldenplatz — la place des Héros — et m'arrêtai à l'endroit où, jadis, des milliers de fascistes avaient acclamé Hitler. Les fanatiques n'ont jamais beaucoup de mal à rassembler un public, songeai-je ; au mieux peut-on espérer influencer l'importance de leur public. Je me promis de repenser à cette idée et la soumettre à Frank, qui l'adopterait peut-être comme sienne, ou y réfléchirait, ou encore me corrigerait. Je regrettais de ne pas avoir autant lu que Frank ; je regrettais de ne pas avoir fait autant d'efforts que Lilly pour grandir. A ce sujet, Lilly avait adressé à un éditeur de New York le fruit de ses efforts. Il était hors de question qu'elle nous en parle, mais elle avait été contrainte d'emprunter à Franny de quoi payer les frais d'expédition.

— C'est un roman, dit Lilly, d'une voix humble. Plutôt un peu autobiographique.

— Un peu ou beaucoup ? lui avait demandé Frank.

— Eh bien, à dire vrai, il s'agit d'une autobiographie *imaginative,* dit Lilly.

— *Très* autobiographique, c'est ça, hein ? fit Franny. Oh, malheur !

— Je brûle d'impatience, dit Frank. Je parie que moi, là-dedans, j'ai tout du dingue ?

— Non, dit Lilly. Il n'y a que des héros.

— Nous sommes tous des héros ? m'étonnai-je.

— Mais, à mes yeux, vous *êtes* tous des héros, dit Lilly. C'est pourquoi dans le livre aussi, vous l'êtes.

— Même papa ? demanda Franny.

— Eh bien, c'est lui le plus *imaginé,* avoua Lilly.

C'était tout à fait normal, notre père étant le moins réel, il fallait qu'il soit le plus imaginé — de nous tous, il était le moins présent. On aurait dit parfois que Egg était davantage présent parmi nous que notre père.

— Comment s'appelle-t-il, ce livre, ma chérie ? avait demandé papa.

— *La Volonté de grandir,* avait avoué Lilly.

— Et quoi d'autre ? dit Franny.

— Et il va jusqu'où ? demanda Frank. Je veux dire, où est-ce qu'il s'*arrête* ?

— A l'accident d'avion, dit Lilly. Ça s'arrête là.

La fin de la réalité, songeai-je : juste avant l'accident, c'était en effet un moment idéal pour s'arrêter — à mes yeux.

— Il va te falloir un agent, Lilly, dit Frank. Ce sera moi.

De fait, Frank *deviendrait* l'agent de Lilly ; il deviendrait l'agent de Franny, celui de papa et même le mien — avec le temps. Il ne s'était pas spécialisé pour rien en économie. Pourtant, j'ignorais tout cela en cette soirée de fin d'été, alors que je venais d'abandonner Fehlgeburt, la pauvre Miss Fausse Couche, endormie dans sa chambre, sans doute plongée dans son rêve de spectaculaire sacrifice ; en réalité, sa *superfluité* était ce qui m'obsédait le plus, tandis que, planté là solitaire au milieu de la place des Héros, je songeais comment Hitler avait su persuader d'innombrables fanatiques de la superfluité de tant de gens. La soirée était paisible, je croyais entendre monter la clameur démente des « *Sieg Heil !* ». Je croyais voir la farouche détermination qui marquait le visage de Schraubenschlüssel quand il bloquait l'écrou et le joint sur le capot de son moteur. Quoi d'autre encore avait-il entrepris de bloquer ? Je croyais voir l'éclat morne du fanatisme dans les yeux de Arbeiter, commentant devant les journalistes son arrestation triomphante — et notre maternelle Schwanger en train de siroter son *Kaffee mit Schlagobers*, la crème fouettée qui accrochait sa cocasse petite moustache au duvet de sa lèvre supérieure. Je revoyais Schwanger occupée à tresser la queue de cheval de Lilly, fredonnant comme jadis maman quand elle coiffait les jolis cheveux de Lilly ; Schwanger en train de dire à Franny qu'elle avait la plus jolie peau et les plus belles mains du monde ; et moi, disait Schwanger, j'avais des yeux de Don Juan — oh, je deviendrais redoutable, m'avait-elle averti. (Je venais de quitter Fehlgeburt, et ne me sentais pas tellement redoutable.) Les baisers de Schwanger avaient toujours un arrière-goût de *Schlagobers*. Et Frank, disait Schwanger, Frank était un génie ; dommage qu'il ne s'intéresse pas davantage à la politique. Toute cette tendresse dont nous accablait Schwanger — et tout ça, avec un revolver enfoui au fond de son sac. J'aurais voulu voir Ernst dans la position de la vache — avec une vache ! Et dans la position de l'éléphant ! Devinez avec quoi. Old Billig disait vrai, ils étaient dingues ; ils nous tueraient tous.

Je suivis la Dorotheergasse pour rejoindre le Graben. Je m'arrêtai au Hawelka pour m'offrir un *Kaffee mit Schlagobers*. A la table voisine, un barbu pontifiait au bénéfice d'une jeune fille (plus jeune que lui), sur la mort de la peinture figurative ; il décrivait la toile précise qui

avait marqué le trépas de cette forme d'art. Je ne connaissais pas
l'œuvre en question. Je pensais aux Schiele et aux Klimt auxquels
m'avait initié Frank — à l'Albertina et au Belvédère. Je regrettai que
Klimt et Schiele ne fussent pas là pour contredire cet homme, l'homme
qui maintenant discourait sur la poésie et la mort de la rime et du
mètre ; je ne connaissais pas non plus le poème en question. Et quand il
passa au roman, j'estimai qu'il était grand temps pour moi de
demander l'addition. Mon serveur était occupé ailleurs, aussi fus-je
condamné à subir l'histoire de la mort de l'intrigue et des personnages.
Au nombre des victimes de l'hécatombe figurait la sympathie. Je
commençais à sentir la sympathie mourir en moi quand enfin mon
serveur s'approcha de ma table. La démocratie était la nouvelle
victime ; elle surgit et disparut avant même que mon serveur ait pu me
rendre la monnaie. Et je n'avais pas eu le temps de calculer mon
pourboire, que le socialisme avait rendu l'âme. Je contemplais le barbu
et l'envie me prit d'aller rejoindre mes haltères ; si les extrémistes
tenaient à faire sauter l'Opéra, songeai-je, ils pourraient au moins
choisir une nuit où le barbu serait seul dans la salle. L'idée me vint que
j'avais peut-être trouvé quelqu'un pour remplacer Fehlgeburt au volant
de la voiture.

— Trotsky, lâcha soudain la jeune fille qui accompagnait le barbu —
du ton dont elle eût dit : « Merci ».

— Trotsky ? fis-je, en me penchant vers leur table, une petite table
carrée.

En ce temps-là, j'accrochais soixante-quinze livres à chaque bout de
ma barre et les soulevais d'un seul bras. La table n'était pas tout à fait
aussi lourde, aussi la soulevai-je, soigneusement, d'une seule main et la
tins brandie comme un plateau au-dessus de ma tête.

« Ah, ce bon vieux Trotsky, dis-je. Comme dit ce bon vieux
Trotsky : " Si tu rêves d'une bonne petite vie, tu t'es trompé de
siècle. " Vous croyez que c'est vrai ? demandai-je au barbu, qui ne
répondit rien.

Mais la jeune fille le poussa du coude, et il finit par se secouer.

— Moi, je crois que c'est vrai, dit la fille.

— Bien sûr que c'est vrai, dis-je.

J'avais conscience que les serveurs lorgnaient d'un œil inquiet les
verres et les cendriers qui glissaient insensiblement sur la table au-
dessus de ma tête, mais je n'étais pas Iowa Bob ; quand je développais,
les poids ne glissaient jamais, plus maintenant. Aux poids et haltères,
j'étais plus fort que Iowa Bob.

— Trotsky a été tué à coups de pioche, dit le barbu d'une voix
morose, en feignant l'indifférence.

— Mais il n'est pas *mort,* n'est-ce pas? demandai-je comme un idiot — avec un grand sourire. Rien n'est jamais vraiment mort. Rien de ce qu'il a dit n'est mort. Les tableaux que nous pouvons voir encore — ils ne sont pas morts. Les personnages des livres que nous lisons — ils ne meurent pas quand nous refermons le livre.

Le barbu ne quittait pas des yeux l'endroit où aurait dû se trouver sa table. A vrai dire, je le trouvai très digne et, je le savais, j'étais à cran et jusqu'à un certain point injuste; j'étais en train de me montrer mufle, et j'avais honte. Je leur rendis leur table, sans une éclaboussure.

— Je crois comprendre ce que vous voulez dire! lança la fille, comme je m'éloignais.

Pourtant, je le savais, jamais je n'avais sauvé personne : surtout pas ces gens de l'Opéra, car, parmi eux, se trouvait sûrement cette silhouette que Frank et moi avions aperçue au moment où la voiture s'éloignait, coincée entre Arbeiter et Ernst, cette silhouette animale de mort, cet ours mécanique, cette tête de chien d'origine chimique, cette charge électrique source de malheur. Et malgré ce qu'avait dit Trotsky, il était mort; ma mère, Egg, Iowa Bob étaient morts, eux aussi — malgré tout ce qu'ils avaient pu dire, et tout ce qu'ils représentaient à nos yeux. Je m'engageai sur le Graben, en proie à des sentiments qui de plus en plus ressemblaient à ceux de Frank; des sentiments anti-tout; j'avais l'impression de perdre tout contrôle de moi-même. Ce qui, pour un haltérophile, est une catastrophe.

La première prostituée que je croisai sur le trottoir n'était pas une des *nôtres,* mais je l'avais déjà vue — au Kaffee Mowatt.

— *Guten Abend,* dit-elle.

— Va te faire foutre, dis-je.

— Connard, fit-elle en anglais.

Elle connaissait au moins ce mot-là, et je me sentis moche. Voilà que, de nouveau, j'employais des mots orduriers. J'avais trahi la promesse que j'avais faite à ma mère. Mais pour la première et la dernière fois. J'avais vingt-deux ans, pourtant je fondis en larmes. Je bifurquai dans la Spiegelgasse. Là aussi des putains racolaient, mais ce n'étaient pas non plus les *nôtres,* aussi je ne bronchai pas. « *Guten Abend* », faisaient-elles; « *Guten Abend* », disais-je en retour. Quant aux autres choses qu'elles me disaient, je ne les relevai pas. Je coupai à travers le Neuer Markt; je croyais sentir le vide dans la poitrine des Habsbourg prisonniers de leurs tombes. Une autre putain me héla :

— Hé, faut pas pleurer! Un grand garçon comme toi, faut pas pleurer!

Pourtant je pleurais, non seulement sur moi-même, mais sur tous les autres, espérais-je. Sur Freud, obstiné à appeler sur la Judenplatz des noms d'êtres qui jamais ne lui répondraient ; sur mon père et ce qu'il ne pouvait voir. Sur Franny, que j'aimais — et voulais voir me rester aussi fidèle qu'elle avait prouvé pouvoir l'être à Susie l'ourse. Et sur Susie, elle aussi, qui, Franny me l'avait montré, n'était en fait pas laide du tout. En réalité, Franny avait presque réussi à en convaincre Susie. Sur Junior Jones, cloué sur son lit de douleur par la première de ses blessures au genou qui l'obligeraient à abandonner les Browns. Sur Lilly, qui essayait si fort et sur Frank qui avait fui si loin (dans l'espoir, disait-il, de se rapprocher de la vie). Sur Dark Inge, qui n'avait que dix-huit ans — et malgré ce que disait Annie la Gueularde, affirmait qu'elle avait « l'âge » — et qui avant la fin de cette même année s'enfuirait, en compagnie d'un homme. Un homme aussi noir que son père et qui l'emmènerait quelque part dans une petite ville d'Allemagne, une base militaire ; où, plus tard, elle se mettrait à faire le trottoir, m'a-t-on dit. Annie la Gueularde pousserait alors une chanson quelque peu différente. Je pleurais sur eux *tous* ! Sur la pauvre Fehlgeburt condamnée, et même sur la perfide Schwanger — sur les deux Old Billig ; des optimistes, ces deux-là, des ours en porcelaine. Sur tous et chacun d'eux — à l'exception de Ernst et de Arbeiter, et du maudit *Wrench,* et de Chipper Dove : ceux-là, je les haïssais.

Une ou deux putains me firent signe à l'angle de la Kärntnerstrasse, mais je passai mon chemin. A l'angle de Annagasse, une autre, très grande et au physique saisissant — qui, elle, appartenait à la confrérie de nos putains de la Krugerstrasse — m'envoya un baiser. Je dépassai l'angle de la Krugerstrasse sans leur accorder un regard, résolu à les ignorer, toutes, toutes celles qui me faisaient des signes. Je longeai l'Hôtel Sacher — qui jamais ne serait l'Hôtel New Hampshire. Puis je me retrouvai devant le Staatsoper, et la maison de Gluck (1714-1787, aurait récité Frank) ; je me retrouvai devant l'Opéra, qui était la maison de Mozart, la maison de Haydn et de Beethoven et de Schubert — de Strauss, Brahms, Bruckner, Mahler. La maison qu'un pornographe amateur de politique avait l'intention de pulvériser. Une masse énorme ; en sept ans, jamais je n'étais entré à l'intérieur — son élégance et son luxe m'inhibaient, et je n'avais jamais eu, comme Frank, la passion de la musique, ni, comme Franny, l'amour du théâtre (Frank et Franny étaient tout le temps fourrés à l'Opéra ; Freud les accompagnait. Il aimait écouter ; Franny et Frank lui décrivaient tout). Lilly, elle non plus, n'était jamais allée à l'Opéra ; un édifice trop gros, disait Lilly, et qui lui faisait peur.

A moi aussi, maintenant, il me faisait peur. Il est trop *gros* pour qu'on le pulvérise, bien sûr, mais c'étaient les *gens* qu'ils voulaient pulvériser, et il est plus facile de détruire les gens que les immeubles.

Ce qu'ils voulaient, c'était s'offrir un spectacle. Ils voulaient cette chose que Arbeiter avait hurlée à Schwanger : des *Schlagobers* et du sang.

Dans la Kärntnerstrasse, en face de l'Opéra, il y avait un marchand de saucisses, un vendeur ambulant équipé d'une sorte de petite charrette à hot-dogs et qui offrait diverses sortes de *Wurst mit Senf und Bauernbrot* — une espèce de saucisse à la moutarde sur pain de seigle. Cela ne me disait rien.

Je savais ce que je voulais. Je voulais grandir, et vite. Après lui avoir fait l'amour, j'avais dit à Fehlgeburt : « *Es war sehr schön* », mais ce n'était pas vrai. « C'était très agréable », avais-je menti, mais la chose n'avait eu aucun intérêt ; cela ne m'avait pas suffi. Une autre nuit passée à soulever des poids, rien de plus.

Quand je tournai pour prendre la Krugerstrasse, j'avais déjà décidé de suivre la première qui m'accosterait — même Old Billig ; même Jolanta, me promis-je vaillamment. Quelle importance ? Peut-être même, les essaierais-je toutes, à tour de rôle. Tout ce que faisait Freud, j'étais capable de le faire, et Freud avait tout fait — notre Freud *et aussi* l'autre Freud, songeai-je ; eux étaient allés le plus loin possible.

Je ne vis personne de connaissance au Kaffee Mowatt, et je ne reconnus pas la silhouette plantée sous le néon rose : HÔTEL NEW HAMPSHIRE ! HÔTEL NEW HAMPSHIRE ! HÔTEL NEW HAMPSHIRE !

C'est Babette, me dis-je, avec une vague répulsion, mais c'était simplement l'odeur douceâtre de gazole qui, en cette dernière nuit de l'été, me poussait à penser à elle. La femme me vit et se mit en marche dans ma direction — agressive, me dis-je ; vorace, aussi. Je fus certain alors qu'il s'agissait d'Annie la Gueularde ; je me demandais un instant si je tiendrais le coup au moment de son célèbre orgasme bidon. Peut-être — vu mon goût des chuchotements — pourrais-je lui demander de me l'épargner, il me suffirait de lui dire que je *savais*, son orgasme était bidon, et en fait il n'était pas indispensable, pas pour moi en tout cas. Pourtant, la femme était trop svelte, ce n'était donc pas Old Billig, mais, remarquai-je alors, il ne pouvait s'agir non plus d'Annie la Gueularde, elle était trop robuste. Elle était trop bien bâtie ; donc c'était Jolanta, et, me dis-je, j'allais enfin découvrir ce qu'elle enfouissait dans son sinistre sac. D'ici peu, songeai-je avec un frisson, peut-être même serais-je obligé d'utiliser ce que Jolanta cachait dans son sac. Mais la femme qui traversait la rue n'était pas assez robuste, ce n'était pas Jolanta ; elle était trop bien bâtie, mais de façon inverse — trop souple, trop juvénile d'allure. Se précipitant vers moi, elle m'étreignit, si belle que j'en eus le souffle coupé. C'était Franny.

— Où étais-tu passé ? On ne t'a pas vu de la journée, ni de toute la nuit, me tança-t-elle. On t'a cherché partout, tu nous as fait une peur bleue !

— Pourquoi ? demandai-je.

Franny sentait si bon que j'en avais le vertige.

— Lilly va être *publiée !* annonça Franny. C'est vrai, un éditeur de New York est prêt à lui acheter son livre.

— Combien ? dis-je, avec l'espoir que cela *suffirait,* peut-être.

Suffirait pour payer les billets d'avion qui nous permettraient de quitter Vienne — les billets que le deuxième Hôtel New Hampshire ne pourrait jamais nous acheter.

— Seigneur Dieu, dit Franny. Ta sœur devient une célébrité *littéraire,* et toi, tout ce que tu trouves à dire, c'est « Combien ? » — tu es comme Frank. C'est exactement ce qu'a demandé Frank.

— Frank a raison.

Je ne pouvais m'arrêter de trembler ; je cherchais une prostituée et j'étais tombé sur ma sœur. De plus, elle ne voulait pas me laisser en paix.

— Où *étais-tu* donc ? fit-elle, en me lissant les cheveux.

— Avec Fehlgeburt, fis-je, d'un ton timide.

Jamais je n'avais pu mentir à Franny.

Franny se renfrogna.

— Alors, c'était comment ? demanda-t-elle, sans cesser de me caresser — mais comme une sœur.

— Rien de terrible, dis-je, en détournant les yeux. Affreux.

Franny me passa ses bras autour du cou et me donna un baiser. Elle voulait m'embrasser sur la joue (comme une sœur), mais, en essayant de me détourner, je me tournai vers elle, et nos lèvres se touchèrent. Ce fut tout, et cela suffit. L'été de 1964 touchait à sa fin ; tout à coup, c'était l'automne. J'avais vingt-deux ans, Franny vingt-trois. Nous nous embrassâmes longtemps. Il n'y avait rien à dire. Elle n'était pas lesbienne, elle continuait à écrire à Junior Jones — et à Chipper Dove — et moi, je n'avais jamais été heureux avec une autre femme ; jamais ; pas encore. Nous restâmes là dans la rue, à l'écart de la lueur que projetait l'enseigne au néon, invisibles des fenêtres de l'Hôtel New Hampshire. Un des clients de Jolanta sortit en titubant, et nous dûmes interrompre nos baisers, que nous interrompîmes de nouveau quand jaillit le cri d'Annie la Geularde. Peu après, son client hébété apparut sur le seuil, mais Franny et moi restâmes dans la Krugerstrasse. Plus tard, Babette quitta l'hôtel pour rentrer chez elle. Puis Jolanta, en compagnie de Dark Inge. Annie la Gueularde sortit et se mit à faire les cent pas sur le trottoir. Old Billig la putain traversa la rue pour entrer au Kaffee Mowatt et s'assoupit sur une table. J'entraînai Franny jusqu'à la Kärntnerstrasse, puis jusqu'à l'Opéra.

— Tu penses trop à moi, commença Franny.

Mais elle ne prit pas la peine de finir. Nous recommençâmes à nous embrasser. A côté, l'Opéra paraissait trop gros.

— Ils vont le faire sauter, chuchotai-je. L'Opéra — ils veulent le faire sauter.

Elle ne bougeait plus entre mes bras.

« Je t'aime terriblement, lui dis-je.

— Moi aussi, bordel, je t'aime ! dit Franny.

Un avant-goût d'automne planait dans l'air, pourtant ce fut sans peine que nous restâmes là, à monter la garde devant l'Opéra, jusqu'au moment où le jour se leva et où les gens, les vrais, sortirent de chez eux pour se rendre à leur travail. De toute façon, nous n'avions nulle part où aller — et il n'y avait rien, nous le savions, absolument rien que nous puissions faire.

— Attention aux fenêtres ouvertes, chuchotait l'un de nous, de temps à autre.

Lorsque, enfin, nous regagnâmes l'Hôtel New Hampshire, l'Opéra était toujours là — à l'abri du danger. A l'abri pour quelque temps encore du moins, songeai-je.

— Plus à l'abri que nous, dis-je à Franny. Plus à l'abri que l'amour.

— Tu veux savoir, môme, me dit Franny, en me pressant la main. *Rien* n'est moins à l'abri du danger que l'amour.

10

Une nuit à l'Opéra :
sang et *Schlagobers*

— Mes enfants, mes enfants, nous dit notre père, nous devons être très prudents. Je crois, mes petits, que cette fois, nous sommes à la *croisée des chemins,* poursuivit-il, comme si nous avions encore huit, neuf, dix ans, etc. et qu'il nous racontait sa rencontre avec maman à l'Arbuthnot-by-the-Sea — le soir où, pour la première fois, ils avaient vu Freud, en compagnie de State O'Maine.

— Il y a toujours une croisée des chemins, dit Frank avec philosophie.

— D'accord, peut-être, s'impatienta Franny. Mais cette croisée des chemins, c'est quoi au juste ?

— Ouais, dit Susie l'ourse, en scrutant Franny d'un regard soupçonneux.

Susie était la seule à avoir remarqué que Franny et moi avions passé la nuit dehors. Selon Franny, nous avions été invités chez des gens que Susie ne connaissait pas, dans le quartier de l'université. Et comment rêver d'un meilleur garde du corps que son frère, un haltérophile de surcroît ? De toute façon, Susie n'aimait pas les soirées ; si elle arrivait déguisée en ourse, elle ne pouvait parler à personne, et si elle ne mettait pas son déguisement, personne ne se souciait de lui adresser la parole. Ce soir-là, elle avait l'air à cran et maussade.

« On est dans la merde jusqu'au cou à ce que je vois, va falloir remuer ça en vitesse.

— Tout juste, dit papa. C'est toujours comme ça, à la croisée des chemins.

— Ce coup-ci, pas question de boire le bouillon, dit Freud. Je ne me crois pas capable de monter encore beaucoup d'hôtels.

Ce qui ne serait peut-être pas un mal, songeai-je, en m'efforçant de ne pas regarder Franny. Nous étions tous réunis dans la chambre de Frank, notre salle de conférences — sous l'œil du mannequin, pareil à un médium, un fantôme muet de maman, ou de Egg, ou de Iowa Bob ;

selon Frank, le mannequin était censé émettre des signaux que nous étions censés capter.

— Combien pouvons-nous espérer tirer du roman, Frank ? demanda papa.

— C'est le livre de Lilly, dit Franny. Pas le *nôtre*.

— Si, d'une certaine façon, dit Lilly.

— Justement, dit Frank, et si je comprends quelque chose à l'édition, elle n'y peut plus rien désormais. Désormais, ou c'est un bide, ou on ramasse le paquet.

— Ce n'est jamais qu'une histoire de croissance, dit Lilly. Je m'étonne un peu que ça les intéresse.

— Ça les intéresse, Lilly, mais pour cinq mille dollars, pas plus, souligna Franny.

— Pour partir, il nous faut quinze ou vingt mille dollars, dit papa. Si nous voulons avoir une chance de repartir de zéro, une fois de retour.

— N'oubliez tout de même pas : cette baraque, on en tirera bien quelque chose, non, dit Freud, sur la défensive.

— Quand on aura vendu la mèche, et dénoncé ces salauds, sûrement pas, dit Susie l'ourse.

— Oui, dit Frank, y aura un tel scandale qu'on ne trouvera pas d'acquéreur.

— Je vous l'ai dit : si jamais on vend la mèche, c'est nous qui aurons les flics sur le dos, dit Freud. Vous ne connaissez pas la police ici, une vraie Gestapo. Sans compter qu'ils nous coinceront à cause des putains.

— Ma foi, y a *tellement* de raisons pour qu'on se fasse coincer, dit Franny.

Nous n'osions pas nous regarder en face ; quand Franny parlait, je regardais par la fenêtre. Old Billig l'extrémiste traversait la rue. Annie la Gueularde sortait pour rentrer chez elle, l'air vanné.

— On ne peut pas faire autrement que de les dénoncer, dit papa. S'ils se croient vraiment capables de faire sauter l'Opéra, inutile d'essayer de discuter avec eux.

— Personne n'a jamais essayé de discuter, dit Franny. On s'est toujours contentés d'écouter.

— Ils ont toujours été dingues, dis-je.

— Comment, papa, tu ne sais pas ça ? demanda Lilly.

Papa baissa la tête. Il avait quarante-quatre ans, avec une touche distinguée de gris dans l'épaisse toison brune qui lui entourait les oreilles ; il ne s'était jamais laissé pousser de favoris et je lui avais toujours vu la même coupe de cheveux, à mi-front et mi-oreilles, juste assez longue pour dissimuler la nuque ; il ne les faisait jamais rafraîchir.

Il avait une frange, comme un petit garçon, et ses cheveux épousaient son crâne de façon tellement saisissante que, de loin, nous avions parfois l'impression qu'il portait un casque.

— Désolé, les enfants, dit papa, en secouant la tête. Ce n'est pas très agréable, j'en conviens, mais je crois vraiment que nous sommes à la *croisée des chemins*.

De nouveau, il secoua la tête ; il avait vraiment l'air paumé, et ce fut seulement bien plus tard que, l'évoquant allongé sur le lit de Frank, dans cette chambre où trônait le mannequin de couturière, je me dis qu'en réalité il avait l'air très beau et parfaitement maître de la situation. Notre père n'avait pas son pareil pour donner l'illusion qu'il maîtrisait les situations : Earl, par exemple. A l'inverse de Iowa Bob, ou de moi, papa n'avait jamais fait d'haltères, mais il avait conservé sa silhouette athlétique, et avait indiscutablement gardé son allure juvénile — « sacrément trop juvénile », disait Franny. L'idée m'effleura qu'il devait se sentir solitaire ; en sept ans, il n'était jamais sorti avec une femme ! Et s'il voyait des prostituées, il se montrait discret — et dans cet Hôtel New Hampshire, qui aurait été capable de se montrer discret à ce point ?

— Impossible qu'il s'arrange avec les putes, avait dit Franny. Sinon, je le saurais.

— Les hommes sont sournois, avait dit Susie l'ourse. Même les plus gentils.

— Donc, il s'en passe, c'est tout, avait dit Franny.

Susie l'ourse avait haussé les épaules, et Franny lui avait envoyé une gifle.

Pourtant, dans la chambre de Frank, ce fut notre père qui fit allusion aux putains.

— Nous devrions les avertir, elles, de ce que nous avons l'intention de faire pour arrêter ces dingues, avant d'avertir la police.

— Pourquoi ? fit Susie l'ourse. L'une d'elles pourrait avoir envie de nous dénoncer.

— Mais pourquoi ? fis-je.

— On devrait les avertir, pour qu'elles puissent prendre leurs dispositions, dit papa.

— Il faudra qu'elles trouvent un autre hôtel, dit Freud. Ces salauds de flics nous obligeraient à fermer. Dans ce pays, tout le monde est collectivement coupable ! Demandez un peu aux Juifs !

Pourquoi pas à *l'autre* Freud, me dis-je.

— Mais, supposez que nous soyons des héros, dit papa.

Et tous les yeux se tournèrent vers lui. Oui, voilà qui serait chouette, songeai-je.

— Comme dans le roman de Lilly ? demanda Frank.

— Supposez que les flics pensent que nous sommes des héros parce que nous aurons dénoncé le complot terroriste ? demanda papa.

— Les flics ne raisonnent pas de cette façon, dit Freud.

— Mais supposons, nous sommes américains, donc nous avertissons le consulat, ou l'ambassade, et quelqu'un se charge de passer le tuyau aux autorités autrichiennes — comme si toute l'affaire était un genre de complot ultra-secret — un complot de grande envergure.

— Voilà pourquoi je t'aime tant, Win Berry ! s'exclama Freud, sa batte rythmant quelque musique intérieure. Y a pas à dire, tu es un rêveur. Il n'est pas question de complot de grande envergure ! Nous sommes dans un hôtel médiocre. Même moi, je suis capable de voir ça, et au cas où vous ne l'auriez pas remarqué, je suis aveugle. Quant à ces terroristes, ils n'ont aucune envergure. Ils ne sont même pas capables d'entretenir une bonne voiture ! Pour ma part, je ne les crois pas capables de faire sauter l'Opéra ! A vrai dire, je pense que nous ne courons aucun risque. S'ils avaient une bombe, je parie qu'ils dégringoleraient avec en descendant l'escalier !

— La bombe, c'est la voiture, dis-je, ou plutôt c'est la bombe *principale* — je ne sais pas trop ce que ça signifie, mais en tout cas, c'est ce que dit Fehlgeburt.

— Il faut parler à Fehlgeburt, proposa Lilly. J'ai confiance en Fehlgeburt, ajouta-t-elle, incapable de comprendre comment cette fille qui, depuis sept ans, s'était chargée de la guider en tout, avait pu finir par céder à cette envie farouche de se détruire.

De plus, si Fehlgeburt avait été le professeur de Lilly, Schwanger avait été sa nourrice.

Pourtant, nous ne devions jamais revoir Fehlgeburt. Je supposai d'abord qu'elle s'efforçait de m'éviter ; et supposai aussi qu'elle continuait à voir les autres. En cette fin d'été de 1964 — tandis que se profilait le spectre de « l'automne » —, je m'appliquais à ne jamais me trouver en tête à tête avec Franny, et Franny s'appliquait à convaincre Susie l'ourse que, bien qu'il n'y eût rien de changé entre elles, peut-être était-il préférable qu'elles soient dorénavant « simples amies ».

— Susie est tellement fragile, me dit Franny. C'est vrai, elle est très gentille — comme dirait Lilly — mais je voudrais la plaquer sans pour autant saper le peu d'assurance que je suis parvenue à lui donner. Tu comprends, elle commençait enfin à s'aimer un peu, un tout petit peu. J'avais presque réussi à la convaincre qu'elle n'était pas laide, et maintenant que je la repousse, elle recommence à jouer l'ourse.

— Je t'aime, dis-je à Franny, la tête penchée. Mais, dis-moi, qu'est-ce qu'on va *faire* ?

— On va s'aimer, beaucoup, dit Franny. Mais on ne va rien *faire*.

— *Jamais,* Franny ? dis-je.

— Pas maintenant, en tout cas, dit Franny.

Mais sa main effleura ses genoux étroitement serrés, glissa lentement sur ses cuisses, et vint se poser sur les miennes — me serrant si fort que je sursautai.

« Pas *ici,* en tout cas, chuchota-t-elle, farouche, en me relâchant aussitôt. Peut-être est-ce seulement du *désir,* ajouta-t-elle. Ce désir, pourquoi ne pas essayer de le satisfaire avec quelqu'un d'autre, histoire de voir si ce qu'il y a entre nous disparaît ?

— Quelqu'un d'autre, qui ça ? fis-je.

Nous étions dans sa chambre, l'après-midi touchait à sa fin. La nuit tombée, je n'osais plus m'attarder dans la chambre de Franny.

— A laquelle est-ce que tu penses ? me demanda Franny.

Bien sûr, elle voulait parler des putains.

— Jolanta, dis-je, ma main s'écartant brusquement, d'un geste involontaire qui bouscula un abat-jour.

Franny me tourna le dos.

— Bon, tu sais à qui *moi* je pense, pas vrai ? demanda-t-elle.

— Ernst, dis-je, en claquant des dents.

Je me sentai transi.

— Et cette idée te plaît ? fit-elle.

— Grand Dieu, non, chuchotai-je.

— J'en ai marre de tes foutus murmures, dit Franny. Si tu veux savoir, toi et Jolanta, ça ne me plaît pas non plus.

— Dans ce cas, dis-je, pas question.

— J'ai bien peur que *si,* dit-elle.

— Pourquoi, Franny ? dis-je, en me rapprochant.

— Non, reste où tu es ! s'écria-t-elle, en se déplaçant de manière à interposer le bureau entre nous.

Un fragile lampadaire nous séparait.

Des années plus tard, Lilly devait nous envoyer à tous deux un poème. Quand je lus le poème, je téléphonai à Franny pour savoir si Lilly lui en avait, à elle aussi, envoyé un exemplaire ; bien sûr. L'auteur était un très bon poète du nom de Donald Justice, et un jour à New York, je devais entendre Mr. Justice lire ses poèmes en public. Tous me parurent excellents, mais je l'écoutai jusqu'au bout en retenant mon souffle, avec le vague espoir qu'il lirait le poème que Lilly nous avait envoyé, à Franny et moi, un espoir mêlé d'une vague crainte. Il ne le lut pas et, une fois la lecture terminée, je me demandai ce que j'allais faire. Des gens lui parlaient, mais tous avaient l'air d'être de ses amis — ou peut-être simplement d'autres poètes. Lilly m'avait dit qu'entre eux, les poètes donnent toujours l'impression d'être d'excellents amis. Mais je ne savais pas quoi faire ; si Franny m'avait accompagné, nous nous serions tout simplement précipités vers Donald Justice qui, sur-le-champ, aurait été subjugué par Franny — personne ne résiste à Franny. Mr. Justice avait l'air d'être un parfait gentleman, et je n'essaie pas d'insinuer qu'il se serait jeté à la tête de Franny. J'avais dans l'idée que, comme ses poèmes, il était à la fois candide et guindé, austère, voire grave — mais ouvert, et même généreux. L'air d'un homme que l'on aimerait prier de lire une élégie sur la tombe d'un être cher. Je crois qu'il aurait pu composer quelque chose d'émouvant en mémoire de Iowa Bob, et — tandis que je l'observais, entouré par un petit groupe d'admirateurs à l'air intelligent — je regrettais qu'il n'ait pas eu l'occasion d'écrire ou de réciter une élégie en souvenir de maman et de Egg. D'une certaine façon, pourtant, il écrivit une élégie en souvenir de Egg ; il écrivit un poème intitulé « Aux amis emportés par la mort dans leur enfance », que, pour ma part, j'interprétai comme une élégie en souvenir de Egg. Un poème que Frank et moi aimons beaucoup, mais que Franny trouve trop triste.

AUX AMIS EMPORTÉS PAR LA MORT DANS LEUR ENFANCE

Jamais nous ne les rencontrerons barbus au paradis,
Ni parmi les chauves en train de se bronzer en enfer ;
Nulle part, sinon au crépuscule dans la cour déserte,
Formant un cercle, peut-être, ou les mains jointes
Pour des jeux dont les noms mêmes nous avons oubliés.
Viens, souvenir, partons à leur recherche, là-bas,
parmi les ombres.

Mais le jour où je vis Mr. Justice à New York, je pensai surtout à Franny et au poème « Les stratagèmes de l'amour » — le poème que nous avait envoyé Lilly. En fait, je ne savais pas quoi dire à Mr. Justice, et même j'étais trop gêné pour aller lui serrer la main. Sans doute lui aurais-je dit combien je regrettais de ne pas avoir lu « Les stratagèmes de l'amour » à l'époque où Franny et moi étions encore à Vienne, en cette morne fin de l'été 1964.

— Mais tu crois que cela aurait pu changer les choses ? me demanda Franny, bien plus tard. Est-ce que nous y aurions cru — à ce moment-là ?

Je ne sais même pas si, en 1964, Donald Justice avait écrit « Les stratagèmes de l'amour ». Pourtant, je pense que si ; le poème semble avoir été écrit tout exprès pour Franny et pour moi.

— Aucune importance, comme disait Frank.

Bref, des années plus tard, la chère petite Lilly nous envoya par la poste « Les stratagèmes de l'amour », et une nuit, nous devions nous le lire à voix haute au téléphone. Comme toujours, quand je lis quelque chose qui demande à être lu à haute voix, j'ai tendance à murmurer, mais la voix de Franny était forte et claire.

LES STRATAGÈMES DE L'AMOUR

Mais ces manœuvres pour éviter
Les caresses des mains,
Ces ruses pour garder les yeux occupés
Par des objets plus ou moins neutres
(Comme l'honneur, pour le moment encore, l'exige)
N'auront guère de chance de prévenir leur chute.

Des remèdes plus énergiques s'imposent.
Déjà ils le constatent,
Aucun de leurs stratagèmes n'a eu de succès,
Pas plus qu'ils n'en auraient eu, non,
Même si leurs yeux étaient devenus aveugles,
Même si leurs mains avaient été tranchées
A hauteur de coude.

C'est vrai, des remèdes plus énergiques s'imposaient. Même si on *nous* avait tranché les mains à hauteur du coude, Franny et moi nous serions caressés avec les *moignons* — avec ce qui nous serait resté, aveugles ou non.

Mais, dans sa chambre, cet après-midi-là, ce fut Susie l'ourse qui fut notre sauveur.

— Il se prépare quelque chose, dit Susie, en entrant de son pas traînant.

Franny et moi attendîmes, sans rien dire, persuadés qu'elle voulait parler de *nous* — persuadés qu'elle savait.

Lilly savait, bien sûr. Elle avait dû deviner.

— Les écrivains savent toujours tout, dit un jour Lilly. Du moins, il *faudrait* qu'ils sachent. Ils *devraient* savoir. Sinon ils devraient la fermer.

— Je suis sûre que Lilly s'en est doutée dès le début, me dit au téléphone la voix de Franny, venue de très loin, la nuit où nous fîmes la découverte de « Stratagèmes de l'amour ».

La communication était mauvaise ; il y avait des grésillements sur la ligne — comme si Lilly avait été à l'écoute. Ou comme si Frank avait été à l'écoute — Frank, je l'ai déjà dit, semblait être venu au monde pour se mettre à l'écoute de l'amour.

— Écoutez bien vous deux, répéta Susie l'ourse, d'une voix menaçante. Il se prépare quelque chose. Ils ne savent pas où est passée Fehlgeburt.

— Qui ça « ils » ? demandai-je.

— Le roi du porno et toute sa bande de salauds. Et c'est *à nous* qu'ils demandent si on a vu Fehlgeburt. Et, hier soir, ils ont demandé la même chose aux putains.

— Personne ne l'a vue ? dis-je.

Et, de nouveau, de plus en plus familier, le souffle glacé s'insinua dans les jambes de mon pantalon, la bouffée d'air mort surgi des tombes où gisaient les Habsbourg privés de leurs cœurs.

Combien de jours avions-nous attendu tandis que notre père et Freud se chamaillaient pour décider s'ils devaient se mettre en quête d'un acheteur pour l'Hôtel New Hampshire avant de dénoncer les apprentis terroristes ? Et combien de nuits n'avions-nous pas gaspillées en vaines discussions, pour décider s'il ne valait pas mieux avertir le consulat américain, ou l'ambassade, et les charger *eux* de prévenir la police — ou s'il n'était pas préférable d'aller sur-le-champ tout raconter à la police autrichienne ? Quand on est amoureux de sa sœur, on a tendance à perdre toute perspective par rapport à la réalité du monde. Cette saloperie de *Welt,* comme disait Frank.

— A quel étage habite Fehlgeburt ? me demanda Frank. Toi, tu es allé chez elle, non ? En bas ou en haut ?

Lilly, l'écrivain, se brancha d'emblée sur la question, qui pourtant me parut absurde — sur le moment.

— Au premier, dis-je à Frank. Sur le premier palier.

— Pas assez haut, fit Lilly.

Et soudain je compris. Pas assez haut pour sauter par la fenêtre, voilà ce qu'elle voulait dire. Même si Fehlgeburt avait enfin pris la décision de *ne plus* prendre garde aux fenêtres ouvertes, il lui avait fallu trouver un autre moyen.

— C'est ça, dit Frank en m'empoignant le bras. Si elle a voulu jouer au roi des Souris, elle est probablement encore là-bas.

C'était bien autre chose qu'un simple essoufflement qui me serrait la gorge, tandis que je traversais la place des Héros et remontais le Ring en direction du Rathaus ; un long trajet pour piquer un sprint, mais je tenais la forme. Bien sûr, je me sentais un peu essoufflé, aucun doute sur ce point, mais je me sentais surtout très coupable — même s'il était impossible que tout fût de ma faute ; impossible que ce fût à cause de moi que Fehlgeburt eût décidé de ne plus prendre garde aux fenêtres ouvertes. Il n'y avait pas la moindre preuve, nous dit-on plus tard, qu'elle eût fait grand-chose après mon départ. Peut-être s'était-elle remise un moment à lire *Moby Dick ;* les policiers avaient fait leur travail, consciencieusement, et constaté qu'elle avait marqué le passage qu'elle lisait. Et moi je savais, bien sûr, qu'au moment de mon départ, l'endroit où elle s'était arrêtée n'était pas marqué. Chose étrange, elle avait mis une marque à l'endroit précis où elle s'était arrêtée de me faire la lecture — comme si elle avait relu la soirée tout entière avant d'opter pour la solution de la fenêtre ouverte. Pour Fehlgeburt, la solution de la fenêtre ouverte avait pris la forme d'un joli petit revolver dont je n'avais jamais soupçonné l'existence. Le billet d'adieu était simple et n'était adressé à personne, mais, moi je le savais, il m'était destiné.

> La nuit où
> tu as vu Schwanger
> moi tu ne m'as pas
> vue. Moi aussi j'ai
> un revolver ! « Ainsi
> inlassablement... »

avait conclu Fehlgeburt, en citant le dénouement favori de Lilly.

En réalité, je ne vis pas Fehlgeburt. J'attendis sur le palier l'arrivée de Frank. Frank, lui, n'était pas tellement en forme et il lui fallut un bon moment pour me rejoindre devant la porte de Fehlgeburt. Sa chambre disposait d'une entrée privée donnant sur un escalier de service que, dans le vieil immeuble, les gens n'empruntaient que pour descendre leurs poubelles. Sans doute s'étaient-ils imaginé que l'odeur venait d'une poubelle. Ni Frank ni moi n'ouvrîmes même la porte. Sur le seuil, l'odeur était déjà pire que celle du défunt Sorrow.

— Je vous l'avais dit, je vous l'avais bien dit, fit notre père. Nous sommes à la croisée des chemins. Alors, sommes-nous prêts ?

Il était clair qu'en réalité il ne savait pas à quel saint se vouer.

Frank avait renvoyé à New York le contrat de Lilly. Puisqu'il était son « agent », avait-il expliqué, il ne pouvait accepter une offre à ce point banale pour un livre qui, de toute évidence, était une œuvre de génie — « un génie encore à demi épanoui », avait ajouté Frank, qui pourtant n'avait pas lu *la Volonté de grandir ;* pas encore. Lilly n'avait que dix-huit ans, soulignait Frank, et elle était loin d'avoir fini de grandir. Un éditeur digne de ce nom avait tout intérêt à prendre pied — « au rez-de-chaussée » — dans le gargantuesque édifice littéraire que Lilly était destinée à construire (selon Frank).

Frank réclama quinze mille dollars — plus une garantie de quinze mille dollars de plus, pour les frais de publicité.

— On ne va tout de même pas buter sur un petit problème économique, raisonna Frank.

— Puisque nous, nous sommes au courant de la mort de Fehlgeburt, raisonna Franny, les extrémistes ne vont pas tarder à l'être eux aussi.

— Ça pue, il suffit de renifler, dit Frank.

Mais je ne dis rien.

— Je suis sur le point de trouver un acheteur, dit Freud.

— Quelqu'un en veut, de cet hôtel ? demanda Franny.

— Oui, pour le transformer en bureaux, expliqua Freud.

— Mais Fehlgeburt est morte, dit papa. Cette fois, il faut prévenir la police — et tout raconter.

— Oui, dès cette nuit, renchérit Frank.

— Prévenez les Américains, dit Freud, et attendez demain pour prévenir les flics. Les putains, prévenez-les dès cette nuit.

— Oui, il faut prévenir les putains cette nuit, acquiesça papa.

— Et puis, demain matin, *à la première heure,* dit Frank, nous irons au consulat américain — ou à l'ambassade. C'est quoi au juste ?

Je me rendis alors compte que je n'en savais rien, ni ce que c'était, ni à quoi cela servait. Et, de toute évidence, papa n'en savait rien lui non plus.

— Ma foi, après tout, nous sommes plusieurs, dit papa d'un air humble. On peut se partager la tâche, les uns iront voir le consul, les autres l'ambassadeur.

Il m'apparut alors, et clairement, combien nous avions peu assimilé l'art de vivre à l'étranger : nous ne savions même pas si l'ambassade américaine et le consulat américain se trouvaient dans le même bâtiment — pour ce que nous en savions, il n'y avait peut-être aucune différence entre un consulat et une ambassade. Et il m'apparut alors clairement, aussi, ce que ces sept années avaient fait de mon père : il avait perdu cette assurance qui l'habitait sans doute jadis à Dairy, New Hampshire, la nuit où il avait emmené ma mère faire un tour dans Elliott Park et l'avait subjuguée par son rêve de transformer le Thomson Female Seminary en hôtel. Il avait commencé par perdre

Earl — qui lui avait payé ses études. Puis, en perdant Iowa Bob, il avait du même coup perdu l'instinct de Iowa Bob. Iowa Bob était un homme entraîné à foncer sur une balle perdue — un instinct précieux, tout particulièrement dans l'hôtellerie. Et je voyais maintenant ce que le chagrin avait coûté à papa.

— Ses billes, devait dire Franny plus tard.

— Il n'avait pas toutes les cartes en main, disait Frank.

— Tout finira par s'arranger, papa, se laissa aller à lui dire Franny cet après-midi-là, dans l'ex-Gasthaus Freud.

— Sûr, papa, renchérit Frank. On a de quoi se payer le voyage de retour !

— Je vais empocher des millions, papa, dit Lilly.

— Allons faire un tour, papa, suggérai-je.

— Mais, qui se charge de prévenir les putains ? demanda-t-il, l'air hébété.

— Suffit d'en prévenir une, elles se passeront le mot, dit Franny.

— Non, protesta Freud. Parfois elles ne se disent rien. Je parlerai à Babette.

Babette était la favorite de Freud.

— Je parlerai à Old Billig, dit Susie l'ourse.

— Je parlerai à Annie, dit notre père.

Il avait l'air en transe.

Personne ne se proposant pour parler à Jolanta, j'offris de m'en charger. Franny me jeta un coup d'œil, mais je parvins à détourner la tête. Frank, constatai-je, se concentrait sur le mannequin ; il en attendait des signaux limpides. Lilly regagna sa chambre ; elle avait l'air petite, me dis-je — bien sûr, elle *était* petite. Sans doute regagnait-elle sa chambre pour essayer de grandir encore un peu — pour écrire, écrire, écrire sans trêve. A l'époque où nous tenions nos conseils de famille dans le deuxième Hôtel New Hampshire, Lilly était si petite qu'on eût dit que notre père oubliait qu'elle avait dix-huit ans ; et il lui arrivait de la soulever pour l'asseoir sur ses genoux, et jouer avec sa queue de cheval. Lilly ne s'en offusquait pas ; c'était l'unique chose qui lui faisait ne pas regretter d'être si petite, me confia-t-elle. Papa continuait à la traiter comme une enfant.

— Notre écrivain enfant, disait parfois Frank, son agent.

— Allons faire un tour, papa, répétai-je.

Je me demandais s'il m'avait entendu.

Nous traversâmes le hall ; devant la réception, quelqu'un avait renversé un cendrier sur le canapé avachi et, ce jour-là, Susie était en principe chargée de faire le ménage dans le hall. Susie était pleine de bonne volonté, mais c'était une souillon ; les jours où Susie devait faire le ménage, le hall avait tout d'un capharnaüm.

Franny était plantée au pied de l'escalier, les yeux levés vers les étages. Je ne me souvenais pas de l'avoir vue se changer, mais tout à coup, il me sembla qu'elle s'était mise sur son trente et un. Elle avait passé une robe. Franny n'était pas une fanatique des jeans ni des tee-shirts — elle aimait les jupes amples et les corsages —, mais, par ailleurs, elle n'était pas non plus fanatique des robes, pourtant elle portait sa jolie robe vert foncé, celle aux épaulettes minces.

— C'est déjà l'automne, lui dis-je. Et toi, tu portes une robe d'été ? Tu vas prendre froid.

— Je ne sors pas, dit-elle, les yeux toujours levés vers les étages.

Je jetai un coup d'œil à ses épaules nues, et frissonnai. L'après-midi touchait à sa fin, mais, nous le savions tous les deux, Ernst n'avait pas encore fermé boutique — il était toujours au travail, là-haut, au cinquième. Franny s'engagea dans l'escalier.

« Je vais essayer de le rassurer, c'est tout, me dit-elle, mais sans me regarder — ni regarder papa. Inutile de vous inquiéter, je ne lui dirai pas que nous sommes au courant — je ferai l'idiote. Je veux seulement tenter de sonder ce qu'il sait.

— C'est un vrai cinglé, Franny, lui dis-je.

— Je sais, et toi, tu penses trop à moi.

J'entraînai papa dans la Krugerstrasse. Il était encore tôt et les putains n'étaient pas à leur poste, mais la journée de travail était depuis longtemps terminée : les banlieusards avaient regagné leurs tanières des faubourgs, et il n'y avait que peu de promeneurs dans la rue, à part des gens élégants qui déambulaient pour tuer le temps avant d'aller dîner — ou de se rendre à l'Opéra.

Nous descendîmes la Kärntnerstrasse jusqu'au Graben et, comme de bien entendu, nous fîmes quelques instants halte devant la cathédrale Saint-Étienne. Puis nous poussâmes jusqu'au Neuer Markt et contemplâmes les nus de la fontaine Donner. Constatant que papa ignorait tout à leur sujet, je m'empressai de lui résumer la politique répressive de Marie-Thérèse. Il me parut sincèrement intéressé. Puis nous longeâmes l'Hôtel Ambassador, dont la somptueuse masse or et écarlate semblait marquer l'entrée du Neuer Markt ; papa fit exprès de ne pas voir l'Hôtel Ambassador, à moins qu'il eût choisi de regarder les pigeons chier dans le bassin. Nous poursuivîmes notre promenade. La nuit tarderait encore un peu à tomber.

— Sympathique cet endroit, dit papa, comme nous passions devant le Kaffee Mozart. Beaucoup plus sympathique que le Kaffee Mowatt.

— C'est vrai, dis-je, dissimulant à grand-peine ma surprise à l'idée qu'il n'y avait jamais mis les pieds.

— Il faudra que je vienne y faire un tour un de ces jours, dit-il.

J'essayai de l'entraîner dans une autre direction, mais nous nous retrouvâmes devant l'Hôtel Sacher au moment où le crépuscule envahissait le ciel — et à l'instant précis où les lumières s'allumaient dans le bar du Sacher. Nous nous arrêtâmes pour observer la scène ; à mon avis, c'est en fait le plus beau bar du monde. « *In den ganzen Welt* », comme dit Frank.

« Entrons prendre un verre, dit papa.

Et nous entrâmes.

Je me tracassais un peu à cause de la façon dont papa était vêtu. Pour ma part — et comme toujours — j'avais une tenue correcte. Mais papa me parut soudain plutôt miteux. On aurait dit que son pantalon n'avait jamais été repassé, et les jambes étaient rondes comme des tuyaux de poêle — des tuyaux de poêle avachis ; il avait maigri à Vienne. Privé de bonne cuisine bourgeoise, il avait perdu du poids, et sa ceinture trop longue n'arrangeait rien — en fait, remarquai-je, il s'agissait de la ceinture de Frank, que papa avait empruntée. Il portait une chemise convenable, à petites rayures grises et blanches, très passée — une des miennes, constatai-je, que j'avais abandonnée avant que, dans la dernière phase de mon entraînement, les haltères ne modifient le gabarit de mon torse ; elle aurait été trop petite pour moi, mais c'était encore une bonne chemise, quand bien même passée et plutôt chiffonnée. Ce qui jurait, c'était que la chemise était à rayures et la veste à carreaux. Dieu merci, mon père ne portait jamais de cravate — je frissonnai à la pensée du genre de cravate qu'aurait choisie mon père. Puis je me rendis compte qu'au Sacher, il ne viendrait à l'idée de personne de nous snober, car, pour la première fois, je vis à quoi ressemblait véritablement mon père. Il avait l'air d'un millionnaire, d'un millionnaire très excentrique ; l'air de l'homme le plus riche du monde, mais un homme qui se fiche de tout ; très riche, mais aussi plein de générosité et d'insouciance. Il aurait pu s'habiller n'importe comment sans cesser pour autant de donner l'illusion d'avoir un million de dollars en poche — même si le fond de sa poche avait été troué. Il y avait pas mal de gens riches et remarquablement bien mis au Sacher Bar, mais quand nous entrâmes, tous le contemplèrent avec une sorte d'envie bouleversante. Je crois que cela n'échappa pas à mon père, à qui pourtant tant de choses échappaient ; et il est sûr que sa naïveté l'empêcha de remarquer la façon dont les femmes le regardaient. Certains de ces gens avaient consacré plus d'une heure à choisir leurs vêtements, alors que depuis sept ans qu'il vivait à Vienne, mon père n'avait pas consacré plus de quinze minutes à renouveler sa garde-robe. Il portait uniquement les vêtements que lui avait achetés ma mère, ou ceux qu'il nous avait empruntés, à Frank et à moi.

— Bonsoir, Mr. Berry, lui dit le barman.

Et je compris alors que mon père était un habitué.

— *Guten Abend,* fit-il.

C'était à peu près là tout l'allemand de mon père. Il savait aussi dire « *Bitte* » et « *Danke* » et « *Auf Wiedersehen* ». Et il était passé maître dans l'art de faire des courbettes.

Je commandai une bière et mon père « la même chose que d'habitude ». Un breuvage terrifiant et épais à base de rhum ou de whisky, mais qui avait l'aspect d'un sorbet. Ce n'était pas un gros buveur ; il se contentait de siroter de petites gorgées et restait des heures à jouer avec le fond de son verre. Il ne venait pas pour boire.

Certains des gens les plus chics de Vienne s'arrêtaient pour quelques instants, et les clients de l'Hôtel Sacher se retrouvaient au bar pour discuter affaires ou prendre un verre avant d'aller dîner. Bien entendu, le barman ne sut jamais que mon père résidait dans l'ignoble Hôtel New Hampshire, à quelques minutes de là — en marchant doucement. Je me demande d'où le barman s'imaginait que sortait mon père. D'un yacht sans doute ; ou sinon du Bristol, ou de l'Ambassador, ou de l'Imperial. Et l'idée me frappa qu'en réalité mon père n'avait jamais eu besoin de smoking blanc pour paraître ce qu'il était.

— Ma foi, John, dit mon père d'une voix calme. Ma foi, John, je suis un raté. Par ma faute, vous voilà tous dans le pétrin.

— Mais non, voyons, protestai-je.

— Mais cette fois, ça y est, on rentre au pays de la liberté, poursuivit mon père en brassant son ignoble breuvage du bout de son index, qu'il se mit à sucer. Et fini les hôtels, ajouta-t-il doucement. Il faudra que je me trouve un emploi.

Il aurait annoncé qu'il allait lui falloir subir une *opération,* il eût pris le même ton. De le voir coincé à ce point par la réalité me fit horreur.

« Quant à vous les enfants, il faudra que vous alliez à l'école, dit-il. A l'université, ajouta-t-il d'une voix rêveuse.

Je lui rappelai que nous étions déjà tous allés à l'école et à l'université. Frank, Franny et moi avions même déjà décroché nos diplômes ; et quel besoin avait Lilly de finir ses études en littérature américaine — alors qu'elle avait déjà terminé un roman ?

« Oh, fit-il. Ma foi, dans ce cas, il faudra que nous trouvions *tous* un emploi.

— Tout à fait d'accord, dis-je.

Il me regarda avec un sourire ; se penchant, il m'embrassa sur la joue. Il avait l'air tellement parfait que là, dans ce bar, jamais l'idée n'aurait pu effleurer personne — pas même une fraction de seconde — que j'étais le jeune amant de ce quadragénaire. C'était un baiser paternel et plus encore qu'à notre entrée dans le bar, tous contemplèrent mon père avec des yeux débordants d'envie.

Il lui fallut une éternité pour renoncer à jouer avec son verre. Je pris deux bières de plus. Je savais ce qu'il était en train de faire. Il *absorbait* le bar du Sacher, s'offrait une dernière vision de l'Hôtel Sacher ; et, bien sûr, il imaginait qu'il en était le propriétaire — qu'il y habitait.

— Ta mère, reprit-il, ta mère aurait adoré tout ça.

Sa main esquissa un geste, puis se posa sur ses genoux.

Elle aurait adoré tout ça, mais *quoi ?* me demandai-je. L'Hôtel Sacher et le bar du Sacher — oui bien sûr. Mais quoi *d'autre ?* Voir son fils Frank se laisser pousser la barbe et tenter de décrypter le message de sa mère — sa philosophie — en contemplant un mannequin de couturière ? Voir Lilly, sa cadette, essayer de grandir ? Voir Franny, sa fille aînée, essayer de découvrir les secrets d'un pornographe ? Et moi, m'aurait-elle aimé ? Je me le demandais, moi ce fils qui châtiait son langage mais brûlait du désir de faire l'amour à sa propre sœur. Et Franny partageait ce désir elle aussi ! Bien sûr, c'était ce qui l'avait poussée vers Ernst.

Comment mon père aurait-il pu deviner pourquoi je fondis en larmes ? Pourtant, il trouva les mots qu'il fallait.

« Ce ne sera pas si terrible, me rassura-t-il. Nous autres humains sommes extraordinaires — quand il s'agit de nous adapter. Si nous n'étions pas capables de nous endurcir, à partir de nos défaites et de nos deuils, de nos désirs inassouvis et de nos frustrations, alors jamais nous ne pourrions nous endurcir *assez*, tu ne crois pas ? D'où pourrions-nous tirer notre force ?

Je pleurais, mon père s'efforçait de me consoler, et dans le bar du Sacher, tout le monde nous regardait. Sans doute est-ce une des raisons qui font qu'à mes yeux ce bar est l'un des plus beaux du monde : sa distinction est telle que l'on peut s'y abandonner au chagrin sans en éprouver de honte.

Mon père avait passé son bras sur mes épaules et je me sentis mieux.

— Bonne nuit, Mr. Berry, fit le barman.

— *Auf Wiedersehen,* dit mon père.

Il savait que jamais il ne reviendrait.

Dehors, tout avait changé. Il faisait nuit. C'était l'automne. Le premier homme que nous croisâmes sur le trottoir, et qui marchait d'un pas pressé, portait un pantalon noir, des escarpins noirs et un smoking blanc.

Mon père ne remarqua pas l'homme en smoking blanc, mais ce présage, ce rappel, me causa une impression de malaise : l'homme en smoking blanc était en tenue de soirée et se rendait à l'Opéra. Sans doute se pressait-il de peur de manquer l'ouverture. La « saison d'automne », comme avait dit Fehlgeburt, était brusquement arrivée. Je le devinai à la fraîcheur de l'air.

A New York, en 1964, la saison du Metropolitan Opera devait s'ouvrir avec la *Lucia di Lammermoor,* de Donizetti. Je lus cette information dans un des livres de Frank, mais, selon Frank, il est douteux qu'à Vienne, la saison eût pu s'ouvrir avec *Lucia.* A en croire Frank, il est probable que quelque chose de plus viennois aurait ouvert la saison — « leur Strauss bien-aimé, leur Mozart bien-aimé ; et même le boche Wagner », dit Frank. Et je ne jurerais pas que ce fut le soir de l'ouverture que mon père et moi aperçûmes l'homme au smoking blanc. Il était manifeste pourtant que l'Opéra était ouvert au public.

— *Lucia,* me dit Frank, fut représenté pour la première fois à Vienne en 1837, dans la version italienne de 1835. Bien sûr, depuis, il y a eu un certain nombre de reprises, la plus célèbre, peut-être, avec la grande Adelina Patti dans le rôle principal — tout particulièrement le soir où sa robe prit feu au moment précis où elle attaquait la scène de la folie.

— Quelle scène de la folie, Frank ? demandai-je.

— Il faut le voir pour le croire, dit Frank, et même, c'est un peu difficile à croire. Mais la robe de la Patti prit feu à l'instant précis où elle se mettait à chanter la scène de la folie — tout était éclairé au gaz, à l'époque, et elle avait dû s'approcher trop près de la rampe. Et tu sais ce qu'elle a fait, la grande Patti ?

— Non.

— Sa robe était en feu, elle l'a arrachée et a continué à chanter comme si de rien n'était, dit Frank. Vienne, quelle époque, non !

Et puis, toujours dans un des livres de Frank sur l'Opéra, j'ai lu que la *Lucia* d'Adelina Patti semblait prédestinée à ce genre de mésaventures. A Bucarest, par exemple, la célèbre scène de la folie fut interrompue par la chute d'un des spectateurs qui dégringola dans la fosse de l'orchestre — sur une femme ; et dans la panique générale, quelqu'un cria « Au feu ! ». Mais la grande Adelina Patti s'écria « Non ; il n'y a pas le feu ! » et continua à chanter de plus belle. Plus tard, à San Francisco, un cinglé lança une bombe sur la scène, et une fois encore l'intrépide Patti réussit à maintenir les spectateurs rivés à leurs sièges. Et pourtant, la bombe avait explosé !

— Une petite bombe, m'avait affirmé Frank.

Mais ce n'était pas une petite bombe que Frank et moi avions vu prendre le chemin de l'Opéra coincée entre Arbeiter et Ernst ; cette bombe-là était aussi volumineuse que Sorrow, aussi grosse qu'un ours. Il est peu probable que le Staatsoper de Vienne ait mis la *Lucia* de Donizetti à son programme le soir où mon père et moi souhaitâmes *Auf Wiedersehen* au Sacher. Si j'aime me dire qu'il s'agissait de *Lucia,* c'est que j'ai mes raisons. Dans cet opéra, il y a beaucoup de sang et de *Schlagobers* — même Frank en convient — et aussi certaine histoire démente d'un frère qui pousse sa sœur à la folie et provoque sa mort en la jetant dans les bras d'un homme qu'elle n'aime pas... ma foi, vous voyez maintenant pourquoi cette histoire très particulière de sang et de *Schlagobers* me paraissait à ce point appropriée.

« *Tous* les opéras prétendument sérieux sont des histoires de sang et de *Schlagobers,* m'avait assuré Frank.

Je ne m'y connais pas assez en opéras pour savoir si c'est vrai ; tout ce que je sais, c'est qu'à mon avis *Lucia di Lammermoor* aurait mérité d'être au programme de l'Opéra de Vienne le soir où mon père et moi quittâmes le Sacher pour regagner à pied l'Hôtel New Hampshire.

« Cet opéra ou un autre, quelle importance, répète sans cesse Frank.

Mais, moi, j'aime cette idée qu'il s'agissait de *Lucia.* J'aime l'idée que la célèbre scène de la folie n'avait pas encore débuté quand mon père et moi poussâmes la porte de l'Hôtel New Hampshire. Susie l'ourse était seule dans le hall — *sans* sa tête d'ourse ! — et elle pleurait. Mon père passa sans s'arrêter devant Susie, ni apparemment remarquer combien elle était bouleversée — ni qu'elle avait retiré son costume ! — mais mon père avait l'habitude des ours malheureux.

Il se dirigea droit vers l'escalier. Il se préparait à annoncer les mauvaises nouvelles à Annie la Gueularde, à lui dire ce que mijotaient les extrémistes, et ce qui se préparait pour l'Hôtel New Hampshire.

— Elle est sans doute montée se faire un client, ou elle est en train de tapiner, lui dis-je.

Mais il déclara qu'il l'attendrait devant sa porte.

Je m'assis près de Susie.

— Elle est encore avec lui, sanglota Susie.

Si Franny était encore enfermée avec Ernst, cela ne pouvait vouloir dire qu'une chose : elle ne se contentait pas de lui *parler.* Il était désormais inutile de prolonger la fiction de l'ourse. Je saisis à deux mains la tête d'ourse de Susie, m'en coiffai, la retirai. Je ne tenais pas en place, incapable d'attendre là dans le hall que Franny, comme une putain, en ait terminé avec lui — et redescende dans le hall — et, je le savais aussi, il n'était pas en mon pouvoir d'intervenir. Comme toujours, je serais arrivé trop tard. Et, cette fois, il n'y avait personne d'assez rapide, pas de Harold Swallow, pour me venir en aide ; il n'y avait pas le Bras Noir de la Loi. Junior Jones *sauverait* un jour Franny, mais il serait arrivé trop tard pour la sauver de Ernst — et moi aussi. Si j'étais resté avec Susie dans le hall, je me serais contenté de pleurer avec elle, et, me semblait-il, je n'avais déjà que trop pleuré.

— Susie, tu as prévenu Old Billig ? demandai-je. Pour les terroristes ?

— Il n'y a que ses saloperies d'ours en porcelaine qui l'intéressent, dit Susie, sans cesser de pleurer.

— Susie, moi aussi j'aime Franny, lui dis-je, en la serrant contre moi.

— Pas de la même façon que moi ! dit Susie, en réprimant un cri.

Si, *de la même façon*, songeai-je.

Je m'engageai dans l'escalier, et Susie se méprit sur mes intentions. « Ils sont quelque part au troisième, dit Susie. Franny est descendue prendre une clef, mais je n'ai pas vu le numéro.

Je jetai un coup d'œil sur le comptoir de la réception ; il était dans une pagaille innommable, ce qui signifiait que, cette nuit-là, l'ourse était de permanence.

— C'est Jolanta que je cherche, fis-je. Pas Franny.

— Tu vas tout lui dire, hein ? fit Susie.

Mais Jolanta n'avait nulle envie qu'on lui dise quoi que ce soit.

— J'ai quelque chose à te dire, fis-je à travers sa porte.

— Trois cents schillings, dit-elle.

Je m'empressai de les glisser sous la porte.

— D'accord, entre, dit Jolanta.

Elle était seule ; visiblement, un de ses clients venait juste de sortir, car elle était encore assise sur son bidet, complètement nue à l'exception de son soutien-gorge.

« Tu veux aussi reluquer les nichons ? fit Jolanta. Pour les nichons, c'est cent schillings de mieux.

— Je veux te *dire* quelque chose, fis-je.

— Ça aussi, c'est cent dollars de plus, dit-elle, en se lavant avec la nonchalance blasée d'une ménagère qui fait sa vaisselle.

Je lui tendis un autre billet de cent schillings, et elle dégrafa son soutien-gorge.

« Déshabille-toi, ordonna-t-elle.

Je m'empressai d'obtempérer tout en m'expliquant :

— Il s'agit de ces cons d'extrémistes. Ils ont tout gâché. Ils se préparent à faire sauter l'Opéra.

— Et alors ? dit Jolanta, en me regardant me déshabiller. T'as un corps fondamentalement raté, fit-elle. Fondamentalement, t'es un petit mec avec de gros muscles.

— Il se peut que j'aie besoin de t'emprunter ce que tu caches dans le fond de ton sac, glissai-je — en attendant que la police prenne les choses en main.

Jolanta ne releva pas.

— T'aimes faire ça debout, le dos au mur ? me demanda-t-elle. C'est ça que tu veux ? Si on se sert du lit — si on doit s'allonger — ça coûte cent schillings de mieux.

Je me laissai aller contre le mur et fermai les yeux.

— Jolanta, dis-je. C'est vrai, ils sont sérieux. Fehlgeburt est *morte*. Et cette bande de cinglés, ils ont une bombe, une grosse.

— Fehlgeburt était morte avant même d'être née, dit Jolanta en se laissant tomber à genoux et en me coiffant de sa bouche.

Un peu plus tard, elle me passa une capote. J'essayai de me concentrer, mais, quand elle se releva, et, se collant à moi, me fourra en elle en me coinçant contre le mur, elle m'informa illico que je n'étais pas assez grand pour faire ça debout. Je lui refilai donc cent schillings de plus et nous fîmes un nouvel essai, sur le lit.

« Voilà que maintenant t'es pas assez *dur,* se plaignit-elle.

Et je me demandai si mon impuissance à rester assez dur n'allait pas encore me coûter cent schillings.

— Je t'en prie, Jolanta, ne va surtout pas répéter aux extrémistes que tu sais ce qu'ils mijotent, dis-je. Et tu aurais sans doute intérêt à changer d'air pendant quelque temps — à vrai dire, personne ne sait ce que va devenir l'hôtel. Nous, nous rentrons en Amérique, ajoutai-je.

— D'accord, d'accord, fit-elle, me repoussant.

Elle s'assit sur le lit, puis traversa la chambre et se réinstalla sur le bidet :

« *Auf Wiedersehen,* dit-elle.

— Mais je n'ai pas *joui,* dis-je.

— A qui la faute ? fit-elle, en continuant, inlassablement, à se laver.

Si *j'avais* joui, sans doute cela m'aurait-il coûté encore cent schillings. Son dos robuste se balançait au-dessus du bidet ; elle se balançait avec sensiblement plus d'énergie que tout à l'heure sous moi. Comme elle me tournait le dos, j'en profitai pour rafler son sac sur la table de chevet et jeter un coup d'œil à l'intérieur. Mais Susie l'ourse s'en était sans doute déjà occupée. Le sac contenait un tube de pommade ; le tube s'était ouvert et la doublure était toute poisseuse. Il y avait bien sûr l'inévitable rouge à lèvres, les inévitables étuis de capotes anglaises (tiens, j'avais oublié de *retirer* la mienne), les inévitables cigarettes, quelques pilules, un petit flacon de parfum, des mouchoirs en papier, de la petite monnaie, un portefeuille bien bourré — et plusieurs petits flacons remplis de tout un assortiment de saloperies. Il n'y avait pas de couteau, sans parler d'un revolver. Son sac était une fausse menace, son sac était du bluff ; elle était le symbole de l'amour bidon, et, en plus — semblait-il —, elle était aussi le symbole de la violence bidon. Ce fut alors que ma main se posa sur un flacon sensiblement plus gros que les autres — d'une taille, à vrai dire, plutôt encombrante. L'extirpant du sac, je l'examinai ; Jolanta se retourna et se mit à hurler.

« Mon *bébé !* hurla-t-elle. Laisse mon bébé ! »

Je faillis le lâcher — ce gros flacon. Et nageant dans le liquide trouble, je vis le fœtus humain, le minuscule embryon aux poings crispés, l'unique fleur qu'eût jamais possédée Jolanta, morte encore en bourgeon. Dans l'esprit de Jolanta — pareille à une autruche qui se rassure en enfouissant sa tête dans le sable —, cet embryon n'était-il pas une sorte d'arme bidon ? Était-ce là ce qu'elle cherchait à tâtons dans son sac, ce qu'elle étreignait à deux mains quand les choses se gâtaient ? Et se pouvait-il vraiment qu'il eût le pouvoir de la rassurer ?

« Laisse mon bébé ! hurla-t-elle, en s'avançant vers moi, nue — et encore ruisselante de l'eau du bidet.

Je reposai doucement le fœtus sur l'oreiller, et m'enfuis.

Comme j'ouvrais et refermais la porte de Jolanta, j'entendis Annie la Gueularde clamer son orgasme bidon. Mon père était, semblait-il, en train de lui annoncer les mauvaises nouvelles. Je ne tenais pas à rejoindre Susie dans le hall et n'osais pas monter voir où était passée Franny, aussi je m'assis sur le palier du premier. Mon père sortit de la chambre d'Annie la Gueularde ; me posant un instant la main sur l'épaule, il me souhaita bonne nuit, puis redescendit se mettre au lit.

— Tu lui as dit ? lançai-je.

— Oui, mais on dirait qu'elle s'en fiche, dit-il.

J'allai frapper à la porte d'Annie la Gueularde.

— Je suis déjà au courant, fit-elle en me voyant.

Mais je n'avais pas été capable de *jouir* avec Jolanta ; et, sur le seuil de la porte d'Annie, je sentis que cela me revenait.

« Ça alors, pourquoi tu le disais pas ? fit Annie la Gueularde, alors que je n'avais encore rien dit.

Elle m'attira dans sa chambre et referma la porte.

« Tel père, tel fils, dit-elle.

Elle m'aida à me déshabiller ; elle-même était déjà nue. Pas étonnant qu'elle fût obligée de travailler si dur, compris-je alors : elle était moins à la coule que Jolanta et ne faisait pas payer pour tous les « extras ». Annie La Gueularde se contentait d'un forfait de quatre cents dollars pour le grand jeu.

« Et si tu ne jouis pas, dit-elle, c'est ma faute *à moi*. Mais je te le promets, pour ce qui est de jouir, tu vas jouir.

— Je t'en prie, lui dis-je, si ça revient au même pour *toi*, je préférerais que *tu ne jouisses pas*. Disons que je préfère que tu ne fasses pas semblant. Un dénouement paisible, voilà ce que je veux, l'implorai-je, mais déjà, sous moi, elle laissait fuser de petits sons bizarres. Suivit bientôt un son qui me terrorisa ; un son sans rien de commun avec ceux qui jusqu'alors avaient jailli de la bouche d'Annie ; qui ne ressemblait pas non plus au son que, par ses caresses, Susie l'ourse avait su arracher à Franny. Le temps d'une affreuse seconde — le son était empreint de tant de souffrance — l'idée m'effleura qu'il s'agissait du chant que Ernst le pornographe faisait chanter à Franny, quand soudain je compris que ce son était *le mien*, que c'était ma misérable voix qui chantait. Annie la Guéularde se mit à chanter avec moi, et, dans le silence frémissant qui suivit notre duo terrifiant, j'entendis le hurlement d'une voix qui, elle, était, indubitablement, celle de Franny — si proche qu'elle ne pouvait venir que du premier :

— Oh, Seigneur Dieu, *par pitié*, dépêche-toi d'en *finir,* hurla Franny.

— Pourquoi as-tu fait ça ? chuchotai-je à Annie la Gueularde, allongée haletante sous moi.

— Quoi ça ?

— L'orgasme bidon, dis-je. Je t'avais demandé de ne pas le faire.

— Il n'était pas bidon, chuchota-t-elle.

Puis, sans me laisser le temps d'interpréter cette nouvelle comme un hommage, elle ajouta :

« Ils sont *tous* vrais. Mais bon Dieu, tu me crois complètement foutue ou quoi ?

Et, bien sûr, pourquoi à mon avis tenait-elle tant à ce que sa noiraude de fille ne se mette jamais au « turbin » ?

— Excuse-moi, chuchotai-je.

— Et j'espère bien qu'ils *vont* le faire sauter, l'Opéra, dit Annie la Gueularde. Et j'espère aussi qu'ils vont bousiller l'Hôtel Sacher, et aussi toute la Kärntnerstrasse. Et la Ringstrasse, avec tous les passants. Tous les *hommes,* chuchota Annie la Gueularde.

Franny m'attendait sur le palier du premier. Elle n'avait pas l'air plus mal en point que moi. Je m'assis près d'elle et chacun de nous demanda à l'autre si tout « allait bien ». Aucun de nous ne fournit de réponse très convaincante. Puis je demandai à Franny ce qu'elle avait appris de Ernst, et elle frissonna. Je lui passai un bras autour des épaules et nous nous appuyâmes tous les deux contre la rampe. Je réitérai ma question.

— J'ai tout appris, je crois, chuchota-t-elle. Qu'est-ce que tu veux savoir ?

— Tout, dis-je.

Franny ferma les yeux, posa la tête sur mon épaule et fourra son nez dans mon cou.

— Tu m'aimes toujours ? fit-elle.

— Oui, bien sûr, chuchotai-je.

— Et tu veux que je te raconte tout ? insista-t-elle, tandis que je retenais mon souffle. La position de la vache, tu veux que je te raconte ça ?

Je me cramponnais à elle, incapable de m'arracher une parole.

« Et la position de l'éléphant ?

Je la sentais trembler ; elle retenait à grand-peine ses larmes.

« Je peux te raconter pas mal de choses sur la position de l'éléphant ; entre autres, ça fait *mal*, dit-elle en fondant en larmes.

— Il t'a fait mal ? demandai-je doucement.

— La position de l'éléphant m'a fait mal, dit-elle.

Nous gardâmes quelques instants le silence, jusqu'au moment où elle cessa de trembler.

« Tu veux que je continue ? fit-elle.

— Pas sur ce sujet, dis-je.

— Tu m'aimes toujours ? demanda Franny.

— Oui, je ne peux pas m'en empêcher, dis-je.

— Pauvre chéri, dit Franny.

— Toi aussi, pauvre chérie, dis-je.

Il y a une chose terrible, quand on est amoureux — vraiment amoureux, je veux dire : comme les gens qui s'aiment vraiment. Même lorsqu'en principe ils sont malheureux, et qu'ils essaient de se consoler, même alors, le moindre contact physique leur est une source de plaisir sexuel ; même lorsqu'en principe ils sont plongés dans l'affliction, il leur arrive d'éprouver du désir. Franny et moi n'aurions pu continuer longtemps à nous serrer l'un contre l'autre dans l'escalier ; nous étions incapables de nous toucher, un peu, sans avoir envie de nous toucher partout.

Sans doute aurais-je dû être reconnaissant à Jolanta de venir nous séparer. Jolanta se préparait à descendre dans la rue, en quête d'une nouvelle victime à accabler d'insultes. Nous voyant assis sur les marches, elle s'arrangea pour me décocher au passage un coup de genou entre les épaules.

— Oh, pardon ! fit-elle. Tu perds ton temps avec lui, ajouta-t-elle à l'adresse de Franny. Il est pas capable de jouir.

Sans un mot, Franny et moi la suivîmes plus ou moins jusque dans le hall — mais Jolanta traversa le hall pour sortir dans la Krugerstrasse, tandis que Franny et moi nous arrêtions pour voir ce que faisait Susie l'ourse. Susie dormait sur le canapé souillé de cendres, une expression presque sereine sur le visage — Susie n'était pas tout à fait aussi laide qu'elle se l'imaginait. Susie disait souvent en plaisantant qu'elle était le type même de la fille pas trop moche à condition qu'on lui fourre la tête dans un sac ; Franny m'avait expliqué que la plaisanterie n'avait rien de drôle ; les deux hommes qui avaient violé Susie lui avaient bel et bien fourré la tête dans un sac — « comme ça, on sera pas obligés de te regarder », avaient-ils dit. Ce genre de cruauté a de quoi rendre ours n'importe qui.

— Vraiment, je ne sais pas quoi penser du viol, avouai-je un jour à Susie. Pour moi, c'est l'expérience la plus traumatisante à laquelle quelqu'un puisse survivre ; par exemple, quand on est victime d'un meurtre, on n'y survit pas. Et si c'est l'expérience la plus traumatisante que je puisse imaginer, c'est sans doute que je ne peux m'imaginer en train de l'infliger à quelqu'un, je ne peux m'imaginer avoir envie de violer. C'est pourquoi c'est un sentiment tellement étranger à mon esprit ; je crois que c'est pour ça que je le trouve tellement traumatisant.

— *Moi* je peux m'imaginer en train de violer quelqu'un, dit Susie. Je peux m'imaginer en train de faire ça aux salauds qui me l'ont fait à moi. Mais ce serait par pure vengeance. Et faire ça à un salopard, à un homme, ça ne marcherait pas. Parce qu'un homme trouverait ça à son goût. Il y a des hommes qui s'imaginent que nous, ça nous plaît d'être violées. Et s'ils pensent ça, c'est uniquement parce qu'à eux, ça leur plairait.

Mais, dans la pénombre gris cendre du deuxième Hôtel New Hampshire, Franny et moi, nous nous contentâmes de tirer Susie de sa torpeur et de la convaincre d'aller se coucher. Nous la remîmes sur pied et récupérâmes sa tête ; nous brossâmes son dos hirsute pour la débarrasser des vieux mégots sur lesquels elle s'était vautrée.

— Allez viens, Susie, viens ôter ta pelure, la cajola Franny.

— Comment as-tu *pu* — avec Ernst ? marmonna Susie. Et toi, comment as-tu pu — avec des putains ? me demanda-t-elle. Je ne vous comprends pas, ni l'un ni l'autre, conclut-elle. Je suis trop vieille.

— Non, c'est moi qui suis trop vieux, Susie, dit doucement mon père.

Il était dans le hall, debout derrière le comptoir de la réception, mais nous n'avions pas remarqué sa présence ; nous le croyions dans sa chambre. De plus, il n'était pas seul. La douce et maternelle extrémiste, notre chère *Schlagobers*, notre chère Schwanger, l'accompagnait. Elle tenait son revolver d'une main ferme, et, d'un geste, nous intima de regagner le canapé.

— Sois gentil, me dit Schwanger. Va chercher Lilly et Frank. Réveille-les doucement. Pas de brutalité, ni même de brusquerie.

Je trouvai Frank allongé sur son lit, à côté du mannequin. Je n'eus pas à le réveiller, il avait les yeux grands ouverts.

— Je le savais, nous n'aurions jamais dû attendre, dit Frank ; nous aurions dû les dénoncer tout de suite.

Lilly était réveillée elle aussi. Lilly écrivait.

— Eh bien, Lilly, voici une nouvelle expérience, j'espère qu'elle t'inspirera, plaisantai-je, tandis que, main dans la main, nous regagnions le hall.

— Une toute petite expérience, j'espère, dit Lilly.

Tous les autres nous attendaient dans le hall. Schraubenschlüssel portait son uniforme de receveur de tramway ; il avait un air très « officiel ». Arbeiter était déjà en tenue ; en fait, il était si bien habillé qu'il n'aurait rien eu d'incongru à l'Opéra. Il portait un smoking, tout noir. Et le capitaine était là lui aussi, le chef, prêt à leur montrer la voie — Ernst le bourreau des cœurs, Ernst le pornographe, Ernst la vedette. Seul Old Billig — Old Billig l'extrémiste — manquait à l'appel. Il se laissait ballotter par le vent, comme avait dit Arbeiter : Old Billig avait eu assez de bon sens pour de lui-même s'exclure de ce dénouement. On le verrait resurgir pour le prochain spectacle ; pour Ernst et Arbeiter, pour Schraubenschlüssel et Schwanger, il s'agissait sans aucun doute de la représentation de gala (peut-être aussi de la dernière).

— Ma petite Lilly, dit Schwanger, va nous chercher Freud. Il faut que Freud soit ici, lui aussi.

Et Lilly, une fois de plus contrainte de jouer le rôle de l'ourse guide de Freud, se chargea de nous ramener le vieil aveugle — sa batte tapotant le plancher devant lui, simplement vêtu de son peignoir de soie écarlate au dos orné du dragon noir (« Chinatown, New York City, 1939 ! », nous avait-il confié).

— C'est un nouveau rêve ? fit le vieux. Qu'est donc devenue la démocratie ?

Lilly installa Freud sur le canapé, à côté de papa. Freud s'empressa de heurter le tibia de papa avec sa batte.

« Oh, pardon ! s'exclama Freud. A qui cette anatomie ?

— A Win Berry, dit doucement mon père.

C'était irréel, mais ce fut la seule fois où nous l'entendîmes se servir de son vrai nom.

— Win Berry ! s'écria Freud. Ma foi, si Win Berry est dans les parages, aucun risque de catastrophe !

Personne n'en avait l'air tellement sûr.

« Expliquez-vous ! lança Freud en direction des ténèbres que percevaient ses yeux. Vous êtes tous ici, insista le vieux. Je vous sens, j'entends vos respirations.

— En fait, c'est parfaitement simple, dit Ernst d'une voix calme.

— Élémentaire, dit Arbeiter. Tout à fait élémentaire.

— On a besoin d'un conducteur, dit doucement Ernst, de quelqu'un pour conduire la voiture.

— Elle glisse comme un rêve, dit Schraubenschlüssel, d'une voix pleine d'adoration. Elle ronronne comme un chaton.

— Alors, conduis-la toi-même, Wrench, dis-je.

— Du calme, petit, me dit Schwanger.

Un coup d'œil sur son revolver me confirma qu'elle le tenait fermement braqué sur moi.

— Du calme, l'haltérophile, dit Wrench.

Un outil, court et d'aspect massif, dépassait de la poche ventrale de son pantalon, et il posa sa main sur l'outil comme sur une crosse de revolver.

— Fehlgeburt était rongée par le doute, dit Ernst.

— Fehlgeburt est morte, dit Lilly — notre réaliste, notre écrivain.

— Fehlgeburt était une incurable romantique, dit Ernst. Elle remettait toujours en cause les *moyens*.

— La fin justifie *bel et bien* les moyens, vous savez, coupa Arbeiter C'est primaire, tout à fait primaire.

— Tu es un crétin, Arbeiter, dit Franny.

— Tu es aussi vaniteux qu'un vulgaire capitaliste ! renchérit Freud.

— Mais, avant tout, tu es un crétin, Arbeiter, dit Susie l'ourse. Un crétin tout à fait primaire.

— L'ourse ferait un conducteur parfait, dit Schraubenschlüssel.

— Va te faire foutre, Wrench, dit Susie l'ourse.

— L'ourse est trop hostile, on ne peut pas lui faire confiance, dit Ernst, avec une logique impeccable.

— Pour ça, tu l'as dit, mon joli, dit Susie l'ourse.

— Moi, je peux conduire, dit Franny.

— Non, tu ne peux pas, Franny, dis-je. Tu n'as jamais décroché ton permis.

— Mais je sais conduire, dit Franny. Frank m'a appris.

— Je conduis mieux que toi, Franny, dit Frank. S'il faut que l'un de nous deux conduise, c'est moi qui conduis le mieux.

— Non, c'est *moi*, insista Franny.

— Tu m'as surpris, c'est vrai, Franny, dit Ernst. Jamais je ne t'aurais crue aussi douée pour obéir aux ordres — tu es très douée pour exécuter les consignes.

— Surtout ne bouge pas, petit, me dit Schwanger.

Mes bras tressautaient — comme après une longue série de flexions avec la longue barre.

— Qu'est-ce que ça veut dire, *ça* ? demanda papa à Ernst, en anglais (son allemand était tellement mauvais). Quels ordres — quelles consignes ?

— Il m'a baisée, papa, dit Franny.

— Doucement, ne bougez pas, dit Wrench à mon père en se rapprochant, la main sur son outil.

Cette fois, Frank dut traduire à l'intention de papa.

— Ne bouge pas, reste où tu es, papa, dit Frank.

Freud fouettait l'air de sa batte, pareil à un chat qui fouette l'air avec sa queue, et il heurta la jambe de mon père — une, deux, trois fois. Je le savais, mon père brûlait d'envie de l'empoigner. Il se défendait très bien avec la Louisville-Slugger.

De temps à autre, profitant des moments où Freud piquait un petit somme, notre père nous emmenait au Stadtpark pour nous décocher quelques balles au ras du sol. Nous adorions ramasser ses balles au vol. Une bonne petite partie de base-ball américain au Stadtpark, en compagnie de papa qui faisait voler ses balles à tour de bras. Même Lilly adorait jouer. Inutile d'être gros pour courir après une balle qui roule. Frank était le moins doué ; Franny et moi, nous nous défendions pas mal pour cueillir les balles — par bien des côtés, nous étions quasiment identiques. C'était à Franny et moi que papa réservait ses balles les plus vigoureuses.

Mais Freud avait la batte en main, et il s'en servait pour calmer mon père et l'empêcher de se lever.

— Tu as couché avec Ernst, Franny ? demanda papa, sans élever la voix.

— Oui, chuchota-t-elle. Je regrette.

— Et vous, vous savez sauté ma fille ? demanda papa à Ernst. On aurait dit que, pour Ernst, il s'agissait d'un problème métaphysique.

— C'était une phase indispensable, dit-il.

Et je compris qu'en cet instant, j'aurais été capable d'égaler Junior

Jones : j'aurais pu développer deux fois mon propre poids — à trois ou quatre reprises peut-être, et très vite ; j'aurais été capable de soulever la barre et ses boules sans le moindre effort.

— Ma *fille* était une phase indispensable ? insista papa.

— Il ne s'agit nullement d'une situation passionnelle ; il s'agit d'un problème de technique, dit Ernst, sans se préoccuper de mon père. J'en suis sûr, tu serais tout à fait capable de conduire la voiture, Franny, mais Schwanger insiste pour que vous tous, les enfants, vous soyez épargnés.

— Même l'haltérophile ? demanda Arbeiter.

— Oui, lui aussi je l'aime bien, dit Schwanger en braquant sur moi son sourire — et son revolver.

— Si tu forces mon père à conduire la voiture, Ernst, je te *tuerai* ! hurla soudain Franny.

Wrench vint aussitôt se poster près d'elle, avec son outil ; s'il avait osé la toucher, il se serait passé quelque chose, mais il se contenta de rester là près d'elle. Freud battait la mesure avec sa batte. Mon père tenait les yeux fermés ; il avait tellement de peine à suivre l'allemand. Sans doute rêvait-il de balles bien dures qui s'envolaient au-dessus du terrain.

— Vous avez déjà perdu votre mère, Franny, expliqua patiemment Ernst, Schwanger nous a demandé de faire en sorte que vous ne perdiez pas aussi votre père. Nous ne voulons pas de mal à ton père, Franny. Et nous ne lui ferons pas de mal, à condition que *quelqu'un* se charge de conduire sagement la voiture.

Un silence perplexe régnait maintenant dans le hall. Puisque nous, les enfants, étions hors du coup, puisque papa devait être épargné, puisqu'il était hors de question de faire confiance à Susie l'ourse, cela signifiait-il que Ernst avait l'intention de confier la voiture à une des *putains* ? A elles non plus on ne pouvait faire confiance — sans doute. Elles ne s'intéressaient qu'à leurs petites personnes. Tandis que Ernst s'évertuait à nous prêcher sa dialectique, les putains avaient traversé discrètement le hall — les putains quittaient pour de bon l'Hôtel New Hampshire. Une équipe soudée dans le silence — amies à la vie à la mort, complices jusqu'au bout —, elles aidaient Old Billig à déménager ses ours en porcelaine. Leurs onguents, leurs brosses à dents, leurs pilules, leurs parfums, elles *déménageaient* tout.

— On aurait dit des rats qui abandonnent un navire en perdition, dirait Frank, plus tard.

Elles étaient allergiques au romantisme de Fehlgeburt ; jamais elles n'avaient été autre chose que des putains. Elles nous quittèrent sans même un au revoir.

— Alors, qui est-ce qui va conduire, super-connard ? demanda Susie l'ourse à Ernst. Qui est-ce qui *reste,* bon Dieu ?

Ernst eut un sourire, un sourire plein de dégoût, un sourire braqué sur Freud. Et bien que Freud n'eût pas d'yeux pour voir, brusquement il comprit.

— *Moi !* s'écria-t-il, comme s'il venait de décrocher un prix.

Il était tellement excité que sa batte précipita son rythme.

« C'est moi qui vais conduire ! s'écria Freud.

— Eh oui, c'est vous, dit Ernst, avec une joie horrible.

— Génial ! s'écria Freud. Un boulot idéal pour un aveugle ! hurla-t-il, sa batte brandie comme une baguette de maestro pour conduire l'orchestre — Freud le chef d'orchestre de l'Opéra de Vienne.

— Et tu aimes Win Berry, pas vrai, Freud ? demanda Schwanger au vieil homme, d'une voix douce.

— Bien sûr que je l'aime ! Comme mon propre fils ! hurla Freud d'une voix stridente, en étreignant mon père à pleins bras, la batte nichée entre ses cuisses.

— C'est pourquoi, à condition que vous conduisiez bien sagement la voiture, dit Ernst à Freud, il n'arrivera aucun mal à Win Berry. Mais si jamais vous déconnez, dit Arbeiter, on les liquide tous.

— Un par un, ajouta Schraubenschlüssel.

— Comment un aveugle peut-il conduire une voiture, bande de crétins, hurla Susie l'ourse.

— Explique-leur, Schraubenschlüssel, dit Ernst, posément.

Vint alors le grand moment de Wrench, le moment qu'il attendait depuis toujours — le moment de décrire dans le moindre détail, avec amour, ce que désirait son cœur. Arbeiter paraissait vaguement jaloux. Schwanger et Ernst écoutaient, l'air on ne peut plus bonnasses, pareils à deux professeurs fiers de leur fort en thème. Mon père, bien sûr, ne comprenait pas assez l'allemand pour tout suivre.

— J'appelle ça une bombe de solidarité, commença Wrench.

— Oh, génial ! s'écria Freud.

Il pouffa :

« Une bombe de *solidarité,* Seigneur Dieu !

— La ferme, fit Arbeiter.

— En réalité, il y a *deux* bombes, dit Schraubenschlüssel. La première, c'est la voiture. La voiture tout entière, précisa-t-il avec un petit sourire rusé. Il faut simplement que la voiture explose dans un certain périmètre autour de l'Opéra — très près de l'Opéra, en fait. Si la voiture explose à l'intérieur de ce périmètre, la bombe placée à l'intérieur de l'Opéra explosera à son tour — comme « par solidarité » avec la première explosion. Voilà pourquoi j'appelle ça une bombe de solidarité, ajouta Wrench, plus crétin que jamais.

Même mon père avait compris.

« Donc, la voiture explose la première, et si elle explose suffisamment près de l'Opéra, alors, la grosse bombe — celle qui est placée à l'intérieur de l'Opéra — elle aussi explosera. Quant à la bombe placée *dans* la voiture, j'appelle ça une bombe « par contact ». Le contact se trouve sur la plaque d'immatriculation avant. Il suffit d'appuyer sur la plaque, et la voiture tout entière vole en morceaux. Et, dans les parages, pas mal de gens voleront eux aussi en morceaux, ajouta Schraubenschlüssel.

— Inévitable, fit Arbeiter.

— La bombe placée à l'intérieur de l'Opéra, reprit Schraubenschlüssel d'un ton ravi, est beaucoup plus compliquée qu'une simple bombe par contact. La bombe de l'Opéra est une bombe chimique, mais, pour l'amorcer, il faut une impulsion électrique extrêmement subtile. Le détonateur de la bombe placée à l'intérieur de l'Opéra — grâce à sa sensibilité tout à fait extraordinaire — est capable de réagir à une explosion d'une violence donnée qui survient dans son périmètre. Un peu comme si la bombe de l'Opéra avait des oreilles, s'esclaffa Wrench.

Jamais encore je n'avais entendu Wrench rire ; un rire répugnant. Lilly s'étrangla, comme prise de nausée.

— Il ne t'arrivera rien de mal à toi, ma chérie, la rassura Schwanger.

— Il me suffit de prendre la voiture, avec Freud dedans, et de descendre la Ringstrasse jusqu'à l'Opéra, dit Schraubenschlüssel. Bien entendu, il me faudra faire attention à ne pas emboutir quelqu'un ; et il faudra que je trouve un endroit sûr pour me garer le long du trottoir — avant de descendre. Sitôt que je descends, Freud se met au volant. Personne ne viendra nous demander de circuler avant que nous soyons prêts ; à Vienne, personne n'interpelle jamais un receveur de tramway.

— Nous savons que vous savez conduire, Freud, dit Ernst. Vous étiez mécanicien autrefois, pas vrai ?

— Exact, dit Freud, fasciné.

— Une fois descendu, je reste près de la portière de Freud, et je lui parle, dit Wrench. J'attends de voir Arbeiter sortir de l'Opéra et traverser la Kärntnerstrasse — jusque sur l'autre trottoir.

— Le *bon* côté ! ajouta Arbeiter.

— Alors, c'est très simple, je dis à Freud de compter jusqu'à dix et d'enfoncer la pédale ! dit Schraubenschlüssel. J'ai déjà pointé la voiture dans la bonne direction. Freud n'aura qu'à enfoncer la pédale — pour prendre le plus d'élan possible. Il est sûr d'emboutir quelque chose —

et presque tout de suite, même s'il braque. Il est *aveugle!* hurla
Wrench, plein d'enthousiasme. Il est *forcé* d'emboutir quelque chose.
Et, à ce moment-là, adieu l'Opéra. La bombe de solidarité réagira.

— La bombe de solidarité, fit mon père avec ironie.

Même papa était capable de comprendre le coup de la solidarité.

— Elle est placée dans un endroit idéal, dit Arbeiter. Et depuis
longtemps, ce qui fait que personne ne sait où elle est. Elle est très
grosse, mais il est impossible de la découvrir.

— Elle est cachée *sous* la scène, dit Arbeiter.

— *Intégrée* à la scène, dit Schraubenschlüssel.

— A l'endroit précis où à la fin du spectacle tous ces cons s'avancent
pour faire leurs foutues révérences ! dit Arbeiter.

— Bien sûr, tout le monde ne sera pas tué, dit Ernst d'un ton
naturel. Tous ceux qui se trouveront sur la scène seront tués, et sans
doute la plupart des musiciens de l'orchestre ainsi que la plupart des
spectateurs des premiers rangs. Mais pour ceux qui seront hors
d'atteinte, ce sera réellement *opératique,* dit Ernst. Ils auront droit à un
sacré spectacle.

— Sang et *Schlagobers,* Schwanger, railla Arbeiter.

Mais elle se contenta de braquer son sourire — et son revolver.
Lilly vomit. Schwanger se pencha pour la réconforter, et peut-être
aurais-je eu alors l'occasion d'empoigner le revolver. Mais je n'avais
pas les idées assez claires. Arbeiter débarrassa Schwanger du revolver,
comme si — à ma grande honte — il avait eu lui les idées plus claires
que moi. Lilly continuait à vomir, et Franny tenta à son tour de la
réconforter, tandis que Ernst continuait à pérorer.

— Quand Arbeiter et Schraubenschlüssel reviendront ici, pour nous
annoncer le succès de notre entreprise, nous saurons alors que nous ne
serons pas obligés de nous en prendre à cette merveilleuse famille
américaine, dit Ernst.

— La famille américaine, dit Arbeiter, est une institution que les
Américains adorent, avec la même sentimentalité outrée qui les pousse
à adorer les champions sportifs et les vedettes de cinéma ; ils accordent
autant d'importance à la famille qu'à la mauvaise nourriture. Les
Américains sont tout simplement *fous* de la famille.

— Et quand nous aurons fait sauter l'Opéra, dit Ernst, quand nous
aurons détruit une institution que les Viennois vénèrent avec la même
répugnante outrance qu'ils mettent à vénérer leurs cafés — qu'ils
vénèrent le *passé* — eh bien... quand nous aurons fait sauter l'Opéra,
nous tiendrons entre nos mains une famille américaine. Nous aurons
une famille américaine en otage. Et, qui plus est, une famille
américaine tragique ; la mère et le plus jeune des enfants déjà disparus

dans un accident. Les Américains adorent les accidents. Pour eux, les catastrophes ont quelque chose de parfait. Et cette fois, avec un père qui lutte péniblement pour élever ses quatre enfants rescapés, nous sommes sûrs de tous les captiver.

Notre père avait maintenant du mal à suivre, et Franny demanda à Ernst :

— Quelles sont vos exigences ? Puisque nous sommes des otages, quelles sont les exigences ?

— Aucune exigence, ma chérie, dit Schwanger.

— Nous n'exigeons rien, fit Ernst, toujours avec patience. Nous aurons déjà obtenu ce que nous voulons. Quand nous aurons fait sauter l'Opéra et que vous serez nos *prisonniers*, nous aurons tout ce que nous pourrons souhaiter.

— Un public, dit Schwanger, dans un quasi-murmure.

— Et un public de taille, dit Ernst. Un public international. Pas uniquement un public européen, pas seulement le public amateur de *Schlagobers* et de sang, mais aussi un public *américain*. Le monde entier sera prêt à écouter ce que nous avons à dire.

— A propos de quoi ? fit Freud.

Lui aussi chuchotait.

— A propos de tout, dit Ernst, toujours aussi logique. Nous aurons un public disposé à entendre tout ce que nous aurons à dire — à propos de tout

— A propos du monde nouveau, murmura Frank.

— Oui ! fit Arbeiter.

— Si la plupart des terroristes échouent, raisonnait Ernst, c'est qu'ils prennent des otages et menacent d'user de violence. Nous, nous commençons par la violence. Ce qui établit d'emblée ce dont nous sommes capables. Ensuite, nous prenons les otages. Ce qui fait que tout le monde nous écoutera.

Tous les yeux étaient rivés sur Ernst, et bien sûr, Ernst en était ravi. Ernst était un pornographe qui rêvait de tuer et de mutiler — non pour servir une cause, ce qui aurait été plutôt absurde, mais pour trouver un *public*.

— Tu es complètement fou, Ernst, dit Franny.

— Tu me déçois, lui dit Ernst.

— Comment ça ? lança papa. Qu'est-ce que vous venez de lui dire ?

— Il a dit que je le décevais, papa, fit Franny.

— Elle vous déçoit ! Vous, ma fille vous déçoit ! hurla-t-il.

— Calmez-vous, fit Ernst parfaitement calme.

— Vous sautez ma fille et, ensuite, vous lui reprochez de vous décevoir !

Papa arracha la batte de base-ball des mains de Freud. Très vite. Il rafla la grosse Louisville-Slugger comme si elle avait depuis toujours fait partie de ses mains, et il la balança posément, tout le poids de ses épaules et de ses hanches dans l'élan, et en accompagnant le swing — un swing parfaitement aligné, un mouvement fauchant qui, sur le terrain, aurait catapulté la balle bien au-dessus du centre du terrain. Et Ernst, trop lent à esquiver, mit sa tête dans la position idéale pour encaisser le boulet que lui aurait expédié le superbe swing de mon père. *Crack !* Plus violent que tous les boulets que Franny et moi aurions jamais pu bloquer. Mon père cueillit Ernst en plein front, juste entre les yeux. Ernst bascula, sa nuque heurta durement le plancher, tandis que ses talons décollaient l'un après l'autre ; puis, après une interminable seconde, tout son corps s'effondra et demeura immobile. Une bosse rouge vif, de la taille d'une balle de base-ball, surgit entre les yeux de Ernst, tandis qu'un petit filet de sang suintait de l'une de ses oreilles, comme si quelque chose de vital, bien que tout petit — son cerveau ou son cœur —, avait explosé à l'intérieur de son corps. Ses yeux étaient grands ouverts, et nous comprîmes que, désormais, Ernst le pornographe était capable de voir tout ce que voyait Freud. Un coup éclair de la batte, et il était passé par la fenêtre ouverte.

— Est-il mort ? lança Freud.

Je persiste à croire que si Freud n'avait pas crié, Arbeiter aurait pressé la détente et abattu mon père ; on eût dit que le cri de Freud bouleversait l'esprit lent de Arbeiter. D'un geste brutal, il enfonça le canon du revolver dans l'oreille de ma petite sœur Lilly ; Lilly tremblait de tous ses membres — elle n'avait plus rien à vomir.

— Par pitié, non, chuchota Franny.

Papa gardait les mains crispées sur la batte, mais il ne bougeait plus. C'était Arbeiter qui maintenant tenait l'arme, et mon père était contraint d'attendre le moment pour frapper.

— Que tout le monde reste calme, dit Arbeiter.

Schraubenschlüssel ne pouvait détacher ses yeux de la bosse pourpre qui marquait le front de Ernst, mais Schwanger souriait toujours à tout le monde.

— Du calme, du calme, psalmodiait-elle. Restons calmes.

— Et maintenant, qu'est-ce que vous allez faire ? demanda papa à Arbeiter, calmement.

Il avait parlé en anglais ; Frank fut contraint de traduire.

Durant les quelques minutes qui suivirent, Frank eut fort à faire à traduire, papa exigeant qu'on lui explique *tout*. Il était un héros ; il se retrouvait sur le quai de l'Arbuthnot-by-the-Sea, à ceci près que cette fois, c'était lui l'homme en smoking blanc — il dirigeait la manœuvre.

— Rendez la batte à Freud, commanda Arbeiter.

— Freud a besoin de sa batte, dit stupidement Schwanger à mon père.

— Rends-lui la batte, papa, fit Frank.

Papa rendit la Louisville-Slugger à Freud, et se rassit près de lui ; il passa le bras sur les épaules de Freud :

— Rien ne vous force à conduire la voiture, dit-il.

— Schraubenschlüssel, dit Schwanger. Tu vas faire exactement ce qui est prévu. Emmène Freud, et vas-y.

— Mais je ne suis pas à l'Opéra ! paniqua Arbeiter. Je n'y suis pas encore — pour voir si l'entracte est commencé, ou plutôt m'assurer qu'il ne l'est pas. Il faut que Schraubenschlüssel me voie sortir de l'Opéra, sinon comment pourra-t-il savoir que tout va bien, et que c'est le bon moment ?

Les extrémistes contemplaient leur chef mort, comme s'il pouvait encore leur dire quoi faire ; ils avaient besoin de lui.

— Toi, tu files à l'Opéra, Schwanger, dit Arbeiter. Moi, vaut mieux que je me charge du revolver. Je reste ici, et toi, tu files à l'Opéra. Dès que tu auras vérifié que ce n'est pas l'entracte, tu quittes l'Opéra et tu te débrouilles pour que Schraubenschlüssel te voie.

— Mais je ne suis pas assez bien habillée, dit Schwanger, moi jamais on me laissera entrer, toi si.

— Tu n'as pas besoin d'être en tenue de soirée pour demander si c'est l'entracte ! hurla Arbeiter. Tu es assez bien habillée pour qu'on te laisse passer, et pour vérifier si oui ou non c'est l'entracte. Une vieille bonne femme comme toi —, personne va aller emmerder une vieille bonne femme sous prétexte qu'elle est mal habillée, bonté divine !

— Du calme, conseilla Schraubenschlüssel, mécaniquement.

— Tout de même, dit notre douce Schwanger, je ne suis pas encore « une vieille bonne femme ».

— Merde ! lança Arbeiter. Remue-toi. File, et vite ! On te laisse dix minutes. Ensuite, Freud et Schraubenschlüssel se mettront en route.

Schwanger paraissait figée sur place, comme incapable de choisir entre la grossesse ou l'avortement pour sujet de son prochain livre.

— Grouille, espèce de connasse ! hurla Arbeiter. Et n'oublie pas de traverser la Kärntnerstrasse. Et surtout ne traverse pas *avant* de voir la bagnole.

Schwanger quitta l'Hôtel New Hampshire, en reprenant ses esprits — arborant une expression aussi maternelle que le permettaient les circonstances.

Nous ne devions jamais la revoir. Sans doute se réfugia-t-elle en Allemagne ; peut-être concevra-t-elle un jour un nouveau livre de symboles. Peut-être, quelque part, accouchera-t-elle d'un nouveau mouvement.

— Vous n'êtes pas obligé d'accepter, Freud, chuchota papa.

— Bien sûr que je suis obligé, Win Berry ! dit Freud d'un ton enjoué.

Il se leva et, se guidant à petits coups de sa batte, se dirigea vers la porte. Si l'on songe qu'il n'y voyait goutte, il ne se débrouillait pas si mal pour s'orienter.

— Assis, vieil idiot, lui dit Arbeiter. Il nous reste encore dix minutes. Et toi, crétin, n'oublie pas de descendre de la voiture, dit Arbeiter à Schraubenschlüssel.

Mais Wrench contemplait toujours son chef raide mort sur le plancher. Moi aussi, je le contemplais. Pendant dix bonnes minutes. Je comprenais enfin ce qu'était un terroriste. Un terroriste, en fait, est tout simplement une sorte de pornographe. Le pornographe affecte de trouver son travail répugnant ; le terroriste feint de n'attacher aucune importance aux *moyens*. A l'en croire, seules les *fins* comptent à ses yeux, mais l'un comme l'autre mentent. Ernst adorait sa pornographie ; Ernst avait le culte des moyens. Jamais les fins n'ont la moindre importance — uniquement les moyens. Pour le terroriste comme pour le pornographe, les moyens sont tout. L'explosion de la bombe, la position de l'éléphant, les *Schlagobers* et le sang — ils adorent tout cela. Leur détachement intellectuel est une escroquerie ; leur indifférence est feinte. Les uns comme les autres mentent quand ils se réclament de « nobles objectifs ». Un terroriste est un pornographe.

Pendant dix bonnes minutes, Frank s'évertua à faire changer Arbeiter d'idée, mais Arbeiter n'avait pas assez d'idées pour pouvoir en changer. Je crois bien que Frank ne réussit qu'à brouiller les idées de Arbeiter.

En tout cas, à moi, Frank me brouillait les idées.

— Tu sais ce que l'on joue à l'Opéra ce soir, Arbeiter ? demanda Frank.

— De la musique, dit Arbeiter, de la musique avec du chant.

— Mais l'important, c'est *quel* opéra — c'est ça l'important, mentit Frank. Tu comprends, ce soir il n'y aura pas précisément salle comble — tu sais ça, j'espère. Ce n'est pas comme s'il s'agissait de Mozart ou de Strauss. Ce n'est même pas du Wagner.

— Tout ça, je m'en fiche, dit Arbeiter. Les premiers rangs seront pleins. Les premiers rangs sont toujours pleins. Et, sur la scène, y aura les connards de chanteurs. Et, forcément, y aura aussi l'orchestre.

— Il s'agit de *Lucia*, dit Frank. La salle sera pratiquement vide. Inutile d'être wagnérien pour savoir que Donizetti ne vaut pas la peine qu'on se dérange. J'avoue que, pour ma part, je suis un peu wagnérien, avoua Frank, mais il n'est nul besoin de partager le jugement germanique sur l'opéra italien pour savoir que Donizetti est tout simplement insipide. Harmonies plates, absence totale de romantisme approprié à la musique...

— Ta gueule, coupa Arbeiter.

— De la musique d'orgue de Barbarie ! fit Frank. Bon Dieu, c'est à se demander si les gens prendront la peine de se déplacer.

— T'en fais pas, ils se déplaceront, assura Arbeiter.

— Mieux vaudrait attendre un grand spectacle, poursuivit Frank. Faire sauter la baraque un autre soir. Attendre un opéra *important*. Si vous faites sauter *Lucia,* raisonna Frank, je suis sûr qu'en fait les Viennois applaudiront. Ils s'imagineront que votre cible, c'était Donizetti ou, encore mieux, l'opéra *italien* ! Vous serez des héros culturels, argumentait Frank, et non pas les méchants que vous voulez être.

— Et quand vous aurez trouvé votre public, intervint Susie l'ourse, qui est-ce qui se chargera du boniment ?

— Votre bonimenteur est mort, dit Franny.

— Tu ne te crois tout de même pas capable de convaincre un public, Arbeiter ? railla Susie l'ourse.

— Ta gueule, dit Arbeiter. Il est tout à fait possible d'installer un ours dans la voiture avec Freud. Freud a une faiblesse pour les ours, tout le monde le sait. Ce ne serait pas une mauvaise idée que de le faire accompagner par un ours — pour son dernier voyage.

— Pas de changement au programme, trop tard, dit Schraubenschlüssel, nerveux. On suit le programme.

Il jeta un coup d'œil à sa montre :

« Deux minutes encore.

— Bon, allez-y, dit Arbeiter. Va falloir un petit bout de temps pour faire sortir l'aveugle et l'installer dans la voiture.

— Moi, sûrement pas ! s'écria Freud. Je connais mon chemin. C'est mon hôtel, non ! Je sais où se trouve la porte, dit le vieux, en boitillant vers la porte, appuyé sur sa batte. Et puis, ça fait des années que vous garez cette foutue bagnole à la même place.

— Accompagne-le, Schraubenschlüssel, dit Arbeiter. Prends-lui le bras, à ce vieux salaud.

— J'ai pas besoin qu'on m'aide, dit Freud, d'un ton enjoué. Au revoir, ma petite Lilly ! Surtout, ne vomis pas, ma chérie. Et continue à grandir !

Lilly s'étrangla de nouveau, secouée de grands frissons. Arbeiter écarta le revolver braqué sur l'oreille de Lilly, de cinq centimètres à peine. Visiblement, il était dégoûté de la voir dégueuler, et pourtant Lilly n'avait lâché qu'une toute petite flaque ; jamais elle ne vomissait beaucoup.

« Toi aussi Frank, tiens bon ! lança Freud — à la cantonade. Laisse personne te traiter de pédé. Tu es un *prince,* Frank ! Un prince encore plus magnifique que Rodolphe ! Tu as plus de majesté que tous les Habsbourg réunis, Frank !

Frank pleurait si fort qu'il ne put rien répondre.

« Et toi, Franny ma chérie, tu es belle. Franny mon petit cœur, dit doucement Freud. Même sans yeux, il est facile de voir combien tu es belle.

— *Auf Wiedersehen,* Freud, dit Franny.

— *Auf Wiedersehen,* l'haltérophile ! me lança Freud. Viens m'embrasser, dit-il, les bras tendus, la Louisville-Slugger serrée dans une de ses mains comme une épée. Viens, montre-moi comme tu es fort.

M'approchant de lui, je l'étreignis à pleins bras, et ce fut alors qu'il me parla à l'oreille.

« Quand tu entendras l'explosion, chuchota Freud, *tue* Arbeiter.

— Allons, on y va, s'impatienta Schraubenschlüssel, en empoignant Freud par le bras.

— Je t'aime, Win Berry ! s'écria Freud.

Mais mon père avait enfoui son visage dans ses mains ; effondré sur le canapé, il ne put même pas soulever la tête.

« Je regrette de t'avoir poussé à te faire hôtelier, dit Freud à mon père, et aussi dompteur d'ours. Au revoir Susie, ajouta Freud.

Susie fondit en larmes. Schraubenschlüssel entraîna Freud dans la rue. Du hall, nous pouvions apercevoir la voiture, la Mercedes transformée en bombe ; elle était garée le long du trottoir, presque en face de la porte de l'Hôtel New Hampshire, une porte tambour, qui entraîna Freud et Schraubenschlüssel dans son tourbillon.

« J'ai pas besoin qu'on m'aide ! protestait Freud. Suffit que tu me laisses *toucher* la voiture, suffit que tu me mènes jusqu'au pare-chocs. Je suis capable de trouver tout seul la portière, espèce d'idiot. Suffit que je pose la main sur le pare-chocs.

Arbeiter, à force de rester penché au-dessus de Lilly, commençait à avoir mal au dos. Il se redressa légèrement ; il jeta un coup d'œil dans ma direction, pour vérifier où je me trouvais. Il jeta un coup d'œil vers Franny. Son revolver balaya le hall.

« Ça y est, j'y suis ! lança au-dehors la voix enjouée de Freud. Ça c'est le phare, pas vrai ?

Mon père releva enfin la tête et me consulta du regard.

— Bien sûr, que c'est le phare, espèce de vieux cinglé ! hurla Schraubenschlüssel. Tu *montes,* oui ou non ?

— Freud ! hurla papa.

Il avait deviné, j'en suis sûr. Il se précipita vers la porte tambour. « *Auf Wiedersehen,* Freud ! lança papa.

Parvenu à la porte, mon père vit très clairement la scène. Freud, dont la main palpait le phare, se glissait non vers la portière, mais vers la calandre de la Mercedes.

— De l'autre côté, crétin ! l'avertit Schraubenschlüssel.

Mais Freud savait exactement où il se trouvait. Repoussant violemment le bras de Wrench, il se dégagea ; puis, brandissant la Louisville-Slugger, il se mit à cogner. Bien sûr, il cherchait à atteindre la plaque d'immatriculation avant. Les aveugles sont doués pour savoir exactement où se trouvent les objets familiers. Trois moulinets suffirent à Freud pour repérer la plaque d'immatriculation, comme mon père nous le raconta souvent. Le premier moulinet atterrit un peu trop haut — au-dessus de la calandre.

— Plus bas ! hurla papa, à travers le tambour de la porte. *Auf Wiedersehen !*

Schraubenschlüssel, nous dit plus tard papa, détalait déjà à toutes jambes. Pourtant, il ne réussit pas à s'enfuir assez loin. Au troisième coup, Freud décrocha la timbale ; le troisième coup de Freud déclencha le feu d'artifice. Elle en avait vu de dures en une seule nuit cette batte de base-ball ! Jamais on ne retrouva trace de la Louisville-Slugger. Par ailleurs, on ne retrouva pas non plus tout ce qui restait de Freud, et quant à Schraubenschlüssel, même sa propre mère aurait eu du mal à l'identifier. Quand l'éclair blanc et les éclats de verre jaillirent au visage de mon père, il fut refoulé de l'autre côté de la porte tambour. Franny et Frank se précipitèrent à son aide tandis que, à l'instant précis où la bombe explosait, je ceinturai Arbeiter — comme Freud m'avait soufflé de le faire.

Arbeiter était un peu plus grand que moi, et un peu plus lourd ; mon menton était fermement planté entre ses omoplates, mes bras lui enserraient la poitrine, bloquant ses bras contre ses flancs. Il fit feu, et la balle s'enfonça dans le plancher. Je craignis un instant qu'il ne me bousille le pied, mais j'étais prêt à tout pour l'empêcher de relever le canon. Je savais Lilly hors de portée de Arbeiter. Deux autres balles se perdirent dans le plancher. Je le serrai si fort qu'il ne parvint pas à repérer l'emplacement de mon pied, pourtant coincé juste derrière le sien. Il fit feu de nouveau, la balle toucha son propre pied, et il se mit à hurler. Il lâcha son revolver. J'entendis l'arme heurter le plancher et vis Lilly s'en saisir, mais le revolver était le moindre de nos soucis. Je ne pensais qu'à serrer ferme Arbeiter. Pour quelqu'un qui venait de se broyer le pied, il ne tarda pas à cesser de hurler. Comme me le dit Frank par la suite, si Arbeiter cessa de hurler, c'est parce qu'il ne pouvait plus respirer. Il faut dire que je ne prêtais guère attention aux cris de Arbeiter. Je ne pensais qu'à serrer. Je m'imaginais tenir entre mes mains la plus grosse barre à disques du monde. Je ne saurais trop dire ce que je m'imaginais être en train de lui infliger, à cette barre — des moulinets, des flexions, des développés — ou bien voulais-je simplement la serrer contre ma poitrine ; c'était sans importance ; je ne pensais qu'à une seule chose : son poids. Et son poids m'obsédait. Je forçais mes bras à croire en leur force. Si j'avais serré Jolanta avec autant de force, elle se serait cassée en deux. Si j'avais serré Annie la Gueularde avec autant de force, elle l'aurait pour une fois fermée. J'avais un jour rêvé de me cramponner ainsi à Franny. Depuis le viol de Franny, depuis que Iowa Bob m'avait montré comment faire, je m'entraînais aux poids ; et maintenant, Arbeiter coincé entre mes bras, j'étais l'homme le plus fort du monde.

— Une bombe de solidarité ! hurla la voix de mon père (je sentis qu'il avait mal). Seigneur Dieu ! Mais c'est incroyable ! Une saloperie de bombe de *solidarité* !

Papa était aveugle : Franny me le dit plus tard, elle sut la vérité sur-le-champ. Pas seulement à cause de l'endroit où il se trouvait au moment de l'explosion, ni des débris de verre qui lui jaillirent au visage ; pas seulement à cause du sang qui inondait ses yeux et que vit Franny quand, lui essuyant le visage, elle put constater l'étendue des dégâts.

— Je le *savais,* c'est tout, dit-elle. Tu comprends, je savais avant même de voir ses yeux. J'avais toujours su qu'il était aussi aveugle que Freud, ou le serait un jour. Je savais qu'il le deviendrait.

— *Auf Wiedersehen,* Freud ! criait papa.

— Ne bouge pas, papa, lança la voix de Lilly.

— Oui, ne bouge pas, papa, dit Franny.

Frank s'était précipité dans la Krugerstrasse, puis remontant la Kärntnerstrasse, avait poussé jusqu'au carrefour de l'Opéra. Il tenait à voir, bien entendu, si la bombe de *solidarité* avait réagi — mais Freud avait eu assez d'intuition pour deviner que la Mercedes garée devant l'Hôtel New Hampshire se trouvait trop loin de l'Opéra pour pouvoir provoquer une réaction en chaîne. Et Schwanger avait sans doute filé sans demander son reste. Ou peut-être avait-elle tout bonnement choisi de rester jusqu'à la fin du spectacle ; peut-être était-ce un opéra qu'elle aimait. Peut-être avait-elle voulu rester là, pour assister aux ovations finales, les voir faire leurs ultimes révérences au-dessus de la bombe inexplosée.

Quand Frank était sorti en courant pour voir si l'Opéra était intact, me dit-il plus tard, il avait remarqué que Arbeiter avait viré au bleu vif, que ses doigts remuaient encore — ou peut-être tout simplement se crispaient — et que ses jambes semblaient gigoter. Lilly m'affirma plus tard que — après le départ de Frank — Arbeiter avait viré du magenta au bleu.

— Un bleu ardoise, dit Lilly, l'écrivain. La couleur de l'océan par temps couvert.

Et quand Frank revint nous annoncer que l'Opéra était intact, Franny me dit que Arbeiter ne bougeait plus et était blême comme un cadavre — le visage exsangue.

« La couleur d'une perle, dit Lilly.

Il était mort. Je l'avais écrasé.

— Tu peux le lâcher maintenant, dut me dire Franny. Tout va bien, tout ira bien, me chuchota-t-elle, sachant combien j'aimais les chuchotements.

Elle m'embrassa sur les joues et je lâchai Arbeiter.

Depuis cette histoire, j'ai changé en ce qui concerne mes haltères. Il m'arrive encore de m'exercer, mais j'ai cessé de jouer les hercules ; je n'aime pas forcer. Quelques petits exercices, histoire de me mettre en train ; je n'aime pas pousser plus maintenant.

D'après la police, si la voiture avait été garée plus près de l'Opéra, la bombe de solidarité de Schraubenschlüssel aurait bel et bien risqué d'exploser. Les experts laissèrent également entendre qu'à tout moment, toute explosion survenue dans le secteur aurait pu déclencher la bombe ; à croire que ce sacré Schraubenschlüssel avait été moins minutieux qu'il ne le croyait. Les journaux publièrent un tas de foutaises au sujet des *objectifs* que s'étaient fixés les extrémistes. Quant à leur prétendu « message », il inspira une somme ahurissante de conneries. Et trop peu de chose à propos de Freud. Mention fut faite de sa cécité, en passant ; et aussi de son internement dans un camp. Mais personne ne dit rien de l'été de 1939, ni de State O'Maine et de l'Arbuthnot-by-the-Sea, ni des rêves — ou de *l'autre* Freud, et de ce que lui aurait peut-être eu à dire à propos de toute cette histoire. Par contre, la signification *politique* de l'événement donna lieu à un tas d'âneries.

— La politique, c'est toujours des foutaises, aurait dit Iowa Bob.

Et on ne parla pas assez de Fehlgeburt, de cette façon qu'elle avait de vous briser le cœur en lisant le dénouement de *Gatsby le Magnifique*. Tout le monde salua mon père comme un héros, bien sûr. Par ailleurs, tout le monde rivalisa de discrétion quant à la réputation pourtant bien établie de notre deuxième Hôtel New Hampshire — « dans sa jeunesse », comme disait Frank en évoquant cette époque sordide.

Lorsque notre père quitta l'hôpital, nous lui offrîmes un cadeau. Pour l'occasion, Franny avait écrit à Junior Jones. Depuis sept ans, Junior Jones se chargeait de nous approvisionner en battes de base-ball, aussi Franny était-elle sûre que Junior saurait trouver une nouvelle batte pour notre père. Une Louisville-Slugger, et bien à lui cette fois. Et, bien sûr, il en aurait besoin. Papa parut ému par notre cadeau — par l'attention de Franny en fait, car l'idée venait de Franny. Je crois me rappeler que papa versa quelques larmes lorsqu'il tendit les mains et que nous y déposâmes la batte, et qu'il se rendit compte de ce qu'il tenait. Pourtant ses yeux étaient toujours cachés sous les bandages, et nous ne le vîmes pas pleurer.

Et Frank, qui depuis toujours avait dû tout traduire à notre père, devint par nécessité son interprète de bien d'autres façons. Lorsque les acteurs du Staatsoper voulurent nous rendre hommage, Frank dut s'asseoir à côté de papa — à l'Opéra — et lui chuchoter à l'oreille ce qui se passait sur la scène. Papa parvenait à suivre la musique, sans problème. Je ne me souviens même plus de quel opéra il s'agissait. Mais une chose est sûre, ce n'était pas *Lucia*, mais un opéra-bouffe particulièrement grotesque, Lilly ayant affirmé avec force que nous en avions assez des *Schlagobers* et du sang. Nous fûmes touchés que l'Opéra de Vienne ait tenu à nous exprimer sa gratitude, mais un spectacle de *Schlagobers* et de sang était au-dessus de nos forces. Cet opéra-là, nous l'avions déjà vu. C'était l'opéra dont sept années durant, nous avions été spectateurs à l'Hôtel New Hampshire.

Aussi, pour l'ouverture de ce joyeux opéra-bouffe — dont le nom m'échappe —, le chef d'orchestre, les musiciens et tous les choristes désignèrent du doigt mon père assis à l'un des premiers rangs (où papa avait exigé d'être placé ; « je veux être sûr de *voir* », avait-il dit). Notre père se leva pour faire une révérence ; une révérence superbe. Il salua la salle en agitant sa batte de base-ball. Les Viennois adoraient l'épisode de la Louisville-Slugger et, tandis que papa les saluait en agitant sa batte, ils applaudirent longtemps, émus jusqu'aux larmes. Nous nous sentîmes très fiers de notre père.

Je me demande souvent si l'éditeur new-yorkais, qui avait offert cinq mille dollars pour le livre de Lilly, aurait prêté attention aux exigences de Frank *si* nous n'étions pas tous devenus célèbres — si nous n'avions pas sauvé l'Opéra et massacré les terroristes à notre manière, dans la bonne vieille tradition américaine. « On s'en fout, non ? », fit Frank, d'un air sournois. De fait, Lilly n'avait pas signé le contrat de cinq mille dollars. Frank avait fait monter les enchères. Et le jour où l'éditeur comprit que *cette* Lilly Berry n'était autre que la petite fille qui avait eu un revolver braqué sur la tempe, et que la même petite Lilly Berry était la plus jeune (et sans doute la plus petite) des survivants de la famille Berry — les tueurs de terroristes, les sauveurs de l'Opéra — eh bien... dès cet instant, bien sûr, Frank se retrouva mener la danse.

— L'auteur que je représente s'est déjà attelé à un nouveau livre, dit Frank, l'agent. De plus, en l'occurrence, nous ne sommes nullement pressés. En ce qui concerne *la Volonté de grandir,* ce qui nous intéresse, c'est la meilleure offre.

Et, bien sûr, Frank devait décrocher le magot.

— Tu veux dire que nous allons être riches ? demanda papa, sans y voir.

Lorsqu'il s'était retrouvé aveugle, il avait d'abord pris l'habitude de trop pencher la tête en avant — comme si cela pouvait l'aider à y voir. Et la Louisville-Slugger était sa compagne toujours en mouvement, son instrument à percussion.

— Nous pouvons faire tout ce qui nous plaît, papa, dit Franny. Toi en tout cas. Réfléchis, tout ce que tu veux.

— Rêve, rêve, papa, dit Lilly.

Mais papa paraissait hébété par les choix qui s'offraient à lui.

— N'importe quoi ? demanda papa.

— Tu n'as qu'à demander, lui dis-je.

Il était redevenu notre héros ; il était — enfin — notre père. Il était aveugle, mais il tenait les rênes.

— Eh bien, il faut que j'y réfléchisse, dit papa, circonspect, tandis que sa batte exécutait des musiques variées.

Entre les mains de mon père, la Louisville-Slugger avait autant de ressources musicales qu'un grand orchestre. Si papa ne parvint jamais à tirer autant de bruit que Freud d'une batte de base-ball, il était plus éclectique que Freud eût jamais pu rêver de l'être.

Ce fut ainsi que nous quittâmes le foyer qui, sept ans durant, avait été le nôtre loin de notre vrai foyer. Frank vendit le deuxième Hôtel New Hampshire pour un prix absurdement élevé. Après tout, disait Frank, c'est une sorte de monument historique.

« Je rentre », écrivit Franny à Junior Jones.

« Je rentre », écrivit-elle aussi à Chipper Dove.

— Pourquoi, bordel, Franny ? demandai-je. Pourquoi écrire à Chipper Dove ?

Mais Franny refusa d'en parler ; elle se contenta de hausser les épaules.

— Je te l'ai dit, fit Susie l'ourse. Il faut que Franny *affronte* le problème, tôt ou tard. Tous les deux, il faut que vous affrontiez Chipper Dove, et puis il faudra bien un jour aussi que vous vous affrontiez l'un l'autre.

Je dévisageai Susie comme si j'ignorais ce qu'elle voulait dire, mais elle m'arrêta :

« Je ne suis pas aveugle, moi, tu sais. J'ai des yeux pour voir. Et, de plus, je suis une ourse intelligente, tu sais.

Mais Susie n'avait aucune intention de se montrer agressive.

« Vous savez, vous avez de réels problèmes tous les deux, nous confia-t-elle à Franny et à moi.

— Sans blague, fit Franny.

— Tu sais, Susie, nous sommes très prudents, dis-je.

— Combien de temps est-il possible d'être prudents à ce point ? demanda Susie. Toutes les bombes n'ont pas encore explosé. Vous deux, vous vivez avec une bombe coincée entre vous. Il ne vous suffira pas d'être prudents, nous prédit Susie. Cette bombe, elle peut vous pulvériser tous les deux.

Pour une fois, semblait-il, Franny n'avait rien à dire ; je lui pris la main, elle la serra.

— Je t'aime, lui dis-je, quand nous nous retrouvâmes en tête à tête (ce que jamais nous n'aurions dû nous permettre). Je regrette, chuchotai-je, mais je t'aime, c'est vrai.

— Et moi, je t'aime terriblement, si tu savais, dit Franny.

Cette fois, ce fut Lilly qui vint nous sauver la mise ; nos bagages étaient bouclés et, en principe, nous étions prêts à partir ; pourtant Lilly écrivait. Nous entendions le bruit de sa machine, et il me semblait voir les petites mains de ma sœur courir comme un brouillard sur le clavier.

— Maintenant que je vais être publiée, avait dit Lilly, il est temps que je fasse de vrais progrès. Il faut que je continue à grandir, avait-elle dit, une note de désespoir dans la voix. Mon Dieu, il faudra que le prochain livre soit plus gros que le premier. Et celui d'après, encore plus gros.

Il y avait du désespoir dans sa voix, et Frank la rassura :

— Cramponne-toi à moi, petite. Avec un bon agent, le monde, tu le tiens par les couilles.

— N'empêche qu'il le faut, gémit Lilly. N'empêche qu'il faut que j'écrive. Après tout, maintenant tout le monde s'attend à ce que je grandisse.

Ce jour-là, le bruit de Lilly acharnée à grandir vint à point faire diversion entre Franny et moi. Nous sortîmes dans le hall, où, après tout, l'ambiance était un peu moins intime — où nous nous sentions moins en danger. Deux hommes venaient d'être tués dans ce hall ; mais pour Franny et moi, c'était un lieu moins dangereux que nos chambres.

Les putains étaient parties. Je me fiche, désormais, de ce qu'il est advenu d'elles. Elles ne s'étaient pas souciées de ce qu'il adviendrait de nous.

L'hôtel était vide ; un nombre redoutable de chambres semblaient nous faire signe, à Franny et à moi.

— Un jour, lui dis-je, il faudra qu'on *le* fasse. Tu le sais. Ou alors, dis, tu crois que ça finira par changer — à force d'attendre ?

— Ça ne changera pas, dit-elle, mais peut-être — un jour — peut-être un jour serons-nous capables de l'assumer. Qui sait, un jour, ça nous paraîtra peut-être un peu moins dangereux que maintenant.

J'avais mes doutes à ce sujet, et j'étais sur le point de tenter de la convaincre que nous devrions *le* faire sur-le-champ, nous servir du deuxième Hôtel New Hampshire de façon à le rendre à son usage premier — en finir une bonne fois, histoire de voir si nous étions maudits, ou simplement victimes d'une attraction perverse — mais, cette fois, Frank fut notre sauveur.

Il nous flanqua une frousse bleue en surgissant dans le hall, chargé de ses valises.

« Seigneur Dieu, Frank ! hurla Franny.

— Désolé, marmonna-t-il.

Comme toujours, Frank charriait une étrange panoplie : ses livres bizarres, ses fringues très particulières, son mannequin de couturière.

— T'emmènes ton mannequin en Amérique, Frank ? fit Franny.

— Il n'est pas aussi lourd que ce que vous trimbalez, tous les deux, dit Frank. Et beaucoup plus inoffensif.

Ainsi donc, Frank savait, lui aussi ; nous le comprîmes tout à coup. A l'époque, Franny et moi nous imaginions que Lilly ne savait rien ; et — en ce qui concerne notre dilemme — nous rendions grâce à Dieu que papa fût aveugle.

« Et surtout, attention aux fenêtres ouvertes, nous dit Frank.

Son foutu mannequin, jeté comme une petite bûche sur son épaule, avait une expression qui nous rappelait un sinistre souvenir. Ce fut sa fausseté qui nous frappa, Franny et moi : le visage ébréché du mannequin, la perruque trop visible, et le torse raide et sans chair — les faux seins, la poitrine inerte, la taille rigide. Dans la mauvaise lumière du hall du deuxième Hôtel New Hampshire, nous avions parfois l'illusion, Franny et moi, de voir surgir Sorrow sous diverses formes. Mais Sorrow ne nous avait-il pas appris à demeurer sur nos gardes, à regarder *partout* ? En ce monde, Sorrow peut revêtir toutes les formes possibles et imaginables.

— Attention aux fenêtres ouvertes, toi aussi, Frank, lui dis-je, en m'efforçant de ne pas regarder de trop près son mannequin.

— C'est le moment ou jamais de nous serrer les coudes, dit Franny — à l'instant où, dans son sommeil, notre père lançait :

— *Auf Wiedersehen*, Freud !

11

Amoureux de Franny.
Aux prises avec Chipper Dove

L'amour flotte lui aussi. Et, cela étant, sans doute l'amour ressemble-t-il de bien d'autres façons à Sorrow.

Nous prîmes l'avion pour New York à l'automne de 1964. Pas de vols séparés cette fois ; nous nous serrions les coudes, suivant le conseil de Franny. L'hôtesse tiqua bien un peu en repérant la batte de base-ball, mais elle autorisa papa à la garder coincée entre ses genoux — malgré les « règlements », les aveugles bénéficient parfois de petits privilèges charitables.

Junior Jones ne put venir nous accueillir à l'aéroport. Junior terminait sa dernière saison avec les Browns — dans un hôpital de Cleveland.

— Écoute, vieux, me dit-il au téléphone, dis à ton père que s'il me donne ses *genoux*, moi je lui donne mes yeux.

— Et à moi, qu'est-ce que tu me donneras si je te donne *mes* genoux ? entendis-je Franny demander à Junior au téléphone.

Sa réponse m'échappa, mais elle sourit et me décocha un clin d'œil.

Nous aurions pu choisir de débarquer à Boston ; Fritz, j'en suis sûr, serait venu nous chercher à l'avion et nous aurait hébergés gratis sous le toit du premier Hôtel New Hampshire. Mais, nous dit notre père, il était hors de question qu'il revoie jamais Dairy, New Hampshire, ni le premier Hôtel New Hampshire. Bien sûr, si nous avions choisi d'y aller et d'y rester jusqu'à la fin de nos jours, notre père n'eût rien « vu », mais nous le comprenions à demi-mot. De plus, aucun d'entre nous n'avait assez de cran pour revoir Dairy et évoquer le temps où notre famille était au complet — et où chacun de nous possédait deux yeux bien ouverts.

New York était un terrain neutre — et, nous avait assuré Frank, l'éditeur de Lilly serait ravi de nous accueillir et de s'occuper de nous pendant quelque temps.

— Profitez-en, nous dit Frank. Il vous suffit de sonner le garçon d'étage.

Notre père se conduisait comme un enfant avec le garçon d'étage et n'arrêtait pas de commander des choses qu'il ne mangerait jamais, et, comme toujours, ses imbuvables breuvages. Il n'avait jamais encore séjourné dans un hôtel où il était possible de se faire servir dans sa chambre ; d'ailleurs, à le voir, on aurait pu croire qu'il n'avait jamais mis les pieds à New York ; le personnel, se plaignait-il, parlait un anglais pire que celui des Viennois — bien sûr, tous les employés étaient des étrangers.

— Plus étrangers encore que les Viennois ont jamais rêvé de l'être ! s'écriait mon père. *Sprechen Sie Deutsch ?* hurlait-il au téléphone. Seigneur Dieu, Frank, commande-nous un *Frühstück* digne de ce nom, tu veux ? Pas moyen de se faire comprendre ici !

— Ici, c'est New York, papa, disait Franny.

— A New York, les gens ne parlent ni allemand ni anglais, papa, expliquait Frank.

— Bon Dieu, mais qu'est-ce qu'ils parlent alors ? faisait papa. Je commande du café et des croissants, et voilà qu'on m'apporte du thé et des toasts.

— Personne ne sait ce que l'on parle ici, disait Lilly, en regardant par la fenêtre.

L'éditeur de Lilly nous installa au Stanhope, à l'angle de la Quatre-vingt-et-unième Rue et de la Cinquième Avenue ; Lilly avait demandé à être logée près du Metropolitan Museum et, pour ma part, je tenais au voisinage de Central Park — je voulais pouvoir courir. Et, pour courir, je courus, autour du réservoir, quatre tours de suite, deux fois par jour — en proie au dernier tour à une douleur somptueuse, dodelinant du chef, avec l'impression que les grands immeubles de New York s'écroulaient tout autour de moi.

Lilly aimait regarder par les fenêtres de notre suite, au treizième étage. Elle aimait regarder les foules à l'entrée du musée.

— Je crois que j'aimerais vivre ici, dit-elle doucement. On a l'impression de regarder un château changer de roi. Et puis, on voit aussi les feuilles changer de couleur dans le parc. Et chaque fois que tu viendrais me voir, tu pourrais aller courir autour du réservoir pour me dire qu'il est toujours à la même place. Je ne tiens pas à jamais le voir de près, ajouta bizarrement Lilly, mais ça me rassure que tu viennes me faire ton rapport sur la salubrité de l'eau, le nombre de coureurs dans le parc, la quantité de crottin dans l'allée cavalière. Un écrivain se doit de savoir toutes ces choses.

— Tu sais, Lilly, dit Frank, je pense que tu pourrais t'offrir une suite ici en permanence, mais ça ne te coûterait pas plus de t'offrir un appartement. Rien ne t'oblige à *vivre* au Stanhope, Lilly. Ce serait peut-être plus pratique pour toi d'avoir ton propre appartement.

— Non, dit Lilly. Si j'en ai les moyens, c'est ici que je veux vivre. Tout de même, *cette* famille doit pouvoir comprendre que j'aie envie de vivre dans un hôtel.

Franny frissonna. Elle me l'avait dit, elle n'avait pas envie de vivre dans un hôtel. Pourtant Franny devait séjourner quelque temps avec Lilly — même quand l'éditeur cessa de régler la note, Lilly conserva sa suite d'angle au treizième, et Franny continua quelque temps à tenir compagnie à Lilly.

— Simplement pour te servir de chaperon, Lilly, la taquinait Franny.

Je savais, moi, que c'était Franny qui avait besoin d'un chaperon.

— Et, bien sûr, tu sais à cause de qui j'ai besoin d'un chaperon, me dit Franny.

Quant à moi, Frank et papa seraient mes chaperons ; papa et moi devions nous installer avec Frank ; il trouva un appartement à la lisière de Central Park South, un vrai palais. Là je pourrais continuer à courir, sillonner tout Central Park, explorer le réservoir pour Lilly, arriver pantelant et dégoulinant de sueur au Stanhope, pour faire mon rapport sur la salubrité de l'eau, etc., et me montrer à Franny — et l'entrevoir un instant.

Pour Franny, papa et moi, il ne devait jamais y avoir de domiciles fixes, mais Frank et Franny deviendraient le genre de New-Yorkais qui s'attachent à certains secteurs de Central Park et ne s'en éloignent jamais. Lilly devait vivre au Stanhope jusqu'à la fin de ses jours, acharnée à écrire et à grandir, jusqu'au niveau d'un treizième étage ; bien que petite, elle était ambitieuse. Et Frank, son agent, continuerait à négocier et à se démener du haut de son appartement aux six téléphones de Central Park South, au 222. Lilly et Frank — tous deux étaient extraordinairement industrieux, et je demandais un jour à Franny ce qui, selon elle, les distinguait l'un de l'autre.

— Disons vingt rues et le zoo de Central Park, dit Franny.

De fait, c'était exactement la distance qui les séparait, mais Franny sous-entendait que c'était là, en outre, la différence entre Lilly et Frank : tout un zoo et plus de vingt rues.

— Et entre nous, Franny, quelle est la différence ? demandais-je, peu après notre arrivée à New York.

— Une des différences entre nous, c'est que de moi aussi je finirai par guérir, d'une façon ou d'une autre, me dit Franny. Je suis comme ça : je guéris. Et de toi aussi je finirai par me guérir, mais toi tu ne guériras pas de moi, m'avertit Franny. Je te connais, mon frère, mon amour. Jamais tu ne guériras de moi — du moins, pas sans mon aide.

Elle avait raison, bien sûr ; Franny avait toujours raison — et elle avait toujours une longueur d'avance sur moi. Lorsqu'enfin Franny coucherait avec moi, c'est elle qui arrangerait tout. En outre, elle saurait exactement pourquoi : pour tenir jusqu'au bout la promesse qu'elle s'était faite de nous materner, maintenant que notre mère avait disparu ; parce que c'était la seule façon de prendre soin de nous ; la seule façon de nous sauver.

« Toi et moi avons besoin d'être sauvés, môme, dit Franny. *Toi* surtout. Tu crois que nous sommes amoureux l'un de l'autre, et peut-être que moi aussi je le crois. Il est grand temps que je te montre que je ne suis pas tellement extraordinaire. Il est temps de crever la bulle avant qu'elle n'explose, me dit Franny.

Et elle choisit son moment de la même façon qu'elle avait choisi de ne pas faire l'amour avec Junior Jones — « pour ne rien gâcher », comme elle disait. Franny n'était jamais à court de projets ni de raisons.

— Merde alors, vieux, me dit Junior Jones au téléphone. Dis à ta sœur de faire un saut jusqu'au Cleveland pour rendre visite à une pauvre épave. Mes genoux sont pétés, mais tout le reste est en parfait état.

— Il y a longtemps que je ne suis plus chef de claque, lui dit Franny. Si tu as envie de me voir, magne-toi le cul et fais un saut à New York.

— Merde alors ! me hurla Junior Jones. Dis-lui que je ne peux pas marcher. Il faut que je me trimbale deux plâtres ! Et ça fait un peu beaucoup à trimbaler sur des béquilles. Et dis-lui aussi que ce sale merdier de New York, je le connais, ajouta Junior. Si je débarque dans cette putain de ville sur des béquilles, je suis sûr de tomber sur des salopards qu'auront envie de m'assommer !

— Dis-lui que quand il se sera enfin guéri de son foutu football, peut-être qu'il trouvera un peu de temps pour moi, dit Franny.

— Oh, vieux, dit Junior Jones, cette Franny, mais qu'est-ce qu'elle veut ?

— Je te veux, toi, me chuchota un jour Franny, au téléphone — quand enfin sa décision fut prise.

Je me trouvais au 222 Central Park South, et essayais de répondre à tous les téléphones de Frank. Notre père se plaignait des téléphones — ils le gênaient pour écouter la radio, ce qu'il faisait à longueur de journée —, et Frank refusait obstinément d'engager une secrétaire, encore moins de louer un bureau digne de ce nom.

— Je n'ai pas besoin d'un bureau, disait Frank. Une adresse et quelques téléphones, ça me suffit amplement.

— Au moins, essaie de te procurer un répondeur, Frank, suggérai-je.

Ce qu'un jour, il se résigna à faire en grommelant de mauvaise grâce. Mais seulement le jour où papa et moi eûmes déménagé.

Tout au début de notre séjour à New York, le répondeur de Frank, ce fut *moi.*

— J'ai une envie folle de toi, me chuchota Franny au téléphone. Franny se trouvait seule au Stanhope.

« Lilly est sortie, elle a un déjeuner littéraire, me dit Franny. Peut-être serait-ce pour Lilly une façon de grandir : courir les déjeuners littéraires.

« Frank est encore une fois en train de magouiller, dit Franny. Il déjeune avec elle. Ils en ont pour des heures. Et tu sais où je suis, môme ? Je suis au lit, et toute nue, et ça me démange tellement que je plane jusqu'au treizième étage — je suis folle de toi, me chuchota Franny. Je te veux. Alors secoue-toi et rapplique. C'est maintenant ou jamais, môme. A moins d'essayer, on ne saura jamais si on peut s'en passer.

Sur quoi, elle raccrocha. Un autre téléphone sonnait. Je le laissai sonner. Franny avait dû deviner que j'étais en tenue de footing ; j'étais déjà prêt à me précipiter dans le couloir.

— Je vais me dégourdir les jambes, dis-je à papa. Un grand tour. Qui sait si j'en reviendrai jamais ! songeai-je.

— Si ça sonne, faut pas compter sur moi pour décrocher, bougonna papa.

Il avait du mal, à l'époque, à prendre la moindre décision. Il restait enfermé dans le splendide appartement de Frank, en compagnie de sa Louisville-Slugger et du mannequin de couturière, et ruminait ses pensées à longueur de journée.

« Tout ? demandait-il sans cesse à Frank. Dis-moi, Frank, sincèrement, je peux faire *absolument* tout ce qui me tente ? demandait papa, au moins cinquante fois par semaine.

— *Tout,* papa, disait Frank. Je me charge de *tout.*

Frank avait déjà décroché à Lilly un triple contrat. Pour la première édition de *la Volonté de grandir,* il avait obtenu un tirage de 100 000 exemplaires. Warner Brothers avaient pris une option sur les droits cinématographiques ; et il avait conjointement conclu un accord séparé avec Columbia Pictures pour un scénario original des événements qui avaient culminé par l'explosion de la bombe devant le deuxième Hôtel New Hampshire — et l'explosion ratée de la célèbre bombe de l'Opéra. Lilly s'était déjà attelée au scénario. Et Frank avait négocié un contrat pour un feuilleton télévisé basé sur l'époque du premier Hôtel New Hampshire (Lilly en serait également l'auteur) — le feuilleton devait s'inspirer de *la Volonté de grandir* et ne sortirait qu'après le lancement du film ; le film aurait pour titre *la Volonté de grandir,* et le feuilleton s'intitulerait *le Premier Hôtel New Hampshire* (ce qui, soulignait Frank, laissait le champ libre pour d'autres contrats).

Mais qui, me demandais-je, aurait jamais l'audace de faire un feuilleton télévisé sur le deuxième Hôtel New Hampshire ? Qui en aurait jamais envie ? se demandait Franny.

Si Lilly était parvenue à grandir, un peu (dans le sillage de *la Volonté de grandir*), Frank avait pour sa part — et pour notre profit à tous — grandi à un rythme accéléré (en monnayant le labeur de Lilly). Pour Lilly, il s'était agi d'un labeur exténuant, nous le savions tous. Nous nous inquiétions beaucoup de la voir travailler aussi dur, de la voir tant écrire — de voir la volonté farouche qu'elle mettait à grandir.

— Vas-y doucement, Lilly, lui conseillait Frank. L'argent rentre à flot, un vrai raz-de-marée — tu es une extraordinaire source de *liquide,* disait Frank le spécialiste en économie, et l'avenir s'annonce radieux.

— Laisse-toi donc aller un peu, Lilly, lui conseillait Franny.

Mais Lilly prenait la littérature au sérieux — quand bien même la littérature ne prendrait jamais Lilly tout à fait assez au sérieux.

— Je sais, j'ai eu de la chance. Maintenant, il faut que je la mérite, disait-elle — en redoublant d'efforts.

Donc, un jour de l'hiver 1964 — juste avant Noël —, Lilly assistait à un déjeuner littéraire quand Franny m'annonça que « c'était maintenant ou jamais ». Nous n'étions séparés que par vingt rues et un tout petit zoo. N'importe quel bon coureur de demi-fond peut couvrir la distance qui sépare Central Park South de l'angle de la Cinquième Avenue et de la Quatre-vingt-et-unième Rue en un laps de temps très court. Il faisait un temps froid mais gris. Les rues et les trottoirs étaient débarrassés de leur neige — conditions idéales pour un bon petit jogging. Dans Central Park, la neige avait un aspect vieux et mort, mais mon cœur était très vivant et cognait dans ma poitrine. Le portier du Stanhope me connaissait — des années durant, les membres de la famille Berry devaient se voir bien accueillis au Stanhope. L'employé de la réception — un type alerte et enjoué à l'accent britannique — me souhaita le bonjour tandis que j'attendais l'ascenseur (au Stanhope, les ascenseurs étaient plutôt lents). Je lui rendis son salut, tout en frottant mes chaussures sur le paillasson ; des années durant, je devais voir cet homme perdre ses cheveux, mais non son enjouement. Il était même capable de répondre avec enjouement aux râleurs. Par exemple l'Européen que Lilly et moi vîmes un matin à la réception, en proie à une fureur noire — un homme corpulent vêtu d'un peignoir à rayures bariolé comme une enseigne de coiffeur ; et couvert de merde, de la tête aux pieds. Personne ne l'avait averti de l'une des particularités du Stanhope : les célèbres toilettes à chasses d'eau refoulantes. S'il vous arrive jamais de descendre au Stanhope, méfiez-vous. Lorsque l'on a terminé sa petite affaire dans les toilettes, il est sage de rabattre le couvercle et de s'écarter franchement — je conseille même de se servir de son pied pour appuyer sur la poignée de la chasse. Sans doute l'Européen corpulent s'était-il posté juste au-dessus de ses excréments — sans doute avait-il espéré les voir disparaître, alors que, soudain, ils avaient jailli vers le haut, l'éclaboussant de la tête aux pieds. Et toujours aussi enjoué derrière son comptoir, le type à l'accent britannique avait toisé le client dégoulinant de merde planté furibond devant lui :

— Oh, mon Dieu. Un petit peu d'air dans les conduits ? avait-il lâché.

C'était toujours ce qu'il disait : « Un petit peu d'air dans les conduits ? »

— Un peu d'air dans les conduits ! beugla l'Européen corpulent. Un paquet de merde dans mes cheveux, oui !

Mais ça, c'était un autre jour.

Le jour où je devais faire l'amour à Franny, je n'eus pas la patience d'attendre l'ascenseur. Je préférai grimper quatre à quatre jusqu'au treizième. En arrivant, je devais avoir l'air particulièrement avide. Franny entrebâilla imperceptiblement la porte et glissa un œil.

— Pouah ! fit-elle. Faudra que tu prennes une douche !

— D'accord, dis-je.

Elle me dit de tenir la porte entrouverte, pour lui laisser le temps de regagner son lit ; elle ne voulait pas que je la voie — pas encore. Je l'entendis traverser la suite en quelques bonds et sauter dans son lit.

— Ça va ! lança-t-elle.

Et j'entrai, sans oublier d'accrocher la pancarte NE PAS DÉRANGER. « Mets la pancarte NE PAS DÉRANGER ! me lança Franny.

— C'est fait, dis-je, une fois dans la chambre, en la regardant. Elle s'était fourrée sous les draps, l'air un peu nerveuse.

— Pas la peine de prendre une douche, dit-elle. *J'aime* quand tu es tout en sueur. Ou disons, j'en ai *l'habitude.*

Mais je me sentais nerveux et pris quand même une douche.

« Grouille-toi crétin ! hurla Franny.

J'expédiai ma douche au plus vite et me servis avec circonspection des toilettes potentiellement refoulantes. Le Stanhope est un hôtel merveilleux, surtout pour ceux qui aiment courir dans Central Park et contempler le Metropolitan et ses foules, mais il faut prendre garde aux toilettes. Venant d'une famille accoutumée aux toilettes bizarres — les toilettes pour nains du premier Hôtel New Hampshire, ces toilettes minuscules qu'aujourd'hui encore utilisent les nabots de Fritz — je suis enclin à une extrême indulgence à l'égard des toilettes du Stanhope ; mais certaines de mes connaissances jurent leurs grands dieux que jamais elles ne remettront les pieds au Stanhope. Après tout, un peu d'air dans les conduits, ou même un tas de merde dans les cheveux, quelle importance pourvu que l'on ait de bons souvenirs ?

J'émergeai de la salle de bains, nu comme un ver, et Franny se fourra la tête sous le drap en s'exclamant : « Seigneur Dieu. » Je me glissai dans le lit à côté d'elle, elle me tourna le dos et se mit à pouffer.

« T'as les couilles toutes mouillées, dit-elle.

— Je me suis essuyé pourtant !

— T'auras oublié tes couilles.

— Des couilles mouillées, c'est l'idéal, dis-je.

Et Franny et moi nous tordîmes de rire comme deux fous. Les deux fous que nous étions.

— Je t'aime, essaya-t-elle de me dire.

Mais elle riait trop fort.

— J'ai envie de toi, lui dis-je.

Mais je riais si fort que j'éternuai — à l'instant même où je lui disais que j'avais envie d'elle —, ce qui nous refroidit encore quelques instants. Il en fut ainsi tant qu'elle me tourna le dos et que nous restâmes allongés l'un contre l'autre comme les deux classiques cuillères amoureuses, mais quand elle se retourna, et qu'elle se jucha sur moi, ses seins plaqués contre mon torse — quand elle me coinça entre ses jambes — tout devint différent. Si, au début, la chose avait été trop drôle, elle devenait maintenant trop sérieuse, et nous nous laissâmes emporter. La première fois, nous fîmes l'amour dans une position plus ou moins classique — « Rien de trop tantrique, s'il te plaît », avait imploré Franny. Puis, quand ce fut fini :

— Ma foi, c'était pas mal. Pas formidable, mais *chouette* — non ?

— " Chouette ", ma foi, moi, je trouve le mot un peu faible. Mais " formidable ", non — d'accord.

— Tu es d'accord, répéta Franny.

Elle secoua la tête, me caressa avec ses cheveux.

« Bon d'accord, chuchota-t-elle. Prépare-toi pour quelque chose de formidable.

A un certain moment, sans doute l'étreignis-je trop fort. Elle protesta :

« S'il te plaît, ne me fais pas mal.

— N'aie pas peur, dis-je.

— J'ai peur, un peu, fit-elle.

— Et moi, beaucoup, dis-je.

Il serait indécent de décrire comment un frère et une sœur font l'amour. Suffit-il de dire que ce fut « formidable » et bientôt le devint plus encore ? Et, plus tard, bien sûr, cela se gâta — plus tard la fatigue s'empara de nous. Vers quatre heures de l'après-midi, Lilly frappa discrètement à la porte.

— C'est la femme de chambre ? fit Franny.

— Non, c'est moi, dit Lilly. Je ne suis pas la femme de chambre, je suis un écrivain.

— Reviens dans une heure, dit Franny.

— Pourquoi ?

— Je suis en train d'écrire quelque chose.

— Ce n'est pas vrai.

— J'essaie de grandir, dit Franny.

— Bon, d'accord, dit Lilly. Et surtout, attention aux fenêtres ouvertes.

En un sens, c'est vrai, Franny était en train d'écrire quelque chose ; la trame de ce que nous allions devenir l'un pour l'autre — comme une mère, elle en assumait la responsabilité. Elle alla trop loin — elle me fit trop l'amour. Elle me donna conscience que ce qui existait entre nous était *trop*.

— J'ai encore envie de toi, murmura-t-elle.

Il était quatre heures et demie. Quand je la pénétrai, elle tressaillit.

— Tu as mal ? chuchotai-je.

— Bien sûr que j'ai mal ! dit-elle. Mais surtout, ne t'arrête pas. Si tu t'arrêtes, je te tue.

Elle m'*aurait* tué, je le compris plus tard. D'une certaine façon — si j'étais demeuré amoureux d'elle — elle aurait été ma mort ; nous aurions été la mort l'un de l'autre. Mais voilà, elle dépassa la mesure ; et elle savait exactement ce qu'elle faisait.

— On ferait mieux de s'arrêter, lui murmurai-je.

Il était presque cinq heures.

— On ferait mieux de ne pas s'arrêter, fit-elle, farouche.

— Mais tu as mal, protestai-je.

— J'ai envie d'avoir plus mal encore, dit Franny. Et toi, tu as mal ?

— Un peu, avouai-je.

— Je veux que tu aies très mal, dit Franny. Par-devant ou par-derrière ? fit-elle, d'un ton sinistre.

Quand, de nouveau, Lilly cogna à la porte, j'étais à deux doigts de plagier Annie la Gueularde ; s'il y avait eu un pont tout neuf dans les parages, j'aurais été capable de le fissurer.

— Reviens plus tard, dans une heure, hurla Franny.

— Il est sept heures, dit Lilly. Ça fait *trois* heures que je suis partie !

— Va dîner avec Frank ! suggéra Franny.

— J'ai déjeuné avec Frank ! protesta Lilly.

— Eh bien va dîner avec papa ! dit Franny.

— Mais je n'ai pas envie de dîner, dit Lilly. Il faut que j'écrive — il est temps que je *grandisse* !

— Offre-toi une nuit de liberté ! dit Franny.

— Toute la nuit ?

— Laisse-moi encore trois heures, dit Franny.

J'émis un grognement étouffé. A mon avis, je n'avais pas de quoi tenir encore trois heures.

— Tu ne commences pas à avoir faim, Franny ? fit Lilly.

— On peut toujours se faire monter quelque chose, dit Franny. D'ailleurs, je n'ai pas faim.

Mais Franny était insatiable ; et c'était la fringale qu'elle avait de moi qui nous sauverait tous les deux.

— Ça suffit, Franny, l'implorai-je.

Il était presque neuf heures, je crois. Il faisait si sombre que je n'y voyais plus rien.

— Mais *tu m'aimes*, non ? me demanda-t-elle, le corps tendu comme un fouet — le corps pareil à une barre trop lourde pour mes bras.

A dix heures, je lui chuchotai à l'oreille :

— Pour l'amour de Dieu, Franny. Il vaut mieux qu'on arrête. On va finir par se faire très mal, Franny.

— Non, mon amour, chuchota-t-elle. Justement, c'est ce qu'on ne va pas se faire : du mal. On va être très bien, tu verras. On va se faire une vie formidable, promit-elle, en me reprenant en elle — encore. Et encore.

— Franny, je ne peux plus, chuchotai-je.

Littéralement, la douleur m'aveuglait ; j'étais aussi aveugle que Freud, aussi aveugle que papa. Et Franny devait avoir encore plus mal que moi.

— Mais si, tu peux, mon amour, chuchota Franny. Encore une fois, une dernière, me pressa-t-elle. Tu en es capable, je le sais.

— Je suis vidé, Franny.

— *Presque* vidé, me corrigea-t-elle. On peut le faire encore une dernière fois. Et après, ce sera fini pour tous les deux. C'est la dernière fois, mon amour. Imagine un peu ce que ça serait de vivre ainsi tous les jours, dit Franny, en se plaquant contre moi, en me volant mon dernier souffle. On deviendrait fous. Impossible de vivre avec cette chose en nous, me chuchota-t-elle à l'oreille. Viens et qu'on *en finisse*. Encore une fois, mon amour. La dernière !

— D'accord ! lui criai-je. Je viens.

— Oui, oui, mon amour, dit Franny — ses jambes se nouèrent autour de mes reins. Salut, au revoir, mon amour, chuchota-t-elle. Oui, voilà ! hurla-t-elle quand elle me sentit trembler. Voilà, voilà, dit-elle, d'une voix apaisante. Cette fois, c'est fini, il ne reste plus rien à ajouter, murmura-t-elle. C'est la fin. Maintenant nous sommes libres. C'est fini maintenant.

Elle m'aida à gagner la baignoire. L'eau me piqua comme de l'alcool à 90 degrés.

— C'est ton sang, ça, ou c'est le mien ? demandai-je à Franny, qui essayait de sauver le lit — maintenant que, nous, elle nous avait sauvés.

— Quelle importance, mon amour, dit Franny d'un ton enjoué. Ça se lave.

Un vrai conte de fées, devait écrire un jour Lilly — de la vie de notre famille.

Je suis d'accord avec elle ; Iowa Bob lui aussi aurait été d'accord : « *Tout* est un conte de fées ! » aurait dit Coach Bob. Et même Freud aurait été d'accord — les *deux* Freud. C'est vrai, tout est un conte de fées.

L'arrivée de Lilly coïncida avec celle du chariot du garçon d'étage, l'étranger de New York qui, stupéfait, vint nous servir notre somptueux repas, et plusieurs bouteilles de vin, sur le coup de onze heures du soir.

— Qu'est-ce que vous fêtez ? nous demanda Lilly.

— Eh bien, John vient de terminer une longue course, s'esclaffa Franny.

— Tu ne devrais pas courir dans le parc la nuit, dit Lilly d'un ton inquiet.

— J'ai remonté la Cinquième Avenue, dis-je. Il n'y avait aucun danger.

— Aucun danger, renchérit Franny, qui éclata de rire.

— Qu'est-ce qui lui prend? me demanda Lilly, en regardant fixement Franny.

— Je crois que c'est le jour le plus heureux de ma vie, dit Franny, sans cesser de pouffer.

— Pour moi, ce n'est qu'un petit événement parmi tant d'autres, lui dis-je.

Elle me lança un petit pain à la tête. Nous éclatâmes tous les deux de rire.

— Seigneur Dieu, dit Lilly, exaspérée — et visiblement révoltée par le monceau de victuailles que nous avions commandées.

— Nous aurions pu être très malheureux toute la vie, dit Franny. Tous, je veux dire! ajouta-t-elle en plongeant les doigts dans la salade.

J'ouvris la première bouteille.

— Il se peut encore que j'aie une vie très malheureuse, dit Lilly en se renfrognant. Par exemple, si je dois vivre encore beaucoup de journées comme celle-ci, ajouta-t-elle en secouant la tête.

— Assieds-toi et pioche, Lilly, dit Franny, qui s'assit devant le guéridon et attaqua le poisson.

— C'est vrai, tu ne manges pas assez, Lilly, lui dis-je, en attaquant les cuisses de grenouille.

— J'ai déjeuné aujourd'hui, dit Lilly. Un déjeuner plutôt moche, d'ailleurs. Je veux dire, la cuisine était parfaite, mais les portions étaient trop grosses. Et moi, un repas par jour me suffit.

Pourtant elle vint nous rejoindre à la table et nous regarda manger. Elle cueillit un haricot vert particulièrement effilé dans la salade de Franny, en grignota la moitié et posa le reste sur mon assiette à beurre; puis, prenant une fourchette, elle se mit à pignocher mes cuisses de grenouille; tout cela, de toute évidence, pas pur énervement — elle n'avait envie de rien.

« Alors, Franny, qu'est-ce que tu as écrit aujourd'hui? demanda Lilly.

Franny avait la bouche pleine, mais elle n'hésita pas.

— Tout un roman, dit Franny. J'ai trouvé ça terrible, mais c'était indispensable. Quand j'ai eu fini, j'ai tout jeté.

— Tout jeté, s'étonna Lilly. Peut-être que tu aurais dû en garder une partie, cela en valait peut-être la peine.

— Ce n'était que de la merde, dit Franny. Jusqu'au dernier mot. John en a lu un petit bout, mais je l'ai obligé à me le rendre pour tout jeter à la poubelle. Et puis, j'ai appelé le garçon d'étage pour qu'il m'en débarrasse.

— Tu as demandé au garçon d'étage de le jeter, tu ne l'as pas jeté toi-même? fit Lilly.

— Je me sentais incapable d'y toucher davantage, assura Franny.

— Et il y avait combien de pages ? demanda Lilly.

— Trop, dit Franny.

— Et toi, ce que tu as lu, qu'en as-tu pensé ? me demanda Lilly.

— Des foutaises, dis-je. Dans la famille, il n'y a qu'un seul écrivain.

Lilly sourit, mais Franny me décocha une ruade sous la table ; je renversai un peu de vin et Franny éclata de rire.

— Votre confiance me touche, dit Lilly, mais chaque fois que je lis le dénouement de *Gatsby le Magnifique,* il me vient des doutes. Vous comprenez, c'est *tellement* beau. Et si je dois ne jamais être capable d'écrire un dénouement aussi parfait, alors, à quoi bon *commencer* un livre, non ? Il est absurde d'écrire un livre si on ne se croit pas capable d'égaler un jour *Gatsby le Magnifique.* Bien sûr, tant pis si on n'y arrive pas — si, une fois terminé, le livre n'est en fin de compte pas très bon —, mais il est indispensable de croire qu'il peut être très bon avant de s'y atteler. Et quelquefois, avant même de commencer, je pense à ce sacré dénouement de *Gatsby le Magnifique,* et ça me démolit, dit Lilly.

Elle crispait ses petites mains, et Franny et moi constatâmes qu'un de ses petits poings étreignait le reste d'un petit pain. Lilly n'aimait pas manger, mais bizarrement, elle pouvait saccager tout un repas sans y puiser la moindre bribe de nourriture.

— Lilly l'angoissée, dit Franny. Ce qu'il faut, Lilly, c'est tout simplement te décider, et le faire, lui dit Franny, en me décochant un nouveau coup de pied sous la table pour ponctuer son « le faire ».

Ce fut un blessé qui regagna le 222 Central Park South. A dire vrai — je ne m'en rendis compte qu'une fois notre énorme repas terminé —, je n'étais pas en état de faire deux kilomètres ni de traverser un zoo à la course ; je me demandais même si je parviendrais à marcher. Mes parties me faisaient affreusement souffrir. Quand Franny se leva pour ramasser son sac, elle eut une grimace ; elle aussi souffrait des séquelles de nos débordements — bien sûr, c'était exactement ce qu'elle avait voulu : il fallait que pendant des jours la douleur nous rappelle nos ébats amoureux. Et cette douleur nous préserverait de la folie ; la douleur nous persuaderait qu'à poursuivre cette quête ambiguë l'un de l'autre, nous risquions à coup sûr de courir à notre perte.

Franny trouva un peu de monnaie dans le fond de son sac, de quoi prendre un taxi ; elle me donna l'argent, en me gratifiant d'un baiser, très chaste et très fraternel. Désormais — entre Franny et moi — il ne peut y avoir d'autres formes de baisers. Désormais, nous nous embrassons comme s'embrassent sans doute la plupart des frères et des sœurs. C'est un peu morne, peut-être, mais le meilleur moyen de passer sans danger devant les fenêtres ouvertes.

Et quand je quittai le Stanhope cette nuit-là — peu de temps avant Noël 1964 —, je me sentis, pour la première fois de ma vie, parfaitement en sécurité. J'éprouvais une certitude raisonnable que nous continuerions tous à passer sans danger devant les fenêtres ouvertes — que nous étions tous des rescapés. Je me dis, maintenant, que Franny et moi n'avions en fait pensé que l'un à l'autre, que nous avions agi avec un peu trop d'égoïsme. Franny avait sans doute le sentiment que son invulnérabilité était contagieuse — la plupart des gens enclins à ce sentiment d'invulnérabilité raisonnent de cette façon, vous savez. Quant à moi, comme toujours, j'avais tendance à essayer de calquer mes sentiments sur ceux de Franny, de mon mieux.

Il était environ minuit quand je pris un taxi qui se dirigeait vers le centre par la Cinquième Avenue et me fis déposer à Central Park South ; malgré la douleur atroce qui me mordait le bas-ventre, j'étais sûr de pouvoir rentrer à pied chez Frank. De plus, j'avais envie de jeter un coup d'œil aux décorations de Noël devant la Plaza. J'avais même l'intention de faire un léger détour pour contempler les jouets dans les vitrines de F.A.O. Schwarz. Egg aurait adoré ces vitrines ; Egg n'était jamais venu à New York. Mais, songeai-je, Egg aurait sans doute imaginé des vitrines plus belles encore, pleines d'innombrables jouets, à longueur d'année.

Je longeai en traînant la patte Central Park South. Le 222 se trouve quelque part entre l'East et le West Side, mais plus près du West — un endroit idéal pour Frank, me disais-je souvent ; et pour nous tous, nous les rescapés du Symposium sur les Relations Est-Ouest.

Une photographie de Freud — *l'autre* Freud — est accrochée sur un mur de l'appartement qu'il occupa jadis à Vienne, au 19 Berggasse. Il a cinquante-huit ans ; c'est en 1914. Je-vous-avais-pourtant-prévenus-non ? paraît dire le regard fixe de Freud, qui semble à la fois inquiet et de mauvaise humeur. Il a l'air aussi pompeux que Frank et aussi angoissé que Lilly. La guerre qui devait éclater en août de cette même année sonnerait le glas de l'Empire austro-hongrois ; cette guerre devait également persuader le Herr Doktor Professor Freud que son diagnostic sur les tendances agressives et autodestructrices des êtres humains était en tout point correct. A regarder la photographie, on imagine sans peine d'où Freud tenait cette idée que le nez humain n'était autre qu'un « appendice génital ». Comme dit Frank : « Freud tenait cette idée de son miroir. » A mon avis, Freud détestait Vienne ; soit dit à sa décharge, *notre* Freud lui aussi détestait Vienne comme, la première, Franny le souligna un jour. Franny aussi détestait Vienne ;

entre autres, le mépris qu'elle vouait à toutes les formes d'hypocrisie sexuelle devait faire d'elle une freudienne irréductible. Et Frank serait freudien dans la mesure où il serait anti-Strauss — « *l'autre* Strauss », insistait Frank ; il voulait parler de Johann, le Strauss très viennois, celui à qui l'on doit cette chanson tellement dingue : « Heureux l'homme capable d'oublier ce qu'il ne peut changer » (*la Chauve-Souris*). Mais tout comme notre Freud, l'autre Freud avait l'obsession morbide de ce qui était oublié — tous deux se passionnaient pour ce qui était réprimé, nos rêves. Ce qui les rendait tous les deux très *a-viennois*. Et notre Freud avait qualifié Frank de prince ; personne n'avait le droit de traiter Frank de « pédé », avait dit Freud ; l'*autre* Freud avait lui aussi conquis le cœur de Frank — lorsqu'une mère éplorée avait écrit au bon docteur pour l'implorer de guérir son fils de son homosexualité, Freud l'avait informée sans ambages que l'homosexualité n'était pas à ses yeux une maladie ; il n'y avait rien à « guérir ». Il y avait toujours eu beaucoup d'homosexuels parmi les grands hommes, avait dit le grand Freud à cette mère.

— En plein dans le mille ! hurlait toujours Frank. Suffit de me regarder !

— Et de me regarder moi, renchérissait alors Susie l'ourse. Pourquoi n'a-t-il jamais parlé des grandes *femmes* de ce monde ? Si vous voulez mon avis, disait Susie, Freud est un peu suspect.

— *Quel* Freud, Susie ? la taquinait Franny.

— Tous les deux, disait Susie l'ourse. A toi de choisir. L'un d'eux trimbalait sa batte, l'autre avait cette espèce de truc sur la lèvre.

— C'était un cancer, Susie, soulignait Frank, d'un ton plutôt pincé.

— Bien sûr, concédait Susie l'ourse, mais Freud disait « cette espèce de truc sur ma lèvre ». Lui qui n'était pas capable d'appeler un cancer un cancer, il traitait toujours les *autres* de refoulés.

— Tu es un peu dure avec Freud non, Susie ? lui dit Franny.

— C'était un *homme,* pas vrai, dit Susie.

— Tu es trop dure avec les hommes, Susie.

— C'est vrai, Susie, dit Frank. Tu devrais un jour en essayer un !

— Toi, peut-être, Frank ? fit Susie.

Et Frank piqua un fard.

— Eh bien, bafouilla Frank, ce n'est pas précisément mon genre — pour être tout à fait franc.

— A mon idée, Susie, en toi il y a en fait quelqu'un d'autre, dit Lilly. Quelqu'un qui meurt d'envie de s'échapper.

— Oh misère, gémit Franny. Il y a peut-être en elle *un ours* qui meurt d'envie de s'échapper !

— Peut-être qu'il y a un homme en elle ! suggéra Frank.

— Peut-être tout simplement une femme formidable, Susie, dit Lilly.

Lilly, l'écrivain, essaierait toujours de voir en nous tous des héros.

Cette nuit-là, peu avant Noël de 1964, je me traînais donc péniblement le long de Central Park South ; je me mis à penser à Susie l'ourse et me rappelai une autre photo de Freud — *Sigmund* Freud —, une photo que j'aimais beaucoup. Sur cette photo, Freud a quatre-vingts ans ; trois ans plus tard il mourra. Il est assis à son bureau, au 19 Berggasse ; la photo date de 1936 et les nazis ne tarderont pas à le chasser du vieux bureau de son vieil appartement — et de sa vieille ville, Vienne. Sur cette photo, une paire de lunettes particulièrement austère chevauche gravement l'appendice génital du nez de Freud. Il ne regarde pas l'appareil — il a quatre-vingts ans, et il ne lui reste plus beaucoup de temps ; il regarde son travail, il n'a pas de temps à gaspiller avec nous. Pourtant, dans cette photo, quelqu'un nous regarde ; le chien favori de Freud, son dogue qui répond au nom de Jofi. Un dogue ressemble vaguement à un lion dégénéré ; et le dogue de Freud a cet air absent des chiens qui fixent toujours l'appareil photo d'un regard stupide. Sorrow était ainsi ; du jour où il fut empaillé, bien sûr, Sorrow regardait toujours l'appareil bien en face. Et le petit chien à l'air triste du vieux Dr Freud est là sur la photo, pour nous dire ce qui va se passer ; nous aurions pu reconnaître aussi le spectre du chagrin dans la fragilité des innombrables bibelots qui virtuellement menacent de chasser Freud de son bureau du 19 Berggasse, et même de Vienne (la ville qu'il haïssait, la ville qui le haïssait). Les nazis devaient peindre une croix gammée sur sa porte ; jamais cette foutue ville ne devait l'aimer. Et le 4 juin 1938, Freud, alors âgé de quatre-vingt-deux-ans, arriva à Londres ; il lui restait une année à vivre — dans un pays étranger. *Notre* Freud, à l'époque, n'avait plus qu'un été à vivre avant de se dégoûter de Earl ; et lui regagnerait Vienne à l'époque où tous les suicidaires refoulés, qui appartenaient à l'époque de l'autre Freud, se transformaient, eux, en assassins. Frank m'avait fait lire un essai dû à la plume d'un professeur d'histoire de l'université de Vienne — un homme d'une grande sagesse nommé Friedrich Heer. Et c'est précisément ce que dit Heer de la société viennoise à l'époque de Freud (selon moi, cela peut s'appliquer à l'époque des *deux* Freud !) : « Tous étaient des candidats au suicide sur le point de devenir assassins. » Tous étaient des Fehlgeburt, acharnés à devenir des Arbeiter ; tous étaient

des Schraubenschlüssel, éperdus d'admiration pour un minable pornographe.

— Hitler, tu sais, avait une peur morbide de la syphilis, me rappelle
souvent Frank. Ce qui est d'une ironie sans nom, souligne Frank, à sa
manière morne, quand on se souvient que Hitler venait d'un pays où la
prostitution a toujours été florissante.

Elle prospère aussi à New York, vous savez. Et certaine nuit d'hiver,
je me retrouvai à l'angle de Central Park South et de la Septième
Avenue, contemplant la ville plongée dans les ténèbres ; c'était là
qu'étaient tapies les putains, je le savais. Mon pénis endolori me
brûlait, résultat des efforts inspirés de Franny pour me sauver — nous
sauver tous les deux —, et enfin, je le savais, je n'étais plus menacé par
elles, j'étais sauvé des deux extrêmes, de Franny et des putains.

Une voiture tourna à l'angle de la Septième Avenue et de Central
Park South, un peu trop vite ; il était minuit passé, et cette voiture
pressée était la seule en vue ; les passagers chantaient pour accompagner la radio. La radio braillait si fort que, malgré les vitres remontées
à cause du froid de cette nuit d'hiver, quelques bribes de la chanson me
parvinrent distinctement. Ce n'était pas un chant de Noël, et je la
trouvais tout à fait inappropriée aux décorations qu'arborait la ville
tout entière, mais les décorations de Noël sont un phénomène
saisonnier, et la chanson dont j'entendis quelques bribes à peine était
une de ces rengaines universellement sentimentales du répertoire
western et populaire. Quelque chose de banal mais de sincère, exprimé
dans un style banal mais sincère. Cette chanson, elle n'a cessé depuis
lors de me hanter, mais chaque fois que je crois l'entendre, j'ai
l'impression qu'il ne s'agit plus tout à fait de la même. Franny me
taquine en me disant que la chanson que j'entendis ce soir-là s'appelait
sans doute *Un simple péché nous sépare du Paradis*. Et c'est vrai, celui-
là ferait parfaitement l'affaire ; n'importe quelle chanson de ce genre
ferait l'affaire.

Il n'y eut rien d'autre : ces bribes de chanson, les décorations de
Noël, le froid de l'hiver, mes génitoires endoloris — et ce merveilleux
sentiment de soulagement, ce sentiment que j'étais enfin libre, libre de
vivre *ma vie* — et cette voiture trop pressée qui me frôla au passage.
Puis, quand j'entrepris de traverser la Septième Avenue, quand il me
sembla que je pouvais traverser sans risque, je levai les yeux et vis le
couple qui s'avançait vers moi. Ils étaient à l'intérieur de Central Park
South et se dirigeaient vers la Plaza — selon un axe ouest-est —, et il
était inévitable, devais-je penser plus tard, que nous nous retrouvions
au beau milieu de la Septième Avenue, la nuit même où Franny et moi
avions enfin connu notre *libération*. Un couple légèrement ivre, me

sembla-t-il — du moins la jeune femme —, et la façon dont elle s'appuyait sur l'homme le faisait osciller lui aussi. La femme était plus jeune que l'homme ; en 1964, du moins, nous l'aurions appelée une jeune fille. Elle riait, accrochée au bras de son compagnon plus âgé ; lui avait l'air d'avoir à peu près mon âge — en fait, il avait quelques années de plus. En cette nuit de 1964, il devait approcher de la trentaine. Le rire aigu de la fille fracassait l'air glacé de la nuit, comme le crépitement de très minces stalactites qui se brisent sur le faîte d'un toit prisonnier de l'hiver. J'étais, on s'en doute, d'une humeur excellente, et malgré ce rire froid et cristallin aux accents trop sophistiqués et trop peu viscéraux — et malgré mes couilles qui me faisaient mal et ma bite qui me brûlait —, je regardai le beau couple et le gratifiai d'un sourire.

Nous n'eûmes aucun mal à nous reconnaître — l'homme et moi. Jamais je n'avais oublié l'arrogance qui marquait son visage, que pourtant je n'avais pas revu depuis cette nuit de Halloween sur le sentier qu'empruntaient toujours les footballeurs — et qu'il eût été plus sage de leur *abandonner*. Certains jours en m'exerçant aux haltères, je croyais encore l'entendre : « Salut, môme. Ta sœur, elle a le plus joli cul de toute l'école. Qui est-ce qui la saute ? »

« Moi, c'est moi qui la saute », aurais-je pu lui répondre ce soir-là sur la Septième Avenue. Mais je ne dis rien. Je m'arrêtai court et restai planté devant lui, attendant d'être sûr qu'il m'avait lui aussi reconnu. Il n'avait pas changé ; il avait presque le même air qu'il avait toujours eu, à mes yeux. Et alors que je m'imaginais avoir, moi, changé — les haltères avaient du moins changé mon *corps*, ça, je le savais —, sans doute les lettres que lui avait avec constance envoyées Franny avaient-elles entretenu dans la mémoire de Chipper Dove (sinon dans son cœur) le souvenir de notre famille.

Chipper Dove, lui aussi, s'arrêta court au beau milieu de la Septième Avenue. Au bout d'une ou deux secondes, il se secoua enfin :

— Tiens, tiens, voyez-moi un peu qui est là, dit-il.

Tout est un conte de fées.

— Attention, il risque de vous violer, dis-je en regardant bien en face la compagne de Chipper Dove.

La fille éclata de rire — ce rire crispé, hypernerveux, pareil à un bruit de glace qui se fêle, ce rire pareil au bruit de petites stalactites qui se brisent. Dove fit chorus un instant. Nous restâmes tous les trois plantés là, au milieu de la Septième Avenue ; un taxi qui fonçait vers le centre faillit nous écraser en prenant le virage à l'angle de Central Park South, mais la fille fut la seule à broncher — ni Chipper Dove ni moi ne fîmes le moindre geste.

— Hé, on est au beau milieu de la rue, vous savez, dit la fille.

Elle était beaucoup plus jeune que lui, constatai-je. Elle se réfugia en sautillant sur le trottoir-est de la Septième Avenue et se mit à attendre, mais nous restâmes tous deux figés sur place.

— J'ai été ravi d'avoir des nouvelles de Franny, dit Dove.

— Pourquoi ne lui as-tu jamais répondu ? demandai-je.

— Hé ! lança son amie, tandis qu'un autre taxi, prenant le virage pour foncer vers le centre, nous gratifiait d'un coup de klaxon prolongé en nous évitant de justesse.

— Est-ce que Franny est à New York, elle aussi ? me demanda Chipper Dove.

Dans un conte de fées, on ne sait pas ce que veulent les gens. Tout avait changé. Je savais, moi, que je ne savais pas si Franny souhaitait oui ou non revoir Chipper Dove. Et, bien sûr, je n'avais jamais su ce que contenaient les lettres qu'elle lui avait écrites.

— Oui, elle est ici, dis-je prudemment.

New York est une grande ville, me disais-je ; la réponse paraissait sans risques.

— Eh bien, dis-lui que je serais ravi de la revoir, dit-il, en s'ébranlant pour me contourner. Cette fille, pas question de la faire attendre, elle, me chuchota-t-il d'un ton complice.

Il alla même jusqu'à me décocher un clin d'œil.

Je l'empoignai sous les aisselles et le soulevai comme une plume ; pour un capitaine de footballeurs, il ne pesait pas lourd. Il ne se débattit pas, mais parut authentiquement surpris que je le soulève avec autant d'aisance. Je ne savais plus trop quoi faire ; je réfléchis une minute — ou peut-être Chipper Dove eut-il l'impression que cela durait une minute — puis le reposai à terre. Je me contentai de le reposer là, devant moi, au beau milieu de la Septième Avenue.

— Hé, vous êtes dingues ou quoi ! lança la fille.

Deux taxis, qui semblaient lancés dans une course, nous encadrèrent un instant — les chauffeurs gardèrent la main plaquée sur leurs klaxons pendant un bon moment, tout en fonçant vers le centre.

— Dis-moi *pourquoi* tu aurais envie de revoir Franny, dis-je à Chipper Dove.

— On dirait que t'as fait pas mal de progrès aux haltères, dit Dove.

— Pas mal, admis-je. Pourquoi as-tu envie de revoir ma sœur ?

— Eh bien, pour lui présenter mes excuses — entre autres choses, marmonna-t-il.

Mais jamais, *lui*, je n'aurais pu le croire ; le sourire glacé scintillait dans ses yeux glacés. Il ne paraissait que modérément intimidé par mes muscles ; il débordait d'une arrogance écrasante.

— Tu aurais au moins pu répondre à une de ses lettres, lui dis-je. Tu aurais pu t'excuser par lettre, n'importe quand.

— Ma foi, dit-il, en se dandinant d'un pied sur l'autre, comme un capitaine qui cherche son assise avant d'intercepter une passe. Ma foi, tout ça, c'est difficile à dire.

Et j'eus envie de le tuer, là sur place ; je crois que j'aurais pu tout encaisser de lui, sauf sa sincérité — l'entendre feindre la sincérité me parut quasiment intolérable. J'eus envie de le broyer entre mes bras — plus fort encore que j'avais serré Arbeiter —, mais, heureusement pour nous deux, il changea de ton. Je commençais à lui porter sur les nerfs.

« Écoute, dit-il. En vertu du Code criminel de ce pays, je suis blanc comme neige — on ne peut pas m'accuser de crime. Le viol n'est pas tout à fait un crime, au cas où tu l'ignorerais.

— Il s'en faut de *peu*, dis-je.

Un autre taxi faillit nous écraser.

— Chipper ! hurlait sa petite amie. Faut-il que j'aille chercher les flics ?

— Écoute, reprit Dove. Tout ce que je te demande, c'est de dire à Franny que je serais heureux de la revoir. De toute évidence, continua-t-il, le bleu glacé de ses yeux s'insinuant dans sa voix, de toute évidence, *elle* a envie de me revoir. Après tout, elle m'a assez longtemps écrit.

Ma parole, on dirait qu'il s'en plaint, me dis-je — à croire que lire les lettres de ma sœur avait été pour lui une corvée !

— Si tu tiens à la voir, débrouille-toi pour le lui dire toi-même, fis-je. Suffit que tu lui laisses un message — et laisse-lui, *à elle*, le soin de décider si elle a envie de te revoir. Laisse un message au Stanhope.

— Au Stanhope ? s'étonna-t-il. Elle est simplement de passage ?

— Non, c'est là qu'elle habite, dis-je. On a le goût des hôtels dans la famille, tu te souviens ?

— Oh, pour ça oui, s'esclaffa-t-il.

Et je devinais ce qui lui passait par la tête : le Stanhope — nous avions fait du chemin depuis l'Hôtel New Hampshire ; les deux hôtels New Hampshire, dont, bien sûr, il n'avait connu que le premier.

« Alors, comme ça, dit-il, Franny habite au Stanhope ?

— Nous sommes *propriétaires* du Stanhope maintenant, dis-je.

J'ignore ce qui me souffla ce mensonge, mais disons qu'il me fallait à tout prix marquer un point. Il parut quelque peu sonné, ce qui un instant du moins me causa un menu plaisir ; une voiture de sport verte le frôla de si près que le brusque appel d'air fit claquer son écharpe. Sa petite amie s'élança de nouveau sur la chaussée de la Septième Avenue ; elle s'approcha avec circonspection.

— Chipper, je t'en prie, dit-elle doucement.

— Vous possédez d'autres hôtels, ou c'est le seul ? me demanda Dove, en feignant l'indifférence.

— Nous possédons la moitié de Vienne, affirmai-je. Et la meilleure moitié. Le Stanhope est le premier à New York ; mais il y en aura d'autres. On a l'intention de faire main basse sur New York.

— Et demain, sur le monde entier, sans doute ? railla-t-il, avec dans la voix son intonation glacée.

— Demande à Franny de te raconter tout ça, dis-je. Je la préviendrai qu'elle peut s'attendre à recevoir de tes nouvelles.

Comme, craignant de lui casser la gueule, je m'écartais, j'entendis sa petite amie :

— Qui est Franny ?

— Ma sœur ! lançai-je. Votre copain l'a violée ! Lui et deux autres mecs, ils lui sont tous passés dessus !

Ni Chipper Dove ni sa petite amie ne s'esclaffèrent cette fois, et je les laissai plantés au beau milieu de la Septième Avenue. Même si j'avais entendu un hurlement de pneus et de freins, et le choc mat de corps heurtant le métal ou le trottoir, je ne me serais pas retourné. Ce fut seulement quand je reconnus comme inséparable de mon corps la douleur qui me mordait le bas-ventre que je compris que j'avais marché trop loin. J'avais dépassé le 222 Central Park South — j'errais à la périphérie de Columbus Circle — et je dus faire demi-tour pour remonter vers l'est. Quand je me retrouvai dans la Septième Avenue, Chipper Dove et sa petite amie avaient disparu. Je me demandai même, une fraction de seconde, si je ne les avais pas rêvés.

Je crois en fait que j'aurais préféré les rêver. Je me demandais avec inquiétude comment réagirait Franny, comment elle « affronterait ça », comme disait toujours Susie. Je me demandais même si je devais mentionner à Franny ma rencontre avec Chipper Dove. Comment prendrait-elle la chose, par exemple, si Dove ne lui téléphonait jamais ? Quelle monstrueuse injustice — que le soir même de notre commun triomphe, à Franny et à moi, le destin voulût que je rencontre l'homme qui l'avait violée, et lui communique son adresse. Je le savais, je perdais un peu les pédales, j'étais complètement dépassé, je me retrouvais à zéro, je n'avais pas la moindre idée de ce que souhaitait Franny. Une chose était sûre, j'avais un besoin urgent des conseils d'un expert en matière de viol.

Frank dormait, et de toute façon, il n'était pas expert en matière de viol. Mon père dormait lui aussi (dans la chambre que nous partagions), mais, à la vue de la Louisville-Slugger abandonnée sur le plancher près du lit de mon père, je devinai quel genre de conseil lui me donnerait — je le savais, tous les conseils que pourrait me donner mon père sur ce sujet me pousseraient à brandir la batte. En me débarrassant de mes chaussures, je réveillai mon père.

— Excuse-moi, chuchotai-je. Rendors-toi.

— Tu as couru bien longtemps, gémit-il. Tu dois être *vanné*.

Vanné, je l'étais, bien sûr, mais j'étais aussi très éveillé. Je passai dans l'autre pièce et m'assis au bureau, devant les six téléphones de Frank. L'expert en matière de viol (du deuxième Hôtel New Hampshire) était facile à joindre, un simple coup de fil m'en séparait ; en réalité, les conseils dont j'avais tant besoin se trouvaient ici même à New York City. Susie l'ourse habitait Greenwich Village. Il était une heure du matin, pourtant je décrochai le téléphone. Le problème avait enfin surgi. Nous étions en 1964, Noël approchait, mais c'était sans importance, nous nous retrouvions en fait en 1956, le jour de Halloween. Toutes les lettres de Franny, demeurées sans réponse, méritaient enfin une réponse. Junior Jones, dont le Bras Noir de la Loi ferait un jour bénéficier la ville de New York de son zèle et de son dévouement, Junior se remettait lentement des coups bas du football, ce jeu de vache ; il devait passer trois années à la faculté de droit, puis six autres à organiser le Bras Noir de la Loi. Junior Jones, certes, viendrait au secours de Franny, mais, comme toujours, il arriverait trop tard. C'était maintenant que surgissait le problème de Chipper Dove ; Harold Swallow n'avait jamais retrouvé sa trace, mais Dove avait fini par sortir de sa tanière. Et pour affronter Chipper Dove, je le savais, Franny aurait besoin de l'aide d'une ourse intelligente.

A elle seule, cette bonne Susie l'ourse est un vrai conte de fées.

Lorsque à une heure du matin elle décrocha son téléphone, on aurait dit un boxeur qui rebondissait contre les cordes du ring.

— Espèce de connard ! Espèce de cinglé ! Sadique ! Tu sais quelle heure il est ! rugit Susie l'ourse.

— C'est moi, fis-je.

— Seigneur Dieu, dit Susie. Et moi qui m'attendais à un coup de fil obscène.

Je lui racontai ma rencontre avec Chipper Dove, et sa conclusion fut qu'il s'agissait bien d'un coup de fil obscène.

— A mon avis, Franny ne sera pas tellement ravie que tu lui aies filé son adresse, dit Susie. Si elle lui a écrit toutes ces lettres, à mon avis, c'était dans l'espoir de se débarrasser de lui à jamais.

A Greenwich Village, Susie occupait un logement affreusement fruste. Franny aimait beaucoup lui rendre visite, et il arrivait aussi à Frank de passer chez elle — quand il se trouvait dans les parages (à deux pas de chez Susie, il y avait un bar tout à fait dans le genre de Frank !) — mais Lilly et moi avions le Village en horreur. Aussi Susie se déplaçait-elle pour venir nous voir.

Au Village, Susie pouvait jouer les ourses chaque fois que l'envie lui en prenait ; elle côtoyait des gens qui, selon moi, étaient bien pires que des ours. Mais quand Susie venait nous voir, il fallait qu'elle ressemble à tout le monde ; en ourse, jamais on ne l'aurait laissée entrer au Stanhope, et dans Central Park South, elle aurait risqué d'être abattue par un agent — qui l'aurait crue échappée du zoo de Central Park. New York n'est pas Vienne, et quand bien même Susie s'efforçait de se débarrasser de ses manières d'ourse, il lui arrivait parfois au Village de récidiver sans que personne remarque rien. Elle partageait avec deux autres femmes un logement pourvu d'un unique W.C. et d'un évier à eau froide ; Susie venait prendre ses bains chez nous — et elle préférait la suite de Lilly, au Stanhope, à la somptueuse salle de bains de Frank, au 222 Central Park South ; à mon avis, Susie *aimait* le danger potentiel des toilettes refoulantes.

A l'époque, elle essayait de devenir actrice. Les deux femmes qui partageaient son affreux logement étaient toutes deux membres d'un truc appelé l'Atelier du West Village. Il s'agissait d'un atelier d'art dramatique, spécialisé dans l'entraînement des clowns de rue. Si le roi des Souris avait encore été de ce monde, disait Frank, il aurait pu prétendre à une chaire dans cet Atelier du West Village. Mais, à mon idée, s'il avait existé à Vienne un truc comme l'Atelier du West Village, peut-être le roi des Souris eût-il encore été de ce monde. Il devrait y avoir des endroits pour pratiquer les danses populaires, les parodies d'animaux, la pantomime, l'unicycle, le cri thérapeutique et les numéros de sadisme qui ne sont que des numéros. Selon Susie, l'Atelier du West Village lui apprenait surtout à préserver l'assurance qu'elle tirait de son personnage d'ourse sans en porter le costume. C'était une évolution plutôt lente, reconnaissait-elle, et entre-temps — histoire d'accroître ses chances —, elle avait fait retoucher le costume par un spécialiste.

— Je voudrais que tu le voies, ce costume, maintenant, me disait souvent Susie. Je t'assure, si tu t'imagines qu'avant je ressemblais vraiment à une ourse, eh bien, mon vieux, t'as rien vu !

— C'est vraiment extraordinaire, m'avait assuré Frank. Je t'assure, même la bouche a quelque chose de mouillé et les yeux sont étranges. Et les crocs, disait Frank, comme toujours grand admirateur de déguisements et d'uniformes, les crocs sont merveilleux.

— N'empêche que tout le monde ici souhaite voir Susie surmonter sa phase d'ourse, disait Franny.

— Nous souhaitons voir *émerger* l'ourse qu'elle cache en elle, disait Lilly.

Sur quoi, nous nous mettions tous à pousser des grognements et autres sons répugnants.

Mais quand je racontai à Susie comment Franny et moi nous étions mutuellement sauvés — pour, sur-le-champ, tomber de nouveau sur Chipper Dove —, Susie ne perdit pas une minute ; Susie était l'amie irremplaçable, toujours prête à réagir en ourse quand les choses se gâtent.

— Où es-tu, chez Frank ? demanda Susie.

— Oui.

— Ne bouge pas, môme. J'arrive. Préviens le portier.

— Je le préviens de l'arrivée d'une ourse ou de ton arrivée à toi, Susie ? demandai-je.

— Un de ces jours, mon chou, dit Susie, le véritable moi va te réserver une surprise.

De fait, un jour, Susie devait me réserver une surprise. Mais avant même que Susie se pointe au 222 Central Park South, Lilly m'appela sur un des six téléphones de Frank.

— Des ennuis ? dis-je.

Il était presque deux heures du matin.

— Chipper Dove, chuchota Lilly, d'une petite voix effrayée. Il vient de téléphoner ! Il voulait parler à Franny !

Quel salaud ! me dis-je. Choisir le moment où elle dort pour appeler une fille qu'il a violée ! Sans doute avait-il voulu s'assurer que Franny habitait bien au Stanhope. Eh bien, maintenant, il savait.

— Et Franny, qu'est-ce qu'elle lui a dit ? demandai-je à Lilly.

— Franny a refusé de lui parler. Elle n'a pas pu lui parler. Je veux dire, elle n'a pas réussi à desserrer les dents... les mots ne voulaient pas sortir. J'ai dit que Franny était sortie, et il a dit qu'il rappellerait. Vaut mieux que tu viennes tout de suite. Franny a peur, chuchota Lilly. Je n'ai jamais vu Franny avoir peur. Elle ne veut même pas retourner se mettre au lit, elle n'arrête pas de regarder par la fenêtre. Je crois qu'elle s'est mis en tête qu'il va de nouveau la violer, chuchota Lilly.

Je passai dans la chambre de Frank et le réveillai. Il se redressa d'un bond sur son lit, repoussant les couvertures et rejetant au loin son mannequin.

— Dove, lui chuchotai-je simplement. Chipper Dove.

Je n'eus pas besoin d'en dire davantage, Frank se réveilla d'un coup, comme si, de nouveau, il cognait sur ses cymbales.

408

Nous confiâmes un message au magnétophone de papa, placé près de son lit, nous bornant à dire que nous étions au Stanhope.

Notre père se débrouillait très bien avec le téléphone ; il comptait les trous. Néanmoins, il lui arrivait souvent de se tromper de chiffres, ce qui le plongeait dans une telle fureur qu'il finissait invariablement par engueuler les gens à l'autre bout de la ligne — comme s'ils avaient été responsables de ses erreurs.

— Seigneur Dieu ! hurlait-il. Vous êtes un faux numéro !

C'est ainsi que, sur cette échelle modeste, mon père et sa Louisville-Slugger terrorisaient tout un secteur de New York.

Frank et moi rencontrâmes Susie à la porte du 222 Central Park South. Il nous fallut courir jusqu'à Columbus Circle pour trouver un taxi. Susie n'avait pas mis son costume d'ourse. Elle portait un vieux pantalon et plusieurs pulls superposés.

— C'est normal qu'elle ait peur, nous dit Susie tandis que nous foncions vers le nord. Mais il faut qu'elle l'assume, qu'elle prenne le dessus. La peur, c'est une des premières phases, mes chéris. Si elle réussit à surmonter cette foutue peur, alors suivra la colère. Et, du jour où elle sera en colère, elle sera tirée d'affaire. Tiens, regardez-moi, déclara-t-elle.

Nous la regardâmes, Frank et moi, mais sans rien dire. Nous étions dans le pétrin, et le savions.

Franny, enveloppée dans une couverture, était assise dans un fauteuil que l'on avait traîné près du radiateur ; elle regardait fixement par la fenêtre. En cette veille de Noël, le Metropolitan Museum dressait sa masse dans le froid comme un château abandonné par ses souverains — tellement abandonné qu'il paraissait maudit ; même les paysans n'osaient s'en approcher.

— Je n'oserai plus rien faire, même pas sortir ! me chuchota Franny. Il pourrait être *n'importe où*. J'ose pas sortir.

— Franny, Franny, dis-je, il n'osera pas recommencer.

— Ne lui raconte pas d'histoires, me dit Susie. Ça ne sert à rien. Ne lui dis rien, pose-lui des questions. Demande-lui ce qu'elle a l'intention de faire.

— Qu'as-tu l'intention de faire, Franny ? fit Lilly.

— Nous, on fera tout ce que tu veux, Franny, dit Frank.

— Réfléchis à ce que tu *souhaites* qu'il arrive, Franny, dit Susie l'ourse.

Franny fut secouée d'un grand frisson, ses dents s'entrechoquèrent. Il faisait une chaleur étouffante dans la suite, mais Franny était glacée.

— Je veux le tuer, dit doucement Franny.

— Ne dis rien, me chuchota Susie à l'oreille.

De toute façon, je n'avais rien à dire. Nous restâmes tous là une bonne heure, tandis que Franny regardait toujours par la fenêtre. Susie lui frotta le dos pour tenter de la réchauffer. Franny voulut me chuchoter quelque chose, et je me penchai vers elle.

— Ça te fait encore mal ? murmura-t-elle.

Elle avait un petit sourire ; je lui souris à mon tour et hochai la tête.

« Moi aussi, dit-elle avec un nouveau sourire.

Mais elle se remit aussitôt à regarder par la fenêtre et, peu après, ajouta :

« Je voudrais le voir mort.

Quelques instants plus tard, elle revint à la charge :

« C'est simple, je ne peux pas sortir, je veux prendre tous mes repas ici — mais il faudra que l'un de vous reste avec moi, tout le temps.

Nous promîmes.

« Tuez-le, répéta-t-elle, comme le jour se levait au-dessus du parc. Il est peut-être là, dehors, n'importe où, dit-elle, en regardant le ciel s'éclaircir. Le salaud ! hurla-t-elle soudain. Je veux le tuer !

Pendant un ou deux jours, nous nous relayâmes auprès d'elle. Nous inventâmes une histoire à l'intention de notre père — Franny avait la grippe et elle gardait le lit dans l'espoir d'être complètement rétablie pour Noël. Un mensonge raisonnable, à notre idée. Franny avait déjà menti à papa au sujet de Chipper Dove ; elle lui avait raconté qu'elle avait simplement été « tabassée ».

Nous n'avions même pas convenu d'un plan — si Chipper Dove rappelait, nous n'avions aucune idée de ce que Franny avait l'intention de faire.

« Tuez-le, se bornait-elle à dire.

Et dans le hall du Stanhope, tandis que nous attendions l'ascenseur, Frank me dit :

— Peut-être que nous devrions le tuer. Cela réglerait le problème.

Franny était notre chef ; quand elle était perdue, nous étions *tous* perdus. Sans son opinion, nous étions incapables de nous mettre d'accord sur un plan.

— Qui sait, il ne rappellera peut-être jamais, dit Lilly.

— Tu es un écrivain, Lilly, dit Frank. Tu devrais pourtant savoir ces choses. Bien sûr qu'il rappellera.

Frank se livrait là à une de ses professions de foi antimonde — il exprimait une de ses théories perverses selon lesquelles ce que l'on ne veut pas voir arriver est précisément ce qui arrive. Et en tant qu'écrivain, Lilly devait partager un jour la *Weltanschauung* de Frank.

Mais, au sujet de Chipper Dove, Frank ne se trompait pas ; il rappela. Ce fut Frank qui décrocha. Frank ne parvint pas à garder son flegme ; en entendant la voix glacée de Chipper Dove, il tressaillit — en vérité, il fut secoué d'un tel spasme qu'il renversa le lampadaire posé près du divan, envoyant valser l'abat-jour, et Franny comprit sur-le-champ. Elle se mit à hurler, se précipita hors du living pour se barricader dans la chambre de Lilly (la cachette la plus proche) ; Susie l'ourse et moi fûmes contraints de nous précipiter et de la maintenir allongée sur le lit de Lilly, en nous efforçant de la calmer.

« Euh, non, elle n'est pas ici en ce moment, dit Frank à Chipper Dove. Si vous laissiez un numéro pour qu'elle vous rappelle ?

Chipper Dove donna son numéro à Frank — en fait, deux numéros : celui de son domicile et celui de son bureau. A l'idée qu'il avait une occupation, Franny parut retrouver d'un coup ses esprits.

— Qu'est-ce qu'il fait ? demanda-t-elle.

— Eh bien, dit Frank. Il n'a pas dit grand-chose, seulement qu'il travaillait dans la firme de son oncle. Tu sais comme ils se trahissent toujours rien qu'à la façon dont ils prononcent le mot « firme » — la foutue firme, quel que soit le genre de la firme.

— Il peut s'agir de n'importe quoi. Un cabinet d'avocats, une entreprise.

— Peut-être que c'est une firme de violeurs, dit Lilly.

Ce qui déclencha le premier signe de bon augure depuis des jours. Franny éclata de rire.

— Bravo Franny, l'encouragea Frank.

— Ce petit super-merdeux qui se prend pour un être humain ! hurla Franny.

— Bravo, Franny, dit Susie l'ourse.

— Le salopard est employé dans la saloperie de firme de son oncle ! dit Franny.

— C'est exact, dis-je.

— Je ne tiens pas à le tuer, finit par dire Franny. Je veux seulement lui faire peur. Je veux seulement qu'il soit terrorisé, dit-elle avec un brusque frisson.

Sur quoi, elle fondit en larmes.

« Lui, il m'a fait une peur horrible ! Et j'ai encore peur de lui, bonté divine. Je veux lui flanquer la trouille, à ce salaud, je veux lui faire payer la peur qu'il m'a faite.

— Enfin, tu parles, dit Susie l'ourse. Enfin, tu es en train d'assumer.

— Y a qu'à le violer ! dit Frank.

— Et qui s'en chargerait ? demanda Lilly.

— Moi — pour la *cause*, dit Susie. Mais, même avec moi, je crois que ça lui plairait. Les hommes sont tordus à ce point. Même quand ils vous détestent à mort, leurs bites continuent de vous aimer.

— On ne peut pas le violer, dit Franny.

Bon, Franny s'était reprise, me dis-je. Elle était de nouveau notre chef.

— On peut tout faire, ergota Frank — Frank l'agent, Frank l'intermédiaire.

— Même si nous pouvions imaginer un moyen de le violer, dit Susie, même si nous dénichions le violeur idéal pour lui régler son compte, je persiste à dire que ça ne serait pas la même chose : le salopard trouverait le moyen de *prendre son pied.*

Et ce fut alors que Lilly, l'écrivain, prit les choses en main. Notre petite Lilly, le créateur : c'est elle qui avait l'imagination la plus féconde.

— Il ne prendrait sûrement pas son pied, s'il croyait qu'un *ours* est en train de le violer, dit Lilly.

— Sodomie ! s'écria Frank, en proie à une joie mauvaise, en frappant des mains — comme les cymbales dont il s'était jadis servi sur Chipper Dove. Sodomisons-le, ce salaud !

— Une minute, bordel ! dit Susie l'ourse. Peut-être que *lui* s'imaginera avoir affaire à un ours, mais moi, je saurais qu'il s'agit de lui. D'accord, je suis prête à tout pour la *cause,* et je suis prête à tout pour *toi,* Franny ma chérie, mais tout de même, il faut me donner un peu de temps pour réfléchir.

— Mais, Susie, je ne crois pas que tu seras vraiment obligée de le lui *faire,* dit Franny. Je crois qu'il aurait suffisamment la trouille.

— Tu pourrais faire semblant d'être un ours en rut, Susie, dit Lilly.

— Un ours en rut ! hurla Frank, ravi. C'est ça, s'écria-t-il avec enthousiasme. Un ours en rut devient fou de rage. Tu pourrais engloutir d'un coup les *couilles* du salaud dans ta terrible *gueule* d'ours ! Lui faire croire qu'un ours se prépare à lui tailler une pipe ! La dernière pipe de sa vie ! ajouta Frank.

— Je me sens capable de lui faire frôler la mort, dit Susie l'ourse.

— Frôler, c'est tout, Susie, dit Franny. Je veux seulement lui flanquer la trouille.

— Le faire mourir de peur, dit Frank, épuisé.

— Pas tout à fait, dit Lilly. Le faire *presque* mourir de peur.

— Un ours en rut : génial, Lilly, dis-je.

— Laissez-moi seulement une journée, dit Lilly.

— Pour quoi faire, Lilly ? demanda Susie.

— Le scénario, dit Lilly. Il me faut une journée pour mettre le scénario au point.

— Je t'adore, Lilly, dit Franny, en la prenant dans ses bras.

— Mais il faudra que vous soyez tous de très bons acteurs, dit Lilly.

— Mais, bonté divine, je prends des leçons ! rugit Susie. Et j'amènerai du renfort ! Deux personnes, ça pourrait t'aider, Lilly ?

— Oui, à condition qu'il s'agisse de femmes, dit Lilly en se renfrognant.

— Bien sûr que ce sont des femmes ! fit Susie avec indignation.

— Et moi, je peux en être ? demanda Frank.

— Tu n'es pas une femme, toi, Frank, soulignai-je. Peut-être que Lilly ne veut que des femmes.

— Oui, mais je suis pédé, dit Frank, d'un ton vexé. Et Chipper Dove le sait.

— Lilly, je peux dégoter un déguisement superbe pour Frank, dit Susie.

— C'est vrai ? fit Frank, tout excité.

Il y avait longtemps qu'il n'avait pas eu l'occasion de se déguiser.

— Laissez-moi le temps de creuser l'idée, dit Lilly.

Lilly la travailleuse ; Lilly et sa manie de toujours travailler un peu *trop*.

« Il faut que tout soit absolument parfait, dit Lilly. Pour être crédible, il faut tout mettre au point dans les moindres détails.

— Et moi, Lilly, intervint tout à coup Franny, il faudra que j'en sois ?

C'était clair, elle ne tenait pas à en être, ou elle avait trop peur pour songer à en être ; elle voulait que la chose arrive — elle voulait en être *témoin*, croyait-elle, mais elle ne savait pas si elle serait véritablement capable d'y jouer un rôle.

Je saisis la main de Franny.

— Toi, il faudra que tu lui téléphones, Franny, dis-je.

Et elle frissonna de nouveau.

— Il suffira que tu l'invites à venir ici, dit Lilly. Une fois que tu l'auras attiré ici, tu n'auras plus grand-chose à dire. Et tu n'auras rien à faire, je te le promets. Mais il faut absolument que ça soit toi qui l'appelles au téléphone.

Franny tourna de nouveau ses yeux vers la fenêtre. Je lui frottai les épaules pour la réchauffer. Frank lui caressait les cheveux ; Frank avait la manie exaspérante de témoigner son affection aux humains en les caressant comme des chiens.

— Allons, Franny, dit Frank. Tu en es capable, Franny.

— Tu le *dois*, mon chou, lui dit doucement Susie l'ourse en posant sa bonne grosse patte sur le bras de Franny.

— C'est maintenant ou jamais, Franny. Tu te souviens ? lui chuchotai-je. Allons, et qu'on en finisse, et ensuite, enfin, on pourra tous se consacrer au reste — au reste de nos vies.

— Le reste de nos vies, dit Franny, d'un ton ravi. D'accord, chuchota-t-elle. Si Lilly écrit le scénario, je me charge de passer ce foutu coup de fil.

— Dans ce cas, allez-vous-en tous, dit Lilly. J'ai du pain sur la planche, ajouta-t-elle d'un ton soucieux.

Nous nous retrouvâmes tous chez Frank, pour faire la fête en compagnie de papa.

— Surtout pas un mot à papa, dit Franny. Laissons-le en dehors du coup.

Notre père, je le savais, était la plupart du temps hors du coup. Mais quand nous arrivâmes chez Frank, notre père avait pris une petite décision. Confronté aux innombrables options qui s'offraient à lui, notre père n'était pas parvenu à accoucher de ce que Iowa Bob aurait appelé une stratégie ; il ne savait toujours pas ce qu'il voulait *faire*. Et la chance était une option dont mon père n'avait guère l'habitude. Mais lorsque nous arrivâmes tous chez Frank et tous d'humeur à faire la fête, notre père était du moins parvenu à prendre une mini-décision.

— Je veux un chien, un chien d'aveugle, vous savez, dit papa.

— Mais papa, nous sommes là, nous, dit Frank.

— Il y a toujours quelqu'un de disponible pour te conduire là où tu veux aller.

— Si tu veux sortir, on ne demande pas mieux que de t'accompagner, dis-je.

— Ce n'est pas seulement ça, expliqua papa. J'ai besoin de sentir la présence d'un animal.

— Ça alors, dit Franny. Pourquoi ne pas embaucher Susie ?

— Il est temps que Susie cesse d'être une ourse, dit papa. Nous ne l'avons déjà que trop encouragée à l'être.

Nous avions tous l'air vaguement coupables ; quant à Susie, elle rayonnait — et bien sûr, notre père ne pouvait voir nos visages.

« En outre, reprit-il, New York est une ville affreuse pour un ours. J'ai bien peur que l'époque des ours soit révolue, soupira-t-il. Mais un chien, un brave vieux chien d'aveugle, ma foi, vous comprenez, dit-il, comme un peu honteux d'avouer sa solitude, au moins j'aurai quelqu'un à qui *parler*. Après tout, vous autres, vous avez vos vies — ou vous les aurez bientôt. Mais un chien, c'est vrai, j'aimerais avoir un chien. Pas tellement pour qu'il me serve de guide d'ailleurs. Mais j'aimerais bien avoir un gentil chien. Je peux ?

— Bien sûr, papa, dit Frank.

Franny gratifia papa d'un baiser et lui promit que nous lui trouverions un chien pour Noël.

— Si vite ? s'étonna papa. A mon avis, il vaut mieux ne pas précipiter les choses quand on cherche un chien d'aveugle. Si le chien est mal dressé, c'est plutôt moche, non ?

— Tout est possible, papa, dit Frank. Je me charge de tout.

— Oh, Frank, pour l'amour de Dieu, protesta Franny. Si tu permets, ce chien, on va le chercher *tous ensemble*.

— Encore une chose, dit papa.

Susie l'ourse posa sa grosse patte sur ma main, comme si elle-même savait ce qui allait suivre.

« Une seule chose, dit papa.

Très calmes, nous attendions la suite.

« Il ne faut surtout pas qu'il ressemble à Sorrow, dit papa. Puisque vous avez des yeux, c'est vous qui allez le choisir, ce chien. Assurez-vous seulement qu'il ne ressemble en rien à Sorrow.

Lilly écrivit donc l'indispensable conte de fées, dans lequel, comme prévu, chacun de nous tint son rôle. Et, dans le conte de fées que Lilly écrivit, nous fûmes tous parfaits. Le dernier jour ouvrable avant ce Noël de 1964, Franny respira un bon coup et décrocha pour appeler Chipper Dove, à sa « firme ».

— Salut, c'est *moi*, annonça-t-elle d'une voix enjouée. J'ai une *envie folle* de déjeuner avec toi. Oui, c'est Franny Berry — tu peux passer me prendre quand tu voudras, ajouta-t-elle. Oui, c'est ça, au Stanhope — suite *quatorze-zéro-un*.

Sur quoi, Lilly arracha le téléphone à Franny et se mit à bougonner, d'une voix aussi rogneuse que peut l'être une voix d'infirmière rogneuse — et suffisamment fort pour que Chipper Dove entende :

— A qui téléphonez-vous encore ? En principe, vous n'avez pas le droit de passer des coups de fil !

Lilly raccrocha, et l'attente commença.

Franny passa dans la salle de bains et vomit. Quand elle ressortit, elle avait récupéré. Elle avait certes une mine affreuse, mais, justement, elle était censée avoir une mine affreuse. Les deux femmes de l'Atelier du West Village s'étaient chargées de maquiller Franny ; et ces femmes sont capables de faire des miracles. La jeune femme qu'elles avaient prise en main était belle, et elles l'avaient *saccagée* ; elles avaient donné à Franny un visage morne et sans vie, morne comme de la craie ; elles lui avaient donné une bouche pareille à une plaie ; elles avaient donné à ma sœur des aiguilles en guise d'yeux. Puis, elles l'avaient vêtue en blanc de la tête aux pieds, comme une mariée. Nous commencions à redouter que le scénario de Lilly ne soit un peu trop théâtral.

Frank, vêtu de sa tunique noire et de son caftan vert citron, était planté devant la fenêtre. Il s'était contenté d'une discrète touche de rouge à lèvres.

— Tout de même, dit Frank d'une voix inquiète. Et s'il ne vient pas ?

Les deux amies de Susie étaient là, elles aussi — les deux blessées de l'Atelier du West Village. Des *hommes* les avaient blessées, nous avait expliqué Susie. La Noire s'appelait Ruthie ; on aurait dit le sosie presque parfait de Junior Jones. Ruthie portait un gilet sans manches en peau de mouton, sans rien dessous, et un pantalon de toile à fond large d'un vert cru, au-dessus duquel se dandinait son ventre. Un ongle d'argent, très long, presque aussi épais qu'un clou, était planté dans ses cheveux fous. Une de ses grosses mains noires tenait une longue lanière de cuir ; au bout de la lanière, était attachée Susie l'ourse.

Dans le domaine de l'imagination animale, le costume d'ours était un chef-d'œuvre. En particulier la bouche, comme l'avait fait remarquer Frank ; et surtout les crocs. Leur luisant mouillé. Et la démence triste des yeux. (En fait, Susie *voyait* par la bouche.)

Les griffes étaient elles aussi fort réussies ; de plus, elles étaient authentiques, comme le soulignait fièrement Susie — les pattes tout entières étaient authentiques. En outre, Susie portait une muselière, ce qui rehaussait encore l'effet d'illusion. Nous avions acheté la muselière dans un magasin d'accessoires pour chiens d'aveugles ; c'était une vraie muselière.

Franny s'était plainte d'avoir froid et nous avions poussé le thermostat au maximum. Susie, qui aimait la chaleur, s'en réjouit ; elle avait davantage encore l'impression d'être une ourse quand elle suait, et, dans son costume, nous le devinions, elle ruisselait de sueur.

— Jamais encore je ne me suis autant sentie ourse, nous dit Susie, en arpentant la pièce à quatre pattes.

— Aujourd'hui, tu es à cent pour cent ourse, Susie, dis-je.

— Aujourd'hui, c'est l'ourse qui l'emporte en toi, Susie, dit Lilly.

Franny attendait assise sur le canapé, vêtue de sa robe de mariée, une chandelle à la flamme chétive sur la table. Il y avait des chandelles dans toutes les pièces, et tous les stores étaient baissés. Frank avait allumé un peu d'encens et une odeur affreuse empestait l'appartement.

L'autre femme de l'Atelier du West Village était une blonde, une blonde aux cheveux paille, pâle et d'aspect quelconque, le genre adolescente prolongée. Elle portait l'uniforme classique d'une femme de chambre, l'uniforme que portaient toutes les femmes de chambre du Stanhope, et arborait un regard morne et vide qui cadrait parfaitement avec son fastidieux travail. Elle avait pour nom Elizabeth Quelque-chose, mais, dans le Village, tout le monde l'appelait Scurvy. C'était la meilleure actrice jamais sortie de l'Atelier du West Village — la reine des comédiens de Washington Square Park. Elle aurait été capable d'enseigner le cri thérapeutique à toute une troupe de taupes ; elle aurait été capable d'apprendre aux taupes à hurler si fort que les vers auraient jailli du sol. Comme disait Susie, c'était une hystérique de grande classe, la reine des hystériques.

— Pour ce qui est de simuler l'hystérie, Scurvy est imbattable, nous avait dit Susie.

Et Lilly avait créé à son intention un rôle digne de la reine des hystériques.

Scurvy attendait tranquillement, aussi inerte en apparence qu'un clochard affalé sur un banc, et elle fumait une cigarette.

Quant à moi, je paradais avec ma grosse barre au milieu du living. Frank et Lilly m'avaient enduit tout le corps de graisse ; j'étais luisant de la tête aux pieds et puais comme une salade, mais, sous la couche d'huile, mes muscles saillaient de façon impressionnante. J'avais enfilé ce genre de truc minable qu'on appelle un tricot de corps — ce genre de maillot d'aspect vieillot que portent les lutteurs et les haltérophiles.

— Surtout, va pas te refroidir, me chapitrait Lilly. Continue à soulever tes poids, mais sans forcer, juste assez pour que tes veines ressortent. Quand il entrera, tes veines, je veux les voir *saillir!*

— Si jamais il entre, vitupéra Frank.

— Il entrera, dit doucement Franny. Il est tout près, ajouta-t-elle en fermant les yeux. Il est tout près, je le sais.

Quand le téléphone sonna, tout le monde fit un bond — tout le monde sauf Franny et la reine des hystériques dénommée Scurvy ; elles ne bronchèrent pas. Franny laissa le téléphone sonner quelques instants. Lilly émergea de la chambre, impeccable dans son uniforme d'infirmière ; à la quatrième sonnerie, elle adressa un signe de tête à Franny, qui enfin décrocha. Elle ne dit pas un mot.

— Allô ? dit la voix de Chipper Dove. Franny ?

Franny fut secouée d'un violent frisson, mais Lilly l'encourageait en hochant la tête.

— Monte, tout de suite, chuchota Franny dans l'appareil. Monte vite, mon infirmière ne pas tarder à rentrer ! siffla-t-elle.

Sur quoi elle raccrocha ; une nausée lui monta aux lèvres, et je craignis un instant qu'elle ne soit contrainte de retourner dans la salle de bains, mais elle se contint ; elle tenait le coup.

Lilly rajusta sa perruque, un humble petit chignon gris très serré. Elle avait tout d'une vieille infirmière employée dans un asile pour nains ; les femmes de l'Atelier du West Village avaient donné au visage de Lilly l'aspect d'un pruneau. Elle se glissa dans le placard le plus proche de l'entrée et referma la porte derrière elle. Du living, il était facile de confondre le placard avec la porte d'accès à l'appartement.

Scurvy chargea son bras d'une pile de linge propre et sortit dans le couloir.

— Entre cinq et sept minutes après qu'il sera entré, lui rappelai-je.

— Te fatigue pas, j'ai bonne mémoire, dit-elle d'une voix revêche. Et puis, je peux toujours écouter à la porte pour guetter le moment, fit-elle avec mépris. Merde alors, je suis une *pro*, non ?

Toutes les femmes de l'Atelier du West Village avaient une chose en commun, m'avait confié Susie. Toutes avaient été violées.

Je me remis à soulever mes poids, très vite, pour gorger mes muscles de sang. Susie l'ourse se lova au pied du canapé le plus éloigné de Franny, et feignit de dormir. Elle dissimula ses pattes et son mufle coiffé de la muselière ; du fond de la pièce, on croyait voir un gros chien endormi. Ruthie, la Noire — l'énorme femme qui était le sosie de Junior Jones —, se laissa choir exactement au milieu du canapé, à côté de Franny. Lorsque l'ours se mit à ronfler, toujours en état d'hibernation, Frank retira son caftan qu'il accrocha à une poignée de porte — il ne portait plus que la tunique noire — puis passa dans la chambre de Lilly pour brancher la radio. Du living, on apercevait le lit par la porte entrouverte. Quand la musique retentit, Frank se mit à danser tout autour du lit. C'était Frank qui s'était chargé de choisir la musique, et Frank n'avait eu aucune peine à arrêter son choix ! Il avait choisi la scène de la folie de la *Lucia* de Donizetti.

Je jetai un coup d'œil vers Franny, assise mains sur les cuisses, doigts entrelacés : quelques larmes se faufilaient à travers les trous d'épingles que les maquilleuses lui avaient laissés en guise d'yeux ; les larmes striaient d'affreuses rigoles le fard qui lui encroûtait le visage. Je m'approchai du placard et frappai un coup discret à la porte.

— Un chef-d'œuvre, Lilly, chuchotai-je. Ça s'annonce comme un vrai chef-d'œuvre.

— Surtout, n'avale pas tes répliques, chuchota Lilly.

Lorsque Chipper Dove frappa à la porte, mes biceps faisaient déjà deux grosses bosses — comme l'avait voulu Lilly — et mes avant-bras avaient fière allure. Quelques filets de sueur couraient déjà sur la couche d'huile, et, dans la chambre, Lucia poussait ses premiers hurlements. Quant à Frank, il rebondissait sur le lit avec une gaucherie telle que j'avais du mal à ne pas détourner les yeux.

— Entre, Chipper ! lança Franny.

Lorsque je vis tourner la poignée, j'agrippai de l'intérieur le panneau et aidai Chipper Dove à entrer — très vite. Sans doute la secousse que j'imprimai à la porte fut-elle d'une violence inutile, car Chipper Dove parut catapulté à l'intérieur de la pièce — à quatre pattes. J'accrochai la pancarte NE PAS DÉRANGER à la poignée extérieure et refermai la porte.

« Tiens, tiens, voyez donc qui nous arrive, dit Franny de sa plus belle voix bleu glacier.

— Merde alors ! s'écria Frank, à la verticale de son matelas.

D'une poussée, j'envoyai ma barre bloquer la porte tandis que Chipper Dove se relevait — sans paraître autrement ému, avec ce petit sourire que rien ne pouvait effacer ; du moins ne s'était-il pas *encore* effacé.

— Qu'est-ce que c'est que ce cirque, Franny ? fit-il, d'un ton désinvolte.

Mais Franny en avait terminé avec son texte. Franny était arrivée au bout de son rôle. (« Tiens, tiens, voyez donc qui nous arrive », elle n'avait pas à en dire davantage.)

— On va te violer, annonçai-je à Chipper Dove.

— Hé, doucement, dit Dove. En fait, selon moi, il n'y a jamais vraiment eu viol. Après tout, c'est vrai, tu m'aimais bien, Franny, dit-il en se tournant vers elle.

Mais il était hors de question que Franny desserre les lèvres.

« Pour les autres, je regrette, Franny, ajouta Dove.

Mais les yeux acérés de Franny ne révélèrent rien.

« Merde ! fit Dove, en se retournant vers moi. *Qui* est-ce qui va me violer ?

— Pas moi en tout cas ! hurla Frank de la chambre, en rebondissant de plus en plus haut. Moi, ce qui me plaît, c'est de baiser des *flaques de boue*. J'arrête pas d'en baiser !

Chipper Dove parvenait encore à garder le sourire.

— Alors, c'est l'autre, celui qui est sur le canapé ? me demanda-t-il, d'un ton sournois.

Il contemplait la grosse Ruthie ; sans doute lui rappelait-elle Junior Jones — elle aussi le regardait sans ciller —, mais Chipper Dove réussit à grimacer un sourire.

« Je n'ai rien contre les NOIRES, dit Chipper Dove, partageant son attention entre Ruthie et moi. En fait, une Noire de temps en temps, ça me botte.

Ruthie souleva une de ses énormes fesses et lâcha un pet.

— Moi, pas question que tu me baises, dit-elle à Chipper Dove.

Du coup, Dove braqua toute son attention sur moi. Son sourire s'était presque complètement évanoui ; sans doute commençait-il à s'imaginer que c'était moi qui avais été choisi pour le violer, et cette perspective ne lui plaisait pas tellement.

— Non, pas lui, connard ! glapit Frank de la chambre, tout en pantelant et rebondissant de plus belle — et de plus en plus haut. Lui, il est comme toi, il aime les *filles !* Répugnant, les filles, répugnant, régugnant, beugla Frank.

Il dégringola du lit, mais y regrimpa sur-le-champ et se remit à danser avec frénésie. La musique de *Lucia* avait quelque chose de dément.

— Est-ce que t'essaies de me faire croire qu'il s'agit du chien ? me demanda Chipper Dove. Et tu t'imagines que je vais me laisser faire par une saloperie de chien !

— Quel chien, mec ? demanda Ruthie, avec un sourire aussi féroce que celui de Chipper Dove.

— Ce chien, là dans le coin, dit Dove en désignant Susie l'ourse.

Lovée en boule sur le canapé, Susie ronflait, son dos hirsute tourné vers Dove — pattes repliées sous le ventre, tête baissée sur la poitrine. Ruthie fourra son gros pied nu dans l'entrecuisse de Susie ; son pied se mit à *pétrir* Susie. Susie se mit à grogner.

— Mais, c'est pas un *chien,* mon pote, fit Ruthie, avec un grand sourire — tandis que son pied, obscène, pétrissait, pétrissait sans relâche.

Soudain, Ruthie imprima une torsion brutale à son pied, et Susie l'ourse, brusquement réveillée, poussa un rugissement ; folle de rage, elle se rua sur Ruthie et ses mâchoires claquèrent. Dove vit le mufle frôler de justesse Ruthie qui s'écarta d'un bond pour éviter les longues griffes menaçantes. Jetant la laisse à la tête de Susie, Ruthie se réfugia à l'autre bout de la pièce. Susie parut sur le point de se lancer à ses trousses, mais Franny se contenta d'avancer la main. Sa main effleura Susie, une seule fois, et Susie se calma aussitôt. L'ourse enfouit sa tête dans le giron de Franny et se mit à pousser de petits grognements étouffés.

— Earl ! Earl ! gémissait-elle.

— Mais, c'est un *ours,* fit Dove.

— Tout juste, connard ! dit Ruthie.

Et Frank, qui planait de plus en plus haut, emporté par le chant de *Lucia* — propulsé si haut que, semblait-il, il en *surpassait* la folie —, Frank glapit :

— Et qui plus est, un ours en *chaleur* !

— Et cet ours, Chipper, il a envie de toi, dis-je.

Lorsque Dove se retourna vers l'ours, il constata que Franny avait posé la main à l'endroit précis où, chez les ours, se trouvent les organes génitaux. La main de Franny frottait et, tout à coup, Susie l'ourse parut saisie d'une grande allégresse ; elle dodelinait du chef, laissait fuser des bruits répugnants. Avec Susie l'ourse, l'Atelier du West Village avait indiscutablement accompli des miracles ; elle avait toujours été intelligente pour une ourse, mais, en plus, c'était désormais une ourse dont il fallait se méfier.

— Il a toujours la trique, cet ours, dit Ruthie, même moi, il pourrait me baiser.

— Hé, dites donc, doucement, dit Chipper Dove.

Il se cramponnait à l'illusion que j'étais le seul de toute la bande à être sain d'esprit. C'était ainsi qu'il voyait les choses désormais ; j'étais son ultime espoir. Et, exactement comme l'avait voulu Lilly, il était à point lorsque Scurvy, la femme de chambre, frappa à la porte. Je repoussai la barre qui me parut aussi légère qu'une plume. J'ouvris la porte, d'une secousse si brutale que Scurvy s'engouffra dans la chambre, plus ahurie encore et éperdue que tout à l'heure Chipper Dove. Susie l'ourse poussa un grondement — comme toujours hostile à trop d'agitation — et la femme de chambre leva sur moi des yeux terrorisés.

— Et ça, espèce d'idiote : NE PAS DÉRANGER, vous ne savez pas lire ! hurlai-je.

Je la remis sur pied d'une poigne ferme, et déchirai le plastron de son uniforme. Elle se mit aussitôt à pousser des cris hystériques. L'empoignant par les chevilles, je la tins tête en bas et secouai ferme. Frank poussait des hurlements ravis.

— Un slip noir, un slip noir ! hurlait Frank tout en rebondissant sur le lit.

— Je vous flanque à la porte, dis-je à la femme de chambre qui maintenant pleurnichait. Quand on voit NE PAS DÉRANGER sur une porte, on n'entre pas. Si vous n'êtes pas capable d'apprendre au moins *ça*, espèce d'idiote, la porte !

Je la remis, toujours tête en bas, entre les mains de Ruthie. A en croire Susie, il y avait une bonne année que Ruthie et Scurvy répétaient ce numéro. Une espèce de danse apache. Une danse qui évoque le viol d'une femme par une autre femme. Ruthie entreprit tout simplement de violenter Scurvy, là, sous les yeux de Chipper Dove.

— Vous avez beau être *propriétaire* de ce foutu hôtel, je m'en tape, braillait Scurvy. Vous êtes des gens ignobles, jamais plus je ne nettoierai les saletés de votre sale ours, jamais, *jamais.*

Sur quoi, et avec une véracité absolument stupéfiante, elle se mit à se convulser sous Ruthie — elle s'étranglait, bavait, bredouillait. Ruthie l'abandonna roulée en boule, gémissante et recroquevillée — secouée de temps à autre par un spasme littéralement terrifiant.

Ruthie eut un haussement d'épaules et se tourna vers moi.

— Faudra que tu te dégotes des bonniches un peu plus coriaces que c'te mocheté de pute blanche, mec. Chaque fois que l'ours se paie un petit viol, tes femmes de chambre sont même pas capables de s'en occuper. Ma parole, on dirait qu'elles savent pas comment s'y prendre.

Et quand je regardai Chipper Dove, je vis — enfin ! — que son regard bleu glacier l'avait abandonné : sous les caresses de Franny, Susie manifestait de plus en plus d'ardeur. S'approchant de l'ourse, Ruthie lui retira sa muselière ; Susie nous gratifia d'un sourire dentu. Elle faisait plus ours que nature ; pour cette unique représentation du scénario imaginé par Lilly, Susie l'ourse aurait réussi à convaincre même un *ours* qu'il avait à faire à un de ses congénères. Un ours en chaleur.

Je ne saurais même pas dire si les ours se trouvent jamais en chaleur ; comme dirait Frank : « Quelle importance ! »

Une seule chose importait, Chipper Dove, lui, le croyait. Ruthie se mit à gratter Susie, avec précaution, derrière les oreilles.

— Tu le *vois* ? Tu le vois ? Oui, *celui-là*, là-bas, susurrait Ruthie d'une voix douce.

Susie l'ourse se mit à agiter les pieds et à se dandiner ; puis, le nez au plancher, elle s'ébranla en direction de Chipper Dove.

— Hé, écoute un peu, commença à me dire Dove.

— Attention, surtout, pas de gestes brusques, lui dis-je. Les ours n'aiment pas les gestes brusques.

Dove se pétrifia net. Susie, à croire qu'elle avait l'éternité devant elle, se mit à le renifler de la tête aux pieds. Dans la chambre, Frank, épuisé, gisait vautré de tout son long sur le lit.

— Je m'en vais te donner un ou deux petits conseils, dit Frank à Chipper. Toi, tu m'as initié aux flaques de boue, alors moi je vais te donner quelques petits conseils à propos des ours.

— Hé, je t'en supplie, me dit doucement Chipper Dove.

— L'essentiel, dit Frank, c'est de ne pas bouger. De ne pas résister, *à rien* : les ours détestent qu'on leur oppose la moindre résistance.

— Laisse-toi aller, c'est tout, mec, dit Ruthie d'un ton rêveur.

M'approchant de Dove, je défis la boucle de sa ceinture ; il esquissa un geste pour m'arrêter, mais je le coupai net :

— Pas de mouvements brusques, attention !

A l'instant net où le pantalon de Dove toucha le plancher avec un petit bruit mou, Susie l'ourse fourra son museau entre les cuisses de Dove.

— Et puis, je te conseille de retenir ton souffle, recommanda Frank de la chambre.

Cette réplique était le signal destiné à Lilly. Elle entra aussitôt. Dove eut l'impression qu'elle était entrée en ouvrant avec sa propre clef la porte qui donnait dans le couloir.

Tous les yeux se fixèrent sur l'infirmière naine ; Lilly avait l'air furibond.

— Quelque chose me disait que tu te préparais à nous refaire le coup, Franny, dit Lilly à sa malade.

Franny se lova en boule sur le canapé, le dos tourné.

— Vous êtes son infirmière, pas sa mère, aboyai-je.

— Ce n'est pas *bon* pour elle — de laisser cette espèce de fou violer, violer, violer tout le monde ! hurla Lilly. Chaque fois que ce sale ours se retrouve en chaleur, vous choisissez quelqu'un et vous l'attirez ici pour le faire violer — moi je vous le dis, ce n'est pas bon pour elle.

— Mais c'est la seule chose qui fasse plaisir à Franny, dit Frank d'un ton maussade.

— Ce n'est pas bien que ça lui fasse plaisir, insista Lilly, en bonne infirmière têtue.

Ce qu'en fait elle était.

— Bah, laissez donc. Celui-ci, c'est un cas spécial. C'est lui qui l'a violée, *elle !* lançai-je à Lilly.

— Et moi, il m'a obligé à baiser une flaque de boue ! gémit Frank.

— A condition qu'on nous laisse violer *celui-ci,* implorai-je Lilly, après, on ne violera plus jamais personne.

— Des promesses, toujours des promesses, dit Lilly, en plaquant ses petits bras croisés sur ses petits seins.

— C'est juré ! hurla Frank. Rien qu'un, et c'est fini. Rien que *celui-ci.*

— Earl, s'ébroua Susie.

Et je crus que Dove allait tomber raide mort. Susie s'ébroua violemment dans l'entrecuisse de Dove. Susie l'ourse semblait vouloir dire que celui-ci était tout particulièrement à son goût.

— Je vous en supplie, je vous en supplie ! se mit à hurler Dove.

Susie le fit choir d'un croc-en-jambe et pesa de tout son poids sur sa poitrine. Puis, elle plaqua sa grosse patte — une vraie patte — en plein sur ses parties génitales.

« Je vous en supplie ! faisait Dove. Je vous en supplie, non ! Je vous en *supplie* !

Le scénario de Lilly s'arrêtait là. C'était là qu'en principe nous devions tous nous arrêter. Personne n'avait plus rien à dire, sauf Lilly.

« Il n'y aura plus de viols, jamais plus, c'est terminé », était censée dire Lilly.

J'étais alors censé empoigner Dove et le balancer dans le couloir. Mais, quittant soudain le canapé, Franny nous repoussa tous ; elle s'approcha de Dove.

— Suffit, Susie, dit Franny.

Et Susie se releva.

— Remets ton pantalon, Chipper, commanda Franny.

Il se redressa, mais retomba aussitôt ; il se hissa de nouveau péniblement sur ses pieds et enfila son pantalon.

« Et la prochaine fois que tu baisseras ton froc, devant n'importe qui, dit Franny, je veux que tu penses à moi.

— Pense à nous tous, renchérit Frank en émergeant de la chambre.

— Surtout, ne nous oublie pas, dis-je à Chipper.

— Si jamais tu nous aperçois dans la rue, lui dit la grosse Ruthie, t'as intérêt à changer de trottoir. Y en a ici qui pourraient avoir envie de te faire la peau, mec, dit-elle d'une voix plate.

Susie l'ourse retira sa tête d'ourse ; jamais plus elle n'aurait *besoin* de la porter. Dorénavant, le costume d'ours ne servirait plus que pour s'amuser. Elle regarda Chipper Dove droit dans les yeux. Scurvy, la reine des hystériques, se releva à son tour et vint, elle aussi, jeter un coup d'œil sur Dove. Elle le regarda comme si elle voulait graver son image dans sa mémoire ; puis elle haussa les épaules, alluma une cigarette et se détourna.

— Et surtout, attention aux fenêtres ouvertes ! lança Frank sur les talons de Dove, qui s'éloignait dans le couloir.

Il s'appuyait au mur pour garder l'équilibre. Il nous fut impossible de ne pas remarquer qu'il avait mouillé son pantalon.

Chipper Dove se déplaçait comme un malade qui, dans une salle d'hôpital réservée aux amnésiques, cherche les toilettes pour hommes ; il se déplaçait avec ce pathétique manque d'assurance d'un homme qui se demanderait ce qui l'attend dans les toilettes — et même ce qu'il devra faire une fois devant l'urinoir.

Mais déjà germait en nous ce sentiment de déception qui, il faut bien le dire, est l'inévitable rançon de toute entreprise de vengeance. Si terrible fût-elle, jamais l'épreuve que nous lui avions infligée ne serait aussi terrible que celle qu'il avait infligée à Franny — elle n'aurait *pu* l'être qu'à condition de l'être *trop*.

Quant à moi, et jusqu'à mon dernier jour, je me reverrai planté au milieu de la Septième Avenue, en train de soutenir Chipper Dove par les aisselles — ses pieds à quelques centimètres au-dessus du sol. A dire vrai, qu'aurais-je bien pu faire sinon le reposer à terre — d'ailleurs, personne ne pourrait jamais rien faire de lui — nos Chipper Dove, nous continuerons toujours à les soulever et à les reposer à terre.

Donc, pourriez-vous croire, ce fut tout. Lilly avait fait ses preuves en écrivant un véritable opéra, un authentique conte de fées. Susie l'ourse avait joué son rôle avec maestria ; elle avait épuisé les dernières ressources de son personnage d'ours ; elle conserverait son costume d'ours, mais uniquement pour sa valeur sentimentale, et pour amuser les enfants — et, bien sûr, pour Halloween. Notre père aurait un chien d'aveugle pour son cadeau de Noël. Le premier d'une longue série de chiens. Et du jour où il aurait un animal auquel parler, mon père parviendrait enfin à imaginer ce qu'il voulait faire du reste de sa vie.

— Voici venir le reste de nos vies, dit un jour Franny, avec une sorte de tendresse mêlée de crainte. Le reste de nos foutues vies est enfin en train d'émerger.

En ce jour où Chipper Dove quitta à pas incertains le Stanhope pour regagner sa « firme », on aurait pu croire que nous étions tous des survivants — ceux d'entre nous qui étaient encore là ; on aurait pu croire que nous étions hors d'affaire. Franny était maintenant libre de trouver une vie, Lilly et Frank avaient les carrières qu'ils s'étaient choisies — ou, comme ils disent, les carrieres qui les avaient choisis. Notre père avait seulement besoin d'un peu de temps pour s'accoutumer au côté animal de sa nature — pour parvenir à voir clair en lui. Quant à moi, je savais qu'un diplôme en littérature américaine décerné par une université autrichienne ne me qualifiait pas pour grand-chose, mais qu'étais-je contraint de faire — sinon soulager de mon mieux mon frère et ma sœur des poids qui pesaient sur eux, quand à l'occasion ils se faisaient trop écrasants.

Ce que nous avions tous oublié au milieu de nos préparatifs de Noël, de notre frénésie pour régler son compte à Chipper Dove, c'était cette silhouette qui n'avait jamais cessé de nous hanter. Comme toujours dans les contes de fées, juste au moment où l'on se croit sorti du bois, le bois vous réserve encore bien des surprises ; au moment où l'on se croit sorti du bois, il s'avère que l'on est encore *au milieu*.

Comment avions-nous pu si vite oublier la leçon du roi des Souris ? Comment avions-nous pu rejeter ce vieux chien de notre enfance, notre cher Sorrow, aussi simplement que Susie avait plié son costume d'ourse, et dire : « Voilà. C'est fini. Maintenant, en piste pour une nouvelle danse. »

Il est un chant qu'affectionnent les Viennois — un de leurs *Heurigen*, comme on dit, les chansons qu'ils chantent pour célébrer le vin nouveau. Typique de ces chants que comprenait si bien Freud — leurs chansons sont pleines de vœux de mort. Le roi des Souris lui-même, j'en suis sûr, a chanté jadis cette petite chanson :

> *Verkauft's mei G'wand, I Fahr in Himmel.*
> *Vendez mes vieux habits, je pars au Paradis.*

Lorsque Susie l'ourse reconduisit ses amies au Village, Frank, Franny, Lilly et moi, selon notre bonne vieille habitude, appelâmes la réception pour commander du champagne. Et tandis que nous savourions la douceur bien modeste de notre petite vengeance sur Chipper Dove, notre enfance surgit à nos yeux comme un lac limpide — mais derrière nous. Nous eûmes l'impression d'être libérés du chagrin et de Sorrow. N'empêche que, même en cet instant, l'un de nous devait être en train de se chanter ce chant. L'un de nous fredonnait sous cape :

LA VIE EST SÉRIEUSE, MAIS L'ART EST UNE PLAISANTERIE !

Le roi des Souris était mort, mais — pour l'un d'entre nous — le roi des Souris n'était pas oublié.

Je n'ai rien d'un poète. Je ne suis pas même l'écrivain de la famille. Donald Justice devait devenir le héros littéraire de Lilly : il devait même remplacer pour elle le merveilleux dénouement de *Gatsby le Magnifique*, que Lilly nous avait lu si souvent. Donald Justice avait, avec une éloquence sans rivale, posé la question qui tous nous hante dans notre famille vouée aux hôtels.

Comme le demande Mr. Justice :

> *Comment parler du malheur, et surtout du sien,*
> *Sinon comme d'une chose parfaitement banale ?*

N'oublions pas le malheur, donc. Tout particulièrement dans les familles, le malheur est « infiniment banal ». Sorrow flotte ; l'amour aussi, et — au bout du compte — le malheur. Lui aussi flotte.

12

Le syndrome du roi des Souris.
Le dernier Hôtel New Hampshire

Et voici l'épilogue ; l'inévitable épilogue. Dans un monde où flottent l'amour et le chagrin, il y a une foule d'épilogues — certains même n'en finissent pas. Dans un monde où le malheur s'immisce tôt ou tard, certains épilogues sont brefs.

— Les rêves ne sont que l'exaucement déguisé de désirs réprimés, nous déclara notre père à New York, chez Frank, où nous étions tous réunis pour le dîner de Pâques — Pâques 1965.

— Te voilà encore à citer Freud, papa, dit Lilly.

— *Quel* Freud ? lança Franny, comme un perroquet.

— Sigmund, répondit Frank. *L'Interprétation des rêves,* chapitre quatre.

J'aurais dû, moi aussi, connaître la source, Frank et moi nous relayant le soir pour faire la lecture à papa. Papa nous avait demandé de lui lire *tout* Freud.

— Et alors, de quoi as-tu rêvé, papa ? fit Franny.

— De l'Arbuthnot-by-the-Sea.

Tout au long des repas, le fidèle chien d'aveugle restait la tête posée sur les genoux de son maître ; chaque fois que papa cherchait à tâtons sa serviette, il déposait un morceau dans la gueule du chien en attente, qui alors — un instant — soulevait la tête, pour permettre à papa d'atteindre sa serviette.

— Tu ne devrais pas lui donner à manger à table, grondait Lilly.

Mais nous avions tous de l'affection pour le chien. C'était une chienne, un berger allemand au pelage noir marbré de taches d'un brun doré très chaud ; sa tête était du même brun doré et de forme étonnamment allongée, avec des pommettes hautes, aussi n'avait-elle qu'une lointaine ressemblance avec un labrador. Notre père avait d'abord voulu la baptiser Freud, mais nous avions protesté : chaque fois que l'un d'entre nous lâchait le nom de Freud, nous nous demandions toujours duquel il s'agissait. Un *troisième* Freud, et nous finîmes par en convaincre papa, nous aurait fait perdre la tête.

Lilly proposa d'appeler le chien « Jung »

— Quoi ? Ce traître ! Cet antisémite ! protesta Frank. Et puis, quelle idée de baptiser une *femelle*, Jung ? Seul *Jung* aurait été capable d'une idée pareille, fulmina-t-il.

Lilly proposa alors d'appeler le chien Stanhope, à cause de l'attachement que vouait Lilly à son treizième étage ; notre père approuva avec enthousiasme l'idée de donner à son premier chien le nom d'un hôtel, à condition, dit-il, qu'il s'agisse d'un hôtel qu'il avait vraiment beaucoup aimé. Aussi fut-il décidé, et à l'unanimité, que le chien porterait le nom de « Sacher ». Frau Sacher, après tout, était une femme.

Sacher n'avait qu'une seule mauvaise habitude : chaque fois que papa s'asseyait pour manger, Sacher venait lui poser sa tête sur les cuisses, mais il faut bien dire que papa l'encourageait — aussi la mauvaise habitude était-elle en fait imputable à papa. Cela mis à part, Sacher était le chien d'aveugle idéal. Jamais elle n'attaquait les autres animaux, ce qui eût contraint mon père à courir comme un fou en remorque ; elle se montrait particulièrement futée avec les ascenseurs — bloquant la porte avec son corps pour laisser à mon père le temps d'entrer ou de sortir. Au Saint-Moritz, Sacher aboyait à la vue du portier, mais, en règle générale, elle se montrait amicale, quoiqu'un rien hautaine, avec les piétons que papa croisait dans la rue. A New York, on n'était pas encore obligé à l'époque de nettoyer les saletés de son chien, et papa se vit donc épargner cette tâche humiliante — qui pour lui eût été quasiment impossible, il s'en rendait compte. En fait, papa vécut dans la terreur d'une loi de ce genre bien des années avant qu'il ne soit question de l'adopter.

— Vous vous rendez compte, disait-il, si Sacher s'avise de chier au beau milieu de Central Park South, je suis censé faire quoi, pour retrouver sa merde ? Il est déjà assez moche d'être obligé de ramasser la merde de chien, mais si on ne peut pas la voir, ça devient franchement impossible, non ? Jamais ! hurlait-il. Et si quelque vertueux citoyen s'avise de me faire la morale, si quelqu'un insinue que je suis responsable des saletés de mon chien, je crois bien que je lui ferai tâter de ma batte de base-ball !

Mais papa ne risquait rien — provisoirement. Quand fut votée la loi sur la merde de chien, il y avait beau temps que nous avions quitté New York. Quand revint la belle saison, Sacher et mon père prirent l'habitude d'aller se promener, sans escorte, entre le Stanhope et Central Park South, et mon père n'avait aucun scrupule à ne pas voir la merde de son chien.

Chez Frank, le chien dormait sur le tapis entre le lit de mon père et le mien, et il m'arrivait de me demander, dans mon sommeil, si c'était Sacher ou papa que j'entendais rêver.

— Comme ça, papa, tu as rêvé de l'Arbuthnot-by-the-Sea? dit un jour Franny. Ce n'est pas nouveau, non?

— Non, dit papa. Mais, cette fois, ce n'était pas un de mes vieux rêves. Tenez, par exemple, votre mère n'était pas là. Nous n'étions pas redevenus jeunes, ni rien.

— Pas d'homme en smoking blanc, papa? demanda Lilly.

— Non, non, dit papa. J'étais vieux. Dans ce rêve, j'étais encore plus vieux que maintenant; j'avais quarante-cinq ans. Et je ne faisais rien, sinon me promener avec Sacher le long de la plage; on se baladait dans les jardins — tout autour de l'hôtel.

— Tout autour des ruines, tu veux dire, dit Franny.

— Ma foi, dit papa d'un ton rusé, bien sûr, je ne pouvais pas voir pour de bon si l'Arbuthnot était encore en ruine, mais j'ai eu l'impression qu'il avait été rénové — j'ai eu l'impression que tout avait été reconstruit, dit papa, en faisant glisser une partie du contenu de son assiette sur ses genoux — et dans la gueule de Sacher. C'était un hôtel flambant neuf, ajouta-t-il d'un ton espiègle.

— Et tu en étais le propriétaire, je parie, fit Lilly.

— Tu avais bien dit que je pouvais faire *tout* ce que je voulais, pas vrai, Frank? demanda papa.

— Comme ça, dans ton rêve, l'Arbuthnot-by-the-Sea était *ta propriété*? demanda Frank. Et il était complètement rénové?

— Et, bien sûr, papa, il était ouvert, tout était normal? renchérit Franny.

— Tout était normal, dit papa, en opinant du chef.

Sacher opina du chef elle aussi.

— Alors, c'est *ça* que tu veux, papa? fis-je. Tu veux être propriétaire de l'Arbuthnot-by-the-Sea?

— Ma foi, dit papa. Bien sûr, il faudrait trouver un autre nom.

— Bien sûr, fit Franny.

— Le *troisième* Hôtel New Hampshire! s'exclama Frank. Lilly! Imagine un peu! Encore un autre feuilleton télévisé!

— A dire vrai, c'est à peine si je me suis attaquée au premier, dit Lilly d'une voix angoissée.

Franny s'agenouilla à côté de papa; elle lui posa la main sur le genou; Sacher se mit à lécher les doigts de Franny.

— Tu veux donc recommencer, papa? demanda Franny. Tu veux repartir de zéro? Rien ne t'y force, tu le comprends, pas vrai?

— Mais que pourrais-je avoir envie de faire d'autre, Franny? lui demanda-t-il en souriant. C'est le *dernier*, je vous le promets, ajouta-t-il, en s'adressant à nous tous. Si, cette fois, je ne parviens pas à faire quelque chose d'extraordinaire de l'Arbuthnot-by-the-Sea, je jetterai le gant.

Franny consulta Frank du regard et haussa les épaules ; moi aussi je haussai les épaules ; Lilly se contenta de lever les yeux au ciel.

— Ma foi, dit Frank, ça ne doit pas être bien sorcier de se renseigner sur le prix, et sur l'identité du propriétaire.

— Pas question que je le voie — si c'est toujours *lui* le propriétaire, dit papa. Je ne veux pas le voir, ce salaud.

Notre père nous faisait toujours remarquer les choses qu'il refusait de « voir » et, en général, nous avions de notre côté assez de tact pour éviter de lui faire remarquer qu'il ne pouvait rien « voir ».

Franny abonda dans son sens : elle non plus ne tenait pas à voir l'homme en smoking blanc ; quant à Lilly, elle déclara que, pour sa part, elle ne cessait pas de le voir — dans son sommeil ; et elle en avait marre.

Il fut convenu que Frank et moi louerions une voiture pour nous rendre dans le Maine ; Frank en profiterait pour m'apprendre à conduire. Nous allions revoir les vestiges de l'Arbuthnot-by-the-Sea. Et nous devions constater que les ruines ne changent guère : en général, la capacité de changement d'une ruine s'épuise au cours de l'immense processus de changement qui insensiblement aboutit à la tranformer en ruine. Une fois devenue ruine, une ruine demeure plus ou moins figée. Nous relevâmes de nouvelles traces de vandalisme mais sans doute saccager une ruine n'a-t-il rien de très excitant, aussi l'endroit nous parut-il à peu près dans le même état qu'à l'automne de 1946, lorsque nous étions tous venus à l'Arbuthnot-by-the-Sea, pour voir mourir Earl.

Nous reconnûmes sans peine la jetée où le vieux State O'Maine avait été abattu, bien que la jetée en question — comme toutes celles des alentours — eût été reconstruite ; un tas de nouveaux bateaux y étaient amarrés. L'Arbuthnot-by-the-Sea avait quelque chose d'une petite ville fantôme, mais ce qui avait été jadis une charmante petite bourgade de pêcheurs et de homardiers — au pied des jardins de l'hôtel — était devenu une miteuse petite station touristique dotée d'une marina où l'on pouvait louer des bateaux et acheter des vers de vase, ainsi que d'une plage publique, avec vue sur la plage privée de l'Arbuthnot-by-the Sea, une plage publique parsemée de rochers. Dans la mesure où il n'y avait personne pour s'en offusquer, la plage « privée » n'offrait plus grand-chose de privé. Quand Frank et moi survînmes pour visiter les lieux, deux familles s'y étaient installées pour pique-niquer. L'une des deux était arrivée par bateau, mais l'autre était descendue jusque sur le sable en voiture. Tout comme Frank et moi, ils avaient remonté l'allée « privée », au mépris de la pancarte délavée qui proclamait toujours : FERMÉ POUR LA SAISON !

La chaîne qui jadis interdisait l'entrée de l'allée avait depuis longtemps été arrachée et volée.

— Rien que pour rendre l'endroit habitable, il faudrait une fortune, dit Frank.

— A condition d'ailleurs que le propriétaire ait envie de vendre, dis-je.

— Grand Dieu, qui pourrait avoir envie de garder ça ! s'exclama Frank.

Ce fut à l'agence immobilière de Bath, dans le Maine, que Frank et moi découvrîmes la vérité : l'homme au smoking blanc était toujours propriétaire de l'Arbuthnot-by-the-Sea, et il était toujours de ce monde.

— Vous voulez acheter la baraque du vieil Arbuthnot ! s'étonna l'agent immobilier.

Nous fûmes ravis d'apprendre qu'il existait un « vieil Arbuthnot ».

« Je n'ai de contact qu'avec ses avocats, expliqua l'agent immobilier. Il y a des années qu'ils essaient de trouver un acquéreur. Le vieil Arbuthnot vit en Californie, mais il a des avocats aux quatre coins du pays. Celui auquel j'ai affaire le plus souvent est de New York.

Notre première idée fut qu'il nous suffirait d'informer l'avocat de New York de notre désir de nous porter acquéreurs, mais — sitôt notre retour à New York — l'avocat de Arbuthnot nous fit savoir que Arbuthnot désirait nous rencontrer en personne.

— Il va nous falloir aller jusqu'en Californie, dit Frank. Le vieux me fait l'impression d'être aussi sénile qu'un Habsbourg, n'empêche qu'il refuse de vendre sans nous rencontrer.

— Seigneur Dieu, dit Franny. Simplement histoire de rencontrer quelqu'un, ça fait un voyage plutôt cher !

Frank lui apprit alors que Arbuthnot prenait à sa charge les frais de notre voyage.

« Probable qu'il a envie de nous rire au nez, dit Franny.

— Probable qu'il a envie de rencontrer quelqu'un d'encore plus cinglé que lui, dit Lilly.

— Quelle chance, je n'arrive pas à y croire ! s'exclama papa. Penser que l'hôtel est toujours à vendre !

Frank et moi jugeâmes inutile de lui faire une description détaillée des ruines — et de la minable bourgade touristique qui entourait l'Arbuthnot-by-the-Sea de son cœur.

— De toute façon, il ne *verra* rien, chuchota Frank.

Je me réjouis, je dois dire, que notre père n'ait pas eu l'occasion de voir le vénérable Arbuthnot, qui terminait ses jours au Beverly Hills Hotel. En arrivant à l'aéroport de Los Angeles, Frank et moi louâmes notre seconde voiture de la semaine et filâmes aussitôt pour rencontrer notre homme.

Dans une suite dotée de son propre jardin d'hiver, le vieillard nous attendait en compagnie de son infirmière et de son avocat (un avocat californien, bien sûr). En proie à une crise d'emphysème qui devait finir par l'emporter, il était assis très droit dans un luxueux lit d'hôpital ; il respirait à petits coups prudents face à une rangée de climatiseurs.

— J'aime beaucoup Los Angeles, pantela Arbuthnot. Moins de Juifs qu'à New York, ici. A moins que j'aie fini par être immunisé contre les Juifs, ajouta-t-il.

Soudain, il se cassa en deux sur son lit, terrassé par une quinte de toux qui parut l'assaillir par surprise (et de flanc) ; on eût dit qu'il s'étranglait, comme quelqu'un qui essaie d'avaler d'un seul coup un pilon de dinde. Il paraissait impossible qu'il récupère jamais, à croire que son antisémitisme farouche allait enfin lui coûter la vie (Freud s'en serait réjoui, je parie), mais tout aussi brusquement qu'elle l'avait terrassé, la crise cessa, et il retrouva son calme. L'infirmière lui tapota ses oreillers ; l'avocat plaça quelques documents d'aspect important sur la poitrine du vieillard et lui présenta un stylo, que le vieux Arbuthnot prit dans sa main tremblante.

« Je suis en train de mourir, nous confia Arbuthnot, comme si la chose ne nous était pas apparue évidente au premier coup d'œil.

Il portait un pyjama de soie blanche ; on lui aurait donné cent ans ; il ne devait pas peser plus d'une vingtaine de kilos.

— Ils affirment qu'ils ne sont pas juifs, dit l'avocat, en nous désignant, Frank et moi.

— C'est vraiment pour *ça* que vous avez exigé de nous rencontrer ? demanda Frank au vieillard. Vous auriez pu vous en assurer par téléphone.

— Il se peut que je sois en train de mourir, dit-il, mais pas question que je vende mes derniers biens aux Juifs.

— Mon père, dis-je à Arbuthnot, était un des grands amis de Freud.

— Pas le fameux Freud, expliqua Frank à Arbuthnot.

Mais le vieillard s'était remis à tousser et il n'entendit pas.

— Freud ? dit Arbuthnot, en bavant et se raclant les poumons. *Moi aussi*, j'ai connu un Freud ! Un Juif qui dressait les animaux sauvages. Mais voilà, les Juifs ne savent pas comment s'y prendre avec les animaux. Ils sont malins les animaux, vous savez. Ils sont toujours capables de deviner ce qui cloche chez quelqu'un. Ce Freud dont je parle et qui dressait les animaux, c'était un crétin. Il a essayé de dresser un ours, mais l'ours a fini par le bouffer !

Arbuthnot poussa un rugissement ravi — qui déclencha aussitôt une nouvelle quinte.

— Un ours antisémite en quelque sorte ? dit Frank.

Sur quoi Arbuthnot s'esclaffa si fort que je craignis que l'inévitable quinte de toux ne l'achève.

« Justement, j'essayais de l'achever, me dit Frank, plus tard.

— Il faut que vous soyez fous pour vouloir acheter cette baraque, nous dit Arbuthnot. Dites-moi, vous savez où ça se trouve, le Maine ? Nulle part ! Pas de services de trains dignes de ce nom, pas de communications aériennes dignes de ce nom. Et, par la route, c'est un voyage affreux — c'est trop loin à la fois de New York et de Boston — et quand, enfin, vous arrivez là-bas, l'eau est glaciale et les punaises sont capables de vous saigner à mort en moins d'une heure. Quant aux marins, s'ils ont un peu de *classe*, ils ne vont plus faire de voile dans ces parages — je veux parler des marins qui ont de l'argent, bien sûr. Si quelqu'un dispose d'un peu d'argent, il chercherait en vain des occasions de le dépenser dans le Maine ! On n'y trouve même pas de putains !

— N'empêche que nous, ça nous plaît, affirma Frank.

— Ce ne sont pas des Juifs, vous êtes sûr ? demanda Arbuthnot à son avocat.

— Non, dit l'avocat.

— Difficile à dire, à les voir, dit Arbuthnot. Autrefois, j'étais capable de repérer un Juif au premier coup d'œil, nous expliqua-t-il. Mais, maintenant, je suis en train de mourir.

— Dommage, fit Frank.

— Et Freud n'a pas été bouffé par l'ours, glissai-je.

— Le Freud que je connaissais a été bouffé par un ours, s'obstina Arbuthnot.

— Non, dit Frank, le Freud que vous connaissiez était un *héros.*

— Certainement pas le Freud que je connaissais, ergota le vieux, avec irritation.

Son infirmière intercepta un filet de bave qui lui dégoulinait sur le menton et l'essuya d'un geste aussi machinal que si elle eut épousseté une table.

— Le Freud que nous connaissions, *vous et nous,* dis-je, a sauvé l'Opéra de Vienne.

— Vienne ! s'écria Arbuthnot. Vienne grouille de Juifs !

— Même dans le Maine, ils sont plus nombreux qu'autrefois, le taquina Frank.

— A Los Angeles aussi, renchéris-je.

— En tout cas, je suis en train de mourir, répéta Arbuthnot. Dieu merci.

Il parapha les documents posés sur sa poitrine, et son avocat nous les remit. Et ce fut ainsi qu'en 1965, Frank fit l'acquisition de l'Arbuthnot-by-the-Sea et de treize hectares sur la côte du Maine. « Pour une bouchée de pain », comme disait Franny.

Un grain de beauté presque bleu ciel bourgeonnait sur le visage du vieil Arbuthnot, et ses deux oreilles, barbouillées de bleu de méthylène, un fongicide à l'ancienne mode, semblaient rutiler. On eût dit qu'un champignon géant rongeait Arbuthnot de l'intérieur.

« Une minute encore, fit-il, comme nous nous préparions à sortir. Sa poitrine renvoyait un écho mouillé de ses paroles. L'infirmière lui tapota une fois encore ses oreillers ; son avocat referma sa serviette avec un bruit sec ; le froid de la pièce, alimenté par les climatiseurs qui ronronnaient sans relâche, nous rappela, à Frank et à moi, la crypte — la *Kaisergruft* — où à Vienne gisaient les Habsbourg privés de leurs cœurs.

« Quels sont vos projets ? nous demanda Arbuthnot. Que diable allez-vous bien pouvoir en faire, de cette fichue propriété ?

— Une base d'entraînement pour commandos, dit Frank. Pour l'armée israélienne.

L'ombre d'un sourire plissa le visage de l'avocat ; le genre de sourire qui nous incita, Frank et moi, à jeter un coup d'œil sur le nom dont l'avocat avait contresigné les documents qu'il nous avait remis. L'avocat avait pour nom Irving Rosenman, et bien qu'il fût de Los Angeles, Frank et moi aurions parié qu'il était juif. Le vénérable Arbuthnot, lui, ne se fendit pas du moindre sourire.

— Des commandos israéliens ? fit-il.

— *Taccatac-tac-tac-tac !* lâcha Frank, en imitant une mitrailleuse. Nous redoutâmes que Irving Rosenman ne s'engouffre dans les climatiseurs pour se retenir de rire.

— Les ours finiront par les avoir, dit bizarrement Arbuthnot. Les ours finiront par avoir tous les Juifs.

La haine absurde et débile que reflétait son visage de vieillard était aussi démodée et agressive que le bleu de méthylène qui colorait ses oreilles.

— Je vous souhaite une mort heureuse, lui dit Frank.

Arbuthnot se mit à tousser ; il voulut dire quelque chose, mais renonça, incapable de réprimer une nouvelle quinte. D'un geste bref, il appela l'infirmière qui parut n'avoir aucune difficulté à interpréter sa toux ; elle avait l'habitude ; d'un signe péremptoire, elle nous intima de quitter la chambre, puis elle nous rejoignit dans le couloir pour nous transmettre le message de Arbuthnot.

— Il vous fait dire qu'il aura la plus belle mort que l'argent peut offrir, nous dit-elle, ce qui — avait ajouté Arbuthnot — était plus que ce que Frank et moi étions en droit d'espérer.

Ni Frank ni moi ne pûmes imaginer le moindre message que l'infirmière aurait pu ramener au vieil Arbuthnot. Il nous suffisait de lui laisser à ruminer l'idée que les commandos israéliens s'entraînaient dans le Maine. Nous prîmes congé de l'infirmière et de Irving Rosenman, puis regagnâmes New York par le premier avion avec, dans la poche de Frank, le troisième Hôtel New Hampshire.

— Ma foi, c'est là que tu ferais mieux de le garder, Frank, dit Franny. Au fond de ta poche.

— Jamais tu ne pourras refaire un hôtel de cette vieille baraque, papa, dit Lilly. Il n'y a plus rien à en tirer.

— Nous commencerons sur une petite échelle, Lilly, assura papa.

Par « nous », mon père voulait dire lui et moi. Je lui annonçai ma décision de l'accompagner dans le Maine et de lui donner un coup de main pour l'aider à démarrer.

— Il faut que tu sois aussi cinglé que lui, m'avait dit Franny.

Mais j'avais pourtant une idée que jamais je ne partagerais avec mon père. Si, comme le dit Freud, un rêve n'est autre chose que l'exaucement d'un désir, dans ce cas — comme le dit aussi Freud — il en va de même des blagues. Une blague est elle aussi l'exaucement d'un désir — et il y avait une certaine blague que je réservais à mon père. Une blague que je répète depuis maintenant plus de quinze ans. Comme désormais papa a soixante ans passés, je ne crois pas exagéré de dire que cette blague a « bien marché » : il n'est pas exagéré de dire que je m'en suis bien tiré.

Le dernier Hôtel New Hampshire n'a jamais été — et ne sera jamais — un hôtel. Voilà la blague que depuis tant d'années je joue à mon père. Le premier livre de Lilly, *la Volonté de grandir*, devait rapporter tant d'argent que nous aurions eu les moyens de restaurer l'Arbuthnot-by-the-Sea ; et, quand on tourna le film, nous aurions même pu racheter la Gasthaus Freud, par-dessus le marché. Peut-être alors, aurions-nous même pu nous offrir le Sacher ; ou du moins acquérir le Stanhope. Mais il n'était nullement indispensable que le troisième Hôtel New Hampshire soit un *véritable* hôtel, et moi je le savais.

— Après tout, disait Frank, les deux premiers non plus n'étaient pas de véritables hôtels !

La vérité, c'est que notre père avait toujours été aveugle, ou que la cécité de Freud s'était révélée contagieuse.

Nous commençâmes par faire nettoyer la plage et évacuer les décombres. Nous fîmes plus ou moins restaurer les « jardins », ce qui veut dire que nous recommençâmes à tondre régulièrement les pelouses et fîmes même l'effort de remettre en état un des courts de tennis. Bien des années plus tard, nous fîmes creuser une piscine : papa adorait nager, mais je ne pouvais supporter de le voir nager dans la mer ; j'avais toujours peur qu'il perde le sens de l'orientation et pique droit au large. Et les bâtiments qui jadis avaient abrité les dortoirs du personnel — où jadis ma mère, mon père et Freud avaient été hébergés ? me direz-vous. Nous les fîmes tout simplement disparaître ; les démolisseurs se chargèrent de nous en débarrasser. Nous fîmes niveler et paver le sol. Et quand bien même nous n'accueillîmes jamais beaucoup de voitures, nous expliquâmes à papa qu'il s'agissait d'un parking.

Nous mîmes toute notre ardeur dans la réfection du corps de bâtiment principal. Nous installâmes un bar à la place du comptoir de la réception ; le hall devint une énorme salle de jeux. Nous n'avions pas oublié la cible de fléchettes et les billards du Kaffee Mowatt, aussi devons-nous reconnaître — comme le dit souvent Franny — que nous métamorphosâmes le hall en salle de café viennois. Le hall donnait accès à ce qui avait été le restaurant et la cuisine de l'hôtel ; il nous suffit d'abattre quelques murs pour transformer le tout en ce que l'architecte appela « une espèce de cuisine de campagne ».

— Une espèce géante, dit Lilly.

— Une espèce bizarre, dit Frank.

Ce fut Frank qui eut l'idée de restaurer la salle de bal.

« Au cas où nous donnerions un jour une grande réception, plaida-t-il.

Quand bien même jamais nous ne devions donner de réception telle que la pseudo-cuisine de campagne n'aurait pu suffire. Même en éliminant bon nombre de salles de bains, même en transformant l'étage supérieur en espace de rangement, et le premier en bibliothèque, nous aurions eu de quoi héberger une bonne trentaine de gens — dans des conditions d'intimité parfaite — à condition de terminer les travaux et d'acheter suffisamment de lits.

Dans les premières années, papa parut plutôt intrigué par le calme :

— Mais où sont donc les clients ? s'étonnait-il souvent.

Surtout en été où, les fenêtres restant ouvertes, on aurait en principe dû entendre piailler les enfants — leurs voix aiguës et légères qui montaient de la plage et se mêlaient aux cris des mouettes et des hirondelles de mer.

J'expliquai à mon père que nous faisions d'assez bonnes affaires en été pour pouvoir nous épargner le souci de rester ouverts durant l'hiver ; pourtant, certains étés, il s'étonnait du silence qui planait sur l'hôtel, ponctué par la percussion régulière du ressac.

— Selon mes estimations, disait papa, je jurerais que nous n'avons pas plus de deux ou trois clients, à moins que par-dessus le marché, je ne sois en train de devenir *sourd*.

Nous nous empressions alors de lui expliquer que dans un hôtel tel que le nôtre, un hôtel de station balnéaire et de première classe, il n'était nul besoin de remplir toutes les chambres pour ramasser un magot.

— N'est-ce pas vraiment extraordinaire ? s'exclamait-il. C'est exactement ce que j'avais prévu, je savais ce que pouvait devenir cet hôtel. Un peu de *classe* et d'esprit démocratique, le tout dosé de façon adéquate, c'est tout ce qui lui manquait. J'ai toujours su qu'il pourrait être extraordinaire.

Ma foi, bien sûr, ma famille était un modèle de démocratie ; c'était en premier lieu Lilly qui gagnait l'argent, que Frank se chargeait alors de faire fructifier, ce qui explique que le troisième Hôtel New Hampshire accueillait un tas de clients qui *ne payaient pas*. Nous tenions à avoir le plus de monde possible autour de nous, car la présence des gens, le bruit des voix, joyeuses ou agressives, encourageaient un peu plus encore l'illusion de mon père que nous étions enfin devenus un établissement de grande classe. Lilly venait souvent, et restait tant qu'elle pouvait y tenir. Mais nous eûmes beau lui offrir l'usage exclusif de tout le premier étage, jamais elle ne s'habitua à travailler dans la bibliothèque.

— Trop de livres dans cette bibliothèque, disait-elle.

Lorsqu'elle écrivait, elle avait l'impression que la présence d'autres livres écrasait ses petits efforts. Lilly tenta même, un jour, de travailler dans la salle de bal — cette immensité qui semblait figée dans l'attente de la musique et de gracieuses évolutions. Lilly travailla sans relâche dans la salle de bal, mais ses tapotements menus sur sa machine à écrire restèrent impuissants à meubler le parquet désert — malgré tous ses efforts. Et pourtant que d'efforts !

Franny venait souvent elle aussi, et restait longtemps, loin du monde et des regards indiscrets. Franny se réfugiait dans notre troisième Hôtel New Hampshire pour prendre des forces. Franny était destinée à devenir célèbre — plus célèbre encore que Lilly, je le crains. Dans le film inspiré par *la Volonté de grandir,* Franny décrocha tout simplement le rôle de Franny. Après tout, qui, sinon Franny, est le véritable héros du premier Hôtel New Hampshire ? Dans la version de l'histoire que présente le film, bien sûr, c'est la seule de nous tous qui paraisse authentique. Et Frank, bien sûr, est présenté comme le stéréotype de l'homosexuel amateur de cymbales et de taxidermie ; Lilly est « mignonne », mais jamais nous n'avons trouvé mignonne la petite taille de Lilly. Sa taille, je le crains, nous est toujours apparue comme le résultat d'un effort avorté — rien de « mignon » dans cette lutte, ni dans le dénouement. Quant à Egg, on en avait rajouté : Egg, le bourreau des cœurs — Egg était vraiment « mignon », lui.

Ils dénichèrent un vieux de la vieille, un acteur de westerns, pour tenir le rôle de Iowa Bob (Frank, Franny et moi, nous souvenions tous d'avoir vu ce vieil imbécile vider des millions de fois la selle) ; il avait une façon bizarre de soulever les poids, comme s'il bâfrait une assiettée de crêpes — et il n'était pas du tout convaincant. De plus, bien entendu, on avait censuré tous les jurons. Un crétin de producteur alla jusqu'à dire à Franny qu'un langage impie est l'indice d'un vocabulaire indigent et d'un manque d'imagination. A ce point de l'histoire, Frank, Lilly, papa et moi adorions nous mettre à hurler en sommant Franny de nous dire ce qu'elle avait répondu à ça :

— Non, mais, qu'est-ce que c'est que ce baratin de merde, avait-elle dit au producteur. Espèce de pauvre trou du cul ! Allez donc vous faire voir, et même, vous faire foutre !

Mais malgré les restrictions imposées à son vocabulaire, Franny fit excellente figure dans *la Volonté de grandir*. Et pourtant : ils obligèrent Junior Jones à jouer de telle façon qu'il avait tout d'un pauvre bouffon inhibé en train de passer une audition pour un orchestre de jazz ; par ailleurs, les acteurs censés incarner maman et papa étaient insipides et sans consistance ; et quant à celui qui était censé être *moi* — Seigneur ! En dépit de tous ces handicaps, Franny s'imposa avec éclat. Elle avait vingt ans passés au moment où fut tourné le film, mais elle était si jolie qu'elle n'eut aucun mal à en paraître seize.

— A mon avis, le crétin qu'ils avaient dégoté pour *te* représenter, me dit un jour Franny, était censé exsuder une combinaison absolument mortelle de douceur et de stupidité.

— Après tout, c'est bien ce qu'il t'arrive d'exsuder, de temps en temps, non ? me taquinait Frank.

— Le genre vieille tante célibataire et haltérophile, renchérissait Lilly, c'est ce genre-là qu'ils t'ont donné.

Mais au cours des premières années que je passai au troisième Hôtel New Hampshire à m'occuper de papa, c'est un peu ce que j'eus en permanence l'impression d'être : une espèce de tante vieille fille et haltérophile. Avec mon diplôme de littérature américaine de l'université de Vienne, j'aurais pu faire pire que de choisir d'être le gardien des illusions de mon père.

— Ce qu'il te faut, c'est une femme gentille, me disait parfois Franny au téléphone — de New York, de Los Angeles et des cimes de sa célébrité naissante.

Pour le plaisir, Frank lui rétorquait que ce qu'il me fallait peut-être, c'était un *homme* gentil. J'étais heureux d'installer mon père dans ses fantasmes. Fidèle à la tradition instaurée par Fehlgeburt, j'aimais tout particulièrement, le soir, faire la lecture à mon père ; lire à haute voix pour les autres est un des rares plaisirs de ce monde. Je parvins même à donner à papa l'envie de soulever mes poids. Il n'est pas nécessaire d'y voir. Et le matin, désormais, papa et moi passons des moments merveilleux dans la salle de bal. Nous avons tout ce qu'il faut : des tapis étalés un peu partout, et un vrai banc pour les développés. Nous avons des disques et des boules de toutes tailles — et aussi, la vue splendide sur l'océan Atlantique. Bien que papa ne soit pas à même de la contempler, il est tout heureux de sentir la caresse de la brise tandis qu'allongé sur le tapis, il soulève ses poids. Moi, je crois vous l'avoir dit, depuis le jour où j'ai serré un peu trop fort Arbeiter, je ne mets plus autant d'ardeur à soulever mes poids, et papa est devenu un haltérophile suffisamment averti pour s'en rendre compte ; il lui arrive de me gratifier d'un petit sermon à ce sujet, mais je ne demande rien d'autre que d'entretenir ma forme en sa compagnie. Je lui laisse le soin, maintenant, de faire le gros boulot.

— Oh, bien sûr, tu gardes encore ta forme, me taquine-t-il, mais, par comparaison avec ce que tu étais en 1964, tu ne fais plus le poids.

— On ne peut pas avoir vingt-deux ans toute sa vie, me crois-je obligé de lui rappeler.

Et nous continuons un moment à soulever de bon cœur. Ces matins-là, alors que le soleil n'a pas encore dissipé le brouillard du Maine, et que l'humidité de la mer s'est abattue sur nous, il m'arrive de m'imaginer que je me retrouve tout au début du voyage — il m'arrive de croire que je suis allongé sur le vieux tapis qu'affectionnait tant le vieux Sorrow, et que c'est Iowa Bob qui est là près de moi, et qui me conseille, alors que c'est moi qui conseille mon père.

Et je devais friser la quarantaine avant de me risquer à vivre avec une femme.

Pour mon trentième anniversaire, Lilly m'envoya un poème de Donald Justice. Elle en aimait le dénouement et estimait qu'il s'appliquait à mon cas. J'étais à cran à l'époque et envoyai par retour un mot à Lilly : « Qui est ce Donald Justice et comment ce qu'il dit peut-il s'appliquer à *nous* ? » Mais c'est un beau dénouement qui conviendrait à n'importe quel poème, et je l'admets, c'est ainsi que je me sentais à trente ans :

> *Trente ans aujourd'hui, j'ai vu*
> *Les arbres s'embraser un instant*
> *Comme les bougies sur un gâteau*
> *Tandis que le soleil déclinait dans le ciel,*
> *Un éclair momentané,*
> *Pourtant il restait le temps de faire un vœu*
> *Avant que la lumière ne se meure,*
> *Si j'avais su quel vœu faire,*
> *Comme sans doute jadis je l'ai su,*
> *Penché sur le blanc immaculé*
> *De la nappe inondée de lumière*
> *Pour d'un coup souffler les bougies.*

Et, pour les quarante ans de Frank, je lui envoyai une carte de vœux, accompagnée de cet autre poème de Donald Justice : « Les hommes de quarante ans. »

> *A quarante ans les hommes*
> *Apprennent à refermer sans bruit*
> *La porte des chambres*
> *Où ils ne reviendront plus.*

Frank m'expédia par retour un mot pour m'informer qu'il s'était arrêté là et n'avait pas lu la fin de mon foutu poème.

— Contente-toi de fermer tes propres portes ! aboya Frank. Tu n'es plus tellement loin de *tes* quarante ans. Quant à moi, je les claque, ces foutues portes, ce qui, bordel, ne m'empêche pas de revenir tout le temps les ouvrir.

Bravo, Frank ! songeai-je. Toute sa vie, il sera passé devant les fenêtres ouvertes sans manifester la moindre crainte. C'est ce que font tous les agents littéraires de génie : ils ont le don de présenter comme la raison même les conseils les plus illogiques et les plus invraisemblables, le don de vous faire avancer sans peur, et c'est ce qui permet aux autres de s'en tirer, d'obtenir plus ou moins ce qu'ils souhaitent, en tout cas, d'obtenir quelque chose ; du moins, quand ils avancent sans crainte, ils ne se retrouvent pas les mains vides, quand ils foncent dans le noir comme galvanisés par les conseils les plus sages du monde. Qui aurait jamais cru que Frank aurait fini par être aussi adorable ? (Lui, un gosse si dégueulasse.) Et je ne blâme pas Frank d'avoir poussé Lilly trop dur.

— C'est *Lilly*, répète souvent Franny, qui a poussé Lilly trop dur.

Quand les foutus critiques s'enthousiasmèrent pour sa *Volonté de grandir* — quand ils daignèrent enfin lui décerner leurs éloges snobinards — soulignant qu'en dépit de ce qu'elle était, la Lilly Berry de la célèbre famille qui avait sauvé l'Opéra de Vienne, on ne pouvait pas dire qu'elle fût vraiment « un mauvais écrivain », elle avait en fait un talent très « prometteur » — quand ils se mirent à jacasser au sujet de la *nouveauté* de sa *voix*, Lilly en conclut simplement qu'elle devait redoubler d'efforts ; il fallait maintenant qu'elle s'y mette sérieusement.

Mais notre petite Lilly avait écrit son premier livre presque par accident ; son livre n'était qu'un euphémisme pour sa volonté de grandir, pourtant il la convainquit qu'elle avait un talent d'écrivain, alors qu'elle n'était peut-être qu'une lectrice douée de sensibilité et d'amour, une amoureuse de la littérature qui s'était imaginé qu'elle voulait écrire. Je suis persuadé que ce fut le besoin d'écrire qui finit par tuer Lilly, comme cela arrive parfois. Le besoin d'écrire finit par la consumer ; elle n'était pas assez forte pour supporter cette forme de masturbation — pour supporter le perpétuel effritement de sa propre personne. Lorsque grâce au film tiré de *la Volonté de grandir*, Franny fut devenue célèbre, et lorsque grâce au feuilleton télévisé du *Premier Hôtel New Hampshire*, le nom de Lilly Berry fut connu de tout le monde, sans doute Lilly eut-elle envie de « se contenter d'écrire », comme disent toujours les écrivains. Sans doute alors eut-elle simplement envie d'avoir le loisir d'écrire *son* livre. Seulement, voilà, ce ne fut pas un très bon livre — le deuxième. Elle lui donna pour titre *le Crépuscule de l'esprit*, titre tiré d'un vers qu'elle vola à son gourou, Donald Justice :

> *Voici venir le crépuscule de l'esprit.*
> *L'heure où les lucioles tressaillent dans le sang*

et ainsi de suite. Peut-être aurait-elle été mieux avisée d'emprunter son titre et son inspiration à un autre vers de Donald Justice :

> *Le temps un arc ployé par son inéluctable échec.*

Elle aurait pu intituler son livre *l'Inéluctable Échec*, car c'était bien de cela qu'il s'agissait. Quelque chose qu'elle ne pouvait assumer ; quelque chose qui la dépassait. Son sujet était la mort des rêves, l'obstination que mettent les rêves à ne pas mourir. C'était un livre courageux, dans la mesure où il s'écartait de tout ce qui était en rapport direct avec la petite autobiographie de Lilly, mais qui s'en écartait pour s'aventurer dans un domaine trop étranger à son esprit pour qu'elle puisse jamais le comprendre ; elle écrivit un livre *vague* qui témoignait à quel point le lángage où elle ne faisait que risquer une brève incursion lui était étranger. Quand on écrit de façon vague, on est toujours vulnérable. Comment s'étonner qu'elle se sentît facilement blessée quand les censeurs — quand les foutus critiques, armés de leur ruse morne et obstinée — fondirent sur elle ?

Selon la théorie de Frank, qui en général ne se trompait jamais au sujet de Lilly, elle éprouva entre autres hontes celle d'avoir écrit un mauvais livre qui fut encensé et qualifié d' « héroïque » par toute une catégorie de mauvais lecteurs passablement influents. Un certain type d'étudiants, tous plus ou moins ignares, furent d'emblée séduits par le côté vague de son *Crépuscule de l'esprit* ; ces étudiants découvrirent avec un immense soulagement que l'obscurité absolue était non seulement publiable, mais encore pouvait donner l'illusion du sérieux. Et, comme le souligna Frank, ce que certains de ces étudiants aimèrent le plus dans son livre était précisément ce qu'elle-même détestait le plus — les introspections qui ne menaient à rien, l'absence d'intrigue, les personnages sans logique ni consistance, l'indigence du récit. En un sens, dans certains cercles universitaires, l'impuissance flagrante à faire preuve de clarté confirme l'idée que ce qui aux yeux de tous les imbéciles est un vice peut, grâce à la magie de l'art, finir par ressembler à une vertu.

— Mais, bordel de Dieu, où tous ces petits étudiants sont-ils allés pêcher une idée pareille ! se lamentait Franny.

— Tous n'ont pas cette idée, rétorquait Frank.

— Ils s'imaginent que ce qui est contraint et forcé, que ce qui est *Difficile,* difficile avec une saloperie de D majuscule, vaut mieux que ce qui est direct, courant et compréhensible ! hurla Franny. Mais, bordel de merde, qu'est-ce qui les rend tellement tordus, ces types-là ?

— Quelques-uns seulement sont ainsi, Franny, insistait Frank.

— Uniquement ceux qui ont bâti un culte sur l'échec de Lilly ? demanda Franny.

— Uniquement ceux qui écoutent ce que leurs professeurs disent, dit Frank d'un ton satisfait — béatement installé dans une de ses humeurs anti-tout. Dis-moi Franny, où crois-tu que les étudiants apprennent à penser de cette manière ? Auprès de leurs professeurs.

— Seigneur Dieu, disait alors Franny.

L'idée ne lui vint pas de revendiquer un rôle dans *le Crépuscule de l'esprit :* d'ailleurs, il eût été impossible de tirer un film du livre. Franny devint une vedette beaucoup plus facilement que Lilly ne devint écrivain.

— C'est plus facile d'être une vedette, disait Franny. En réalité, on n'a rien à faire, sinon ne pas trop se poser de questions sur soi-même et espérer que les gens vous aimeront : il suffit d'espérer qu'ils sauront discerner votre *moi intime.* Suffit de ne pas se poser de questions et d'espérer que *votre moi intime* finira par se manifester.

Sans doute, pour un écrivain, le *moi intime* a-t-il besoin pour émerger de quelque chose de plus substantiel. J'ai toujours eu envie d'écrire à Donald Justice à ce sujet, mais je pense que de l'avoir vu — une seule fois, et à distance — m'a paru suffisant. Si le meilleur et le plus limpide de lui-même n'était pas dans ses poèmes, jamais il ne serait devenu un très grand écrivain. Et, dans la mesure où de ses poèmes émerge quelque chose de bon et de fort, le rencontrer ne pourrait qu'être décevant. Je ne veux pas dire qu'il serait minable. C'est très probablement un homme merveilleux. Mais jamais il n'aurait pu être aussi précis que ses poèmes ; ses poèmes sont tellement majestueux qu'il n'aurait pu qu'être une déception. Quant à Lilly, bien sûr, son œuvre était une déception — et elle le savait. Son œuvre était loin d'avoir autant de charme que sa propre personne, et elle le savait. Bien sûr, Lilly aurait préféré que ce fût l'inverse.

Quant à Franny, ce qui la sauva ne fut pas seulement qu'il est plus facile d'être vedette qu'écrivain. Ce qui la sauva, c'est aussi qu'elle ne fut pas obligée d'être une vedette dans la solitude. Comme le sait Donald Justice, que l'on vive seul ou non, on ne peut être écrivain que dans la solitude.

> *Vous ne me reconnaîtriez pas.*
> *Mon visage est le visage qui s'épanouit*
> *Dans les miroirs embués des toilettes*
> *Où l'on cherche à tâtons le commutateur.*
>
> *Mes yeux ont l'expression*
> *Des yeux froids des statues*
> *Qui guettent le retour des pigeons*
> *Partis picorer la provende que vous leur avez jetée.*

— Seigneur Dieu, comme dit un jour Franny. Qui pourrait bien avoir envie de le rencontrer, lui ?

Mais Lilly avait du charme aux yeux de tout le monde — sauf, peut-être, à ses propres yeux. Lilly aurait voulu que ses mots aient du charme, mais ses mots la trahirent.

Il est extraordinaire que, pour Franny et moi, Frank ait un jour évoqué le roi des Souris ; nous n'avions rien compris à Frank. Nous avions sous-estimé Frank, et cela dès le début. Frank était un héros, mais il lui faudrait atteindre le stade où il signerait tous nos chèques, et nous dirait combien nous pouvions nous permettre de dépenser, pour qu'enfin nous reconnaissions Frank comme le héros qu'il était depuis toujours.

Non, notre roi des Souris, c'était Lilly.

— Nous aurions dû nous en douter ! se lamenterait un jour Franny. Elle était trop petite !

Ainsi, pour nous, Lilly est désormais perdue. Lilly, le chagrin que jamais nous n'avions tout à fait compris ; nous n'avions jamais décelé ce que dissimulaient ses déguisements. Peut-être Lilly n'était-elle jamais devenue assez grande pour que nous puissions la voir.

Elle avait engendré un chef-d'œuvre, dont jamais elle ne tira assez de fierté. Elle écrivit le scénario du film dont la vedette était Chipper Dove ; de cet opéra, dans la grande tradition « *Schlagobers* et sang », elle avait été à la fois l'auteur et le metteur en scène. Cette histoire-là, elle savait exactement jusqu'où elle pouvait la mener. Ce fut *le Crépuscule de l'esprit* qui ne répondit pas à ses espérances, ni aux difficultés qu'elle éprouva lorsqu'elle voulut repartir de zéro — lorsqu'elle tenta d'écrire le livre qui, non sans ambition, aurait eu pour titre : *Tout après l'enfance*. Il ne s'agit même pas cette fois d'un vers de Donald Justice ; Lilly elle-même en avait eu l'idée, encore une idée qu'elle n'avait pas été capable d'exploiter.

Quand il arrive à Franny de boire trop, elle se met en rogne en évoquant l'influence que Donald Justice exerçait sur Lilly ; et parfois, Franny se saoule au point de blâmer le pauvre Donald Justice pour ce qui est arrivé à Lilly. Mais Frank et moi nous nous hâtons toujours d'assurer à Franny que ce fut sa passion de la *qualité* qui finit par tuer Lilly ; ce fut la fin de *Gatsby le Magnifique*, qui pourtant n'était pas le dénouement, que choisit Lilly, mais un dénouement dont le sens lui échappait. Et, un jour, Lilly s'exclama : « Après tout, au diable ce foutu Donald Justice ! Tous les bons vers sont de lui ! »

Peut-être le dernier vers que lut ma sœur était-il de sa plume. Frank tomba un jour sur un recueil de poèmes de Donald Justice, *Lumière nocturne* ; c'était l'exemplaire de Lilly, ouvert à la page 20, la page tant de fois cornée, avec, tout en haut, un vers, un seul, entouré de plusieurs cercles — l'un d'eux avec du rouge à lèvres, les autres avec des stylos à bille de couleurs différentes ; et même avec un humble crayon.

Je ne crois pas que le dénouement puisse jamais être heureux.

Peut-être est-ce là le vers qui poussa Lilly à faire le grand saut.

C'était une nuit de février. Franny se trouvait sur la côte ouest. Franny n'aurait rien pu faire pour la sauver. Mon père et moi étions dans le Maine ; Lilly savait que nous nous couchions de bonne heure. A l'époque, papa en était à son troisième chien. Sacher avait disparu, victime de sa goinfrerie. Le petit chien au pelage fauve et aux aboiements aigus et insolents, celui qui avait été renversé par une voiture — son vice était de se lancer aux trousses des voitures, mais, jamais, par bonheur, quand il traînait papa en remorque —, celui-là avait disparu lui aussi ; il s'emportait aussi vite que de la crème fouettée et papa l'avait baptisé « Schlagobers ». Le troisième pétait sans arrêt, mais ce trait désagréable était le seul qui le rapprochât de Sorrow ; c'était lui aussi un berger allemand, un mâle cette fois, et papa avait exigé de l'appeler Fred. Fred était également le nom du factotum du troisième Hôtel New Hampshire — un pêcheur de homards en retraite baptisé Fred, sourd comme un pot. Chaque fois que papa hélait un de ses chiens, *n'importe lequel* — Sacher ou Schlagobers —, Fred le factotum s'écriait « Quoi ? » même quand il travaillait à l'autre bout de l'hôtel. Cette manie plongeait papa dans une telle irritation (et, implicitement, nous rappelait Egg de façon si poignante) que papa menaçait toujours d'appeler son *prochain* chien Fred.

— Puisque de toute façon ce vieil idiot de Fred répondra chaque fois que j'appellerai le chien, le nom n'a aucune importance ! lançait papa. Seigneur Dieu, s'il doit s'obstiner à répondre « Quoi ? », autant que ce soit à l'appel de son nom.

Ce fut ainsi que le chien d'aveugle numéro trois fut baptisé Fred. Il n'avait qu'une seule mauvaise habitude : chaque fois que la petite fille de la femme de ménage quittait les jupes de sa mère, il essayait de monter l'enfant en levrette. Comme un idiot, Fred coinçait la fillette sur le plancher et entreprenait de la monter ; la fillette se mettait à hurler : « Non ! », la femme de ménage se mettait à beugler : « Arrête Fred ! » en cinglant Fred de grands coups de serpillière ou de balai, ou de tout ce qui lui tombait sous la main. Alerté par le vacarme, papa devinait aussitôt ce qui se passait et se mettait à hurler : « Bordel de Dieu, Fred, espèce de sale queutard ! Allons, remue-toi un peu mon salaud, viens ici ! »

Et le factotum sourd, le pêcheur de homards en retraite, notre *autre* Fred, s'exclamait alors : « Quoi ? Quoi ? » Je devais me mettre à sa recherche (papa refusait de bouger) et le calmer : « PAS TOI, FRED ! RIEN, FRED ! »

— Oh, faisait-il, en se remettant au travail. Y m' semblait pourtant avoir entendu appeler.

Tout cela pour dire que Lilly nous eût en vain appelés dans le Maine.

A part lancer un certain nombre de « Fred ! », nous n'aurions guère pu lui venir en aide.

Lilly essaya pourtant d'appeler quelqu'un, Frank. Frank ne se trouvait pas tellement loin ; lui aurait pu faire quelque chose. Nous lui affirmons, maintenant, que cette fois-là, il aurait pu l'aider, mais, au bout du compte, et nous le savons, le malheur flotte. Bref, Lilly tomba sur le répondeur automatique de Frank. Frank avait remplacé son standardiste par un système automatique, un de ces fichus enregistrements de sa propre voix, tellement exaspérants :

SALUT ! ICI FRANK — EN RÉALITÉ JE NE SUIS PAS ICI (HA HA). EN RÉALITÉ, JE SUIS ABSENT ; VOUS VOULEZ LAISSER UN MESSAGE ? ATTENDEZ LE SIGNAL ET VIDEZ VOTRE SAC.

Franny laissait une foule de messages qui avaient le don de mettre Frank en fureur.

— Va te faire foutre, Frank ! hurlait Franny à l'adresse de l'exaspérant gadget. Chaque fois que je tombe sur cette saloperie de truc, ça me coûte de l'argent — je t'appelle de cette foutue ville de *Los Angeles*, Frank, espèce de crétin, de petit merdeux, espèce de minable petit étron !

Sur quoi, elle le gratifiait de toute une collection de bruits de pets, et de baisers très mouillés, et Frank m'appelait aussitôt, comme toujours malade de dégoût.

— Franchement, disait-il. Je ne comprends pas Franny. Elle vient de me laisser un message positivement immonde ! D'accord, je sais, elle se croit spirituelle, mais elle devrait pourtant savoir que nous en avons tous ras le bol de sa vulgarité, non ? A son âge, on ne peut pas dire que ce soit tout à fait le genre qui lui convienne — à supposer qu'il lui ait jamais convenu. Toi qui as châtié *ton* langage, tu devrais faire un effort pour châtier le *sien*.

Et ainsi de suite.

Frank avait sans doute paniqué en entendant le message de Lilly. Il avait un rendez-vous ce soir-là, et sans doute avait-elle téléphoné peu de temps avant son retour ; il avait branché son répondeur et écouté les messages tout en se brossant les dents, dans l'intention de se mettre au lit.

Il s'agissait pour la plupart de messages d'affaires. Le joueur de tennis professionnel dont il représentait les intérêts s'était fourré dans le pétrin pour publicité illicite. Un scénariste se plaignait qu'un metteur en scène essayait de le « manipuler », et Frank s'était hâté de prendre mentalement note du fait — l'auteur en question avait grand besoin d'être « manipulé ». Une célèbre chorégraphe s'était empêtrée dans son autobiographie ; elle était bloquée au beau milieu de son enfance, confiait-elle à Frank, qui continuait tranquillement à se brosser les dents. Il se rinça la bouche, éteignit la lumière dans la salle de bains, et ce fut alors qu'il entendit la voix de Lilly.

— Salut, c'est moi, fit-elle d'un ton d'excuse — à l'adresse du répondeur.

Lilly était toujours en train de s'excuser. Frank sourit tout en ouvrant ses draps ; il n'omettait jamais de mettre son mannequin de couturière au lit avant de se fourrer entre les draps. Il y eut un long silence sur le répondeur, au point que Frank crut que l'engin était tombé en panne ; cela arrivait souvent. Soudain, Lilly ajouta :

« Ce n'est que moi.

Sa voix était empreinte d'une telle lassitude que quelque chose poussa Frank à vérifier l'heure, et guetter avec angoisse la suite. Suivit alors un long silence, et Frank se souvient encore de l'avoir alors implorée :

— Vas-y Lilly, vas-y Lilly, chuchota-t-il.

Ce fut alors que Lilly chanta sa petite chanson, à peine quelques bribes, à vrai dire ; tirées d'un des *Heurigen* — une petite chanson triste et bébête, une des chansons du roi des Souris. Une chanson que Frank connaissait par cœur, bien sûr.

> *Verkauft's mei G'wand, I Fahr in Himmel.*
> *Vendez mes vieux habits, je pars au Paradis.*

— Merde alors, Lilly, chuchota Frank dans le répondeur.

Il se mit à se rhabiller, et vite.

— *Auf Wiedersehen*, Frank, dit Lilly, arrivée au bout de sa petite chanson.

Frank ne prit pas la peine de répondre. Déjà il fonçait vers Columbus Circle où il sauta dans un taxi. Et Frank avait beau n'avoir rien d'un champion, je jurerais qu'il battit tous ses records ; même moi, je n'aurais pu faire mieux. Même s'il s'était trouvé chez lui quand Lilly avait appelé, il faut plus de temps, et *à n'importe qui,* je le lui répète souvent, pour parcourir deux kilomètres et traverser un zoo qu'il n'en faut pour dégringoler d'une hauteur de quatorze étages, la distance qui sépare la fenêtre d'angle du quatorzième étage du Stanhope du trottoir à l'angle de la Quatre-vingt et unième Rue et de la Cinquième Avenue. Lilly avait sur Frank l'avantage de la distance et — quoi qu'il fasse — elle l'aurait battu au poteau — de toute façon ; il n'aurait rien pu faire. N'empêche, comme dit Frank, qu'il ne prit pas le temps de dire (peut-être pas même de penser) ; « *Auf Wiedersehen*, Lilly », pas avant d'avoir été confronté à son petit cadavre.

Son dernier message avait plus de poids que celui de Fehlgeburt. Lilly n'était pas folle, elle. Son dernier message était du genre sérieux.

Désolée,

disait le billet.

Trop petite, voilà tout.

Pour ma part, je me souviens surtout de ses petites mains : de cette façon qu'elles avaient de voltiger sur ses cuisses, chaque fois qu'elle disait quelque chose de réfléchi — et Lilly était toujours réfléchie. « Pas assez de rire en elle, vieux », comme disait Junior Jones.

Les mains de Lilly ne parvenaient jamais à rester immobiles ; elles dansaient au rythme de toutes les choses qu'elle s'imaginait entendre — peut-être la même musique que Freud ponctuait avec sa batte de base-ball, la même mélodie qu'entend maintenant papa, tandis que la batte voltige avec grâce autour de ses pieds fatigués. Mon père, le marcheur aveugle : il marche, partout, été comme hiver, il passe chaque jour des heures à sillonner les jardins de l'Hôtel New Hampshire. Sacher s'était au début chargé de le guider, puis avait suivi Schlagobers, et ensuite Fred ; du jour où Fred prit l'habitude de massacrer les putois, nous dûmes nous en débarrasser.

— J'aime bien Fred, dit un jour papa, mais avec sa manie de péter et maintenant de bouffer les putois, il va faire fuir la clientèle.

— Ma foi, papa, la clientèle ne se plaint pas, dis-je.

— Ma foi, c'est par pure politesse, dit papa. Ils ont de la classe, voilà tout. N'empêche que c'est répugnant, et inadmissible, et si jamais Fred s'avise d'attaquer un putois un jour où je serai avec lui... eh bien, parole, je le tue ; ce coup-là, sûr qu'il tâtera de ma batte.

Ce fut ainsi que nous trouvâmes une gentille famille désireuse d'accueillir un chien de garde ; ils n'étaient pas aveugles, mais ils se moquaient éperdument que Fred pète et empeste comme un putois.

Voilà comment notre père se promène maintenant en compagnie de son quatrième chien guide. Nous nous sommes lassés de leur chercher des noms, sans compter qu'après la mort de Lilly, notre père a perdu encore un peu de son espièglerie.

« Je n'ai guère le cœur à chercher des noms de chien, dit-il. Voulez-vous vous en charger, vous, cette fois ?

Moi non plus je n'avais guère le cœur à baptiser des chiens. Franny tournait un film en France, et Frank — qui lors de la disparition de

Lilly avait, de nous tous, accusé le plus sévèrement le coup — ne voulait plus entendre parler de ces histoires de chiens. Frank avait trop de chagrin ; il n'était plus d'humeur à chercher des noms aux chiens.

— Seigneur Dieu, dit Frank. Pourquoi pas « Numéro Quatre » ?

Mon père haussa les épaules et décréta qu'un simple « Quatre » suffirait. Si bien que, maintenant, au crépuscule, quand papa se met à la recherche de son compagnon de promenade, je l'entends hurler le chiffre quatre. « Quatre ! » beugle-t-il. « Quatre, bordel de Dieu. »

Et le vieux Fred, le factotum, s'obstine toujours à lancer : « Quoi ? » Et papa s'époumone à hurler son « Quatre ! Quatre ! Quatre ! », comme quelqu'un qui évoque un jeu de son enfance ; ce jeu où il s'agit de lancer le ballon et de hurler un numéro, et celui qui porte le numéro doit essayer d'attraper le ballon avant qu'il touche le sol.

« Quatre ! » lance la voix de papa, et j'imagine un enfant en train de courir, bras grands ouverts pour intercepter le ballon.

Cet enfant, quelquefois c'est Lilly, et quelquefois c'est Egg.

Et quand enfin papa est parvenu à retrouver Quatre, je me poste à la fenêtre pour regarder Quatre qui, à pas circonspects, conduit mon père jusque sur la jetée ; dans la lumière au déclin, il est facile de confondre la silhouette de mon père flanqué de son chien avec celle d'un homme beaucoup plus jeune — en compagnie d'un ours, peut-être ; et, qui sait, ils pêchent peut-être des colins.

— Pas marrant de pêcher quand on n'a pas d'yeux pour voir les poissons sortir de l'eau, m'a dit un jour mon père.

Aussi, en compagnie de Quatre, papa se contente-t-il de rester assis sur la jetée, pour savourer le soir tombant, jusqu'au moment où les féroces moustiques du Maine le contraignent à regagner l'Hôtel New Hampshire.

Il y a même une enseigne : HÔTEL NEW HAMPSHIRE. Papa l'a exigé, et même s'il est incapable de la voir — et ne pourrait remarquer son absence, si je me contentais de lui faire croire qu'elle est là —, c'est une petite concession que je suis tout heureux de lui faire, quand bien même, parfois, c'est une source d'ennuis. Il arrive que des touristes s'égarent et nous tombent dessus à l'improviste ; ils voient l'enseigne et s'imaginent que nous *sommes* un hôtel. J'ai expliqué à papa un système très compliqué que, selon moi, notre « succès » dans *cette dernière en date* de nos entreprises hôtelières nous permet de pratiquer. Quand les touristes égarés nous tombent dessus à l'improviste et demandent des chambres, nous leur demandons s'ils ont pris la peine de faire des réservations.

— Bien sûr que non, répondent-ils.

Mais, invariablement — jetant un coup d'œil à la ronde, frappés par le silence, l'atmosphère d'abandon et de paix que nous sommes parvenus à faire régner dans le troisième Hôtel New Hampshire —, ils demandent :

« Mais, vous devez certainement avoir des chambres libres ?

— Non, pas de chambres libres, affirmons-nous toujours. Pas de réservations, pas de chambres.

Il arrive parfois que papa se chamaille avec moi à ce sujet :

— Mais, enfin, nous avons de la place pour ces gens, siffle-t-il. Ils ont l'air très bien. Ils ont un ou deux enfants, je les entends qui se disputent, et la mère paraît fatiguée — ils auront sans doute fait trop de route.

— C'est une question de principe, papa, dis-je. Enfin, qu'iraient penser les autres clients si, en l'occurrence, nous faisions preuve de laxisme.

— Mais c'est tellement élitiste, murmure-t-il d'un ton rêveur. Tu comprends, j'ai toujours su que cet hôtel n'était pas un endroit comme les autres, n'empêche que je n'ai jamais imaginé qu'en *réalité*...

En général, il coupe sa phrase à ce point précis, avec un sourire. Puis il ajoute :

« Tout de même, tu ne crois pas que ta mère aurait adoré *tout ceci* ?

La batte de base-ball s'agite, pour faire les honneurs des lieux à ma mère.

Et, sans la moindre réticence, je m'empresse de dire :

— Ça, j'en suis sûr, papa.

— Sinon *tout* et *toujours,* ajoute mon père, d'un ton pensif, du moins cette partie-là. Du moins la fin.

La fin de Lilly, si l'on songe au culte dont elle est devenue l'objet, fut relativement paisible. Je regrette de ne pas avoir eu le courage de demander à Donald Justice de composer une élégie, mais ce furent — dans la mesure du possible — des obsèques familiales. Junior Jones y assista, il demeura assis près de Franny, et je ne pus m'empêcher de remarquer comment ils se tenaient par la main, de façon parfaite. Il faut souvent des obsèques pour se rendre compte que les gens que l'on connaît ont vieilli. Je remarquai que Junior Jones avait quelques gentilles rides de plus autour des yeux ; il était devenu un avocat florissant — nous n'avions que rarement reçu de ses nouvelles tandis qu'il poursuivait ses études ; il disparut presque aussi complètement dans la faculté de droit que jadis dans les mêlées des Browns de Cleveland. Sans doute les études de droit et la pratique du football engendrent-elles pareillement la myopie. Jouer en attaque, disait toujours Junior, l'avait préparé à la faculté de droit. Un sacré boulot, mais rasoir, rasoir, rasoir !

Junior Jones dirigeait maintenant le Bras Noir de la Loi, et, je le savais, à chacun de ses séjours à New York, Franny descendait chez lui. L'un et l'autre étaient devenus des vedettes, et peut-être ensemble avaient-ils cessé de se sentir mal à l'aise. Mais aux obsèques de Lilly, la seule pensée qui me vint fut que Lilly aurait été ravie de les voir ensemble.

Mon père, assis à côté de Susie l'ourse, tenait sa batte serrée entre ses genoux, le gros bout posé sur le plancher — elle oscillait à peine. Et quand il se mit en route — appuyé sur le bras de Susie, le bras de l'ex-guide de Freud —, je vis qu'il portait sa Louisville-Slugger avec une immense dignité, comme une simple et robuste canne.

Susie était dans un état lamentable, mais elle parvint pourtant à se contenir — par affection pour papa, je suppose. Elle vouait un véritable culte à mon père depuis son miraculeux coup de batte — ce coup fabuleux et instinctif qui avait effacé Ernst le pornographe. Quand survint le suicide de Lilly, Susie avait pas mal roulé sa bosse. Elle avait d'abord quitté la côte est pour s'installer sur la côte ouest, puis avait préféré regagner l'est. Pendant quelque temps, elle avait dirigé une commune dans le Vermont.

— Un vrai bordel, et j'ai fini par le mettre en faillite, nous confia-t-elle en riant.

A Boston, elle avait ouvert un service d'entraide familiale, qui avait prospéré jusqu'à se transformer en garderie (il y avait alors pénurie de garderies), une garderie qui elle-même avait prospéré jusqu'à devenir un foyer d'accueil pour femmes violées (du jour où des garderies s'ouvrirent un peu partout). Le foyer d'accueil pour femmes violées ne fut pas particulièrement bien accueilli à Boston, et, Susie en convient, l'hostilité ne venait pas exclusivement de l'extérieur. Il y a des violeurs et des misogynes partout, bien sûr, et aussi une foule d'imbéciles tout disposés à supposer que les femmes qui consacrent leur temps à un foyer d'accueil pour violées sont *par définition,* et, pour citer Susie, « d'incorrigibles gouines et des emmerdeuses féministes ». Les Bostoniens firent plutôt la vie dure à Susie et à son premier foyer pour violées. Il semble même que, par souci de mettre les choses au point, ils allèrent jusqu'à violer une des employées. Mais — et Susie elle-même l'avoue —, en ces temps lointains, certaines des femmes qui se consacraient à la lutte contre le viol *étaient* « d'incorrigibles gouines et des emmerdeuses féministes », c'était vrai, elles avaient la haine des hommes, ce qui explique que certains des problèmes du foyer étaient d'ordre interne. Certaines de ces femmes étaient elles aussi des philosophes antisystème, mais dépourvues du sens de l'humour qui caractérisait Frank, et si les représentants de la loi manifestaient de l'hostilité aux femmes qui réclamaient justice contre les auteurs de viols — pour changer —, de leur côté la plupart de ces femmes affichaient une hostilité de principe à l'encontre des représentants de la loi, et en fait personne ne se souciait beaucoup d'aider les victimes.

A Boston, le foyer pour violées fut dispersé le jour où, dans un parking de Back Bay, une bande d'ennemies jurées des hommes allèrent jusqu'à castrer l'auteur présumé d'un viol. Susie était alors rentrée à New York — elle avait ouvert un nouveau centre d'entraide familiale. Elle se spécialisait dans les cas d'enfants martyrs — et « s'occupait », comme elle disait, à la fois des enfants et de leurs bourreaux —, mais New York lui donnait la nausée (vivre à Greenwich Village n'avait rien de drôle pour *qui n'était pas* un ours, disait-elle) et elle était convaincue d'avoir un avenir dans la lutte contre le viol.

Moi qui, en 1964, avais été témoin de ses exploits au Stanhope, je ne pouvais qu'être d'accord. Son interprétation, disait toujours Franny, avait été meilleure que toutes celles que donnerait jamais Franny, et pourtant Franny est très douée. Sans doute la façon dont Franny avait débité son unique réplique face à Chipper Dove lui avait-elle donné l'indispensable assurance. En fait, dans tous ses films, Franny devait s'arranger pour caser cette vieille réplique : « Tiens, tiens, voyez un peu qui nous arrive ! » Elle trouve toujours le moyen de glisser ce petit bout de réplique. Elle ne joue pas sous son véritable nom, bien sûr. Il est rare que les vedettes de cinéma gardent leur nom. Et Franny Berry n'est pas précisément le genre de nom qui frappe les imaginations.

Le nom que porte Franny à Hollywood, son nom de scène, est un nom que tout le monde connaît. Mais ceci est l'histoire de notre famille, aussi serait-il déplacé de ma part d'utiliser le nom de scène de Franny — mais vous la connaissez, j'en suis sûr. Franny est la femme que sans cesse tout le monde désire. Elle est la meilleure, même quand elle incarne un personnage ignoble ; elle est toujours le véritable héros, même quand elle meurt, même quand elle meurt d'amour — ou pire encore, quand elle meurt à la guerre. Elle est la plus belle, la plus inaccessible, mais aussi, d'une certaine façon, la plus vulnérable — et la plus coriace. (Elle est ce qui pousse les gens à aller voir un film, à le voir jusqu'au bout.) D'autres maintenant rêvent d'elle — maintenant que, de façon tellement radicale, elle m'a libéré des rêves que je nourrissais à son égard. Je suis devenu capable de vivre en m'accommodant de ce que *moi* je rêve de Franny, mais je parierais que, parmi ses admirateurs, certains ne s'accommodent pas aussi bien que moi de leurs rêves.

Ce fut sans la moindre difficulté qu'elle s'adapta à la célébrité. Jamais Lilly n'aurait été capable d'une telle adaptation, mais Franny n'eut pas la moindre difficulté — dans notre famille, elle était depuis toujours la vedette. Elle était accoutumée à être le pôle d'attraction, à monopoliser l'attention — celle que tout le monde attendait, celle que tout le monde écoutait. Elle était née pour tenir le rôle principal.

— Et moi, j'étais né pour être un pauvre connard d'*agent*, répétait Frank d'un ton lugubre, après les obsèques de Lilly. Même sa mort, c'est moi qui l'aurai agencée. Elle n'était pas de taille à encaisser toute la merde que je lui ai donné à remuer ! conclut-il, sinistre.

Sur quoi, il éclata en sanglots.

Nous tentâmes de lui remonter le moral, mais il revint à la charge :

« Je suis jamais rien d'autre que le pauvre connard d'*agent,* bordel. C'est moi qui déclenche tout — moi. Tiens, Sorrow, par exemple. Qui est-ce qui l'a empaillé ? Qui est-ce qui a commencé toute cette histoire ? s'écria Frank, au milieu de ses larmes. Un pauvre trou du cul d'agent, voilà ce que je suis, bafouilla-t-il.

Mais papa vint rejoindre Frank, sa batte le guidant comme une antenne.

— Frank, Frank, mon garçon, dit-il. Non, tu n'es pas l'agent du malheur de Lilly, Frank. Dis-moi un peu qui est le rêveur de la famille, Frank ? demanda papa.

Tous les regards se tournèrent vers lui.

« Eh bien, c'est *moi* — je suis le rêveur, Frank. Et, quant à Lilly, elle a fait plus de rêves qu'elle n'en était capable. Elle a hérité de ces foutus rêves, et elle les a hérités *de moi.*

— Mais j'étais son agent, s'obstina Frank, stupidement.

— Oui, mais c'est sans importance, Frank, intervint Franny. Bien sûr, c'est important que tu sois mon agent, Frank — moi j'ai vraiment besoin de toi. Mais personne ne pouvait être l'agent de Lilly.

— Cela n'aurait eu aucune importance, Frank, lui dis-je (parce que c'était toujours ce que lui me disait). Quel que soit son agent, cela aurait été sans importance.

— Mais c'était moi, dit-il — toujours aussi têtu, à vous rendre furieux.

— Bonté divine, Frank, dit Franny. Il est encore plus facile de discuter avec ton *répondeur !*

Ce qui enfin réussit à le ramener sur terre.

Il nous fallut pendant un certain temps supporter les lamentations des fidèles éplorés ; les fanatiques du suicide galvanisés par la mort de Lilly — les fans de Lilly convaincus que son suicide représentait son ultime message, et la preuve de son sérieux. Dans le cas de Lilly, c'était pure ironie — du point de vue de Lilly —, car Frank, Franny et moi le savions, le suicide de Lilly — toujours du point de vue de Lilly — était l'aveu ultime qu'elle n'était pas *suffisamment* sérieuse. Ainsi tous ces gens s'obstinaient à l'aimer au nom de ce qu'elle aimait le moins en elle-même.

Un certain nombre de fans de Lilly allèrent même jusqu'à écrire à Franny, pour la supplier d'entreprendre la tournée des campus du pays afin de donner des lectures publiques des œuvres de Lilly — en tenant le rôle de Lilly. C'était Franny l'actrice qu'ils imploraient : ils voulaient convaincre Franny d'incarner Lilly.

Nous n'avions pas oublié l'unique et brève expérience de Lilly dans le rôle d'écrivain résident, et le récit qu'elle nous avait fait de l'unique réunion d'un Département d'études anglaises à laquelle il lui avait été donné d'assister. Au cours de la réunion, le Comité des Conférences avait révélé qu'il restait tout juste assez d'argent en caisse pour subventionner soit *deux* conférenciers, en l'occurrence deux poètes d'une notoriété toute relative, soit un seul, mais un écrivain ou poète célèbre, *à moins encore* de consacrer tout l'argent disponible à satisfaire les exigences financières considérables d'une certaine dame qui parcourait les campus du pays pour « interpréter » Virginia Woolf. Bien que Lilly fût de tout le Département d'anglais la seule à faire étudier certaines des œuvres de Virginia Woolf dans ses cours, elle constata qu'elle était la seule à s'opposer au désir de la majorité d'inviter l'usurpatrice de Virginia Woolf.

— A mon avis, Virginia Woolf aurait voulu que l'argent aille à un auteur vivant, dit Lilly. A un *véritable* écrivain.

Les membres du Département n'en exigèrent pas moins que tout l'argent soit utilisé pour faire venir la femme qui « interprétait » Virginia Woolf.

« D'accord, dit enfin Lilly. Je suis prête à accepter, mais à condition que cette femme fasse *tout*. A condition qu'elle aille jusqu'au bout.

Un grand silence était tombé sur l'assistance, puis quelqu'un avait demandé à Lilly si elle parlait vraiment sérieusement — s'il était possible qu'elle eût le « mauvais goût » de suggérer que la femme en question soit invitée sur le campus pour se suicider.

Et ma sœur Lilly avait dit :

« Voilà une chose que mon frère Frank qualifierait d'ignoble , penser que vous — qui enseignez la littérature — soyez disposés à gaspiller de l'argent pour inviter une actrice qui imite un auteur disparu, dont vous n'enseignez pas l'œuvre, plutôt qu'à le dépenser pour inviter un auteur vivant, dont probablement vous n'avez pas lu l'œuvre. Surtout, avait poursuivi Lilly, quand on songe que cette femme, dont personne ici n'enseigne l'œuvre, et que quelqu'un a la prétention d'incarner, était littéralement obsédée par le fossé qui sépare la grandeur de la *pose.* Et vous, vous voulez payer quelqu'un pour usurper son rôle ? Vous devriez avoir honte. Allez, invitez cette femme, ajouta Lilly. Je me charge de ramasser des pierres pour lui bourrer ses poches ; je la conduirai jusqu'à la rivière.

Et c'est aussi ce que répondit Franny à ceux qui lui demandèrent d'incarner Lilly et de « faire » la tournée des campus du pays.

— Vous devriez avoir honte. En outre, je suis beaucoup trop grande pour incarner Lilly. Ma sœur était vraiment toute *petite,* vous savez.

Les fanatiques du suicide interprétèrent cette réponse comme une preuve de l'insensibilité de Franny — et, par association, dans certains comptes rendus de presse, notre famille fut taxée d'indifférence (en raison de notre refus de participer aux *incarnations* de Lilly). Par dépit, Frank accepta d'incarner Lilly lors d'une lecture publique d'œuvres de poètes et d'écrivains qui s'étaient suicidés. Naturellement, aucun des écrivains ni des poètes en question n'était là pour lire ses œuvres ; un certain nombre de lecteurs recrutés pour l'occasion, mus par leur sympathie envers les œuvres des défunts — ou pire, par leur sympathie pour leur « style de vie », ce qui en fait signifie en général leur « style de mort » — devaient en principe lire les œuvres des disparus, comme s'ils étaient les auteurs ressuscités. Une fois encore, Franny se montra intraitable, mais Frank se porta volontaire ; son offre fut rejetée :

— Sous prétexte d' « insincérité », nous expliqua-t-il. Ils me soupçonnaient d'insincérité. Et, bordel, ils avaient raison ! Tous ces cons étaient de taille à supporter une bonne overdose d'insincérité !

Quant à Junior Jones, il devait épouser Franny — enfin !

— C'est un vrai conte de fées, me dit Franny au téléphone, de l'autre bout du pays ; mais Junior et moi en sommes arrivés à la conclusion que si nous continuons à remettre la chose à plus tard, nous n'aurons plus rien qui vaille la peine d'être remis.

A l'époque, Franny approchait tout doucement de la quarantaine. Le Bras Noir de la Loi et Hollywood avaient au moins une chose en commun, les *Schlagobers* et le sang. Je suppose que Franny et Junior

Jones devaient frapper l'imagination des gens — dans leurs vies de New York et de Los Angeles — par leur côté « vedette », mais je pense aussi que les pseudo-vedettes ne sont tout simplement que des gens très occupés. Junior Jones et Franny étaient consumés par leur travail, et ils succombèrent à la tentation de se laisser tomber d'épuisement dans les bras l'un de l'autre.

La nouvelle me rendit sincèrement heureux, mais j'accueillis avec tristesse leur décision de ne pas avoir d'enfants, faute de temps.

« Pas question que j'aie des enfants si je ne peux pas m'en occuper, dit Franny.

— Tout à fait d'accord, dit Junior Jones.

Puis, une nuit, Susie l'ourse me déclara qu'elle non plus ne voulait pas avoir d'enfants ; si elle mettait des enfants au monde, ils seraient trop laids, et elle refusait de mettre au monde un enfant laid — la chose était hors de question, dit-elle ; on ne pouvait réserver de sort plus cruel à un enfant ; l'ostracisme qui frappe ceux qui ne sont pas beaux.

— Mais tu n'es pas laide, Susie, protestai-je. Il suffit de s'habituer à toi. En fait, je te trouve beaucoup de charme, si tu veux tout savoir.

C'était vrai, je le pensais ; à mes yeux Susie l'ourse était elle aussi un héros.

— Dans ce cas, il faut que tu sois malade, dit Susie. Ma figure ressemble à une hache ou à un burin, et j'ai un teint affreux. Quant à mon corps, on dirait un sac en papier. Un sac en papier rempli de porridge froid.

— N'empêche que je te trouve très bien, lui dis-je.

Ce qui était la vérité ; Franny m'avait montré combien Susie était digne d'être aimée. Et j'avais entendu le chant que Susie l'ourse avait appris à chanter à Franny ; il m'était même arrivé de faire des rêves passionnants, où Susie m'apprenait à chanter ce genre de chansons. Ce qui fait que j'insistai.

« Moi, je te trouve très bien.

— Dans ce cas, il faut que tu aies une *cervelle* pareille à une poche en papier remplie de porridge froid, me dit Susie. Si tu me trouves très jolie, c'est vraiment que tu es malade, mon pauvre garçon.

Puis, certaine nuit que l'Hôtel New Hampshire n'hébergeait pas un seul client, j'entendis un bruit particulièrement terrifiant ; mon père était tout aussi enclin à déambuler pendant la nuit que pendant le jour — après tout, pour lui il faisait toujours nuit. Mais, partout, la Louisville-Slugger traînait dans le sillage de papa ou le précédait en éclaireur, et, avec les années, sa démarche en était venue à ressembler de plus en plus à celle de Freud, à croire que psychologiquement papa avait fini par devenir boiteux — une forme de parenté avec le vieil interprète de nos rêves. De plus, papa ne pouvait aller nulle part sans être escorté par son chien guide, Quatre! Par négligence, nous omettions de rogner les griffes de Quatre, si bien que papa, escorté par Quatre, se déplaçait à grand vacarme.

Le vieux Fred, le factotum, disposait d'une chambre au second et dormait d'un sommeil de plomb ; il dormait aussi profondément que les jetées désertes, saccagées par les phoques, tantôt à demi englouties dans les bancs de vase, tantôt découvertes et battues par la marée. Le vieux Fred était du genre à dormir du crépuscule à l'aube ; il n'aimait pas rester debout la nuit, après tout il était sourd, disait-il. Et dans le Maine, surtout en été, les nuits fourmillent de bruits — du moins par comparaison avec les *journées !*

— Tout le contraire de New York, aimait à dire Frank. Le seul moment où l'on ait un peu de paix à Central Park South, c'est sur le coup de trois heures du matin. Mais, dans le Maine, trois heures du matin, c'est à peu près le *seul* moment où il risque de se passer quelque chose. Le moment où cette saloperie de nature ressuscite.

Il était environ trois heures du matin, constatai-je — c'était une nuit d'été, bourdonnante d'insectes ; les oiseaux de mer paraissaient observer une trêve relative, mais la mer n'avait rien perdu de son énergie. Et ce fut alors que j'entendis ce bruit particulièrement terrifiant. Tout d'abord, je n'aurais su dire si le bruit venait du dehors, sous ma fenêtre qui, pourvue d'une moustiquaire, était demeurée ouverte — ou s'il provenait du couloir, de derrière ma porte. Ma porte était ouverte elle aussi et, en outre, à l'Hôtel New Hampshire, les portes d'entrée n'étaient jamais fermées à clef — il y en avait trop.

Un raton laveur, me dis-je.

Ce fut alors que quelque chose de beaucoup plus lourd qu'un raton laveur traversa le plancher nu du palier et, à pas feutrés, suivit le couloir garni d'un tapis qui menait à ma porte. Je n'avais toujours aucune idée de ce dont il s'agissait, mais je devinais le *poids* de la chose — les planches du parquet en soupiraient. Même la mer paraissait se calmer ; même la mer semblait tendre l'oreille — c'était le genre de bruit que l'on n'entend que la nuit, qui incite la marée à se taire un instant et pousse les oiseaux (qui ne volent jamais la nuit) à se laisser porter vers le ciel et à rester accrochés là comme sur une toile peinte.

— Quatre ? chuchotai-je.

Peut-être était-ce le chien qui rôdait dans les couloirs de l'hôtel, pourtant la chose était bien trop hésitante pour qu'il puisse s'agir de Quatre. Quatre s'était déjà faufilé dans le couloir ; le vieux Quatre ne se serait pas arrêté devant toutes les portes.

J'aurais bien voulu avoir la batte de base-ball de mon père, mais quand l'ours emboutit ma porte, je me rendis compte que l'Hôtel New Hampshire ne disposait d'aucune arme assez puissante pour me protéger contre un intrus *de cette taille*. Je me figeai dans une immobilité totale, feignant d'être endormi — mais les yeux grands ouverts. Dans la lumière plate et floue, douce comme de la ouate, de l'aube naissante, l'ours me parut énorme. Du seuil, il contempla ma chambre, puis mon lit, immobile, pareil à une vieille infirmière qui dans un hôpital fait la tournée des lits ; j'essayai de retenir mon souffle, mais l'ours avait senti ma présence. Il renifla, fort, puis, à quatre pattes et d'une démarche gracieuse, pénétra dans ma chambre. Ma foi, pourquoi pas ? me dis-je. Un ours avait marqué le début du conte de fées qu'était ma vie ; il était parfaitement naturel qu'un ours en marque le terme. L'ours poussa son mufle chaud tout contre mon visage et renifla tout ce qui m'entourait ; un reniflement éloquent qui me parut évoquer toute l'histoire de ma vie — et d'un geste comme plein de compassion, il posa sa lourde patte sur ma hanche. Il faisait une nuit d'été particulièrement chaude — pour le Maine — et j'étais nu, à peine recouvert par un simple drap. L'haleine de l'ours était chaude, légèrement fruitée — peut-être venait-il de se gaver de myrtilles —, mais l'odeur était remarquablement agréable, sinon précisément fraîche. Lorsque l'ours retira le drap et se mit à me contempler, je ressentis un instant le poids de cet iceberg de peur qu'avait sans doute ressenti Chipper Dove quand il avait cru pour de bon qu'un ours en chaleur avait envie de lui. Mais, cette fois, et non sans insolence, l'ours renâcla au spectacle de ce qu'il vit.

— Earl ! fit l'ours, en me poussant plutôt rudement.

Il se ménagea une place à côté de moi, puis se faufila dans mon lit. Ce fut seulement quand il m'étreignit que j'identifiai l'ingrédient le plus caractéristique de son étrange et puissant fumet, et je soupçonnai alors qu'il ne s'agissait pas d'un ours comme les autres. Mélangée à la saveur agréable de son haleine fruitée et à l'âcreté piquante de sa sueur estivale, je détectai une indéniable odeur de naphtaline.

— Susie ? fis-je.

— J'ai cru que tu ne devinerais jamais, fit-elle.

— Susie ! m'exclamai-je.

Sur quoi, lui faisant face, je lui rendis son étreinte ; jamais je ne m'étais senti aussi heureux de la voir surgir.

— Mets une sourdine, me commanda Susie. Surtout ne va pas réveiller ton père. Voilà un bout de temps que je me traîne partout à ta recherche dans cette saloperie d'hôtel. Je suis d'abord tombée sur ton père, puis sur quelqu'un qui dit « Quoi ? » dans son sommeil, et j'ai aussi rencontré un chien, un *crétin* absolu qui n'a même pas deviné que j'étais un ours — ce salaud a agité la queue et s'est rendormi illico. Tu parles d'un chien de garde ! C'est ce connard de Frank qui m'a fait mon itinéraire — à mon avis, mieux vaut ne pas faire confiance à Frank pour vous indiquer comment se rendre dans le Maine, et encore moins dans cette bizarre cambrousse. Merde alors, enchaîna Susie, tout ce que je demandais, c'était de te voir avant qu'il fasse jour, je voulais te rejoindre pendant qu'il faisait encore noir, bonté divine ; j'ai quitté New York hier sur le coup de midi, et voilà que c'est déjà presque l'aube, bordel. Et je suis vannée, ajouta-t-elle en fondant en larmes. Je sue comme une truie dans cette saloperie de costume, mais je pue tellement et j'ai l'air tellement ravagée que je n'ose même pas l'enlever.

— Enlève-le, lui dis-je. Tu sens très bon.

— Oh, pour sûr, dit-elle, sans cesser de pleurer.

Je parvins à force de cajoleries à la convaincre de retirer sa tête d'ourse. Ses grosses pattes barbouillèrent les larmes sur ses joues, mais je lui immobilisai les pattes et l'embrassai pendant un bon moment à pleine bouche. Je crois bien que j'avais vu juste à propos des myrtilles, c'est précisément le goût de Susie, pour moi : un goût de myrtilles.

— Tu as très bon goût, lui dis-je.

— Tu parles, marmonna-t-elle.

Mais elle me laissa l'extirper du reste de son costume.

L'intérieur de la pelisse avait tout d'un sauna. Je constatai que Susie était charpentée comme un ours, et, de plus, elle était luisante de sueur, luisante comme un ours qui émerge trempé d'un lac. Je me rendis compte aussi combien je l'admirais — pour ses manières bourrues d'ours, pour son courage compliqué.

— Je t'aime beaucoup, Susie, dis-je, en refermant ma porte et en la rejoignant dans le lit.

— Fais vite, le jour ne va plus tarder à se lever, dit-elle, et alors tu verras à quel point je suis laide.

— Tu sais, je te vois déjà, dis-je, et je te trouve très belle.

— Va falloir que t'en mettes un sacré coup pour me convaincre, dit Susie l'ourse.

Voilà maintenant quelques années que je m'emploie à convaincre Susie l'ourse qu'elle est très belle. Et, bien sûr, moi j'en suis convaincu ; encore quelques années et, je le crois, Susie finira par tomber elle aussi d'accord. Les ours sont têtus, mais ce sont des créatures pétries de bons sens ; une fois que l'on gagne leur confiance, plus jamais ils ne vous manifestent la moindre crainte.

Dans les premiers temps, Susie était tellement obsédée par l'idée de sa laideur qu'elle prenait toutes les précautions possibles et imaginables pour éviter de tomber enceinte, persuadée que la pire chose qu'elle pourrait faire serait de mettre un malheureux enfant au monde, un monde cruel, et de l'exposer, lui ou elle, à subir le sort que la vie réserve en général aux laids. Lorsque je commençai à faire l'amour avec Susie l'ourse, elle prenait la pilule et, en outre, elle portait un diaphragme ; elle mettait une telle quantité de gelée spermicide sur le diaphragme que j'avais peine à réprimer le sentiment que nous nous livrions de concert à un massacre — un massacre de spermatozoïdes. Histoire de me débarrasser de cette bizarre angoisse, Susie exigea que, de mon côté, je me munisse de préservatifs.

« C'est ça l'ennui avec les hommes, m'expliquait-elle. Il faut accumuler tellement d'armes avant de passer à l'action, qu'il arrive qu'on perde de vue le pourquoi de la chose.

Mais ces derniers temps, Susie a fini par se calmer. Elle semble enfin convaincue qu'une *seule* méthode de contraception suffit. Et si un accident arrive un jour, je ne peux m'empêcher d'espérer qu'elle l'acceptera avec courage. Bien sûr, jamais je ne la pousserai à avoir un enfant dont elle n'aurait pas envie ; les gens qui essaient de forcer les autres à avoir des enfants contre leur gré sont des ogres.

« Même si je n'étais pas si laide, proteste Susie, je suis trop vieille. C'est vrai, non, passé quarante ans, on risque un tas de complications. Non seulement je risquerais d'avoir un bébé laid, mais je risquerais même de ne pas avoir de bébé du tout — je risquerais de mettre au monde, je ne sais pas, une espèce de crétin. Passé quarante ans, c'est trop risqué.

— Foutaises, Susie, lui dis-je. Il suffirait qu'on te mette en forme, voilà tout — un petit peu de pratique aux poids, sans forcer, un petit peu de course à pied. Tu as le cœur jeune, Susie. Cet ours qui est en toi, Susie, c'est un *ourson*.

— Vas-y, essaie de me convaincre, me dit-elle.

Et je sais ce qu'elle veut dire. C'est devenu notre euphémisme — chaque fois que nous avons envie l'un de l'autre, et c'est ce qu'elle me dit, comme ça, tout à trac : « J'ai besoin d'être convaincue. »

Ou bien encore, moi je lui dis : « Susie, tu m'as l'air d'avoir besoin d'une petite dose de conviction. »

A moins que Susie ne se contente de me dire : « Earl ! » Je sais alors exactement ce qu'elle a en tête.

Quand nous nous sommes mariés, c'est ce qu'elle dit quand vint pour elle le moment de dire « oui ». Tout simplement :

— Earl !

— Quoi ? fit le pasteur.

— Earl ! dit Susie en opinant du chef.

— Elle dit *oui*, expliquai-je au pasteur. Elle veut dire oui.

Je suppose que ni Susie ni moi ne parviendrons jamais, tout à fait, à guérir de Franny, mais nous avons en commun l'amour que nous vouons à Franny, davantage d'amour que la plupart des couples n'ont en commun. Et si Susie fut jadis les yeux de Freud, c'est moi qui désormais vois pour mon père, si bien que Susie et moi avons également en commun la vision de Freud.

— Tu t'offres un mariage fabriqué au ciel, vieux, m'a dit Junior Jones.

Le matin où, pour la première fois, je fis l'amour à Susie l'ourse, j'arrivai un peu en retard dans la salle de bal où papa m'attendait pour notre séance quotidienne de poids et haltères.

Il travaillait déjà dur quand j'entrai en titubant.

— Quatre cent soixante-quatre, lui dis-je (notre salut traditionnel, référence à Schnitzler, le vieux chenapan).

Papa et moi avions estimé que, pour deux hommes privés de femmes, c'était là une façon très cocasse de se saluer le matin.

— Quatre cent soixante-quatre, mon œil ! grogna papa. Quatre cent soixante-quatre — tu parles ! Il a fallu que je passe la moitié de la nuit à t'écouter. Seigneur Dieu, je suis peut-être aveugle, mais je ne suis pas *sourd*. D'après mes statistiques, tu n'en es pas à plus de quatre cent cinquante-huit. Tu n'es plus de taille pour marquer quatre cent soixante-quatre — plus maintenant. Mais bon Dieu, c'est qui ? Un *animal* pareil, ça dépasse l'imagination.

Mais quand je lui annonçai que j'avais passé la nuit avec Susie l'ourse, et que j'espérais bien qu'elle allait rester avec nous, papa fut aux anges.

« Voilà ce qui nous manquait ! s'exclama-t-il. C'est absolument parfait. Après tout, tu ne pourrais pas rêver d'un meilleur hôtel. A mon avis, dans cette histoire d'hôtel, tu t'es montré génial ! Mais nous avons besoin d'un ours. Tout le monde a besoin d'un ours ! Et maintenant que tu as un ours, John, tu peux te la couler douce. Enfin, tu l'as écrit, cette fois, l'heureux dénouement.

Pas tout à fait, me suis-je dit. Mais, le tout bien pesé — compte tenu du chagrin, du malheur, de l'amour —, les choses, je le savais, auraient pu être pires, ô combien.

Alors, ce qui manque, qu'est-ce donc ? Simplement un enfant, je crois. Ce qui manque, c'est un enfant. Je voulais avoir un enfant, et je le veux encore. Après ce qui est arrivé à Egg et à Lilly, tout ce qui me manque, désormais, ce sont des enfants. Peut-être parviendrai-je encore un jour à convaincre Susie l'ourse, bien sûr, mais Franny et Junior Jones vont me fournir mon premier enfant. Et, pour cet *enfant-là*, même Susie ne nourrit aucune crainte.

— Cet enfant sera superbe, dit Susie. Engendré par Franny et Junior, comment pourrait-il être raté ?

— Et *nous*, comment pourrions-nous le rater ? je lui demande alors Dès que tu l'aurais, crois-moi, il serait superbe.

— Mais pense donc à la *couleur*, dit Susie. Tu comprends, engendré par Franny et Junior, il sera d'une couleur foutument fabuleuse, non ?

Mais moi je sais, Junior Jones me l'a dit, que l'enfant de Franny et de Junior risque fort d'être de n'importe quelle couleur — « je lui laisserai toute une gamme de tons entre le café et le lait », aime à répéter Junior.

— Tous les bébés de couleur sont des bébés de couleur fabuleuse, Susie, lui dis-je. Tu le sais.

Mais Susie a tout simplement besoin d'être un peu plus convaincue.

Je crois que, du jour où Susie verra l'enfant de Junior et de Franny, elle aura elle aussi envie d'en avoir un. C'est ce que j'espère, en tout cas — car j'approche de la quarantaine, et ce pont-là, Susie l'a déjà franchi, et si nous devons un jour avoir un enfant, nous ferions mieux de ne pas trop attendre. Mais je crois que le bébé de Franny emportera la décision ; même papa est d'accord — même Frank.

Et n'est-ce pas typique de Franny, cette générosité qui la pousse à proposer d'avoir un enfant tout exprès pour moi ? Après tout, depuis ce jour où, à Vienne, elle nous promit de prendre soin de nous, et de nous servir de mère, depuis ce jour-là, Franny n'a jamais baissé pavillon, Franny a tenu le coup — le héros en elle a continué à se démener, le héros en Franny serait capable de soulever une salle de bal pleine de poids et haltères.

Et voilà, pas plus tard que l'hiver dernier, au lendemain de la grosse chute de neige, Franny m'a téléphoné pour m'annoncer qu'elle allait avoir un enfant — tout exprès pour moi. Franny avait alors quarante ans ; et avoir un enfant, me dit-elle, signifiait à ses yeux refermer la porte d'une chambre où jamais elle ne remettrait les pieds. Quand ce matin-là le téléphone sonna, il était encore si tôt que Susie et moi crûmes tous deux que l'appel provenait de la ligne d'urgence du foyer, et Susie bondit hors du lit, persuadée qu'elle avait un nouveau cas de viol sur les bras, mais c'était tout simplement la ligne habituelle, et c'était Franny — qui appelait de là-bas, sur la côte ouest. Junior et elle n'avaient pas sommeil ce soir-là et ils se faisaient une petite fête ; ils ne s'étaient pas mis au lit, pas encore, précisèrent-ils — ils soulignèrent qu'en Californie il faisait encore nuit. Ils avaient l'air un peu saouls, et idiots, et Susie piqua une rogne ; à part les femmes violées, personne ne nous appelait jamais si tôt le matin, dit-elle, sur quoi elle me passa l'appareil.

Il me fallut faire à Franny le rapport habituel sur la situation du foyer. Franny avait fait don au foyer de pas mal d'argent, et Junior nous avait aidés à trouver de bons conseillers juridiques dans notre secteur du Maine. L'an dernier seulement, le foyer de Susie avait prodigué des conseils non seulement médicaux, mais psychologiques et juridiques, à vingt-neuf femmes victimes de viols — ou d'agressions assimilées à des viols.

Pas si mal, pour le Maine, comme dit Franny.

— A New York et à Los Angeles, vieux, dit Junior Jones, on compte au moins quatre-vingt onze mille victimes par an. Des victimes de *tout*.

Convaincre Susie que toutes les chambres de l'Hôtel New Hampshire pourraient fort bien servir à quelque chose ne fut guère difficile. Nous disposons de locaux plus qu'adéquats pour un foyer d'aide aux femmes violées, et Susie a formé plusieurs diplômées de l'université de Brunswick, ce qui fait qu'il y a toujours quelqu'un de permanence pour répondre aux appels d'urgence. Susie m'a donné pour consigne de ne jamais répondre moi-même aux appels d'urgence.

— S'il y a une chose qu'une femme violée ne veut pas entendre quand elle appelle au secours, m'a dit Susie, c'est bien une sale voix d'*homme*.

Bien sûr, il y a eu quelques petits problèmes avec papa, qui, ne voyant pas, ne peut savoir lequel des téléphones sonne. Aussi papa, quand le téléphone sonne à l'improviste, a-t-il pris l'habitude de hurler « Téléphone ! », même s'il se trouve à deux pas de l'appareil.

Chose étonnante, quand bien même papa s'imagine toujours que l'Hôtel New Hampshire est un hôtel, il ne se défend pas mal pour conseiller les violées. Bien sûr, il sait que les problèmes de viol sont du ressort de Susie — mais ce qu'il ne sait pas, c'est qu'il s'agit là de notre unique tâche, et, parfois, il entame une conversation avec une malheureuse victime venue passer quelques jours chez nous, à l'Hôtel New Hampshire, pour récupérer, et papa la confond avec ce qu'il s'imagine être « une cliente ».

Il arrive qu'il rencontre par pur hasard la victime qui se promène sur l'une des jetées pour reprendre ses esprits ; mon père longe la jetée en se guidant sur le tap-tap de la Louisville-Slugger ; Quatre se met à agiter la queue pour signaler à mon père la présence de quelqu'un, et aussitôt papa se met à bavarder.

— Hello, qui est là ?

— Ce n'est que moi, Sylvia, se contente de répondre la malheureuse.

— Oh oui, Sylvia, dit papa, comme s'il avait affaire à une vieille connaissance. Alors, vous vous plaisez dans notre hôtel, Sylvia ?

La pauvre Sylvia se dit alors que c'est là une allusion pleine de tact et très indirecte au foyer — « notre hôtel » — et elle ne demande pas mieux que de jouer le jeu.

— Oh, pour moi, cela a été essentiel, dira-t-elle. C'est vrai, j'avais un besoin fou de parler, mais je ne voulais pas avoir le sentiment d'être obligée de parler avant de me sentir prête, et ce qu'il y a de formidable ici, c'est que personne ne vous bouscule, personne ne vous dit ce que vous *devriez* sentir ni faire, n'empêche qu'on vous aide à tirer ces sentiments au clair beaucoup plus facilement que vous ne le feriez tout seul. Je ne sais pas si vous me suivez.

Et papa s'empresse de dire :

— Bien sûr que je vous suis, ma chère. Il y a des années que nous sommes dans la partie, et c'est précisément là le rôle d'un bon hôtel : il se charge de fournir l'espace et l'atmosphère, tout ce dont les gens peuvent avoir besoin. Et un bon hôtel transforme l'espace et l'atmosphère en quelque chose de généreux, en quelque chose de sympathique — un bon hôtel a l'art de faire les gestes qui conviennent, une petite attention par-ci, un mot aimable par-là, précisément et seulement quand les gens en éprouvent le besoin. Un bon hôtel est toujours là quand il le faut, dit mon père, dont la batte de base-ball mène à la fois le poème et le chant, mais il ne vous donne jamais le sentiment qu'il s'impose.

— Ouais, je crois bien que c'est ça, dit Sylvia, ou Betty, ou Patricia, Colombine, Sally, Alice, Constance, ou Hope. Ça m'aide à tout extérioriser, je ne sais pas comment, mais en tout cas pas par la contrainte.

— Non, jamais par la contrainte, ma chère, acquiesce papa. Un bon hôtel ne contraint jamais les gens, à rien. Pour moi un hôtel, c'est simplement une aire de *solidarité,* dit papa, qui pourtant n'admettra jamais sa dette à l'égard de Schraubenschlüssel et sa bombe de « solidarité ».

— Et puis, dit sans doute Sylvia, ici tout le monde est gentil.

— Oui, c'est ça qui est formidable, dans un bon hôtel ! s'exclame papa avec enthousiasme. Tout le monde est gentil. Dans un *grand* hôtel, dit-il à Sylvia ou à quiconque se trouve l'écouter, on a le droit de s'attendre à cette gentillesse. Vous, les clients, vous débarquez chez nous, ma chère — cela dit sans vouloir vous vexer — comme des blessés, et nous, nous sommes vos médecins et vos infirmières.

— Oui, c'est vrai, convient Sylvia.

— Dans un grand hôtel, si quelqu'un arrive en pièces détachées, en petits morceaux, continue mon père, eh bien, il repart refait à neuf. On vous remet sur pied, voilà, mais tout se passe de façon presque mystique — à cause de l'aire de solidarité dont je vous parle — parce qu'il est impossible de *contraindre* quelqu'un à se remettre sur pied ; il faut qu'il y parvienne tout seul. Nous fournissons l'espace, dit papa, tandis que la batte de base-ball bénit la pauvre femme comme une baguette magique. L'espace et la *lumière*, renchérit mon père, pareil à un saint homme en train de bénir un autre saint.

— C'est précisément ainsi qu'il faut traiter les victimes d'un viol, dit Susie ; ce sont des saintes, et il faut les traiter comme un grand hôtel traite chacun de ses clients. Dans un grand hôtel, chaque client est un hôte honoré, et à l'Hôtel New Hampshire, toutes les victimes sont des hôtes honorés — et des saintes. En fait, c'est un nom parfait pour un foyer d'aide aux violées, admet Susie. L'Hôtel New Hampshire — de plus je trouve que cela a de la classe.

Et, grâce à l'aide des autorités du canton, et d'un merveilleux réseau de femmes médecins — le Cabinet médical des femmes du Kennebec —, dans notre hôtel irréel nous dirigeons un foyer très réel d'aide aux violées. Et comme Susie me le dit parfois, papa est le meilleur de tous nos conseillers.

— Quand j'ai affaire à une femme vraiment déboussolée, me confie Susie, je l'envoie faire un tour sur la jetée à la recherche de l'aveugle et de son chien, Quatre. Je ne sais pas ce qu'il leur raconte, mais on dirait bien que ça marche. Du moins, jusqu'à présent, personne ne s'est flanqué à la flotte.

— Surtout, attention aux fenêtres ouvertes, ma chère, se contente de dire mon père à qui veut bien l'entendre. C'est ça l'important, ma chère.

Nul doute que c'est Lilly qui confère tant d'autorité aux conseils de mon père. Il a toujours su nous donner de bons conseils, à nous ses enfants — même quand il n'avait pas la moindre idée de ce qui clochait.

— Peut-être *surtout* quand il n'en avait pas la moindre idée, dit Frank. Par exemple, il ne sait toujours pas que je suis pédé, n'empêche qu'il n'arrête pas de me donner de bons conseils.

Quel talent !

— D'accord, d'accord, me dit Franny au téléphone, pas plus tard que l'hiver dernier, peu de temps après la grosse chute de neige. Je ne t'appelle pas pour m'entendre raconter les détails de tous les viols commis dans le Maine — pas *cette* fois, même. Tu as toujours envie d'un enfant ?

— Bien sûr que oui, fis-je. Je n'arrête pas d'essayer de convaincre Susie, tous les jours.

— Eh bien, dit Franny, que dirais-tu d'un de *mes* enfants ?

— Mais, tu n'as pas envie d'un enfant, Franny, lui rappelai-je. Qu'est-ce que tu veux dire ?

— Je veux dire que Junior et moi nous nous sommes laissés aller, dit Franny. Et plutôt que de faire les choses de façon moderne, nous avons tout de suite pensé que nous connaissions le père et la mère idéals.

— Surtout à notre époque, vieux, glissa Junior, sur sa ligne. Après tout, qui sait si le Maine ne sera pas un jour le dernier bastion.

— Et puis, tous les gosses devraient pouvoir grandir dans un hôtel bizarre, tu n'es pas d'accord ? fit Franny.

— Ce que, moi, je me dis, vieux, dit Junior Jones, c'est qu'un gosse devrait toujours avoir au moins un de ses parents qui ne fait *rien*. C'est pas que je veuille t'insulter, vieux, me dit Junior, mais c'est vrai qu'en fait de *gardien*, tu es parfait. Tu saisis ?

— Ce qu'il veut dire, c'est que tu t'occupes de tout le monde, me dit Franny d'une voix douce. Ce qu'il veut dire, c'est qu'on dirait que tu es fait pour ce rôle. Tu es un père idéal.

— Ou même une mère, vieux, glissa Junior Jones.

— Et quand Susie aura un gosse dans les pattes, qui sait, elle sera peut-être touchée par la grâce, dit Franny.

— Peut-être finira-t-elle par avoir assez de cran pour tenter le coup, vieux, dit Junior Jones. Façon de parler, bien sûr, ajouta-t-il.

Et Franny se mit à hurler de rire au bout de sa ligne ; ils avaient manifestement concocté ensemble ce coup de fil, depuis pas mal de temps.

— Hé ! reprit Franny. Tu as un chat sur la langue ? Tu es toujours là ? Allô, allô !

— Hé vieux, fit Junior Jones. T'es tombé dans les pommes ou quoi ?

— Un ours t'aurait pas bouffé les couilles, par hasard ? railla Franny. Je te pose la question, tu le veux mon enfant, oui ou non ?

— Et ce n'est pas une question frivole, vieux, dit Junior Jones.

— Oui ou non, même ? dit Franny. Je t'aime, tu sais. Je ne voudrais pas faire un enfant pour *n'importe qui*, tu le sais, même.

La joie m'empêchait de répondre.

« Je suis en train de t'offrir neuf foutus mois de ma vie ! Neuf mois de mon beau *corps*, même ! me taquina Franny. C'est à prendre ou à laisser !

— Écoute, vieux, s'écria Junior Jones. Ta sœur, ta sœur dont des millions de gens convoitent le corps, t'offre de changer de silhouette, pour toi. Elle prend le risque de ressembler à une foutue bouteille de Coca-Cola, vieux. Je ne sais pas trop comment je vais m'en arranger, ajouta-t-il ; mais nous sommes deux à t'aimer, tu sais. Alors, qu'en dis-tu ? C'est à prendre ou à laisser.

— Je *t'aime !* ajouta Franny d'un ton farouche. Et j'essaie de te donner ce dont tu as besoin, John.

Mais Susie l'ourse m'arracha l'appareil.

— Bonté divine, fit-elle, je parie que vous nous réveillez encore pour une de ces saloperies d'histoires de viol ; résultat, voilà John avec le sang au visage et incapable de parler ! Mais qu'est-ce qui se passe donc ce matin, bordel ?

— Si Junior et moi avons un enfant, Susie, demanda Franny, êtes-vous prêts à vous en occuper, John et toi ?

— Tu parles, bien sûr que oui, ma chérie, dit ma bonne Susie.

Et, du coup, la cause fut entendue. Nous attendons toujours. On peut faire confiance à Franny pour toujours prendre son temps.

— Fais-moi confiance à moi, dit Junior Jones. Il sera tellement gros, ce bébé, qu'il faut le laisser mijoter un peu plus longtemps dans la couveuse.

Il a sans doute raison, et cela fait bientôt dix mois que Franny porte mon enfant. « Elle est assez grosse pour se faire enrôler par les Browns », se lamente Junior Jones ; moi, je lui passe un coup de fil tous les soirs pour savoir où nous en sommes.

— Seigneur Dieu, me dit Franny. Je ne fais rien, sinon passer toute la journée au lit, en attendant d'*exploser.* Je m'ennuie, tu sais. Ce que je suis condamnée à supporter pour toi, mon amour !

Sur quoi, nous nous payons un bon petit fou rire.

Susie n'arrête pas de chanter « D'un jour à l'autre » et mon père soulève ses poids avec de plus en plus d'enthousiasme ; je dirais même que, depuis quelque temps, il les soulève avec frénésie. Il est convaincu que l'enfant sera un haltérophile *né* et prétend qu'il cultive sa forme pour pouvoir s'en occuper. Par ailleurs, toutes les femmes du foyer me témoignent une patience extraordinaire — surtout quand, à la moindre sonnerie, je me précipite sur le téléphone (les deux téléphones).

— Ce n'est rien, rien que la ligne d'urgence, me disent-elles. Du calme, voyons.

— Je parie que c'est encore un viol, chéri, me rassure Susie. Ce n'est pas notre enfant. Calme-toi.

Non pas que je brûle d'envie de savoir si ce sera un garçon ou une fille. Pour une fois, je suis d'accord avec Frank. Aucune importance.

— De toute façon, il est condamné à s'ennuyer, dit Frank.

— S'ennuyer, Frank ! hurle Franny. Comment oses-tu dire que mon enfant va s'ennuyer ?

Mais Frank se borne à exprimer l'opinion courante parmi les New-Yorkais à propos des enfants condamnés à grandir dans le Maine.

— Si l'enfant est destiné à grandir dans le Maine, insiste Frank, il s'ennuiera forcément.

Je rappelle alors à Frank qu'à l'Hôtel New Hampshire, la vie n'est jamais ennuyeuse. Ni dans le premier Hôtel New Hampshire, aimable et insouciant, ni dans les ténèbres du rêve que fut en fait le deuxième Hôtel New Hampshire, ni dans notre troisième Hôtel New Hampshire — le *grand* hôtel qu'enfin nous sommes devenus : personne ne s'ennuie. Et Frank finit par en convenir ; il vient souvent nous rendre visite, en fin de compte, et il est toujours le bienvenu. Il monopolise la bibliothèque, de la même façon que Junior règne sur la salle de bal et ses barres quand *lui* séjourne chez nous, de la même façon que, quand Franny est ici, sa beauté illumine toutes les pièces — le bon air du Maine et la mer froide du Maine : Franny illumine tout. Et je compte bien que l'enfant de Franny aura lui aussi une influence bénéfique du même ordre.

Histoire de lui remonter le moral, j'ai essayé de lire au téléphone à Franny un poème de Donald Justice : celui intitulé « A un enfant de dix mois ».

> *Une arrivée tardive, mais*
> *Qui songerait à te blâmer*
> *D'avoir tant hésité.*
>
> *Qui, à l'instant de frapper*
> *A une porte si étrange,*
> *Ne serait tenté de reculer ?*

— Arrête, m'a coupé Franny. Je t'en prie, j'en ai marre de ce foutu Donald Justice. Ses poèmes, je ne peux plus les entendre sans avoir peur de tomber *enceinte*, ou du moins sans avoir la nausée.

Pourtant Donald Justice a raison, comme toujours. Qui n'hésiterait pas à débarquer dans ce monde ? Qui ne repousserait pas le plus possible le début de ce conte de fées ? Déjà, vous voyez, l'enfant de

Franny fait preuve d'une intuition extraordinaire, d'une rare sensibilité.

Et puis, hier, la neige est tombée ; dans le Maine, on apprend à faire du temps une affaire personnelle. Susie était partie à Bath pour enquêter sur le prétendu viol d'une serveuse de restaurant, et je me rongeais à l'idée qu'elle serait obligée de rentrer en voiture en pleine bourrasque de neige ; mais Susie était rentrée saine et sauve avant la nuit, et nous nous fîmes la réflexion que cette tempête nous rappelait la grosse tempête de l'hiver précédent, le jour où Franny nous avait téléphoné pour nous annoncer le présent qu'elle nous destinait.

Papa s'amuse comme un enfant dans la neige.

— Pour les aveugles, la neige, c'est un vrai miracle, a-t-il déclaré pas plus tard qu'hier, en s'engouffrant dans la cuisine tout saupoudré de blanc.

Il était allé se balader sur les congères, et Quatre et lui s'étaient littéralement vautrés dedans — ils en étaients couverts de la tête aux pieds. C'était une grosse tempête ; l'après-midi, dès trois heures et demie, nous avions dû allumer toutes les lampes. J'avais poussé les feux dans deux de nos poêles à bois. Un oiseau, aveuglé par la neige, avait fracassé une des vitres de la salle de bal et s'était rompu le cou. Quatre l'avait découvert gisant sur le plancher à côté des barres et l'avait trimbalé dans tout l'hôtel avant que Susie réussisse à le lui arracher. La neige fondait sur les bottes de papa, et la cuisine était une vraie patinoire. Papa a glissé dans une flaque et m'a sonné d'un bon coup de sa Louisville-Slugger dans les côtes — qu'il brandit toujours avec frénésie chaque fois qu'il perd l'équilibre. Nous nous sommes offert une petite chamaillerie à ce sujet. Il est comme un enfant, il refuse de secouer la neige de ses bottes avant d'entrer dans la maison.

« Je ne peux pas la voir, cette neige ! se lamente-t-il, comme un gosse. Si je ne peux la voir, dis-moi un peu, bordel, comment je peux la secouer ?

— Fermez-la tous les deux, nous dit Susie l'ourse. Le jour où il y aura un enfant dans la maison, faudra bien que vous cessiez de *brailler* !

J'ai fabriqué des pâtes fraîches avec une machine géniale que Frank nous a apportée de New York ; elle aplatit la pâte en plaques et débite les pâtes selon la forme désirée. Il est important de posséder des jouets de ce genre quand on vit dans le Maine. Susie a préparé une sauce aux moules pour assaisonner les pâtes. Papa s'est chargé de hacher les oignons ; on dirait que les yeux de papa ne souffrent pas des oignons.

Quand Quatre s'est mis à aboyer, nous avons d'abord cru qu'il avait déniché un autre malheureux oiseau. Puis nous avons aperçu un minibus Volkswagen qui, péniblement, remontait l'allée dans la tempête ; le minibus dérapait et glissait. Ou celui qui tenait le volant était en proie à une grande excitation (« Encore une saloperie de viol », prédit instinctivement Susie), ou bien il s'agissait d'un étranger à l'État. Dans le Maine, aucun conducteur n'aurait eu autant de problèmes pour piloter dans la neige, songeai-je ; mais pour l'Hôtel New Hampshire ce n'était guère la saison touristique. Le véhicule ne réussit pas à gagner le parking, mais il se rapprocha suffisamment pour que je parvienne à déchiffrer la plaque d'immatriculation de l'Arizona.

— Pas étonnant qu'ils ne sachent pas conduire, dis-je (une réaction typique d'indigène du Maine à l'égard des étrangers).

— Ouais, mais toi, tu aurais sans doute l'air d'un idiot dans un désert de l'Arizona.

— Qu'est-ce que c'est qu'un désert ? demanda papa.

Et Susie éclata de rire.

Le conducteur du minibus de l'Arizona pataugeait maintenant dans la neige pour rejoindre la maison ; il ne savait même pas marcher dans la neige — il trébuchait sans cesse.

— C'est là-bas en Arizona qu'ils auront été victimes d'un viol, Susie, lui dis-je. Et tu es si célèbre que c'est à *toi* et à toi seulement qu'ils veulent parler.

— Mais, ils ne savent donc pas que nous sommes un hôtel balnéaire ? fit papa d'un ton grincheux. Je ne sais pas qui c'est, mais je vais leur dire que nous sommes fermés pour la saison.

Le type de l'Arizona apprit la nouvelle avec consternation. Il était persuadé qu'il piquait droit sur les montagnes, expliqua-t-il, où ils allaient faire du ski — dont ni lui ni aucun des siens n'avaient jamais tâté ; il avait demandé son chemin, mais on l'avait induit en erreur, à moins qu'il ne se soit égaré dans la tempête, et voilà qu'il se retrouvait au bord de la mer.

« Mauvaise saison pour le bord de la mer, souligna papa.

L'homme l'aurait deviné. Il avait l'air sympathique, mais à demi mort de fatigue.

— Ce n'est pas la place qui manque, non, me chuchota Susie.

Je ne voulais pas commencer à accepter des clients ; en réalité, ce que j'aimais le plus au sujet de notre Hôtel New Hampshire, c'était qu'il n'avait pas d'autres clients que ceux qui peuplaient l'esprit de papa. Mais quand je vis les bambins dégringoler du minibus pour s'ébattre dans la neige, je sentis mon cœur fondre. La mère avait l'air morte de fatigue elle aussi — sympathique mais morte de fatigue.

— Ça, c'est quoi ? braillait un des gosses.

— C'est l'océan, je crois, dit la mère.

— L'océan ! hurlèrent les enfants.

— Et y a aussi une plage ? s'écria un des gosses.

— Oui sans doute, sous la neige, assura la mère.

Ce fut ainsi que nous invitâmes l'homme, sa femme et leurs quatre petits enfants, à s'arrêter à l'Hôtel New Hampshire, bien que nous fussions « fermés pour la saison ». Il est facile de faire un peu plus de pâtes ; il est facile d'allonger une sauce aux moules.

Papa se chargea de conduire nos clients dans leurs chambres et s'embrouilla un peu. C'était la première fois que, dans cet Hôtel New Hampshire, il était obligé de piloter les clients, et l'idée le frappa soudain, tandis qu'il cherchait partout du linge dans la bibliothèque, qu'il ne savait pas où tout se trouvait. Je fus contraint de l'aider, bien sûr, et ce fut avec un succès relatif que je parvins à faire croire que j'avais l'habitude d'installer les clients dans leurs chambres.

— J'espère que vous nous pardonnerez d'avoir l'air de ne pas faire les choses dans les règles, dis-je au père de la gentille petite famille. Pendant la période de fermeture, on perd un peu la main.

— C'est très gentil à vous de nous accepter, dit la gentille jeune mère. Les gosses sont bien un peu déçus de ne pas voir les pistes, mais par ailleurs ils n'ont jamais vu l'océan, alors de toute façon pour eux c'est la fête. Et demain ils pourront aller skier.

Elle me faisait l'effet d'une bonne mère.

— Moi aussi, j'attends un enfant, lui dis-je. D'un jour à l'autre.

Ce ne fut que plus tard que Susie me fit remarquer que ma confidence avait dû paraître bizarre : après tout, il était clair que Susie elle-même n'était pas enceinte.

— Bon Dieu, qu'est-ce qu'ils ont bien pu s'imaginer, espèce de crétin !

Mais tout se passa très bien. Les gosses avaient un appétit féroce et, après le dîner, je leur montrai comment faire une tarte. Et pendant que la tarte était au four, je leurs offris une balade très hivernale et terrifiante jusque sur la plage balayée par la neige et la jetée engloutie sous les congères ; je leur montrai les vagues déchaînées qui marte-laient les dentelles de glace qui bordaient le rivage, je leur montrai la mer, la mer qui, dans une tempête, est une immense houle grise qui se rue, se rue sans trêve. Mon père, bien entendu, exposa au jeune couple de l'Arizona sa théorie sur la merveilleuse aire de solidarité qu'offre un grand hôtel digne de ce nom ; il décrivit notre hôtel aux gentils clients de l'Arizona, me dit Susie, de la même façon qu'il eût décrit le Sacher.

— Tu comprends, pour lui, c'est comme si nous étions au Sacher, me dit cette nuit-là mon ourse, blottie dans mes bras, tandis que la tempête hurlait et que la neige continuait à tomber.

— Oui, mon amour, lui dis-je.

Ce matin-là, enfoui au fond de mon lit, je trouvai merveilleux d'entendre les voix des enfants ; ils avaient découvert les barres à disques dans la salle de bal, et papa leur faisait une démonstration. Iowa Bob l'aurait adoré, cet Hôtel New Hampshire, me dis-je.

Ce fut alors que je réveillai Susie et lui demandai d'enfiler le costume d'ourse.

— Earl ! ronchonna-t-elle. Je suis trop vieille pour faire l'ourse.

Tôt le matin, elle tient parfois de l'ours — ma chère Susie.

— Allons, allons, Susie, dis-je. Un bon geste, pour les gosses. Pense un peu à leur réaction.

— Quoi ? dit Susie. Tu veux que je fasse peur aux enfants ?

— Non, non, Susie, pas *peur*.

Je ne lui demandai qu'une chose, enfiler son costume d'ours et sortir se promener, dehors, dans la neige, autour de l'hôtel, ce qui me permettrait de m'exclamer tout à coup : « Regardez ! Une *piste* d'ours dans la neige ! Et toute *fraîche !* »

Et tous ces gens de l'Arizona, les grands comme les petits, accourraient alors, ils s'extasieraient à l'idée qu'ils étaient tombés par hasard dans une *contrée sauvage,* comme dans un rêve, sur quoi je m'écrierais : « Regardez ! L'ours ! Là-bas, au coin du tas de bois ! »

Susie s'arrêterait — peut-être parviendrais-je à la persuader de nous gratifier alors d'un bon « Earl ! » ou deux — puis elle disparaîtrait derrière le tas de bois, de sa démarche d'ourse, réintégrerait discrètement la maison par-derrière, s'extirperait de son costume, et nous rejoindrait dans la cuisine, en disant : « Qu'est-ce que c'est que cette histoire d'ours ? C'est devenu rare de voir des ours par ici, pourtant. »

— Comme ça, tu veux que je sorte patauger dans cette saloperie de neige ? demanda Susie.

— Pour les gosses, Susie, implorai-je. Quelle fête ce serait pour eux ! D'abord l'océan, ensuite un ours. Tout le monde devrait avoir l'occasion de voir un ours, Susie.

Bien entendu, elle céda. Elle ronchonna bien un peu, mais son numéro n'en fut que plus réussi ; Susie a toujours été superbe en ours, et maintenant elle est en train de se persuader qu'en plus, elle est un être humain merveilleux.

Ce fut ainsi que nous offrîmes aux étrangers venus de l'Arizona la vision d'un ours à emporter avec eux. Papa leur fit au revoir de la salle de bal, puis il se tourna vers moi.

— Un ours, hein ? Susie est sûre d'attraper la mort, ou du moins une pneumonie. Et, à la veille de mettre un enfant au monde, personne n'a le droit d'être malade — pas même d'attraper un rhume. Je connais davantage de choses aux enfants que toi, tu sais. Un *ours,* répéta-t-il en secouant la tête.

Mais je savais que les gens de l'Arizona étaient repartis convaincus. Pour ce qui est d'emporter la conviction, Susie l'ourse est un vrai chef-d'œuvre.

L'ours qui s'était arrêté près du tas de bois, son haleine pareille à un brouillard dans l'air glacé du matin radieux, ses pattes mordant doucement la neige vierge — à croire qu'il s'agissait du premier ours de la terre, et de la première neige de la planète —, tout avait été parfaitement convaincant. Comme le savait si bien Lilly, tout est un conte de fées.

Donc, nous nous obstinons à rêver. Ainsi inventons-nous nos vies. Nous nous donnons une sainte pour mère, nous faisons de notre père un héros ; et notre frère aîné, notre sœur aînée — eux aussi deviennent nos héros. Nous inventons ce que nous aimons et ce que nous redoutons. Il y a toujours un petit frère perdu, et vaillant — et une petite sœur perdue, elle aussi. Nous rêvons, rêvons sans cesse : le meilleur des hôtels, la famille idéale, une vie de vacances. Et nos rêves nous échappent, avec presque autant de force que nous les imaginons.

A l'Hôtel New Hampshire, nous sommes tous vissés pour la vie — mais quelle importance peut avoir un petit peu d'air dans les conduits, ou même un paquet de merde en pleine figure, quand on a de beaux souvenirs ?

J'espère que vous trouverez ce dénouement adéquat, maman — et toi, Egg. Un dénouement influencé par le style de ton dénouement favori, Lilly — celui que tu n'es jamais devenue assez grande pour écrire. Peut-être pour papa ou pour Freud, ce dénouement n'est-il pas assez conforme à la substance des rêves. Et peut-être n'est-il pas assez tonique pour Franny. Et je suppose que, pour Susie l'ourse, il n'est pas assez laid. Pour Junior Jones, il n'est probablement pas assez gros, et je sais qu'il est loin d'être assez violent pour plaire à certains des amis et des ennemis de notre passé ; et peut-être aux yeux d'Annie la Gueularde ne mériterait-il pas même un gémissement — quel que soit le lieu où elle est condamnée à gueuler.

C'est pourtant bien ce que nous faisons : nous continuons à rêver, et nos rêves nous échappent avec presque autant de force que nous les concevons. C'est ainsi, que cela vous plaise ou non. Et parce que c'est ainsi, voici ce dont nous avons besoin : nous avons besoin d'un ours, un brave ours, un ours intelligent. Certains êtres sont dotés d'un esprit assez bon pour leur permettre de vivre seuls — leur *esprit* leur tient lieu de brave ours intelligent. Tel est, je crois, le cas de Frank : l'esprit de Frank est un brave ours intelligent. Il n'est pas le roi des Souris que j'ai d'abord cru qu'il serait. Et Franny possède un brave ours intelligent dénommé Junior Jones. De plus, Franny est très douée pour tenir le chagrin en haleine. Quant à mon père, il a ses illusions ; des illusions remarquablement puissantes. Les illusions de mon père lui tiennent lieu de brave ours intelligent — enfin. Ce qui me laisse, bien sûr, seul avec Susie l'ourse — avec son foyer d'aide aux femmes violées et mon hôtel de conte de fées —, ce qui fait que moi aussi je me sens bien. Il faut se sentir bien quand on attend un enfant.

Coach Bob n'en avait jamais douté : il faut finir par se sentir obsédé et le rester. Et puis il faut toujours faire bien attention aux fenêtres ouvertes.

Table

IMP. BUSSIÈRE À SAINT-AMAND (6-84).
D.L. MAI 1983. N° 6472-3 (1362).

Collection Points

SÉRIE ROMAN